Das Buch

Im abschließenden Band 3 der Trilogie *Der Kopfgeldjägerkrieg* erfährt Boba Fett, dass er von Prinz Xizor und dem Imperator nur benutzt wurde, um die Gilde zu zerstören, und dass der Sturmtruppler Voss'ont als Köder diente, um ihn in eine tödliche Falle zu locken.

Fett überlebt nur, weil Mub'ats Rivale Balancesheet die Gunst der Stunde nutzt, dessen riesiges Spinnennetz im All zu vernichten und Fett als zukünftigen Geschäftspartner davonkommen lässt.

Vier Jahre später steuert Boba Fett die Trümmer eben dieses Netzes an, wo der Kopfgeldjäger und seine unfreiwilligen Begleiter einer Verschwörung auf die Spur kommen, die sie schließlich zu dem Planeten Kuat führt, wo ein erbitterter Machtkampf um die Zukunft der Kuat-Werft ausgebrochen ist. Während sich über Endor die Streitkräfte der Rebellion versammeln, um den zweiten Todesstern zu zerstören, kommt es zum Duell zwischen dem derzeitigen Führer des Unternehmens und Neelahs Schwester Kodir, die Neelahs Gedächtnis gelöscht und sie selbst verbannt hatte.

Der Autor

K. W. Jeter lebt in Portland/Oregon. Er gehört mit über zwanzig veröffentlichten Romanen zu den angesehensten Science-Fiction-Autoren der Gegenwart und gilt als geistiger Erbe von Philip K. Dick, dem er 1972 erstmals begegnete und mit dem ihn eine langjährige Freundschaft verband.

Die ersten beiden Bände der Trilogie *Der Kopfgeldjägerkrieg* liegen bereits im Wilhelm Heyne Verlag vor:
• *Die Mandalorianische Rüstung* (01/10223)
• *Das Sklavenschiff* (01/10224)

Eine Übersicht der im Heyne Verlag erschienenen Star Wars-Titel findet sich am Ende des Buches.

K. W. JETER

TM

DIE GROSSE VERSCHWÖRUNG

Der Kopfgeldjägerkrieg

Band 3

Roman

Aus dem Amerikanischen
von Ralf Schmitz und Thomas Ziegler

WILHELM HEYNE VERLAG
MÜNCHEN

HEYNE ALLGEMEINE REIHE
Band-Nr. 01/10225

Die Originalausgabe
STAR WARS – HARD MERCHANDISE
erschien 1999 bei Bantam Books,
a division of Random House Inc.

Umwelthinweis:
Dieses Buch wurde auf chlor- und säurefreiem Papier gedruckt.

Redaktion: Rainer-Michael Rahn

Deutsche Erstausgabe 08/2002
Copyright © 1999 by Lucasfilm Ltd. & ™
All rights reserved.
Used under authorization
www.starwars.com
Copyright © der deutschsprachigen Ausgabe 2002
by Wilhelm Heyne Verlag GmbH & Co. KG, München
Printed in Germany 2002
Umschlagillustration: Steve Youll © 1999 by Lucasfilm Ltd.
Umschlaggestaltung: Nele Schütz Design, München

Satz: Buch-Werkstatt GmbH, Bad Aibling
Druck und Bindung: Elsnerdruck, Berlin

ISBN: 3-453-21070-0
http://www.heyne.de

Für Mark & Elizabeth Bourne und Austin Lawhead

1

HEUTE ...
ZUR ZEIT VON
STAR WARS: DIE RÜCKKEHR DER JEDI-RITTER

Zwei Kopfgeldjäger unterhielten sich in einer Bar.

»Es ist nicht mehr so wie früher«, sagte Zuckuss grämlich. Da er zu einer der Ammoniak atmenden Spezies seiner Heimatwelt Gand gehörte, musste er in einem Lokal wie diesem äußerst vorsichtig sein. Berauschende und stimulierende Getränke, die in anderen Lebewesen ein Wohlgefühl verursachten, weckten in ihm häufig nur eine tiefe Schwermut. Das war sogar in einem erstklassigen Lokal wie diesem so, in dem angeblich jede bekannte Spezies bedient wurde. Das einschmeichelnde vorprogrammierte Spiel der Lichter an den von Säulen gesäumten Wänden, die sich ständig verändernden Spektren, die das Zentralnervensystem des erschöpften Reisenden entspannen sollten ... das alles kam Zuckuss ebenso düster vor wie die verblassten Hoffnungen seiner Jugend. *Früher hatte ich Pläne*, sagte er sich und beugte sich über das schlanke, blau getönte Glas, das vor ihm stand. *Große Pläne. Wo mögen sie geblieben sein?*

»Ich weiß nicht«, sagte sein Begleiter. Der Droiden-Kopfgeldjäger 4-LOM saß ihm gegenüber. Vor ihm stand ein unberührter Drink. Vermutlich nur Wasser. Eine reine Formalität. Das Glas war bereits zweimal abgeräumt und durch ein neues mit dem gleichen Inhalt ersetzt worden, um 4-LOM den Preis für die Getränke auf die Rechnung setzen zu können. Nur so konnten sich abstinente Kunstprodukte wie Droiden in Kneipen jeglicher Art auf Dauer beliebt machen. »Ihre Einstellung impliziert ein Werturteil Ihrerseits. Nämlich, dass zu einem bestimmten Zeitpunkt wirklich alles besser war, als es heute ist. Ich selbst verzichte auf derartige Einschätzungen. Ich nehme die Dinge einfach, wie sie kommen.«

Natürlich, dachte Zuckuss. Das hatte er nun davon, dass er sich mit einem kaltblütigen – oder wenigstens mit kalten Schaltkreisen ausgestatteten – Geschöpf wie 4-LOM eingelassen hatte. Dabei gab es in der Galaxis genug leicht erregbare Droiden, von denen Zuckuss einigen sogar über den Weg gelaufen war, doch jene Droiden, die sich von der Kopfgeldjägerbranche angezogen fühlten, besaßen alle den gleichen vibromesserscharfen logischen Verstand und dieses absolut emotionslose Gebaren. Sie jagten ihre Beute und töteten sie, wenn nötig ohne die geringste Beschleunigung der Elektronen, die durch ihre internen Verbindungen schwirrten.

Die traurige, leise Musik im Hintergrund, die mit ihren harmonischen Obertönen von beinah betäubender Trägheit vermutlich ebenfalls einschmeichelnd wirken sollte, ließ Zuckuss an seinen letzten Partner Bossk denken. Der trandoshanische Kopfgeldjäger war sogar im wahrsten Sinne des Wortes kaltblütig gewesen, allerdings wäre man angesichts der Art und Weise, wie er sein Geschäft betrieb, niemals auf diese Idee gekommen.

»Damals war es anders«, sagte Zuckuss mit einem schweren nachdrücklichen Nicken. »Das war echte Kopfgeldjagd. Da gab es noch wirkliche Leidenschaft. Echte Aufregung.« Er fuhr das einziehbare Saugrohr am unteren Teil seiner Gesichtsmaske aus und nahm einen weiteren Schluck seines Drinks durch das Röhrchen, obwohl er seine finstere Stimmung damit nur verschlimmern würde. »Wir hatten eine gute Zeit miteinander, ich und Bossk ...«

»So haben Sie aber nicht gesprochen, als Sie einwilligten, sich noch einmal mit mir zusammenzutun.« 4-LOMs Fotorezeptoren unterzogen die Bar und die übrigen Gäste einer bedächtigen und gründlichen Prüfung, während er sich gleichzeitig voll auf das Gespräch konzentrierte. Er sprach indes aus keinem anderen Grund als dem, möglichst keine Aufmerksamkeit auf sich und Zuckuss zu lenken, während sie darauf warteten, dass ihr Opfer endlich auf der Bildfläche erschien. »Wenn ich Ihre früheren Aussagen richtig protokolliert habe, dann hatten Sie genug von Bossks Geschäftsgebaren. Zu viele Risiken, falls sie das mit *Aufregung* meinten, und zu wenig Credits. Deshalb wollten Sie eine Veränderung.«

»Wenden Sie nicht meine eigenen Worte gegen mich.« Zuckuss war sich durchaus bewusst, dass er nur bekam, worum er gebeten hatte. Und was konnte schlimmer sein?

»Trauern Sie meinetwegen den alten Zeiten nach«, sagte 4-LOM, nachdem sie eine Weile geschwiegen hatten. »Aber wir sind geschäftlich hier. Richten Sie Ihre schwindende Aufmerksamkeit also bitte auf den Eingang.«

Das ist ja schlimmer, als mit Boba Fett klar zu kommen, dachte Zuckuss mürrisch. Wenn man es mit Boba Fett zu tun bekam, besaß man wenigstens die Gewissheit, Seite an Seite (oder Gesichtsmaske neben Helm) mit dem besten Kopfgeldjäger der Galaxis zu kämpfen. Also mit jemandem, der genug gute Gründe hatte, eine derart vornehme und hochnäsige Haltung an den Tag zu legen. Aber woher nahm 4-LOM die Frechheit, ihn so von oben herab zu behandeln? Wenn er nicht unlängst eine Pechsträhne gehabt und eine paar unglückliche strategische Entscheidungen getroffen hätte, wäre der Droide derjenige gewesen, der sich wieder mit ihm hätte zusammentun wollen – und nicht etwa umgekehrt. Obwohl sie früher schon einmal Partner gewesen waren – und das für einen längeren Zeitraum, als er mit Bossk zusammengearbeitet hatte –, konnte ihr Verhältnis zueinander zukünftig nie wieder dasselbe sein. 4-LOM hatte Zuckuss damals, als er fast gestorben war, nachdem seine an Ammoniak gewöhnten Lungen durch einen unglücklichen Zufall Sauerstoff eingeatmet hatten, sogar das Leben gerettet. Die beiden hatten sogar weitere gemeinsame Pläne geschmiedet und sich irgendwie der Rebellen-Allianz anschließen wollen ...

Doch aus den Plänen war nichts geworden. Während ihrer Zeit als Kämpfer für die Rebellen-Allianz – als Doppelagenten genau genommen, da sie ihre neue Begeisterung für die Sache der Rebellen geheim gehalten hatten – hatten sie nur an einer einzigen bedeutenden Aktion teilgenommen. Sie hatten versucht, Boba Fett den Karbonidblock abzujagen, in den Han Solo eingeschlossen war, bevor Fett seine Beute Jabba dem Hutt übergeben konnte. Ihr Plan, in den mehrere andere Kopfgeldjäger verwickelt waren und an der Nase herumgeführt wurden, hatte sich jedoch als katastrophaler Fehlschlag erwiesen. Sie waren gescheitert und 4-LOM hatte sich anschließend, um wieder ganz auf die Beine zu kommen, einer Generalüberholung vom Kern bis zur Verkleidung unterziehen müssen. *Und danach*, überlegte Zuckuss, *war er nicht mehr derselbe*. Der Idealismus, der 4-LOM dazu bewogen hatte, sich der Rebellen-Allianz anzuschließen, hatte sich beinahe völlig in Luft aufgelöst und war durch seine frühere kalte Habgier ersetzt worden. Zuckuss nahm an, dass der Grund dafür der neuerliche Umgang mit den anderen Kopfgeldjägern war. Er spürte, dass deren Söldnernatur auch auf ihn abzufärben begann.

Es gab aber noch einen weiteren Faktor, mit dem sie, als sie in die Allianz eingetreten waren, nicht gerechnet hatten. Ein Faktor, auf den es bei allen Dingen des Universums ankam ...

Ein Rebell zu sein, zahlte sich nicht aus.

Zumindest nicht in Credits. Aber es gab in der Galaxis doch noch so viele verlockende Ziele, »Waren«, die einen schlauen, schnellen Kopfgeldjäger reich machen konnten. Wie die Ware, wegen der Zuckuss und 4-LOM hierher gekommen waren.

Zuckuss nahm einen weiteren kleinen Schluck von seinem Drink. *Dreifachagenten*, dachte er. *Das ist es wohl, was wir jetzt sind.* Weder er selbst noch 4-LOM hatten der Rebellen-Allianz jemals abgeschworen, gleichwohl kümmerten sie sich schon seit einiger Zeit nur mehr um ihre eigenen Angelegenheiten.

Zuckuss schüttelte mürrisch den Kopf. Er würde ein andermal über all diese offenen Fragen nachdenken müssen. Im Moment gab es dringendere Geschäfte zu erledigen.

Zuckuss tat, wozu ihn 4-LOM zuvor aufgefordert hatte. Der Eingang der Bar lag hinter 4-LOM und damit in der einzigen Richtung, die der Droide nicht einsehen und scannen konnte, ohne seine Kopfeinheit vollständig herumzudrehen. Schrilles Gelächter, zum Teil so grell und durchdringend wie zerbrechendes Glas, und ein Wirrwarr aus Stimmen drangen an Zuckuss' Ohr, als er den Blick zu dem allgemeinen Tohuwabohu in der Nähe des Eingangs hob. Dahinter führte ein schmaler Korridor zur Planetenoberfläche hinauf. Am Himmel darüber stand eine Kette wie Perlen aufgereihter Monde. Der Rand des Korridors war von kleineren, gierig starrenden Perlen gesäumt, bei denen es sich um die Augen der winzigen Energie fressenden Geschöpfe handelte, die blitzschnell in den Mauerritzen verschwanden und wieder zum Vorschein kamen.

Metalldetektoren wären als eine Möglichkeit, Waffen aus dem Lokal fern zu halten, ebenso nutzlos wie beleidigend gewesen, da die Bar eine Klientel versorgte, zu der nicht nur unabhängige Droiden wie 4-LOM gehörten, die ihre Rechnung begleichen konnten, sondern auch eine Reihe von Angehörigen der bekanntesten Adelsfamilien des gesamten Universums. Zuckuss konnte in diesem Moment aus den Winkeln seiner eigenen großen Insektenaugen einige der wohlhabendsten und glanzvollsten Bürger der Galaxis ausmachen, die sich ausschließlich der Aufgabe widmeten, ihre riesigen ererbten Vermögen auf die denkbar prahlerischste Weise zu verjubeln. Für viele dieser Leute waren Waffen eine Art feierlicher Schmuck, den zu tragen ihnen ihre grimmigen Traditionen ebenso geboten wie die ihrem Stand zustehenden Privilegien. Sie darum zu bitten, sich auch nur von ihrem kleinsten Dolch oder Blaster mit geringer Durchschlagkraft zu trennen, hätte gewiss eine schwere Beleidigung dargestellt, die nur durch den Tod des Barbesitzers, eines stummelfingrigen Bergamasq namens Salla C'airam, zu sühnen gewesen wäre. Die einzig annehmbare Alternative, die die Ehre der Gäste und die Verhaltensregeln der Bar wahrte, bestand daher in der Bitte, die Energiezellen sämtlicher Blaster und aller übrigen Hightechwaffen bereits am Eingang abzugeben. Auf diese Weise wurde das Verletzungsrisiko oder gar des Verlustes von Leib und Leben auf das reduziert, was mit einem Stück inaktiven Metalls bewerkstelligt werden konnte. C'airam sorgte zudem dafür, dass die Energiefresser am Eingang stets hungrig waren, damit ihre empfindlichen Antennen in ständiger bebender Alarmbereitschaft verharrten und selbst die geringste Emission einer Energiezelle wahrnahmen, wie sorgfältig verborgen diese auch sein mochte. Sobald sie etwas entdeckten, strömten sie schnatternd zusammen und stellten damit jeden unzweifelhaft bloß, der gegen die Hausordnung zu verstoßen versuchte.

Das alles hieß natürlich, dass auch der Blaster an Zuckuss' Hüfte im Augenblick nutzlos war. Ein ungewohntes und unbehagliches Gefühl für den Kopfgeldjäger, den es wenig tröstete, dass auch die Waffen der übrigen Gäste der Bar nicht einsatzbereit waren. Er hätte die Umstände bevorzugt, mit denen er es für gewöhnlich in den Kneipen zu tun bekam, in denen er sich sonst herumtrieb. Dort waren alle, sogar der Barkeeper, stets bis an die Zähne bewaffnet. *Da weiß man wenigstens, woran man ist*, dachte Zuckuss. *Das hier ist mir zu kompliziert.*

»Wie lange noch?« Er beugte sich vor und erkundige sich bei 4-LOM. »Bis die Ware angeblich hier auftaucht, meine ich?« Er war auch nicht gerade besonders geduldig, wenn es ans Warten ging. Schließlich war er nicht Kopfgeldjäger geworden, um irgendwo tatenlos herumzusitzen.

»Er hat den Zeitpunkt seines Eintreffens genau vorhergesagt«, gab 4-LOM zurück. »Die Präzision seiner Bewegungen und sein Timing entsprechen fast meinem eigenen. In dieser Hinsicht bewundere ich diese Kreatur. Vor allem wenn man bedenkt, dass auf seinen Kopf eine Belohnung ausgesetzt ist. Eine Belohnung, die wir einzustreichen gedenken. Viele andere lebende Wesen würden unter diesen Umständen dafür sorgen, dass ihr Kommen und Gehen keinerlei Regeln folgt. Sie würden ihr Vorgehen ständig so verändern, dass ihre Verfolger keine Chance mehr hätten, die Verhaltensmuster ihrer Zielperson vorherzubestimmen. Er aber verlässt sich ganz auf die Vorkehrungen, die er getroffen hat. Zum Beispiel auf die strenge Begrenzung der für jeden sichtbaren Erholungsphasen, die er in diesem Lokal zubringt.« 4-LOM legte die Hände bewegungslos auf den Tisch. »Wir werden uns bald davon überzeugen können, ob sich die Selbstsicherheit der Ware auszahlt.«

Es hatte keinen Zweck, sich mit einem Droiden wie 4-LOM zu streiten. Da konnte man sich ebenso erfolgreich mit den Suchsystemen an Bord eines durchschnittlichen Verfolgerschiffs unterhalten. Was noch schlimmer war, Zuckuss wusste, dass 4-LOM Recht hatte. Sie hatten sich aus gutem Grund bereits so lange vor ihrem Opfer an diesen Ort begeben und sich bereitgemacht. Jetzt mussten sie nur die Minuten verstreichen lassen, die noch vergehen würden, bis der Zeitpunkt zu handeln da war. Er wusste das alles. Er interessierte sich bloß nicht für das, was er wusste.

Wenn doch nur ... Zuckuss behielt den Eingang der Bar im Auge und ließ seine brütenden Gedanken abermals in die Vergangenheit schweifen.

Wenn doch nur die alte Kopfgeldjägergilde nicht auseinander gebrochen wäre. Wenn doch nur ihre Nachfolgeorganisationen, die kurzlebige Wahre Gilde und das so genannte Reformkomitee, nicht derart rasant zerfallen wären. Aber das waren riesengroße Wenns. Das war Zuckuss durchaus bewusst. Vor allem wenn man bedachte, dass der Hauptgrund für den ebenso rapiden wie vollständigen Zerfall der Gilde und aller Organisationen, die nach ihr gekommen waren, die grundlegende Habgier und Reizbarkeit waren, die im Herzen jedes einzelnen Kopfgeldjägers rumorten. Oder im

Zentrum dessen, was ein Droide wie 4-LOM anstelle eines Herzens besitzen mochte.

Das war der wahre Grund. Zuckuss nippte noch einmal an seinem Drink. *Boba Fett war nur die vorgeschobene Entschuldigung.* Eine Menge Kopfgeldjäger, allesamt Mitglieder der früheren Gilde, gaben Fett die Schuld für alles, was geschehen war. Und bis zu einem gewissen Punkt stimmte es ja auch, dass Fetts Eintritt in die alte Kopfgeldjägergilde das entscheidende Ereignis gewesen war, das den Zerfall der Organisation gebracht hatte. Danach war jede einzelne Kreatur in der Gilde ihrem ehemaligen so genannten Bruder an die Kehle gefahren. Doch Zuckuss wusste, dass Fett in Wahrheit nichts weiter als der ins Schloss passende Schlüssel gewesen war, der all jene Mächte der Missgunst und der Konspiration freigesetzt hatte, die schon seit langem in der Gilde schwelten und mit der Zeit immer stärker und bösartiger geworden waren. Wenn man die jähzornige und habgierige Natur ihrer Mitglieder bedachte, war es ein Wunder, dass die Kopfgeldjägergilde überhaupt so lange durchgehalten hatte. Eine Tatsache, die indes lediglich dem Organisationstalent des Trandoshaners Cradossk, ihres letzten Führers, zu verdanken war. Cradossk war höchstwahrscheinlich das einzige Geschöpf in der ganzen Galaxis gewesen, das skrupellos und schlau genug gewesen war, um die Basis der Organisation zusammenzuhalten.

Wir haben uns das alles selbst zuzuschreiben, dachte Zuckuss düster. Der Drink und die davor hatten nichts zur Hebung seiner Stimmung beigetragen. *Jetzt müssen wir mit den Konsequenzen leben.* Er kippte den letzten sauren Rest seines Drinks.

»Wissen Sie was?« Zuckuss ließ seine Gedanken zu gesprochenen Worten werden. »Wir leben in einer kalten, unerbittlichen Galaxis.«

4-LOM warf ihm den charakteristischen gefühllosen Blick des Droiden zu. »Wenn Sie das sagen.«

Und nichts, was die Rebellen-Allianz ausrichten konnte, würde daran vermutlich irgendetwas ändern. Die Rebellen hatten keine Chance. Gegen die geballte Macht des Imperiums und Palpatines tiefe, alles umfassende Arglist konnten sie unmöglich gewinnen. In den zwielichtigen Winkeln der Galaxis, wo unter der Hand erworbene Informationen gehandelt und flüsternd von einer hinterlistigen Kreatur an die nächste weitergegeben wurden, waren Gerüchte in Umlauf, nach denen das Imperium seine Streitkräfte bereits in der Nähe eines Mondes namens Endor zusammenzog. Wie eine Faust, die sich ballte und in einen Hammer verwandelte, der die Allianz mit all ihren verrückten Träumen von Freiheit ein für alle Mal zerschmettern würde. Und in dem Moment standen die Kopfgeldjäger der Galaxis ohne ihre Gilde da, die mit Nachdruck darauf bestanden hatte, professionelle Beziehungen zwischen ihren Mitgliedern durchzusetzen. Der Kopfgeldjäger-Ehrenkodex hatte sie wenigstens davon abgehalten, sich während der Ausübung ihrer Geschäfte ohne Umschweife gegenseitig umzubringen. In dem Machtvakuum, das durch die Zerstörung der alten Gilde entstanden war, waren einige kleine ehrgeizige Organisationen entstanden, die gegenwärtig jedoch noch zu schwach waren, um unter von Natur aus gewalttätigen und von Gier angetriebenen Kreaturen für Ordnung zu sorgen. Die meisten Jäger arbeiteten daher immer noch auf eigene Faust und ohne Freunde, es sei denn, sie ließen sich auf irgendeine Nutz bringende Partnerschaft ein. Zuckuss zum Beispiel hatte sich schon mit verschiedenen Kopfgeldjägern zusammengetan. Und das sogar schon während der Zeit, in der die Gilde die hässliche Endphase ihrer Auflösung durchgemacht hatte. Er hatte auch bei mehr als nur einer Gelegenheit mit Boba Fett zusammengearbeitet. Aber irgendwie hatte ihm das am Ende nie etwas gebracht. Typisch, Boba Fett bekam immer, was er wollte, und alle anderen konnten von Glück sagen, wenn sie nachher noch am Leben waren. Mit Fett Geschäfte zu machen, war eben ein Erfolgsrezept, um Katastrophen herbeizuführen.

Aber um der Wahrheit die Ehre zu geben, waren Zuckuss' übrige Partnerschaften auch nicht viel günstiger verlaufen. Was auch immer er von 4-LOM halten mochte, spielte angesichts der Tatsache, dass seit dem Beginn ihrer gemeinsamen Arbeit tatsächlich echte Credits in ihre Taschen gewandert waren, nicht die geringste Rolle. Ihre Talente schienen sich vortrefflich zu ergänzen. Zuckuss folgte seinem Instinkt, so wie es die Gabe der meisten organischen Geschöpfe war, während 4-LOM über die kalte Logik einer Maschine verfügte. Was Boba Fett in der Kopfgeldjägerbranche zu einer derart Furcht erregenden Figur hatte werden lassen, war der Umstand, dass er all diese Gaben und noch einige mehr in sich vereinte.

»Da kommt er ...«

Zuckuss' Gedankengang wurde von 4-LOMs leise vorgebrachter Ankündigung abrupt unterbrochen. Der Droide hatte das ebenso plötzliche wie auffallende Auftauchen ihres Opfers sogar bemerkt, ohne sich zum Eingang umdrehen zu müssen. Nun würden sie das gegenwärtig noch freie Individuum zu ihrer Ware machen und ihr Vermögen mit seiner Hilfe kräftig aufstocken.

»Eine Runde für alle, Wirt!« Die dröhnende Stimme von Drawmas Sma'Da füllte die Bar wie Donnergrollen am Horizont des Planeten. Zuckuss blickte von seinem Drink auf und sah, wie die riesenhafte, bepelz-

te und prunkvoll gekleidete Gestalt des in fünf Systemen berüchtigtsten Spielers und Draufgängers ihre Arme ausbreitete. Die Edelsteine an Sma'Das rosa manikürten Fingern funkelten in einer farbenprächtigen Konstellation, die von Reichtum und Extravaganz kündete. Die breiten zurückgeworfenen Schultern waren in die weichen Pelze der seltensten Arten von einem Dutzend Welten gehüllt. Die kunstvoll präparierten Köpfe der für seinen Putz gestorbenen Tiere, die schwarze Perlen anstelle von Augen hatten, baumelten über einem Bauch von mächtigem Umfang.
»Wenn ich gute Laune habe«, rief Sma'Da, »sollen alle an meinen Glück teilhaben!«

Dem Glück nachzujagen, war allerdings eine der Hauptbeschäftigungen von Drawmas Sma'Da. Aber das galt auch für Zuckuss und jedes andere intelligente Lebewesen in der Galaxis. *Wenn ich so viel Glück hätte wie er*, dachte der Kopfgeldjäger, *wäre ich längst im Ruhestand*. Sma'Da hatte nicht nur mit seinen Wetten Glück gehabt, sondern war auch noch so vorausschauend gewesen, ein praktisch vollkommen neues Feld für Wetteinsätze zu erfinden. Der auffallend grelle Spieler war nämlich der Erste gewesen, der Wetten auf das ständig wechselnde Kriegsglück im Kampf des Imperiums gegen die Rebellen-Allianz eingegangen war. Für Sma'Da war kein militärischer Konflikt zu unbedeutend, kein politischer Nahkampf zu kleinkariert, um keine Wetten anzunehmen oder seine Gewinnchancen zu berechnen. Häufig wettete er sogar auf beide möglichen Resultate und zahlte oder kassierte, sobald das betreffende Ereignis vorbei war. Mittlerweile erstreckte sich sein »Unsichtbares & Unwiderstehliches Kasino«, wie er es nannte, von einem Ende der Galaxis bis zum anderen und war so etwas wie der Schatten des wirklichen Krieges des Imperators Palpatine gegen die Rebellen geworden. Ganz gleich, wer auf dem Schlachtfeld oder in den Datenbanken der Wetter siegte, Drawmas Sma'Da hatte immer die Nase vorn. Er strich die Prozente ein, die bei jeder Wette für das Haus abfielen, ob er nun gewann oder verlor. Diese durchaus profitablen Kleinbeträge wuchsen mit der Zeit zu einem eindrucksvollen Berg Credits an, der seine Entsprechung in Sma'Das ständig anschwellendem Leibesumfang gefunden hatte.

An Sma'Das geräumigen Schultern hingen zwei humanoide Frauen von jener besonderen, mit großen Augen und einem geheimnisvollen Lächeln ausgestatteten Schönheit, die die Männer nahezu jeder Spezies vor unbefriedigter Erwartung weinen ließ. Sie schienen die nicht mehr zu überbietende Garnierung seines Erfolges und Reichtums zu sein. Die Frauen bewegten sich im Gleichschritt mit ihm und schienen fast schon zu schweben, ohne den Boden zu berühren. So unaussprechlich war ihre Grazie. Die Fleisch gewordene Dreifaltigkeit Sma'Das und seiner Begleiterinnen bewegte sich wie eine neue Sonne, die die Umlaufbahnen der geringeren Himmelskörper, unter denen sie sich wieder fand, neu arrangierte, in die Mitte des Lokals.

Der Besitzer Salla C'airam war ganz katzbuckelnde Unterwürfigkeit; er bestand nur noch aus flatternden, an Fangarme erinnernde Gliedmaßen und stürzte auf Sma'Da zu. »Wie schön, Sie wieder einmal hier zu sehen, Drawmas! Zwischen Ihren Besuchen vergeht jedes Mal viel zu viel Zeit!«

Dabei wusste Zuckuss, dass Sma'Da erst in der Nacht zuvor in diese Bar gekommen war. Doch der Barbesitzer machte unbeirrt weiter, als wären er und der Spieler jahrelang voneinander getrennt gewesen.

Schon hatte sich ein Schwarm Speichellecker, Schmeichler, Möchtegerngünstlinge, Goldgräber und solcher Wesen um Sma'Da gebildet, für die es einfach eine tiefe spirituelle Wohltat war, wenn sie sich im Strahlenkranz eines gewaltig angewachsenen Haufens Credits sonnten. Sma'Da winkte den Kellnern und dem restlichen Personal der Bar und führte die Rotte zu dem für alle sichtbaren Tisch, der wie jeden Abend für so vornehme Persönlichkeiten wie ihn bereitgehalten worden war. Sma'Das Gesicht mit den Hängebacken, die von einen mit Goldzähnen geschmückten Lächeln geteilt wurden, überstrahlte die Menge, die jetzt wie eine anschwellende Flutwelle auf die andere Seite der Bar schwappte. Die wie Pfeile hin und her schießenden Kellner hatten unterdessen längst eine Tafel aufgebaut, die sowohl Sma'Das Appetit als auch seinem Reichtum angemessen war und auf der mit exotischen und leicht entflammbaren Likören ferner Welten gefüllte Kristallkaraffen Platten voller Fleisch überragten.

»Die haben ihm genug aufgetischt, um eine ganze imperiale Division damit zu verpflegen.« Zuckuss beobachtete den Spieler und seine Gefolgschaft aus dem Augenwinkel. Wenn man die kostspieligen Nahrungsmittel in Credits umrechnete, hätte man mit der Summe wohl mehrere Divisionen versorgen können. Er konnte Sma'Das seltsam zarte Hände erkennen. Um die breiten Bänder seiner Ringe wölbten sich dicke Wülste. Sma'Das Finger pflückten an den Delikatessen herum und schoben den Begleiterinnen links und rechts von ihm spielerisch die auserlesenen Leckerbissen in die lächelnden Münder. »Irgendwann«, sinnierte Zuckuss, »wird ihn seine schiere Masse und Dichte implodieren lassen wie ein Schwarzes Loch.«

»Unwahrscheinlich«, meinte 4-LOM. »Wenn lebende Wesen ein derartiges Schicksal erleiden könnten, wäre Jabba der Hutt bestimmt daran gestorben. Jabbas Appetit war um vieles größer als der dieses Individuums. Sie haben es selbst erlebt.«

»Ich weiß.« Zuckuss nickte bedächtig. »Ich habe bloß versucht, alles zu *vergessen*, was ich in Jabbas Palast erlebt habe.« Zuckuss hatte wie jede andere Söldnerseele in der Galaxis einige Zeit im Dienst des verstorbenen huttischen Verbrecherlords gestanden. Jabba war damals in so viele zwielichtige Geschäfte überall in der Galaxis verwickelt gewesen, dass es einem Kopfgeldjäger schwer gefallen wäre, nicht irgendwann einmal mit ihm zusammenzuarbeiten. Allerdings hatte nur selten einer von ihnen dabei etwas gewonnen. Von einer erfolgreichen Partnerschaft mit einer Kreatur wie Jabba dem Hut konnte man nur dann sprechen, wenn man unbeschadet wieder aus der Sache herauskam.

»Wie auch immer«, fuhr 4-LOM fort und hielt die emotionslose Stimme weiter gesenkt. »Verschwenden Sie keine Zeit mit Befürchtungen um den Gesundheitszustand unserer Zielperson. Er muss nur noch lange genug leben, damit wir das Kopfgeld einstreichen können, das auf ihn ausgesetzt wurde.«

Von der Gesellschaft an Drawmas Sma'Das Tisch kamen heftig aufbrausendes Gelächter und helle, schwatzende Stimmen zu ihnen herüber. Das Augenmerk aller in der Bar hatte sich vom Augenblick seines Eintritts an auf den Spieler gerichtet. Zuckuss fühlte sich dank des Lärms und der allgemeinen Zerstreuung ein wenig sicherer. Als wären er selbst und 4-LOM dadurch kurzfristig unsichtbar geworden. Solange jemand wie Sma'Da im Raum war, würde sie niemand beachten.

»Fertig«, verkündete 4-LOM ebenso schlicht wie leise. Der Droide beugte sich ein kleines Stück nach vorne und reichte Zuckuss unter dem Tisch einen kleinen Gegenstand. »Es wird Zeit, unser Vorhaben in die Tat umzusetzen.«

Die Zeit war immer der entscheidende Faktor. Zuckuss wusste ungeachtet seiner Klagen ganz genau, weshalb sie so lange vor ihrer Zielperson in der Bar hatten eintreffen müssen. Manche Vorkehrungen erforderten einen zuvor präzise bemessenen Zeitaufwand. Alles musste schweigend und in großer Heimlichkeit vorbereitet werden, auch unter den neugierigen Blicken ahnungsloser Zuschauer. *Sie brauchen es nicht mitzubekommen*, dachte Zuckuss mit einer gewissen Befriedigung. *Aber sie werden.*

Er nahm 4-LOM den Gegenstand aus der Hand. Dabei achtete er darauf, sich so wenig wie möglich zu bewegen, damit jemand, der zufällig in seine Richtung schaute, nicht das Geringste von dem bemerkte, was sich unter dem Tisch abspielen mochte. Die restlichen Vorkehrungen waren rasch getroffen. Zuckuss musste seinen Händen nicht einmal bei der Arbeit zusehen. Mit dieser für das Gewerbe des Kopfgeldjägers so unverzichtbaren Ausrüstung hätte er die notwendige Operation sogar dann durchführen können, wenn man ihm seine großen Augen verbunden hätte.

»Okay«, sagte Zuckuss einen Moment später. Er lehnte sich zurück und wagte einen kurzen Blick unter die Tischplatte. Dort verriet ihm ein winziges, rot blinkendes Licht, dass sein Teil der Vorbereitungen zufrieden stellend abgeschlossen war. »Sieht gut für mich aus.«

4-LOM deutete ein Nicken an. Er hatte die menschliche Geste schon vor langer Zeit irgendwo aufgeschnappt. »Dann würde ich vorschlagen, Sie fahren fort.«

Immer bleibt alles an mir hängen, dachte Zuckuss, während er seinen Stuhl nach hinten schob und aufstand. Ganz gleich, wer gerade sein Partner war, am Ende war immer er für die Drecksarbeit zuständig ...

»Entschuldigen Sie bitte ...« Die Menge um Drawmas Sma'Das Tisch war in der kurzen Zeit, die Zuckuss gebraucht hatte, um sich bereitzumachen, sogar noch größer und dichter geworden. Er schob und zwängte sich durch das Gedränge der Leiber. Den Lärm ihrer erregten Gespräche und das Gelächter klirrten ihm in den Ohrlöchern. »Verzeihung ... ich habe eine Nachricht für den hoch geschätzten Sma'Da ...«

Der blinkende rote Lichtpunkt, den Zuckuss unter dem Tisch mit 4-LOM überprüft hatte, war unter seinem eng anliegenden, mit Ausrüstungsgegenständen gespickten Waffenrock sicher verborgen. Noch ein paar kurze, heftige Stöße mit den Spitzen seiner Ellbogen in einige Weichteile der Gaffer und er stand genau vor Sma'Das Tisch. Als er sich dem Spieler über die Platten voller Delikatessen hinweg gegenüber sah, deutete er eine höfliche Verbeugung an.

»Eine Nachricht?« Drawmas Sma'Da war dafür bekannt, stets ein aufmerksames Ohr für Stimmen aus der Menge zu haben. »Wie interessant. Ich hatte nicht mit dergleichen gerechnet. Das sind jetzt nicht meine üblichen Geschäftszeiten.« Die Augen des Spielers waren hinter den runden Fleischwülsten, die von seinem üppigen Grinsen nach oben gedrückt wurden, kaum zu erkennen. »Aber«, fuhr er mit einer weit ausholenden Geste seiner von Fett beschmierten Hände fort, »ich *könnte* trotzdem daran interessiert sein, sie zu hören. Wenn sie *wichtig* genug ist.«

Sma'Das Worte konnten schwerlich als geistreiche Bemerkung durchgehen, dennoch lächelten seine Bewunderer jetzt noch breiter, während die ausgemachten Schmeichler in der Menge sogar in lautes anerkennendes Gelächter ausbrachen.

»Urteilen Sie selbst über ihre Wichtigkeit.« Zuckuss starrte in die von Fettwülsten umgebenen Augen des Spielers. »Die Information kommt von Sullust.«

Das Grinsen in Sma'Das Gesicht ließ nicht nach, aber was von seinen Augen zu sehen war, leuchtete, wurde von wachsender Habgier entzündet und funkelte wie messerscharf geschliffener Durastahl. »Sullust? Da klingelt nichts in meiner Erinnerung.« Er legte den Kopf so kokett schräg, wie es einem derart massigen Mann möglich war. »Wer ist dieser Sullust, von dem Sie da sprechen?«

Das Gelächter und Stimmengewirr hinter Zuckuss war unterdessen verstummt. Die Leute wussten offenbar, was der Name zu bedeuten hatte. Die Bar war genau die Art Wegkreuzung, an der Informationen über das Kommen und Gehen der Imperialen sowie der Rebellen ausgetauscht wurden.

»Nicht *wer*«, entgegnete Zuckuss. »Es muss heißen *wo*. Und ich denke, das wissen Sie bereits.« Sma'Da hatte sein gesamtes Glücksspielimperium auf Gerüchten und Geheimnissen errichtet. Auf die winzigen Informationsschnipsel, die ihn in die Lage versetzten, seine Chancen mit solcher Genauigkeit im Voraus zu berechnen. »So ist es doch?«

»Schon möglich.« Sma'Das goldenes Grinsen funkelte jetzt sogar noch blendender. »Aber nur ein Narr schlägt eine Gelegenheit in den Wind, noch etwas dazuzulernen. Ihr Lieben ...« Er wandte sich seinen beiden Begleiterinnen zu, die ihn immer noch flankierten. »Amüsiert euch mal ein Weilchen woanders. Ich muss mit dieser *interessanten* Person hier allein sein.« Er wedelte mit seinen beringten Patschänden vor seiner Gefolgschaft herum. »Verschwindet, verschwindet.« Die Frauen schmollten, lösten sich aber von ihm und schwebten davon. Die Speichellecker und verschiedene andere Anhänger seiner Anhänger hatten Sma'Das Wink ebenfalls verstanden und zogen sich miteinander tuschelnd zurück. Ihre scheelen Blicke jedoch ließen den Spieler keinen Moment unbeobachtet.

»Also«, sagte Sma'Da, während Zuckuss neben ihm Platz nahm, »das ist doch schon viel privater, finden Sie nicht auch?«

»Es muss genügen.« Zuckuss fühlte sich in einer derart öffentlichen Umgebung noch immer nicht recht wohl. Ein guter Kopfgeldjäger, so fand er, operierte am besten an abgelegenen Orten oder in den Abgründen des Weltraums, wo es nur ihn selbst, die Zielperson und eine geladene Waffe gab, die auf sein Opfer gerichtet war. *Da würde dem hier das Grinsen schon vergehen*, dachte Zuckuss. Er warf einen Blick zu dem Tisch, von dem er eben aufgestanden war. 4-LOM saß noch genau so gelassen da wie zuvor. Er schien sich nicht einmal ansatzweise für die unmittelbar bevorstehenden Ereignisse zu interessieren. Zuckuss drehte sich wieder zu Sma'Da um. »Ich war mir ziemlich sicher, dass sich jemand in Ihrer Branche für Neuigkeiten von Sullust interessieren würde. Sie nehmen in dieser Angelegenheit vermutlich längst Wetten entgegen.«

»Oh, vielleicht.« Die baumelnden Tierköpfe hüpften, als Sma'Da mit den breiten Schultern zuckte. »Aber es ist sehr schwer, meine übliche Klientel dazu zu bringen, ihre Credits überhaupt auf die eine oder andere Seite zu setzen. Die Berichte über die imperiale Konstruktion in der Nachbarschaft des Mondes Endor haben eine Menge Leute ganz schön nervös gemacht. Es ist eine Sache, hier und da auf ein kleineres Gefecht zu setzen, irgendein Scharmützel oder einen Überfall der Rebellen auf ein imperiales Waffendepot. Aber eine Wette auf etwas zu platzieren, das leicht das Ende dieses großen Spiels bedeuten könnte, ist etwas ganz anderes.« Sma'Da hob zu einem gewaltigen bebenden Seufzer an. »Und wenn das der Fall sein sollte, wenn Palpatine die Rebellion tatsächlich ein für alle Mal zermalmt, nun ... Wie würde ich diese glorreichen Tage vermissen!« Er schüttelte den Kopf, als würde er schon jetzt einer entschwundenen Vergangenheit nachtrauern. »Die Rebellen-Allianz hat einen Hoffnungsstrahl in jeden Winkel der Galaxis getragen. Und wo es Hoffnung gibt, gibt es auch Risikobereitschaft. Dann ...« Sma'Das breites Grinsen kehrte zurück und funkelte sogar noch verschlagener als vorher. »... wird auch gewettet. Und das bringt einem wie mir immer Profit.«

Die Worte des Spielers schufen Zuckuss ein gewisses kaltes Wohlbehagen. *Er ist genau wie ich*, dachte er. Was nicht heißen sollte, dass er irgendetwas anderes erwartet hatte. Nach seiner Einschätzung verbrachten die meisten Bürger dieser Galaxis ihre Zeit damit, auf ihre Nummer eins Acht zu geben. Nämlich auf sich selbst. Wenn er jemals etwas anderes geglaubt hätte, wäre er möglicherweise in Versuchung geraten, bei der Rebellen-Allianz zu bleiben. Aber er war sich ganz sicher, dass Idealismus im Gefüge des Universums ein sehr seltenes Spurenelement war, während die Habgier so allgegenwärtig war wie Sauerstoffatome.

»Ich mache auch gerne Profit«, sagte Zuckuss. Einer der Kellner hatte einen neuen Drink gebracht, der wie ein Amethyst schimmerte, und ihn vor ihm abgestellt. Doch Zuckuss rührte ihn nicht an. »Deshalb bin ich auch auf Sie gekommen.«

»Gut für Sie.« Sma'Da nickte anerkennend. »Und gut für mich. Falls die Information, die Sie mir überbringen, für mich von Nutzen sein sollte. Je mehr man weiß, desto leichter kann man seine Chancen berechnen. Aber wohlgemerkt ...« Er fasste Zuckuss genauer ins Auge. »... es ist sehr schwer, mich in diesen Dingen noch zu überraschen. Es gibt nicht viel, das ich über die Vorgänge bei Endor noch nicht in Erfahrung gebracht habe. Ich verfüge hinsichtlich aller Arten von Klatsch und Tratsch über hervorragende Quellen.«

»Ich bin ziemlich sicher, dass Sie hiervon noch nichts erfahren haben.« Zuckuss langte unter seinen Waffenrock.

»Ah.« Sma'Da legte die Spitzen seiner fettigen Finger aneinander. »Mein Puls rast vor Erwartung.«

»Schön. Und wie gefällt dir das?« Zuckuss brachte eine Blasterpistole zum Vorschein und drückte die harte, kalte Mündung gegen Drawmas Sma'Das Stirn. »Du kommst mit mir.«

Darauf durfte er mit großer Befriedigung sehen, wie sich die Augen des Spielers für einen Moment entsetzt weiteten. Doch dann verschwanden sie wieder nahezu vollständig unter Sma'Das expansivem Grinsen.

»Das ist ja lustig ... wie amüsant!« Sma'Da spreizte die Hände gerade so weit, dass er begeistert damit klatschen konnte. »Alle aufgepasst!«, rief er lauthals der Menge in der Bar zu. Sofort wandten sich neugierige Blicke ihm zu. »Manche Kreaturen schrecken doch vor nichts zurück, bloß um mir ein paar flüchtige Augenblicke der Unterhaltung zu verschaffen!« Sein Gelächter brandete gegen die Wände, als wollte er dem darüber gleitenden Farbenspiel einen gehörigen Schrecken einjagen. »An dem Ort einen eingeschmuggelten Blaster zu schwingen, an dem das garantiert nichts bringt! Und das auch noch ohne Energiequelle!«

Das Gelächter war offenbar ansteckend. Zuckuss hörte es durch das Lokal brausen wie eine sich brechende Welle, die das Personal ebenso erfasste wie die dort versammelten Gäste. Der grelle Lärm schwoll weiter an. Kurz darauf näherte sich die allgemeine Heiterkeit ihrer kritischen Masse. Zuckuss sah sich nach 4-LOM im Zentrum des Lokals um. Der Droiden-Kopfgeldjäger war der Einzige, der nicht lachte. Er saß einfach da und übte sich, da er wusste, was als Nächstes kommen würde, in maschinenhafter Geduld.

»Sie armer Irrer.« Drwamas Sma'Da war gar nicht erst groß vor dem Blaster an seiner Stirn zurückgewichen. Offensichtlich wollte er, dass die Zuschauer den Witz bis zum Ende auskosteten. »Haben Sie etwa geglaubt, ich ließe mir von einem Klumpen toten Metalls Angst einjagen? Oder haben Sie nicht einmal bemerkt, was bei Ihrem Eintritt passiert ist. Welcher unbedeutende Teil dieser Waffe Ihnen von den kleinen Lieblingen unseres guten Gastwirts abgenommen wurde? Also wirklich ...« Er tupfte sich mit einer pummeligen Hand die Tränen ab, denen es irgendwie gelungen war, sich durch die Wülste um seine Augen zu zwängen. »Das ist einfach zu gut.«

»Es ist sogar noch besser, als du glaubst«, antwortete Zuckuss. Er bewegte den Blaster ein kleines Stück von Sma'Das Kopf weg und drückte den Abzug. Ein gleißender Energiestrahl schoss aus der Waffe und sprengte einen Teil der Decke weg. Verkohlte Bruchstücke und heiße Funken regneten auf die nach oben gekehrten Gesichter der Menge herab. »Diese Waffe funktioniert nämlich.«

Als der Blasterblitz sengend heiß an seinem Kopf vorbeifuhr, war Sma'Da intuitiv in Deckung gegangen. Dabei hatte sein gewaltiger Bauchumfang den Tisch umgestoßen und einen aus Likör sowie den Überresten des Banketts bestehenden Sturzbach sich über den Fußboden ergießen lassen. Steingut und Kristallkaraffen zerschellten. Die Splitter funkelten in dem feucht schimmernden Durcheinander. Einige der Gäste blickten immer noch fassungslos und wie gelähmt, während ein paar besonders Gescheite bereits zum Ausgang geeilt waren, wo sie in diesem Moment übereinander herfielen, um den engen, zur Oberfläche führenden Korridor möglichste als Erste zu erreichen.

»Gehen wir.« Zuckuss griff mit der freien Hand nach unten, packte Sma'Das zitternden Ellbogen und zog den Spieler auf die Füße. Um Sma'Das größeres Gewicht auszugleichen, musste er sich weit zurückbeugen. »Es gibt ein paar Kreaturen, die bereit sind, für das Privileg einer Unterhaltung mit dir ein hübsches Sümmchen Credits zu bezahlen. Einer *sehr langen* Unterhaltung.« Dem panischen Gesichtsausdruck seines Gegenübers sowie dem ängstlichen Zittern nach zu urteilen, das den massigen Körper wie ein Erdbeben erschütterte, würde es vermutlich kein besonders angenehmes Gespräch werden.

Da tauchte der Besitzer der Bar auf und drängte sich durch die übrig gebliebenen Schaulustigen. »Was hat das zu bedeuten?« Salla C'airam war kaum weniger aufgebracht als der Spieler in Zuckuss' Griff. »Welch ein Frevel! Das geht doch nicht! Das ist …«

»… geschäftlich.« Zuckuss lenkte den Lauf des Blasters einen Augenblick lang von Sma'Da auf C'airam. Das genügte, um ihn auf der Stelle zu bremsen. C'airam zog eilig die Tentakel ein und wickelte sie eng um den Körper. »Sie haben hier schon genug Schlamassel.« Zuckuss deutete mit dem Blaster auf die durchweichten, zertrampelten – und kostspieligen – Abfälle auf dem Boden. »Sie können entweder mit dem Saubermachen anfangen … oder selbst ein Teil davon werden. Ihre Entscheidung.«

C'airams schlaffe, anscheinend knochenlose Gliedmaßen senkten sich ein Stück. Bei seiner Spezies ein sicheres Zeichen dafür, dass er eine gewalttätige Konfrontation auf jeden Fall vermeiden wollte. »Ich weiß nicht«, sagte er mit wohl überlegter Griesgrämigkeit, »wie Sie es geschafft haben, eine Energiequelle für Ihre Waffe in dieses Haus zu schmuggeln. Es besteht ein striktes Verbot ...«

»Verklagen Sie mich.«

»Wenn jemand von meinem Personal damit zu tun hat ...« Der Blick der gallertartigen Augen des Barbesitzers, die fast so groß waren wie die von Zuckuss, wanderte bedrohlich über die Kellner und Barmänner. »Wenn ich auch nur die geringste Mitschuld, den geringsten Verrat in ihren Reihen aufdecke ...«

»Zerbrechen Sie sich darüber nicht den Kopf«, sagte Zuckuss und stieß die bebende Masse Sma'Das vor sich her. »Die haben nichts damit zu tun.« Er hatte nicht vor, die Credits, die er für diesen Job erhalten würde, mit irgendjemanden zu teilen, der nicht zur Kopfgeldjägerbranche gehörte. Das bisschen Aktion sowie das tief empfundene, herzerfrischend warme Gefühl der Macht, das ihn durchströmte, seit er seine funktionsfähige Waffe auf diese fette greinende Ware richtete, hatten seine Laune beträchtlich gehoben. Zuckuss blieb mit dem zitternden Spieler neben dem Tisch stehen, an dem sein Partner 4-LOM während der ganzen Aufregung, die soeben stattgefunden hatte, ungerührt sitzen geblieben war. »Wo wir gerade von Ihrem Personal reden ...« Zuckuss drehte sich um und richtete den Lauf des Blasters wieder auf C'airam. »... Sie beschäftigen in Ihrer Küche doch bestimmt die üblichen Servicedroiden, nicht wahr?«

C'airam antwortete mit einem irritierten Nicken.

»Fein. Einer Ihrer Angestellten soll bei einem der

Droiden den Motivator entfernen. Eine FV-50-Standardeinheit genügt völlig.« Zuckuss hob die Mündung der Waffe ein wenig an. »Ich schlage vor, Sie mahnen zur Eile. Ich besitze vielleicht nicht so viel Geduld wie Sie.«

Auf den hastig erteilten Befehl C'airans hin verdrückte sich einer der Barmänner in die Küche und kehrte nur Sekunden später mit einem Doppelzylinder in der Hand wieder zurück.

»Danke.« Zuckuss nahm dem Mann den Motivator ab und verscheuchte ihn anschließend mit einem Wink des Blasters. »Keine Bewegung«, warnte er Sma'Da unnötigerweise. Der Spieler, dessen Gesicht mittlerweile vor Schweiß glänzte, sah aus, als sei er zu nichts anderem mehr fähig als zu unwillkürlichen Atemzügen. Zuckuss hielt den Blaster in der einen Hand und legte mit der anderen den Motivator auf den Tisch. Dann öffnete er rasch – er hatte diesen Schritt vor ihrem Besuch in C'airams Bar geübt – die Zugangsklappe unmittelbar unterhalb der kleinen Kopfeinheit 4-LOMs. »Das müsste gehen ...«

»Vergessen Sie den roten Clip für die Feedback-Schleife nicht.« 4-LOM verfügte auch ohne einen funktionierenden Motivator noch über genug schwache Hilfsenergie, um bei Bewusstsein zu bleiben und die interaktive Kommunikation aufrechtzuerhalten. »Überzeugen Sie sich davon, dass die gleichgeschaltet ist, *bevor* Sie die primären Thorax-Systeme hochfahren.«

»Ich weiß schon, was ich tue«, gab Zuckuss gereizt zurück. Mit nur einer Hand dauerte es eben ein bisschen länger, die Schaltkreise richtig aufeinander abzustimmen. »Sie sind in einer Minute wieder auf den Beinen.«

4-LOMs erzwungene Reglosigkeit war ein notwendiger Bestandteil ihres Plans gewesen. Sonst hätte der Droide, als sie Drawmas Sma'Da hochgenommen hatten, sicher eine tatkräftigere Rolle gespielt. Der wichtigste Punkt ihres Plans hatte jedoch vorgesehen, dass Zuckuss mit einer funktionierenden Blasterpistole hatte arbeiten können. Das hatte bedeutet, dass sie entweder eine Energiequelle an den Wachen des Lokals vorbeischmuggeln – was völlig unmöglich war – oder vor Ort eine aus dem Hut zaubern mussten. Und mit eben der Frage, wie das zu bewerkstelligen sein würde, hatte sich 4-LOM während der Vorbereitungen zu diesem Auftrag, lange bevor er Zuckuss als Partner akzeptiert hatte, ausgiebig herumgeschlagen. Mit Hilfe einiger hoch bezahlter technischer Berater hatte 4-LOM eine Vorrichtung entworfen und in sein Inneres eingebaut, die dazu in der Lage war, den internen Schaltkreis eines Standardmotivators zu isolieren. Des primären Mechanismus' also, der die Beweglichkeit sämtlicher Droiden gewährleistete. Auf diese Weise erhielt er eine einfache Energiequelle, die er mit einem Mantel umgeben konnte, der so klein war, dass er das Ganze in eine Blasterpistole einsetzen konnte. Genau wie die Alchemisten auf gewissen abgelegenen Welten, die behaupteten, bestimmte Grundstoffe in unendlich kostbarere Substanzen transformieren zu können, hatte sich 4-LOM die Fähigkeit angeeignet, eines seiner unbeachteten, aber nützlichen Bestandteile in etwas überaus Wertvolles zu verwandeln: in die Energiequelle für einen Blaster an einer Stelle, an der sie niemand vermuten würde.

Es gab bei diesem Prozess der Verwandlung eines Motivators in eine Energiequelle nur zwei Nachteile. Erstens würde die gewonnene Energiequelle nur genug Saft für ein paar Schüsse abgeben. Und zweitens würde 4-LOM ohne seinen Motivator zu keiner Regung mehr fähig sein. Der Droide würde sich weder zum Tisch ihrer Zielperson begeben noch einen Arm oder gar eine Hand mit einer Waffe heben können. Deshalb hatte sich 4-LOM für einen Partner entschieden. Dieser Auftrag konnte ganz offensichtlich nur von zwei Kopfgeldjägern erledigt werden. Und was das erste Problem anging, war sein neuer Partner in der allgemeinen Psychologie von Nichtkopfgeldjägern gut genug bewandert, um zu wissen, dass sie nicht mehr als ein paar Schüsse brauchen würden.

»Ich hab's.« Zuckuss knallte die Klappe des Zugangspaneels zu. »Höchste Zeit, von hier zu verschwinden.«

»Einverstanden.« 4-LOM stieß seinen Stuhl nach hinten und stand vom Tisch auf. Dann streckte der Droide einen Arm aus und packte Sma'Das Ellbogen. »Ich würde es begrüßen«, teilte 4-LOM dem Spieler mit, »wenn du auf Widerstand verzichten würdest. Und ich habe Mittel und Wege, meinen Vorlieben Gehör zu verschaffen.«

Sma'Da starrte den Droiden an und erbebte vor Entsetzen.

»Gut«, sagte 4-LOM. »Ich bin froh, dass wir uns verstehen.« Dann warf er Zuckuss einen Blick zu. »Sehen Sie? Ich habe Ihnen doch gesagt, das wird ein einfacher Job.«

Zuckuss nickte. »Ich habe schon schlimmere erlebt.« *Viel schlimmere*, dachte er bei sich. Bis jetzt hatte er bei dieser Sache nicht einmal sein Leben aufs Spiel gesetzt. Aber das konnte sich durchaus noch ändern, wenn er und sein Partner sich jetzt nicht beeilten.

»Sie beide ...« Der Barbesitzer Salla C'airam hatte sich mittlerweile so weit erholt, dass es ihm gelang, gleichzeitig zu sprechen und mit einigen seiner Gliedmaßen zu zappeln. »Sie haben in diesem Lokal Hausverbot! Für immer! Lassen Sie sich bloß nicht noch einmal hier blicken!«

»Keine Sorge.« Zuckuss schob Sma'Da auf den Korridor Richtung Ausgang. Während er und 4-LOM Sma'Da ins Freie drängten, hielt er alle in der Bar mit dem Blaster in Schach, der noch Energie für höchstens zwei Schüsse hatte. »Die Drinks waren sowieso mies.«

Zuckuss kam erst später, als er und 4-LOM sich wieder auf dem Schiff des Droiden-Kopfgeldjägers befanden und Sma'Da in einem Käfig unter Deck sicher verstaut war, zu Bewusstsein, dass sie bei C'airam die Zeche geprellt hatten. Weder er noch 4-LOM hatten vor ihrem Abgang die Rechnung beglichen.

Geschieht ihm Recht, dachte Zuckuss.

»Und wo bringen wir die Ware jetzt hin?« Zuckuss stand in der Luke zum Cockpit und wies mit einem Nicken nach unten, wo sich Drawmas Sma'Da in diesem Moment aufhielt.

»Ich habe bereits den nächsten imperialen Außenposten verständigt.« 4-LOM langte über die Kontrollen und nahm einige kleinere Anpassungen der Navigation vor. »Dort weiß man schon, dass wir ihn ausliefern werden. Und die Belohnung liegt auch schon zur Auszahlung bereit.«

»Das war ein Job für das Imperium?« Zuckuss hatte nicht einmal danach gefragt, bevor er sich dazu bereit fand, sich mit dem anderen Kopfgeldjäger zusammenzutun. »Weshalb könnte Palpatine hinter dem her sein?«

»Sagen wir einfach, unsere Ware war in ihrer vormaligen Rolle als Glücksspielbetreiber ein wenig zu sehr darauf bedacht, seine Chancen bei diversen militärischen Begegnungen zwischen den Streitkräften des Imperiums und der Rebellen-Allianz schon im Voraus festzulegen.« 4-LOM sah sich nicht um, während er sich weiter an den Schiffskontrollen zu schaffen machte. »Es gibt eine Grenze, wie oft jemand solche Dinge richtig vorhersagen kann, ohne dabei auf nichts anderes als Informationen und sein Glück zu setzen. Und so häufig, wir Sma'Da richtig lag, sah es allmählich ganz so aus, als hätte er Zugang zu irgendwelchen Quellen mit Insiderwissen. Soll heißen, aus dem Zentrum der imperialen Streitkräfte.«

Zuckuss ließ sich die Worte des anderen durch den Kopf gehen. »Es ist gut möglich«, sagte er einen Augenblick später, »dass er wirklich nur Glück gehabt hat. Echtes Riesenglück«

»Wenn das der Fall ist«, erwiderte 4-LOM trocken, »hat das Riesenglück unsere Ware am Ende doch noch im Stich gelassen. Und da er die Aufmerksamkeit des Imperators Palpatine auf sich gezogen hat, wurde er auf die denkbar übelste Weise vom Pech eingeholt. Er wird in nächster Zeit jedenfalls einiges erklären müssen. Das wird sicher nicht angenehm.«

Wahrscheinlich nicht, dachte Zuckuss, während er den Cockpitbereich des Raumschiffs verließ. Selbst wenn Drawmas Sma'Da alles auf irgendwelche Informanten abwälzte, die er unter den Günstlingen des Imperators gehabt haben mochte, würden die Methoden, mit denen man sich davon überzeugen würde, dass der Spieler die Wahrheit sprach, ihn für alle Zeiten in einen ausgequetschten Putzlumpen verwandeln. Wenn das alles erst einmal vorbei war, würde er längst nicht mehr so fett und bester Laune sein.

Die kurze Erregung, die Zuckuss während des Auftrags ergriffen hatte, als er den funktionierenden Blaster gezogen und abgefeuert und das Gelächter der Zuschauer mit einem Schlag zum Verstummen gebracht hatte – als hätte er einen Schalter umgelegt –, war bereits wieder verflogen. Er lehnte sich mit dem Rücken gegen einen der Waffenspinde des Schiffs und ließ den Blick der großen Insektenaugen schweifen. Er konnte nichts gegen das Gefühl ausrichten, dass ihm das alles sogar jetzt, da seine Karriere als Kopfgeldjäger seit dem Zusammenschluss mit 4-LOM besser lief denn je, nicht mehr so viel ... Spaß machte. Ein besseres Wort wollte ihm nicht einfallen. Sicher, diese Art Vergnügen hatte ihn mehr als einmal um ein Haar das Leben gekostet. Und dennoch ...

Seine Gedanken verloren sich in Erinnerungen, als er den Kopf gegen den Spind stützte. Vor allem anderen erinnerte er sich an zwei frühere Partner, von denen einer, Boba Fett nämlich, sich gegenwärtig sonst wo in der Galaxis herumtreiben mochte. Mann konnte Fett unmöglich aufhalten. Das letzte Mal hatte er Fett durch die schmale Luke einer Rettungskapsel gesehen, die im nächsten Moment von einem Schiff abgeworfen werden sollte, das diesem hier ganz ähnlich gewesen war.

In der Rettungskapsel hatte noch ein anderer Kopfgeldjäger gekauert, der während des ganzen rasanten Abstiegs durchs All zu einem noch unbekannten Ziel in seiner eigenen Wut gesotten worden war. Dieser Kopfgeldjäger war Bossk gewesen. Mordlust und Wut waren für Trandoshaner etwas ganz Natürliches. Doch Bossks Verfassung hatte den Platz in der kleinen Durastahlkugel irgendwie noch mehr beschränkt. Ihrer beider Stimmung hatte schnell den Siedepunkt erreicht und er und Bossk hatten nur verhindern können, dass sie sich gegenseitig umbrachten, weil sie übereinkamen, gleich nach der Landung der Kapsel auf dem nächsten Planeten getrennte Wege zu gehen. Und das hatten sie dann auch getan.

Er war froh, aber auch ein bisschen traurig, dass seine Partnerschaft mit dem ebenso kaltblütigen wie aufbrausenden reptilischen Bossk nun schon lange der Vergangenheit angehörte. Es ließ sich kein noch so großer Spaß denken, der die Risiken aufwog, die man einging, wenn man sich auf ein Bündnis mit einer solchen Kreatur einließ.

Zuckuss schüttelte den Kopf. Wenigstens bin ich noch am Leben, dachte er. Das ist doch schon mal was.

Er fragte sich, wo Bossk jetzt wohl stecken mochte …

2

Er hätte ihn nicht töten müssen ... aber er tat es doch. Bossk hielt das für eine gute Idee. Nicht allein um als Kopfgeldjäger in Übung zu bleiben, sondern auch um dafür zu sorgen, dass niemand im Mos-Eisley-Raumhafen über die genauen Umstände seiner Ankunft Bescheid wusste.

Der heruntergekommene alte Transporterpilot, ein schwankendes Wrack mit einem von zu vielen Landungen bei hoher Schwerkraft verkrümmten Rückgrat, war auf Bossk zu gehumpelt und hatte unübersehbar nach einem Almosen verlangt. »Moment mal«, hatte der alte Mann gekrächzt und eine Pranke mit gelben Fingernägeln in die grauen Büschel seines Bartes gegraben, während seine wässrigen Augen die Gestalt vor ihm fixierten. »Ich kenne Sie ...«

»Du irrst dich.« Bossk hatte die Überfahrt auf einer Reihe lokaler Systemfrachter gemacht. Dabei hatte er, um den abgelegenen Planeten Tatooine unbehelligt zu erreichen, jedes Mal einen anderen falschen Namen angenommen. In der Vergangenheit hatte er diese Welt viele Male mit seinem eigenen Schiff, der *Hound's Tooth*, auf direktem Wege angeflogen, ohne jemals seine Identität zu verbergen. Doch dieses Mal lagen die Dinge für ihn anders. »Aus dem Weg.« Er schob sich an dem Bettler vorbei und steuerte auf den Saum des Landefelds und das niedrige Gebäude dahinter zu. »Du hast keine Ahnung, wer ich bin.«

»Und ob.« Der Bettler blieb stur und folgte Bossk. Dabei zog er das eine Bein mit dem verkrüppelten Fuß hinter sich her. Sie überquerten das von den geschwärzten Brandspuren der Schubtriebwerke streifige Landefeld. »Ich bin Ihnen mal draußen im Osmani-System über den Weg gelaufen. Das ist aber schon *lange* her.« Der Alte hatte große Mühe, mit den langen Schritten des Trandoshaners mitzuhalten. »Ich hab eine Fähre zwischen den Planeten geflogen. Das war der armseligste Kahn, auf dem ich je angeheuert habe. Und Sie haben damals einen meiner Passagiere direkt aus dem Schiff geholt.« Der Bettler gab ein schleimiges meckerndes Lachen von sich. »Das war eine verdammt gute Entschuldigung dafür, dass ich total hinter meinem Zeitplan lag. Ich schulde Ihnen was.«

Bossk blieb stehen und drehte sich auf dem krallenbewehrten Fuß um. Aus den Augenwinkeln sah er einige der übrigen Passagiere, die mit ihm von Bord gegangen waren und jetzt in ihre Richtung schauten, als würden sie sich fragen, was die erhobenen Stimmen zu bedeuten hatten. »Du schuldest mir gar nichts«, zischte Bossk. »Außer ein bisschen Ruhe und Frieden. Hier ...« Er langte in eine Gürteltasche, brachte eine Dezicreditmünze zum Vorschein und schnippte sie in den Staub neben den mit Lumpen umwickelten Füßen des Bettlers. »Damit hat sich unsere kleine Begegnung für dich wohl gelohnt. Nimm auch noch einen guten Rat an«, knurrte Bossk, »und versuch es dabei zu belassen.«

Der Bettler fischte die Münze vom Boden und lief hinter Bossk her. »Aber Sie sind ein Kopfgeldjäger! Einer der berühmten! Ganz groß im Geschäft ... zumindest waren Sie das mal.«

Das ließ das Blut in die Gefäße hinter Bossks geschlitzten Pupillen steigen. Er spürte, wie sich die Muskeln unter den Schuppen, die seine Schultern bedeckten, zusammenzogen. Als er dieses Mal stehen blieb und sich umdrehte, griff er nach unten, packte den Bettler an den Fetzen seines Gewandes und hob die unverschämte Kreatur auf die Zehenspitzen. Es war ihm egal, ob ihn jemand beobachtete. »Was«, brachte er leise und Unheil verkündend heraus, »willst du damit sagen?«

»Nichts für ungut.« In dem zerfurchten humanoiden Gesicht des Bettlers öffnete sich ein Grinsen voller Zahnlücken. »Es ist bloß, dass jeder in der Galaxis weiß, was mit der alten Kopfgeldjägergilde passiert ist. Damit ist es jetzt aus, oder nicht? Also gibt es vielleicht gar keine berühmten Kopfgeldjäger mehr.« Das Grinsen wurde breiter. Wie eine überreife Frucht, die unter der Hitze der Doppelsonne von Tatooine aufbrach. »Außer einem.«

Bossk wusste natürlich, wen der Bettler meinte. Und an Boba Fett erinnert zu werden, verbesserte nicht gerade seine Laune. »Du gehst ziemlich freimütig mit deinen kleinen Kommentaren um, wie?« Er hielt sich den Bettler dicht vor die Nase und konnte den Geruch des festgebackenen Schmutzes und Schweißes an ihm riechen. »Du solltest vielleicht ein bisschen vorsichtiger sein.«

»Ich bin auch nicht freimütiger als alle anderen in diesem Dreckloch.« Der Bettler baumelte an Bossks Fäusten und deutete mit einem Nicken auf die sonnenverbrannten armseligen Behausungen von Mos Eisley. »Absolut jeder hier quatscht sich 'nen Wolf. Ganz gleich, ob er was zu sagen hat oder nicht. Ein ziemlich geschwätziger Haufen, wenn Sie mich fragen.«

»Hab ich denn gefragt?« Bossk fühlte, wie die Spitzen seiner Krallen durch die zerknitterten Lumpen des Bettlers drangen.

»Nicht nötig, Kumpel. Weil ich Ihnen sage, wie es ist.« Der Bettler schien überhaupt keine Angst zu haben. »An einem Ort wie Mos Eisley kann man nicht viel anderes machen außer quatschen. Vor allem über die Angelegenheiten der anderen. Kann sein über *Ihre* Angelegenheiten, wenn die hier erst mal wissen, dass Sie in der Stadt sind. Eine Menge von denen würde bestimmt gerne hören, dass gerade ein gewisser Kopfgeldjäger namens Bossk angekommen ist. Ohne sein Schiff. Auf einem gewöhnlichen Frachter. Und …« Der Bettler bog, um Bossk mit einem blinzelnden Auge begutachten zu können, den Kopf nach hinten. »… es sieht nicht gerade so aus, als würde es ihm im Moment besonders gut gehen.«

»Alles bestens«, gab Bossk zurück.

»Aber klar doch, Kumpel.« Der Bettler schaffte irgendwie ein Achselzucken. »Der Schein trügt manchmal, stimmt's? Dann haben Sie womöglich einen wirklich guten Grund, inkognito hierher zu kommen. Ein raffinierter Bursche wie Sie. Vielleicht haben Sie ja noch irgendeinen großen Plan in petto. Vielleicht wollen Sie ja inkognito *bleiben*, wie? Habe ich gut geraten, oder was?«

Bossk dämpfte ein wenig seinen Zorn. »Warum bist du nur ein Bettler, wenn du so schlau bist?«

»Weil es mir so passt. Nicht zu viel Arbeit und immer an der frischen Luft. Und man trifft reizende Leute. Außerdem ist das nur ein Teilzeitjob für mich. Und eine gute Tarnung für mein eigentliches Geschäft.«

»Und das wäre?«

»Sachen herausfinden«, antwortete der Bettler. »An einem Ort wie Mos Eisley ist einer wie ich so gut wie unsichtbar. Man ist wie der Putz an der Wand. Und wenn die Leute einen nicht bemerken und nicht mal mitkriegen, dass man überhaupt da ist, kann man einige sehr interessante Dinge herausfinden. Dinge über andere Leute … Leute wie Sie, Bossk. Ich habe Sie nicht einfach nur so erkannt, als hätte ich irgendwas aus meinem persönlichen Gedächtnisspeicher abgerufen. Ich wusste schon, dass Sie hierher nach Tatooine kommen würden. Ich habe überall im System und auf den Frachtern Freunde. Die haben mich wissen lassen, dass Sie hierher unterwegs waren. Interessante Typen wie Sie behalten wir im Auge, wenn sie sich in dieser Gegend blicken lassen. Seien wir ehrlich: Niemand kommt auf eine rückständige Welt wie diese, wenn er nicht einen guten Grund dafür hat. Das ist hier nicht gerade der Mittelpunkt des Universums, wissen Sie? Und das heißt, dass *Sie* bestimmt einen Grund haben, hier aufzukreuzen.« Der Bettler kratzte sich mit einem schmutzigen Fingernagel die Schläfe. »Um einen Job für Jabba den Hutt kann es nicht gehen. Der ist schließlich tot. Das muss jetzt schon ein paar Wochen her sein. In seinem ehemaligen Palast gibt es sicher nichts Lohnendes mehr. Und es gibt hier im Moment auch keinen, auf den ein Kopfgeld ausgesetzt ist. Glauben Sie mir, ich wüsste, wenn es so wäre.« Der Ausdruck in seinem ergrauten Gesicht wurde verschlagener. »Also sind Sie vielleicht nur aus *persönlichen* Gründen hier, hm?«

Bossk starrte unverwandt in die Augen des Bettlers. »Es würde mir gefallen, wenn das auch so bliebe.«

»Davon bin ich überzeugt, Kumpel. Deshalb habe ich überlegt, als ich Sie erkannte, nachdem Sie aus dem Transporter gestiegen waren. Ich habe überlegt, wie wir beide ins Geschäft kommen könnten. Sie hatten auch früher schon Partner. Kopfgeldjäger tun sich dauernd mit ihresgleichen zusammen. Ich schätze, das ist so, damit ihr euch gegenseitig decken könnt, wie?« Der Bettler offenbarte weitere Lücken in seinem Grinsen. »Tja, vielleicht könnten Sie und ich ja Partner werden.«

»Du machst wohl Witze.« Bossk zeigte dem Bettler

ein höhnisches Grinsen. »Welchen Nutzen hätte ich wohl von einem Partner wie dir? Ich verdinge mich als Kopfgeldjäger. Nicht als Bettler.«

»Wie ich schon sagte, Kumpel, das hier ist nicht alles, was ich so mache. Es gibt noch eine Menge anderer Dinge, die ich gut kann. Eine Sache werden Sie sicher sehr wertvoll finden. Ich kann den Mund halten. Darin bin ich echt ein Ass. Natürlich vorausgesetzt, der Preis stimmt.«

»Darauf würde ich wetten.« Bossk nickte bedächtig. Dann ließ er den Bettler auf den schwarz gestreiften Boden des Landefelds hinunter. »Aber was ist mit den anderen in deinem kleinen Netz von Informanten, die dir von mir erzählt haben?«

»Kein Problem. Um die kann ich mich kümmern.« Der Bettler bürstete ohne große Wirkung seine Lumpen ab. »Ich habe ihnen schon eine Nachricht zukommen lassen. Sie wussten bloß, dass Sie auf dem Weg hierher nach Tatooine waren. Aber sie müssen ja nicht erfahren, ob sie hier Halt gemacht haben oder wie lange Sie bleiben wollen. Ich kann ihnen sagen, dass Sie nur auf der Durchreise zu einem anderen Loch in den Grenzregionen waren. Die Kommunikationswege in diesen Gebieten sind so miserabel, da werden sie es nur für logisch halten, wenn eine Zeit lang niemand meldet, Sie irgendwo gesehen zu haben.«

»Ich verstehe.« Bossk blickte auf den Bettler hinab. »Und was ist nun der Preis für diese ... *Dienstleistung*?«

»Ein sehr vernünftiger. Ich bin sicher, dass Sie selbst in Anbetracht Ihrer zurzeit anscheinend, ähm, eingeschränkten finanziellen Möglichkeiten so viel aufbringen können.«

Bosk dachte ein paar Augenblicke darüber nach. »Also gut«, sagte er schließlich. »In einem Punkt hast du allerdings Recht. Wir sind beide Geschäftsleute.«

Er wollte hier draußen im allgemein zugänglichen Bereich des Landefelds nicht noch mehr Aufmerksamkeit auf sich ziehen. »Warum gehen wir nicht erst mal in die Stadt?« Bossk deutete mit einem Nicken auf Mos Eisley. »Damit wir die Einzelheiten unserer kleinen Partnerschaft besprechen können. Wie richtige Geschäftsleute.«

»Hört sich gut an für mich.« Der Bettler marschierte in seiner humpelnden, linkischen Gangart los und näherte sich den fernen Gebäuden. Er warf einen Blick über die Schulter. »Ich bin ein bisschen durstig, falls Sie wissen, was ich meine.«

»Jeder auf diesem Planeten ist durstig.« Bossk ging mit gelassenen großen Schritten hinter dem Bettler her. Er wusste natürlich längst, welche Art geschäftliches Arrangement er mit dem Alten treffen würde.

Nachdem er in einer der ersten dunklen Gassen, auf die sie in Mos Eisley trafen, alles erledigt hatte, wischte sich Bossk den Dreck, der wie schmieriger schwarzer Ruß den Hals des Bettlers besudelt hatte, von den Krallenhänden. Er hatte nicht lange gebraucht. Kaum mehr als ein paar Sekunden waren vergangen, bis die mageren Knochen gebrochen waren. Bossk hatte im Lauf der Jahre herausgefunden, dass es stets der sicherste Weg war, jemanden zu töten, wenn man ihn zum Schweigen bringen wollte.

Jetzt beförderte er die nur mehr wie ein Lumpenbündel aussehenden Überreste mit mehreren Tritten gegen die Mauer der Gasse. Dann warf er einen Blick über die Schulter, um sich davon zu überzeugen, dass keine routinemäßige Patrouille etwas von dem, was hier vorgefallen war, mitbekommen hatte. Schließlich war er nach Tatooine und besonders nach Mos Eisley gekommen, um sich bedeckt zu halten und sein weiteres Vorgehen zu planen, ohne dass jemand auf ihn aufmerksam wurde. Was das anging, hatte der Bettler völlig richtig gelegen. Allerdings war er hinsichtlich der trandoshanischen Geschäftspraktiken ein kleines Stück übers Ziel hinausgeschossen. *Sein Pech*, dachte Bossk, während er auf die hell erleuchtete Mündung der Gasse zuging.

Und was die so plötzlich und unerwartet abgerissenen Kontakte des Bettlers zu anderen Welten anging, nun, Bossk hatte bereits beschlossen, sich darüber nicht den Kopf zu zerbrechen. *Wahrscheinlich hat er mich sowieso belogen.* Der Bettler konnte Bossk ohne weiteres erkannt und sich die Geschichte über seine angeblich im ganzen System verteilten Informanten, die ein wachsames Auge auf Kopfgeldjäger und andere verdächtige Kreaturen hatten, nur ausgedacht haben, um den Preis für sein anhaltendes Schweigen in die Höhe zu treiben.

Der Preis war übrigens gar nicht so hoch gewesen. Bossk wusste, dass er die Summe leicht hätte aufbringen können, ohne seine Creditreserven allzu sehr angreifen zu müssen. *Auf Tatooine ist alles billiger*, dachte Bossk. *Und sie verdienen es auch nicht anders.* Der Schatten einiger zusammengebundener Taurücken fiel auf ihn, während er sich einen Weg über den zentralen Platz von Mos Eisley bahnte und sich der berühmten Bar näherte. Sein Entschluss, den Bettler lieber umzubringen, als die erpresste Summe zu bezahlen, war mehr eine Angelegenheit allgemeiner Prinzipien gewesen als eine Frage wirtschaftlicher Erwägungen. Wenn ein Kopfgeldjäger erst einmal anfing, für seine Privatsphäre zu bezahlen, würde er am Ende unweigerlich jeden schmieren müssen. Und Bossk war sich darüber im Klaren, dass er bei solchen laufenden Kosten nur noch schwer Gewinn machen würde.

Er stieg die grob behauenen Steinstufen hinunter

und trat über die Schwelle der vertrauten Bar. In einem Loch wie diesem würde er sich keine Sorgen machen müssen, dass irgendjemand seinen Rüssel in seine Angelegenheiten steckte. Hier wusste jeder, welche Folgen das nach sich ziehen würde. Außerdem hatten die meisten ihre eigenen Geheimnisse. Und über manche davon wusste Bossk ein wenig Bescheid. Wechselseitiges Schweigen war daher für alle von Vorteil.

Ein paar Blicke wandten sich in seine Richtung, doch die Gesichter blieben wohlweislich unbeeindruckt und zeigten nicht das geringste Anzeichen von Neugier. Die Stammgäste der Bar, die bunt gemischten zwielichtigen Gestalten und Ränkeschmiede, mit denen er in der Vergangenheit hier und an anderen Schauplätzen der Galaxis bereits unzählige Geschäfte abgeschlossen hatte, taten allesamt so, als hätten sie ihn noch nie gesehen.

Und genau so gefiel es ihm.

Selbst der Barkeeper blieb stumm, erinnerte sich aber offenbar an Bossks übliche Bestellung. Er goss den Drink aus einer schön geformten Steingutkanne ein, die er unter der Theke aufbewahrte, und stellte ihn vor dem Trandoshaner ab. Bossk musste den Mann nicht erst dazu auffordern, die Bestellung auf seine Rechnung zu setzen.

»Ich suche eine Unterkunft.« Bossk krümmte die breiten schuppigen Schultern und beugte sich zu dem Barkeeper vor. »Irgendwas Ruhiges.«

»Ah ja?« Der finstere Ausdruck in dem plumpen Gesicht des Barkeepers hellte sich kein bisschen auf. Er fuhr fort, mit einem fleckigen Tuch ein leeres Glas auszuwischen. »Wir betreiben hier kein Hotel, wissen Sie.«

Dieses Mal ließ Bossk eine Münze über den Tresen schlittern. »Irgendwas Privates.«

Der Barkeeper legte sein Tuch einen Moment ab. Als er es wieder aufnahm, war die Münze verschwunden. »Ich hör mich mal um.«

»Das weiß ich zu schätzen.« Bossk wusste, dass diese Worte den erfolgreichen Abschluss der Verhandlungen bedeuteten. In der Mos-Eisley-Bar wurden tatsächlich ein paar einfache Kammern vermietet. Dunkle, stickige Löcher unter den Kellern und Tiefkellern, in denen die Fässer mit dem billigen Fusel lagerten. Doch selbst unter den Stammgästen der Bar wussten nur wenige darüber Bescheid. Das Management zog es vor, die Existenz dieser Räume nicht allzu bekannt werden und sie darüber hinaus meistens leer stehen zu lassen. Auf diese Weise konnte die Zahl der Überfälle und allgemeinen Belästigungen durch die Sicherheitskräfte des Imperiums erheblich eingeschränkt werden.

»Ich komme später auf Sie zurück.«

»Keine Umstände.« Der Barkeeper knallte etwas auf den Tresen. »Hier ist Ihr Wechselgeld.«

Bossk machte sich nicht mal die Mühe hinzusehen. Er legte die Hand über den kleinen Gegenstand und spürte die Umrisse eines primitiven Metallschlüssels, den er rasch in eine seiner Gürteltaschen gleiten ließ. Er kannte den Weg zu den Räumen unter der Bar, der über eine der schmalen, hinter der bröckelnden Steinmauer verborgenen Treppen führte.

Er nahm seinen Drink mit und schlüpfte in eine der Nischen an der gegenüberliegenden Wand. Es dauerte nicht lange, bis er Gesellschaft bekam.

»Ist eine Weile her, Bossk.« Ein rattengesichtiger Mhingxin nahm auf der anderen Seite des Tischs in der Nische Platz. Eobbim Fighs Hände mit den langen Fingern, die aussahen wie eine mit rauem, drahtigem Fell bedeckte Kollektion Knochen, stellten eine in zahlreiche Fächer unterteilte Schachtel mit einem Sortiment stimulierender Schnupfpulver vor ihm auf. »Schön, Sie zu sehen.« Fighs spitze Nägel senkten sich nacheinander in die verschiedenen Substanzen und hoben sich dann zu den länglichen Nasenlöchern an der Unterseite seiner feucht schimmernden Schnauze. »Hatte gehört, Sie wären tot oder so was.«

»Es braucht schon einiges, um mich umzubringen, Figh.« Bossk nippte an seinem Drink. »Und das wissen Sie.«

»Boba Fett ist *einiges*. Einiges an Ärger.« Der Mhingxin schüttelte den kegelförmigen Kopf. »Sollten sich nicht mit ihm anlegen. Nicht, wenn Sie schlau sind.«

»Für Fett bin ich allemal schlau genug«, erwiderte Bossk säuerlich. »Ich hatte bloß kein Glück.«

Figh brach in ein schrilles Gelächter aus. Eine kreischende Attacke, die kleine Wolken beißenden Pulvers aus der Schachtel auf dem Tisch aufsteigen ließ. »Glück! *Glück*!« Er klatschte die schmalen Pfoten neben der Schachtel auf den Tisch. »Glück ist was für Narren. Haben *Sie* mir gesagt. *Sie* selbst.«

»Dann bin ich wohl noch schlauer geworden, als ich es ohnehin schon war.« Bossk spürte, dass seine Schnauze einen hässlichen Zug annahm. »Heute weiß ich, wie wichtig Glück ist. Boba Fett hat Glück. Deshalb hat er jedes Mal gewonnen, wenn wir uns über den Weg gelaufen sind.«

»Glück?« Figh zuckte die Achseln. »War wohl ein bisschen mehr als das. Meine Meinung.«

Das abgehackte Basic der Kreatur, die ihm gegenübersaß, ärgerte Bossk. »Es ist mir gleich, was Sie meinen«, grollte er. »Ich habe meine eigenen Pläne. Außerdem stehen die Chancen *diesmal* gut für mich.«

»Glauben Sie? Wie das?«

»Ganz einfach.« Bossk hatte lange genug Zeit gehabt, sich die Sache gründlich zu überlegen. »Boba Fetts Glückssträhne dauert schon viel zu lange. Das muss mal ein Ende haben. Und vielleicht ist das Ende schon da. Dann schlägt meine große Stunde.« Er nickte nachdenklich, als würde er bereits das Blut schmecken, das von den Fangzähnen in seinem Maul sickern würde. »Dann ist es an der Zeit, dass Boba Fett für alles bezahlt.«

Das entlockte Figh nur einen neuerlichen wiehernden Lachanfall. »Das dauert noch. Mit dem Zahltag. Sie sind nicht der Einzige.«

Bossk war klar, wie sehr Figh damit Recht hatte. Der Zerfall der alten Kopfgeldjägergilde, für den im Wesentlichen Boba Fett verantwortlich zeichnete, hatte in der ganzen Galaxis eine Menge Leute hinterlassen, deren Hass auf Fett vor dem Siedepunkt stand. *Er hat uns alle da getroffen, wo es am meisten wehtut.* Boss nickte abermals. Noch nachdenklicher diesmal und mit zusammengekniffenen Augen. *Bei unseren Einkünften.* Das alte System der Gilde hatte den Reichtum verteilt. Zwar nicht ganz gleichmäßig, denn an der Spitze der Gilde hatte Bossks Vater Cradossk für sich selbst stets besser gesorgt als für irgendjemanden aus seiner Gefolgschaft, aber doch so gut, dass kein Kopfgeldjäger hatte hungern müssen. Doch jetzt war alles anders. Viele ehemalige Kopfgeldjäger waren entweder tot oder aus dem Geschäft ausgestiegen und hatten sich andere Berufszweige gesucht, die entweder näher an der Legalität oder noch weiter von ihr entfernt waren. Die Verbrecherorganisation Schwarze Sonne hatte sich neu organisiert und das Imperium hatte ebenso wie die Rebellen-Allianz frische Rekruten angeworben.

»Wir hätten zusammenhalten können«, schmollte Bossk. »Wenn wir schlau gewesen wären.« Er selbst konnte und wollte sich in dieser Hinsicht nichts vorwerfen. Schließlich hatte er versucht, die übrigen Kopfgeldjäger, wenigstens die jüngeren und zäheren, auch dann noch zusammenzuhalten, als die Kopfgeldjägergilde längst auseinander gebrochen war. Das war der einzige Zweck des Reformkomitees gewesen, das er unmittelbar nach der Ermordung des alten Cradossk nach der Tradition und Sitte der Trandoshaner – natürlich mit sich selbst an der Spitze – auf die Beine gestellt hatte. *Die alte Kröte hätte es selbst nicht anders gewollt*, sagte sich Bossk. Und wen hätte es schon gekümmert, wenn Cradossk anderen Sinns gewesen wäre. Er war so oder so tot und ein für alle Mal aus dem Weg geräumt.

»Schlauheit, Glück ... große Wenns«, meinte Figh. »Für Sie. Nicht für Boba Fett.«

»Ja, nun, wir werden sehen.« Die berauschenden Bestandteile seines Drinks hatten Bossks Wut angeheizt. »Wie ich schon sagte, ich habe Pläne.«

»Pläne kosten Geld. Haben Sie?«

Bossk starrte den Mhingxin an und fragte sich, wie viel er wissen mochte. »Reichlich.«

»Wirklich?« Figh hob skeptisch die Schultern. »Hab ich hier nichts von gehört.«

Die Ermordung des Bettlers, dessen Leiche Bossk in jener Gasse am Rand von Mos Eisley liegen gelassen hatte, erschien ihm nun weit gehend sinnlos. Zumindest jenseits des schlichten Vergnügens, den Hals eines anderen Lebewesens unter den eigenen Fäusten brechen zu hören. Es kam ihm allmählich so vor, als wüsste absolut jeder in diesem Raumhafen über seine gegenwärtige finanzielle Lage Bescheid.

»Dann haben Sie was Falsches gehört.« Bossk entschied sich dafür, den Bluff bis zum Ende durchzuziehen. »Benutzen Sie zur Abwechslung lieber mal Ihr winziges Rattenhirn. Die alte Kopfgeldjägergilde verfügte vor ihrem Zusammenbruch über riesige Geldmengen. Wer, glauben Sie, hat sich die ganzen Credits unter den Nagel gerissen?«

Figh grinste unangenehm. »Sie nicht.«

»Sehen Sie, dass ich nicht mit meinem eigenen Raumschiff hier gelandet bin, hat überhaupt nichts zu bedeuten. Ich habe meine Gründe, mich lieber bedeckt zu halten.«

Der Mhingxin ließ eine unflätige Bemerkung fallen. »Pleite sind Sie. Das ist die Wahrheit. Das habe ich gehört. Aus mehr als einem Mund. Die Leute grinsen und lachen Sie aus. Sie haben fast so viele Feinde wie Boba Fett. So viele Morde.« Figh schüttelte den Kopf. Die rudimentären Schurrhaare zitterten. »Sie treten Leuten auf die Füße. Wahrscheinlich haben Sie deshalb Pech. Keiner wünscht Ihnen Glück.«

Bossk fühlte den Drang in sich aufsteigen, einfach über den Tisch zu langen und mit Figh das Gleiche zu tun, was er mit dem in der Gasse zurückgelassenen Bettler gemacht hatte. Doch er riss sich zusammen. Die Konsequenzen würden zwar nicht unüberwindlich sein, aber die Ausgaben, die auf ihn zukommen würden, wenn er den Barkeeper bitten musste, sauber zu machen, wären ihm gegenwärtig ungelegen gekommen. Außerdem mochte es sich, bei näherer Überlegung, noch als recht nützlich erweisen, über eine Informationsquelle wie diesen Figh zu verfügen.

»Dann sagen Sie mir mal was …« Bossk beugte sich über den Tisch. Die Krallenhände hatte er um den Drink vor seiner Nase gefaltet. »… da Sie so viel über meine gegenwärtige Lage gehört haben. Wenn *ich* das Geld der Kopfgeldjägergilde nicht bekommen habe, wer dann?«

»Weiß doch jeder. Ist nicht mal wert, dass man's Ihnen auf die Rechnung setzt.« Fighs hämisches Grinsen verzerrte sein Gesicht. »Die Credits sind weg. Und Gleed Otondon auch. Zählen Sie zusammen.«

Das übertraf allerdings alles, was Bossk auf seinem Weg nach Tatooine bereits hatte herausfinden können. Er konnte sich noch gut an die verheerende Wut erinnern, die in ihm gebrodelt hatte, als er an den riesigen Haufen Credits, den die ehemalige Gilde auf die Seite geschafft hatte, heranzukommen versuchte und die Konten vollständig geplündert vorfand. Wer auch immer dafür verantwortlich war und die Credits in die eigenen Taschen gelenkt hatte, hatte nicht nur die Sicherheitskodes der Konten gekannt, sondern auch die Bank- und Finanzwelten, auf denen diese eingerichtet worden waren. Das war ganz offensichtlich die Tat eines Insiders gewesen, denn einige Konten waren, nur ein paar Minuten bevor Bossk eingetroffen war, geräumt worden. Es musste also jemand aus den obersten Rängen der alten Kopfgeldjägergilde gewesen sein, dachte Bossk, einer der vertrautesten Ratgeber seines Vaters. Eine Kreatur, die in der Position gewesen war, sich die Zugangskodes sowie die übrigen Informationen zu erschleichen, die nötig waren, um eine so große Menge versteckter Credits überhaupt zu finden. *Und sie zu stehlen*, brütete Bossk. Die Ungerechtigkeit dieser Tat schmerzte ihn immer noch. Wenn schon jemand dieses Geld stahl ... hätte er derjenige sein müssen.

Aber wer es auch gewesen sein mochte, offenbar handelte es sich um keinen der jüngeren Kopfgeldjäger, die mit ihm das Reformkomitee ins Leben gerufen hatten. Von denen hatte zurzeit der alten Gilde keiner Zugang zu den entsprechenden Informationen gehabt. Die Jungen waren alle noch damit beschäftigt gewesen, die Leiter hochzuklettern, während die einflussreichen Positionen vorläufig noch von den Altvorderen bekleidet wurden.

Das war auch der Grund, weshalb so viele von ihnen den Zerfall der alten Gilde willkommen geheißen und sogar dabei geholfen hatten, diesen zu beschleunigen. Auch Bossk hatte die persönlichen Vorteile erkannt, die eine Palastrevolution bringen konnte, wenn er das herrschende System zerschlug und ein neues mit ihm selbst an der Spitze an seine Stelle setzte, das von den jüngeren und hart gesottenderen Kopfgeldjägern unterstützt wurde. Allerdings war dann alles ganz anders gekommen. *Wir hätten sie alle umbringen sollen*, dachte Bossk in der Rückschau. *Gleich vom ersten Tag an.* Zu viele der älteren Mitglieder der alten Gilde hatten deren Zusammenbruch überlebt und sich darangemacht, mit der so genannten Wahren Gilde ihre eigene Ablegerorganisation zu gründen. Aber alles, was die Existenz von zwei Splittergruppen eingebracht hatte, war ein Zermürbungskrieg zwischen beiden gewesen. Die Älteren hatten sich um einiges zäher erwiesen, als die jungen Kopfgeldjäger – und Bossk mit ihnen – erwartet hatten. Zäh genug immerhin, um die Reihen des Reformkomitees recht drastisch und in derselben Größenordnung auszudünnen, in der die Mitglieder der Wahren Gilde ausgeknipst worden waren. Wenn es dabei darum gegangen sein mochte, die Zahl der lebenden und in der Galaxis tätigen Kopfgeldjäger zu reduzieren – und Bossk hatte Gerüchte gehört, nach denen angeblich ein großer Unbekannter hinter Boba Fetts Eintritt in die alte Gilde stand –, dann war dieses Ziel inzwischen ebenso erfolgreich wie blutig erreicht.

Doch jetzt hatte es den Anschein, als hätte sich bei der Zerschlagung der alten Gilde ein ganz anderer eine goldene Nase verdient. Die Gilde und ihre Überbleibsel, die ihre Nachfolge angetreten hatten, die

Wahre Gilde und das Reformkomitee, gehörten der Vergangenheit an. Warum also sollte ein Kopfgeldjäger, der noch einigermaßen bei Verstand war, in einer dieser Organisationen bleiben, wenn die jeweils andere Seite es nur darauf abgesehen hatte, ihn aufs Korn zu nehmen und umzubringen? Die noch kleineren und weniger schlagkräftigen Splittergruppen, die sich nach der Auflösung der beiden Hauptparteien gebildet hatten, besaßen für Bossk erst recht keine Anziehungskraft. Er hatte sich längst entschieden, dass es besser für ihn sei, zukünftig als ein unabhängiger Unternehmer zu wirken, der allein oder allenfalls mit einem Partner arbeitete. Der Kopfgeldjäger- Ehrenkodex, der die meisten Kopfgeldjäger davon abhielt, sich allzu bereitwillig gegenseitig umzubringen, galt nicht mehr. Von nun an würde jeder Kopfgeldjäger nur noch für sich selbst verantwortlich sein. Die alte Gilde hatte nur eines von Wert hinterlassen. Ihr Geld. Und das war jetzt auch verschwunden.

Genauso wie Gleed Otondon. *Dieser Abschaum*, dachte Bossk dumpf. Otondon war einer der wichtigsten Berater des alten Cradossk gewesen. Eine gewichtige Stimme im herrschenden Rat der Kopfgeldjägergilde. Später war er der Chefunterhändler der Wahren Gilde geworden. So weit Bossk wusste, hätte er ebenso gut der absolute Herrscher dieser Splittergruppe sein können. Derjenige, von dem die anderen Alten erwartet hatten, dass er ihnen sagte, wo es lang gehen sollte. Wenn das stimmte, hatte Otondon sie genauso über den Tisch gezogen wie ihn selbst. Bossk wusste, wo sich die überlebenden Kopfgeldjäger zurzeit aufhielten. Die Jungen und die Alten, denen es bisher noch nicht gelungen war, sich gegenseitig aus dem Weg zu räumen. Und von denen machte keiner den Eindruck, über so viele Credits zu verfügen. Seit die Gilde und ihre Ableger nicht mehr existierten, kämpften sie alle um ihr nacktes Leben. Der Einzige, der nirgendwo ausfindig gemacht werden konnte, nicht lebend und nicht im Grab, war Gleed Otondon. Er war praktischerweise verschwunden. Praktisch für ihn. Wenn Bossk in der Lage gewesen wäre, ihn in die Finger zu bekommen, hätte er Otondon auf der Suche nach dem gestohlenen Schatz der Gilde den Kehlkopf sowie die meisten seiner inneren Organe herausgerissen.

Die Art und Weise, wie Otondon sich abgesetzt hatte, kostete Credits. Eine Menge Credits. Die Galaxis quoll förmlich über vor Informanten und Schreihälsen, aber keiner von denen hatte eine Ahnung, wo Otondon im Moment steckte. Bossk hielt sich nicht einmal damit auf, Eobbim Figh, der ihm direkt gegenübersaß, danach zu fragen, ob ihm hier irgendwas über den verschollenen Kopfgeldjäger zu Ohren gekommen war. Solche Neuigkeiten erreichten Tatooine erst, nachdem sie überall sonst längst zum Allgemeinwissen zählten.

»Kein Wort über Gleed Otondon? Über all die Credits?« Figh heuchelte mit großer Geste Mitgefühl für Bossk. »Kann ich verstehen. Noch mehr Pech für Sie, wie?« Er ließ ein langsames Kopfschütteln folgen. »Lieber Schweigen. Überrascht mich nicht.«

»Wenn es so weit ist, werde ich mich schon um Gleed Otondon kümmern«, sagte Bossk. »Der kommt schon noch dran. Aber nicht jetzt. Ich habe andere Dinge auf der Tagesordnung.«

»Nein. *Eins* nur.« Figh grinste. »Boba Fett.«

Der Mhingxin hatte auch das ganz richtig erkannt, als hätte Bossks Zorn ihm den Namen des anderen Kopfgeldjägers gleichsam in die schuppige Stirn gebrannt. Das Bild von Fetts ramponiertem, verbeultem Helm mit dem schmalen Visier, der noch immer so

Furcht einflößend gut funktionierte wie zu der Zeit, als er einen lange vergessenen mandalorianischen Krieger geschützt hatte, füllte, als er die Augenlider fest zudrückte, Bossks Blickfeld. Boba Fetts wirkliches Gesicht hatte er nie gesehen – das hatten nur wenige und die hatten nicht lange genug gelebt, um es zu beschreiben –, gleichwohl konnte er sich eine lebendige Vorstellung von dem Blut machen, das unter dem Helm hervorsickern würde, wenn er dem anderen Mann mit bloßen Händen das Genick brach. Er ballte die Fäuste. Die Krallen gruben sich in seine Handflächen, während er sich danach sehnte, die Vorstellung von Boba Fetts Ableben Wirklichkeit werden zu lassen. Bossk konnte an nichts anderes mehr denken als an diese Vision und an diesen Tod. Der Rachedurst sickerte wie eine ätzende Säure, die durch seine Kehle rann, in jede Faser seines Seins. So sehr er den verschwundenen Gleed Otondon auch hasste und verachtete, weil er ihn bestohlen hatte – dabei ging es bloß um Credits. Für einen Trandoshaner war Reichtum verglichen mit seiner Ehre gar nichts. Und Boba Fett hatte ihm die Ehre gestohlen.

»Meinen Ruf«, sagte Bossk bedrohlich leise. »Er hat mir meinen Ruf genommen. Immer und immer wieder aufs Neue …«

»Ruf? Ihren?« Figh erschütterte ein weiterer wiehernder Lachanfall. »So was gibt es nicht. Nicht mehr. Null auf allen Skalen. Das denken die Leute von Ihnen.«

Über Bossk brach eine bittere Erkenntnis herein. *Er hat keine Angst vor mir.* Er sah den Mhingxin über den Tisch hinweg an und etwas wie Entsetzen erfasste ihn. So sehr hatte sein Ruf also schon Schaden genommen. Das war die letzte Konsequenz der langen Reihe von Niederlagen, die ihm Boba Fett beigebracht hatte. Eine denkende Ratte auf trippelnden Pfoten wie Eobbim

Figh konnte ihn ohne das geringste Anzeichen von Furcht auslachen. Die in dieser Tatsache liegende Demütigung wirkte sich auf die lodernden Flammen seines Zorn wie ein Sturzbach eiskalten Wassers aus. Das hier war sogar mehr als nur eine Demütigung. Während sich in der Kreatur, die ihm auf der anderen Seite der Nische gegenübersaß, keine Angst gezeigt hatte, wuchs diese schwarze Blume dafür nun in ihm selbst.

Wie soll ich überleben? Für einen Augenblick tilgte dieser eine Gedanke alle anderen in Bossks Verstand. Er hatte eine Liste, auf der alle Geschöpfe der Galaxis verzeichnet waren, die irgendeinen Groll gegen ihn hegten. Während seiner Laufbahn als Kopfgeldjäger, zu der Zeit, als die alte Gilde noch existierte, hatte er seine persönlichen Triumphe damit erkauft, dass er einer Menge anderen Kopfgeldjägern ins Gehege gekommen war. Er hatte ihnen ihre Ware praktisch unter der Nase weggeschnappt und sie auf jede erdenkliche Weise gedemütigt, als würde keiner von ihnen jemals die Chance bekommen, es ihm heimzuzahlen. Diese Liste war vermutlich ebenso lang wie die von Boba Fett. Vielleicht sogar länger, wenn er bedachte, dass seine Feinde zu einem weit größeren Teil noch am Leben waren. Denn jene Kreaturen, die mit Boba Fett aneinander gerieten, waren am Ende meistens ebenso tot und begraben wie ihre Klagen.

Der zweite Unterschied zwischen seiner Feindesliste und der Fetts bestand darin, dass es nur sehr wenige und auch nur die Übermütigsten tatsächlich darauf ankommen ließen, Genugtuung von Boba Fett zu fordern. Schließlich war es besser, auf seinem Groll sitzen zu bleiben, als Boba Fett die Gelegenheit zu bieten, noch jemanden aus dem Universum der Lebenden zu eliminieren. Und wenn Bossk sich dem Thema des schon so lange verhassten Boba Fett noch einigermaßen vernünftig hätte nähern können, dann hätte er sich diesen guten Rat sicher selbst erteilt. Doch diese Art Warnung hielt auch keinen von Bossks Feinden mehr auf. Erst recht nicht, seit der gesamten Galaxis eindrücklich vorgeführt worden war, dass er, wenn es hart auf hart kam, leicht zu schlagen war. Jeder Kopfgeldjäger, der es sich früher zweimal überlegt hätte, ob er eine alte Rechnung mit Bossk begleichen sollte oder nicht, würde sich jetzt unter anderen Vorzeichen erneut mit dieser Frage beschäftigen. Wenn Bossk bisher noch keinen ausreichenden Grund dafür gehabt hatte, sich bedeckt zu halten, würde ihm dieser fürs Erste genügen.

»Wenn die Leute nicht denken«, fuhr Figh fort, »steigen die Chancen für Tod. Für Sie.«

Bossks Schnauze verzog sich zu einem Knurren. »Erzählen Sie mir was, das ich noch nicht weiß.«

Figh strich über die starren Schnurrhaare an seiner spitzen Schnauze. »Ihre Wut auf Boba Fett ist nicht mehr nur Gefühlsangelegenheit. Ist wichtiger. Sie sind nur hockender Wasservogel. Bis Sie beweisen, dass Sie Mörderblut in den Adern haben. Irgendwer kriegt Sie. Früher oder Später. Zu dumm. Den Respekt der anderen gewinnen Sie nur zurück und behalten heile Haut, wenn Sie Boba Fett fertig machen. Sonst hilft nichts.«

Bossk wusste, dass Eobbim Figh damit Recht hatte. Hier stand viel mehr auf dem Spiel als seine Ehre oder sein Ruf. Sobald die Nachricht, dass er hier auf Tatooine festsaß, die Runde gemacht hatte – und das würde sie, ganz gleich, wie viele geschwätzige Bettler auf den Straßen er noch umbrachte –, würde er für alle anderen Kopfgeldjäger eine willkommene Zielscheibe abgeben. Ein paar waren möglicherweise längst auf die Idee gekommen, dass nicht Gleed Otondon auf dem Schatz der alten Kopfgeldjägergilde saß, sondern er. Damit hätten sie auch noch ein finanzielles Motiv, was auf Kopfgeldjäger niemals die entsprechende Wirkung verfehlte.

»Augenblick mal.« Bossk fasste Figh argwöhnisch ins Auge. »Woher wissen Sie überhaupt, dass Boba Fett noch lebt?«

»Ganz einfach.« Figh ahmte ein Achselzucken nach. »Einer wie Sie ist eine offene Datei. Durchschaue Sie ganz. Sie brüten über Fehler, Demütigungen. Sehr untypisch. Hab schon gehört. Schon bevor Sie hier ankamen. Nur Boba Fett geht Ihnen so unter die Schuppen. Wenn Fett tot wäre, wären Sie glücklicher Trandoshaner. So glücklich, wie Trandoshaner sein kann. Aber Sie brüten. Sind schlecht gelaunt. Also wissen Sie, dass Fett lebt. Was Sie wissen, weiß ich. Oder kann ich raten.« Jetzt erschien Fighs Imitation eines Lächelns. »Glaube jetzt, ich habe richtig geraten.«

Bossk nickte. »Sie sind ziemlich gerissen«, sagte er. »Für einen Mhingxin.«

Mit der Bemerkung erntete er die erwartete und gewünschte Reaktion. Fighs raues, drahtiges Fell richtete sich im Nacken und an den Schultern auf. »Gerissener als Sie«, spie er aus. »Ich sitze nicht herum, warte, bis man mich umbringt. Wie Sie.«

»Kriegen Sie sich wieder ein. Sie sind doch nicht hergekommen, um mich nur auf das Offensichtliche hinzuweisen, nicht wahr?« Das Glas vor Bossk war leer. Er stieß es mit der Kralle eines Fingers von sich. »Dafür müssen Sie Ihre Gründe gehabt haben. Jemand wie Sie hat immer Gründe.«

Fighs an schwarze Perlen erinnernde Augen blitzten ärgerlich. »Sagen Sie mir. Wenn Sie so schlau sind. Warum ich mit Ihnen rede.«

Bossk hatte in der Vergangenheit schon mit anderen Mhingxins zu tun gehabt. Ihre Psyche war schlicht und leicht zu beeinflussen. »Ganz einfach«, antwortete er. »Sie glauben, wir beide könnten irgendwie ins Geschäft kommen.« Das Selbstwertgefühl der Mhingxins war nur schwach ausgeprägt. Das lag vermutlich daran, dass ihr Äußeres an jene Art unauffälliger Kreaturen erinnerte, die die Lebensmittelvorräte unzähliger Welten heimsuchten. Daher ließen sie sich durch eine wohl gezielte persönliche Anspielung leicht aus der Reserve locken und wurden rasch unvorsichtig. »Sie wissen, was ich vorhabe. Vielleicht haben Sie ja eine Idee, wie Sie mir dabei helfen können.«

»Ihnen helfen? Wohl kaum!« Figh stieß die spitz zulaufende Schnauze vor. Dann legte er die langen, knorrigen Pelzpfoten flach auf die Tischplatte. »Sie wollen Boba Fett aufspüren. Ihren Namen reinwaschen. Da müssen Sie schon alleine durch. Wenn ich nützliche Informationen hätte, würde ich die Ihnen geben? Überlegen Sie mal.«

»Kommen Sie, Figh. In dieser Galaxis *gibt* keiner einem anderen irgendwas. Aber da wir jetzt klar gemacht haben, dass Sie was zu verkaufen haben, können wir uns ja mal über den Preis unterhalten.«

»Zu verkaufen?« Figh zog sich zurück und starrte Bossk unverwandt an. »Was sollte das sein?«

»Offenbar Informationen. Sie brauchen mir nichts vorzumachen. Sie wissen irgendetwas über Boba Fett. Und Sie glauben, dass ich daran interessiert sein könnte. Schön, in dem Punkt haben Sie Recht. Ich *bin* interessiert.« Bossk stach mit einem Finger nach dem Geschöpf auf der anderen Seite des Tisches. »Daran war ich sogar schon interessiert, *bevor* Sie hier aufgetaucht sind und den Preis in die Höhe zu treiben versucht haben, indem Sie mich mit Boba Fett auf die Palme brachten. Also, kommen wir ins Geschäft.«

»Geschäft ... Preis ... verkaufen ...« Figh schüttelte den Kopf. »Dabei ist jeder auf was ganz anderes aus. Wenn überhaupt.«

»Und was ist das?«

»Credits«, sagte Figh unumwunden. »*Ihre* Credits. Haben Sie?«

»Ich habe genug.« Bossk zuckte die Achseln. »Einstweilen jedenfalls.«

»Habe ich schon gesagt. Sieht nicht so aus.«

Jetzt war es an Bossk, verärgert zu reagieren. »Der äußere Eindruck kann täuschen.«

»Und wie.« Figh hatte seine Fassung so weit wiedererlangt, dass er wieder sein unangenehmes Grinsen aufsetzen konnte. »Aber ich brauche Credits in bar. Sie zahlen sofort. Keine Rechnung. Nicht bei mir.« Figh deutete mit dem Kinn zu dem Barkeeper auf der anderen Seite des Raums. »Hauen Sie den Schwachkopf übers Ohr, wenn Sie wollen. Das hier ist Geschäft.«

Geschäfte waren das Einzige, was zählte. Und Bossk hatte in dieser Hinsicht schon die eine oder andere Entscheidung gefällt. Es war nicht bloß eine Sache seiner eigenen Prioritäten, seines Drangs, sich an Boba Fett zu rächen, was ihn dazu bewogen hatte, die Jagd auf Gleed Otondon und den gestohlenen Schatz der alten Kopfgeldjägergilde vorläufig aufzugeben. Er steckte gewissermaßen in einer Zwickmühle: So nützlich diese Credits auch sein mochten – es gab mehr als genug davon, um sich ein neues Raumschiff zu kaufen und es mit sämtlichen Waffen auszurüsten, die er für die Jagd auf Boba Fett und dessen Vernichtung benötigen würde –, solange sein Ruf derart beschädigt war und alle übrigen Kopfgeldjäger, die einen Groll gegen ihn hegten, sich ihm einfach so in den Weg stellen konnten, standen seine Chancen, Otondon aufzuspüren, praktisch bei null. In Anbetracht der begrenzten Möglichkeiten, die ihm zu Gebote standen, würde er seinen Ruf eher wiederherstellen können, wenn er schleunigst seine eigene Rechnung mit Boba Fett beglich. Das würde ihn in der galaxisweiten Gemeinde der Kopfgeldjäger wieder zu einem gefürchteten Individuum machen und ihm freie Hand bei der Suche nach dem gestohlenen Vermögen verschaffen, das, wenn es mit rechten Dingen zuginge, schon längst in seinem Besitz sein sollte.

»Also gut«, sagte Bossk. »Abgemacht. Gezahlt wird sofort.« Er beugte sich über den Tisch und rückte Figh mit seinem harten, humorlosen Blick auf die Pelle. »Was haben Sie für mich?«

»Was sehr Wertvolles.« Figh zuckte nicht mit der Wimper. »Den Aufenthaltsort von Boba Fett. Wo er ist. Momentan.«

Bossk war beeindruckt. »Das wissen Sie?«

»Nein. Kann ich aber rausfinden.«

Bossk richtete sich weit weniger beeindruckt auf und lehnte sich mit dem Rücken gegen das Polster der Nische. »Lassen Sie es mich wissen, wenn es so weit ist. *Dann* bekommen Sie Ihr Geld.«

»Keine Sorge.« Figh glitt aus der Nische. »Wir sehen uns wieder.«

Bossk sah dem Mhingxin hinterher, der sich einen Weg durch die Menge bahnte, die allmählich die Bar bevölkerte. Dann hatte er die Stufen zur Oberfläche erklommen und war in den Straßen von Mos Eisley verschwunden. Wo man derart gefragte Informationen vermutlich bekommen konnte.

Er hoffte, dass Figh tatsächlich mit der Information zurückkommen würde. Dafür würde er liebend gerne bezahlen, ganz gleich, wie dünn seine Finanzdecke zurzeit auch sein mochte. *Man trifft kein Ziel*, sagte er sich, *wenn man nicht weiß, wo es ist*. Schon während er sich Tatooine näherte, hatte er die ganze Zeit versucht, dahinter zu kommen, wo sich Boba Fett gegenwärtig aufhielt. Das war auch ein wesentlicher Grund für seine Entscheidung gewesen, den Planeten aufzusuchen, auf dem Fett zuletzt gesehen worden war. Vor einiger Zeit war er gemeinsam mit einem zweiten Kopfgeldjäger namens Dengar sowie einer Tänzerin, der zuvor die Flucht aus Jabbas Palast gelungen war, von dem dortigen Dünenmeer aus gestartet. Bossk kannte nicht einmal den Namen der Frau oder den Grund, weshalb sich Fett so sehr für ihr Wohlergehen interessierte, dass er sie um sich duldete. Aber diese beiden waren bei ihm gewesen, als es zu einem neuerlichen Tiefpunkt in der nicht enden wollenden Litanei von Bossks Demütigungen durch seinen Feind gekommen war. Dabei war es Boba Fett mit einem seiner hinterhältigen psychologischen Tricks gelungen, Bossk aus seinem eigenen Raumschiff, der *Hound's Tooth*, zu verjagen. Einmal mehr hatte er in einer Rettungskapsel vor der vermeintlich sicheren Vernichtung durch eine Bombe fliehen müssen, die sich am Ende nur als ein Blindgänger entpuppte hatte.

Boba Fett war mit ziemlicher Sicherheit immer noch im Besitz der *Hound's Tooth*. Denn sein eigener Raumer, die *Sklave I*, war unterdessen von einer Patrouille der Rebellen-Allianz verlassen aufgefunden worden. Boba Fett musste also zusammen mit Dengar und jener Frau auf die *Hound's* umgestiegen sein und das Schiff anschließend zu einem unbekannten Ziel gelenkt haben. *Womit er mir zwei Dinge gestohlen hätte*, dachte Bossk grimmig. Nämlich seine Reputation *und* sein Raumschiff. Boba Fett würde ihm eine Menge Fragen beantworten müssen.

Und Bossk hatte sich fest vorgenommen, dass es dazu kommen würde. Aber diese Art Rückzahlung konnte nur in einer Währung vorgenommen werden. Der des Todes. Bossk würde das Blut in seinem Maul nicht mehr nur in der Einbildung schmecken. Schon bald würde es real sein.

Er blieb noch eine Zeit lang dumpf brütend sitzen. Er saß gekrümmt, das leere Glas stand unberührt vor seinen Klauen. Er brütete und fragte sich, wo Boba Fett in diesem Moment sein mochte. Schon jetzt wartete er voller Ungeduld, dass Eobbim Figh endlich mit seiner Neuigkeit zurückkehrte.

Wahrscheinlich lässt Fett es sich irgendwo gut gehen, dachte Bossk verbittert. Die *Hound's Tooth,* deren Ausstattung bester trandoshanischer Tradition entsprach, war ein gutes Schiff. Sie war nicht nur der schlagkräftige Raumer eines Kopfgeldjägers, sondern besaß auch das erforderliche Maß an Komfort. Der Gedanke, dass Boba Fett es sich an Bord der *Hound's* bequem machte, ließ Bossk noch mehr in Wut geraten.

Er ist fein raus, schäumte er. *Und ich hänge hier fest.* Seine Klauen schlossen sich zu Fäusten. Innerlich sehnte er sich schmerzlich nach einem Hals, den er hätte brechen können.

Es gab keine Gerechtigkeit in der Galaxis. Während er sich auf einem rückständigen Planeten wie Tatooine nach einer Bleibe umsah, genoss Boba Fett die Ruhe und den Frieden des interstellaren Weltraums, wo ihm niemand etwas anhaben konnte.

Es gab einfach keine Gerechtigkeit ...

3

Sie hatte sich schon fast dazu durchgerungen, sie beide zu töten.

Neelah starrte auf die Rückseite von Boba Fetts Helm. Der Kopfgeldjäger saß an den Cockpitkontrollen der *Hound's Tooth*. Nichts deutete darauf hin, dass er sich ihrer Gegenwart in der Luke hinter ihm bewusst war. Doch sie kannte Fetts konstante, beinahe übernatürliche Aufmerksamkeit und war sich daher sicher, dass ihm auch jetzt nichts entging. *Er kann das Blut in meinen Adern rauschen hören*, dachte Neelah. *Er weiß alles.*

Der andere Kopfgeldjäger, dessen Name Dengar lautete, schlief noch immer im Frachtraum des Schiffs. Neelah hatte ihn dort zurückgelassen. Die Schilderung von Boba Fetts düsterem Werdegang hatte ihn offenbar ermüdet. Dengar war wie die meisten Kopfgeldjäger ein Mann der Tat. Die Wiedererweckung der Vergangenheit, und sei es auch nur in den einfachsten und direktesten Begriffen, bedeutete harte Arbeit für ihn. Besonders unter Zwang. Beim letzten Mal hatte sie ihn mit einer an seinen Kopf gehaltenen Blasterpistole geweckt und beeindruckt festgestellt, in welchem Ausmaß er sich dadurch inspirieren ließ.

Die Blasterpistole hatte sie immer noch. Sie hielt sie locker in der Hand, während sie Fett dabei zusah, wie er die Navigationskontrollen des Raumschiffs einstellte. Die Waffe hatte ursprünglich zu Boba Fetts Arsenal gehört, doch es war ihr gelungen, sie ihm hier im Cockpit abzunehmen, bevor er sie daran hatte hindern können. Neelah hatte darauf eine widerwillige

Gratulation von ihm geerntet. Eine solche Nummer hatten bisher offenbar nur wenige abgezogen.

Vielleicht hätte ich ihn in dem Moment lieber umbringen oder es wenigstens versuchen sollen, dachte Neelah. Sie spannte den Finger um den Abzug der Waffe. Jetzt musste sie die Blasterpistole nur noch heben, zielen und feuern – was auf diese geringe Entfernung kaum ein Problem sein konnte. Und dieser Unsicherheitsfaktor in ihrem Leben wäre ein für alle Mal ausgeschaltet ...

»Täuschen Sie sich nicht.« Boba Fetts Stimme holte sie abrupt aus dem mörderischen Tagtraum, dem sie sich hingegeben hatte. »Ich weiß, dass Sie da sind.« Er hatte sich nicht umgedreht, sondern sein Hantieren an den Schiffskontrollen unbeirrt fortgesetzt. Jetzt gab er eine letzte Ziffernfolge in eines der Bedienungsfelder des Navcomputers ein, dann drehte er sich mit dem Sitz des Piloten zu ihr herum und sah sie an. »Sie hätten mehr Glück, wenn Sie ein Droide wären. Einige von denen bewegen sich praktisch lautlos.«

Neelah erkannte die unbeabsichtigte Ironie dieser Bemerkung. *Wenn ich ein Droide wäre*, dachte sie, *hätte ich keines der Probleme, die ich momentan habe.* Sogar was ihre Identität anging, zu wissen, wer oder was sie war, anstatt nur eine menschliche Frau mit einem falschen Namen sein zu müssen, einem Namen, der nicht ihr gehörte, und einer Vergangenheit, die man ihr geraubt hatte ... sie konnte sich nicht vorstellen, dass sich ein Droide um derartige Fragen scheren würde. Erinnerung war für einen Droiden lediglich eine Sache von Chips, Mikroimplantaten und winzigen Aufzeichnungsgeräten. *Maschinen haben es leicht*, dachte Neelah. Sie mussten nicht erst herausfinden, wer sie waren. Sie *wussten* es.

»Ich werde das nächste Mal vorsichtiger sein«, sagte Neelah. Sie hätte jetzt, da Boba Fett sie unverwandt ansah, auch nicht genauer bestimmen können, welche Geheimnisse sich in seinem Schädel verbergen mochten. Das dunkle, T-förmige Visier seines Helms, dieses arg mitgenommene und dennoch furchtbar funktionstüchtige Relikt der alten mandalorianischen Krieger, verdeckte alles, was ihr seine Gedanken und sein Wissen hätte preisgeben können. Die Antwort auf die Frage, wer sie war und was sie in diesen abgelegenen, unfreundlichen Sektor der Galaxis verschlagen hatte, in dem sie sich wieder gefunden hatte, konnte durchaus in Boba Fett verschlossen sein. Wie ein Schlüssel, der in genau der Schatzkiste lag, die mit ihm aufgeschlossen werden konnte.

Doch der Helm und sein düsterer, beschirmter Blick spielten in Wirklichkeit gar keine Rolle. Denn Neelah zählte zu den wenigen Geschöpfen in der Galaxis, die Boba Fett ohne seinen Helm gesehen hatten – was ihr indes auch nicht viel Gutes eingebracht hatte. Sie hatte den Mann auf dem Planeten Tatooine im grellen Licht der über dem Dünenmeer stehenden zwei Sonnen gefunden. Fett war dem Tode nah gewesen, nachdem er von der Sarlacc-Bestie, deren letzte Stunde er aus den Eingeweiden des Monsters heraus eingeläutet hatte, auf den heißen Sand gespien worden war. Die Verdauungssäfte des Sarlacc hatten Boba Fetts Kampfmontur mit der Kraft einer zersetzenden Säure weggeätzt, die sogar Durastahl zerfressen konnte. Die Säure hatte sich bis auf die bloße Haut gebrannt und einen beträchtlichen Teil ihrer Oberfläche vernichtet. Wenn sie damals nicht über ihn gestolpert wäre, wäre sein Leben mit dem Blut, das aus seinem rohen Fleisch sickerte und auf den sonnenverbrannten Felsen ringsum zischte, buchstäblich verronnen.

Aber sie hatte ihm das Leben gerettet und ihm mit

Dengars Hilfe versteckt. Sie hatten ihn in Sicherheit gebracht und gewartet, bis die Wunden abgeheilt waren, die eine Kreatur mit weniger Willenskraft bestimmt umgebracht hätten. Selbst bewusstlos und unter stärksten chemischen Betäubungsmitteln war er noch Boba Fett gewesen. Unnachgiebig hatte er sich an der Welt der Lebenden festgeklammert.

Und das Gleiche galt frustrierenderweise auch für den Boba Fett der Folgezeit. Zudem schien Dankbarkeit unter Kopfgeldjägern wenig beliebt zu sein. *Da rettet man dem Kerl das Leben*, dachte Neelah verbittert, *und was bekommt man dafür?* Nicht gerade viel. Und ganz bestimmt keine Antworten auf drängende Fragen. Alles, was sie über ihre Vergangenheit wusste, war auf die wenigen Bruchstücke beschränkt, die jene Rätsel schaffende Auslöschung ihrer Erinnerung irgendwie heil überstanden hatten, sowie auf die empörend unbedeutenden Hinweise, die sie in Jabbas Palast und später an Bord der gestohlenen *Hound's Tooth* aufgeschnappt hatte. Von Dengar hatte sie bisher noch gar nichts Brauchbares erhalten. Die Geschichte, die er ihr erzählt hatte, über den faulen Zauber und die Kämpfe, an deren Ende der Zerfall der alten Kopfgeldjägergilde stand, hatten ihr noch nichts über ihre eigene Vergangenheit offenbart. Und was ihr das Ganze über Boba Fetts Vergangenheit sagte, war ihr zuvor schon klar gewesen. Nämlich dass man sich mit ihm besser nicht einließ. Nicht einmal auf der Basis einer Partnerschaft. Ein erfolgreiches Geschäft mit Boba Fett war eines, bei dem er sämtliche Credits behielt und der andere Beteiligte am Leben blieb. Und ein erfolgloses Geschäft? Dabei bekam Boba Fett die Credits am Ende auch.

Dass er sie, Neelah, als sie alle drei von einer Bande gut bewaffneter Gauner aus Mos Eisley belagert wurden, zuerst auf die *Sklave I*, sein eigenes Schiff, und später auf den Raumer mitgenommen hatte, den er dem als Bossk bekannten reptilischen Kopfgeldjäger abgenommen hatte, ließ bei Boba Fett auf keinerlei Dankbarkeit oder auf die Anerkennung der Tatsache schließen, dass er ohne ihre Hilfe jetzt nicht einmal mehr am Leben wäre. *Irgendwie bin ich für ihn von Nutzen.* Auch das war Neelah schon vor einiger Zeit klar geworden. Auch wenn sie keine Ware im eigentlichen Sinn war – dies war der unter Kopfgeldjägern gebräuchliche Ausdruck für Gefangene, die sie gegen die schönen, fetten Belohnungen eintauschten, die auf deren Kopf ausgesetzt waren –, war sie doch ein Bestandteil der Pläne, die Fett in seiner Söldnerseele schmiedete. *Ich weiß bloß noch nicht, welcher Teil.*

»Vorsicht ist vielleicht nicht genug.« Boba Fetts kalte, gefühllose Worte unterbrachen ihren Gedankengang. »Klugheit wäre besser. Kluge Leute machen es sich nicht zur Angewohnheit, ohne Vorwarnung hinter mir aufzutauchen. Ein paar mussten schon dran glauben, bloß weil sie das gemacht hatten.«

»Oh?« Neelah hatte sich bereits so sehr an seinen Hang zur Gewalt gewöhnt, dass sie sich durch solch eine Bemerkung nicht mehr einschüchtern ließ. Außerdem nahm die Angst rasch ab, wenn man nichts, nicht einmal mehr sich selbst, zu verlieren hatte. »Und aus keinem anderen Grund?«

»Als Warnung möglicherweise.« Boba Fett zuckte andeutungsweise mit den Achseln. »Damit andere nicht den gleichen Fehler machen.«

»Das funktioniert aber nur«, gab Neelah zurück, »wenn derjenige, der das hört, auch was um die Folgen gibt.«

Nichts deutete darauf hin, dass ihn ihre Bemerkung amüsierte. »Sie tun das nicht?«

»Ich versuche immer noch herauszufinden, ob ich was darum gebe oder nicht.«

»Das ist mir ganz gleich«, sagte Boba Fett, »solange Sie mir, während ich meinen Geschäften nachgehe, nicht in die Quere kommen.«

Neelah spürte, wie Boba Fetts nüchterner Tonfall einen heißen Zornesfunken in ihr aufflackern ließ. »Und welche Geschäfte sind das genau?«

»Das werden Sie noch früh genug erfahren. Wenn wir unser Ziel erreichen.«

Es hatte sich gezeigt, dass sie selbst diese Winzigkeit einer Information unmöglich aus Boba Fett herausholen konnte. Er hatte es ebenso wenig für angebracht gehalten, Dengar über ihr Ziel ins Bild zu setzen, obwohl die beiden Kopfgeldjäger angeblich sogar Partner waren. Stattdessen hatte sich Fett über den Kurs, den er nach der Übernahme des Schiffs für die *Hound's Tooth* berechnet hatte, in undurchdringliches Schweigen gehüllt.

»Ich habe Sie das schon früher gefragt«, sagte Neelah durch zusammengebissene Zähne. Ihre Hand verirrte sich zu der Blasterpistole, die sie hinter den Gürtel geschoben hatte. »Was soll die ganze Geheimniskrämerei?«

»Daran ist absolut nichts geheim«, erwiderte Boba Fett. »Wie ich schon sagte, Sie werden noch früh genug dahinter kommen. Im Augenblick müssen sie noch gar nichts wissen.«

Ein Teil von ihr, der ebenso kalt und leidenschaftslos wie der Kopfgeldjäger war, beobachtete ihre Reaktion auf seine Halsstarrigkeit, als könnte sie seinen Worten doch irgendeinen kleinen Hinweis entnehmen. Neelah war sich der Tatsache bewusst, dass die herrische Entgegnung, die sie in diesem Moment mit Gewalt unterdrücken musste, nicht die einer geborenen Sklavin oder Tänzerin war, die im Palast eines fetten Hutts mit Sicherheit irgendwann als Rancorfutter geendet hätte. Das hatte sie jedoch auch schon gewusst, als sie sich ohne die geringste Erinnerung daran, was sie dorthin verschlagen hatte, noch in der Gewalt des verstorbenen und unbeweinten Jabba befunden hatte. Das Einzige, was von ihrem früheren Leben noch Bestand hatte, war die Gewissheit, dass die kalte Aufmerksamkeit, mit der der Kopfgeldjäger in jener grausigen Grube, die als Jabbas Palast bekannt war, in ihre Richtung geblickt hatte, einen Grund hatte, der unentwirrbar mit ihrer Vergangenheit verknüpft sein musste.

»Sie können mir nicht vorwerfen«, sagte Neelah, »dass ich Bescheid wissen will. Sie selbst haben mir immer wieder versichert, dass die Galaxis ein gefährlicher Ort ist. Wenn wir also in eine Region unterwegs sind, in der uns möglicherweise Schwierigkeiten, große Schwierigkeiten, erwarten, wäre ich gerne vorher gewarnt.«

»Wieso?« Die Frage lud so, wie sie von Fett gestellt wurde, zu keiner Antwort ein. »Sie könnten ohnehin nichts daran ändern.«

Das brachte sie sogar noch mehr in Rage. Das Gefühl der Hilflosigkeit darüber, dass sie die Ereignisse nicht kontrollieren konnte, widersprach ihrem innersten Wesen und schmerzte wie eine offene Wunde. Doch nicht ihr eigenes Blut wollte sie vergießen, sondern das von Boba Fett.

»Seien Sie sich da nicht zu sicher«, sagte Neelah. »Es gibt auf diesem Schiff noch zwei andere Personen. Sie sind ganz allein.«

»Wenn Sie denken, Sie und Dengar könnten eine kleine Meuterei anzetteln, dürfen Sie das gerne mal versuchen.« Aus Boba Fetts Stimme sprach keine

Emotion. Nicht einmal Spott. »Sie sind mir gegenwärtig beide von Nutzen, aber das kann sich schnell ändern. Sehr schnell.« Er deutete mit einer behandschuhten Hand auf Neelah. »Das liegt ganz bei Ihnen.«

Sie wusste bereits, dass es keinen Sinn hatte, ihn nach der Art dieses *Nutzens* zu fragen. Fett war dafür berüchtigt, sich nicht in die Karten schauen zu lassen. Er offenbarte sich niemals. Nicht einmal jenen, die als seine Partner galten.

»Sie lassen einem nicht allzu viele Alternativen.« Neelah hörte ihre Stimme ebenso kalt und hart werden wie die Fetts. »Nicht wahr?«

»Ich lebe davon, die Alternativen anderer einzuschränken. Deshalb hatte ich im Frachtraum meines eigenen Raumschiffs immer einen Käfig.« Boba Fetts Hand deutete jetzt auf die unter der Kanzel liegenden Decks. »Der frühere Eigner dieses Schiffs hat die gleichen Einrichtungen einbauen lassen. Alle Kopfgeldjäger verfahren so. Glauben Sie mir, wenn Sie den Rest der Reise unter weniger bequemen Umständen verbringen wollen, kann ich das ohne weiteres arrangieren. Und rechnen Sie lieber nicht damit, dass sich Dengar auf Ihre Seite schlägt. Er ist nicht dumm genug, sich auf ein derartiges Vorhaben einzulassen.«

Also gibt es hier noch ein Geschöpf, dachte Neelah, *dem ich nicht trauen kann*. Boba Fett hatte auch in dem Punkt auf empörende Weise Recht. Sie wusste, dass Dengar, wenn er vor der Wahl stehen würde, sich entweder mit ihr zusammenzutun oder die äußerst fragwürdige Partnerschaft mit Boba Fett fortzusetzen, ohne Zweifel lieber weiter eilfertig nach der Pfeife des anderen Kopfgeldjägers tanzen würde. Und warum auch nicht? Wenn sich Dengar an Boba Fett hielt, hatte er immerhin die Chance, ein Stück vom Kuchen abzubekommen und einen Teil der Credits einzustreichen, die Fetts diverse Intrigen und Unternehmungen einbringen würden. Und dieses Stück Kuchen war, so dünn es verglichen mit Fetts Anteil auch ausfallen mochte, immer noch besser, als einen tödlichen Schuss zu riskieren und sich für die Sache einer Frau umbringen zu lassen, die nicht mal ihren Namen kannte, geschweige denn in der Galaxis irgendeinen Freund oder Verbündeten besaß. Man konnte Dengar schließlich keinen Vorwurf daraus machen, dass er wusste, wie seine Chancen standen, und das Beste daraus zu machen versuchte.

Was die Drohung anging, in Fetts Käfig zu enden, war sich Neelah nicht sicher, ob ihr das etwas ausmachen würde oder nicht. *Wo liegt der Unterschied?* Sie sah die Spiegelung ihres Gesichts in Fetts dunklem Helmvisier. Das Gesicht zeigte den grimmigen, fatalistischen Ausdruck einer Frau, die es nur geschafft hatte, sich aus der tödlichen Umarmung von Jabbas Palast zu befreien, um anschließend in eine Lage zu geraten, die sich von der vorigen im Grunde überhaupt nicht unterschied. *Ich habe hier nichts zu sagen*, dachte sie. *Nicht einmal darüber, ob ich am Leben bleibe oder sterbe.*

»Also halten wir uns am besten alle an Ihren Plan, ohne uns zu beklagen«, sagte Neelah. »Wie der auch immer aussehen mag.«

Boba Fett zuckte die Achseln. »Beklagen Sie sich, so viel Sie wollen. Bloß nicht bei mir. Und …« Er zeigte auf die hinter ihren Gürtel geschobene Blasterpistole. »… denken Sie nicht mehr daran, mich zu überrumpeln. Das wird nämlich nicht gelingen.«

»Sicher?«

»Lassen Sie es mich mal so ausdrücken«, gab Fett zurück. »Es ist bisher nicht gelungen. Und all jene, die es gelingen lassen wollten, weilen jetzt nicht mehr unter uns.«

Daran musste er sie nicht erst erinnern. Alles, was ihr während ihrer Zeit in Jabbas Palast und später an Bord dieses gestohlenen Raumschiffs, als sie Dengars Erzählung über den Zerfall der alten Kopfgeldjägergilde und die hässliche Zeit danach lauschte, über Boba Fett zu Ohren gekommen war, hatte lediglich den Eindruck bekräftigt, den sie bereits von ihm gehabt hatte. Jedes intelligente Lebewesen, das sich auf irgendwelche Geschäfte mit Boba Fett einließ, setzte unweigerlich sein eigenes Leben aufs Spiel. *Trotzdem gibt es Zeiten, in denen man alles auf eine Karte setzen muss.* Dieser Gedanke kam ihr nicht zum ersten Mal. Wenn sie das nicht getan hätte, als sie noch der Privatbesitz des verstorbenen Jabba gewesen war, wäre sie am Ende wahrscheinlich wie die arme Oola dem Rancor zum Fraß vorgeworfen worden. Es war besser, mit seinem Einsatz auf dem Tisch zu sterben, als zu Kreuze zu kriechen und darauf zu warten, dass einen eine der zahlreichen grausigen Todesarten ereilte, die diese Galaxis für die Ängstlichen bereithielt.

Neelahs Hand verirrte sich abermals zum Knauf des Blasters an ihrer Seite. Die Waffe ruhte dort, als wäre sie nur einen Gedanken, einen kurzen Moment der Entscheidung davon entfernt, den guten Rat auf die Probe zu stellen, den ihr Boba Fett sowie ihre eigene noch verbliebene Vorsicht erteilt hatten.

Ein Schuss würde genügen. Ein einziger Feuerstoß aus dem Blaster. Die Waffe erwärmte sich im Griff ihrer Hand. Eine wortlose Gewissheit tief in ihrem Innern, die losgelöst war von allen Erinnerungsfetzen, von jedem Gedanken an ihre geraubte Vergangenheit, sagte Neelah, dass sie eine echte Chance hatte, es zu schaffen. Die Person, die sie früher einmal gewesen war, ihr wahres Selbst, das unter dem weißen Tuch versteckt war, das man über die ihr rechtmäßig zustehenden Erinnerungen gebreitet hatte, diese Person, so war ihr klar geworden, besaß beinah ebenso schnelle Reflexe wie Boba Fett. Vielleicht sogar schnellere, wenn man in Rechnung stellte, dass sie selbst jetzt noch das Überraschungsmoment auf ihrer Seite hatte. *Er würde nicht damit rechnen*, dachte Neelah. Sie konnte erkennen, dass es ungeachtet seiner körperlichen und geistigen Fähigkeiten als Kopfgeldjäger im Blickfeld seines Helmvisiers einen blinden Fleck gab. Es war daher vorherzusehen, dass er unmöglich zugeben konnte, dass irgendein lebender Bestandteil seiner Pläne – eine Ware – mit ihm würde Schritt halten können.

Die Vorstellung war wirklich verlockend. Sie konnte sie beinahe wie den Salzgeschmack ihres eigenen Blutes unter der Zunge schmecken. Der gleichen Verlockung hatte sie früher schon einmal nachgegeben. Das war in Jabbas Palast auf dem Planeten Tatooine gewesen, als sie beschlossen hatte, dass es besser für sie wäre, wenn sie dem Besitzanspruch des Hutts auf ihren Körper und Geist ein Ende setzte, auch wenn der Preis dafür ihr eigenes Leben sein mochte. Und das Rätsel um ihren richtigen Namen und ihre wahre Identität war ihr ebenso unerträglich. Die Gewissheit, dass die Lösung in dem Schädel hinter dem dunklen Helmvisier der mandalorianischen Kampfmontur eingeschlossen war, verdrängte alle übrigen Gedanken. Eine schnelle Bewegung mit der Hand, die schon jetzt das kalte Metall des Blasters spüren konnte, der nur noch einen Millimeter von ihrer schwitzenden Handfläche entfernt war, und es hätte so oder so ein Ende mit dem großen Rätsel. Einer von ihnen beiden wäre dann tot. Entweder würde Boba Fetts Brust von einem rauchenden Blasterschuss durchbohrt werden oder ihre eigene. Das hing ganz davon ab, wer von ihnen zuerst einen Schuss abfeuern konnte. Und in diesem Augenblick wusste sie im Innersten, dass es ihr kaum noch etwas bedeutete, wer von ihnen derjenige sein würde ...

»Das kann man nie wissen.«

Neelah vernahm die Stimme und dachte eine Sekunde lang, es sei ihre eigene gewesen. Doch dann ging ihr auf, dass die rauen, gefühllosen Worte von Boba Fett kamen. *Er weiß Bescheid*, erkannte sie. *Er weiß immer Bescheid*. Was sie eben gedacht hatte ... ihre Hand, die unmittelbar neben dem Knauf der Blasterpistole an ihrer Seite zitterte, hatte es ihm verraten.

»Das ist der Preis«, fuhr Boba Fett fort. »Das ist immer noch der Preis.«

Sie nickte. Ohne ihre Hand vom Blaster zu entfernen.

»Ich mache es Ihnen leicht.« Boba Fett streckte die Hand aus und zog den Blaster heraus, der in einem Holster am Gürtel seiner Kampfmontur gesteckt hatte. Er hielt die Waffe am Lauf und schleuderte sie in die hinterste Ecke des Cockpits, wo sie klappernd gegen eines der kahlen Durastahlschotts prallte. »Jetzt müssen Sie sich nicht mehr darum sorgen, ob Sie vielleicht Ihr Leben aufs Spiel setzen. Das einzige Leben, das jetzt noch auf dem Spiel steht, ist meines.«

Jetzt spielt er mit mir. Das Fehlen irgendeiner wahrnehmbaren Emotion in seiner Stimme machte das nur noch deutlicher. Sie hatte es von Anfang an gewusst: Boba Fett gewann nicht aufgrund nackter Gewalt oder der brutalen Effizienz seiner Waffen. Die Vernichtungskraft seines Willens und seiner Einsicht in die Gedanken anderer war nicht weniger groß. Sie hatte sich geirrt. Das war ihr jetzt klar. Was er auch tat, nichts war ein Spiel. Alles war von tödlichem Ernst durchdrungen. Selbst jetzt, da er es ihr leicht machte, ihn zu töten – falls sie es darauf ankommen lassen würde –, gab es noch etwas, das er von ihr wollte.

Neelah zog ihren Blaster aus dem Gürtel. Die Waffe schien sich aus eigener Kraft zu heben, als würde sie von irgendeiner fremden, in ihren Schaltkreisen verborgenen Intelligenz gelenkt. Dann richtete sie den Blaster auf Boba Fetts Brust. Ihr Finger krümmte sich weiter um den Abzug. Der kleine Metallbügel berührte gleichsam ihre zuckenden Nervenenden und wurde eins mit ihnen, erweiterte sich in den Wirbelsturm der in ihrem Schädel gefangenen Gedanken und Wünsche. Sie streckte den Arm aus, verharrte regungslos und starrte über die Kimme des Blasters in das kalte, finstere Antlitz, das ihr eigenes Gesicht spiegelte ...

... und konnte nicht schießen.

Sie senkte den Blaster. Der Finger um den Abzug entspannte sich. »Sie haben gewonnen«, sagte sie.

»Natürlich.« In Boba Fetts Stimme lag jetzt noch weniger Gefühl als jemals zuvor. »Daran bestand kaum ein Zweifel. Sie wissen vielleicht nicht, wer Sie in Wahrheit sind. Und ich weiß das möglicherweise auch nicht. Damit haben Sie vermutlich nicht gerechnet. Trotzdem weiß ich mehr über Sie. Ich weiß, wie Ihr Verstand arbeitet.« Er tippte sich mit einem behandschuhten Zeigefinger seitlich an den Helm. »Hier oben muss man gewinnen ...« Fett bewegte sich in seinem Pilotensitz nach vorne und legte dieselbe Fingerspitze sanft an Neelahs Stirn. »Und *hier*. Sonst hat man keine Chance, irgendwo anders zu gewinnen. Oder auch nur zu überleben.«

»Ich nehme an, dass all die anderen deshalb verloren haben.« Nachdem Boba Fett die Hand zurückgezogen hatte, nickte Neelah nachdenklich. »Wie Bossk.

Es ist Ihnen bloß gelungen, ihm ein Raumschiff abzunehmen, weil Sie etwas in seinem Kopf bewirken konnten.«

»Genau«, sagte Fett. Er streckte abermals die Hand aus und nahm Neelah die Blasterpistole ab. Die Waffe lag in seiner Hand. Ein nutzloser Gegenstand. »So was in der Art ...« Die Schulterpartie der mandalorianischen Kampfmontur hob sich zu einem Achselzucken. »Das beendet die Diskussion. Manchmal. Doch bis dahin ist die Schlacht längst entschieden.«

In Boba Fetts Worten lag stets eine gewisse Weisheit. Und Neelah wusste, dass er, genau wie mit den anderen Dingen, die er zu ihr gesagt hatte, auch mit seiner letzten Bemerkung richtig lag. »Was kümmert es Sie?« Sie fasste den hinter dem dunklen Visier verborgenen Blick ins Auge. »Niemand hat je behauptet, dass Sie ein Mann vieler Worte sind. Jemand, der die Gründe für seine Handlungsweise erläutert.« Damals in Jabbas Palast hatte es Gefolgsleute des Hutts gegeben, die Boba Fett als einen Mann des Schweigens bezeichnet hatten und ihn niemals auch nur ein einziges Wort hatten sagen hören. Sie wusste nicht, ob diese Gauner dumm gewesen waren oder Glück gehabt hatten. Wenn man Boba Fett schließlich doch einmal sprechen hörte, gab es dafür gewöhnlich einen guten Grund, der dem Angesprochenen jedoch nur selten zum Vorteil gereichte. »Und weshalb erzählen Sie mir das alles?«

»Sie sind ein vernünftiges Geschöpf«, antwortete Fett. »Von der Sorte gibt es in der Galaxis nur wenige. In der Hinsicht sind wir eher verwandte Naturen als einander fremd. Die meisten anderen lassen sich nur von ihren Gefühlen leiten. Die einzigen Gefühle, die ich in ihnen wecken will, sind Angst und Ohnmacht. Man wird dann besser mit ihnen fertig. Aber *Sie* sind anders ...« Er nickte bedächtig, als würde er seine Worte sorgfältig abwägen. »Bei jemandem wie Ihnen liegen die Dinge anders. Am Anfang stehen Emotionen. Wut, Enttäuschung, der Wunsch nach Rache – all das, was Sie noch zu beherrschen lernen müssen. Doch dann setzt Ihr Verstand ein, Ihre Fähigkeit zum logischen Denken. Sie denken vollkommen kalt und analytisch auch über die Fragen nach, die Sie am meisten beschäftigen. Selbst über Ihre verlorene Identität. Das Schicksal anderer Lebewesen lässt die Bewohner der meisten Welten kalt. Aber das eigene Schicksal ...« Sein neuerliches Nicken fiel beifälliger aus. »Davor habe ich Respekt. Und damit muss ich anders umgehen, als mit den Kreaturen, mit denen ich es sonst zu tun habe.«

Neelah fragte sich, ob er immer noch mit ihr spielte und nur einen weiteren Versuch unternahm, sie im Innersten zu kontrollieren. »Und was ist, wenn Sie das nicht tun? Anders damit umgehen, meine ich?«

»Dann steigt die Wahrscheinlichkeit, dass ich den Kampf verliere.« Boba Fetts verborgener Blick ließ sie nicht los. »Aber den Krieg natürlich nicht.«

»Was soll das heißen?«

»Ganz einfach«, gab Boba Fett zurück. »Sie sind so wertvoll für mich, dass ich es vorziehe, Sie am Leben zu lassen. Und ... mich Ihrer Kooperation zu versichern. Und das ist außerhalb eines Käfigs leichter von Ihnen zu haben. Doch im gleichen Moment weiß ich auch, wie gefährlich es ist, wenn ich Ihnen ein gewisses Maß an Freiheit lasse.« Er gab ihr die Blasterpistole zurück. »Wenn diese Gefahr zu groß werden sollte, muss ich Sie eliminieren. So schnell und endgültig wie irgend möglich.«

Neelah betrachtete einen Moment lang die Blasterpistole in ihrer Hand. Schließlich schob sie die Waffe wieder hinter den Gürtel. Als sie den Blick hob, sah sie an Boba Fett vorbei durch das von Sternen erfüllte Sichtfenster des Cockpits. Irgendwo da draußen lag die Welt, von der sie gekommen war und die sie wie so viele andere Dingen vergessen hatte. *Vielleicht*, so überlegte sie, *vielleicht hat man meinen Namen dort auch längst vergessen.*

Und wenn das stimmte ... konnte sie nirgendwo anders mehr hingehen. Das Schiff, das sie umgab, konnte leicht die einzige Heimat sein, die ihr noch geblieben war.

Sie wandte ihren Blick wieder Boba Fett zu. »Sie müssen mir vergeben«, sagte Neelah. Ihr gelang ein dünnes Lächeln. »Sie müssen mir vergeben, dass mir Ihr geheimnisvolles Ziel ein wenig Kopfzerbrechen bereitet. Aber Sie haben mir selbst von den großen Ereignissen berichtet, die sich dort draußen anbahnen.« Sie deutete mit einer Hand auf das Sichtfenster. »Von den imperialen Streitkräften ... die sich an einem Ort namens Endor versammeln.« Selbst der Name des Mondes schien schwer von düsteren Vorahnungen. »Sie sagten, es könnte dort zur Entscheidungsschlacht kommen, die möglicherweise das Ende der Rebellen-Allianz bringt.« Sie schüttelte den Kopf. »Ich habe auf Tatooine genug von diesem Kampf zwischen dem Imperium und den Rebellen gesehen.« Neelah war nach und nach dahinter gekommen, was die Anwesenheit von Luke Skywalker und Prinzessin Leia Organa auf dieser abgelegenen rückständigen Welt zu bedeuten gehabt hatte. Sie hatte die beiden in Jabbas Palast mit eigenen Augen gesehen. Genau wie ihren Gefährten Han Solo, der zuerst in einen Karbonidblock eingefroren und anschließend befreit und ins Leben zurückgeholt worden war. Sie wusste, dass sie den Tod von Jabba dem Hutt herbeigeführt hatten, der für sie selbst ein Glücksfall gewesen war. Aus Jabbas Klauen zu entkommen und in Freiheit zu bleiben, waren, zumindest so lange der Hutt noch gelebt hatte, zwei verschiedene Dinge gewesen. Also verdankte sie den drei Rebellen und ihren Mitkämpfern ihr Leben. Aber das genügte längst nicht, um jemals wieder mit ihnen zu tun haben zu wollen. »Ich will nicht in ihre Nähe kommen«, sagte Neelah entschieden. »Die haben ihre Methoden. Ich habe meine.«

»Keine Sorge.« Boba Fett warf über die Schulter einen Blick aus dem Sichtfenster. Dann sah er wieder Neelah an. »Wir haben noch eine Gemeinsamkeit. Rebellionen sind was für Narren. Ich nehme das Universum so, wie es ist. Wir fliegen nicht in die Nähe von Endor.« Er schüttelte langsam den Kopf. »Sollen sie es unter sich austragen. Es kommt nicht darauf an, wer am Ende gewinnt. Jedenfalls nicht für Leute wie uns.«

Sie fand einen gewissen Trost in seinen Worten. Allerdings entging ihr auch nicht die Ironie, die darin lag, dass sie die Weisheit von jemandem annahm, der sie, wenn es ihm passte, jederzeit töten oder an den Meistbietenden ausliefern konnte. *Hier geht's nur ums Geschäft*, dachte Neelah. *Um sonst nichts*.

»Lassen Sie mich jetzt allein«, sagte Boba Fett. Er drehte den Pilotensitz wieder zu den Cockpitkontrollen um. »Ich muss mich jetzt um andere Dinge kümmern.«

Neelah erkannte, dass sie nichts mehr zu sagen hatte. Er hatte wieder gewonnen. Bevor sie auch nur die Chance gehabt hatte, einen Zug zu wagen.

Sie wandte sich ab, trat durch die Luke und stieg über die Leiter in den Frachtraum des Schiffs hinunter.

Er lächelte, als er Neelah die Leiter herabsteigen sah. »Hört sich an, als hätten wir auch was gemeinsam«, sagte Dengar. »Sie hatten wohl auch kein Glück bei ihm, wie?«

Die finstere Miene, die er der Frau damit entlockte, belustigte ihn. »Was wissen Sie schon darüber?«

»Kommen Sie.« Dengar deutete von seinem Platz an einem der Schotts des Frachtraums auf die offen stehende Klappe und die Kom-Verbindungen, die Neelah angezapft hatte. »Diese Art Spiel kann nicht nur von einem gespielt werden. Ich habe jedes Wort gehört, das Sie und Boba Fett da oben gesprochen haben.«

»Schön für Sie«, sagte Neelah säuerlich. Dann setzte sie sich und lehnte sich mit dem Rücken an das gegenüberliegende Schott. »Ich gratuliere. Jetzt wissen Sie ebenso viel wie ich. Was nicht gerade viel ist.«

»Genau genommen ... weiß ich schon ein bisschen mehr als Sie.«

Neelah zog irritiert die Stirn kraus. »Haben Sie etwas herausgefunden? Über unser Ziel?«

»Selbstverständlich nicht.« Dengar schüttelte den Kopf. »Wenn sich Boba Fett über seine Absichten in Schweigen hüllen will, bin ich zumindest nicht so blöd, mich in seine Angelegenheiten einzumischen. Aber das ist Zukunftsmusik. Etwas, das erst noch geschehen wird und im Moment noch keine Rolle spielt. Ich schätze, so läuft es eben, wenn man sich auf eine Partnerschaft mit Boba Fett einlässt.« Dengar lehnte sich gegen das Schott hinter ihm und spreizte die Hände. »Aber die Vergangenheit ... das ist was anderes. *Darüber* weiß ich ganz gut Bescheid.«

»Na toll.« Die Furchen in Neelahs Stirn wurden tiefer. »Sie reden von der Geschichte, die Sie mir erzählt haben ... darüber, wie Boba Fett die alte Kopfgeldjägergilde zerschlagen hat, und über die Ereignisse danach.«

»Genau.« Dengar nickte. »Sie haben schon eine

Menge von mir gelernt. Wahrscheinlich mehr, als Sie zuzugeben bereit wären. Sie verstehen schon viel besser, wie Boba Fett arbeitet und wie weit man ihm trauen kann, als zu dem Zeitpunkt, als wir von Tatooine gestartet sind.«

»Und wenn man bedenkt, was ich davon hatte ...« Neelah verschränkte die Arme vor der Brust. »... hätten Sie ebenso gut den Mund halten können.«

»Meinen Sie?« Dengar hob, immer noch lächelnd, eine Braue. »Dann wollen Sie den Schluss also nicht hören? Vor nicht allzu langer Zeit waren Sie doch noch sehr interessiert am meiner Geschichte. So sehr, dass Sie mir, damit ich weiter erzähle, diese Blasterpistole vorgehalten haben.«

»Ich habe es mir anders überlegt«, sagte Neelah. »Was soll's? Er hat gewonnen, er hat überlebt, andere nicht. Das ist bei Boba Fett doch der übliche Ablauf. Wirklich beeindruckend.«

»Also schön.« Dengar war neugierig, wie lange ihre gegenwärtige Stimmung anhalten würde. »Es besteht natürlich die Möglichkeit, dass am Ende der Geschichte irgendwas auftaucht, das Ihnen nützlich sein könnte. Der entscheidende Hinweis, der eine ganze Menge Rätsel lösen könnte. Aber wenn Sie diese Gelegenheit nicht ergreifen wollen, ist das allein Ihre Sache.«

»So ist es.« Neelah schloss die Augen und ließ den Kopf zurückfallen. »Also lassen Sie mich damit in Frieden.«

Ihre Stimmung und der vorgetäuschte Schlaf währten genau fünf Minuten. Sie schlug zuerst ein Auge auf, dann das andere und starrte Dengar an.

»Na schön«, sagte Neelah schließlich. »Also erzählen Sie schon zu Ende.«

Das war nur ein kleiner, aber gleichwohl lohnender Triumph. Außerdem konnten sie so die Zeit bis zur

Ankunft bei dem unbekannten Ziel totschlagen, dem sie sich unentwegt näherten. »Aber Sie werden nicht wieder Ihren Blaster auf mich richten?«

Neelah schüttelte den Kopf. »Ich bin an einem Punkt, an dem das wahrscheinlich keine so gute Idee wäre. Der Drang, Sie niederzuschießen, könnte ein wenig zu unwiderstehlich werden. Also lassen wir das lieber. Fangen Sie einfach an zu erzählen, einverstanden?«

»Schön«, sagte Dengar. »Ganz, wie Sie wünschen …«

4

… UND DAMALS
UNMITTELBAR NACH STAR WARS:
KRIEG DER STERNE

»Wo ist Boba Fett?«

Das war die wichtigste aller Fragen. Und Prinz Xizor, der Kopf der Verbrecherorganisation Schwarze Sonne, erwartete von seinen Untergebenen eine Antwort darauf. *Und zwar bald*, dachte Xizor grimmig. Unter den gegenwärtigen Umständen wollte er sich nicht die Zeit nehmen, ein paar von ihnen zu töten, nur damit die anderen schneller reagierten.

»Wir sind ihm auf der Spur, Euer Lordschaft.« Der Kom-Spezialist an Bord der *Vendetta* verneigte sich mit einem ausreichenden Maß an kriecherischer Unterwürfigkeit, um Xizors Zorn zu entgehen. Der Dienst auf dem persönlichen Flaggschiff des Falleen-Prinzen war eine Ehre, die einem nicht allein durch ausgezeichnete Leistungen im Beruf, sondern auch dank der Beachtung all der kleinen Rituale zuteil wurde, die Xizors Ego schmeichelten. »Unsere Suchsensoren haben seinen Hyperraumsprung aufgezeichnet. Sein Schiff müsste jeden Augenblick in diesem Sektor des Realraums auftauchen.«

Xizor stand brütend am vorderen Sichtfenster der *Vendetta*. Der gewölbte Transparistahl zeigte das dunkle Panorama der Sterne und des Vakuums, das sich weit über sein Haupt hinweg ausdehnte. Er rieb sich mit der Hand das kantige Kinn, während die violetten Zentren seiner halb geschlossenen Augen nach innen auf den kühnen Schwung seiner Gedanken gerichtet waren. Ohne sich umzudrehen, stellte er eine weitere Frage: »Ist es uns gelungen, *vor* dem Sprung seine Zielkoordinaten zu bestimmen?«

»Die Datenanalyse konnte lediglich die ersten Breitbandkoordinaten knacken ...«

Wieder richtete Xizor seinen unbarmherzigen Blick auf den Kom-Spezialisten, der hinter ihm auf der begehbaren Plattform stand. »Lediglich?« Er schüttelte langsam den Kopf. Die Augenschlitze wurden noch schmaler. »Ich glaube nicht, dass *lediglich* ausreicht. Machen Sie der Disziplinareinheit Meldung ...« Xizor streckte die spitz zulaufende Kralle seines Zeigefingers nach dem Datenblock aus, den der Spezialist umklammert hielt. »Die müssen mal ein ernstes Wort mit der Abteilung Datenanalyse reden. Dort braucht man wohl ein wenig ... *Aufmunterung*.«

Die plötzliche Veränderung im Gesicht des Spezialisten, dessen Blässe einem tödlichen Weiß wich, erfüllte Xizor mit Befriedigung. Der Begriff *Aufmunterung* war in den unteren Rängen der Schwarzen Sonne gleichbedeutend mit purem Terror. Er hatte selbst einige Mühe darauf verwendet, das richtige Maß zu finden und zu halten, das notwendig war, um diese Wirkung zu erzielen. Gewalt war eine Kunstform, in der es auf das Gleichgewicht ankam. Man musste stets rechtzeitig vor dem Ableben wertvoller und nicht ohne weiteres ersetzbarer Untergebenen innehalten. Gleichzeitig musste man klar machen, dass niemand aus der Schwarzen Sonne ausschied. Zumindest nicht bei lebendigem Leib. Diese administrativen Pflichten wären Prinz Xizor sicher zu einer alltäglichen Last geworden, wenn die damit verbundene Kunstfertigkeit ihm kein so außerordentliches Vergnügen bereitet hätte.

»Wurde notiert, Euer Exzellenz.« Solange der Hals

eines anderen auf dem Richtblock lag, kam der Kom-Spezialist Xizors Ersuchen nur allzu bereitwillig nach.

Doch Xizor hatte den Mann bereits aus dem Gedächtnis verdrängt. Da er nur unzureichende Informationen über den Ort besaß, zu dem die *Sklave I*, das Schiff des Kopfgeldjägers Boba Fett, unterwegs war, gab es genug, das ihm zurzeit im Kopf herumging. Er starrte in die leuchtenden Wirbel der Galaxis hinaus. Dabei nahm er weniger die einzelnen Sterne und Systeme wahr als die unbegrenzten Möglichkeiten, für die sie standen. Sie hatten sich bereits davon überzeugt, dass Boba Fett den trostlosen, praktisch namenlosen Bergbauplanet verlassen hatte, auf dem der ehemalige imperiale Sturmtruppler Trhin Voss'on't Zuflucht gefunden hatte. Eine Zuflucht indes, die sich rasch als unzureichend erwiesen hatte, nachdem Fett und sein provisorischer Partner Bossk Voss'on't dort aufgespürt hatten, um sich die von Imperator Palpatine auf seinen Kopf ausgesetzte Belohnung zu verdienen. Voss'on't war jetzt, um es mit dem Begriff der Kopfgeldjäger auszudrücken, Boba Fetts Ware. Fett würde die Belohnung für den verräterischen Sturmtruppler einstreichen, sobald er diesen an den als Kud'ar Mub'at bekannten arachnoiden Arrangeur und Mittelsmann übergeben hatte.

Xizor richtete den Blick auf eine Seite des Sichtfensters und sah die unschöne fasrige Masse von Kud'ar Mub'ats Netz im ansonsten leeren Weltraum treiben. Der Sammler hatte dieses Netz im Verlauf ungezählter Jahrzehnte – oder gar Jahrhunderte – aus seinem eigenen Auswurf gesponnen. In das Gewebe der zähen externen Fäden waren die Überreste zahlreicher Raumschiffe eingesponnen. Sie ragten daraus hervor wie im schartigen getrockneten Schlamm eines entwässerten Moors versunkene Metalltrümmer. Diese Bruchstücke waren alles, was von gewissen Schuldnern, denen Kud'ar Mub'at die Raten gekündigt hatte, oder von Geschäftspartnern übrig geblieben war, deren Verhandlungen mit dem Sammler auf katastrophale Weise gescheitert waren. Der Umgang mit Kud'ar Mub'at mochte nicht ganz so gewalttätig verlaufen wie eine Begegnung mit Boba Fett, aber der verheerende Ausgang war nicht weniger endgültig.

Wenn man in das Netz eindrang – Xizor hatte dies schon viele Male getan –, betrat man im übertragenen Sinn, aber auch wortwörtlich Kud'ar Mub'ats Gehirn. Die dünneren, weißlich schimmernden Fasern waren ausgesponnene Erweiterungen von Kud'ar Mub'ats eigenem Nervengewebe. An diesen Strängen entlang bewegten sich eilfertig die zahlreichen von dem Sammler erschaffenen Unterknoten. Kleine Ebenbilder und Variationen seiner selbst, die bestimmte Aufgaben – von den einfachsten bis zu den anspruchsvollsten – übernahmen. Sie alle waren mit ihrem Herrn und Vater verbunden und wurden von ihm gelenkt ...

Zumindest glaubt Kud'ar Mub'at, dass es so ist, rief sich Prinz Xizor ins Gedächtnis. Bei seinem letzten Besuch im Netz des Sammlers, kurz bevor er mit der *Vendetta* hierher zurückgekehrt war, hatte Xizor eine äußerst aufschlussreiche und möglicherweise Gewinn bringende Unterhaltung gehabt. Allerdings nicht mit Kud'ar Mub'at, sondern mit einem seiner Geschöpfe, dem als Abrechner bekannten Buchhalterknoten des Netzes. Der hatte Xizor vorgeführt, wie es ihm gelungen war, sich von den miteinander verknüpften und verflochtenen Nervenfasern abzukoppeln, ohne dass Kud'ar Mub'at irgendwas davon mitbekommen hatte. Außerdem hatte sich der Abrechner die Gabe des Sammlers angeeignet, Unterknoten zu erschaffen. Einen dieser Knoten hatte er in das Netz geschleust, um Kud'ar Mub'at auch in dieser Hinsicht zu täuschen. Es schien im Ergebnis so, als hätte Kud'ar Mub'ats Gehirn eine Art eigenständige Meuterei gegen seinen Schöpfer angezettelt, Pläne geschmiedet und Intrigen gesponnen, von denen Kud'ar Mub'at bisher noch keine Ahnung hatte.

Er würde allerdings noch früh genug dahinter kommen. Bei diesem Gedanken hob sich Xizors Mundwinkel zu einem grausamen Lächeln. Er würde den Augenblick, in dem der abgefeimte, im Zentrum seines Netzes kauernde Arachnoide herausfand, dass er überlistet worden war, noch mehr genießen. Endlich, nachdem der Sammler so viele unsichtbare Fäden überall in der Galaxis gezogen hatte, um seine verstaubten Truhen mit Reichtümern zu füllen und andere intelligente Lebewesen in den Ruin zu treiben. Das hieß nicht, dass Xizor mit irgendeinem dieser Wesen Mitleid empfand. Sie hatten, da sie sich in Kud'ar Mub'ats verwickeltem Gespinst aus Intrigen verhedderten, nur bekommen, was ihnen zustand. Doch dieses Gespinst hatte sich für seinen Geschmack ein wenig zu weit ausgedehnt. Als es in seine sowie die zahlreichen Interessen der Schwarzen Sonne einzugreifen begann, war die Zeit gekommen, es entsprechend zurechtzustutzen. Und was konnte besser sein, als es an der Wurzel zu packen und auszurotten? Die unerwartete Entdeckung der Ambitionen des Abrechners – der arglistige Unterknoten hatte keinen Zweifel daran gelassen, dass er nicht länger nur ein Anhängsel seines Schöpfers sein wollte – rückte die Ablösung Kud'ar Mub'ats in greifbare Nähe. Allerdings ohne dabei die wertvollen Mittlerdienste anzutasten, die der Sammler der Schwarzen Sonne seit jeher leistete.

Man entledigt sich des Alten und setzt einen Neuling an

seine Stelle. Diese Vorstellung übte auf Xizor eine gewisse Faszination aus. Und wenn der Abrechner als der Erbe der Stellung und Macht des Sammlers einmal ebenso zu einem Problem werden würde, wie Kud'ar Mub'at dies in jüngster Zeit geworden war, würde sich vermutlich schon die nächste Generation verschlagener Spinnenwesen zum Vatermord bereit finden. Die folgende Überlegung gefiel Xizor noch besser: Seine ehrgeizigen Pläne für die Schwarze Sonne würden ihn zu diesem Zeitpunkt längst in so luftige Höhen der Macht getragen haben, wo er sogar den Imperator überflügeln würde, dass er einen krabbelnden kleinen Geheimniskrämer gar nicht mehr brauchen würde. Es gab da einen ganz speziellen Alten, der ebenfalls seine Zeit und seinen großen Augenblick absoluter Macht hinter sich hatte. Vor Xizors geistigem Auge erschien wie ein altersschwaches Gespenst das runzlige Gesicht Palpatines. Oft hatte Xixor sein stolzes Haupt beugen und mehr als einmal so tun müssen, als sei er der treue Diener des Imperators. Und die Tatsache, dass sich der alte Mann von dieser kleinen Scharade hatte täuschen lassen, bewies hinlänglich, dass Palpatines Tage gezählt waren und die Überreste des Imperiums der Schwarzen Sonne in die Hände fallen würden. Prinz Xizor und seine Gefolgsleute hatten lange genug im Zwielicht auf ihre Zeit gewartet. Auf die lichtlose Götterdämmerung, die den Augenblick ihres Triumphs bringen würde ...

Bald, versprach sich Xizor. Er und die übrigen Angehörigen der Schwarzen Sonne mussten sich lediglich in Geduld üben und mit List und Tücke ihre Figuren in Angriffsposition bringen. Das Netz aus Lügen und Intrigen, das der arachnoide Arrangeur Kud'ar Mub'at gesponnen hatte, war nichts im Vergleich zu dem, das Xizor ausgelegt hatte und das sich über ganze Welten und Systeme von Welten erstreckte. Weder der Imperator noch seine dunkle rechte Hand Lord Vader hatten eine Ahnung davon, wie weit der Einfluss der Schwarzen Sonne reichte. Sie wussten nicht, was sich bereits in ihrem Griff befand oder worum sich ihre Faust demnächst schließen würde. Mochte der Imperator noch so sehr mit seinem angeblichen Wissen um die Macht und ihre dunkle Seite protzen, für die Machenschaften und Manöver, die sich praktisch unmittelbar vor seiner Nase abspielten, war er nach wie vor blind. Das war, so nahm Xizor an, eine Folge der Gier und des Ehrgeizes des alten Schwachkopfs sowie seiner unausgesetzten Geringschätzung der Intelligenz sämtlicher anderer Kreaturen. Der imperiale Hof Palpatines auf der fernen Welt Coruscant quoll über vor Speichelleckern und einfältigen Dienern, da ihr Herr und Meister irrtümlich davon ausging, dass alle außer ihm entweder Trottel oder von Mystizismus verdorbene Mörder wie Vader waren.

Die Erinnerung an den unsichtbaren Griff des Dunklen Lords, der sich um Xizors Hals geschlossen und ihm die Luft aus den Lungen gepresst hatte, stellte immer noch eine scharfe Demütigung dar. Xizor glaubte nicht an diese mysteriöse Macht, zumindest nicht auf die gleiche Weise wie Vader und der Imperator dies taten, gleichwohl sah er sich dazu genötigt, einen Teil ihrer grausamen Kraft anzuerkennen. *Eine Sinnestäuschung*, dachte Xizor düster. Um mehr war es dabei schließlich nicht gegangen. Aber das war genug, mehr als genug, um seinen Hass auf Darth Vader von neuem anzuheizen. Dieser Hass resultierte aus dem Tod seiner Familienmitglieder, für den er Vader persönlich verantwortlich machte. Hinter all seinen übrigen Ambitionen, den hohen Zielen der Eroberung und Herrschaft, zu deren Erreichung er die Schwarze Sonne erbarmungslos angetrieben hatte, verbarg sich ein niedrigerer und persönlicherer Ehrgeiz. Xizor wollte dafür sorgen, dass Lord Vader den höchsten Preis für seine Verbrechen an der Familie des Falleen-Prinzen zahlen würde.

Und um Prinz Xizor zufrieden zu stellen, konnte der Tag der Vergeltung gar nicht früh genug kommen.

Ein kleines Zahnrad in der Maschinerie, die ihn der Vergeltung näher brachte, war gegenwärtig auf dem Weg hierher. Oder sollte es, wenn er mit seiner Einschätzung des Kopfgeldjägers Boba Fett richtig lag, wenigstens sein. *Für so einen*, hatte Xizor eingesehen, *bedeutete Profit alles*. Daher hatte er als Köder für seine Falle so viele Credits ausgelegt, dass er Boba Fetts gesteigertes Interesse daran, zuerst die Zerstörung der alten Kopfgeldjägergilde herbeizuführen und dann den abtrünnigen Sturmtruppler Trhin Voss'on't in Kud'ar Mub'ats Netz abzuliefern, wo angeblich die auf Voss'on't ausgesetzte Belohnung auf ihn wartete, als gesichert voraussetzen konnte. *Dieser Narr*, dachte Xizor verächtlich. Boba Fett hatte keine Ahnung, auf welch perfide Weise er ferngelenkt worden war. Er war nichts weiter als eine Figur in Xizors Spiel gewesen. Und da er für Prinz Xizor nicht länger von Nutzen war, würde er dies möglicherweise niemals oder viel zu spät erfahren, um sich noch retten zu können.

Die Augenlider des Falleen-Prinzen senkten sich ein Stück weit über das Violett seines Blicks, während er weiter seinen verschlungenen Gedanken nachhing. Jenseits des gewölbten großen Sichtschirms der *Vendetta* lagen stumm verstreut die reifen Sterne und warteten darauf, vom Himmel gepflückt zu werden. Das Gleiche galt für seine sichtbaren und unsichtbaren Figuren und auch für die der anderen Spieler. Sie standen auf dem Spielbrett bereit, in das sich die Galaxis verwandelt hatte. Was machte es schon aus, wenn eine Figur unversehens vom Spielfeld gefegt wurde? Es blieben noch genug andere übrig, mit denen das Spiel zu Ende gespielt werden konnte.

Prinz Xizor verschränkte die Arme vor der Brust. Bei dieser Bewegung streifte der Saum seines Umhangs die Stiefel. Er war sich jetzt ganz sicher, dass die *Sklave I* schon bald aus dem Hyperraum auftauchen ... und damit in die Falle gehen würde, die er so sorgfältig vorbereitet hatte.

Ein dünnes Lächeln zupfte an Xizors Mundwinkeln, während er die Sterne betrachtete. Wo sollte das Schiff auch sonst hinfliegen?

»Sie haben keinen Schimmer, worauf Sie sich da einlassen.« Der imperiale Sturmtruppler – *ehemalige* imperiale Sturmtruppler – auf der anderen Seite der Durastahlstäbe des Käfigs schüttelte langsam den Kopf. Und lächelte. »Ich möchte jetzt nicht in Ihrer Haut stecken.«

»Zerbrechen Sie sich darüber mal nicht den Kopf«, erwiderte Boba Fett. Er war aus dem Cockpit der *Sklave I* in den Frachtraum herabgestiegen, um herauszufinden, wie diese spezielle Ware die Unannehmlichkeiten der Reise erduldete. Die von Palpatine auf Trhin Voss'on'ts Kopf ausgesetzte Belohnung würde nämlich nur dann ausgezahlt werden, wenn die Ware in lebendigem Zustand übergeben wurde. Eine Leiche würde Boba Fett gar nichts bringen, vor allem, und das war am schlimmsten, keinen Profit.

Der Job hätte weit einfacher erledigt werden können, wenn es, um den veritablen Haufen Credits einstreichen zu können, genügt hätte, Voss'on't einfach umzubringen. *Dann hätte ich auch nicht diesen Schwachkopf Bossk mitnehmen müssen*, dachte Fett. Partner, auch vorübergehende, waren immer nur ein verdrießlicher Notbehelf. Man musste sie so schnell wie möglich wieder loswerden.

»Ihre Rolle hier ist ziemlich klar«, fuhr Boba Fett fort. »Genau wie meine. Ich bin der Gewinner. Sie sind der Verlierer. Ich werde bezahlt und Sie kriegen, was auch immer Palpatine für Sie auf Lager hat.« Was nicht besonders erfreulich sein würde, wie Boba Fett genau wusste. Doch das bereitete ihm kaum schlaflose Nächte. Sobald ein Kopfgeldjäger seinen Lohn kassiert hatte, interessierte er sich nicht mehr für das fernere Schicksal seiner Ware.

»Meinen Sie?« Das Lächeln in Voss'on'ts keilförmigem Narbengesicht verwandelte sich in ein hässliches schadenfrohes Grinsen. »Diese Galaxis ist voller Überraschungen. Es könnte gut sein, dass eine davon auf *Sie* wartet.«

Boba Fett schenkte der Warnung des Sturmtrupplers keine Beachtung. *Ein Täuschungsmanöver*, dachte er. Voss'on't gehörte zu dem üblichen Kontingent Haudegen und Laserkanonenfutter, das für die kämpfende Truppe des Imperiums rekrutiert wurde. Auch wenn er in intellektueller Hinsicht nicht vom gleichen Kaliber war wie die Admirale der Imperialen Flotte, war er immer noch schlau genug, um es bis in jene Ränge geschafft zu haben, denen die Grundlagen psychologischer Kriegführung beigebracht wurden. Zweifel in den Gedanken eines Gegners zu wecken stand an erster Stelle und war das wirkungsvollste dieser subtilen Kampfmittel. Man musste kein Jedi-Ritter sein, um darauf zu verfallen.

Trotzdem waren Voss'on'ts Worte nicht ganz aus der Luft gegriffen. Der Verrat war ein Grundbaustein der Galaxis und ebenso weit verbreitet wie Sauerstoffatome im All. Und er hatte sich in dem Moment, als er in den Voss'on't-Auftrag verwickelt wurde, unweigerlich mit einigen der verräterischsten intelligenten Geschöpfe eingelassen, die auf den Welten der Galaxis oder im Weltraum zu Hause waren. Nämlich nicht nur mit Palpatine, sondern auch mit dem arachnoiden Sammler Kud'ar Mub'at.

Es geht um eine Menge Credits, dachte Fett, während er seinen Gefangenen im Käfig anstarrte. Er betrachtete Voss'on't längst nicht mehr als ein lebendes Wesen, sondern nur noch als eine Ware, die es Gewinn bringend abzuliefern galt. Die Belohnung war die größte, von der Fett in seiner ganzen Karriere gehört hatte. Die Dimensionen, in denen der Imperator Palpatine seinen Rachedurst zu befriedigen bereit war, ließen etwa den Verbrecherlord Jabba den Hutt wie einen Spießer aussehen. Doch diese hohe Belohnung auf den Kopf des abtrünnigen Sturmtrupplers auszusetzen, war eine Sache; sie auch tatsächlich auszuzahlen, stand auf einem ganz anderen Blatt. Das sollte nicht heißen, dass Palpatine die Summe nicht aufbringen konnte – schließlich verfügte er über das Vermögen ungezählter Welten –, sondern dass seine Habgier noch unermesslicher war als sein Reichtum.

Und was Kud'ar Mub'at anging, so machte sich Boba Fett hinsichtlich der riesigen Spinne mit ihrem schwankenden bleichen Leib und dem servilen, anbiedernden Geschwätz keinerlei Illusionen. Vermutlich hielt Kud'ar Mub'at das Kopfgeld für Voss'on't bereit und wartete darauf, wer von den Kopfgeldjägern der Galaxis mit der Ware im Schlepptau wieder in seinem Netz auftauchen würde. Doch Boba Fett war sich darüber im Klaren, dass der Sammler die Belohnung am liebsten selbst einstreichen würde. Und das würde er am ehesten erreichen, wenn er den plötzlichen und unerwarteten Abgang desjenigen arrangierte, dem es tatsächlich gelungen war, den Sturmtruppler zu erwischen.

»Ich kann Sie nachdenken sehen«, drängte sich Trhin Voss'on'ts verschlagene Stimme in Boba Fetts Bewusstsein. »Ich kann Ihre kleinen Zahnräder selbst durch Ihren Helm hindurch ineinander greifen hören.«

»Sie hören nur Ihre eigenen Wahnvorstellungen.« Boba Fett löste den unbarmherzig kalten Blick von seinem Gefangenen.

»Meinen Sie?« Das hässliche, schiefe Grinsen kräuselte sich immer noch um Voss'on'ts Mund. »Betrachten Sie Ihre Lage einmal aus einem … *militärischen* Blickwinkel.« Er schüttelte abermals mitleidig den Kopf. »Sie waren nicht schnell genug, Fett. Finden Sie sich damit ab.«

Es blieb noch ein wenig Zeit, bis die *Sklave I* in Sichtweite von Kud'ar Mub'ats im Weltraum treibendem Netz aus dem Hyperraum austreten sollte. Zeit genug für Fett, um sich noch ein wenig länger mit seiner Ware zu messen. Auf den Unterhaltungswert war er dabei nicht angewiesen. Schließlich unterhielt ihn nichts mehr als die stetige Zunahme der Credits auf seinen Konten. Dennoch gab es wenigstens einen guten Grund dafür, Voss'on't weiter quasseln zu lassen: Es war allgemein bekannt, dass hochrangige Sturmtruppler, wie Voss'on't bis zu seinem Verrat einer gewesen war, in Selbstvernichtungstechniken unterwiesen wurden, die im Falle ihrer Gefangennahme durch feindliche Streitkräfte zur Anwendung kommen sollten. Wenn Voss'on't also sein autonomes kardiovaskuläres System willkürlich zusammenbrechen ließ, wäre er danach ebenso wertlos, als hätte ihn ein Energiestrahl aus dem Blaster an Boba Fetts Hüfte getroffen.

In Fällen, in denen die Selbsttötung der Ware im Bereich des Möglichen lag, gingen Kopfgeldjäger gewöhnlich so vor, dass sie ihr Opfer mit Hilfe eines permanent wirksamen Betäubungspflasters auf der Haut unmittelbar über einer der Halsschlagadern in zuverlässigen Tiefschlaf versetzten. Boba Fett hatte das bei anderen Gefangenen schon häufig getan. Diese Methode war, wenn eine Ware ihrer Auslieferung am Ende der Reise mit nichts als schierem Entsetzen entgegensah, außergewöhnlich wirksam. Und wenn Trhin Voss'on't so intelligent war, wie es den Anschein hatte, hatte er keinen Grund, sich hinsichtlich des Empfangs, den ihm sein früherer Herr, der Imperator Palpatine, bereiten würde, irgendwelchen optimistischen Illusionen hinzugeben. Am Ende der Ereignisse würde für ihn der sichere Tod stehen, auch wenn er bis dahin noch einen langen und unerfreulichen Weg gehen musste. Dafür hatte Palpatine bisher stets gesorgt.

Doch Boba Fetts Fähigkeiten als Kopfgeldjäger sowie seine Gabe, die Gedanken seiner Ware zu durchschauen, hatten ihm verraten, dass Voss'on't sich trotzdem nicht das Leben nehmen würde. Nachdem der ehemalige imperiale Sturmtruppler den physischen Schock der Gefangennahme – die für niemanden leicht gewesen war, da sowohl Boba Fett als auch Bossk dabei beinah draufgegangen wären – und die Entwürdigung, in einem Käfig zu erwachen, überwunden hatte, hatte er rasch einen Teil seines Kampfgeistes zurückgewonnen und führte sich seither sogar noch dreister auf als zuvor. Boba Fett hatte in Voss'on'ts zusammengekniffenen Augen einen Glanz entdeckt, der den gleichen Willen zum Leben und zur Macht verriet, der wie ein kaltes Feuer unter seiner mandalorianischen Kampfmontur brannte.

Er denkt wirklich, er kann gewinnen. Während Boba Fett ihn in seinem Käfig betrachtete, hörte der Sturmtruppler für einige Sekunden auf, bloß eine beliebige

Ware zu sein. Fett hatte nicht damit gerechnet, dass ein im Kampf gestählter Veteran wie Trhin Voss'on't vor ihm kriechen und um sein Leben betteln würde, wie dies so viele frühere Insassen seines Käfigs getan hatten. Er hatte bärbeißige, wütende Aufsässigkeit für wahrscheinlicher gehalten.«Nicht schnell genug ... und jetzt sind Sie der Dumme, Fett.« Trhin Voss'on'ts Stimme war nur noch einen Hauch von einem gehässigen Auflachen entfernt. »Es war echt nett, Sie kennen gelernt zu haben. Und ich bin froh, dass wir diese kurze Zeit gemeinsam hatten.«

Aus dem Komlink in Boba Fetts Helm erklang ein kurzer Glockenton. Das war das Signal des Überwachungscomputers im Cockpit der *Sklave I*, der darauf hinwies, dass jetzt der Rücksturz des Raumschiffs aus dem Hyperraum eingeleitet werden musste. Es gab nun nicht mehr viel zu tun, bevor Fett die Belohnung kassieren konnte. Diesen Riesenberg Credits, der auf die Gefangennahme von Trhin Voss'on't ausgesetzt worden war.

Das beste an dem Job war für ihn die Bezahlung. Trotzdem entschied sich Boba Fett dafür, den großen Augenblick noch ein wenig hinauszuzögern. So sehr er sich auch der Tatsache bewusst war, dass Voss'on't seine Gedanken zu verwirren und ihn vom logischen Kurs abzubringen versuchte, so sehr war ein anderer Teil von ihm von der spöttisch zur Schau gestellten Selbstsicherheit des Sturmtrupplers fasziniert.

Er will mich glauben machen, dass er irgendwas weiß, dachte Boba Fett. *Etwas, das ich nicht weiß*. Das war allerdings nicht sehr wahrscheinlich. Boba Fett hätte sicher nicht so lange in der Oberliga der Kopfgeldjäger überlebt, wenn er nicht über bessere Informationsquellen verfügt hätte als seine Beute.

Da regte sich in einem dunklen Winkel seines Verstandes ein neuer Gedanke. *Es gibt für alles ein erstes Mal.* Das Problem war jedoch, dass das erste Mal in dieser Branche, wenn man nicht schnell genug war, sich hereinlegen oder übervorteilen ließ, leicht auch das letzte Mal sein konnte.

»Also schön«, sagte Boba Fett leise. »Erzählen Sie schon.« Er trat näher an die Stäbe des Käfigs heran. Es spielte keine Rolle für ihn, dass er sich damit in die Reichweite seines Gefangenen begab. Voss'on't würde einen schweren Fehler begehen, wenn er versuchte, durch die Gitterstäbe zu greifen und ihn zu packen. Fetts überlegene Reflexe würden den Mann in weniger als einer Sekunde auf den Boden des Käfigs befördern. »Sie hören sich doch gerne reden. Also, was bedeutet Ihre Behauptung, ich sei *nicht schnell genug* gewesen?«

»Was? Sind Sie blind?«, höhnte Voss'on't. »Dieses Schiff bricht bald auseinander. Selbst wenn Sie mir nichts von der Bombe erzählt hätten, mit der Ihr Expartner den Rumpf getroffen hat, hätte ich die Schäden leicht selbst einschätzen können. Ich hätte mich bloß mal hier umsehen müssen. Als ich das letzte Mal derart häufig Hüllenbruchalarm gehört habe, befand ich mich auf einem imperialen Schlachtkreuzer, der von einem ganzen Sternjäger-Geschwader der Rebellen-Allianz angegriffen wurde.«

»Erzählen Sie mir was«, brummte Boba Fett, »das ich noch nicht weiß.« Dass sich die *Sklave I* derzeit in einem schlechten Zustand befand, war ein Umstand, dessen er sich auf unbehagliche Weise bewusst war. Schon bevor er es gewagt hatte, sich mit einem Sprung in den Hyperraum von der Bergbauwelt zu entfernen, die Voss'on'ts Versteck dargestellt hatte, war fraglich gewesen, ob das Schiff die bevorstehende Reise überstehen würde. Hätte er eine Wahl gehabt, so hätte er, um die nötigen Reparaturen durchzuführen, lieber auf dem nächsten passenden Planeten Zwischenstation gemacht. Aber mit einer so kostbaren Fracht wie dem ehemaligen Sturmtruppler an Bord – während sämtliche anderen Kopfgeldjäger der Galaxis es darauf abgesehen hatten, ihm seine Ware abzujagen – war ihm die Entscheidung für den Sprung praktisch aufgezwungen worden. Entweder ließ er es darauf ankommen oder er endete im Fadenkreuz so vieler Laserkanonen, dass er nicht die geringste Chance mehr haben würde, mit heiler Haut davonzukommen. »Das Schiff wird es schon schaffen«, teilte Boba Fett dem Gefangenen mit. »Kann sein, dass es knapp wird, aber wir werden es schaffen.«

»Klar schaffen wir es, Kumpel. Aber was dann?« Voss'on't legte den Kopf schief und sah Fett mit einer hochgezogenen Braue aufmerksam an.

»Dann werde ich entlohnt. Danach habe ich genug Zeit für die Reparaturen.« Irgendwie freute er sich sogar darauf. Über ein paar Umbauten an der *Sklave I*, einige verbesserte Waffensysteme sowie Scannereinheiten für zukünftige Annäherungs- und Fluchtmanöver des Raumers, hatte er schon seit geraumer Zeit nachgedacht.

»Oh, sicher werden Sie entlohnt. Und ob.« Voss'on'ts Grinsen wurde breiter und offenbarte weitere vergilbte und mit Stahl überkronte Elfenbeinzähne. »Bloß nicht so, wie Sie sich das denken.«

»Darauf lasse ich es ankommen.«

»Natürlich. Was anderes bleibt Ihnen ja auch nicht übrig. Aber wenn Sie sich hinsichtlich dessen, was Sie erwartet, irren ...« Voss'on't nickte bedächtig. »... sind Ihre Möglichkeiten noch beschränkter als jetzt.«

Boba Fett sah den anderen Mann unbeeindruckt an. »Was soll das heißen?«

»Kommen Sie, seien Sie nicht naiv. Man sagt Ihnen nach, Sie wären ein kluger Kopf. Dann verhalten Sie sich auch danach. Ihr Schiff ist in seinem gegenwärtigen Zustand kaum mehr lenkbar. Ihre Waffen bringen Ihnen gar nichts, wenn Sie sie nicht auf ein bestimmtes Ziel ausrichten können. Und wenn dieses Ziel dann auf Sie schießt – vorausgesetzt, Sie geben überhaupt noch ein Ziel ab, auf das sich zu schießen lohnt –, dann können Sie nichts weiter dagegen unternehmen als durchzuhalten, so lange es geht.«

»Das ist kaum meine einzige Option«, sagte Fett. »Ich kann jederzeit in den Hyperraum zurückspringen.«

»Sicher. Wenn das Ihre bevorzugte Todesart ist. Dieser heruntergekommene Eimer hat mit Mühe *einen* Sprung überstanden, ohne auseinander zu brechen.« Voss'on'ts Grinsen verriet, wie sehr er die Schilderung dieser düsteren Aussichten genoss. »Vielleicht gelingt es Ihnen sogar, dieses Ding *in* den Hyperraum zu befördern. Aber dann bekommen Sie das Schiff nie wieder da heraus.« In einem Auge des Sturmtrupplers stand plötzlich ein bösartiges Funkeln. »Ich habe gehört, das sei eine echt unerfreuliche Methode, von der Bildfläche zu verschwinden. Ihre Überreste würden niemals gefunden werden.«

Boba Fett hatte das Gleiche gehört. Es hieß, dass ein Bataillon der alten mandalorianischen Krieger, deren Kampfmontur er heute trug, einst auf eben diese Weise von den inzwischen verschwundenen Jedi-Rittern vernichtet worden sei. »Das hört sich an, als hätten Sie sich eine Weile eingehend damit beschäftigt.«

Voss'on't zuckte die Achseln. »Es hat nicht lange gedauert. Nicht länger, als hinter die einzige Alternative zu kommen, die Ihnen noch bleibt und bei der Sie lebend davonkommen.«

»Und die wäre?«

»Kapitulieren Sie«, antwortete der grinsende Sturmtruppler.

Boba Fett schüttelte angewidert den Kopf. »Dass ich dazu fähig sein könnte, hat mir bisher noch niemand nachgesagt.«

»Zu dumm«, gab Voss'on't zurück. »Zu dumm für Sie und Ihre Chance, lebend aus diesem Schlamassel herauszukommen. Sie können entweder klug sein und überleben, Fett, oder so weitermachen wie bisher und als geröstete Leiche enden. Sie haben die Wahl.«

Aus dem Cockpit der *Sklave I* war erneut ein Glockenton zu vernehmen. Boba Fett hatte bereits viel zu viel Zeit mit dieser Kreatur vertrödelt. Er machte sich im Geist eine Notiz, sich in Zukunft daran zu erinnern: Wenn es darum ging, durch möglichst viele Worte den Kopf aus der Schlinge zu ziehen, waren alle Gefangenen gleich.

Doch er gestattete sich noch eine letzte Frage, ehe er ins Cockpit zurückkehren und die letzten Vorbereitungen für den Rücksturz aus dem Hyperraum treffen wollte. »Und vor wem genau soll ich Ihrer Meinung nach kapitulieren?«

»Weshalb sollten wir noch länger um den heißen Brei herumreden?« Trhin Voss'on't umfasste zwei der Durastahlstäbe und schob sein kantiges Gesicht näher an das von Boba Fett heran. »Ich bin der Einzige, der Sie jetzt noch retten kann. Ich weiß, was Sie auf der anderen Seite erwartet. Und glauben Sie mir, Fett, das sind nicht Ihre Freunde.«

Die Finger des Sturmtrupplers spannten sich um die Gitterstäbe und er senkte die Stimme. »Lassen Sie mich hier raus, Fett, und ich schlage Ihnen einen Handel vor.«

»Ich lasse nie mit mir handeln, Voss'on't.«

»Dann fangen Sie besser jetzt damit an. Schließlich

geht es hier um *Ihr* Leben, ob es Ihnen gefällt oder nicht. Lassen Sie mich hier raus und übergeben Sie mir Ihr Schiff. Dann kann ich *möglicherweise* verhindern, dass Sie in Ihre Atome zerlegt werden.«

»Und was wäre für Sie dabei drin?«

Voss'on't beugte sich ein Stück zurück und hob die Schultern. »He, ich will nicht zusammen mit Ihnen in Rauch aufgehen, Kumpel. Ihre Engstirnigkeit gefährdet mich genauso. Erst wenn die Verhältnisse hier ausgeglichen sind, kann ich am Leben bleiben. Wenn ich die Kontrolle über das Schiff *und* seine Kom-Einheiten erhalte, wenn ich also – mit anderen Worten – das Reden übernehme, hätte ich eine Chance, denen, die nicht besonders gut auf Sie zu sprechen sind, Einhalt zu gebieten.«

Die Worte des anderen riefen in Boba Fett eine instinktive Reaktion hervor. Er konnte unter der mandalorianischen Kampfmontur spüren, wie sich sein Rückgrat straffte. »Niemand außer mir steuert dieses Schiff«, antwortete er.

»Wie Sie wollen.« Voss'on't ließ die Gitterstäbe los und trat mit einem Schritt in die Mitte des Käfigs zurück. »Ich habe wenigstens eine gewisse Chance, es zu schaffen. Sie nicht.«

Wieder erklang in Boba Fetts Helm der Glockenton. Lauter diesmal und dringlicher. »Ich muss Sie beglückwünschen«, sagte er. »Ich dachte, ich hätte schon alle Lügengeschichten gehört und würde sämtliche Versuche kennen, sich bei mir einzuschmeicheln, mich anzubetteln oder zu bestechen, die sich eine Kreatur einfallen lassen kann. Aber Sie haben mich wirklich mit was Neuem überrascht.« Er wandte sich langsam von dem Käfig und seinem Insassen ab. »Bedroht worden bin ich von meiner Ware bisher noch nie.«

Voss'on'ts höhnische Stimme folgte Fett, während

er auf die zum Cockpit führende Metalleiter zuging. »Ich bin nicht wie Ihre gewöhnliche Ware, Kumpel.« In seinen Worten schwang ein gewisser spöttischer Triumph mit. »Und wenn Sie das jetzt noch nicht einsehen ... glauben Sie mir, Sie werden. Schon bald.«

Boba Fett konnte auf dem Weg zum Cockpit die ganze Zeit das Gelächter des Sturmtrupplers hören. Erst als er die Luke hinter sich zuzog, brach das aufreizende Geräusch ab. Die Erinnerung daran jedoch nicht.

Boba Fett ließ sich im Pilotensitz nieder und konzentrierte sich auf die Arbeit seiner Hände, die über die Navigationskontrollen flogen und neue Einstellungen vornahmen. Jeder Sieg im Kampf, ob mit Waffen oder mit Worten, hing von einem klaren Verstand ab. Und der ehemalige Sturmtruppler Voss'on't hatte eben sein Bestes gegeben, Boba Fetts Gedanken mit seinen heimtückischen Anspielungen auf irgendwelche Verschwörungen sowie seinen Ankündigungen kommender Gewalt zu trüben. Boba Fett fürchtete weder das eine noch das andere. Schließlich hatte er sich selbst bei vielen Gelegenheiten als ein Meister beider Disziplinen erwiesen.

Doch gleichzeitig hatten Voss'on'ts Lügen und Tricks in Boba Fett ein weit reichendes Gefühl des Unbehagens geweckt. Sein Überleben in dem gefährlichen Spiel der Kopfgeldjäger gründete nicht ausschließlich auf den Strategien kalter Rationalität. Er hing ebenso sehr von seinen Instinkten ab. Die Gefahr besaß einen unverwechselbaren Geruch, den seine Sinne auch ohne die Existenz entsprechender Moleküle in der Atmosphäre wahrnehmen konnten.

Seine behandschuhte Hand verharrte einen Moment über den Kontrollen. *Was, wenn Voss'on't gar nicht gelogen hat?*

Vielleicht hatte der Sturmtruppler gar keine raffinierten Spielchen mit ihm gespielt. Vielleicht war das Angebot, Boba Fett vor einer tödlichen Gefahr zu bewahren, ehrlich gemeint gewesen. Auch wenn dahinter gewiss nichts anderes stand als Voss'on'ts eigenes Interesse.

Oder – Boba Fetts Gedanken stocherten in dem Puzzle in seinem Schädel herum – das Spiel war noch komplizierter, als es auf den ersten Blick zu sein schien. Vielleicht wollte Voss'on't in Wahrheit gar nicht, dass er ihm die Kontrolle über sein Schiff überließ. *Was, wenn er genau wusste, dass ich mich weigern würde?*, überlegte Fett. *Und wenn er genau darauf gesetzt hat?* In dem Fall musste es Voss'on't außerdem darauf abgesehen haben, Fett glauben zu machen, dass ihm seine Zweifel, sein Misstrauen, ja sogar seine instinktive Vorsicht unmöglich von Voss'on't eingegeben worden sein konnten. Es war ihm vielleicht gar nicht darum gegangen, Fett zu einer Änderung seines Kurses zu bewegen, sondern darum, dafür zu sorgen, dass er keinen Millimeter davon abweichen würde.

Da hätte er sich keine Sorgen machen müssen, dachte Boba Fett. Ihn überkam eine vertraute Gelassenheit, die er kannte und an die er sich aus früheren Zeiten erinnerte, als er sein Schicksal ins Gleichgewicht gebracht hatte. Zwischen dem Gedanken und der Tat, zwischen dem Handeln und den Folgen des Handelns, zwischen dem Wurf des alten Knochenwürfels und dem Ergebnis des Wurfs, das darüber entschied, ob jemand am Leben blieb oder sterben musste ...

... lagen unendlich viele Möglichkeiten.

Kopfgeldjäger hingen keinem Glauben an, keiner Religion oder Konfession. All das gab es nur für andere, irregeleitete Kreaturen. Der Imperator mochte sich in das Zwielicht irgendeiner Macht hüllen, an deren

Existenz die alten Jedi geglaubt hatten. Boba Fett bedurfte dessen nicht. Für ihn war der Moment der real existierenden Gegenwart alles, was er an unausgesprochenem Wissen über das Unendliche und das Gleichgewicht der Macht brauchte. Was konnte es außerdem noch geben? So weit es ihn betraf, war alles andere Illusion.

Diese einfache Wahrheit hatte ihn bisher am Leben erhalten. Sein Profit, also das, was zählte in seinem Spiel, bedeutete ihm mehr als das eigene Leben. *Man darf nicht spielen*, rief er sich ins Gedächtnis, *wenn man nicht bereit ist zu verlieren ...*

Alle anderen Überlegungen fielen von ihm ab wie die Funken sterbender Sonnen. Der ehemalige imperiale Sturmtruppler gehörte jetzt nur noch dem Käfig unter ihm. Boba Fett hatte sogar Trhin Voss'on'ts Bild aus seinen Gedanken verbannt.

Da ließ sich eine Computerstimme vernehmen, die so frei von Gefühlen war wie Boba Fetts Gedanken, und durchbrach das tiefe Schweigen in dem Cockpit. »Abschlusssequenz für Austritt aus dem Hyperraum beendet.« Die in die *Sklave I* eingebauten Logikschaltkreise arbeiteten ebenso gründlich wie die ihres Herrn und Meisters. »Die gegenwärtigen Optionen sind die Einleitung des abschließenden Rücksturzvorgangs oder die Absenkung der Arbeitsleistung für Standby bei minimalem Energieverbrauch.«

Boba Fett wusste, auch ohne weitere Vorschläge des Schiffscomputers abzuwarten, dass Letzteres keine echte Option für ihn darstellte. Wenn er noch länger im Hyperraum verweilte, würde er seinen sicheren Tod nur hinauszögern. Die strukturelle Integrität des Rumpfs würde bei dem jetzigen angeschlagenen Zustand seines Schiffs ebenso wie die Lebenserhaltungssysteme binnen weniger Minuten zusammenbrechen.

Die *Sklave I* würde bald in den Realraum eintreten müssen – oder sie würde es nie wieder tun.

Boba Fett bemühte sich nicht darum, dem Bordcomputer mündlich zu antworten. Stattdessen griff er zu den Cockpitkontrollen und löste mit dem entscheidenden Knopfdruck den Rücksturz aus.

Noch ehe er die behandschuhte Hand von den Kontrollen zurückzog, füllte sich das Cockpitfenster mit grellen Lichtstreifen, die eine Millisekunde zuvor noch die kalten Nadelköpfe von Sternen gewesen waren. In diesem Moment waren die Würfel auf dem schwarzen Spielfeld dahinter gefallen.

»Da ist er.« Der Kom-Spezialist legte eine Hand an die Schläfe und lauschte angestrengt auf das Innenohrimplantat in seinem Kopf. »Die vorgeschobenen Scoutmodule haben die *Sklave I* entdeckt. Der Austritt aus dem Hyperraum wurde vor Punkt-null-drei Minuten registriert.«

Prinz Xizor nickte. Der Eifer, den die Mannschaft seines Flaggschiffs *Vendetta* an den Tag legte, stellte ihn zufrieden. Seine erst kürzlich eingeführten neuen disziplinarischen Maßregeln hatten offenbar eine heilsame Wirkung auf die niederen Ränge der Schwarzen Sonne gehabt, die die strategischen Posten besetzten. *Furcht*, bemerkte Xizor, *ist immer noch der beste Ansporn*.

»Ich nehme an, Sie haben seine voraussichtliche Flugbahn berechnet.« Prinz Xizor stand am vorderen Sichtschirm der *Vendetta*. Die durch den Transparistahl sichtbaren Sterne wölbten sich hoch über ihm. Mit gespreizten Beinen, die Hände auf dem Rücken verschränkt, starrte er zu den fernen Welten der Galaxis hinaus. Dann warf er einen ebenso kalten und berechnenden kurzen Blick über die Schulter. »Mit anderen Worten, wissen wir, wo Boba Fett hin will?«

»Ja, Euer Exzellenz, selbstverständlich wissen wir das.« Die Worte des Kom-Spezialisten kamen prompt. Er presste die Schläfe noch fester gegen die Fingerspitzen und lauschte auf die Worte, die ihm von außerhalb der *Vendetta* übermittelt wurden. »Die berechnete Flugbahn entspricht genau den vorausgegangenen Koordinaten der strategischen Analyse, Euer Exzellenz.«

Der Bericht der vorgeschobenen Scouts entzündete in Xizors Brust eine höchst erfreuliche zufriedene Glut. Er hatte die strategische Analyse ganz allein durchgeführt und für die Berechnungen keinen anderen Computer als den aus Fleisch und Blut hinter seinen violetten Augen mit den geschlitzten Pupillen benötigt. *Boba Fett hat keine andere Wahl*, dachte Xizor. *Er muss diesen Weg nehmen*. An einem seiner Mundwinkel zupfte ein Lächeln. *Und direkt in seinen Tod fliegen*.

Xizor starrte die hellen kalten Sterne hinter dem Sichtfenster an und nickte bedächtig, ohne sich dabei umzudrehen. »Und der geschätzte Zeitpunkt seiner Ankunft bei Kud'ar Mub'ats Netz ist …?«

»Das ist … ein wenig schwieriger vorherzusagen, Euer Exzellenz.«

Xozor sah sich nun doch mit zerfurchter Stirn nach dem Kom-Spezialisten um. Er musste seine Ansicht nicht laut aussprechen, um verstanden zu werden oder den Grad seiner Unzufriedenheit deutlich zu machen.

Der Kom-Spezialist beeilte sich zu erklären: »Das liegt am Ausmaß der Schäden, Euer Exzellenz, die das Schiff, das wir verfolgen, davongetragen hat. Boba Fetts Schiff ist in einem bedeutend schlechteren Zustand, als wir ursprünglich angenommen hatten. Der Hyperraumflug hat die strukturelle Integrität des Schiffsrumpfs fast bis zum völligen Zusammenbruch beeinträchtigt.«

In Xizor machte sich der Anflug einer Enttäuschung bemerkbar. Falls die *Sklave I* tatsächlich noch im Vakuum des Weltraums auseinander brach, wäre damit eine großartige Chance verspielt. Wenn er als derjenige in die Geschichte einging, der den Kopfgeldjäger eliminiert hatte, der zu Lebzeiten durch das Unglück so vieler anderer Wesen reich geworden war, würde er, Prinz Xizor, seinem dunklen Prestige nicht zu verachtenden neuen Ruhm hinzufügen.

Doch erst wenn er Boba Fetts Tod nicht durch einen dummen Glücksfall oder einen Unfall oder durch einen wütenden bluttriefenden Gewaltakt herbeiführte, wie er einem Trandoshaner anstehen würde, sondern indem er Fett in ein Netz aus Intrigen sowie doppelt und dreifach komplizierte Betrugsmanöver verwickelte, würde der endgültige Sieg umso süßer und lohnender sein. Denn dann würde der am meisten gefürchtete Kopfgeldjäger der Galaxis ein Opfer genau der Sorte fein gesponnener Machenschaften werden, die er selbst stets so hervorragend beherrscht hatte.

Xizor konnte in der glänzenden Innenwölbung des Sichtschirms sein geisterhaftes bleiches Spiegelbild sehen. Die Sterne hinter dem Abbild seiner nachdenklich zusammengekniffenen violetten Augen schienen zum Greifen nahe. Einen Moment lang – es verging kaum eine Sekunde – empfand Xizor einen Anflug von Mitgefühl für den Imperator Palpatine, als hätte sich sein langsamer Herzschlag irgendwie an den des fernen alten Mannes auf Coruscant angepasst. Alt war er, aber auch unendlich abgefeimt – und seine Habgier ging sogar noch weit darüber hinaus. *Ich fange an, ihn zu verstehen*, grübelte Prinz Xizor. Er faltete die Hände mit den kräftigen Sehnen hinter dem Rücken und verbarg sie in Falten seines Umhangs, dessen Saum die Absätze seiner Stiefel streifte. Der Falleen-Prinz hatte die Beine unterdessen noch weiter gespreizt, als wollte er dadurch schon jetzt die Herrschaft der Schwarzen Sonne über neue Welten demonstrieren.

Das war die Verlockung, aber auch die Gefahr, wenn man sich im Angesicht der Sterne seinen tiefsten und geheimsten Gedanken hingab. Eine Aussicht, wie sie ihm die *Vendetta* gewährte, oder das weite schwarze Firmament und die wirbelnden Sternkonstellationen, die vom Palast des Imperators aus zu sehen waren – all das konnte im Herzen jedes intelligenten Lebewesens nur den Wunsch nach uneingeschränkter Macht wecken. Macht sowohl in ihrer absoluten als auch in ihrer abstrakten Bedeutung für den, der sie besaß, und so unbarmherzig und zerstörerisch wie ein Stiefelabsatz in einem blutverschmierten Gesicht für jene, die sich ihr unterwerfen mussten. Doch die Reinheit der Sterne, die Eiseskälte ihres vom Vakuum umgebenen Lichts, war eine Pracht, die nur von jenen genossen und ertragen werden konnte, die groß genug waren, um ihre Wünsche auch in die Tat umzusetzen. Und falls diese Wünsche und ihre Verwirklichung durch die Tat für jene, die so dumm waren, sich in Xizors verwickelte Intrigen zu verstricken, tödliche Konsequenzen nach sich zogen ...

... *dann sei es so*, dachte der Falleen-Aristokrat. Er nickte nachdenklich, während er weiter auf das Sternenmeer blickte. Alles hatte sich ganz nach Plan entwickelt – nach *seinem* Plan, nicht nach dem irgendeiner anderen Kreatur. Während sich Xizors Brust gleichermaßen vor Befriedigung und Vorfreude ausdehnte, ballte er eine Hand in der anderen zur Faust, als würde sie die Fäden halten und ziehen, die alle diese weit verstreuten Welten zu einem einzigen Gewebe verknüpften.

Ein Stück abseits stand ein zweites, kleineres Wesen

und wartete seinerseits. Hinter Xizor ließ sich mit einem diskreten, aber deutlich hörbaren Hüsteln der Kom-Spezialist vernehmen. »Verzeihung, Euer Exzellenz ...« Der Kom-Spezialist hatte offensichtlich seinen ganzen Vorrat an Mut zusammengenommen. Er wusste, wie riskant es sein konnte, wenn man den Führer der Schwarzen Sonne in seinen Betrachtungen störte. »Ihre Mannschaft«, erinnerte er seinen Befehlshaber so diplomatisch wie möglich, »erwartet Ihre Befehle.«

»Wie es sich gehört.« Xizor war sich bewusst, dass das Schnalzen mit der Peitsche – die noch zurückhaltende, aber notwendige disziplinarische Maßnahme, die er durchgeführt hatte – jede Station an Bord der *Vendetta* auf Vordermann brachte und einsatzbereit machte und in jedem einzelnen Besatzungsmitglied das dringende Bedürfnis weckte, seinen Wert unter Beweis zu stellen. *Es ist eine Schande*, dachte Xizor, *all diese Energie an ein so kleines Ziel zu vergeuden*. Die *Vendetta* und ihre Mannschaft verdienten mehr Feuerwerk und größere Befriedigung von der Art, wie sie nur Gewalt und Sieg brachten, als ihnen ein angeschlagenes und abgetakeltes Kopfgeldjägerschiff zu bieten vermochte.

»Euer Exzellenz?« Die Worte des Kom-Spezialisten drängten ihn abermals mit sanftem Nachdruck.

Xizor antwortete ihm, ohne sich von dem großen Bildschirm der *Vendetta* abzuwenden. »Die Mannschaft«, sagte er, »wird sich noch ein wenig länger gedulden müssen.«

»Aber ... Boba Fetts Raumschiff ...« Der Kom-Spezialist klang ehrlich verwirrt.

Es war nicht nötig, dass man ihn, Xizor, an die *Sklave I* oder den Kurs des Raumschiffs erinnerte. Xizor konnte dies alles in den zum Zerreißen gespannten Nerven seines eigenen Körpers spüren. Ein uralter

Raubtierinstinkt, der auf die Nähe der Beute reagierte. Aber er wusste auch ohne diesen unterschwelligen, fast mystischen Sinn, dass die Sensoren der *Vendetta* die Gegenwart der *Sklave I* mit unzweifelhafter Sicherheit anzeigen würden, bevor Boba Fett auch nur mitbekam, dass irgendwas nicht in Ordnung war. Denn eine Barriere aus im Weltraum treibenden Trümmern von den vielen Raumschiffen und anderen Artefakten, die der Sammler Kud'ar Mub'at seinem Netz einverleibt hatte, diente dazu, die *Vendetta* wirksam vor ihrer Entdeckung aus großer Distanz abzuschirmen.

»Benachrichtigen Sie die Brücke«, befahl Prinz Xizor. »Ich werde unverzüglich dort erscheinen. Lassen Sie sofort sämtliche Waffensysteme auf volle Leistung hochfahren.« Er wollte es nicht darauf ankommen lassen, am Ende nicht genug Feuerkraft gegen Boba Fett einsetzen zu können. »Und lassen Sie alle Zielerfassungskontrollen auf mein persönliches Kommando einstellen.« Xizor warf einen Blick über die Schulter und zeigte dem Kom-Spezialisten ein dünnes, kaltes Lächeln. »Hier geht es um jemanden, um den ich mich persönlich kümmern will.«

5

Der erste Treffer wäre beinah der letzte gewesen.

Boba Fett hatte ihn nicht einmal kommen sehen. Der erste Hinweis darauf, dass die *Sklave I* angegriffen wurde, war der unerwartete Lichtblitz, der grell über das Sichtfenster des Cockpits zuckte, als hätte das Raumschiff das Herz irgendeiner unsichtbaren Sonne gestreift. Fett wäre gewiss für alle Zeit erblindet, wenn die in das Visier seines Helms integrierten optischen Filter nicht auf der Stelle lichtundurchlässig geworden wären und seine Augen geschützt hätten. Seine prompt funktionierenden Instinkte hatten ihn vor dem blendenden Licht zurückweichen und die Unterarme vor den Helm schlagen lassen, während er sich gleichzeitig auf dem Pilotensitz herumwarf. Weg von den Navigationskontrollen und dem nun ausgelöschten Anblick der Sterne, die er noch vor kaum einer Sekunde deutlich gesehen hatte.

Der Energiestrahl aus einer Laserkanone erschütterte gleichermaßen den Rahmen des Schiffs und dessen bereits verzogenes Rückgrat. Fett wurde aus dem Pilotensitz katapultiert und landete ausgestreckt auf dem nackten Durastahlboden der Kanzel. Durch das Getöse der Explosion, die den Rumpf der *Sklave I* und dessen tragendes Gerippe von den vorderen Sensorantennen bis zu den abgeschirmten Antriebssektionen erbeben ließ, konnte Boba Fett die Schweißnähte der Schotts reißen hören. Da bog sich plötzlich eine Metallkante aus dem Boden des Cockpits hoch, die so mörderisch scharf war wie das tödliche Ende eines Vibromessers, und hätte um ein Haar den massiven

Kragen von Fetts mandalorianischer Kampfmontur samt seiner Kehle aufgeschlitzt. Er konnte sich nur vor einer zerfetzten Arterie und dem unweigerlich darauf folgenden Tod bewahren, indem er den Kopf dicht an eine Schulter presste, sodass die gesprengte Durastahlplatte ihn lediglich seitlich am Helm erwischte. Doch die linke Seite des Helms dämpfte den scharfen Stoß und fügte den übrigen im Kampf erworbenen Dellen und Kratzern eine weitere Spur von Gewalteinwirkung hinzu.

Der schrille Lärm des Laserkanonentreffers und seines erschütternden Hammerschlags gegen das Schiff ließ allmählich nach und verebbte wie ferner Donner, sodass Boba Fett jetzt das vielstimmige Heulen und Kreischen des Alarms an Bord hören konnte. Auch wenn *er* dem Tod für den Moment noch entgangen war, so war die *Sklave I* doch endgültig tödlich verwundet. Das ohrenbetäubende elektronische Kreischen war ihr Todesschrei.

»Alarm abstellen.« Fett sprach den Befehl in sein Helmmikrofon. »Umschalten auf optischen Statusbericht.« Als die schrillen Töne endlich einem bedrohlichen Schweigen gewichen waren, erschien an der Peripherie von Fetts Blickfeld eine Reihe winziger Leuchtanzeigen. Er kannte die Bedeutung jedes einzelnen Lichtpunkts, wusste, welches System seines Raumschiffs dadurch repräsentiert wurde und welchen Stand der Dinge die Farben der Lichtpunkte anzeigten. Im Moment leuchteten sie alle rot, während einige in unterschiedlichen Intervallen blinkten. Das war kein gutes Zeichen. Es hätte nur dann noch schlimmer sein können, wenn einer oder mehrere Lichtpunkte vollständig erloschen wären und damit ein völliges Systemversagen angezeigt hätten. Die oberste Leuchtanzeige in der Reihe stand für die strukturelle Integrität der Schiffshülle der *Sklave I* und bemaß sich nach deren Fähigkeit, an Bord eine atembare Atmosphäre zu erhalten. Wenn diese Anzeige, die im Augenblick schneller blinkte als Boba Fetts Puls, vollends erlosch, bedeutete dies, dass der Raumer in tausend Stücke auseinander brechen würde. Die Durastahlplatten des Schiffsrumpfs würden sich von dem zerschmetterten Rahmen darunter ablösen und sich im leeren Raum verteilen wie die silbergraue Asche eines ausgetretenen Lagerfeuers. Boba Fett würde diesen eindrucksvollen Anblick jedoch nicht mehr erleben. Bei dem plötzlichen Verlust der Atemluft während eines Hüllenbruchs lagen die Überlebenschancen jedes lebenden Wesens an Bord bei null.

Fett wälzte sich auf die Seite, weg von dem scharfkantigen Stück des Schotts, das ihm wenigstens einen schnellen Tod beschert hätte, und stützte sich auf Hände und Knie. Dann schüttelte er den letzten Rest des Schwindelgefühls ab, das der heftige Schlag gegen den Helm seiner Kampfmontur verursacht hatte. Der mittlerweile verstummte Alarm hatte ihm nichts verraten, was er nicht auch dank anderer Hinweise klar erkennen konnte. In dem zerbrechlichen Zustand, in dem sich sein Schiff ohnehin bereits befunden hatte, musste ein direkter Treffer einer Laserkanone von dem Kaliber, das auf Zerstörern zum Einsatz kam, einfach eine annähernd katastrophale Wirkung entfalten. Die *Sklave I* hatte ja schon den Belastungen der Hyperraumsprünge kaum mehr standgehalten. Dass der Raumer überhaupt noch einen weiteren schweren Schlag hatte einstecken können, war lediglich der zusätzlichen Panzerung sowie der Verstärkung des Rahmens zu verdanken, die Boba Fett bei den Kuat-Triebwerkswerften in Auftrag gegeben hatte. Gleichwohl war der Menge der Schäden, die diese Schutzmaßnahmen hinnehmen konnten, bevor sie mit dem Rest des Schiffs zusammenbrachen, eine Grenze gesetzt. Und wenn die erreicht war, würde auch Fetts Lebensspanne nur mehr in Sekunden zu messen sein. Schließlich gab es an Bord keine Rettungskapsel, mit der er sich hätte absetzen können.

Der Kopfgeldjäger kam auf die Beine, packte die Rückenlehne des verwaisten Pilotensitzes und zog sich daran nach vorne. Die Anzeigen und Skalen der Konsole waren von blinkenden roten Leuchtanzeigen übersät, die ihm indes auch nichts anderes sagten als die wie die Enden gekappter Arterien pulsierenden roten Lichtpunkte an der Peripherie seines Helms.

Boba Fett hieb rasch mit einem behandschuhten Zeigefinger auf das Bedienungsfeld für die manuelle Überbrückung und gab den Kode ein, der es dem Bordcomputer des Schiffs gestatten würde, sämtliche navigatorischen Prozesse zu übernehmen. »Gestalte alle folgenden Flugmanöver nach dem Zufallsprinzip«, befahl er. »Berechne und implementiere nicht vorhersehbare Ausweichmuster.« Noch ehe er die Hand wieder von dem Bedienungsfeld heben konnte, flammten plötzlich die Korrekturdüsen der *Sklave I* für den Landeanflug auf und warfen das Raumschiff aus seiner bisherigen konstanten Flugbahn. Fett wurde gegen eine Seite des Cockpits geschleudert und der nächste Rückstoß, der immerhin noch neunzig Prozent der Wucht des ersten erreichte, hätte ihn gewiss erneut zu Boden geschickt, wenn er sich nicht an der Lehne des Pilotensitzes festgeklammert hätte.

Das Ausweichmanöver erfolgte gerade noch rechtzeitig. Ein zweiter Laserkanonenschuss zuckte wie ein Komet so dicht an der Wölbung des Sichtfensters vorbei, dass Boba Fett durch den klaren Transparistahl seine Hitze fühlen konnte. Der Energiestrahl verblasste zu einem matten Rot, verlor sich im Weltraum und hinterließ, ohne den Schiffsrumpf getroffen zu haben, nur mehr ein helles Nachbild auf Fetts Netzhaut.

Als der stark beanspruchte Rahmen unter der von den Korrekturdüsen übertragenen Kraft ächzte, ließ sich ein neuer Warnton vernehmen. Es bedurfte keiner elektronischen Sensoren, um festzustellen, was geschehen war. Boba Fett konnte den plötzlichen Temperatursturz durch seine Kampfmontur spüren und er hörte deutlich das Zischen des rapide nachlassenden atmosphärischen Drucks an Bord. Sofort sprangen die Emitter der Sauerstoffreserven an und versuchten vergeblich, den Verlust an Atemluft im zentralen Kabinenbereich des Raumschiffs auszugleichen. Das vom Bordcomputer eingeleitete Ausweichmanöver hatte offenbar irgendeinen Abschnitt der Schiffshülle abgerissen, der bereits durch den ersten Lasertreffer in Mitleidenschaft gezogen worden war. Auch wenn es der *Sklave I* gelang, den meisten oder sogar sämtlichen gleißenden Energiestrahlen auszuweichen, die noch auf sie abgefeuert werden mochten – schließlich hatte Boba Fett den entsprechenden Zufallsalgorithmus selbst programmiert –, würde der Vorgang in kürzester Zeit tödlich enden, da die abrupten, blitzschnellen Richtungsänderungen und Tempowechsel das bereits schwer beschädigte Gefüge des Schiffs weiter strapazieren würden.

Boba Fett beugte sich über die Lehne des Pilotensitzes und warf einen prüfenden Blick aus dem Kanzelfenster, um eine Spur des Gegners zu entdecken, der das Feuer auf ihn eröffnet hatte. Es spielte eigentlich keine Rolle, um wen es sich dabei handelte, denn er ging davon aus, sich im Lauf seiner Jahre im Kopfgeldjägergewerbe so viele Feinde gemacht zu haben, dass in jedem denkbaren Augenblick seines Lebens jemand einen Schuss auf ihn abgeben konnte. Vielleicht hatte ja Bossk bereits einen Weg gefunden, ihn einzuholen. Was dem Trandoshaner an Klugheit abging, machte er mit seiner Hartnäckigkeit und Unversöhnlichkeit wieder wett.

Es kam ihm in diesem Moment ausschließlich darauf an, *woher* der Beschuss durch die Laserkanone erfolgt war. Die *Sklave I* verfügte ihrerseits über ein umfangreiches Arsenal von Langstreckenwaffen. Wenn Boba Fett das andere Raumschiff irgendwie aufspüren konnte, würde es ihm auch gelingen, seine eigenen Laserkanonen auf das Ziel auszurichten. Allerdings würde er damit ein kalkuliertes Risiko eingehen müssen. Wenn er lange genug Stellung bezog und seine Position hielt, um das Feuer zu erwidern, würde er damit auch dem Feind die Möglichkeit geben, ihn anzuvisieren. Die weitere Beanspruchung der schon jetzt rapide schwindenden Energie der *Sklave I* und die Erschütterung des Schiffsrumpfs beim Abfeuern der eigenen Waffen konnten das Schiff und seine Insassen ebenso leicht vernichten, wie sie es vielleicht retten mochten. *Zwei Schüsse*, rechnete sich Boba Fett aus, während er den Blick über das Sternenmeer wandern ließ. *Höchstens drei*. Seine instinktive Verbindung mit dem Schiff, das er lenkte, sagte ihm, dass damit die äußerste Grenze des Erträglichen erreicht sein würde. Wenn es ihm nicht gelang, seinen Feind schnell auszuschalten, würde ihn jede weitere Aktion – inklusive der Wiederaufnahme von Ausweichmanövern – in einen Leichnam mit leer gesaugten Lungen verwandeln, der zwischen den Trümmern seines eigenen Schiffs im All trieb.

Die Haupttriebwerke sprangen wieder an und beförderten die *Sklave I* mit einem kurzen Feuerstoß aus ihrer bisherigen Position. Ein Schweif aus wirbelndem, allmählich verblassendem Licht an einer Ecke des

Sichtfensters verriet die Wirksamkeit des vom Bordcomputer initiierten Zufallsprogramms. Der letzte Energiestrahl aus der Laserkanone des Feindes war nur wenige Meter am Rumpf vorbeigeschossen. Boba Fett beugte sich näher an das Cockpitfenster heran und stützte sich dabei mit einer Hand auf die Kontrollkonsole. Dann suchte er den Himmel mit dem aufmerksamen Blick des Jägers nach dem Gegner ab, mit dem er es hier zu tun hatte. Dieser Gegner, um wen es sich dabei auch handeln mochte, hatte offenbar mit dem Verhalten seines Widerparts gerechnet, das darauf zielte, die Quelle der auf ihn abgefeuerten Energiestrahlen zu ermitteln. Das war auch der Grund, weshalb das andere Raumschiff Fetts Raumer nicht mit Dauerfeuer aus seinen Laserkanonen belegte. Die Leuchtspur der Energiestrahlen wäre eine tödliche Vorlage gewesen, die den gegenwärtigen Vorteil des Gegners, seine Offensive von einer verborgenen Position aus vortragen zu können, sofort zunichte gemacht hätte.

Boba Fetts strategische Überlegung währte nur Millisekunden. Dann trat ohne Vorwarnung wieder das Ausweichprogramm des Computers in Aktion und warf die *Sklave I* in eine 360 Grad umfassende Spiralschleife, wobei die an den Flanken angebrachten Korrekturdüsen den Schub der Haupttriebwerke ableiteten. Doch das reichte nicht. Als der nächste Feuerstoß der Laserkanone einen direkten Treffer in die gebogene Rumpfmitte landete, verlor Boba Fett den Halt an der Rückenlehne des Pilotensitzes. Die Erschütterung ließ ihn nach hinten segeln, wo er halb in der offenen Cockpitluke auf dem Rücken landete. Eine Sturzflut von Funken – blendende, an Glühwürmchen erinnernde Miniaturausgaben des Laserfeuers, das über das Sichtfenster strömte – brandete, als die Schaltkreise der Kontrollkonsole überlastet wurden und ausfielen, gegen seine Brust und das Helmvisier. Der beißende Gestank brennender Kabelisolierung und schmorenden Silikons vermischte sich mit dem fauchenden Dampf der Feuerlöschzylinder, die ihren Inhalt über die Konsole versprühten.

Während sich das Cockpit mit Rauch füllte, packte Boba Fett den Rahmen der Luke und zog sich daran hoch. Das lautere Zischen in seinen Ohren rührte von dem Sauerstoff her, der aus der Schiffshülle entwich. Der letzte Lasertreffer hatte sogar noch mehr Schaden angerichtet als der erste Schuss.

Fetts Helm-Komlink war mittlerweile ebenso ausgefallen wie die Reihe der warnenden roten Lichtpunkte am Rande seines Visiers. Er schob sich an dem umgekippten Pilotensitz vorbei, dessen Sockel aus dem verbogenen und aufgerissenen Untergrund gebrochen war. Als er den Knopf des Computereingabemikros drückte, bemerkte er, dass die Konsole über und über von Löschschaum und feuchter Asche bedeckt war. »Bereitmachen zur Versiegelung des Cockpitbereichs«, befahl er. Die einzige Möglichkeit, noch ein paar kostbare Minuten zu gewinnen, bestand darin, den Druck auf das Lebenserhaltungssystem der *Sklave I* so weit wie irgend möglich zu verringern. Wenn er alle übrigen Bereiche seines Raumschiffs dem totalen Vakuum aussetzte, konnte er das Cockpit zumindest kurzfristig in eine Sicherheitsblase verwandeln. Sobald das geschehen war, würde Boba Fett das Ausweichprogramm des Computers überbrücken und die Unterseite des Raumers der Quelle der Laserenergiestrahlen zuwenden, damit ihm das träge Metall als eine Art Schutzschild für den gewölbten Transparistahl des Cockpits dienen mochte.

In Fetts Verstand formte sich der Rest des Plans praktisch ganz von selbst. Seine Alternativen an diesem Punkt waren begrenzt, gleichwohl hatte er immer noch die Chance, seinen Gegner zu überlisten. *Toter Mann spielen*, dachte er bei sich. *Das könnte klappen.* Die Schäden, die die *Sklave I* bereits davongetragen hatte, waren sicher auch von außen gut zu erkennen. Das Schiff würde bei abgeschalteten Triebwerken und keinerlei Anzeichen für aktive Bordenergie vermutlich aussehen wie ein leblos im All treibendes Wrack. Das mochte ausreichen, um den unbekannten Feind nahe genug – bis in die Reichweite von Boba Fetts eigenen Laserkanonen – herankommen zu lassen. Dann konnte er das andere Raumschiff außer Gefecht setzen oder sogar zerstören. In beiden Fällen hätte er, bevor der noch verbliebene Sauerstoffvorrat an Bord der *Sklave I* aufgebraucht sein würde, noch genug Zeit, die Sicherheit von Kud'ar Mub'ats Netz zu suchen.

»Prozesse zur Sicherung der Atmosphäre sind abgeschlossen«, verkündete die immer noch gefühllose, aber von schnarrender Statik raue Stimme des Bordcomputers. »Der Cockpitbereich kann jederzeit auf Ihren Befehl versiegelt werden.«

»Gegenwärtigen Status aufrechterhalten«, rief Fett. Er musste noch ein paar Dinge erledigen, bevor er das Cockpit völlig isolieren konnte. »Standby, bis ich in diesen Bereich zurückkehre.« Dann stieß er sich von der Kontrollkonsole ab.

Boba Fett verließ den Cockpitbereich und kletterte schnell über die Metallsprossen der Leiter nach unten, die in den Hauptfrachtraum des Schiffs führte. Er hatte immer noch eine Ware an Bord, für deren Auslieferung er sich bezahlen lassen wollte. Und um dies zu erreichen, musste der abtrünnige Sturmtruppler Trhin Voss'on't unbedingt am Leben bleiben.

Der Luftdruck im Frachtraum war auf ein Schwindel erregendes, den Herzschlag beschleunigendes Minimum abgesunken. Als Boba Fett von der letzten Sprosse trat, sah er vor seinen Augen eine verschwimmende Ansammlung schwarzer Punkte entstehen. Ein verräterischer Hinweis auf akuten Sauerstoffmangel. Doch nachdem die Sauerstoffreserve seiner Kampfmontur eingesprungen war, lösten sich die Punkte rasch wieder auf. Aber so nützlich diese Reserven in einem Notfall wie diesem auch sein mochten, sie waren begrenzt. Fett wusste daher, dass er seine Mission hier unten schnell zu Ende bringen und mit Voss'on't ins Cockpit zurückkehren musste, bevor die Reserve verbraucht sein würde. Seine ganze Planung würde ihm wenig nutzen, wenn er im Moment der Annäherung des feindlichen Schiffs bewusstlos auf dem Boden des Frachtraums lag.

»Ich habe mich ... schon gefragt ... wann Sie sich hier blicken lassen.« Trhin Voss'on't, dessen Augen von all dem Qualm im Frachtraum gerötet waren, schnappte nach Luft. Er hatte, um auf den Beinen zu bleiben, die Gitterstäbe seines Käfigs mit beiden Fäusten umklammert. »Dachte ... Sie wären vielleicht schon tot ...«

»Sie haben Glück, dass ich das nicht bin.« Der miniaturisierte Sicherheitsschlüssel war in eine Fingerspitze an Boba Fetts behandschuhter Hand eingesetzt. Als er vor den Käfig trat und nach der Tür langte, konnte er spüren, wie sich der harte Blick des abtrünnigen Sturmtrupplers mit der Intensität von Lasertrackern auf ihn richtete. »Gehen wir.«

Fett hatte bereits damit gerechnet, dass er in Anbetracht des erschöpften Sauerstoffvorrats im Frachtraum nicht genug Zeit haben würde, Voss'on't zu betäuben, oder genug Kraft, um den erschlafften Leib des Sturmtrupplers über die Leiter ins Cockpit zu ziehen. Es wäre daher besser, ihn zuerst dort hinauf zu bekommen, ganz gleich, welches Ausmaß an Drohungen oder unmittelbarer Gewaltanwendung dazu erforderlich sein würde, und ihn erst dann niederzustrecken, damit er ihm während der noch bevorstehenden Arbeit nicht in die Quere kam.

»Warum sollte ich?« Voss'on't krümmte sich, bis sein Kopf sich auf gleicher Höhe mit seinen Händen befand, die die Gitterstäbe umfassten. Seine Brust mühte sich, so viel Luft zu bekommen, dass er seine Lebensgeister bei Laune halten konnte. »Was ... ist für mich ... dabei drin?«

Ein neuerlicher Streit mit Voss'on't war noch eine Sache, für die Fett jetzt keine Zeit hatte. Aber der Sturmtruppler schien noch nicht mitbekommen zu haben, dass Boba Fett nichts auf seine Meinung hinsichtlich dessen gab, was als Nächstes anstand.

»Für Sie ist die Chance drin«, sagte Boba Fett, während er die Käfigtür aufzog, »noch ein bisschen länger am Leben zu bleiben. Wenn Ihnen das nicht wichtig genug ist ... Ihr Problem. Sie haben nämlich kein Stimmrecht.«

»Ich sage Ihnen ... was für mich wichtig ist ...« Voss'on't richtete sich auf und stieß sich von den vertikalen Stäben ab. »Ihnen ... eine kleine Überraschung ... zu bescheren.« Seine Stimme klang plötzlich lauter und kräftiger, als würde er in diesem Moment auf einen sorgfältig gehüteten Vorrat an Lebensenergie zurückgreifen. Er machte einen Schritt nach hinten, um sich vollends aufzurichten, und schwang einen einzelnen Gitterstab, der sich irgendwie aus seiner Verankerung am oberen und unteren fest verschweißten Rahmen des Käfigs gelöst hatte. Das schimmernde Metall beschrieb einen flachen horizontalen Bogen und traf Boba Fett mit einem Ende voll in den Leib. Der Hieb erfolgte mit dem ganzen Gewicht und der ganzen

Kraft Trhin Voss'on'ts und erwischte Fett mit solcher Wucht, dass er einen Moment von den Füßen gehoben wurde und mit dem Rücken gegen die Kante der offen stehenden Käfigtür geschmettert wurde.

Boba Fett lag von dem Schlag betäubt und seitlich über eine Schulter zusammengekrümmt auf dem Bodenrost des Frachtraums. Seine plötzliche wirbelnde Bewegung offenbarte seinem unklaren, verschwommenen Blick, was sich zuvor hinter dem dichten Qualm verborgen hatte, der sich auf dem Boden des Käfigs sammelte. Die Lasertreffer des Angreifers hatten den Boden des Frachtraums so weit eingedrückt, dass ein Teil der Gitterstäbe aus ihrer Fassung gesprungen war. Und der Stab, mit dem Voss'on't ihn geschlagen hatte, musste sich ganz gelöst haben und war nur noch von der Faust des Sturmtrupplers an Ort und Stelle gehalten worden. Dadurch war der falsche Eindruck entstanden, dass er immer noch in seinem Käfig gefangen war. In Wahrheit hatte er jedoch, wie Fett soeben schmerzhaft hatte erfahren müssen, nur darauf gewartet, dass dieser die Tür aufschloss und sich ihm auf Armeslänge näherte.

»Sie hätten ... besser auf mich gehört ...« Voss'on'ts Worte kamen irgendwo aus der verschwommenen rötlichen Ferne über Boba Fett. »Als Sie ... die Gelegenheit dazu hatten ...«

Als Fett sich hochzustemmen versuchte, schickte ihn ein zweiter Schlag mit der Eisenstange, diesmal auf die Basis seines Helms, erneut zu Boden. Das Helmvisier schrammte über den Bodenrost des Frachtraums. Als er nach Luft schnappte, füllte sich sein Mund mit dem Geschmack von Rauch.

»Aber das ... haben Sie *nicht* ...« Voss'on't hatte seine Stiefel links und rechts von Boba Fett auf den Boden gesetzt, damit er die Eisenstange besser hochheben und zum tödlichen Schlag gegen die Wirbelsäule des Kopfgeldjägers ausholen konnte. »Eine zweite Chance ... kriegen Sie nicht ...«

Boba Fett hörte die Eisenstange sirrend durch die dünne Luft herabsausen. Doch als er mit dem Arm eines von Voss'on'ts Beinen packte und den Mann aus dem Gleichgewicht riss, prallte die Spitze anstatt gegen sein Rückgrat auf den Boden des Frachtraums. Voss'on't kippte nach hinten und ließ die Eisenstange los, die klappernd über den Boden glitt und am entferntesten Schott liegen blieb.

Schon hielt Boba Fetts Faust den Knauf seiner Blasterpistole umklammert. Doch ehe er die Waffe aus dem Holster ziehen und feuern konnte, gewann Voss'on'ts Nahkampfausbildung die Oberhand. Er stemmte die Ellbogen gegen den Boden, stieß Boba Fett mit voller Wucht die Stiefelspitze unters Kinn und ließ dessen behelmten Kopf nach hinten knicken. Sofort löste sich der Blaster aus Fetts gelockertem Griff. Bevor sich der Kopfgeldjäger erholen konnte, stürzte sich der abtrünnige Sturmtruppler auf die Waffe. Voss'on't schrammte mit der Brust über die scharfen Kanten des Bodenrostes. Seine weit ausgestreckten Hände griffen verzweifelt nach dem Blaster.

Fett wartete nicht erst, ob Voss'on't mit der Waffe in der Hand auf die Beine kommen würde. Stattdessen rappelte er sich auf die Knie auf und schnappte sich die dem Griff des Sturmtrupplers entfallene Eisenstange. Dann drehte er sich in einer flüssigen Bewegung um, wobei er die Stange wie einen Wurfspeer in einer behandschuhten Hand wog. Er sah, dass Voss'on't ein paar Meter weiter ebenfalls kniete und sich gerade mit der Blasterpistole in beiden Fäusten umdrehte. Hinter der Waffe und durch den in den Augen brennenden Rauch, der den Frachtraum füllte, konnte er die scharfen Kanten von Voss'on'ts triumphierend grinsendem Gesicht erkennen, während er anlegte und den Finger um den Abzug der Waffe krümmte.

Boba Fett schleuderte die Eisenstange auf Voss´on´t. Gleichzeitig zischte ein Energiestrahl aus der Blasterpistole, als der Kopfgeldjäger zur Seite in Deckung ging, einen Zentimeter an Fetts Helm vorbei. Während sich die unregelmäßige Spitze der Eisenstange durch einen Ärmel von Voss'on'ts Uniform bohrte und eine rote Wunde in das Fleisch darunter riss, war deutlich zu hören, wie Voss'on't pfeifend Luft in seine Lungen sog. Die Wucht der speergleich geworfenen Eisenstange hatte gereicht, um eine Hand von dem Blaster zu lösen. Die andere jedoch festigte ihren Griff.

»Guter ... *Wurf*.« Voss'on'ts Herz und Lungen stampften in der Brust, während er aufstand. Den verletzten Arm presste er in dem vergeblichen Versuch, den Blutfluss zu stillen, eng an eine Seite. Doch die roten Bänder wickelten sich um die Hüftpartie seiner besudelten Uniformhosen und glitten an seinem Oberschenkel nach unten. »Aber nicht ... gut genug ...«

Boba Fett antwortete darauf nicht. Aber er sah zu, wie die Blasterpistole in Voss'on'ts zitternder Hand sich in einer unsichtbaren Linie auf das Zentrum seines Helms richtete.

»Ich hätte Sie vielleicht ... in Ihren Käfig gesteckt ...« Voss'on't zog eine Grimasse, während er versuchte, genug Luft zu bekommen, um bei Bewusstsein zu bleiben. Unter dem Qualm und der Asche, die sein Gesicht verschmierten, war die vernarbte und wie gemeißelt wirkende Haut so weiß wie ein Blatt Flimsiplast. »Und ... am Leben gelassen ...« Er hielt den Blaster jetzt, ohne zu schwanken, vor sich ausgestreckt. »Aber ich hab's mir anders überlegt ...«

Plötzlich loderte eine blendend helle Stichflamme

durch den Frachtraum der *Sklave I* und ließ den Energiestrahl aus der Mündung des Blasters verblassen. Boba Fett fühlte sich nach hinten geworfen, als die Explosion den Bodenrost des Frachtraums in Stücke fetzte und die Schotts des Raumschiffs mit Wucht nach außen riss, als wären sie nichts weiter als im Wind flatternde, metallisch glänzende Stoffbahnen. Er wusste sofort, noch während er abermals zu Boden ging und mit einem Unterarm das Visier seines Helms schützte, was gerade geschehen war. Irgendwo da draußen in der luftlosen Weite hatte das andere Raumschiff, sein unerkannter Feind, die Laserkanone ausgerichtet, erneut abgefeuert und seinem Raumer einen weiteren Volltreffer verpasst.

Tief in den Eingeweiden der *Sklave I*, irgendwo in den Hauptantriebssektionen, rollte der Donner einer weiteren Explosion. Aus den Löchern in den Böden und Schotts schossen Feuersäulen und elektrische Funken, die wie weiß glühende Wespen in den dichten Wolken öligen Qualms wütende Kreise beschrieben. Das im Frachtraum vergossene Blut verwandelte sich zischend in roten Dampf, während die noch verbliebene Atemluft in der rasenden, von unten aufsteigenden Hitze flimmerte.

Da ist er ...

Boba Fett entdeckte den abtrünnigen Sturmtruppler hinter einer Wand aus Flammen und schwarzem wirbelndem Qualm. Voss'on't war von der Erschütterung des Laserkanonentreffers und dem dadurch ausgelösten katastrophalen Versagen der Systeme benommen. Er war in die Knie gegangen und stützte sich auf die mittlerweile leeren Hände. Den Kopf hatte er gesenkt, als wollte er so die letzten flackernden Reste von Bewusstsein in seinem nach Sauerstoff dürstenden Gehirn festhalten.

In diesem Moment ignorierten die Alarmsysteme des Schiffs den Befehl zum Verstummen, den Boba Fett ihnen erteilt hatte. Sowohl in seinem Helm als auch im Frachtraum erhob sich ein vielstimmiges elektronisches Geheul, als hätten die Schäden, die das Schiff erlitten hatte, der *Sklave I* eine schrille, klagende Stimme verliehen, um ihren Tod bejammern zu können.

Wie in die Länge gezogene Gespenster trieben Rauchfahnen an Boba Fett vorüber, während er mit großen Schritten durch die Flammen marschierte. Der Schiffsrumpf war jetzt an so vielen Stellen aufgerissen, dass das Vakuum den restlichen Sauerstoff in Windeseile aus dem Frachtraum nach draußen saugte. Das Feuer in den Hauptantriebssektionen war bereits kleiner geworden, doch noch schlugen die Flammen hoch genug, dass ihre leuchtenden Zungen an Boba Fetts Knien leckten.

»Gehen wir.« Boba Fett griff durch eine Qualmwolke und packte Voss'on't unter einem Arm. Dann zog er den Sturmtruppler auf die wackeligen Beine.

Voss'on'ts Kopf rollte nach hinten, als hätte man dem Mann die Halswirbel chirurgisch entfernt. Die Hitze des Feuers hatte die Wunde an seinem Arm ausgebrannt und den Blutfluss gestoppt. Dafür sickerte jetzt ein dünner roter Faden aus seinem Mundwinkel. Die heftige Erschütterung durch den Laserkanonentreffer hatte ihn dem Tode näher gebracht, als dies irgendeine von Boba Fetts Waffen vermocht hätte.

»Los ...« Es gelang Voss'on't kaum, die Lider über die blicklosen Augen zu heben. Und er hatte gerade noch so viel Luft in den Lungen, dass seine Stimme als ein trockenes kraftloses Flüstern herauskam. »Machen Sie ... mich fertig ...«

»Ich habe Ihnen schon mal gesagt ...« Der andere Mann war größer als Fett, also musste er Voss'on't noch höher wuchten und ihn mit der Brust stützen, um ihn mit langsamen Schritten rückwärts aus Flammen und Rauch zu ziehen.»... dass Sie zu wertvoll für mich sind, um Sie sterben zu lassen.« Boba Fett löste eine Hand von der Stelle, wo er die zerrissene Vorderseite der mit keinerlei Abzeichen geschmückten Uniform gepackt hatte, und stieß die behandschuhten Fingerspitzen unter den Rand seines Helms. Dann füllte er die Lungen mit einem letzten Atemzug aus der Helmreserve und riss schließlich mit einem Ruck den Atemschlauch aus dem unteren Rand der Kopfbedeckung. Der Schlauch ragte nur ein paar Zentimeter aus dem Helm, also musste Boba Fett das Gesicht des Sturmtrupplers sehr nah an sein eigenes heranführen, um Voss'on't das Ende des Schlauchs in den Mund stecken zu können.

Der etwa eine Minute währende Sauerstofffluss aus der Luftreserve des Helms rief bei Voss'on't eine automatische Reaktion hervor. Er wölbte den Rücken, während sich seine Lungen unwillkürlich mit Luft füllten, und saugte tief aus dem kleinen Rest ein, der noch in dem winzigen Behälter des Helms verblieben war. Dann hustete er und spuckte den Schlauch aus.

Fett sah sofort, dass sich der Sturmtruppler ungeachtet der Schläge, die er von der durch den Frachtraum brausenden Explosion hatte einstecken müssen, noch so viel Verstand bewahrt hatte, dass er die Lippen aufeinander presste und die Leben spendende Atemluft bei sich behielt, die ihm zuteil geworden war. Boba Fett hielt Voss'on't weiter aufrecht und zerrte die wehrlose Gestalt mit einem um ihren Körper gelegten Arm durch den dichten Qualm auf die zum Cockpit führende Leiter zu.

Die Leiter stand noch, doch sie schwankte bedenklich, als Boba Fett die freie Hand auf eine ihrer Metallsprossen legte. Er spähte durch die Rauchbänder, die aus den Rissen im Schiffsrumpf drangen, und konnte erkennen, dass eine der oberen Schweißnähte durch die Erschütterung des letzten Laserkanonentreffers gerissen war. Das Schott hinter der Leiter war fast entzwei gesprengt und stark verbogen.

Das Kreischen gequälten Metalls war durch das Getöse des Alarms kaum zu hören, während Boba Fett auf die Leiter stieg und sich an die mühevolle Aufgabe machte, den fast bewusstlosen Sturmtruppler irgendwie ins Cockpit zu schaffen. Er stützte Voss'on'ts Gewicht mit dem eigenen Körper, wobei jede weitere Sprosse, die er betrat, die einzige noch haltende Verbindung der Leiter mit dem Schott darüber zu überlasten drohte. Und wenn die Leiter wirklich zusammenbrach, während er sich mit seiner unhandlichen Last gerade in der Mitte befand, würden sie beide so tief stürzen, dass sie senkrecht durch den gesplitterten Bodenrost unter ihnen und geradewegs in den schwelenden Abgrund der Antriebssektionen krachen würden. Boba Fett war klar, dass er da nicht mehr herausklettern würde. Bei all der tödlichen harten Strahlung, die man sich dort unten einfing, würde das niemandem gelingen.

Die Schweißnaht brach, als Boba Fett nach der obersten Sprosse griff.

Die Leiter löste sich darauf für den Bruchteil einer Sekunde schlingernd von dem Schott und senkte sich unter dem Gewicht von Boba Fett und seiner Ware. Fett hielt Voss'on't an seine Schulter gepresst und ging in die Knie. Unterdessen entfernte sich der Rand der Luke immer weiter von seiner ausgestreckten Hand. Mit brennenden Lungen und Fingern, die wie Krallen gebogen waren, stieß er sich ab und langte nach der Metallkante über ihm.

Und tatsächlich fanden seine Fingerspitzen Halt am unteren gebogenen Rand der Luke. Doch der Sturmtruppler unter seinem anderen Arm drohte ihm zu entgleiten. Er baumelte jetzt an dem zerknitterten Schott und versuchte, den Halt um Voss'on'ts Brust zu stabilisieren. Seine Faust war so fest unter dem Schulterblatt des anderen Manns eingeklemmt, dass er spüren konnte, wie sich die Enden der gebrochenen Rippen des Sturmtrupplers aneinander rieben.

Die einzige Vorrichtung, die Boba Fett noch geblieben war und die ihm in diesem Moment von Nutzen sein konnte, war der an seinem Handgelenk angebrachte Pfeilwerfer mit dem daran befestigten Zugseil, das an seinem Unterarm aufgerollt war. Doch im Augenblick hielt dieser Arm Voss'on't umklammert. Und er konnte unmöglich gleichzeitig den Mann festhalten, zielen und den Pfeil abschießen. Nicht einmal Fetts sorgfältig trainierte Kraft- und Willensreserven konnten verhindern, dass der Griff seiner anderen Hand um den Rand der offenen Cockpitluke über ihm allmählich nachließ. Die scharfe Metallkante schabte langsam, Zentimeter um Zentimeter, über die Fingerspitzen seines Handschuhs.

Für weitere Kalkulationen blieb ihm jetzt keine Zeit mehr. Boba Fett ließ den abtrünnigen Sturmtruppler los und Voss'on't glitt nach unten, während Fett den Arm ausstreckte und den Pfeil ins Cockpit schoss.

Die Luft, die Voss'on't bis zu diesem Moment tapfer angehalten hatte, wich jetzt, da die Pfeilspitze eine rote Linie über sein Schulterblatt und den Halsansatz zeichnete, mit einem unfreiwilligen Schmerzenslaut aus seinen Lungen. Doch sein Oberkörper machte einen Ruck nach oben, als das Seil durch den Rücken seiner Uniformjacke fuhr und den schweren, von Öl und Blut befleckten Stoff zusammenraffte wie eine unter Voss'on'ts Armen hindurchgeführte Schlinge. Das Seil zog ihn immerhin fast einen Meter aufwärts. Dabei glitt die zerfetzte Vorderseite seiner Uniformjacke über das Visier von Fetts Helm.

Boba Fett spürte, wie sich das Seil spannte und damit anzeigte, dass sich die metallischen Widerhaken irgendwo im Cockpit verfangen hatten. Der in den Pfeil eingebaute Schaltkreis war darauf programmiert, die Widerhaken beim ersten Kontakt sofort weiter auszufahren und die Schussbahn des Pfeils auf den letzten Metern in eine enge Schleife zu verwandeln, damit der magnetische vordere Abschnitt des Schleppseils praktisch Halt an sich selbst finden konnte.

Boba Fett benutzte die Kontrollstifte an der Basis seines Handschuhs und löste die Rückholfunktion des Pfeils aus. Das irgendwo im Cockpit endende Seil straffte sich noch mehr. Boba Fett musste es mit der ausgestreckten Hand ergreifen und mit seinem Bizeps die Spannung ausgleichen, damit ihm sein eigenes Gewicht sowie das von Voss'on't nicht den Arm aus der Gelenkpfanne riss.

Der in den Ärmel von Fetts Kampfmontur eingelassene miniaturisierte Zugmotor war nur für *eine* Person ausgelegt, nicht für zwei. Daher konnte er eine zunehmende Gluthitze an der Haut seines Unterarms spüren, während sich das Schleppseil wieder aufrollte und ihn samt Voss'on't langsam nach oben zu der offenen Luke hievte. Die Leiter löste sich von seinen Stiefelsohlen und prallte klappernd gegen das verbogene Schott. Dann krachte sie auf den Bodenrost des Frachtraums, und als sie schließlich in eines der gezackten Löcher glitt und sich weiter in die Eingeweide des Raumschiffs bohrte, stieg ein Wirbel roter Funken auf.

Aus einem Riss in Boba Fetts Ärmel kräuselte sich ein dünner grauer Rauchfaden, der leichter war als die schwarzen öligen Wolken, die der Brand in den Antriebssektionen entließ. Die Hitze auf der Haut steigerte sich zu einem weiß glühenden Brennen, während das Seil aufgerollt wurde und ihn langsam an die Metallkante über ihm heranbrachte. Da er sich auf nichts unter ihm zu stützen vermochte, musste Fett warten, bis ihn das Seil so weit nach oben befördert haben würde, dass er einen Ellbogen über den Lukenrand bekommen und anschließend auch Voss'on't auf den Boden des Kanzelbereichs wuchten konnte.

Da kam Voss'on't zu sich. Zumindest so weit, dass er mitbekam, was Boba Fett im Sinn hatte. Der Sturmtruppler streckte die Fingerspitzen aus und verschaffte sich einen unsicheren Halt auf dem Boden des Cockpits. Er stieß sich ab, konnte sich so nach oben ziehen und aus Fetts unterstützendem Griff befreien.

Jetzt, da er beide Arme frei hatte, wuchtete Boba Fett auch den anderen Ellbogen über den unteren Lukenrand und streckte sich bereits, um sich den Rest des Weges nach oben zu ziehen.

»He … danke …«

Fett hörte die krächzende, vom Qualm raue Stimme, hob den Blick und sah in Voss'on'ts grinsendes Gesicht. Der Sturmtruppler hatte sich herumgewälzt und in eine sitzende Position gebracht. Mit dem gesunden Arm stützte er sich hinter dem Rücken auf und presste die Knie an die Brust. Die zusammengekniffenen Augen und die kantigen Züge verschwanden fast hinter einer schwarzen Maske aus von Schweiß verschmierter Asche und Öl. Das boshafte Grinsen jedoch brach durch all den Schmutz, als wäre es mit einem Vibromesser diagonal in das Gesicht gehackt worden.

»Danke«, wiederholte Voss'on't. Die Luftfilter des Cockpits hatten den Rauch hier oben so weit gelichtet, dass der ehemalige Sturmtruppler frei und tief durchatmen konnte. »Ich weiß das zu schätzen. Jetzt können Sie meinetwegen sterben.«

Ein Stiefel schoss vor und traf Boba Fetts Helmvisier. Die Wucht des Tritts reichte aus, um ihn von seinem verzweifelten Halt am unteren Rand der Luke zu lösen und nach hinten zu katapultieren. Nur das Seil, das von seinem Handgelenk bis in das Cockpit hinter Voss'on't reichte, verhinderte, dass Fett in den Frachtraum stürzte.

Wieder gelang es Boba Fett, mit einer Hand den Lukenrand zu packen. Dann blickte er hoch und sah, dass Voss'on't unterdessen auf die Beine gekommen war und in diesem Moment auf ihn hinunterstarrte. In einer Hand hielt er ein scharfes Metallstück, das wohl zu den Trümmern gehörte, die der Beschuss durch die Laserkanone überall verstreut hatte. Das hässliche Grinsen wurde breiter. Voss'on't hielt die Kante des Metallstücks an das sich hinter ihm von Fetts Handgelenk bis zu irgendeinem Widerstand im Cockpit erstreckende Seil.

»Dieses Mal«, sagte Voss'on't höhnisch, »heißt es wirklich Abschied nehmen. Zumindest für Sie.« Während er die messerscharfe Kante des Metallstücks fester gegen das Seil drückte, hob er gleichzeitig einen im Stiefel steckenden Fuß und machte sich bereit, Boba Fetts Hand damit zu zermalmen.

Doch bevor der Stiefel sich senkte, wurde Voss'on't von dem plötzlich erschlaffenden Seil aus dem Gleichgewicht gebracht. Boba Fett drückte die winzigen Kontrollstifte an der Basis seines Handgelenks und sofort wurde das an dem Pfeil befestigte Seil abgespult, bis es eine Länge von mehreren Metern erreicht hatte. Das reichte, um seinen freien Arm anzuziehen und ihn wieder nach vorne schnellen zu lassen. Das Seil beschrieb eine Schleife wie ein Lasso und legte sich um Voss'on'ts Hals. Fett drückte abermals die am Handgelenk angebrachten Kontrollstifte und zog das Seil ein, das sich nun wie ein Würgedraht um den Hals des Mannes spannte.

Voss'on't taumelte rückwärts und krallte die Fingerspitzen unter das Seil, das sich ihm unterhalb des Kehlkopfs in die Haut grub. Der Zug des straff gespannten Seils versetzte Boba Fett endlich in die Lage, nach oben ins Cockpit klettern zu können.

Voss'on't sah den Schlag von Boba Fetts behandschuhter Faust, der ihn rücklings zu Boden gehen ließ, durch die vor Schmerz zusammengekniffenen Augen nicht kommen. Er schlug hart mit dem Kopf gegen den abgerissenen Sockel des Pilotensitzes. Boba Fett langte mit der anderen Hand hinüber und klinkte das Seil des Wurfpfeils an seinem Handgelenk aus. Dann stieß er den benommenen Voss'on't herum und benutzte das lose Ende des Seils, um die Hände des Mannes mit einem festen Knoten zusammenzubinden. Anschließend zerrte er den Rest des Seil bis zu Voss'on'ts Knöcheln und fesselte sie in der gleichen Weise. Schließlich hob er ihn an der Vorderseite seiner Jacke hoch, zog den Sturmtruppler auf Augenhöhe und schleuderte ihn in den hintersten Winkel der Kanzel.

»Versiegele den Cockpitbereich«, sagte Boba Fett laut. Er beugte sich bereits über die Kontrollkonsole, als der Bordcomputer der *Sklave I* den Befehl ausführte. Mit einem Zischen schloss sich die Luke hinter ihm. Mit ein paar schnellen Hieben auf die Kontrollen brachte er erneut die kreischenden Alarmsignale zum Schweigen.

Das Schweigen wurde gleich darauf, als sich seine Lungen mit Sauerstoff füllten, von Boba Fetts tiefen, rauen Atemzügen durchbrochen. Die Atemluft genügte indes auch, um Voss'on't wieder vollständig aus seiner Ohnmacht erwachen zu lassen.

»Und ... und jetzt ...« Voss'on't lag mit auf dem Rücken zusammengebundenen Händen auf der Seite und mühte sich zu sprechen. »Was werden ... Sie jetzt tun ...?«

Fett ignorierte ihn fürs Erste. Er hatte die *Sklave I* mit einigen Korrekturen der noch immer funktionierenden Steuerdüsen gewendet, damit er endlich das andere Raumschiff sehen konnte, das auf ihn geschossen hatte. Selbst aus dieser großen Entfernung konnte er den Raumer erkennen, dessen Laserkanonen sein eigenes Schiff an den Rand der Vernichtung gebracht hatten.

Und er wusste, wessen Schiff das war und wer den Feuerbefehl erteilt hatte.

Es ist Xizor. Eine weitere Einstellung aktivierte die optische Vergrößerung des Sichtfensters. Die Umrisse des Flaggschiffs des Falleen-Prinzen waren unverkennbar – und wahrhaft Furcht einflößend. Dieses Schiff war als eines der mörderischsten und am schwersten bewaffneten Raumschiffe der Galaxis bekannt und konnte es mit sämtlichen Raumern seiner Tonnageklasse in Palpatines Kriegsflotte aufnehmen. Wenn sich die *Sklave I* auf einen ernsthaften Kampf mit diesem Schiff eingelassen hätte, wären von Boba Fetts Raumschiff gewiss nicht mehr als ein paar Wrackteile übrig geblieben.

Das Rätsel, weshalb die *Vendetta* nicht zum tödlichen Schlag ausgeholt hatte, war leicht zu lösen. *Er hält sich zurück*, entschied Fett. Xizor war als eine Art Trophäensammler bekannt. Es würde ganz und gar zu ihm passen, wenn er es auf greifbare Beweise abgesehen hatte – nämlich auf die Leichen derer, deren Tod er im Sinn hatte –, als seine Opfer einfach in ihre Atome zu zerlegen.

Da war es schon ein größeres Rätsel, aus welchem Grund Xizor ausgerechnet der *Sklave I* aufgelauert und auf das Schiff geschossen hatte. Fett war sich keiner Verbindung Xizors mit seinem hoch dotierten Auftrag bewusst gewesen, den abtrünnigen Sturmtruppler einzufangen, auf den Palpatine eine derart astronomisch hohe Belohnung ausgesetzt hatte. Aber es *musste* eine Verbindung geben. Es war nur schwer zu glauben, dass es sich um einen bloßen Zufall oder um willkürliche Bosheit seitens Xizors handelte. Der Verstand des Falleen-Prinzen arbeitete, ganz ähnlich wie der Boba Fetts, viel zu kalt und rational, als dass irgendwas in der Art der Fall sein konnte.

Boba Fett senkte den Blick vom Sichtfenster und machte sich unverzüglich daran, neue Befehle in die Kontrollkonsole einzugeben.

»Was ...« Voss'on'ts Stimme war nur noch ein heiseres Krächzen. »Verraten Sie mir ...«

Fett hatte weder die Zeit, noch sah er die Notwendigkeit, seiner auf dem Boden des Cockpits liegenden Ware irgendwas zu erklären. »Ich mache«, sagte Boba Fett, »was ich schon die ganze Zeit gemacht habe. Ich rette unser *beider* Leben. Ob es Ihnen passt oder nicht.«

Mit einem letzten Hieb seines Zeigefingers drückte er den Knopf, der das einzige noch funktionierende Haupttriebwerk zündete. Als der Schub des Triebwerks die Sterne im Sichtfenster verwischte, bäumte sich die *Sklave I* auf und der Rumpf drohte sich vollends von dem ramponierten Rahmen darunter zu lösen.

6

»Was tut er?« Der Kom-Spezialist beugte sich näher an den Sichtschirm der *Vendetta* heran und musterte den vor ihnen liegenden Sektor. »Es ist erstaunlich, Euer Exzellenz. Er muss immer noch am Leben sein!«

Prinz Xizor war keineswegs erstaunt. Er stand an den Kontrollen der Brücke. Eine Hand lag noch immer auf dem Zielerfassungsmodul der Laserkanone. Er beobachtete, wie das als *Sklave I* bekannte Raumschiff in der von Sternen übersäten Ferne sein Triebwerk zündete und sich in Bewegung zu setzen versuchte. Ein weiterer kleinerer Bildschirm, der an der Seite des Sichtschirms angebracht war, zeigte das Ergebnis des Schadensberichts über das Zielschiff. Eine umfassende schematische Darstellung markierte die Systeme rot, die bereits außer Betrieb waren. Dagegen gab es nur wenige – darunter das eine Triebwerk, einige wesentliche Navigationsvorrichtungen sowie die Lebenserhaltung des Cockpitbereichs –, die noch in leuchtendem Grün erschienen. Der Lebensfunke von Boba Fetts schwer angeschlagenem, aber langsam Fahrt aufnehmendem Schiff war noch nicht völlig erloschen.

»Er ist nicht so einfach umzubringen«, sagte Xizor mit einem nachdenklichen, bewundernden Nicken. Das gefiel ihm bei einem intelligenten Lebewesen, denn es versüßte ihm den endgültigen Sieg über sein Opfer. Zu viele Bewohner der Galaxis, mochten sie in irgendwelchen abgelegenen Sternsystemen oder auf einer der Kernwelten des Imperiums leben, gaben viel zu leicht auf, wenn sie die Hand der Schwarzen Sonne an der Kehle fühlten. Xixor besaß tief in seinem Innern die für die Falleen typische Verachtung gegenüber jenen, die selbst im Angesicht des Todes noch zu schwach waren, um es auf einen Kampf ankommen zu lassen. Für einen Falleen war der Moment, in dem es keine Hoffnung mehr gab, das eigene Leben auch nur noch um einen einzigen Herzschlag verlängern zu können, der Moment, in dem der Kampf am heftigsten geführt werden musste. Und Xizor hatte schon seit langem – nämlich vom erstem Augenblick an, da er den Plan ins Auge fasste, in den Boba Fett nun tödlich verstrickt war – damit gerechnet, dass ihn der Kopfgeldjäger in dieser Hinsicht nicht enttäuschen würde.

»Nicht so einfach umzubringen«, wiederholte Xizor. »Ein überaus würdiges Opfer. Aber andererseits …« Er wandte den Kopf und lächelte den neben ihm stehenden Kom-Spezialisten an. »… ist von einem echten Jäger auch nichts anderes zu erwarten.«

Der Kom-Spezialist schien nervös zu sein. Auf seiner Stirn glänzte ein Schweißfilm. Er war verständlicherweise genauso erpicht darauf wie der Rest der Mannschaft auf der Brücke der *Vendetta*, dass die Wünsche ihres Gebieters – vor allem wenn es sich um einen so wichtigen wie diesen handelte – in allen Fällen erfüllt wurden. Gleichzeitig war sich niemand in der Mannschaft hinsichtlich des Ergebnisses dieser Verfolgungsjagd so unverrückbar sicher wie Xizor selbst. *Und das ist auch gut so*, dachte Xizor zufrieden. *Das hält sie bei Laune.*

»Verzeihung, Euer Exzellenz …« Der Kom-Spezialist hob eine Hand und deutete auf die hohe konkave Fläche des zentralen Sichtfensters. »… aber Boba Fetts Raumschiff, die *Sklave I*, nimmt Fahrt auf.« Er warf einen Blick auf die über einen der Überwachungsschirme laufenden Zahlenreihen. »Und zwar ziemlich rasch, um genau zu sein. Es wäre jetzt vielleicht an der Zeit, ihn abzuschießen. Oder er ...« Die Schultern des Technikers zuckten wie bei einem nervösen Tick. »Er könnte womöglich entkommen.«

»Beruhigen Sie sich.« Xizors Mundwinkel verzogen sich zu einem geringschätzigen höhnischen Grinsen. »Ihre Befürchtungen entbehren jeder Grundlage.« Xizor hatte es hier mit einer weiteren emotionalen Reaktion zu tun, die in einem Falleen-Edelmann nichts als Spott erregte. »Wohin könnte Fett Ihrer Meinung nach denn fliehen? Sie können doch mit eigenen Augen erkennen, dass sein Schiff längst nicht mehr in den Hyperraum springen kann.« Xizor deutete auf den Bildschirm mit der Schadensanzeige. »Und selbst wenn, wäre er nicht so dumm, es zu versuchen. Die Belastung würde das armselige Wrack in seine Bestandteile zerlegen. Nein ...« Xizor schüttelte abermals langsam den Kopf. »Es gibt keinen Grund zur Beunruhigung. Wir werden seinen sinnlosen Kampf beenden, wann immer es uns passt.«

Xizor konnte erkennen, dass der Kom-Spezialist davon ebenso wenig überzeugt war wie die anderen Besatzungsmitglieder, von denen er auf der Brücke umgeben war. Sie besaßen einfach nicht die innere Größe, um einen Augenblick wie diesen voll auszukosten. *Da stirbt eine Legende*, überlegte Xizor, *und das bedeutet ihnen gar nichts*.

Denn exakt das war Boba Fett. Eine düstere Legende. Einer, dessen Heldentaten in sämtlichen zwielichtigen Winkeln der Galaxis schon so lange eine Quelle der Furcht und des Neides sowie manch anderer, den klaren Verstand trübenden Gefühle gewesen waren, mit denen sich intelligente Wesen gegenseitig zur Last fallen konnten. Auch wenn Boba Fetts Tod nicht das vordringlichste Ziel von Xizors Komplotten und Plänen gewesen war, blieb es doch ein unleugbarer Verdienst, der Urheber dieses endgültigen Abgangs zu sein. Nach den ungeschriebenen Gesetzen der mörderischen Jagd war keine Auszeichnung wünschenswerter, als das Blut eines Gegners an den Händen zu haben.

Xizor spähte an Boba Fetts Raumschiff vorbei und betrachtete die Sterne dahinter. *Eines Tages ...* Der Gedanke brannte ihm in der Brust ... *wird es das Blut anderer Gegner sein. Und diese Gegner werden sogar noch größer und gefährlicher sein als Boba Fett.* Der Tag würde kommen, an dem er seinen Stiefelabsatz auf den Nacken einer anderen behelmten Gestalt setzen würde, einer Gestalt, die schon seit langem der Gegenstand seines Hasses war. Wenn das von Xizor ausgelegte Netz zunächst die Vernichtung von Boba Fett zur Folge hatte, so war das lediglich ein Nebeneffekt eines Planes, an dessen Ende die Vernichtung von Darth Vader stehen würde. Und wenn er dieses Ziel erst einmal erreicht hatte ...

... würde der Ehrgeiz an die Stelle der Rache treten. Und der Ehrgeiz von Prinz Xizor kannte keine Grenzen. Das war etwas, das der verschrumpelte alte Schwachkopf Palpatine erst zu spät herausfinden würde, um sich noch retten zu können. Die geheimnisvolle Macht, die Xizor mehr als nur einmal die Luft aus den Atemwegen gequetscht hatte, würde nicht ausreichen, um den Tag des Triumphs für die Schwarze Sonne und ihren Befehlshaber zu vereiteln.

Es gibt Mittel, dachte Xizor mit einem dünnen Lächeln, *die weit mehr ausrichten als irgendeine Macht*. Und über diese Mittel – Furcht, Vergeltung, Habgier und viele andere mehr – verfügte er sehr wohl.

Doch selbst die angenehmsten Betrachtungen mussten schließlich enden. Xizor löste seine Gedanken von jener Zukunft, die glitzerte wie ein Lichtstrahl auf einem geschliffenen Vibromesser, und wandte sie wieder den alltäglichen Sorgen zu, über die sich seine Untergebenen den Kopf zerbrachen. »Fahren wir also fort«, sagte Xizor. Er winkte einem der Waffentechniker, die hinter ihm standen. »Erfassen Sie unser voriges Ziel und machen Sie sich feuerbereit.«

»Euer Exzellenz ...« Der Kom-Spezialist klang noch nervöser als zuvor. »Das ... das ist vielleicht keine so gute Idee ...«

Aus Angst geborene Insubordination erzürnte Prinz Xizor ebenso gründlich wie jede andere. Sein schwerer Umhang bauschte sich schwungvoll um seine Schultern, als er herumwirbelte und den anderen Mann anstarrte, der sich schon jetzt unter dem Ansturm seines Zorns duckte. Der violette Ton seiner Augen verdunkelte sich zu einer Farbe, die eher der von vergossenem Blut glich, als er den Kom-Spezialisten mit seinem wütenden, hitzigen Blick festnagelte. »Sie wagen es, meine Befehle infrage zu stellen?« Der gesenkte Tonfall seiner Stimme war weit einschüchternder als es jede Erhöhung der Lautstärke hätte sein können.

»Nein! Natürlich nicht, Euer Exzellenz ...« Der Kom-Spezialist wich tatsächlich einen Schritt zurück und hob die Hände, als wolle er einen Schlag abwehren. Über die Gesichter der restlichen Brückenbesatzung huschte ein Ausdruck kontrollierter Panik. »Es ist nur, da-dass ...« Der Techniker deutete stammelnd mit einer Hand auf den großen Bildschirm hinter Xizor. »Die Lage hat sich gewissermaßen verändert ... sei-seit Sie das letzte Mal nach draußen gesehen haben ...«

Xizor drehte sich mit zerfurchter Stirn wieder zum Bildschirm um. Er erkannte auf der Stelle, was der

Kom-Spezialist meinte, noch ehe der andere Mann seine Erklärung hervorbringen konnte.

»Sehen Sie, Euer Exzellenz ... Boba Fett hat sein Schiff direkt zwischen uns und Kud'ar Mub'ats Netz manövriert ...«

Die neue Lage hätte sich jedem Betrachter sofort erschlossen, ganz zu schweigen einem, der in strategischen Fragen so bewandert war wie Prinz Xizor. Jenseits der *Sklave I* trieb deutlich sichtbar die weit größere Masse der von dem arachnoiden Sammler erzeugten Heim- und Geschäftsstätte wie ein schäbiger länglicher künstlicher Asteroid.

»Es wäre nicht ratsam, jetzt einen Laserkanonenschuss abzufeuern, Euer Exzellenz.« Der Kom-Spezialist hatte die letzten Reserven seines Mutes mobilisiert. Auch seine Stimme klang ein bisschen weniger zittrig. »Ein Ausweichmanöver Boba Fetts würde nur dazu führen, dass die Laserstrahlen Kud'ar Mub'ats Netz treffen.« Der Kom-Spezialist zuckte die Achseln und kehrte die Innenflächen seiner gespreizten Hände nach außen. »Die Entscheidung, ob Sie dieses Risiko eingehen wollen oder nicht, liegt selbstverständlich bei Ihnen. Aber in Anbetracht der laufenden Geschäftsbeziehungen zwischen der Schwarzen Sonne und dem Sammler ...«

»Ja, ja. Sparen Sie sich die Erklärungen.« Xizor bedeutete seinem Untergebenen gereizt zu schweigen. »Es ist nicht nötig, dass Sie mich an all das erinnern.« Wenn er Kud'ar Mub'at mit ein paar Schüssen aus seiner Laserkanone durchlöchern würde und nicht bloß das unordentlich zusammengewürfelte Netz des Sammlers, wäre das gewiss kein Grund zur Trauer gewesen. Xizor hatte sich ja längst für die Vernichtung dieses Geschäftspartners entschieden, dessen verwickelte Interessen ihm mittlerweile so lästig fielen. Aber das auf diese Weise zu erledigen und die unweigerlich darauf folgende Auswirkung in Kauf zu nehmen, dass überall in der Galaxis bekannt werden würde, welch kurzen Prozess die Schwarze Sonne mit jenen machte, die ihr dienten, würde Xizors weitere Pläne lähmen. Und abgesehen davon befand sich ja auch sein neuer Verbündeter, den er als Kud'ar Mub'ats Nachfolger ausersehen hatte, im Netz des Sammlers. Xizor hatte nicht die Absicht, eine möglicherweise so wertvolle Kreatur wie den Abrechner zu verlieren, jenen listigen kleinen Buchhalterknoten, der seine Unabhängigkeit von seinem Schöpfer erklärt hatte. »Nicht feuern«, wies Xizor die Waffentechniker hinter ihm an.

Der Kom-Spezialist hatte eine Hand an sein Ohr gelegt und lauschte einer Nachricht unterhalb der Hörschwelle, die ihm über das Innenohrimplantat in seinem Schädel zugeleitet wurde. »Euer Exzellenz ...«, sagte er und hob den Blick zu Xizor. »Kud'ar Mub'at hat Kontakt mit uns aufgenommen. Er wünscht mit Ihnen zu sprechen.«

Das hat mir gerade noch gefehlt, dachte Xizor gereizt. »Also schön. Stellen Sie ihn durch.«

Er hörte Kud'ar Mub'ats schriller, nervenaufreibender Stimme zu, die aus dem über der Hauptkontrollkonsole der Brücke angebrachten Lautsprecher drang. »Mein hoch geschätzter Prinz Xizor«, ließ sich die Stimme des Sammlers vernehmen. »Mein Vertrauen in Ihre Weisheit und Ihre Fähigkeiten ist natürlich so grenzenlos wie stets. Niemals würde ich die Schicklichkeit einer Handlung anzweifeln, zu der Ihre unbefleckten Händen den Anstoß gegeben haben ...«

»Kommen Sie zur Sache«, knurrte Xizor. Das Mikro an der Konsole fing seine Worte ein und übertrug sie auf einer Funkrichtstrahlverbindung zu dem in der Ferne hinter Boba Fetts Raumschiff treibenden Netz.

»Ich muss mich um wichtigere Dinge kümmern, als Ihnen zuzuhören.« Er behielt den Sichtschirm und das Abbild von Boba Fetts Schiff im Auge, das immer noch beschleunigte.

»Schön«, entgegnete der Sammler verschnupft. Xizor konnte ihn sich genau vorstellen, wie er in seinem Nest im Innern des Netzes hockte und seine vielgelenkigen Gliedmaßen fester um den bleichen schwabbeligen Leib schlang. »Ihre Zurschaustellung von Temperament mag ja verständlich sein, sie mindert jedoch nicht die Bewunderung, die ich ...«

»Entweder Sie verraten mir jetzt, was Sie von mir wollen, oder Sie halten den Mund.«

Die Stimme des Sammlers nahm einen säuerlichen und verdrießlichen Tonfall an. »Wie Sie wünschen, Xizor. Wie gefällt Ihnen diese Offenheit: Sie müssen ein Narr sein, dass Sie im offenen Weltraum auf Boba Fett zu schießen begonnen haben. Besitzen die Falleen denn kein Talent zur Diskretion? Dieser Sektor hier steht wegen meines Netzes unter ständiger Überwachung. *Muss* ich Sie daran erinnern, dass uns im Moment höchstwahrscheinlich andere Augen beobachten? Einige dieser Beobachter sind Geschäftspartner von mir oder Leute, mit denen ich in Zukunft noch Geschäfte machen will. Mir ist durchaus bewusst, dass Ihre Reputation durch die öffentliche Vernichtung des hoch geschätzten Boba Fett gewinnen würde. Aber was ist mit *meiner* Reputation?« Kud'ar Mub'ats Stimme wurde noch schriller. »Ich habe natürlich nichts dagegen, wenn Kreaturen, denen ich noch Geld schulde, getötet werden, dass wir uns da nicht missverstehen. Aber ich ziehe es vor, dass dies nicht gleich überall bekannt wird. Hand aufs Herz, wer würde noch Geschäfte mit mir machen wollen, wenn er glauben müsste, dass er am Ende tot ist?«

»Machen Sie sich deshalb keine Sorgen«, entgegnete Prinz Xizor, der nur einen Bruchteil seiner Aufmerksamkeit dem Gespräch mit dem abwesenden Sammler widmete. »Sie können jedem, dem Sie wollen, sagen, dass Boba Fetts Tod nichts mit Ihnen zu tun hatte.«

»Oh, aber natürlich.« Die aus dem Lautsprecher dringende Stimme triefte nun vor Sarkasmus. »Er wurde bloß gerade dann *zufällig* in seine Atome zerlegt, als er mir eine Ware übergeben wollte. Eine Ware, für die ich ihm eine hübsche Summe Credits ausgehändigt hätte. Das werden die Leute bestimmt glauben.«

»Sollen sie doch glauben, was sie wollen. Sie haben im Moment dringendere Sorgen.«

»Was?« Kud'ar Mub'at klang irritiert. »Was wollen Sie damit andeuten, Xizor?«

»Ganz einfach.« Seine Bewunderung für Boba Fett hatte, da er mit eigenen Augen gesehen hatte, wozu der Kopfgeldjäger fähig war, beträchtlich zugenommen. »Ihr Geschäftspartner, um den Sie sich angeblich solche Sorgen machen, Boba Fett, ist auf dem direkten Weg zu Ihnen.«

»Ja, *selbstverständlich* ist er das. Er will mir eine Ware übergeben ...«

»Ich fürchte, Sie verstehen nicht ganz.« Einem anderen intelligenten Lebewesen eine schlechte Nachricht zu überbringen, war ein unbedeutender Zeitvertreib, der neben Mord und Raub verblasste, gleichwohl zog Prinz Xizor auch daraus ein gewisses Vergnügen. »Oder, was wahrscheinlicher ist, Sie haben keine Ahnung, in welchem Zustand sich die *Sklave I* gegenwärtig befindet. Wir haben hier einen vollständigen Schadensbericht erstellt. Sie können mir also ruhig glauben, Kud'ar Mub'at, wenn ich Ihnen sage, dass Boba Fett nicht in der Lage sein wird, sein Schiff zu stoppen.«

»Aber ... das ist doch absurd!«

»Nein«, gab Xizor zurück. »Im Grunde ist es sogar sehr schlau von ihm. Er zündet das letzte noch funktionierende Triebwerk an Bord und hat auf diese Weise bereits eine beachtliche Geschwindigkeit erreicht. Es ist nur seinen Fähigkeiten als Pilot zu verdanken, dass es ihm gelungen ist, die *Sklave I*, oder was noch von ihr übrig ist, auf einem gleichmäßigen Kurs zu halten. Was er jetzt jedoch nicht mehr hinkriegt – niemand könnte das –, ist, die *Sklave I* zu stoppen, bevor sie in Ihr Netz kracht. Unsere Scans seines Schiffs haben uns verraten, dass seine sämtlichen Bremsraketen aus dem Verkehr gezogen sind. Und das weiß *er* natürlich auch.«

Aus dem Kom tönte ein wortloses, von Panik erfülltes Kreischen. Sofort entstand vor Xizors innerem Auge das Bild von Kud'ar Mub'at, der beinahe wortwörtlich aus seinem Nest im Innern des treibenden Netzes flog und mit den Spinnenbeinen um sich schlug.

»Wie viel ...« Der abwesende Sammler gewann einen Teil seiner Selbstbeherrschung zurück. Gerade so viel, dass es ihm gelang eine verzweifelte Frage zu stottern. »Wie viel Zeit habe ich noch?«

»Ich würde sagen ...« Xizor warf einen Blick auf den Sichtschirm und die in rascher Folge über die Anzeigen darunter flackernden Zahlen. »... Sie halten sich besser irgendwo fest.«

Ehe weitere ärgerliche und schrille Laute aus dem Lautsprecher dringen konnten, streckte Xizor die Hand aus und unterbrach die Kom-Verbindung zwischen der *Vendetta* und Kud'ar Mub'ats Netz. Ein Monitor unter dem großen Bildschirm zeigte den Blickwinkel eines weit entfernten Scoutmoduls, das auf der anderen Seite des Netzes in Stellung gebracht worden war. Xizor warf einen Blick auf den Monitor und sah den lodernden Strahl aus dem einzig noch verbliebenen Triebwerk der *Sklave I*. Aus diesem Blickwinkel sah es aus wie ein Stern, der sich in eine Nova verwandelt. Die blendende Lohe war so hell, dass sie in die Augen stach.

»Euer Exzellenz«, ergriff der immer noch neben Xizor stehende Kom-Spezialist das Wort. »Haben Sie Befehle für die Besatzung?«

Xizor blieb noch einen Moment länger stumm und betrachtete das Schiff des Kopfgeldjägers, das auf seiner Flugbahn genau auf Kud'ar Mub'ats Netz zuraste. Seine kalte Bewunderung und Wertschätzung, die er für Boba Fett empfand, stiegen noch um eine Stufe. Das tödliche Spiel war durch ihn komplizierter, aber auch interessanter geworden. Am Ergebnis gab es natürlich wie immer, wenn Prinz Xizor einer der Mitspieler war, nicht den geringsten Zweifel. Doch wie süß der Tod des Kopfgeldjägers zuvor bereits gewesen wäre, das Vergnügen hatte nun erheblich zugenommen.

»Dran bleiben und verfolgen«, sagte Xizor schließlich. »Wir werden ein paar Trümmer einsammeln können. Sehr interessante Trümmer ...«

Boba Fett verließ die *Sklave I* und betrat das vollkommene, kreischende Chaos. Zuvor hatte er einen Schritt zurückweichen und die Luke nach draußen eintreten müssen. Deren Energieversorgung war zusammengebrochen und in einer Ecke hatte sich ein abgerissenes Stück Rumpfverkleidung verkeilt.

Er hatte indes nichts anderes erwartet. Dieses Ergebnis war seit dem Moment, da er die Idee gehabt hatte, mit seinem Raumschiff in Kud'ar Mub'ats im All treibendes Netz zu rasen, ein fester Bestandteil seines Plans gewesen. Seine lange Bekanntschaft mit dem arachnoiden Sammler – die vielen Jahre ihrer geschäftlichen Beziehungen – hatten ihn in die Lage versetzt, sich über die Natur und die besonderen Fähigkeiten des Netzes Klarheit zu verschaffen. Kud'ar Mub'at hatte das Netz mit Hilfe von Fasern geschaffen, die er selbst produzierte. Dabei handelte es sich gleichermaßen um Strukturfasern und Nervenfasern, damit das Netz die Überreste von Raumschiffen und anderen Artefakten in sich aufnehmen konnte. Die Innen- und Außenseite des Netzes waren mit Fragmenten aus Durastahl wie mit funktionstüchtigen Wracks gespickt, die halb in der unregelmäßigen erstarrten Brandung eines gefrorenen Sees versunken waren.

Die physische Einverleibung all dieser Objekte ging auf Kud'ar Mub'ats Habgier zurück, auf seinen Wunsch, sich mit Hilfe der Trophäen zu brüsten, die er von jenen Unglücklichen einbehielt, die sich zu tief in seine Intrigen verstrickt hatten, um sich noch daraus befreien zu können. Der zweite Grund war die Notwendigkeit, das Netz selbst zu schützen. Andere Verteidigungsmittel besaß das Netz nicht. Seine Fähigkeit, sich jeden Eindringling in Windeseile einzuverleiben, war seine einzige Möglichkeit, im Innern seiner gekrümmten, verfilzten und verwickelten faserigen Wände für zuträgliche Umweltbedingungen zu sorgen.

Boba Fett packte mit einer behandschuhten Hand den Rand der Luke und prüfte die Szenerie, die sich ihm bot. Das Innere von Kud'ar Mub'ats Netz war von den phosphoreszierenden Massen der Beleuchterknoten in ein flimmerndes blauweißes Licht getaucht. Diese einfachen Lebewesen klammerten sich mit ihren winzigen flinken Spinnenbeinen an die Decken und strahlten den sanften Glanz der biochemischen leuchtenden Verbindungen in ihren durchsichtigen aufgetriebenen Leibern aus, die kaum größer waren als Boba Fetts geballte Fäuste. Doch der kreischende Lärm im Netz ging nicht von diesen lebenden Lichtquellen aus, die durch Nervenbahnen mit ihrem Schöpfer verbunden waren, sondern von ihren Vettern. Von anderen Unterknoten, die sich ungleich schneller bewegten und jene klebrige, zähflüssige Substanz absonderten, mit deren Hilfe sich das Netz selbst reparierte und die Schiffsteile einverleibte.

Diese Emitter huschten dort um die zerfetzten Ränder des Netzes, wo die *Sklave I* durchgebrochen war und sich in beträchtliche Schwierigkeiten gebracht hatte. Damit die Rundung des Cockpits nicht wie ein Hammer gegen die Außenseite des Netzes prallen würde, hatte Boba Fett in der letzten Sekunde durch eine kurze Zündung einer der Steuerdüsen die messerscharfe Ausbuchtung des Rumpfs über dem Cockpit gegen das schnell näher kommende Netz gerichtet. Sobald die *Sklave I* sich in das Netz gebohrt hatte und von dicken Fasern eingehüllt worden war, richtete ein letzter Schub aus der Steuerdüse gegenüber das Schiff wieder auf, sodass die breitere, gegen das Innere des Netzes gewandte Fläche der Kanzel den Raumer schließlich stoppte. Der Geruch der Fasern, die durch die Zündung der Düsen schwarz versengt worden waren, hing wie ein beißendes Miasma in der fahl beleuchteten Höhle des Netzes.

Beim Aufprall des Schiffs war indes mehr zerstört worden als nur die Struktur des Netzes. Dieses Netz, ein lebendes Wesen aus eigenem Recht, reagierte auf seine eigene schmerzerfüllte Weise auf den Schock. Das kreischende Getöse, das Boba Fett in den Ohren klang, ging von den anderen Unterknoten aus, die sich bereits in diesem Teil des Netzes aufgehalten hatten und nicht erst hierher geeilt waren, um den Schaden zu begutachten. Die meisten waren von den Nervensträngen abgerissen worden, die sie mit ihrem alles beherrschenden Erzeuger Kud'ar Mub'at verbunden hatten. Manche waren stumm, sie hatten niemals die Fähigkeit zur Sprache besessen. Doch die übrigen stießen idiotische Schreie aus, während sie von der rauen gewölbten Decke des Raums fielen. Der verfilzte Boden war dicht von den krabbelnden Gebilden übersät, die sich in qualvollen Zuckungen wanden oder in engen kleinen Kreisen bewegten. Ihre ohnehin begrenzten Gehirnfunktionen waren durch die plötzliche Trennung von dem Sammler in seinem Nest in einem anderen Teil des Netzes vollkommen überlastet. Spinnen oder Krabben gleichende Unterknoten zogen ihre gekappten Verbindungen hinter sich her und kletterten über Boba Fetts Stiefel hinweg, als er aus der Luke der *Sklave I* trat. Er beförderte ein paar von ihnen mit Tritten aus dem Weg, als wären sie Ratten mit einem Panzer aus Chitin. Einige der kleineren Unterknoten wurden unweigerlich unter seinen Stiefeln zermalmt. Ihre Krusten barsten wie dünne Eierschalen.

Fett hob den Blick zum Bug seines Raumschiffs und sah, dass die Emitterknoten das Netz rings um den Rumpf schon fast vollständig wieder versiegelt hatten. Lediglich ein kleiner Abschnitt um die Düsen der Haupttriebwerke wölbte sich noch in das Vakuum des Weltraums hinaus. Die mannigfaltigen schrillen, pfeifenden Geräusche, die die Atmosphäre des Netzes bei ihrem Entweichen durch die zerfetzten Strukturfasern hervorgebracht hatte, ließen allmählich nach, während die Emitter weiter ihrer Arbeit nachgingen und die letzten Lücken zwischen der lebendigen Biomasse und dem Durastahlrumpf des Schiffs schlossen. Der blau beleuchtete Raum um Boba Fett beruhigte sich zunehmend, während mehr und mehr der abgetrennten Unterknoten in einen zitternden katatonischen Zustand fielen und sich auf den Rücken drehten wie Meerestiere, die von der zurückweichenden Flut auf dem Strand irgendeines Planeten zurückgelassen wurden. Doch das Schweigen, das den vorigen hektischen Lärm ablöste, war das eines partiellen Todes. Da das Netz aus lebenden Fasern gewebt war, die aus Kud'ar Mub'ats Hirnrinde und Rückenmark ausgesponnen wurden, glich der Aufenthalt in einem abgetöteten Teil wie diesem dem Aufenthalt in dem riesenhaft vergrößerten Gehirn eines Lebewesens, nachdem das nicht minder riesige Skalpell eines Chirurgen ein Stück der grauen Masse weggeschnitten hatte.

»Gehen wir.« Boba Fett langte in die Luke der *Sklave I* und packte die Vorderseite von Trhin Voss'on'ts Uniformjacke, die inzwischen kaum mehr war als ein paar Fetzen, die von blutbefleckten Verschlüssen aus Metall zusammengehalten wurden. Er riss den ehemaligen Sturmtruppler mit einem scharfen Ruck auf die Beine. Ein weiterer Ruck ließ den Gefangenen aus dem Raumschiff nach draußen stolpern. »Heute ist Zahltag.«

Voss'on'ts Augen waren nur mehr zwei brennende Schlitze in seinem von Blutergüssen übersäten und von Öl verschmierten Gesicht. Die auf den Rücken gefesselten Händen drückten seine Schultern nach vorn. »Wenn Sie es so eilig haben ...« Seine Stimme war rau von eingeatmetem Qualm und kaum unterdrückter Wut. Er wies mit einem Nicken auf seine Stiefel und das Stück Seil des Pfeilwerfers, das seine Knöchel zusammenband. »... sollten Sie die hier besser lösen. Sonst kommen wir nie an.«

»Ich habe eine bessere Idee«, antwortete Fett. Er

versetzte Voss'on't mit einem raschen horizontalen Hieb seines Unterarms einen Schlag ins Gesicht, der ihn hart gegen den Rumpf der *Sklave I* prallen ließ. Voss'on' landete zwischen den zuckenden sterbenden Unterknoten, die den Boden des Raums bedeckten. Als Boba Fett auf den Mann hinuntersah, sickerte Blut aus Voss'on'ts Nase. »Sie bleiben gefesselt, wie Sie sind, und können weitere Fluchtversuche vergessen.« Er griff nach unten, packte die Lumpen von Voss'on'ts Jacke und zerrte ihn abermals auf die Füße. »Die würden Ihnen jetzt sowieso nichts mehr bringen. Und mir gehen sie langsam auf die Nerven.«

»Ja, darauf wette ich.« Voss'on't grinste ihn höhnisch an. Er ballte die zusammengebundenen Hände zu Fäusten, bis die Knöchel weiß hervortraten, als würde er sich vorstellen, sie um Boba Fetts Hals zu legen.

Der Sturmtruppler hatte bisher bei jedem Kräftemessen mit Fett seit ihrer ersten Begegnung auf jener fernen Bergbaukolonie, wo Fett und sein vorläufiger Partner Bossk ihn aufgespürt hatten, den Kürzeren gezogen. Trotzdem legte er noch immer einen unbeugsamen Willen zum Kampf an den Tag. *Aber das wird ihm nicht viel nützen*, dachte Boba Fett. Es würde am Ende keinen großen Unterschied machen, ob Voss'on't sich weiter zur Wehr setzte und immer neue Pläne schmiedete oder ob er schließlich aufgab und sich in sein Schicksal fügte. So wie die Dinge lagen, war es Boba Fett gleich, wofür sich der Sturmtruppler am Ende entschied. Das war nur eine Frage der Bequemlichkeit.

Auf Voss'on'ts Gesicht erschien jetzt ein dunklerer, gehässigerer Ausdruck. »Vielleicht kriegen Sie Ihr Geld sogar, Kopfgeldjäger. Immerhin ist es Ihnen gelungen, Ihre Ware bis hierher zu schaffen. Also ist alles möglich. Aber was wollen Sie unternehmen, wenn

Prinz Xizor hier auftaucht?« Voss'on't hatte Xizors Raumschiff durch das Cockpitfenster der *Sklave I* gesehen und es ebenso schnell identifizieren können wie Fett. »Das kann jetzt jede Minute passieren.«

»Darüber müssen Sie sich nicht den Kopf zerbrechen. Ich werde mich schon um ihn kümmern, wenn es so weit ist.« Von dem Knoten an Voss'on'ts Handgelenk baumelte ein Stück loses Seil, das Boba Fett benutzte, um den Mann mit sich zu ziehen, der kaum laufen konnte. Während sie durch den inneren Korridor vorankamen, der sie zu Kud'ar Mub'at führen würde, warf Fett über die Schulter einen Blick auf seinen Gefangenen. »Es schien Sie nicht zu überraschen, dass Xizor in diesem Raumsektor auf uns gewartet hat. Ich nehme an, Sie wussten, dass er hier sein würde.«

»Nehmen Sie an, was Sie wollen.« Voss'on't lehnte sich gegen den Zug des um seine Handgelenke gewickelten Seils nach hinten. »Sie kommen noch früh genug dahinter, wie die Dinge liegen. Und wissen Sie was? Sie werden echt überrascht sein.«

Boba Fett wahrte sein Schweigen. Und hielt eine Hand auf dem Knauf der Blasterpistole an seiner Seite.

»Ah ... mein unnachahmlicher Geschäftspartner ... der *geschätzte* ... Boba Fett ...« Eine stockende Stimme, die quietschte wie rostiges Metall, begrüßte sie, als sie aus dem Zentralkorridor des Netzes traten. »Wie entzückt ... ich bin ... Sie wieder zu sehen ...«

Boba Fett stand jetzt in der Mitte der Hauptkammer des Netzes – der gefesselte Sturmtruppler folgte ein paar Schritte hinter ihm – und starrte den arachnoiden Sammler finster an. Oder besser die lahme Hülle dessen, was Kud'ar Mub'at einmal gewesen war. Der Sturzflug der *Sklave I* in das Netz hatte offenbar auch auf seinen Herrn die schlimmsten Auswirkungen gehabt.

»Sie sehen nicht besonders gut aus, Kud'ar Mub'at.« Das war die Feststellung einer simplen Tatsache. Boba Fett hegte keine ausgeprägten Sympathien für den Sammler. *Ich kassiere besser meine Credits*, dachte Fett, *bevor er stirbt.*

»Wie ... *freundlich* von Ihnen, sich solche Sorgen zu machen ...« Der pneumatische Unterknoten, der Kud'ar Mub'ats gepolsterten Thron gebildet hatte, war offenbar bereits tot. Seine leere, erschlaffte Hülle erstreckte sich um den Sammler wie eine graue wächserne Pfütze. Kud'ar Mub'at selbst kauerte in dem Durcheinander seiner schwarzen Spinnenbeine. Das dreieckige Gesicht hatte er gesenkt und zu einer Seite geneigt. Die meisten Fasetten seiner Insektenaugen, mit denen sein Gesicht übersät war, wirkten leblos, der Funke der Intelligenz in ihnen war erloschen, als hätte ein Windstoß die flackernde Flamme in einer Laterne gelöscht. Lediglich die beiden größten Augen ganz vorne schienen dazu in der Lage zu sein, sich auf die ungelegenen Besucher des Netzes zu konzentrieren. »Um Ihnen gegenüber aufrichtig zu sein ... es hat Zeiten gegeben ... in denen es mir besser ging ...«

»Sehen Sie den Tatsachen ins Auge«, sagte Boba Fett unverhohlen. »Sie sterben.«

»Oh, nein ... ganz und gar nicht ...« Das dreieckige Gesicht hob sich ein wenig und setzte die wacklige, schiefe Imitation eines menschlichen Lächelns auf. »Ich werde das hier überleben ... so wie ich schon andere Ereignisse überlebt habe ...« Er hob eines seiner an Zweige erinnernden Gliedmaßen. Die Kralle am Ende zuckte und deutete auf Kud'ar Mub'ats Kopf. »Dies ist nichts weiter ... als das Ergebnis ... einer neuralen Rückkopplungswelle ... infolge des Aufpralls ... das ist alles ...« Die Kralle klopfte mit einem trockenen Klicken gegen den schwarzen Schädel des Sammlers. »Ihr plötzliches Eindringen ... in mein bescheidenes Heim ... war ein großes Unglück ...« Kud'ar Mub'at versuchte sich in seinem erschlafften Nest ein Stück weit aufzurichten. Doch es gelang ihm nicht und er sank erneut in den unter ihm kollabierten Wirrwarr seiner Gliedmaßen zurück. »Aber Sie werden sehen ... alles kann wieder gerichtet werden ...« In dem größten Auge des Sammlers erschien ein irres Leuchten. »Ich habe so viel Erfahrung darin ... Ergänzungen meiner selbst zu erschaffen ... *außerhalb* meines Körpers ... dass ich hier drin eine komplette neue Hirnrinde erzeugen kann ...« Die Spitze der erhobenen Kralle klopfte jetzt fester gegen den Schädel hinter dem dreieckigen Gesicht, als wollte sie auf der Stelle mit den notwendigen Reparaturen dort beginnen. »Um jene zu ersetzen ... die die Umstände ... Ihrer Ankunft ... beschädigt haben ...«

»Vielleicht können Sie das wirklich.« Boba Fett zuckte die Achseln. »Mir ist das allerdings ganz gleichgültig.«

»Und was ... genau ... ist Ihnen nicht gleichgültig?«

»Meine Bezahlung.«

»Ah ...« Der Kopf des Sammlers drehte sich hin und her, als wollte er sich mit Gewalt auf seinen Besucher konzentrieren. »Sie haben sich wenigstens ... nicht geändert ...« Die spitze Kralle zitterte, als sie sich auf Boba Fett richtete. »Aber Sie kennen die Regeln ... hinsichtlich der Bezahlung ... zuerst wird ... die Ware ausgeliefert ...«

Boba Fett trat zur Seite und zog an dem Ende des Seils, das um die Handgelenke des abtrünnigen Sturmtrupplers geschlungen war. Trhin Voss'on't fiel nach vorne. Sein Kopf streifte beinahe den weichen

Rand des Nestes, das dem Sammler als eine Art Thron diente. Dann pflanzte Boba Fett einen Stiefel zwischen die Schulterblätter des Mannes und stieß ihn vollends zu Boden.

»Da haben Sie ihn«, verkündete Fett. »Reicht das?«

»Wie konnte ... ich jemals ... an Ihnen zweifeln?« Kud'ar Mub'ats Blick ruhte einen Moment lang auf dem Kopfgeldjäger und senkte sich dann wieder auf die vor ihm ausgestreckt liegende Ware. Er streckte die Kralle eines Beins aus, berührte Voss'on't damit am Kinn und hob das von Blutergüssen übersäte, finster blickende Gesicht des Sturmtrupplers. »Das sieht ... ganz so ... wie das erwünschte Objekt aus ...« Die Kralle stieß gegen eine Seite von Voss'on'ts Gesicht und offenbarte dessen Profil. »Aber natürlich ... bedarf es ... noch einer weiteren Versicherung ...«

»Erlauben Sie sich mit mir keine Spielchen.« Boba Fett streckte eine Hand aus und packte das Ende von Kud'ar Mub'ats erhobenem Vorderbein. Er zog den Sammler halb aus seinem Nest und brachte das dreieckige Gesicht näher an das dunkle Visier seines Helms heran. »Wenn ich sage, das ist Trhin Voss'on't, brauchen Sie keine weitere Versicherung mehr.« Seine behandschuhte Hand stieß den Sammler auf seinen erschlafften Unterknoten zurück. »Ich habe mich dem ganzen Ärger bestimmt nicht ausgesetzt, um Ihnen die falsche Ware zu liefern.«

»Selbstverständlich ... nicht ...« Kud'ar Mub'at befreite sich langsam aus dem Gewirr seiner unempfindlichen Gliedmaßen. Die Anstrengung ließ den Körper des Sammlers erschauern. Der kugelförmige Leib pulsierte sichtlich. »Könnte ich Ihnen misstrauen ... mein geschätzter Boba Fett?« Der Kopf des Sammlers neigte sich langsam vor und zurück. »Meine Fähigkeiten sind nicht so sehr in Mitleidenschaft gezogen ... um das ... in den Bereich des Möglichen zu rücken.« Abermals zeigte sich die schiefe Imitation eines Lächelns. »Aber ich bin ... nicht der ... der für diese Ware ... bezahlt ...«

»Aber Sie sollten die Credits bereithalten.«

»Und ... das habe ich auch getan ... aber hier ist noch jemand im Spiel ... der entscheidet, wann Sie bezahlt werden ...« Kud'ar Mub'ats Lächeln wurde noch abstoßender. »Und *ob* ... Sie bezahlt werden ...«

Diese Worte gefielen Boba Fett ganz und gar nicht. Er bevorzugte stets Geschäftsabschlüsse ohne irgendwelche Umwege, bei denen auf die Lieferung der Ware die unverzügliche Auszahlung der Belohnung folgte. Doch dieses Geschäft war weitaus komplizierter geworden – wenngleich er bereits eine Vorstellung davon hatte, wer hinter diesen Komplikationen steckte. *Deshalb ist Prinz Xizor hier aufgetaucht*, begriff Boba Fett. Aus irgendeinem Grund schienen es die Credits des Falleen-Prinzen und nicht die des Imperators Palpatine gewesen zu sein, die auf Trhin Voss'on'ts Kopf ausgesetzt worden waren. *Und Xizor bringt mich lieber um, als mich zu bezahlen.*

»Allem Anschein nach ... fangen Sie allmählich an ... das eine oder andere zu verstehen.« Die stockenden Worte wurden von Kud'ar Mub'ats hämischem Gelächter untermalt. Der Sammler besaß die Fähigkeit zu wissen, was andere intelligente Lebewesen dachten. Selbst dann, wenn er die Gedanken durch das finstere Helmvisier einer mandalorianischen Kampfmontur lesen musste. »Hinsichtlich ... des Auftrags ... den Sie angenommen haben ...«

Da kam Boba Fett eine andere Möglichkeit in den Sinn. *Vielleicht*, dachte er, *hat der Imperator die Belohnung ja doch ausgesetzt*. Schließlich war Voss'on't ein Diener des Imperiums gewesen. Der Verrat des

Sturmtrupplers beleidigte Palpatine gewiss mehr als irgendwen sonst. Aber die Belohnung, die Palpatine auf Voss'on't ausgesetzt hatte, konnte ohne weiteres auch eine Kreatur in Versuchung geführt haben, die über die gewaltigen Mittel der Verbrecherorganisation Schwarze Sonne gebot. Eben jemanden wie Xizor. Oder Xizor war gar nicht an den Credits für die Auslieferung Voss'on'ts interessiert, sondern sorgte sich vielmehr darum, wie er sich bei einer der wenigen Kreaturen in der Galaxis einschmeicheln konnte, die mehr Macht besaß als er selbst. Wenn es Xizor gelang, glaubwürdig zu behaupten, dass *er* den abtrünnigen Sturmtruppler aufgespürt und gefangen genommen hatte, würde sein Prestige am Imperialen Hof auf dem Planeten Coruscant und sein Einfluss auf Palpatine den von Lord Vader bald überflügeln. Boba Fett kannte die Gerüchte über das böse Blut zwischen Xizor und Vader genau. Es war kaum möglich, dass zwei Rivalen um die Gunst des Imperators wie diese etwas anderes sein konnten als erbitterte Gegner.

Aber ob Prinz Xizor hinter der auf Voss'on'ts Kopf ausgesetzten Belohnung steckte oder ob es sich dabei um etwas Undurchsichtigeres und möglicherweise Nützlicheres handelte, machte für Boba Fett keinen großen Unterschied. *Wenn er vorhat, mir irgendwas abspenstig zu machen, macht er einen großen Fehler, den er noch bereuen wird ...*

»Ich weiß bloß«, sagte Boba Fett laut, »dass ich den Auftrag erwartungsgemäß ausgeführt habe. Es ist mir gleich, ob in Wahrheit der Imperator oder Prinz Xizor dahinter stecken. Ich arbeite nur auf eigene Rechnung. Und ich will lediglich das Kopfgeld, das mir zugesagt wurde.«

»Sie bedauernswerter Narr.« Kud'ar Mub'ats Spott schien das verwundete Geschöpf irgendwie wieder zu beleben. »Sie haben keine Ahnung ... für wen Sie ... die ganze Zeit ... gearbeitet haben ...« Er streckte die eine Kralle nach Boba Fett aus. »Sie sind ... schon seit langer Zeit ... ein Teil von Xizors Plänen ... und *meinen* ...«

Der unter Boba Fetts Stiefel eingeklemmte Sturmtruppler Voss'on't warf seinem Häscher einen gehässigen Blick zu. »Na, wie fühlen Sie sich jetzt, Kopfgeldjäger? Sie sind nicht der Gewinner in diesem Spiel. Sie sind das Bauernopfer.«

Ein Stoß mit dem Stiefel nagelte Voss'on't wieder am Boden fest und brachte ihn zum Schweigen. »Wovon reden Sie da, Kud'ar Mub'at?«

»Ganz ... einfach ...« Der arachnoide Sammler schaffte es irgendwie, seine spindeldürren Beine enger um sich zu falten. »Unsere kleine Intrige ... Ihre und meine ... mit dem Ziel, die alte Kopfgeldjägergilde zu zerschlagen ...« Kud'ar Mub'at schüttelte den schmalen Kopf. »Das war Prinz Xizors Idee ... ich habe mich bloß damit einverstanden erklärt ... weil für mich etwas dabei herausspringen sollte ... aber er war derjenige, der die Gilde zerschlagen wollte ... und Sie haben das für ihn erledigt ...«

»Dann haben Sie mich belogen.« Boba Fetts Stimme war so frei von Emotionen wie immer, doch in seinem Innern regte sich ein Anflug von Zorn.

»Das war rein geschäftlich ... mein lieber Fett.« Kud'ar Mub'at ahmte trotz seines angeschlagenen Zustands ein unbekümmertes menschliches Achselzucken nach. »Mehr nicht ...«

»Und welche Lügen haben Sie mir noch aufgetischt?«

»Das werden Sie ... noch früh genug herausfinden ...« Kud'ar Mubats Lächeln ließ nicht nach, während er zuerst noch Boba Fett anstarrte und sich dann einem der kleineren fasrigen Gänge zuwandte, die von dem Hauptraum des Netzes abzweigten. Darauf kam ein weiterer Unterknoten, ein voll funktionsfähiger diesmal, aus dem Gang gekrabbelt und kletterte auf das Ende des matt ausgestreckten Vorderbeins seines Erzeugers. »Sagen Sie ... mein lieber kleiner Abrechner ...« Ein zweites Vorderbein fuhr zärtlich über den Kopf des Unterknotens, der eine Miniaturversion von Kud'ar Mub'ats Kopf war. »Ist unser anderer Gast ... bereits eingetroffen ...?«

Boba Fett erkannte in dem Unterkonten das Wesen, das für die finanziellen Einzelheiten der Geschäftsabschlüsse Kud'ar Mub'ats zuständig gewesen war. Der winzige huschende Abrechner hatte ihm mehr als einmal die Kopfgelder für die Ware ausgezahlt, die seinem Schöpfer zu treuen Händen übergeben worden war. Der scharfe Verstand des Unterknotens, der niemals zu übersehen gewesen war, ließ sich auch jetzt nicht verleugnen. Seine Intelligenz hatte um nichts abgenommen, als hätte ihm die neurale Überlastung durch den Zusammenstoß der *Sklave I* mit dem Netz überhaupt nichts ausgemacht. Das war ein Rätsel, über das nachzudenken Boba Fett gegenwärtig jedoch keine Zeit hatte.

»Die *Vendetta* legt soeben an.« Wie um die Feststellung des Abrechners zu bestätigen, lief ein Beben durch das grobe Gewebe, das sie umgab. Irgendwo in einiger Entfernung koppelte die elegante Masse von Prinz Xizors Flaggschiff an die größeren Unterknoten an, durch die Besucher in das Netz umsteigen konnten. »Ich habe Kontakt mit Xizor gehalten«, sagte der Abrechner auf Kud'ar Mub'ats ausgestrecktem Vorderbein. »Er hat mir mitgeteilt, dass er unserer Begegnung mir großer Vorfreude entgegensieht.«

»Davon ... bin ich überzeugt ...« Kud'ar Mub'ats

übrige Gliedmaßen zuckten. Seit lippenloses Lächeln wurde breiter. »Alle Geschäftsleute ... lieben den erfolgreichen Abschluss ... eines Projekts ...«

»Dann haben er und ich etwas gemeinsam.« Boba Fett ließ ein kurzes Nicken sehen. »Bringen wir es hinter uns.« Er hob den Stiefel von der Stelle zwischen Voss'on'ts Schulterblättern und ging mit großen Schritten zu der Mündung des Gangs, der zum Andockbereich führte. Dann zog er seine Blasterpistole aus dem Holster.

Kud'ar Mubat, dessen Kopf immer noch zu einer Seite geneigt war, sah ihn alarmiert an. »Was ... haben Sie vor ...?« Voss'on't gelang es derweil, sich vor dem Sammler in eine sitzende Position zu bringen. Auch er beobachtete Boba Fett. »Das ist ... nicht nötig ...«

»Ich sage Ihnen, was nötig ist und was nicht.« Boba Fett richtete die Mündung des Blasters langsam und gewissenhaft zuerst auf Kud'ar Mub'at und dann auf Voss'on't. »Wenn Sie beide noch eine Weile leben wollen, verhalten Sie sich besser ruhig.« Er hob den Blaster. »Damit Sie Prinz Xizor diese kleine Überraschung nicht verderben.«

Schon jetzt waren die Schritte mehrerer Wesen, die durch den Gang kamen, deutlich zu hören. Boba Fett drückte sich mit schussbereitem Blaster flach gegen eine Seite der Öffnung.

»Achtung!«

Er hatte gewusst, dass Voss'on't den Falleen-Prinzen bei seinem Erscheinen sofort zu warnen versuchen würde. Ein kurzer Feuerstoß aus der Blasterpistole traf Voss'on't in die Schulter und katapultierte ihn gegen den Fuß von Kud'ar Mub'ats Nest. Der Schuss diente gleichermaßen dazu, ihn zum Schweigen zu bringen und Xizors Aufmerksamkeit abzulenken. Dadurch bekam Boba Fett die Mikrosekunde, die er brauchte, um Xizor einen Arm um den Hals zu schlingen und die Mündung des Blasters gegen seinen Kopf zu drücken.

»Sagen Sie Ihren Leuten, Sie sollen sich zusammenreißen.« Boba Fett benutzte Xizor als Schutzschild und schob den Falleen zwischen sich und die beiden Leibwächter der Schwarzen Sonne, die ihrem Herrn in dem Gang des Netzes auf dem Fuße gefolgt waren. »Ich will Ihre Blaster auf dem Boden sehen. *Sofort*!«

Xizor schienen die Ereignisse eher zu amüsieren als zu überraschen. »Also schön«, sagte er ruhig. »Tut, was der Kopfgeldjäger sagt.« Die beiden finster blickenden Leibwächter senkten ihre Blasterpistolen, die sie schnell gezogen hatten, und warfen sie in die Mitte des Raums. »Wissen Sie …« Xizor drehte den Kopf und sah sich nach Boba Fett um. »… diese Leibwächter sind nur eine Formalität. Ich könnte Sie binnen einer Sekunde töten. Und ich müsste mich dazu kaum von der Stelle rühren.«

»Sie haben aber keine Sekunde.« Boba Fett zielte mit seinem Blaster weiter auf den Schädel des Prinzen. »Wenn Sie herausfinden wollen, wer von uns schneller ist, nur zu. Aber im Moment haben Sie einiges mehr zu verlieren als ich.«

»Wohl wahr«, erwiderte Xizor beinah herzlich, doch ohne sein hochmütiges aristokratisches Gehabe aufzugeben. »Ich bedaure, dass ich Sie so in die Ecke gedrängt habe, Boba Fett. Verzweifelte Kreaturen suchen verzweifelte Lösungen. Was in diesem Fall eine Schande ist, da Sie und ich mehr gemeinsame Interessen haben, als Sie wiederum vermuten.«

Die aalglatten Worte ließen Boba Fett völlig unbeeindruckt. Er versetzte Xizor einen Stoß in den Rücken und schob ihn auf Kud'ar Mub'at und den Sturmtruppler zu, der immer noch mit gefesselten Händen und Füßen auf dem Boden des Hauptraums kauerte. Boba Fett trat einen Schritt zurück, bis er alle einschließlich der beiden Leibwächter der Schwarzen Sonne an der Mündung des Gangs mit seinem Blaster in Schach halten konnte.

»Das ist doch nicht nötig.« Prinz Xizors kaltes Lächeln erweckte irgendwie den Eindruck, als wäre er Herr der Lage. »Wir können diese geschäftliche Diskussion doch wie zivilisierte Lebewesen führen. Nun ...« Er erteilte den beiden Leibwächtern mit einer gebieterischen Geste einen Befehl. »Kehrt auf die *Vendetta* zurück. Eure Anwesenheit hier ist nicht länger erforderlich.«

»Aber ...«, protestierte einer der Leibwächter.

»Eure Gegenwart war von Anfang an kaum etwas wert. Weshalb sollte sie es also jetzt sein.« Er wiederholte seine Geste. »Geht. Lasst uns allein.« Als die Leibwächter der Schwarzen Sonne sich abwendeten und im Gang verschwanden, spreizte Xizor die leeren Hände. »Sehen Sie, Fett? Ich will Ihnen nichts Böses. Ganz im Gegenteil. Sie sind für mich eine überaus wertvolle Person.«

»Schwer zu glauben.« Boba Fett senkte die Blasterpistole in seiner Hand keinen Zentimeter. »Wenn man bedenkt, dass Sie sich erst vor kurzem alle Mühe gegeben haben, mich mit den Laserkanonen Ihres Raumschiffs in Atome zu zerlegen.«

»Ein bedauerliches Missverständnis«, antwortete Xizor besänftigend. »So etwas kommt im Eifer des Gefechts schon mal vor. Genauso wie es manchmal vorkommt, dass jemand wie ich hinsichtlich dessen, was getan werden muss, seine Meinung ändert. Und hinsichtlich dessen, wer eliminiert werden muss.«

»Freut mich zu hören«, sagte Fett. »Aber das kaufe ich Ihnen nicht ab.«

»Sie haben ein Recht, misstrauisch zu sein. Ich bin sicher, unser beider Freund und Geschäftspartner hier hat Ihnen ein paar sehr interessante Eröffnungen gemacht. Über Informationen, die mich möglicherweise in keinem allzu positiven Licht erscheinen lassen ...«

»Mein hoch geschätzter ... Prinz Xizor ...« Die Vorderbeine des arachnoiden Sammlers zitterten. »Sie missdeuten ... meine Absicht ...« Kud'ar Mub'at stotterte, als würde der Falleen mit einem Blaster auf ihn zielen. »Ich würde niemals ...«

»Vergeuden Sie nicht unsere Zeit«, sagte Xizor eisig. »Es gibt gewisse Dinge, über die auch Sie in Kenntnis gesetzt werden müssen, Kud'ar Mub'at.« Der scharfe Anflug von Zorn in Prinz Xizors Stimme ließ sein gebieterisches Gebaren sogar noch offensichtlicher werden. »Sie täuschen sich, wenn Sie davon ausgehen, dass ich Ihrer Dienste zukünftig noch bedarf.«

»Aber ...«

»Schweigen Sie!«

Boba Fett unterbrach den Wortwechsel der beiden anderen Geschöpfe. »Ich bestimme hier, wer redet und wer nicht.« Dann richtete er die Blasterpistole genau auf Xizor. »Ist das klar?«

Xizor ließ ein dünnes Lächeln und ein Nicken sehen. »Wie Sie wünschen. Vorläufig.«

»Der Sammler sagte, dass Sie hinter dem Plan steckten, die alte Kopfgeldjägergilde zu zerschlagen. Ist das wahr?«

»Spielt das eine Rolle?« Xizor sah ihn beinah mitleidig an. »Wenn es etwas gegeben hat, das ich durch die Zerstörung der Gilde erreichen wollte, was ich bereitwillig zugebe, ändert das überhaupt nichts an dem Nutzen, den Sie daraus gezogen haben. Sehen wir den Tatsachen ins Auge: Die Kopfgeldjägergilde ist Ihnen mit ihrer ungehobelten, ungeschliffenen Art immer wieder in die Quere gekommen. Als Organisation war die Gilde bei jeder Ware, die Sie sich um der Belohnung willen unter den Nagel reißen wollten, Ihr Rivale. Jetzt, da die Gilde nicht mehr existiert, begegnen Sie jedem anderen Kopdgeldjäger als einem Individuum, das durch niemanden im Hintergrund abgesichert ist. Das erleichtert Ihnen die Arbeit und macht sie lohnender.« Xizors mörderisch lächelnder Blick schien das Visier von Boba Fetts Helm zu durchdringen. »Worüber wollen Sie sich also beklagen?«

»Weil ich zum Narren gehalten wurde. Deshalb.« Boba Fett deutete mit der Blasterpistole in seiner Hand auf Kud'sr Mub'at. »Wenn Sie etwas von mir erledigt haben wollten, dann hätten Sie damit auch zu mir kommen sollen. Anstatt einen Vermittler wie diesen einzuschalten.«

»Vielleicht haben Sie damit Recht.« Xizor ließ ein einsichtiges Nicken sehen. »Vielleicht habe ich Sie unterschätzt, Kopfgeldjäger. Wir haben möglicherweise noch mehr gemeinsam, als ich zuerst angenommen habe. Ich werde mich bei unseren zukünftigen geschäftlichen Beziehungen daran erinnern.«

»Vorausgesetzt, Sie haben noch eine Zukunft.« Die Blasterpistole richtete sich erneut auf den Falleen. »Was das angeht, habe ICH mich noch nicht entschieden«, sagte Boba Fett. »Wenn ich keine Ahnung von Ihrer kleinen Intrige hatte, muss es einen Grund dafür gegeben haben. Denselben Grund, aus dem Sie mit den Laserkanonen Ihres Raumschiffs auf mich gefeuert haben, kaum dass ich aus dem Hyperraum gekommen war. Sie wollten offenbar, dass ich am Ende all Ihrer Pläne und Intrigen nicht mehr am Leben sein würde.« Fett hob den Blaster ein Stück höher. Und blickte Xizor über den Lauf hinweg an. »Warum?«

»Wollen Sie die Wahrheit hören?« Xizor zuckte die

Achseln. »Sie sind ein gefährliches Individuum, Kopfgeldjäger. Sie haben die Angewohnheit, immer die Nase vorn zu haben, ganz gleich, mit welcher Lage Sie sich konfrontiert sehen. Damit können Sie anderen Kreaturen mitunter zur Last fallen. Und ganz besonders der Schwarzen Sonne. Wir führen unseren eigenen Krieg gegen das Imperium, ohne Rücksicht darauf, ob dieser alte Schwachkopf Palpatine weiß, wer auf seiner Seite steht und wer nicht. Und ich habe vor, diesen Krieg zu gewinnen, Kopfgeldjäger, um welchen Preis auch immer.« Die Stimme des Falleen wurde härter. »Die Lage ist bereits durch diese zum Untergang verurteilte Rebellion schwieriger geworden, obwohl es der Schwarzen Sonne ganz gelegen kommt, dass die Aufmerksamkeit des Imperators dadurch abgelenkt ist.« Xizor schüttelte langsam den Kopf. »Aber in diesem Spiel kann es nur einen Gewinner geben. Ganz gleich, wie viele Spieler noch mit am Tisch sitzen.«

»Und da dachten Sie, dass es für Sie und die Schwarze Sonne besser wäre, wenn es einen Spieler weniger geben würde.«

»Ganz genau«, nickte Xizor. »Ich bewundere die Präzision Ihrer Analyse. Und eins können Sie mir ruhig glauben, auch wenn Sie mir sonst nicht über den Weg trauen: Wenn ich Sie jetzt, nachdem Sie den Auftrag, den ich für Sie hatte, erfolgreich ausgeführt haben – den wirklich wichtigen, nämlich die Zerschlagung der Kopfgeldjägergilde –, immer noch tot sehen wollte, würden Ihnen Ihre ganzen großspurigen Überlebenstechniken absolut nichts bringen. Sich in das Netz hier zu stürzen, war ein kluger Schachzug, aber Ihnen blieb ja auch nichts anderes übrig. Wie viel Zeit hätten Sie sich damit wohl erkaufen können, wenn ich Ihren Tod immer noch für wünschenswert gehalten hätte?« Xizors Mundwinkel kräuselten sich zu einem höhnischen Grinsen. »Das Leben eines intriganten Sammlers und das seines Sortiments krabbelnder kleiner Unterknoten hätten mich bestimmt nicht davon abgehalten, meine Laserkanonen auf dieses Netz zu richten und es mit einem Schlag in zerfetzte, im Weltraum treibende Reste zu verwandeln.«

»Wa-was ...?« Xizors Worte zogen eine bestürzte Reaktion von Kud'ar Mub'at nach sich. Sogar in seinem schwer angeschlagenen Zustand gelang es ihm, sich in seinem schlaffen Nest höher aufzurichten. »Das kann ... nicht Ihr Ernst sein ...« Im nächsten Moment entspannte sich der Sammler sichtlich. Er brachte sogar ein erleichtertes Lächeln zustande. »Selbstverständlich ... scherzen Sie bloß, mein lieber Xizor ... Wenn das wahr wäre, was Sie gerade gesagt haben ... wären Sie längst so verfahren ... und hätten mein bescheidenes ... Heim vernichtet ...« Der schmale dreieckige Kopf schaukelte vor und zurück. »Aber ... das haben Sie nicht ...«

»Ich habe nicht darauf verzichtet, diese fliegende Müllkippe zu zerstören, weil ich mir Sorgen um Sie gemacht hätte.« Xizor wandte den Kopf, um dem Sammler einen kalten und unbarmherzigen Blick zuzuwerfen. »Sie sind für mich stets von nur geringem Wert gewesen, Kud'ar Mub'at. Und jetzt stehen wir bei null.«

Dem Sammler entfuhr ein zischendes Kreischen. Seine vorderen Gliedmaßen fuchtelten wütend. »So denken Sie also ... ja, Xizor ...?« Die Wut genügte, um die größeren Fassetten seiner Augen ein klares Ziel finden zu lassen. »Nach allem ... was ich für Sie getan habe ...« Kud'ar Mub'ats Kopf zuckte vor und zurück. »Und bei allem ... das ich noch ... für Sie und die Schwarze Sonne tue ...« Er deutete mit einer zitternden Kralle auf Xizor. »Sie leben nur ... so lange ... wie

Ihre Machenschaften geheim bleiben ...« Dann richtete der Sammler die Kralle auf sich selbst. »Und ich ... hüte diese Geheimnisse für Sie ... Ich trete ... überall in der Galaxis ... als Ihr Mittler auf ...« Das schmale Gesicht verzerrte sich in vernichtendem Zorn. »Wie wollen Sie Palpatine ... ohne mich ... der sich für Sie die Hände schmutzig macht ... weiter hinters Licht führen ...?«

»Ganz einfach«, gab Xizor gleichmütig zurück. »Ich habe einen anderen Geschäftspartner, der Ihren Platz einnehmen wird. Jemanden, der über Ihre sämtlichen Kontakte verfügt. Jemanden, der *Ihre* Geschäfte besser kennt als Sie selbst.«

»Ausgeschlossen!« Kud'ar Mub'ats sämtliche spinnenartigen Gliedmaßen fuchtelten durch die abgestandene Luft in der Kammer. Der Abrechner genannte Unterknoten war, um sich in Sicherheit zu bringen, längst an die nächste Wand gekrabbelt. »Eine solche Kreatur ... existiert nicht ...« Die dünne Stimme des Sammlers schraubte sich zu einem schrillen, gebrochenen Schrei empor. »Nirgendwo ... in der Galaxis ...«

Boba Fett, der die Akteure vor ihm noch immer mit der Blasterpistole in Schach hielt, beobachtete interessiert das kleine Drama zwischen dem Falleen-Prinzen und dem arachnoiden Sammler. Er hatte bereits eine Ahnung, wie der letzte Akt ausgehen würde.

Prinz Xizor streckte matt, aber geschmeidig eine Hand aus. Gleichwohl lag in der Geste eine enorme Kraft. Er kehrte die Handfläche nach oben und sofort ließ sich der Abrechner darauf nieder. Dann drehte sich die Miniaturversion seines Schöpfers auf der kleinen Fläche und richtete den Blick seiner zahlreichen Augen auf Kud'ar Mub'at.

»Sie alter Narr.«

Der Unterknoten brachte die Worte nicht mehr in jenem ebenso geschäftsmäßigen wie unterwürfigen Ton heraus, den er früher immer angeschlagen hatte. Seine Stimme klang jetzt tiefer und von einer neu erworbenen Autorität gefärbt. In Boba Fetts Augen wirkte der Unterknoten sogar ein klein wenig größer als früher, als würde er sich bereits buchstäblich in seiner neuen Rolle breit machen. Der Abrechner kauerte auf Xizors Hand und hob seine Vorderbeine zu einer weit ausholenden Geste.

»Von jetzt an wird sich vieles ändern«, sagte der Abrechner. Er richtete seine leuchtenden, funkelnden Augen auf Boba Fett. »Für viele von uns. Trotzdem wird in gewisser Weise alles beim Alten bleiben. Es wird weiterhin einen Angehörigen unserer einzigartigen Spezies geben, einen arachnoiden Sammler im Mittelpunkt eines riesigen unsichtbaren Netzes, das die gesamte Galaxis umspannt.« Die Stimme des kleinen Unterknotens wurde lauter und schriller. »Von dort aus werden weiter heikle Angelegenheiten arrangiert, Fäden gezogen und Verbindungen von einer Kreatur zur anderen geknüpft – eben all jene delikaten geschäftlichen Angelegenheiten, die jemand von unserer Art so vortrefflich zu erledigen versteht. Aber es kann nur *ein* derartiges Netz existieren. Und nur einen Sammler, der seine Ohren überall hat und die Fäden seines Netzes zieht. Aber der Name dieses Sammlers wird nicht länger Kud'ar Mub'at lauten. Sie hatten lange Zeit im Zentrum gesessen. Und in dieser Zeit sind Sie alt und fett und dumm geworden. Doch damit ist jetzt Schluss.«

Am Fuß von Kud'ar Mub'ats Nest hob der Sturmtruppler Voss'on't den Kopf und betrachtete das kleine Wesen, das sich auf der Hand des Falleen niedergelassen hatte. Die Grimasse, zu der Voss'on't das

Gesicht verzog, drückte gleichermaßen Abscheu und Unverständnis aus. Es war nicht zu übersehen, dass er nicht genau wusste, was hier vorging, aber zu dem Schluss gelangt war, dass für ihn nichts Gutes dabei herauskommen würde.

»Eine vorzügliche Demonstration, finden Sie nicht auch?« Prinz Xizor lächelte grausam, während er seinen neuen Geschäftspartner auf die Höhe seiner Augen hob. »Dass ein so mächtiges Wesen manchmal in einer derart unscheinbaren körperlichen Gestalt wohnt. Das sollte uns allen als Erinnerung daran dienen, dass die äußere Erscheinung trügen kann.«

Boba Fett sah zu, wie der größere Sammler in seinem Nest unkontrolliert zuckte und zitterte. Die Eröffnung hatte Kud'ar Mub'at offenbar die Sprache verschlagen. Sein lippenloser Mund klaffte auf und er glotzte sein Geschöpf an, das sich vollständig von ihm gelöst hatte und nun triumphierte.

»So etwas … darf nicht sein …« Das Zittern, das Kud'ar Mub'ats Gliedmaßen befallen hatte, nahm zu, als würde der Sammler versuchen, dem rebellischen Abrechner auf diese Weise erneut seinen Willen aufzuzwingen. »Ich habe … dich *gemacht*!«

»Und wenn Sie nicht so blind gewesen wären«, entgegnete der Abrechner, »und so vernarrt in Ihre eigene Schlauheit, hätte Ihnen auffallen müssen, dass ich nicht mehr bloß eine Erweiterung Ihres Nervensystems war.« Der Abrechner hielt in den Krallen eines Vorderbeins den dünnen, bleichen Faden in die Höhe, der ihn einst mit dem lebenden Netz, das ihn umgab, verbunden hatte. Das abgerissene Ende baumelte ein paar Zentimeter unter der Handfläche, die den Abrechner hochhielt. »Ich hatte mich bereits von Ihnen befreit, lange bevor Boba Fetts Schiff in das Netz krachte.«

Gebrochen sank Kud'ar Mub'at in sein Nest zurück.

»Ich ... hatte ... keine Ahnung ...« Er faltete die spinnenartigen Gliedmaßen um seinen Leib, als wollte er so die entweichende Lebenswärme festhalten. »Ich habe dir vertraut ... Ich habe dich gebraucht ...«

»Das war Ihr Fehler«, antwortete der Abrechner kalt. »Ihr letzter Fehler.«

Prinz Xizor streckte die Hand zu der gewölbten Wand der Kammer. Darauf krabbelte der Abrechner von seiner Handfläche und klammerte sich an das dichte Gewebe der Strukturfasern. »Ich fürchte«, sagte Xizor, »dass unsere Geschäftsbeziehungen jetzt zu Ende sind, Kud'ar Mub'at.« Die Ränder von Xizors Umhang bauschten sich nach vorne, als er die starken Arme vor der Brust verschränkte. »Obwohl die Schwarze Sonne in gewissen heiklen Angelegenheiten, in denen wir unsere Beteiligung so geheim wie möglich halten wollen, nach wie vor einen Vermittler braucht, benötigen wir bestimmt keinen Geschäftspartner, der entweder zu selbstgefällig oder zu senil geworden ist, um die kleine Rebellion zu bemerken, die praktisch vor seinen Augen stattgefunden hat. Sie haben einen Krieg verloren, von dem Sie nicht einmal wussten, dass er geführt wurde, Kud'ar Mub'at. Da kann sich die Schwarze Sonne hinsichtlich dessen, was Sie in der Vergangenheit für uns getan haben mögen, keinerlei Sentimentalität leisten. Wir müssen uns an die Gewinner halten.«

Kud'ar Mub'ats Stimme bebte vor Furcht. »Was ... was wollen Sie ... jetzt unternehmen?«

»Das werden Sie noch früh genug herausfinden.«

»Niemand findet hier irgendetwas heraus«, mischte sich Boba Fett ein. Er hatte dem Wortwechsel zwischen dem Falleen-Prinzen und dem arachnoiden Sammler mit wachsender Ungeduld zugehört. Er hob einmal mehr die Blasterpistole in seiner Hand und rief den anderen die Gegenwart der Waffe ins Gedächtnis. »Das heißt«, fuhr er fort, »jedenfalls nicht, bevor *meine* Angelegenheit hier erledigt ist.«

»Natürlich.« Xizor nickte bekräftigend. »Aber, schauen Sie, Kopfgeldjäger ... das hier *ist* Ihre Angelegenheit. Mein neuer Partner, der Abrechner, war derjenige, der mich davon überzeugt hat, Sie am Leben zu lassen. Und das, nachdem ich mich bereits entschlossen hatte, Sie zu töten.« Auf Xizors Gesicht zeigte sich ein nachsichtiges, aber immer noch grausames Lächeln. »Sie haben großes Glück. Viele Mitglieder der Schwarzen Sonne werden bezeugen, dass ich meine Meinung nur äußerst selten ändere.«

»Und weshalb haben Sie sie geändert?«

Der Abrechner antwortete von seiner hohen Warte an der Wand der Kammer. »Nach meiner Analyse waren Sie lebendig mehr wert als tot, Boba Fett. Seit die alte Kopfgeldjägergilde auseinander genommen wurde, gibt es in Ihrer Branche niemanden mehr mit Ihrem Einfallsreichtum und Ihren Fähigkeiten. Die Schwarze Sonne und die anderen Klienten, deren Konten ich übernommen habe, werden sicher noch Bedarf an einem schlagkräftigen Kopfgeldjäger wie Ihnen haben. Die Überlegung, die zu Prinz Xizors früherer Entscheidung geführt hatte, Sie umzubringen, basierte auf der Erkenntnis der Notwendigkeit, sämtliche lebende Wesen auszuschalten, die wussten oder dahinter kommen *konnten*, dass er selbst und die Schwarze Sonne von Anfang an hinter der gegen die Gilde gerichteten Operation gesteckt hatten.« Der ehemalige Unterknoten sprach mit solcher Gewissheit, als hätte er lediglich eine lange Kolonne von Zahlen in seinem Kopf addiert. »Aber ich wies Xizor darauf hin, dass er das Gleiche und noch mehr erreichen würde, wenn er sich Kud'ar Mub'ats entledigen würde. Wir diskutierten übrigens die ganze Zeit über Kom, während Sie hier redeten. Wir eliminieren nicht nur das schwächste Glied in der Kette – schließlich tut ein Sammler nichts anderes, als mit Informationen zu handeln –, sondern lassen auch einen weit wertvolleren Geschäftspartner am Leben. Einen, der uns überdies noch einen Gefallen schuldet.«

Boba Fett schüttelte den Kopf. »Wenn Sie Dankbarkeit von mir erwarten, dann kann ich nicht damit dienen. Außerdem schuldet ihr mir was, schon vergessen? Für ihn.« Er deutete mit dem Blaster auf Trhin Voss'on't. »Niemand kommt hier tot oder lebendig heraus, bevor das Kopfgeld für ihn ausgezahlt ist.«

»Da hat er Recht!« Kud'ar Mub'at entfaltete die vorderen Gliedmaßen und streckte die spindeldürren Beine nach Fett aus. »Vertrauen Sie ... denen nicht ...«, kreischte der Sammler in heller Aufregung. »Die ... die versuchen Sie zu hintergehen.« Ein flehender Unterton sickerte in die schrille Stimme. »Ich ... bin der Einzige ... der noch auf Ihrer Seite ist ...«

»Maul halten.« Boba Fett schlug die Krallen des Sammlers mit einem Hieb der Blasterpistole zur Seite. »Falls irgendwer auf meiner Seite ist, habe ich das bisher noch nicht bemerkt.« Dann richtete er den Blick hinter dem Helmvisier und dem Blaster wieder auf Prinz Xizor. »Also, was ist nun?«

»Mit der Belohnung? Kein Problem.« Xizor ließ die Andeutung eines Kopfnickens sehen, dann drehte er sich um und winkte mit einer Hand dem Abrechner. »Überweisen Sie das zu treuen Händen auf Coruscant verwahrte Geld auf das Haupteinlagenkonto des Kopfgeldjägers Boba Fett.« Er warf Boba Fett einen Blick zu und lächelte. »Sie haben doch nicht ernsthaft geglaubt, dass diese Menge Credits *hier* aufbewahrt würde, wie?«

»Es spielt keine Rolle, wo die Credits waren.« Boba Fett senkte die Blasterpistole immer noch nicht. »So lange sie am Ende in den richtigen Händen landen.«

»Da sind die Credits gewissermaßen schon jetzt«, sagte der Abrechner. »Ich habe die Überweisung bereits veranlasst, *bevor* ich mit Prinz Xizor darüber gesprochen habe.« Dieses Mal lag ein Anflug von Selbstzufriedenheit in der Stimme des ehemaligen Unterknotens. Seine kleinen Fassettenaugen sahen den Falleen-Prinzen unverwandt an. »Ich war ganz sicher, dass wir uns in dieser Sache schließlich einigen würden.«

Xizors Augen verengten sich zu Schlitzen. Das höfische Gehabe, das er noch vor wenigen Sekunden an den Tag gelegt hatte, schien mit einem Mal von ihm abgefallen zu sein. »Annahmen wie diese könnten zukünftig leicht zu Misshelligkeiten zwischen uns führen.«

»Vielleicht.« Das winzige Geschöpf schien keineswegs eingeschüchtert. »Damit setzen wir uns auseinander, wenn es so weit ist.«

Boba Fett hatte dank seines eigenen, in seinen Helm integrierten Komlinks Zugriff auf die Kommunikationsfunktionen an Bord der *Sklave I*. Er benötigte daher nur ein paar Sekunden, um sich der Summe zu vergewissern, die auf dem inzwischen geräumten Treuhandkonto deponiert gewesen war, und sich außerdem davon zu überzeugen, dass es eine entsprechende Überweisung auf sein eigenes Konto gegeben hatte. Die Belohnung für Trhin Voss'on't gehörte jetzt ihm.

»Gut«, sagte Boba Fett. Die Blasterpistole in seiner Hand rührte sich keinen Millimeter. »Sie beide können Ihre geschäftlichen Angelegenheiten ganz nach Belieben regeln. Das geht mich nichts an. Der einzige andere Punkt auf meiner Tagesordnung ist die Versicherung, dass ich hier lebend herauskomme. Die ganzen Credits sind schließlich bedeutungslos, wenn ich zu tot bin, um sie auszugeben.«

»Ich garantiere Ihnen freies Geleit.« Prinz Xizor deutete auf den Hauptkorridor des Netzes, der zu der in dem fasrigen Gewebe feststeckenden *Sklave I* führte. »Sie haben Ihre Belohnung. Ich schlage daher vor, dass Sie zu Ihrem Raumschiff zurückkehren. Sie haben Ihre Ware abgeliefert, also haben wir nichts mehr zu bereden. Und ehrlich gesagt ...« Xizor sah sich voller Abscheu in der Kammer um. »... ich habe vorläufig auch genug Zeit an diesem Ort zugebracht.«

»Dann sind wir uns ja in einer Hinsicht einig.« Boba Fett betrachtete den Fallenen über den Lauf der Blasterpistole hinweg. »Aber was den Rest angeht, habe ich so meine Zweifel. Wie weit, glauben Sie, traue ich Ihnen wohl, Xizor? Sie könnten mich in diesem Moment belügen. So wie Kud'ar Mub'at mich belogen hat, als er mich in diese ganze Sache hineingezogen hat.« Fett schüttelte langsam den Kopf. »Wie Sie wissen, ist mein Schiff kaum raumtauglich. Wenn ich es langsam angehe, kann ich es vermutlich mit aller Vorsicht bis zum nächsten Planeten mit einer funktionstüchtigen Werkstatt schaffen. Aber ich werde gewiss nicht da draußen festsitzen wie eine lahme Ente, auf die Sie noch einmal mit Ihren Laserkanonen schießen können.«

»Sie sollten Ihre Worte ein wenig genauer abwägen, Kopfgeldjäger.« Das grausame Lächeln war lange schon aus Xizors Gesichtszügen verschwunden. Seine violett getönten Augen zogen sich zu Schlitzen zusammen, die wie mit der Spitze einer Vibroklinge eingeschnitten wirkten. Im nächsten Moment schoss eine seiner Hände vor und packte den Lauf der auf ihn gerichteten Blasterpistole. Seine Faust schloss sich fester um die Waffe, unternahm aber nichts, um sie in eine andere Richtung zu drehen. Sie blieb im Gegenteil genau auf seine Brust gerichtet. »Ich habe Ihnen das Wort eines Fallen-Edelmanns gegeben. Das sollte genügen, um sämtliche Zweifel hinsichtlich Ihres weiteren Schicksals zu zerstreuen. Falls nicht, denken Sie über das nach, was Ihnen mein Partner, der Abrechner, mitgeteilt hat. Wir haben beschlossen, dass Sie als lebender Kopfgeldjäger mehr für uns wert sind als ein toter. Führen Sie mich also nicht in Versuchung, meine Meinung in dem Punkt noch einmal zu ändern.«

»Es gibt da allerdings etwas, über das ich mir noch nicht ganz im Klaren bin.« Der Blaster blieb zwischen Boba Fett und Xizor eingeklemmt. Der Kopfgeldjäger spannte den Finger um den Abzug. »Ich bin mir nicht sicher«, fügte Fett hinzu, »ob *Sie* tot oder lebendig mehr für mich wert sind.«

»Seien Sie kein Narr«, erwiderte Xizor kaltblütig. »Ich habe Sie schon lange genug gewähren lassen und Ihnen erlaubt, mit diesem Ding auf mich zu zielen. Wenn es Ihnen Spaß macht, über Geschäfte zu reden, während Sie mit einem Blaster herumfuchteln … meinetwegen. Aber wenn Sie vorhaben zu schießen, dann versuchen Sie das besser bald. Ich verliere nämlich allmählich die Geduld mit Ihnen.«

»Geht mir genauso.«

»Glauben Sie mir Kopfgeldjäger, Ihr Glück werden Sie ebenso schnell verlieren. Was denken Sie, wird als Nächstes passieren, wenn Sie mich töten? Selbst wenn meine Leibwächter nicht nach wenigen Minuten dahinter kommen, wo, glauben Sie, kämen Sie mit Ihrem schrottreifen Raumschiff noch hin? Ich kann Ihnen versichern, dass es die Schwarze Sonne nicht besonders gut aufnehmen würde, wenn die Organisation ihren Führer verlöre. Und das Leben des Attentäters wäre nur noch von sehr kurzer Dauer.« Xizors unbarmherziger Blick bohrte sich durch das Helmvisier der mandalorianischen Kampfmontur und in Boba Fetts Augen. »Es geht hier nicht um Sentimentalität, Kopfgeldjäger. Sondern einfach nur ums Geschäft.« Er nahm die Hand vom Lauf der Blasterpistole. »Und nun müssen Sie sich entscheiden.«

Boba Fett wägte die Worte Xizors gründlich ab. Es vergingen einige Sekunden gegenseitigen Schweigens, dann nickte Fett. »Wie es aussieht, habe ich keine andere Wahl«, sagte er, »als mich auf Ihr Wort zu verlassen.« Er senkte den Blaster uns schob ihn ins Holster zurück. »Ob es mir gefällt oder nicht.«

»Eine kluge Entscheidung.« Abermals erschien das frostige Lächeln auf Xizors Gesicht. »Sie müssen nicht über alles, was in dieser Galaxis geschieht, Bescheid wissen. Es reicht völlig, wenn Sie so viel wissen, dass Sie am Leben bleiben.« Er wandte den Blick ab und richtete ihn auf den ehemaligen Unterknoten, der immer noch an der Wand neben ihm klebte. »Schicken Sie nach meinen Wachen«, befahl er. »Sagen Sie Ihnen, Sie sollen die anderen, die Säuberungscrew, mitbringen. Es ist an der Zeit, die Aufführung zu beenden.«

Der abtrünnige Sturmtruppler war dem angespannten Wortwechsel zwischen dem Kopfgeldjäger und dem Falleen-Edelmann unterdessen stumm gefolgt. Als sich Boba Fett abkehrte, rief Voss'on't ihm etwas hinterher: »Passen Sie auf sich auf.« Die Worte trieften vor giftigem Spott. »Ich will Sie nämlich an einem Stück, Boba Fett. Wenn wir uns das nächste Mal treffen.«

Boba Fett warf einen Blick über die Schulter und betrachtete den anderen Mann. »Ich denke eigentlich nicht, dass es ein nächstes Mal geben wird. Es spielt keine Rolle, wer sie zurückhaben wollte oder wer die

Belohnung auf Ihren Kopf ausgesetzt hat.« Er schüttelte langsam den Kopf. »Es spielt nicht einmal eine Rolle, ob Sie Teil des Plans zur Zerschlagung der alten Kopfgeldjägergilde waren.« Boba Fett drehte sich noch einmal um und ging zurück zu Voss'on't. Er packte die Fetzen des Vorderteils seiner Uniformjacke und hob ihn ein Stück weit von dem verfilzten Boden der Kammer. »Glauben Sie etwa, ich hätte *den* Teil nicht auch erraten?« In Boba Fetts sorgfältig von Gefühlen befreiter Stimme schwang ein seltener Anflug von Zorn. »Das Kopfgeld für Ihre Rückführung war für das Leben eines einfachen Sturmtrupplers viel zu hoch. Ganz egal, was Sie angeblich gestohlen hatten. Imperator Plapatine kauft sich seine Vergeltung nicht zu einem derart hohen Preis. Es gibt immer noch etwas anderes, das er will. Und es gibt immer noch einen zweiten großen Plan. Aber ich freue mich, die Credits kassieren zu können. Der tatsächliche Grund, weshalb sie ausgesetzt waren, interessiert mich nicht.«

»Also gut ...« Voss'on'ts Miene hatte sich, während er Boba Fett zuhörte, von einem höhnischen Grinsen in flammende Wut verwandelt. »Also haben Sie das Spiel besser durchschaut, als ich dachte. Sie kommen sich bestimmt sehr schlau vor, wie?

»Schlau genug«, antwortete Boba Fett. »Dann wollen wird doch mal sehen, wie schlau Sie sind.« Er gab Voss'on't frei und ließ ihn wieder auf den Boden der Kammer plumpsen. »Haben Sie denn nicht mitgekriegt, was der Abrechner und Prinz Xizor eben gesagt haben? Die beiden wollen nicht mehr Kreaturen um sich haben, als unbedingt notwendig, die die Wahrheit über den Plan zur Zerschlagung der Kopfgeldjägergilde kennen. Sie sind bereits übereingekommen, Kud'ar Mub'at loszuwerden. Was macht Sie da so sicher, dass sie gerade Sie am Leben lassen wollen?«

Boba Fetts Worte schienen Voss'on't ehrlich zu bestürzen. Er brauchte einen Moment, bis er eine Erwiderung stammeln konnte. »Sie ... Sie irren sich! Sie wissen nichts über diese Sache! Alles, was ich getan habe ... tat ich im Dienst des Imperators!« Voss'on'ts Augen wurden riesengroß. Der Tonfall seiner Stimme näherte sich schierer Verzweiflung. »Der Imperator würde niemals zulassen, dass mir jetzt etwas zustößt ... nicht nach all den Risiken, die ich für Ihn eingegangen bin ...« Sein flehender Blick zuckte zu Prinz Xizor. »Es wäre nicht richtig ... es wäre nicht *fair* ...«

»Sie werden bald herausfinden«, gab Boba Fett zurück, »dass Palpatine derjenige ist, der bestimmt, was fair ist und was nicht.« Er wandte sich ab und marschierte auf den Ausgang der Kammer zu.

»Warten Sie! Nein ...«

Da erhob sich hinter Boba Fett eine andere Stimme, ein noch schrilleres Kreischen. Am Ausgang fand er den weiteren Weg unversehens von den spindeldürren Gliedmaßen des arachnoiden Sammlers Kud'ar Mub'at versperrt. Diesem war es gelungen, sich aus seinem schlaffen Nest aufzuraffen und auf Fett loszugehen. Boba Fett senkte den Blick und sah unter sich das dreieckige Gesicht. Die Fassettenaugen suchten hinter dem dunklen Helmvisier vergeblich nach einem Anzeichen von Mitgefühl.

»Nehmen Sie mich mit«, flehte Kud'ar Mub'at. »Sehen Sie ... ich kann Ihnen ... immer noch von Nutzen sein.«

Boba Fett pflückte die Gliedmaßen der Kreatur einzeln von seiner Montur. »Das glaube ich nicht«, sagte er. »Meine Geschäftspartner sind mir am Ende immer im Weg. Und dann muss ich etwas dagegen tun.« Er schob den Sammler in die Mitte der Hauptkammer zurück. »Da sind Sie mit Ihren anderen Geschäftsfreunden ebenso gut bedient.«

Ehe er sich abermals umdrehte und ging, erhaschte Boba Fett noch einen kurzen Blick auf Prinz Xizors Leibwachen. Sie waren inzwischen zurückgekommen und hatten Trhin Voss'on't zwischen sich aufgerichtet. Das Letzte, was er sah, bevor er sich endgültig auf den Rückweg zur *Sklave I* machte, waren die von Panik erfüllten Augen des Sturmtrupplers.

Das Netz begann zu sterben, noch ehe er sein wartendes Raumschiff erreichte.

Durch die Wände rings um Boba Fett lief ein Beben, als würden sich die dicken Strukturfasern mit einem Mal zusammenziehen. Die dünneren verfilzten Fasern, die die Hülle des Netzes bildeten, rieben sich aneinander, als würden die unsichtbaren Hände eines Riesen einen nur locker gewebten Stoff auseinander zerren. Als der atmosphärische Druck im Innern des Netzes plötzlich abfiel, kam Wind auf, der Boba Fett fast von den Füßen hob. Das Ausströmen des Sauerstoffs, der im umgebenden Vakuum verschwand, öffnete die ausgefransten Risse im Netz noch weiter. Als er die Zähne um den Atemschlauch seines Helms schloss und den letzten Rest Sauerstoff einsog, spürte Boba Fett die Kälte des Weltalls in seine mandalorianische Kampfmontur einsickern. Während sich das Gewebe des Bodens unter seinen Füßen aufbäumte, kämpfte er sich zur *Sklave I* durch.

Er wusste, dass sich der Sammler Kud'ar Mub'at in diesem Augenblick irgendwo hinter ihm der Säuberungscrew der Schwarzen Sonne stellen musste. Die Gründlichkeit und Endgültigkeit dieser Prozedur hing ganz von Xizors Befehlen ab. Doch sobald die Männer fertig wären, würde es keinen Kud'ar Mub'at und auch kein Netz mehr geben, das einst die kleine private Welt des Sammlers gewesen war.

Als das Geflecht der Nervenbahnen auf die Agonie seines Schöpfers reagierte, wurden die Todeszuckungen des Netzes immer heftiger. An allen Wänden des zentralen Korridors wurden die miteinander verknüpften Unterknoten durch den Schmerz, der ihre Systeme überlastete, aus ihrer Trägheit aufgestört; sie schlugen wild um sich und zuckten konvulsivisch. Ein Dickicht aus spinnenhaften Gliedern erhob sich vor Boba Fett, wie belebte Zweige und die schwereren, dickeren Äste eines blattlosen Waldes, der vom Tornado eines Winterplaneten gepeitscht wurde. Fassettenaugenpaare starrten ihn in verständnisloser Furcht an, während die Klauenspitzen der Unterknoten seine Kampfpanzerung packten und die größeren sich wie Jagdfallen aus Chitin um seine Arme und Beine legten.

Einer der riesigen Docking-Unterknoten, doppelt so groß wie Boba Fett, bäumte sich unter ihm auf und brachte ihn zu Fall. Ein Schwarm handgroßer Unterknoten krabbelte in Panik über das Visier seines Helmes; sie klammerten sich an seine Faust, als er seine Waffe zog und auf den Docking-Unterknoten feuerte, der nun auf ihn stürzte. Die Schale des Unterknotens zerbarst, die vom Blaster versengten Fragmente tanzten wie schwarzer Schnee in den Wirbeln der Netzatmosphäre, die durch die sich auflösende Struktur rasten. Boba Fett, auf dem Rücken liegend, hatte die Arme ausgestreckt und hielt den Blaster mit beiden Händen; die Salven aus weiß glühenden Energieblitzen brannten sich durch das frei liegende weiche Gewebe des Docking-Unterknotens und zerrissen es in glühende Brocken, die rechts und links von ihm zu Boden fielen.

In dem dünnen Rest der Netzatmosphäre brach das ausgehöhlte Exoskelett des Docking-Unterknotens lautlos zusammen und Boba Fett stieß die durchscheinenden Bruchstücke mit seinem Unterarm zur Seite. Er rappelte sich auf und wehrte mit einem Tritt die schwachen Klauen der kleineren Unterknoten ab, als ein pulsierender roter Punkt am Rand seines Blickfeldes signalisierte, dass der Helmvorrat an verdichtetem Sauerstoff erschöpft war. Seine Lunge schmerzte bereits, als er zur Einstiegsluke der *Sklave I* sprintete.

Boba Fett sank in den Pilotensitz des Schiffes, während sich das Cockpit luftdicht versiegelte. Die Schwindel erregende Konstellation aus schwarzen Flecken – Vorläufer der Bewusstlosigkeit –, die sein Blickfeld trübten, seit er die Leiter vom Hauptfrachtraum hinaufgeklettert war, verblassten jetzt, als er die Luft aus den Lebenserhaltungssystemen des Schiffes einatmete. Einen Moment später beugte er sich in seinem Sitz nach vorn und hob die Augen zum Sichtfenster, während seine rechte Hand nach den Kontrollen der wenigen noch immer funktionierenden Steuerdüsen griff.

Es war nicht nötig, die Düsen zu aktivieren, um sich von dem Netz zu entfernen. Boba Fett verfolgte, wie sich die letzten der massiven Strukturfasern voneinander lösten und das verwobene Gewebe in lose Stränge zerfiel. Wo Kud'ar Mub'ats Behausung und Geschäftsbüro die dahinter liegenden Sterne verdeckt hatte, war jetzt die vom Licht gefleckte Schwärze des leeren Weltraums zu sehen.

In der Ferne wartete Prinz Xizors Flaggschiff auf die Ankunft der Fähre mit dem Falleen-Edelmann, seinen Wachen, der Säuberungscrew der Schwarzen Sonne und den Überresten des imperialen Sturmtrupplers Trhin Voss'on't an Bord. Fett war es gleichgültig, ob die Ware, die lebend abzuliefern ihn solche Mühe gekostet hatte, noch immer atmete; sobald er sein Honorar erhalten hatte, schwand sein Interesse.

Ein Schwarm toter Unterknoten, die Schöpfungen und Diener des arachnoiden Sammlers, prallte gegen den konvexen Transparistahl des Cockpitsichtfensters. Die krabbenähnlichen Knoten waren in denselben bleichen Strängen des aufgelösten Nervengewebes gefangen, die um die leeren Klauen der größeren Varianten flatterten. Die atmosphärische Dekompression hatte die Schale einiger Exemplare platzen lassen; andere waren noch intakt genug, um auszusehen, als würden sie nur schlafen und auf irgendeine Synapsenbotschaft ihres Vaters und Meisters warten.

Boba Fett aktivierte das Rotationstriebwerk der *Sklave I*. Die an der Hülle montierte Steuerdüse drehte das Schiff um seine Zentralachse und ließ das lose, zerfetzte Netz der Unterknoten vorbeigleiten. Im Sichtfenster waren nur noch die kalten Sterne zu sehen.

Am Rand des Sichtfensters leuchtete ein helleres Licht auf, als hätte sich einer der Sterne in eine Nova verwandelt. Fett konnte erkennen, dass es Prinz Xizors Flaggschiff war, das den Sektor verließ und den Sprung in der Hyperraum vorbereitete. Was auch immer der Falleen-Edelmann vorhatte, es würde ihn wahrscheinlich weit weg von diesem öden Teil der Galaxis bringen; gut möglich, dass sein Ziel der Hof des Imperators auf Coruscant war. *Ich schätze,* dachte Boba Fett, *dass ich ihm in nicht allzu langer Zeit wieder begegnen werde.* Die Ereignisse im Imperium beschleunigten sich immer mehr, angetrieben von Palpatines Ehrgeiz und der zunehmenden Herausforderung der Rebellion. Xizor würde schnell handeln müssen, wollte er die Chance haben, der Schwarzen Sonne auf diesem sich rasch verändernden Spielbrett den Sieg zu sichern.

Es interessierte Boba Fett nicht, wer gewann. Seine Geschäfte würden davon unberührt bleiben.

Bevor er auf die Instrumente des Kontrollpults sehen konnte, um festzustellen, in welchem Zustand sich die *Sklave I* befand, glitt ein weiterer fahler Strang über die gewölbte Außenseite des Sichtfensters. Das Seil aus stummen Nervenfasern war nur mit dem arachnoiden Sammler Kud'ar Mub'at verbunden – oder mit dem, was nach dem Werk von Xizors Säuberungscrew von ihm übrig geblieben war. Die einst glitzernden Fassettenaugen waren jetzt leer und grau, wie kleine, runde Fenster ins Innere des Leichnams, der langsam vorbeitrieb. Um den kugelförmigen Unterleib des Sammlers, aufgeplatzt wie ein ledriges Ei, lagen die Spinnenbeine und bildeten ein letztes, schützendes Nest um die einst stolze, jetzt besiegte Kreatur.

Vorsicht ...

Boba Fett gönnte sich eine kurze Atempause und stellte sich vor, dass der Tote ihn warnte. Das ausdruckslose Gesicht drehte sich langsam am Sichtfenster vorbei.

Hüte dich vor jedem. Wenn Kud'ar Mub'ats leere Hülle sprechen könnte, würde sie genau das sagen. *In diesem Universum gibt es keine Freunde ... nur Feinde.* Das klaffende Maul des Sammlers war ein kleines schwarzes Vakuum, umgeben von dem größeren des interstellaren Leerraums. *Kein Vertrauen ... nur Verrat ...*

Er brauchte einen derartigen Rat nicht, nicht einmal von jemand, dessen schrumpeliger Leichnam die Wahrheit der lautlosen Worte bestätigte. Boba Fett wusste all diese Dinge bereits. Deshalb war er noch am Leben und der Sammler tot.

All seine übrigen Sorgen – im Moment – waren technischer Art. Boba Fett wandte sich dem Navcomputer des Cockpits zu. Er rief die Astronavigationskoordinaten der *Sklave I* ab und durchsuchte gleichzeitig die Datenbank des Bordcomputers nach den nächsten Systemen und Planeten. Was er jetzt brauchte, war eine technisch hoch entwickelte Werft, die nicht allzu viele Verbindungen zum Imperium und der Rebellen-Allianz oder irgendwelche Skrupel hatte, für Schwarzgeld zu arbeiten. Einige der Waffen und Spürmodule an Bord der *Sklave I* waren technischen Restriktionen unterworfen; einen Großteil des Profits aus vergangenen Aufträgen hatte er in Bestechungsgelder oder Diebeshonorare investiert, um an die streng geheime Beta-Entwicklungstechnik der geheimen Forschungs- und Entwicklungslabors der Imperialen Flotte zu gelangen. Nur eine Werft, die weitab vom galaktischen Zentrum und den neugierigen Augen von Palpatines Spionen lag, würde den Mut – und die Gier – haben, eine Arbeit zu machen, die normalerweise mit dem Tode bestraft wurde.

Eine Liste erschien auf dem Bildschirm des Computers. Die meisten Werften kannte er bereits; für die Reparatur seiner Waffen und Navigationssysteme wurden Spezialwerkzeuge benötigt. *Die nicht*, entschied Fett und löschte mit ein paar Bewegungen seiner Fingerspitze alle planetaren Werften. In ihrem derzeitigen ramponierten Zustand würde die *Sklave I* keine Landung auf einem Planeten überstehen.

Die entfernteren Möglichkeiten, jene auf der anderen Seite der Galaxis, wurden ebenfalls eliminiert. Selbst wenn Boba Fett versuchte, dorthin zu gelangen, und der Hyperraumsprung die *Sklave I* nicht in tausend Stücke zerbrechen würde – je länger er brauchte, um sein Ziel zu erreichen, desto größer war die Chance, die Aufmerksamkeit seiner zahlreichen Feinde auf sich zu lenken. Sie würden ihn ohne einen Kampf ausschalten können. Er hatte bereits entschieden, dass die Geschwindigkeit, mit der die Reparatur durchgeführt wurde, genauso wichtig war wie die Qualität. *Ich muss aufstehen und rennen,* dachte Fett, während er die übrig gebliebene kurze Liste auf dem Monitor studierte. *Und zwar schnell.*

Bevor er seine Berechnungen beenden konnte, drang eine Stimme aus der Kom-Einheit.

»Es war ein Vergnügen, mit Ihnen Geschäfte zu machen.« Die Stimme des fernen Abrechners war nicht ganz so unterwürfig und formell wie die seines Vaters Kud'ar Mub'at. »Ich hoffe, wir werden unsere Zusammenarbeit fortsetzen.«

Die Monitoren des Kontrollpults registrierten die Gegenwart eines anderen Schiffes in dem Sektor; das ID-Profil verriet Boba Fett, dass es nicht Prinz Xizors *Vendetta* war. Er spähte durch das Sichtfenster und entdeckte es in der Nähe des treibenden Wracks von Kud'ar Mub'ats Netz. Die Aktivierung der Vergrößerungsfunktion des Sichtfensters zauberte das scharfe Bild eines Standardgroßfrachters auf die Scheibe. Seine Registrierung war klar, verriet aber, dass er früher einer Holdinggesellschaft von Xizor – und der Schwarzen Sonne – gehört hatte.

Boba Fett drückte den Sendeknopf seiner Kom-Einheit. »Ich dachte, Sie wollten sich unabhängig machen, Abrechner.«

»Das habe ich auch getan«, antwortete die Stimme aus dem Lautsprecher der Kom-Einheit. »Dieser Frachter ist zwar bescheiden, gehört aber allein mir. Doch meine Bedürfnisse sind auch nicht groß. Und Prinz Xizor hat ihn mir billig überlassen – praktisch umsonst.«

»Bei ihm ist nichts umsonst. Sie werden früher oder später dafür bezahlen müssen.«

»Ich vermute, Sie haben in diesem Punkt Recht.« Der Abrechner klang nicht sonderlich besorgt. »Aber in der Zwischenzeit habe ich so eine Operationsbasis, die viel geeigneter ist als Kud'ar Mub'ats schäbiges altes Netz. Ein derartiges Schiff hat die benötigten Operationssysteme bereits eingebaut; ich werde nicht so viele Unterknoten erschaffen müssen wie mein Vater, um meine Ziele zu erreichen. Das Risiko einer Meuterei wie jene, die mich an die Macht brachte, ist deshalb extrem gering.«

»Sehr gerissen.« Boba Fett machte sich im Geiste eine Notiz, dass die Geschäfte mit diesem neuen Sammler wahrscheinlich viel gefährlicher sein würden als mit seinem Vorgänger.

»Der Frachter ist allerdings kaum mehr als ein großer leerer Raum mit einer Phalanx von Schubtriebwerken, die mit einem automatischen Navigationssystem verbunden sind. Ich vermute, dass er bei einigen der simpleren Schmuggeloperationen der Schwarzen Sonne eingesetzt wurde, draußen in den Randsystemen, und für die derzeitigen Bedürfnisse der Organisation zu veraltet und langsam ist.« Die Stimme der kleinen Sammlerkreatur, allein in dem aufgegebenen Frachter, schien von den Bullaugen um sie herum widerzuhallen. »Ich werde eine große Summe Geldes ausgeben müssen, um ihn mit der Ausrüstung auszustatten, die ich brauche.«

»Dann sparen Sie Ihre Credits.« Boba Fett sah wieder auf die Liste der möglichen Werften auf dem Monitor. »Derartige Arbeiten sind nicht billig.«

»Oh, ich habe die Credits bereits beisammen.« Die Stimme des Abrechners klang ein wenig selbstgefällig. »Mehr als genug.«

Etwas an dem Tonfall des Sammlers weckte Boba Fetts Interesse. »Wovon reden Sie?«

»Vielleicht sollten Sie den Status Ihrer Transferkonten auf Coruscant überprüfen.« Das Lächeln in der Stimme des Abrechners war fast hörbar. »Sie vergessen, dass ich viel mehr Finanzgeschäfte durchführe als Sie; dafür wurde ich schließlich geschaffen. Und ich habe sozusagen alle alten Freunde und Partner meines Schöpfers geerbt – vor allem jene, die bereit sind, sich gegen ein paar kleine Gefälligkeiten bestechen zu lassen.«

»›Gefälligkeiten‹ ... was für Gefälligkeiten?«

»Es geht dabei lediglich um die Aufteilung einer Überweisung von einem Treuhandkonto und die äußerst diskrete Buchung einer Hälfte der Summe auf meinem Konto statt auf Ihrem.« Die Stimme des Abrechners klang jetzt mitleidig. »Sie hätten Ihre Konten wirklich überprüfen sollen, nachdem die Überweisung getätigt wurde; hätten Sie es getan, hätten Sie bemerkt, dass Sie für Voss'on't nur das halbe Kopfgeld erhalten haben.«

Boba Fett stieß sich vom Kontrollpult ab. Sein Blick war starr auf den leeren Frachter gerichtet, der in der Ferne sichtbar war. »Das war ein Fehler«, sagte er grimmig. Auch ohne die Angaben zu überprüfen, wusste er, dass der Sammler die Wahrheit gesagt hatte. Es gehörte nicht zu den Dingen, mit denen ein intelligentes Wesen Scherze trieb; nicht mit ihm. »Ein großer Fehler Ihrerseits.«

»Das denke ich nicht.« Die Stimme, die aus dem Lautsprecher drang, verriet keine Besorgnis. »So wie ich es sehe, waren Sie mir zumindest das schuldig. Ohne mich hätte Prinz Xizor Sie eliminiert. Für immer. Sie müssen dafür keine Dankbarkeit zeigen – ich erwarte auch keine. Nennen wir dies einfach eine weitere kleine geschäftliche Transaktion.«

»Nennen wir es Diebstahl«, knurrte Boba Fett.

»Und Sie haben mit mir das falsche Wesen bestohlen.«

»Vielleicht«, erwiderte der Abrechner. »Aber es ist in Ihrem Interesse, dass meine Vermittlungsgeschäfte laufen. Es gibt in der Galaxis eine Menge potenzieller Klienten, die mit jemandem wie Ihnen nur auf Armeslänge verhandeln. Sie *brauchen* mich, Boba Fett. Damit Sie weiter Ware liefern und das Kopfgeld dafür kassieren können. Ohne einen Mittelsmann, der die Credits in Empfang nimmt, werden Ihnen viele Aufträge entgehen; es funktioniert dann nicht mehr.«

Die Analyse beeindruckte Boba Fett nicht. »Ich kann für mich selbst sorgen.«

»Gut für sie. Aber ich behalte trotzdem die Hälfte von Voss'on'ts Kopfgeld. Ich hatte ebenfalls Unkosten.«

»Sie müssen sich darüber nicht den Kopf zerbrechen. Sie werden nicht lange genug leben. Niemand bestiehlt mich.«

»Sie scherzen, Fett.« Die spöttischen Worte des Sammlers drangen aus dem Lautsprecher der Kom-Einheit; der Abrechner gab die Höflichkeiten und Schmeicheleien auf, die Kud'ar Mub'at gepflegt hatte. »Was wollen Sie dagegen unternehmen? Der Zustand Ihres Schiffes ist katastrophal; Sie können nicht einmal eine Mücke abschießen. Und dieser Frachter mag langsam sein, aber er ist im Moment trotzdem schneller als Sie.«

»Ich werde Sie schon erwischen«, versprach Boba Fett. »Früher oder später.«

»Und wenn Sie das tun, werden Sie entweder erkannt haben, wie sehr Sie mich brauchen, oder ich werde unter Prinz Xizors Schutz stehen – auch die Schwarze Sonne braucht einen Mittelsmann. Oder ich werde eine andere Überraschung für Sie parat haben. Es spielt keine Rolle; ich bin nicht besonders besorgt.«

»Sie sollten sich aber Sorgen machen.« Der Gedanke an die gestohlenen Credits brannte tief in Boba Fetts Brust. »Große Sorgen.«

»Bis zum nächsten Mal«, sagte der Abrechner. »Ich werde auf Sie warten, Kopfgeldjäger.«

Die Kom-Verbindung mit dem Frachter brach ab und wieder erfüllte Stille das Cockpit der *Sklave I*. Boba Fett verfolgte, wie die Schubtriebwerke des anderen Schiffes aufflammten und dann zu verblassenden, sternähnlichen Punkten zusammenschrumpften.

Er sah noch einen Moment länger hinaus in den leeren Weltraum, düster und brütend. Dann machte er sich wieder an die Berechnung der langsamen Reise, die vor ihm lag ...

7

HEUTE ...

Die Geschichte endete.

Oder zumindest vorübergehend, dachte Neelah. Sie hatte lange Zeit mit dem Rücken am kalten Durastahlschott des Frachtraums der *Hound's Tooth* gesessen. Gesessen und zugehört, wie der andere Kopfgeldjäger, Dengar, seine Schilderung von Boba Fetts Vergangenheit und des Planes beendet hatte, der die alte Kopfgeldjägergilde zerstören sollte.

»Das war's, hm?« Sie war froh, dass sie nicht mit einem Blaster auf Dengar zielen musste, um ihn zum Reden zu bringen. Ihr Arm wäre davon jetzt erschöpft gewesen. Es war eine lange Geschichte, wenn auch voller rasanter Aktionen und Gewalt, sodass ihr nicht langweilig geworden war. Mit einer Hand kratzte sie sich am Rücken, ging dann in die Hocke und stand auf. »Ich nehme an, Boba Fett hat danach alles in Ordnung gebracht.«

»Eine gute Vermutung«, sagte Dengar. Er klopfte mit den Fingerknöcheln gegen das hinter ihm liegende Schott. »Da Sie auf der *Sklave I* gewesen sind, bevor wir auf dieses Schiff verlegt wurden, wissen Sie, dass sie jetzt voll funktionsfähig ist. Aber ich habe von einigen Zwischenfällen gehört, die sich während der Reparaturarbeiten ereignet haben. *Und* während der umfangreichen Umbauten, angefangen von den Schotts bis hin zum Triebwerkskern.« Dengar wies mit dem Daumen auf den Käfig. »Offenbar hat Fett entschieden, dass er größere Quartiere für die Ware brauchte, die er transportieren musste – deshalb musste Platz für sie geschaffen werden. Ansonsten würde man nicht die Leiter brauchen, um ins Cockpit zu gelangen. Der ganze Umbauprozess hat, wie man hört, mehr als nur Credits gekostet. Und ein paar andere Wesen wurden dabei getötet. Aber das ist nicht ungewöhnlich für Boba Fetts Arbeitsweise.«

»Das würde ich auch sagen.« Nachdem Neelah die Geschichte über den Krieg zwischen den Kopfgeldjägern gehört hatte, hielt sie es für ein Wunder, dass überhaupt jemand, der Kontakt zu Boba Fett gehabt hatte, noch am Leben war. *Wesen, die er nicht mag,* dachte sie ironisch, *neigen zu vorzeitigem Ableben.* Wenn Bossk, der trandoshanische Kopfgeldjäger, dem Fett dieses Schiff gestohlen hatte, noch immer irgendwo am Leben war, dann war es ein Triumph des gleichen unverschämten Glücks, das ihn auch bei seinen früheren Auseinandersetzungen mit seinem Rivalen beschützt hatte. »Bedauerlich für diese Wesen, schätze ich.«

Und was ist mit mir? Dengar hatte sie gewarnt, dass die Geschichte nicht all ihre Fragen beantworten würde. Es spielte keine Rolle, wie viel sie über Boba Fett herausgefunden hatte – als hätte sie noch mehr Bestätigung gebraucht, wie kalt und skrupellos er sein konnte –, denn sie hatte noch immer nicht mehr über sich selbst herausgefunden. *Ich weiß noch immer nicht, wer ich bin,* dachte Neelah düster. *Wer ich wirklich bin.* All die Geheimnisse, all die Fragen, die ihr wieder und wieder durch den Kopf gingen, waren noch immer verstörend präsent. Sie waren da gewesen, seit sie sich im Palast von Jabba dem Hutt wiedergefunden hatte, auf jener fernen Welt Tatooine. Seitdem waren winzige Bruchstücke ihrer Vergangenheit in ihrem von Erinnerungen gesäuberten Gehirn aufgeblitzt, irritierende Fragmente der Welt, aus der sie von irgendjemandem – irgendeiner dunklen Entität – entführt worden war. Die einzige Konstante, die einzige Verbindung zwischen jener vergangenen Welt und dieser rauen, bedrohlichen, in der sie sich wie eine blinde Kreatur in einem mit Vibroklingen präparierten Korridor entlangtasten musste, war Boba Fett – davon war Neelah überzeugt. Sie konnte es in der Anspannung ihrer Sehnen, den geballten Fäusten mit den weiß hervortretenden Knöcheln spüren, wenn sie ihr Spiegelbild im dunklen Visier von Boba Fetts Helm sah. Selbst in Jabbas Palast, als sie seine bedrohliche Gestalt auf der anderen Seite des überfüllten, lärmenden Thronsaals des Hutts entdeckt hatte, war Neelah sicher gewesen, dass eine Verbindung zwischen ihr und dem Kopfgeldjäger bestand. *Er weiß es*, dachte sie bitter. *Wie auch immer mein wahrer Name lautet – er weiß es*. Aber bis jetzt hatte sie keinen Weg gefunden, ihn dazu zu zwingen, diese Geheimnisse zu enthüllen.

Sie fragte sich allmählich, warum sie sich überhaupt die Mühe gemacht hatte, ihm das Leben zu retten.

Neelah drehte den Kopf und sah sich im Frachtraum des Schiffes um. Dieser Teil des Schiffes, das früher dem Trandoshaner Bossk gehört hatte, unterschied sich nicht sehr von Boba Fetts *Sklave I*. Form und Funktion, nacktes Metall, Käfige für die störrische Ware eines Kopfgeldjägers. Aber es roch anders; der beißende Reptiliengestank stieg ihr bei jedem Atemzug in die Nase und erinnerte sie auf unerfreuliche Weise an den Blutgeruch, der die Steinwände des festungsähnlichen Palastes durchdrungen hatte, in dem sie als Tanzmädchen gedient hatte. Die gleiche Mischung aus Gerüchen von Dutzenden galaktischer Spezies, ihren Körperausdünstungen und hormonellen Sekreten, die in der stickigen Luft des Palastes gehangen hatte, schien auch das Metall von Bossks Schiff durchdrungen zu haben. Die *Sklave I* war sauberer und steriler gewesen, was zu der kalten, präzisen Logik ihres Eigners passte. Auf ihre Weise ein klinischer OP, mit Boba Fett als Chirurg, der die Seelen der Kreaturen auseinander nahm, um sie in die Ware zu verwandeln, mit der er handelte. Unwillkürlich lief ein Schauder über Neelahs Rücken, als sie vor ihrem geistigen Auge das Skalpell sah, das in Boba Fetts Blick versteckt war.

»Tut mir Leid, dass ich Ihnen nicht helfen konnte.« Dengars Stimme riss sie aus ihren Gedanken. »Aber wenn Sie es vorher nicht wussten, wissen Sie es wenigstens jetzt. Man sollte sich nicht mit ihm anlegen. Nicht, wenn es einem nicht gleichgültig ist, ob man lebt oder stirbt.«

»Ich habe diese Wahl nicht«, erwiderte Neelah. »Glauben Sie mir, hätte ich eine Begegnung mit Boba Fett vermeiden können, hätte ich es getan.« Sie hatte die Ahnung, auch wenn sie sich nicht auf harte Tatsachen aus ihrer Erinnerung stützte, dass das Leben, das sie geführt hatte, mit der Welt der Kopfgeldjäger und all dem klebrigen, die Seele korrumpierenden Bösen, das sie mit sich brachten, nichts zu tun gehabt hatte. »Ich wäre auch ohne das Vergnügen seiner Bekanntschaft gut zurechtgekommen.«

»Ganz wie Sie meinen.« Dengar hatte nahe dem Schott, wo er gesessen und ihr die Geschichte von Boba Fetts Vergangenheit erzählt hatte, eine kleine Schlafstelle vorbereitet. »Was mich betrifft, so ist es eine große Ehre, dass ich ihn kennen lernen durfte. Schließlich bin ich selbst in der Kopfgeldjägerbranche aktiv. Wenn auch nicht in derselben Liga wie er.« Dengar verschränkte die Hände hinter dem Kopf und legte sich auf das dünne Nest aus Lumpen und Verpackungsmaterial. »Dass er mich gefragt hat, ob ich sein Partner werden möchte ...«

Dengar musste nicht mehr erklären. *Gut für dich,* dachte Neelah. Damals auf Tatooine, in ihrem Versteck unter der versengten Oberfläche des Dünenmeers, hatte Dengar ihr von seinen Hoffnungen erzählt, die gefährliche Kopfgeldjagd an den Nagel zu hängen und sich mit seiner geliebten Manaroo niederzulassen. Das Paar war einige Zeit verlobt gewesen, hatte die Hochzeit aber hinausgeschoben, bis Dengar einen Weg gefunden hatte, sich von den enormen Schulden zu befreien, die auf ihm lasteten. Finanziell war es für ihn bergab gegangen, seit er – auf Manaroos sanftes Drängen hin – seine frühere Tätigkeit als imperialer Attentäter ersten Grades eingestellt hatte. Er war jetzt eine andere Person und eine bessere – die Arbeit für das Imperium fraß die Seele auf, manchmal mit tödlichen Folgen, und er hatte Manaroo dafür danken müssen, dass sie ihm dieses Schicksal erspart hatte. Aber das änderte nichts an der gewaltigen Schuldenlast, die er angesammelt hatte. Kreaturen, die in dieser Galaxis jemandem Geld schuldeten und nicht bezahlten, hatten ebenfalls eine gute Chance, getötet zu werden; auch wenn Jabba der Hutt tot war, gab es noch eine Menge anderer harter Geldverleiher, die auf diese Weise arbeiteten. Eine Partnerschaft mit dem berüchtigten Boba Fett war die beste und vielleicht einzige Gelegenheit, die Dengar hatte, um sein Schuldenkonto auszugleichen. *Sofern,* dachte Neelah, *er nicht vorher getötet wird.*

Sie sah wieder den Kopfgeldjäger auf der improvisierten Pritsche an. Dengar schlief bereits oder tat zumindest so. Geschichten zu erzählen – selbst wenn sie stimmten –, gehörte offenbar nicht zu seinen herausragenden Fähigkeiten. Statt Worte aneinander zu reihen, zog er es vor zu handeln, auch wenn es anstrengend oder lebensbedrohlich war.

Abscheu stieg in Neelah auf, als sie ihre Augen hob und wieder die matten Metallschotts des Frachtraums musterte. Sie hatte es nur ertragen können, hier zu sein, so lange die Geschichte ihre Aufmerksamkeit abgelenkt hatte. Jetzt erschien ihr die übel riechende Luft wie eine würgende Faust, die sich um ihre Kehle legte, als könnte sie buchstäblich die Verzweiflung und den Zorn dieser Wesen schmecken, die in Bossks Hände gefallen waren. Sie hatten sich vielleicht als nicht so profitabel erwiesen wie jene, die Boba Fett aufgespürt und gefangen genommen hatte, aber ihr Leben war – zumindest für sie selbst – genauso viel wert gewesen.

Ich muss hier raus, dachte Neelah verzweifelt. Sie wusste nicht, ob sie mit diesen Worten den Frachtraum, dieses Schiff, das von seinem früheren Eigner *Hound's Tooth* genannt worden war, oder das dunkle Mysterium meinte, zu dem ihr Leben geworden war. Es spielte keine Rolle; vor ihr lag nur ein einziger Ausgang, die Metallleiter an der Seite des Frachtraums, die zum Cockpitbereich des Schiffes führte. *Los*, sagte sich Neelah und zögerte, als sie eine Hand auf eine in Augenhöhe liegende Sprosse legte. *Du bist ihm früher schon gegenübergetreten*. Ein trockenes Lächeln umspielte ihre Mundwinkel. *Und du bist noch nicht tot*. Sie hatte sogar eine Blasterpistole gezogen und auf Boba Fett gerichtet, dort oben im Cockpit der *Hound's Tooth* – wie viele andere Kreaturen in der Galaxis konnten behaupten, so etwas getan und überlebt zu haben, um davon erzählen zu können? Neelah stellte ihren Stiefel auf die unterste Sprosse und stieg nach oben.

Boba Fett saß an der Navigationskonsole und führte präzise Justierungen an den großen, trogähnlichen Kontrollen durch, die für die überdimensionalen Klauen eines Trandoshaners konstruiert waren. Neelah blieb in der Luke stehen. Der hintere Teil seines zerschrammten und eingebeulten Helmes war genauso geheimnisvoll wie das dunkle, T-förmige Visier, das seine Augen verbarg. *Ich habe auch sie schon einmal gesehen*, erinnerte sie sich. *Und es überlebt.* Eine weitere Leistung, die sie zweifellos zum Mitglied einer winzigen Gruppe der galaktischen Bevölkerung machte, auf allen Welten und in allen Systemen. Der Helm war der einzige Teil der Kampfmontur, der von dem säurereichen Verdauungssaft der Sarlacc-Kreatur in der Großen Grube von Carkoon, in die Boba Fett gestürzt war, als Luke Skywalker und Prinzessin Leia ihren Freund Han Solo gerettet hatten, nicht zu feuchten Lumpen reduziert worden war. Aber Neelah und Dengar hatten trotzdem dem bewusstlosen Boba Fett den Helm abnehmen müssen, um ihn zu füttern und mit Wasser zu versorgen, bis er wieder für sich selbst sorgen konnte. Sogar in diesem Zustand, zwischen Leben und Tod schwebend, war Boba Fett eine einschüchternde Erscheinung gewesen. Jeder mit einem Hauch weniger wilder Energie und einem schwächer ausgeprägten Überlebenstrieb wäre von der blinden Kreatur mit dem klaffenden Maul, das ihn verschluckt hatte, verdaut worden, statt so geistesgegenwärtig zu sein und sich buchstäblich den Fluchtweg freizusprengen. Es war nicht nur die Tatsache, dass Boba Fett mit dem Leben anderer Kreaturen kurzen Prozess machte, die ihn zu einer derartigen Legende hatte werden lassen; es war auch die Hartnäckigkeit, mit der er sich an sein eigenes klammerte.

Der Kopfgeldjäger ignorierte sie entweder, während er seiner Arbeit an der Konsole der *Hound's* nachging, oder er hatte nicht bemerkt, dass sie über die Frachtraumleiter zur Luke des Cockpits geklettert war; er setzte seine Arbeit mit den behandschuhten

Händen fort, ohne ihre Gegenwart zur Kenntnis zu nehmen. *Er weiß, dass ich hier bin,* dachte Neelah. *Es gibt nicht viel, das er nicht weiß ...*

Sie blickte zu dem Sichtfenster vor dem Kontrollpult, als Boba Fett die *Hound's Tooth* aus dem Hyperraum steuerte. Eine ganz andere Konstellation aus Sternen als die auf der anderen Seite der Galaxis füllte das Sichtfenster. Neelah betrachtete das helle, kalte Meer und hoffte, dass ihr der Anblick dieser Sterne etwas Erleichterung von den engen, klaustrophobischen Quartieren im Innern des Schiffes verschaffen würde. Sie betrachtete sie und sah ...

Die Vergangenheit.

Nicht ihre eigene, sondern Boba Fetts. *Es ist genau wie in der Geschichte,* wunderte sich ein Teil von Neelah. *Der Geschichte, die Dengar erzählt hat.*

Im Vakuum vor der *Hound's Tooth* trieben die zerfetzten Überreste von Kud'ar Mub'ats Netz. Sie hatte es nicht Dengars Erzählkunst zu verdanken gehabt, dass sie sich das Bild des arachnoiden Sammlers und seines Netzes, bevor und nachdem Prinz Xizors Säuberungscrew es zerrissen hatte, so lebhaft hatte vorstellen können. Da war noch ein anderes verstörendes Erinnerungsfragment in ihrem Kopf gewesen, etwas, das irgendwie dem Versuch entgangen war, es zu löschen. Irgendwie, aus ihrer Vergangenheit und der Welt, die ihr gestohlen worden war, hatte Dengars Bericht über Boba Fetts Geschichte diese Erinnerung wachgerufen; sie hatte genau gewusst, wie Kud'ar Mub'at und seine Unterknoten ausgesehen hatten. *Ich wusste es,* dachte Neelah. Und jetzt waren sie hier, langsam treibend, umgeben von Strängen aus bleichem Nervengewebe, die wie Gespenster lautlos gegen den Transparistahl des vorderen Cockpitsichtfensters stießen.

Die toten Unterknoten sahen unheimlich und gleichzeitig Mitleid erregend aus. Ihre zerbrochenen Exoskelette waren von dünnen, zweigähnlichen Gliedern umgeben, die Klauen unter den aufgeplatzten Unterleibern verkrümmt. Kleinere Exemplare, die nicht größer als eine Kinderfaust zu sein schienen, hatten sich in den Riesen verheddert, die stark genug gewesen waren, ein Schiff zu dem jetzt verschwundenen Dockingbereich des Netzes zu ziehen. Alle waren hohläugig, mit den leeren Blicken, die blinde, tote Kreaturen auf jene glücklichen Wesen richteten, die noch immer am Leben waren. *Oder unglücklichen*, dachte Neelah. Vielleicht waren die toten Unterknoten, Bruchstücke ihres besiegten Meisters und Schöpfers, in Wirklichkeit die Glücklichen; sie mussten sich nicht länger fragen, was ihnen als Nächstes zustoßen würde. Sie hatten alle grausamen Unsicherheiten der Galaxis hinter sich.

Einen Moment weckte der Anblick der im Weltraum treibenden Unterknoten in Neelah das beunruhigende Gefühl, dass sie in die Zeit zurückgestürzt war, dieses Schiff und seinen Inhalt mitgerissen hatte, als wäre ihre leere Erinnerung ein Schwarzes Loch mit unwiderstehlicher Schwerkraft. Aber irgendwie hatte der Prozess damit geendet, dass sie in Boba Fetts Vergangenheit gelandet waren, in dem Moment nach der brutalen Zerstörung des Netzes und dem Tode seines früheren Geschäftspartners Kud'ar Mub'at. Aber das war so lange her, dachte Neelah; allein darüber nachzudenken, machte sie benommen. Sie schloss die Augen und fragte sich, ob die Zeit, wenn sie die Augen wieder öffnete, in die vertraute Richtung laufen würde.

Ihre Lider öffneten sich flackernd, ohne dass sie es

wollte. *Ich habe mich geirrt.* Sie erkannte es jetzt. Die momentane zeitliche Verzerrung hatte aufgehört. Neelah trat vor, legte dem Piloten eine Hand auf den Rücken und hielt sich fest, als sie aus dem Sichtfenster blickte. »Sie sind schon seit langer Zeit tot«, sagte sie leise. »Seit sehr langer Zeit.«

»Natürlich.« Boba Fett hatte den Blick von den Instrumentenanzeigen gehoben; er sah jetzt dasselbe dunkle Bild wie Neelah. »Bei meinem letzten Besuch in diesem Sektor waren diese Wesen gerade getötet worden – zusammen mit ihrem Schöpfer Kud'ar Mub'at.« Er drehte sich um und warf einen Blick über seine Schulter zu Neelah. »Aber das wissen Sie bereits, nicht wahr?«

Plötzlich begriff sie. »Sie haben zugehört, oder? Über das interne Kommunikationssystem des Schiffes. Die ganze Zeit, während Dengar mir erzählte, was Sie in der Vergangenheit erlebt haben.«

Boba Fett schüttelte nur abwehrend den Kopf. »Das musste ich nicht«, erklärte er. »Denn Dengar hat nur die Anweisung ausgeführt, die ich ihm vorher gegeben hatte.«

»Was?« Neelah starrte Fett verblüfft an. »*Sie* haben ihm gesagt ...«

»Für mich ist es nützlich, dass Sie über ein paar Dinge von allgemeinem Interesse auf den neuesten Stand gebracht worden sind. Dass Dengar das erledigt hat, erspart mir die Mühe – *und* Sie beide waren beschäftigt, während ich die genaue Position dieses Sektors ermittelt und uns hierher navigiert habe. Das kostete Zeit, da wir einen Kurs eingeschlagen haben, der etwaige Verfolger, die meine Aktivitäten ausspionieren wollen, abgeschüttelt hat. Zeit, die Sie auf Ihre Weise totgeschlagen haben.« Boba Fetts Stimme klang fast amüsiert. »Ich werde meinem Kollegen zu seinen

Schauspielerfähigkeiten gratulieren müssen – er hat seine Rolle selbst dann noch weitergespielt, als sie diese Blasterpistole auf ihn gerichtet haben.«

Ihre Überraschung schwand schnell. *Er ist mir einen Schritt voraus gewesen*, dachte Neelah. *Und wahrscheinlich wird es wieder geschehen.* »Das also ist der Ort, hm?« Sie spähte erneut hinaus in die Finsternis jenseits des Sichtfensters. »Wo Prinz Xizor versucht hat, Sie zu eliminieren, um dann seine Meinung zu ändern und stattdessen diesen arachnoiden Sammler zu erledigen.«

»Exakt.« Boba Fett deutete zum Sichtfenster. »Wie Sie sehen können, entspricht alles, was Ihnen Dengar von dem Zwischenfall erzählt hat, der Wahrheit. Xizors Säuberungscrew hat nicht viel von Kud'ar Mub'ats Netz übrig gelassen. Die Agenten der Schwarzen Sonne sind für ihre Gründlichkeit bekannt.«

Weitere tote Unterknoten, wie die zerschmetterten Körper gewöhnlicher Spinnen, trieben an der *Hound's Tooth* vorbei. Neelah spürte, wie sich Gänsehaut auf ihren Unterarmen bildete, als sie das leichte Kratzen und Schaben von leerem Chitin an der Hülle des Schiffes hörte – oder es sich einbildete. Das Gefühl war eher traumähnlich, als dass es etwas mit echter Erinnerung zu tun hatte.

»Warum haben Sie uns hierher gebracht?« Der unheimliche Anblick vor dem Sichtfenster – die toten Kreaturen, von Strängen aus Nervengewebe zusammengehalten – erfüllte Neelah mit Zorn. »Nur um in Erinnerungen zu schwelgen?«

»Nur sehr wenig von dem, was ich tue«, erwiderte Boba Fett ruhig, »geschieht ohne Sinn. Ich bin aus einem bestimmten Grund hier. Und ich habe Sie aus demselben Grund hierher gebracht.«

»Woher soll ich das wissen?« Neelah verschränkte die Arme vor der Brust. »Sie haben es bisher nicht für nötig gehalten, uns zu verraten, wohin wir fliegen oder warum.« Sie funkelte die Gestalt vor ihr an. »Oder ist das etwas anderes, in das Sie Dengar eingeweiht haben, mich aber nicht?«

»Weder Sie noch Dengar waren über unser Ziel informiert. Und auch dafür gab es einen guten Grund. Was Sie nicht wissen, können Sie auch nicht verraten. Deshalb habe ich es mir zur Gewohnheit gemacht, niemanden in meine Pläne einzuweihen, nicht einmal meine Partner, wenn ich es vermeiden kann.« Boba Fett wies mit dem Finger auf Neelah. »Ich schweige nicht Ihretwegen, aber es ist nichtsdestotrotz zu Ihrem Vorteil. Viele von den Methoden, jemand wie Sie zum Reden zu bringen, sind nicht angenehm. Und einige von ihnen sorgen dafür, dass Sie hinterher nicht mehr am Leben sind.«

»Danke für Ihre Besorgnis«, sagte Neelah säuerlich. »Ich weiß sie zu schätzen.«

»Ihr Sarkasmus ist unangebracht. Wenn ich mich entschließe, bei meiner Vorgehensweise auf die Meinung anderer Leute Rücksicht zu nehmen, werde ich es Sie wissen lassen.« Boba Fett lehnte sich in dem Pilotensitz zurück. »Aber Sie wollten es erfahren; Sie mussten bloß warten und die Zeit ist jetzt gekommen.«

Als wäre ein Schalter umgelegt worden, transformierten die Worte des Kopfgeldjägers Neelahs Zorn in eine plötzliche unvernünftige Panik. »Ich ... ich weiß nicht ...«

»Sie wissen nicht, ob Sie bereit dafür sind.« Boba Fetts vom Visier verborgener Blick schien die Tiefen ihrer Seele zu durchdringen. »Sie haben diesen ganzen Weg zurückgelegt; Sie haben so lange und so ungeduldig gewartet; Sie haben gekämpft, um herauszufinden, was Ihnen vorenthalten wurde. Und jetzt haben Sie Angst.«

»Nein ...« Sie schüttelte schnell den Kopf. »Nein, das habe ich nicht.«

»Das werden wir sehen«, erwiderte Boba Fett noch ruhiger – und Unheil verkündender – als zuvor. »Denn Sie haben keine Wahl. Sie hatten nie eine.«

Er hat Recht. Neelah kniff wieder die Augen zu; an ihren Seiten ballten sich ihre Hände zu Fäusten und die Sehnen ihrer Unterarme spannten sich. Seit dem Moment, als sie diese behelmte Gestalt zum ersten Mal gesehen, noch bevor sie ihren Namen erfahren hatte, hatte sie gewusst, dass dieser Augenblick kommen würde. Es war vom Schicksal so bestimmt, wenn sie nur lange genug am Leben blieb. Das hatte sie geschafft, sie war dem Tod entronnen, der sie eigentlich in Jabbas Palast hätte ereilen sollen, um dann ihr Schicksal an einen zu binden, der selbst nur um Haaresbreite dem Tod entgangen war. *Nur um herauszufinden,* sagte sich Neelah grimmig, *um herauszufinden ...*

Sie wusste es nicht. Ob es nun besser war zu erfahren, was in dieser anderen Welt lag, der Vergangenheit, die ihr geraubt worden war, oder im Dunkeln weiterzuwandern, alles im Verborgenen zu lassen.

»Sagen Sie Dengar, er soll heraufkommen.«

Neelah hörte Boba Fetts Anweisung und schlug langsam die Augen auf.

Ich habe keine Wahl. Sie nickte bedächtig. *In jeder Hinsicht.*

Boba Fett sah über seine Schulter zu den toten, hohläugigen Kreaturen hinaus, die in der Leere außerhalb des Schiffes trieben, und richtete dann seinen Blick wieder auf sie.

»Wir haben eine Menge zu besprechen«, sagte Boba Fett. »Wir sollten besser sofort damit anfangen.«

8

Er träumte.

Dengar wusste es, denn er konnte Manaroo direkt vor sich sehen.

Manaroo drehte sich mit einem Stoß Flimsiplastblätter in der Faust und einem zutiefst verärgerten Gesichtsausdruck – der sie für ihn aber nicht weniger schön machte – zu ihm um und klopfte mit den Knöcheln einer Hand gegen die Lieferscheine. »Diese Jawas haben uns schon wieder unterboten«, sagte sie. »Wir werden etwas gegen sie unternehmen müssen, ein für alle Mal …«

»Sie unterbieten uns, weil sie Schrott verkaufen.« In der Ladebucht eines mittelgroßen Frachters, umgeben von datenkodierten Frachtcontainern und ausgepackten Maschinenteilen, die noch immer von den Fabrikschmiermitteln glänzten, nahm Dengar seine Frau in die Arme und küsste sie auf die Braue. Sie waren jetzt schon viele Jahre verheiratet und dennoch pochte sein Herz noch genauso stark wie beim ersten Mal, als er ihre weiche Wärme an sich gedrückt hatte. Die winzigen tätowierten Monde und Sterne an ihren Handgelenken leuchteten nicht mehr so hell wie früher, aber seine Liebe für sie verblasste nicht. »Das gehört zu ihrem Geschäftsgebaren; sie sind Jawas, stimmt's? Also mach dir deswegen keine Sorgen. Sie sind nicht unsere Konkurrenten.«

Manaroo kochte noch immer und starrte über seine Schulter die Lieferscheine in ihren Händen an. »Sie sind kleine, widerliche Wompratten, das sind sie.«

»Keine Sorge.« Ein weiterer Kuss; Dengar lächelte, als er sich von ihr löste. »Bei den Feuchtfarmern hat sich inzwischen herumgesprochen, was für eine Art Ausrüstung wir

verkaufen. Und dass wir langjährige Verträge mit festen Prozentsätzen anbieten können. He ...« Mit einer Hand strich er ihre Haare, die nur etwas dunkler waren als das blasse Blau ihrer aruzanischen Haut, aus der Stirn. *»Wir schreiben bereits schwarze ...«*

»Sie schleimiger Eimer Nerfmist.«

Das war nicht Manaroos Stimme. Und der Tritt in die Rippen, während er mit geschlossenen Augen auf der improvisierten Pritsche lag, stammte auch nicht von seiner Liebsten.

»Ich sollte Sie töten«, fuhr Neelah fort. Ihre Stimme drang durch die verblassenden Überreste seines Traumes zu ihm. Ein Schlag ihrer kleinen, steinharten Faust gegen Dengars Kinn erzeugte einen Sternenschwarm, der das Bild von Manaroo überlagerte, das er festzuhalten versuchte. »Um genau zu sein, ich *werde* ...«

Der Schlag hatte ihn wach genug gemacht, dass er in der Lage war, zur Seite zu rollen und Neelahs nächstem Hieb zu entgehen. Auf Händen und Knien kroch er zum nächsten Schott, packte es und zog sich an ihm hoch, um sich dann zu ihr umzudrehen.

Eindeutig kein Traum mehr, sagte sich Dengar. Er stellte fest, dass er unangenehm wach war und sich in dem muffig riechenden, engen Frachtraum der *Hound's Tooth* befand. »Was haben Sie vor?« Er duckte sich leicht und nahm Kampfhaltung ein, die leeren Hände ausgestreckt, um eine weitere Attacke der wutentbrannten Frau vor ihm abzuwehren. »Was habe ich getan?«

»Was Sie getan haben ...« Neelah wiederholte seine Worte, während sie ihn voller Abscheu anstarrte, die eigenen Hände in die schlanken Hüften gestemmt. »Sie haben versucht, mich zum Narren zu halten, das haben Sie getan. Die ganze Zeit habe ich Sie gedrängt, mir zu erzählen, was Boba Fett in der Vergangenheit zugestoßen ist, und Sie hatten bereits den Befehl, mir genau das zu sagen.«

»Oh.« Dengar entspannte sich ein wenig und ließ seine Hände fallen. »Keine große Sache.« Er hob sie sofort wieder, als er sah, dass ihr Zorn noch nicht verraucht war. »Jedenfalls – worüber beschweren *Sie* sich? *Sie* hat niemand mit einem Blaster bedroht, um Ihnen eine Gutenachtgeschichte zu entlocken!«

Der strukturelle Schaden, den die *Hound's Tooth* erlitten hatte, hatte die Durastahlstangen des Gefangenenkäfigs gelockert. Einige hatten sich aus ihren oberen Halterungen gelöst. Neelah packte eine der kürzeren Stangen der Käfigtür und riss sie aus der unteren Halterung. Sie stellte eine hervorragende, wenn auch einfache Waffe dar; Neelah holte damit aus und näherte sich Dengar.

Feuer flammte eine Sekunde lang in ihren Augen auf und verglomm ebenso rasch wieder. »Wir müssen der Wahrheit ins Auge sehen«, sagte sie. Die Metallstange landete klirrend auf dem Frachtraumboden, als sie sie wegwarf. »Er hat uns beide getäuscht. Nur um Frieden und Ruhe zu haben, während er das Schiff navigierte.«

»Nun ja, das kann er von mir aus haben, wenn es das ist, was er will.« Dengar richtete sich langsam aus seiner geduckten Abwehrhaltung auf, bereit, sie sofort wieder einzunehmen, wenn diese Frau erneut ihrem mörderischen Temperament nachgeben sollte. Es gab einen großen Unterschied zwischen Manaroo und ihr, dämmerte ihm. Seine Verlobte konnte im Notfall genauso gewalttätig sein, aber bis jetzt hatte sie nie zu erkennen gegeben, dass sie ihn töten wollte. Das würde sich vielleicht ändern, wenn sie verheiratet waren – sofern es jemals dazu kam –, aber er war bereit, das Risiko einzugehen. »Er ist hier nicht nur der führende Kopfgeldjäger. Er ist außerdem der Pilot des Schiffes. Ich kann warten, bis er uns zu seinem Ziel bringt.«

»Das Warten ist vorbei«, erklärte Neelah. Mit ihrem Daumen wies sie nach oben zum Cockpit. »Wir sind angekommen.«

»Ja?« Dengar rieb sich das Kinn und musterte argwöhnisch die Frau. Ein harter Spannungsknoten bildete sich in seinem Magen. Es war eine Sache, zu einem unbekannten Ziel zu fliegen, aber eine ganz andere, diesen mysteriösen Ort auch zu erreichen. Boba Fett hatte ihn in einiges eingeweiht – wenn auch nicht in vieles –, doch er hatte nicht erwähnt, was passieren würde, sobald sie ihr Ziel erreicht hatten. »Was jetzt?«

»Das ist die große Frage. Aber unser kühner Captain hat sich endlich entschlossen, sein Schweigen zu brechen. Also kommen Sie – Fett will uns beide im Cockpit sehen, um uns zu informieren.«

Dengar nickte und rang sich dann ein halbes Lächeln ab. »Das sollte Ihre Laune zumindest verbessern.«

Er folgte Neelah die Leiter hinauf. Aber während er die Metallsprossen hinaufstieg, blitzten die letzten verblassenden Überreste des Traumes in ihm auf, den er genossen hatte, bevor er so brutal geweckt worden war. Es war die gleiche Fantasie gewesen, der er auch nachhing, wenn er wach war, in diesen relativ ruhigen Zeiten, wenn er nicht versuchte, dem Tod zu entrinnen. Die Partnerschaft mit Boba Fett musste sich auszahlen, sagte sich Dengar. *Aber richtig.* Fett musste irgendeine große Sache am Kochen haben, sonst hätte er sich nicht die Mühe gemacht, sich einen Partner zu nehmen – Dankbarkeit war für einen selbstsüchtigen Mann wie Fett keine ausreichende Motivation. *Da rette ich einem Kerl das Leben,* brütete Dengar, *und was be-*

komme ich dafür? Nicht viel, abgesehen von der Chance, bei der Verfolgung eines seiner Pläne getötet zu werden. Das war der leichte Teil; der schwere würde diese Partnerschaftsgeschichte in kalte, harte Credits verwandeln, genug Geld, um seine Schulden zu begleichen und mit Manaroo ein neues Leben zu beginnen. Etwas wie den Verkauf von Hightech an unterentwickelte Hinterwäldlerplaneten wie diese öde Welt Tatooine. Dort waren die richtigen Profite zu machen – und außerdem war es viel sicherer. Selbst wenn sie Bestechungsgelder zahlen mussten, um ihr Geschäft am Laufen zu halten – entweder an das Imperium oder, falls die unwahrscheinlichste aller Möglichkeiten wahr wurde, an die Rebellen-Allianz –, gab es noch immer die Chance, dass er und Manaroo Erfolg haben würden. Sie brauchten nur die richtigen Beziehungen – *die ich bereits habe,* sagte sich Dengar – und etwas Geschäftskapital. Eigentlich eine *Menge* Kapital; deshalb hatte er sich überhaupt einverstanden erklärt, mit Boba Fett zusammenzuarbeiten.

Als er von der Leiter stieg und durch die Cockpitluke trat, schüttelte Dengar bedächtig den Kopf. Was auch immer als Nächstes auf Boba Fetts Tagesordnung stand, er hatte das Gefühl, dass es ihn vielleicht nicht zu dem Berg von Credits führen würde, den er brauchte, um ein neues Leben zu beginnen.

»Kommen wir direkt zum Geschäft«, sagte Boba Fett und drehte sich im Pilotensitz zu Dengar und Neelah um. »Ich will nicht noch mehr Zeit verschwenden, als wir bereits getan haben.« Er wies mit dem Daumen über seine Schulter. »Das sind die Überreste von Kud'ar Mub'ats Netz ...«

Dengar beugte sich nach vorn und blickte zum Sichtfenster hinter dem anderen Kopfgeldjäger hinüber. »Sie haben Recht«, sagte er nach einem Moment.

Die treibenden Kadaver der Unterknoten des Sammlers, in seilähnlichen Strängen aus Nervengewebe verheddert, waren sowohl unheimlich als auch beeindruckend. »Es sieht wenigstens so aus ...«

»Ich brauche keine Bestätigung, wenn ich etwas Richtiges gesagt habe.« Ein Hauch von Gereiztheit schwang in Boba Fetts ansonsten emotionsloser Stimme mit. »Ich irre mich selten. Und wenn ich sage, dass wir zeitlich unter beträchtlichem Druck stehen, sollten Sie es glauben.«

»Sie meinen, wegen des Imperiums und der Rebellen?« Dengar zuckte die Schultern und schüttelte dann den Kopf. »Ich sehe keinen Grund zur Sorge. Die große Schlacht zwischen ihnen wird über Endor ausgetragen. Das liegt praktisch auf der anderen Seite der Galaxis; jedenfalls ist es weit von hier entfernt. Ich sehe nicht, wie diese Sache uns hier behindern soll. Wenn überhaupt ...« Er deutete zum Sichtfenster. »Die Probleme der beiden Parteien sollten es uns leichter machen, das zu tun, was Sie vorhaben. Das Imperium und die Rebellen-Allianz haben den Großteil ihrer Streitkräfte für den Kampf zusammengezogen. Dadurch sind eine Menge Systeme und Raumsektoren frei von ihnen. Wir können tun, was wir wollen, und weder das Imperium noch die Rebellen werden etwas davon erfahren.«

»Diese Art verinfachender Analyse ist der Grund dafür, dass Sie derjenige sind, der Befehle ausführt, und ich derjenige, der sie erteilt.« Boba Fett legte seine behandschuhten Hände flach auf die Armlehnen des Pilotensitzes. »Die Schlacht, die wahrscheinlich über Endor ausgetragen werden wird, könnte binnen weniger Minuten entschieden sein. Und sie wird eine nachhaltige Auswirkung auf den andauernden Kampf zwischen dem Imperium und der Rebellen-Allianz haben. Sie haben sich seit langem auf diese Konfrontation vorbereitet. Und für Wesen wie uns spielt es eine Rolle, wer siegt. Palpatine möchte absolute Kontrolle über die Galaxis und all ihre Bewohner erlangen. Eine derartige Herrschaft würde auch Sie, Dengar, und mich beeinflussen. Unseren Geschäften nachzugehen, wird vielleicht nicht mehr möglich sein, wenn Palpatine all seine Ziele erreicht.«

»Und was ist mit mir?« Neelah ergriff das Wort. »Was passiert mit mir und dem, was *ich* will?«

»Sie wissen nicht einmal, was das ist«, erwiderte Boba Fett. »Aber Sie können mir glauben: Die Vergangenheit und die Welt, die Ihnen gestohlen wurden, werden für immer verloren sein, wenn Palpatine diesen Kampf gegen die Rebellen-Allianz gewinnt. Sie werden dann keine Möglichkeit mehr haben, sie zurückzugewinnen.«

»Und wenn die Rebellen siegen?«

»Das ist nicht möglich.« Boba Fett schüttelte kurz den Kopf. »Meine eigene Karriere als Kopfgeldjäger sollte Beweis genug sein, dass Gerissenheit und Skrupellosigkeit unausweichlich über alle gut gemeinten Ideale triumphieren, die das Universum erschaffen kann.« Die Verachtung des Kopfgeldjägers für die Rebellen, für jede Kreatur, die von etwas anderem als Profitstreben angetrieben wurde, war unüberhörbar. »Aber wenn das Unmögliche geschehen sollte – die Galaxis hat schon Seltsameres erlebt –, dann wäre es für unser Geschäft ebenfalls schlecht. Der Anspruch der Rebellen auf eine höhere Moral wird sie davon abhalten, die angemessenen Honorare für unsere Dienste zu zahlen, und sie werden gleichzeitig versuchen, jene kriminellen Operationen auszumerzen, die zu meinen besten Kunden gehören. Sehen wir der Wahrheit ins Auge: Das beste Ergebnis dieser Schlacht bei

Endor wäre, soweit es die Kopfgeldjäger betrifft, dass keine Streitmacht die andere eliminiert und dass der Kampf zwischen dem Imperium und der Rebellen-Allianz fortgesetzt wird. Wir können hoffen, dass dies geschieht – aber wir können uns nicht darauf verlassen.«

Dengar hatte gespürt, wie seine eigenen Hoffnungen sanken, während er Boba Fetts unerfreulicher Prognose zuhörte. *Was für ein Universum*, dachte er düster. Ob der Krieg nun von den Kräften des Guten oder des Bösen gewonnen wurde – das Ergebnis würde das gleiche sein, zumindest für ihn. *Ich werde so oder so verlieren.* Diese lang ersehnte Zukunft, in der er und Manaroo nichts mehr mit der Kopfgeldjagd zu tun hatten, schien sich mit Lichtgeschwindigkeit zu entfernen. Es gab nur eine Möglichkeit für ihn, die Credits zusammenzubekommen, und zwar als Kopfgeldjäger und Partner des berüchtigten Boba Fett, aber gleichzeitig stellte Boba Fett es so dar, als würde es bald unmöglich sein, überhaupt noch als Kopfgeldjäger zu arbeiten. Wo lag die Gerechtigkeit in einem derartigen Arrangement?

Neelah schienen die deprimierenden langfristigen Aussichten, die Boba Fett beschrieben hatte, nicht zu beunruhigen. »Was haben Sie in der Zwischenzeit vor? Und warum haben Sie uns hierher gebracht?«

»Meine Pläne gehen nur mich etwas an«, erklärte Boba Fett. »Aber einige von ihnen betreffen Sie und jetzt ist der Moment gekommen, einige Ihrer vielen Fragen zu beantworten. Sie wollten die Vergangenheit – *Ihre* Vergangenheit – wiederhaben, also soll es so sein.« Er wies mit einer Hand auf das hinter ihm liegende Sichtfenster. »Hiermit gebe ich sie Ihnen.«

Dengar konnte sehen, wie Neelah beim Anblick des Sichtfensters voller Abscheu das Gesicht verzog.

Draußen vor dem Schiff zogen weitere bleiche Stränge aus Nervengewebe und die zerfetzten, spinnenähnlichen Kadaver am Transparistahl vorbei.

»Ist das eine Art Scherz?« Neelahs Blick war jetzt sogar noch zorniger, als sie ihn auf Fett richtete. »Ich sehe nichts, das ...«

Boba Fett beugte sich in dem Pilotensitz nach vorn und unterbrach sie. »Sie sehen nichts, weil Sie nicht verstehen. Jedenfalls noch nicht. Aber wenn Sie mir zuhören, werden Sie es verstehen.«

Mit finsterer Miene verschränkte Neelah die Arme vor der Brust. »Fahren Sie fort. Ich höre.«

Aus den Augenwinkeln blickte Dengar zu der jungen Frau hinüber. Es war nicht das erste Mal, dass er diesen Befehlston in ihrer Stimme gehört hatte. *Sie ist es gewohnt, Befehle zu erteilen,* dachte Dengar, *und dass die Wesen in ihrer Nähe ihr gehorchen.* Es war derselbe herrische Ton, den Neelah ihm gegenüber benutzt hatte, damit er die Geschichte von Boba Fett und dem Zerfall der alten Kopfgeldjägergilde zu Ende brachte, und er war wirksamer gewesen als jede Blasterpistole, die sie auf ihn hätte richten können. Aber zu hören, wie sie auf diese Art mit Boba Fett sprach, als könnte sie ihre Ungeduld mit einem trägen Diener kaum zügeln, war trotzdem verblüffend. *Wer ist sie?,* fragte sich Dengar. *Und wieso hat es sie als Tanzmädchen mit gelöschter Erinnerung in den Palast von Jabba dem Hutt verschlagen?* Seine eigene Neugier auf Neelahs Vergangenheit entsprach fast der ihren.

»Dieser Teil der Geschichte«, sagte Boba Fett, »hat nicht hier begonnen. Und er trug sich zu, bevor den arachnoiden Sammler Kud'ar Mub'at sein Schicksal ereilte. Ich hatte in einem der nahe gelegenen Systeme erfolgreich ein Geschäft abgeschlossen – Sie müssen nicht wissen, worum es dabei ging – und kehrte zum

Zentrum der Galaxis zurück, wo mehrere potenziell lukrative Möglichkeiten auf mich warteten. Natürlich befand ich mich zu jener Zeit an Bord meiner *Sklave I* und nicht auf einem mittelmäßigen Schiff wie diesem. Zu den Funktionen, die ich in die Computer der *Sklave I* programmiert hatte, gehörte eine vollständige Datenbank der Schiffe aller anderen Kopfgeldjäger, sowohl jener, die zur Kopfgeldjägergilde gehörten, als auch der wenigen, die wie ich als unabhängige Agenten arbeiteten. Es geschieht selten, aber gelegentlich haben andere Kopfgeldjäger oder die Gilde, als sie noch existierte, es geschafft, vor mir Informationen über eine besondere Ware zu erlangen, auf die ein hoher Preis ausgesetzt war.« Fett zuckte wegwerfend die Schultern. »Manche Klienten ziehen es vor, weniger qualifizierte Kopfgeldjäger zu engagieren, weil sie hoffen, ihr Ziel zu einem niedrigeren Preis zu erreichen. Das ist ihre Entscheidung, aber es funktioniert selten.«

Richtig, dachte Dengar. Er hatte diese anderen Geschichten gehört, die am Ende alle bewiesen, dass es fast gefährlicher war, keine Geschäfte mit Boba Fett zu machen, als sich mit ihm einzulassen. In vielerlei Hinsicht war er praktisch unvermeidlich.

»Deshalb finde ich es manchmal nützlich«, fuhr Boba Fett fort, »die Aktivitäten der anderen Kopfgeldjäger im Auge zu behalten. Und wenn die ID-Scanner der *Sklave I* in einem Navigationssektor, der eigentlich leer sein müsste, das Schiff eines Kopfgeldjägers orten, finde ich es in der Tat sehr interessant. Es ist sogar noch interessanter, wenn die Bordcomputer den ID-Kode eines Schiffes registrieren, das einem Kopfgeldjäger gehört, der für seine widerwärtigen Geschäftspraktiken berüchtigt ist.«

Diese Beschreibung verwirrte Dengar. Es war

schwer vorstellbar, dass irgendein Kopfgeldjäger skrupelloser als Boba Fett sein konnte. »Und auf wen sind Sie gestoßen?«

»Der ID-Kode identifizierte das Schiff als die *Venesectrix*. Sie wurde nur selten in der Nähe der Zentralsektoren der Galaxis gesichtet; ihr Eigner zog es vor, weit draußen in den Randterritorien zu operieren. Und natürlich gab es einen Grund dafür; der Besitzer der *Venesectrix* war ein gewisser Ree Duptom.« Boba Fett schwieg einen Moment und sah Dengar an. »Vielleicht ist Ihnen der Name bekannt.«

»Warten Sie …« Es dauerte einen Moment, aber der Name aktivierte schließlich eine Gedächtnisynapse in Dengars Kopf. »Ree Duptom – er ist der Einzige, der jemals aus der Kopfgeldjägergilde *ausgeschlossen* wurde!« Dazu war einiges nötig, wie Dengar wusste; es hatte eine Menge Kreaturen in der Gilde gegeben, deren ethische Standards unter seinen gelegen hatten. Er war mit den genauen Einzelheiten nicht vertraut – Duptom war aus der Kopfgeldjägergilde ausgeschlossen worden, bevor Dengar zu ihr gestoßen war –, aber es hieß, dass er die einzige Kreatur gewesen war, die alle anderen Kopfgeldjäger für Abschaum gehalten hatten. »Ich wusste nicht, dass er noch immer aktiv ist, selbst draußen am Rand.«

»Ich schätze, das ist er nicht«, warf Neelah trocken ein. »Warum hören Sie nicht richtig hin? Es wird offenbar aus einem guten Grund in der Vergangenheitsform von ihm gesprochen.«

»Richtig.« Boba Fett nickte zustimmend. »Als ich im offenen Weltraum auf die *Venesectrix* stieß, waren die Triebwerke des Schiffes nicht hochgefahren; es trieb einfach durchs All. Ich versuchte Verbindung mit dem Piloten aufzunehmen, doch ich bekam keine Antwort über die Kom-Einheit. Die vernünftige Annahme war, dass der Pilot entweder tot war oder sein Schiff aufgegeben hatte. Um festzustellen, was der Fall war – und um vielleicht etwas Wertvolles an Bord zu finden –, habe ich mir durch die Luftschleuse der *Venesectrix* Zugang verschafft.« Im Cockpitsichtfenster hinter Boba Fett stießen ein paar weitere tote Unterknoten gegen den gewölbten Transparistahl. »Und ich habe tatsächlich Ree Duptom gefunden.«

»Tot, nehme ich an.« Der Ausdruck auf Neelahs Gesicht war der völliger Langeweile. »Wissen Sie, ich warte noch immer darauf, den Teil zu hören, der etwas mit mir zu tun hat.«

Boba Fett ignorierte ihre Ungeduld. »Duptom gab keine gut aussehende Leiche ab. Er war schon zu Lebzeiten nicht gerade der hübscheste Humanoide gewesen – seine Erscheinung entsprach seiner Ethik –, aber von der energiereichen Partikelexplosion einer partiellen Triebwerkskernschmelze seines eigenen Schiffes getroffen zu werden, hatte sein Aussehen auch nicht verbessert. Glücklicherweise waren die tödlichen Wirkungen der Explosion auf eine nur wenige Meter durchmessende Zone beschränkt; er hatte offenbar im Maschinenraum gearbeitet, als es zu der Kernschmelze kam, seine Strahlendosis abbekommen und sich zum Sterben in den Cockpitbereich geschleppt. Was nicht lange dauerte.«

Die Einzelheiten der Geschichte weckten Dengars Argwohn. »Handelte es sich um eine Fehlfunktion des Schiffes – oder um Sabotage?« Nach dem, was er in der Kopfgeldjägergilde gehört hatte, hatte sich Ree Duptom fast ebenso viele Feinde gemacht wie Boba Fett.

»Ich habe diese Frage nicht untersucht«, erklärte Fett. »Sobald einer meiner Konkurrenten tot ist, verliere ich das Interesse an ihm. Wie sie auf diese Weise enden konnten, soll jemand anders klären; mich geht es nichts an.«

Richtig, dachte Dengar.

»Jedenfalls war jemand wie Ree Duptom durchaus in der Lage, sich durch seine eigene Dummheit selbst umzubringen.« Boba Fett schüttelte den Kopf, als würde es ihn anwidern. »Sein Schiff und all seine Ausrüstung waren in einem erbärmlichen Zustand; offen gesagt, er war in vielerlei Hinsicht keine Empfehlung für die Kopfgeldjägerbranche. Aber Duptom war nichtsdestotrotz offensichtlich in der Lage gewesen, bestimmte Klienten zu gewinnen. Der Beweis dafür befand sich an Bord seines Schiffes. Und die unerledigten Aufträge, an denen er gearbeitet hatte, waren interessant genug, dass ich sie übernahm.«

»Was waren das für Aufträge?«

»Es waren zwei Angelegenheiten«, erwiderte Boba Fett, »die durch Ree Duptoms vorzeitigen Tod unerledigt blieben. Die erste hatte die Gestalt eines deaktivierten Frachtdroiden – oder dessen, was einst ein Frachtdroide gewesen war. Jemand hatte ihn auf gerissene Weise zu einem autonomen Spionagegerät umgebaut, nicht nur mit eingebauten Vidkameras und Abhöranlagen, sondern auch mit einem olfaktorischen Detektor und Probenanalysator. Die verborgenen Sensoren des Droiden konnten Geruchsmoleküle in der Atmosphäre aufspüren und ihre biologische Quelle ermitteln.«

»Warum sollte sich jemand für derartige Informationen interessieren?« Diesmal sorgte die Geschichte für Verwirrung bei Dengar, nicht für Misstrauen. »Was hat es für einen Sinn zu wissen, wie irgendein Ereignis *roch,* wenn man schon die audiovisuellen Aufzeichnungen besitzt?«

»Das hängt davon ab«, erklärte Boba Fett, »wonach

man sucht und was das Spionagegerät aufzeichnen sollte. Dieser umgebaute Frachtdroide war in der Lage, die Spuren von etwas – oder jemand – zu registrieren, das oder der ansonsten verborgen und unentdeckt geblieben wäre, wenn man nur die audiovisuellen Daten verarbeitet hätte. Genau das hatte er getan; ich fand es heraus, als ich den Datenrekorder aus dem Droiden ausbaute und analysierte. Die Wahrheit kam heraus; es ging dabei um ein bestimmtes Individuum, das zu einer bestimmten Zeit an einem bestimmten Ort gewesen war, obwohl es versucht hatte, seine Anwesenheit vor jedem etwaigen Beobachter zu verbergen.«

»Welcher Ort?« Neelahs Ton war so fordernd und ungeduldig wie zuvor. »Welche Zeit?«

»Der Ort war Tatooine – dieser abgelegene Hinterwäldlerplanet hat eine große Bedeutung für den Rest der Galaxis gewonnen.« Boba Fett wies zum Sichtfenster, als würde er auf einen der hellen Lichtpunkte jenseits der treibenden Unterknoten zeigen. »Aber das ist etwas, das Kopfgeldjäger instinktiv wissen – oder zumindest diejenigen, die überleben und gedeihen. Der kleinste, scheinbar unbedeutende Schmutzfleck kann eines Tages unerwartetes Gewicht bekommen. Und man sollte darauf vorbereitet sein. In diesem Fall war der Schmutzfleck eine Feuchtfarm im Dünenmeer, weitab vom Raumhafen Mos Eisley. Eine Feuchtfarm, die einem gewissen Owen Lars gehörte – der nicht weiter wichtig ist – und von ihm und seiner Frau Beru geführt wurde, unterstützt von ihrem jungen Neffen. Der zufälligerweise eine sehr wichtige ...«

»Luke Skywalker«, unterbrach Dengar. »Sie reden von ihm, nicht wahr?«

»In der Tat.« Boba Fett nickte knapp. »Inzwischen sind genug Einzelheiten bekannt über Skywalkers Verwandlung von einem unbedeutenden planetaren

Niemand mit großen und hoffnungslosen Träumen zu einer wichtigen Gestalt in der Rebellen-Allianz, die bereits zur Legende geworden ist. Und man könnte sagen, dass diese Verwandlung mit einer Razzia der imperialen Sturmtruppen auf dieser öden kleinen Feuchtfarm angefangen hat, einer Razzia, an deren Ende Skywalkers Onkel und Tante als geschwärzte Skelette in der Ruine des Farmhauses lagen.«

»Und was soll daran so mysteriös sein? Darth Vader hat die Sturmtruppenrazzia auf der Feuchtfarm angeordnet – das ist inzwischen einer Menge Kreaturen in der Galaxis bekannt.« Dengar zuckte die Schultern. »Jeder, der in irgendeiner Verbindung zur Rebellen-Allianz steht, hat diese Geschichte schon gehört.«

»Das Mysterium«, sagte Boba Fett ruhig, »hat mit dem zu tun, was ich in dem deaktivierten Frachtdroiden an Bord von Ree Duptoms Schiff fand. Die Audio- und Videoaufzeichnungen des Spionagegeräts haben die Razzia der Sturmtruppen dokumentiert; der Droide muss sich hinter einer nahen Sanddüne versteckt und alles beobachtet haben. Als ich die Dateien durchsah, entsprachen die Details dem bekannten Verlauf der Razzia. Es waren nur imperiale Sturmtruppen zu sehen, die ihren tödlichen Auftrag ausführten. Aber die zusätzlichen Daten in den Spionageaufzeichnungen des Frachtdroiden – die olfaktorischen Informationen, die zum Zeitpunkt der Razzia auf der Feuchtfarm aus der Atmosphäre gewonnen wurden – deuteten darauf hin, dass außer den Sturmtruppen noch jemand anders dort war.«

»In Ordnung.« Neelah breitete die Hände aus und wartete auf die Enthüllung. »Wer war es?«

»Die Analyse der olfaktorischen Daten des Spionagegeräts ergab die unverkennbaren Pheromone eines männlichen Vertreters der Falleen-Spezies.« Boba Fett hob bekräftigend einen Finger. »Das ließ sich leicht feststellen. Aber als ich meine eigene Datenbank an Bord der *Sklave I* benutzte, gelang es mir, den Personenkreis noch weiter einzugrenzen. Die spezifischen Pheromonspuren konnten nur von einem Mitglied der Falleen-Aristokratie stammen; es gibt einen genetischen Marker, der allein in dieser Blutlinie existiert.«

»Ein Falleen-Edelmann?« Dengar zog die Braue hoch, während er über die Information nachdachte. »Aber sie sind inzwischen alle tot ...«

»Einer war noch am Leben«, sagte Boba Fett, »als die Sturmtruppen die Razzia auf Tatooine durchführten. Zuvor war die Falleen-Aristokratie durch ein genetisches Kriegführungsexperiment ausgelöscht worden, das Lord Vader angeordnet hatte. Von der gesamten Sippe überlebte nur Prinz Xizor, der damals der Anführer der Organisation Schwarze Sonne war.«

»Das verstehe ich nicht.« Dengar fühlte sich noch verwirrter als zuvor. »Sie sagen, dass *Prinz Xizor* an der Razzia teilnahm, die Luke Skywalkers Tante und Onkel tötete? Aber Xizor hätte sicher die imperialen Sturmtruppen kommandiert, statt sich im Hintergrund zu halten ...«

»Keineswegs.« Boba Fett legte seine behandschuhten Hände wieder flach auf die Armlehnen des Pilotensitzes. »Das Spionagegerät, in das der Frachtdroide verwandelt worden war, enthielt den Beweis dafür, dass Prinz Xizor bei der Razzia auf der Feuchtfarm anwesend war – *aber es ist möglich, dass der Beweis nicht echt war.*«

»Gefälscht? Sie meinen, jemand anders hat eine Art falschen Beweis konstruiert und in dem Frachtdroiden deponiert?« Die Möglichkeiten vervielfältigen sich schneller, als Dengar ihnen folgen konnte. »Oder vielleicht hat es Xizor selbst aus irgendeinem Grund getan.« Das schien keinen Sinn zu ergeben, doch es war ohnehin alles zu verwirrend. »Aber warum? Warum sollte irgendjemand so etwas tun?«

»Das«, erwiderte Boba Fett, »ist etwas, das ich nicht weiß. Oder zumindest noch nicht. Doch die Chance ist groß, dass der Beweis fabriziert wurde, um den Anschein zu erwecken, dass Prinz Xizor etwas mit der Razzia zu tun hatte, bei der Skywalkers Tante und Onkel starben.«

»Ich sehe nicht, warum es so sein sollte.« Neelah, die mit verschränkten Armen dastand, schien von Boba Fetts Analyse weniger beeindruckt zu sein. »Warum die Dinge komplizierter machen, als sie es sein müssen? Vielleicht hat dieser Xizor wirklich die Razzia kommandiert und ist irgendwie dabei erwischt worden, obwohl er versucht hat, sich im Verborgenen zu halten.«

»Es gibt mehrere Gründe dafür, mit Misstrauen auf die Beweise zu reagieren, die ich in dem Frachtdroiden gefunden habe. Einer ist, dass Lord Vader und Prinz Xizor erbitterte Feinde waren, auch wenn sie ihre Rollen als Palpatines loyale Diener weiterspielten. Natürlich diente es den Zwecken des Imperators, dass sich Vader und Xizor gegenseitig an die Kehle gingen, so wie ich auch vermute, dass es seinen Zwecken diente, so zu tun, als wüsste er nicht, dass Xizor der Führer der Schwarzen Sonne war. Der Imperator ist ein verschlagener Mann – er bezieht vermutlich mehr Kraft aus seiner Verschlagenheit als aus irgendeiner mystischen Macht – und ihm gefiel es damals, Xizor an der langen Leine zu führen. Doch die Zeit kam, in der der Prinz einen festeren Griff an seiner Kehle spürte, als er es je für möglich gehalten hatte. Er war nicht gerissen genug, um zu verhindern, dass er sich in dem Netz verfing, das er selbst gewoben hatte –

und das kostete ihn sein Leben. Ich habe nicht vor, seinem Beispiel zu folgen.« Boba Fett lehnte sich in seinem Pilotensitz zurück und betrachtete durch das Visier seine Zuhörer. »Aus der Feindschaft zwischen Xizor und Vader ergibt sich Folgendes: Es ist extrem unwahrscheinlich, dass Xizor ohne Vaders Wissen und Zustimmung an der Sturmtruppenrazzia teilgenommen hat – und keine meiner Informationsquellen auf dem imperialen Planeten Coruscant, von denen einige Vader sehr nahe stehen, hat irgendeinen Hinweis darauf gefunden. Meine Kontakte zu Mitgliedern der Schwarzen Sonne haben ebenfalls nie berichtet, dass ihr Führer Xizor an einer von Darth Vaders Operationen beteiligt war. Deshalb ist die einzig logische Folgerung die, dass der Beweis, der Xizor mit der Razzia in Verbindung bringt, von einer dritten Partei fabriziert wurde, um unerwünschte Aufmerksamkeit auf Prinz Xizor zu lenken. Diese Möglichkeit wird durch Ree Duptoms eigene Geschichte untermauert – bevor ihn auf seinem Schiff der Tod ereilte; er war bei mehreren vorherigen Gelegenheiten an verschiedenen *Desinformationskampagnen* beteiligt, von denen sich einige tatsächlich bis zu Imperator Palpatines Hof zurückverfolgen lassen. Es war zu einer Spezialität Duptoms geworden, an den geeignetsten Orten in der Galaxis diskret Lügen zu verbreiten, um so den Zielen seiner Auftraggeber zu dienen.«

»Deshalb wurde er aus der alten Kopfgeldjägergilde ausgeschlossen.« Dengar nickte bedächtig. »Er war für den Tod einiger anderer Kopfgeldjäger verantwortlich, weil er verbreitete, sie hätten hinter gewissen Betrügereien gesteckt, die aufgeflogen sind. Indem er die Schuld anderen in die Schuhe schob, konnten bestimmte gut zahlende, verschlagene Kreaturen entkommen.«

»Eine uralte Tradition«, sagte Boba Fett trocken. »Und eine, der Ree Duptom einen Großteil seines Lebensunterhalts zu verdanken hatte. Wenn man seinen Ruf in derartigen Dingen bedenkt, hat offenbar irgendjemand seine Dienste beansprucht, um Prinz Xizor fälschlicherweise mit der Sturmtruppenrazzia auf Tatooine in Verbindung zu bringen, bei der Luke Skywalkers Tante und Onkel getötet wurden. Aber zwei andere Todesfälle machten diesem Komplott ein Ende: der Tod von Duptom selbst, der bei der Kernschmelze seines Schiffsantriebs gegrillt wurde, und der von Xizor. Was auch immer hinter dem Versuch steckte, Xizor mit der Sturmtruppenrazzia in Verbindung zu bringen, ließ sich schwerlich fortsetzen, als er ebenfalls getötet wurde. Das Einzige, was von dem Komplott übrig blieb, war der vermutlich gefälschte Beweis in dem Frachtdroiden und der geriet in meinen Besitz, als ich Duptoms Schiff im Weltraum treibend entdeckte.«

»Für das Sie, wie ich überzeugt bin, gute Verwendung hatten.« Neelah hielt zwei Finger hoch. »Aber Sie sagten, Sie hätten noch etwas anderes auf diesem Schiff entdeckt. Was war der andere Gegenstand?«

»Vielleicht wird er Sie mehr interessieren. Ree Duptom mochte tot gewesen sein ...« Boba Fett zuckte die Schultern. »Kein großer Verlust; aber es gab noch eine andere lebende Kreatur an Bord der *Venesectrix*. In den Käfigen im Frachtraum fand ich eine junge Menschenfrau. Nicht in bester körperlicher Verfassung – Duptom kümmerte sich um seine Ware nicht so sorgfältig wie ich –, aber zumindest atmete sie noch. Sie war bewusstlos, eine Nachwirkung einer recht gründlichen Gedächtnislöschung, der sie unterzogen wurde ...«

Dengar hörte Neelah plötzlich aufkeuchen. Er sah zu ihr hinüber und bemerkte, dass sich ihre Augen vor Überraschung geweitet hatten.

»Gut«, sagte Boba Fett. »Ich sehe, dass es mir gelungen ist, Ihr Interesse zu wecken. Dieser Moment an Bord von Ree Duptoms *Venesectrix* war tatsächlich unsere erste Begegnung. Eine, die mir noch immer so rätselhaft ist wie zweifellos Ihnen auch. Ich konnte nur annehmen, dass eine Menschenfrau mit Gedächtnislöschung als Teil von Duptoms diversen Geschäftsoperationen in seinem Besitz war – natürlich konnte es sich bei ihr nicht um eine Ware handeln, auf die jemand ein Kopfgeld ausgesetzt hatte. Für den Fall, dass Ree Duptom vor mir Wind von einem lukrativen Auftrag bekommen hatte, war genug Zeit vergangen – wie der fortgeschrittene Verwesungszustand seiner Leiche verriet. In der Zwischenzeit hätte ich davon gehört, wenn jemand ein Kopfgeld für die Rückgabe einer Frau geboten hätte, auf die Ihre Beschreibung passt. Das war nicht der Fall und so war Duptom offenbar in irgendein anderes, wahrscheinlich illegales Geschäft verstrickt. Aber um was es sich dabei handeln könnte, wusste ich nicht. Als Sie das Bewusstsein wiedererlangten, konnten Sie mir nicht einmal Ihren Namen sagen.«

»Ich erinnere mich ...« Neelahs Augen waren noch größer als zuvor. Sie nickte bedächtig. »Nicht an meinen Namen ... er ist mir noch immer entfallen ... aber ich erinnere mich jetzt, dass dies das erste Mal *war*, dass ich Sie sah. Nicht in Jabbas Palast, sondern in einem Schiff im Weltraum.« Neelah berührte mit zitternden Fingerspitzen die Seite ihres Kopfes. »Es war, als wäre ich dort erwacht ... und da waren die Gitterstäbe des Käfigs, und mir war so kalt ...«

»Weil Sie im Sterben lagen. Wer auch immer die Gedächtnislöschung bei Ihnen durchgeführt hat, er war gründlich und brutal vorgegangen.« Bobas Stimme war flach und ausdruckslos. »Man hat Sie in keiner guten Verfassung zurückgelassen. Außerdem waren Sie eine Zeit lang bewusstlos, ohne Nahrung und Wasser, nachdem es Ree Duptom gelungen war, sich selbst umzubringen. Hätte ich mich nicht um Sie gekümmert und Sie wieder halbwegs gesund gepflegt, wären Sie dort an Bord der *Venesectrix* gestorben – oder auf der *Sklave I*, nachdem ich Sie hinüber zu meinem Schiff transportiert hatte. Sie können also das, was Sie im Dünenmeer auf Tatooine für mich getan haben, als eine Art Gegenleistung ansehen.«

»Aber Sie haben mich nicht gerettet ... weil Sie Mitleid mit mir hatten ...«

»Und Mitleid hat Sie auch nicht motiviert, als Sie mich dem Tode nahe gefunden haben.« Boba Fett musterte sie kühl, aber ohne einen anklagenden Tonfall in der Stimme. »Es war für uns beide einfach eine geschäftliche Angelegenheit. Sie dachten, ich könnte Ihnen vielleicht von Nutzen sein, genau wie ich lange vorher in Ihnen einen potenziellen Profit gesehen hatte. Und« – er drehte seinen Kopf ein wenig, als würde er sie aus einem anderen Winkel studieren – »wir haben vielleicht beide Recht gehabt. Aber zu der Zeit, als ich Sie fand, waren Sie eine unbekannte Größe, genau wie jetzt auch. Allerdings habe ich meine Prinzipien; keine wertvolle Ware ist je in meinem Besitz gestorben, sofern sie nicht Selbstmord begangen hat. Das würde in Ihrem Fall nicht passieren, wie ich erkennen konnte; selbst in Ihrem verhungerten und dehydrierten Zustand, unter einer traumatischen Gedächtnislöschung leidend, hatten Sie noch genug Überlebenswillen. Sobald Sie körperlich außer Gefahr waren, musste ich Sie nur noch an irgendeinem sicheren Ort unterbringen, um dann zu versuchen, aus Ihrer Situation so viel Profit wie möglich zu schlagen.«

»Sie haben sie also in den Palast von Jabba dem

Hutt gebracht?« Die Vorstellung erstaunte Dengar. Er starrte Boba Fett an, mit Augen, die so groß wie Neelahs waren. »In *dieses* Höllenloch? Sie hätte Jabbas Rancor zum Fraß vorgeworfen werden können.«

»Die Gefahren von Jabbas Palast waren mir wohl bekannt«, erklärte Boba Fett. »Obschon substanziell, waren sie nichtsdestotrotz begrenzt und vorhersehbar. Und ich wäre zur Stelle gewesen, um sie zu beseitigen, hätte Neelah eine von Jabbas grausameren Begierden geweckt. Der Hutt hätte, wie alle von seiner gierigen Spezies, vielleicht versucht, meinen Preis herunterzuhandeln, aber er schätzte meine Dienste genug, um mir zu erlauben, so lange ich wollte in seinem Palast zu bleiben.«

»Damit Sie mich im Auge behalten konnten«, sagte Neelah. Ihre Augen verengten sich, als sie bedächtig nickte. »Aber mehr noch – Sie waren bereits in eine Sackgasse geraten, als Sie herauszufinden versuchten, wer ich wirklich war, warum man mir all diese Dinge angetan hatte. Deshalb haben Sie mich als schlichtes Tanzmädchen ausgegeben und in Jabbas Palast gebracht, während ich noch immer zu verwirrt war, um auch nur zu begreifen, was Sie taten. Aber Sie haben wirklich gehofft, dass sich in dieser Menge aus Schurken und Kriminellen an Jabbas Hof jemand befand, der mich wieder erkennen würde – und dann hätten Sie eine Möglichkeit gehabt, Kapital aus mir zu schlagen.«

»Diese Möglichkeit ist mir in den Sinn gekommen. Jabbas Palast war ein Treffpunkt für den ganzen Abschaum der Galaxis; einige von diesen Kreaturen hatten früher sogar Geschäfte mit Ree Duptom gemacht. Es bestand immer die Chance, dass einer von ihnen eine Ahnung hatte, in welches Komplott Duptom verwickelt war, als ihn der Tod ereilte – für wen er arbeitete und was diese Hintermänner zu erreichen versuchten.«

Neelahs Mundwinkel verzogen sich zu einem spöttischen Lächeln. »Ich schätze, es ist schade für uns beide, dass Sie nichts herausgefunden haben.«

»Ah.« Ein Hauch von Belustigung schwang in Boba Fetts Stimme mit. »Aber in diesem Punkt irren Sie sich. Ich *habe* etwas entdeckt. Vielleicht nicht die ganze Wahrheit – Ihren richtigen Namen und woher Sie kamen –, aber genug, um dieser Spur zu folgen. Genug, um uns vielleicht zu dieser für alle profitablen Wahrheit zu führen.«

Dengar konnte sehen, wie Neelah ihre Hände zu Fäusten ballte.

»Sagen Sie es mir«, befahl Neelah. »*Jetzt.*«

»Ich werde es Ihnen sagen, weil es meinen Zwecken dient, und aus keinem anderen Grund.« Der amüsierte Tonfall verschwand aus Boba Fetts Stimme. »Es gab einen früheren Geschäftspartner von Ree Duptom in Jabbas Palast; sein Name spielt keine Rolle, aber wichtig ist, dass die beiden bis kurz vor Duptoms Tod zusammengearbeitet haben. Um genau zu sein, sie hatten sich gestritten, was häufig bei gemeinen Kriminellen vorkommt. Die Auseinandersetzung führte dazu, dass einer von ihnen den Antrieb des Schiffes des anderen sabotierte, was zu einer tödlichen Kernschmelze führte.« Fett schüttelte den Kopf. »Kein großer Verlust – es war auch kein großer Verlust, dass ich mich für einen Moment von Jabbas Hof schleichen musste, während das andere Tanzmädchen namens Oola seine letzte Vorstellung gab. Das genügte, um mich mit meinem Informanten zu treffen. Erst als Prinzessin Leia, als ubesische Kopfgeldjägerin verkleidet, den Wookiee Chewbacca an den Hof brachte, hatte ich genug Zeit, die Daten zu erhalten, die dieses bestimmte Wesen in seinem Besitz hatte – und dann sorgte ich dafür, dass es niemanden darüber informieren konnte, dass ich Fragen über Ihre wahre Identität gestellt hatte.«

»Er wusste ... er wusste, wer ich bin?« Neelah beugte sich nach vorn. »Er kannte meinen richtigen Namen?«

»Unglücklicherweise kannte er ihn nicht. Und ich kann Ihnen versichern, dass ich alle mir zur Verfügung stehenden Mittel der Überredung eingesetzt habe, um sicherzugehen, dass er mir alles erzählte, was er wusste. Ich musste mir keine Sorgen machen, dass diese Techniken Spuren hinterließen; in Jabbas Palast tauchten praktisch täglich Leichen in diesem Zustand auf. Doch er sagte mir, bevor ich an Jabbas Hof zurückkehrte, dass sein ehemaliger Geschäftspartner Ree Duptom zwei neue Jobs übernommen hatte, bevor es zwischen ihnen zu dem Zerwürfnis gekommen war, und dass ein Klient für beide Jobs zahlen würde. Aber er wusste nicht, wer dieser Klient war; Duptom hatte ihm das nicht erzählt.«

»Dann ist die Information wertlos!« Ein Ausdruck wilder Verzweiflung flackerte in Neelahs Augen. »Wir wissen noch immer nicht, wer ich wirklich bin oder was mit mir passiert ist!«

»Beruhigen Sie sich. Sie haben schon so lange auf die Antworten gewartet, die Sie sich wünschen; Sie können noch etwas länger warten. Denn mehr wird vielleicht nicht nötig sein.«

»Was ... was meinen Sie damit?«

»Haben Sie vergessen«, sagte der Kopfgeldjäger, »dass ich Sie aus einem bestimmten Grund zu diesem Ort im Weltraum gebracht habe? Wenn diese Antworten überhaupt irgendwo gefunden werden können, dann hier.« Boba Fett wies auf das Cockpitsichtfenster und das beunruhigende Panorama aus toten arachnoiden Unterknoten. »Mein verstorbener Kontakt im Palast von Jabba dem Hutt war nicht in der Lage, mir Ihren Namen zu nennen – er hatte Sie noch nie gesehen, bevor Sie dort eintrafen –, aber er konnte mir den Hinweis liefern, den ich brauchte.«

Diesmal meldete sich Dengar zu Wort. »Und was war das?«

»Es war einfach. Die Ergebnisse der beiden letzten Jobs, die Ree Duptom übernommen hatte, waren offensichtlich jene, die ich an Bord seines Schiffes *Venesectrix* gefunden habe. Wer auch immer die Person war, die ihn angeheuert hatte, um den getürkten Beweis für Prinz Xizors Beteiligung an der Sturmtruppenrazzia auf Tatooine zu beschaffen, diese Person muss auch jene gewesen sein, die für Neelahs Entführung und ihre Gedächtnislöschung verantwortlich war. Aber mein Kontakt im Palast sagte mir, dass die Person, die für diese Jobs bezahlte, Ree Duptom nicht direkt engagiert hatte. Sie hat einen Vermittler benutzt – einen Mittelsmann.«

»Einen Mittelsmann ...« Plötzlich verstand Dengar. »Es muss Kud'ar Mub'at gewesen sein! Der Sammler war die einzige Kreatur, die einen derartigen Job für Ree Duptom einfädeln konnte. Aber ...«

»Aber er ist tot«, sagte Neelah ausdruckslos. »Kud'ar Mub'at ist tot, schon vergessen? Sie waren hier, als es passierte.« Sie schüttelte angewidert den Kopf. »Sie haben uns den ganzen Weg hierher gebracht für nichts. Die Toten können uns keine Geheimnisse verraten.«

»In diesem Punkt irren Sie sich.« Boba Fett drehte sich mit dem Pilotensitz und wies auf das hinter ihm liegende Sichtfenster. »Sehen Sie.«

Die *Hound's Tooth* hatte sich langsam tiefer in das verheddterte Gewirr aus toten Unterknoten bewegt.

Bis sie schließlich das Zentrum der zerfetzten Stränge aus Nervengewebe erreicht hatte.

In dem Streifen Weltraum, der vor dem Schiff sichtbar war, trieb ein spinnenähnlicher Kadaver, der größer war als alle anderen und die vielgelenkigen Beine um die Überreste seines kugelförmigen Unterleibs gefaltet hatte. Die hohlen, leeren Augen von Kud'ar Mub'at starrten die Besucher im kalten Vakuum seiner Gruft an.

»Wir müssen nur den Toten zurück ins Leben holen.« Boba Fett sprach mit ruhiger Sicherheit, als wäre es die einfachste Sache der Welt. »Und ihm dann zuhören ...«

9

Eine Frau sprach mit einem Verräter.

»Sie haben bekommen, was Sie wollten.« Der Name des Verräters war Fenald; im trüben, rauchigen Licht der unterirdischen Kneipe war sein Lächeln sowohl unangenehm als auch wissend – ein Tier, das mit seiner Beute spielte. »Darum geht es doch, oder?«

Kodir von Kuhlvult achtete darauf, dass ihr Mantel nicht die feuchten Wände des Lokals berührte. Sie hatte gewusst, dass es derartige Orte auf der Welt Kuat gab, aber sie hatte noch nie zuvor einen besucht. Sie hatte ihr Leben auf einer anderen Welt verbracht, einer, die auf demselben Planeten lag, aber trotzdem Lichtjahre entfernt zu sein schien. In dieser Welt gab es all den Luxus und die Macht von Kuats herrschender Familie; hier gab es nur den menschlichen Abschaum des Planeten.

Das matte Licht eines Kerzenstummels flackerte in einer unverputzten Wandnische und ließ ihren und Fenalds Schatten mit der Dunkelheit verschmelzen, in der andere Gestalten vor eckigen Krügen mit berauschenden Getränken saßen und brüteten. Selbst die Luft roch ranzig. Jedes Molekül war mit dem Ruß geschwängert, der die niedrige, drückende Steindecke schwärzte.

»Ich habe *einen Teil* von dem bekommen, was ich wollte.« Kodir beugte sich nach vorn, die Arme auf dem klebrigen, feuchten Tisch, damit nur Fenald ihre geflüsterten Worte hören konnte. »Es gibt noch mehr.«

Fenald war angetrunken; er hatte offenbar schon einige Zeit hier darauf gewartet, dass sie auftauchte.

»Ich fürchte, ich kann Ihnen bei dem Rest nicht helfen. Ich bin derzeit nicht gerade in einer einflussreichen Position, nicht wahr? Ich habe alles, was ich besaß, für den letzten Teil Ihrer Pläne ausgegeben.«

»Ja …« Kodir nickte unter der weiten Kapuze des Mantels, die sie aufgesetzt hatte, um ihre Identität vor neugierigen Blicken zu verbergen. »Sie sind ein richtiger Schauspieler. Alle haben sich täuschen lassen. Und sie haben noch immer nichts gemerkt. Sie haben also gute Arbeit für mich geleistet. Ich weiß das zu schätzen.«

»Gut«, sagte Fenald undeutlich. Er musterte sie mit schwerlidrigen Augen. »Denn ich bin darauf angewiesen, dass Sie Ihre Wertschätzung zeigen. Ich bin derzeit ein wenig knapp an Credits … schließlich habe ich meinen Job und alles verloren. Und da *Sie* diesen Job jetzt bekommen haben – genau das, was Sie wollten, hm? –, halte ich es nur für fair, dass Sie mir etwas mehr zahlen als diesen Vorschuss. Auf einer regelmäßigen Basis. Damit ich nicht in Versuchung gerate, mit irgendjemandem über Ihre kleine … sagen wir Vorstellung zu reden. Es wäre eine Schande, die Show zu ruinieren, so lange sie noch läuft.«

»Sie haben Recht. Das wäre es.« Kodir griff über den Tisch und legte ihre Hand auf die seine. »Aber Sie wissen – es gibt für mich mehr als einen Weg, meine Wertschätzung zu zeigen.«

In seinem derzeitigen Zustand brauchte Fenald ein paar Sekunden, bis er verstand, was sie meinte. Dann wurde sein Lächeln breiter und hässlicher. »Gut«, sagte er. »Aber das muss zusätzlich zu den Credits geschehen.«

Sie antwortete nicht, sondern beugte sich weiter über den Tisch, bis ihr Gesicht ganz nahe an seinem war. Kurz bevor sich ihre Lippen berührten, zog sie ihre andere Hand unter dem Mantel hervor, in der etwas glitzerte. Fenalds Augen weiteten sich vor Schock, als er spürte, wie das Objekt ihm die Kehle durchschnitt.

»Nein«, sagte Kodir leise. Sie ließ die Vibroklinge auf den Tisch fallen, neben Fenald, dessen Gesicht in einer größer werdenden Blutlache lag. »Nicht zusätzlich. Sondern stattdessen.«

Kodir zog die Kapuze des Mantels tiefer ins Gesicht, drehte sich um und musterte die trüb erleuchtete Kneipe. Keiner der Gäste schien etwas bemerkt zu haben. Sie legte ein paar Münzen auf die Ecke des Tisches und ging dann ohne Eile zu der Treppe, die hinauf an die Oberfläche führte.

Eine Frau sprach mit einem Spieler.

Eine andere Frau und weit entfernt vom Planeten Kuat. Aber sie hatte sich ebenfalls in einen Kapuzenmantel gehüllt, damit niemand seine Nase in ihre Angelegenheiten stecken konnte.

»Das Geschäft läuft im Moment nicht besonders gut«, sagte der Spieler. Sein Name war Drawmas Sma'Da und er saß an einem Tisch in einem glitzernden, hell erleuchteten Vergnügungszelt. Das Gelächter der reichen und törichten Bürger der Galaxis erfüllte das Etablissement. »Sie müssen verstehen, dass ich noch nicht wieder auf meinem gewohnten Level bin – ich hatte vor einigen Wochen ein paar, äh, *Unannehmlichkeiten*. Ich musste den Großteil meines Geschäftskapitals ausgeben, um aus diesem Schlamassel herauszukommen; Sie wissen schon, die üblichen Bestechungs- und Schmiergelder und so weiter. Glauben Sie mir, Palpatine ist nicht die einzige gierige Kreatur im Imperium.« Er faltete seine Hände vor seinem voluminösen Bauch und lehnte sich auf seinem

Stuhl zurück. »Deshalb kann ich mich im Moment nicht an großen Wetten beteiligen. Nicht an dieser Allianz-gegen-das-Imperium-Sache.«

»Das ist schön.« Die Frau sprach mit gedämpfter Stimme. »Ich will, dass Sie eine andere Wette annehmen. Auf einen Kopfgeldjäger.«

»Kopfgeldjäger, hm?« Sma'Das Miene verdüsterte sich. »Ich kann Ihnen eine gute Wette auf einige von ihnen anbieten. Sie können zum Beispiel darauf wetten: Wenn ich ein Paar namens Zuckuss und 4-LOM in meine Hände bekomme, sind beide totes Fleisch. Sie waren es, die mich vor nicht allzu langer Zeit hierher gelockt haben.«

Sie schüttelte den Kopf. »Ich bin an ihnen nicht interessiert.«

»In Ordnung.« Sma'Da schenkte ihr ein liebenswürdiges Lächeln. »Auf wen wollen Sie dann wetten?«

Die Frau sagte es dem Spieler.

»Sie machen Witze.« Er sah sie verblüfft an. »Auf *ihn*?«

»Nehmen Sie die Wette an?«

»Oh, ich nehme sie an, in Ordnung.« Sma'Da zuckte die Schultern. »He, das ist mein Geschäft. Und ich gebe Ihnen auch gute Quoten. Denn offen gestanden – er wird es nicht schaffen. Ich weiß, in was für Schwierigkeiten er steckt. Schlimmer kann's nicht mehr werden.«

Der Blick der Frau wurde kalt. »Umso besser für Sie.«

Als die Wette aufgezeichnet und der Einsatz zu einem Treuhandkonto auf einer Bankenwelt der Galaxis überwiesen war, bot ihr Sma'Da einen Drink an. »Ich hasse es, Credits von einer hübschen Frau anzunehmen und ihr im Gegenzug nichts zu geben.«

»Es gibt etwas, das Sie für mich tun können.« Die Frau stand vom Tisch auf.

Sma'Da sah sie an. »Was ist es?«

»Zahlen Sie mich einfach aus, wenn die Zeit kommt.« Sie wandte sich ab und ging zum ornamentgeschmückten Ausgang des Etablissements. Der Saum ihres Mantels streifte über den goldgefleckten Boden.

Unweit des Planeten Kuat fanden andere Gespräche statt.

»Glauben Sie mir«, sagte der Führer der Scavenger-Staffel, »mir gefällt es auch nicht, hier zu sein. Ich wäre im Moment lieber in der Nähe von Sullust, um mich auf den *richtigen* Kampf vorzubereiten.«

Kuat von Kuat wandte sich von seiner Werkbank ab und sah über seine Schulter die Gestalt an, die, den Pilotenhelm in eine Armbeuge geklemmt, mitten in Kuats Privatquartier stand. Auf einer Seite des Raumes zeigte eine hohe, gewölbte Reihe aus Transparistahlscheiben Sterne und die riesigen, verschachtelten Umrisse der Docks der Kuat-Triebwerkswerften. Der Felinx rieb sein Seidenfell an Kuats Knöchel; Kuat sah einen Moment nach unten und stellte fest, dass das Tier den Eindringling mit geschlitzten Pupillen feindselig anstarrte.

»Dann sollten Sie gehen«, sagte Kuat von Kuat sanft. »Die Anwesenheit Ihrer Staffel ist hier völlig überflüssig.«

»Die Rebellen-Allianz ist anderer Ansicht.« Eine beeindruckende Narbe zog sich fast diagonal über Commander Gennad Rozhdensts Gesicht, das Ergebnis eines früheren Scharmützels mit imperialen Jägern. »Und ich habe meine Befehle direkt von der ehemaligen Senatorin Mon Mothma bekommen, die sich mit der Allianz-Flotte unweit von Sullust aufhält.«

»Ich verstehe.« Kuat bückte sich und hob den

Felinx auf; das Tier schmiegte sich in die Sicherheit seiner Arme. Seine gelben Augen schlossen sich, als es sich hinter den Ohren kratzte. »Aber Sie müssen berücksichtigen, Commander, dass auch ich meine Pflichten habe.«

Im Moment lasteten diese Pflichten schwer auf Kuat von Kuats Schultern. *Alles hängt von mir ab*, sinnierte er. Der Felinx mochte vielleicht denken, dass sein Wohlergehen die größte Sorge seines Herrn war, aber ihn beschäftigten noch weitaus wichtigere Dinge. Das Schicksal der Kuat-Triebwerkswerften selbst, des Konzerns, dessen Schiffe und Waffensysteme in der gesamten Galaxis verbreitet waren und den Großteil der imperialen Flotte stellten – die Führung dieses Unternehmens war Kuats ererbte Verantwortung, genau wie sie die seines Vaters und Großvaters gewesen war und der Generationen vor ihnen. Als er hinaus zu den Docks sah, wo eine Flotte von Zerstörern und schweren Kreuzern kurz vor der Fertigstellung stand, hatte er das Gefühl, dass ihre kombinierte Masse sein Rückgrat verbog. Und mehr noch: Über den Kuat-Triebwerkswerften hing die grün gefleckte Kugel des Planeten Kuat, eine ganze Welt und ihre Bewohner, die vom Schicksal des Unternehmens abhingen, das einen großen Teil des Reichtums der Galaxis in seine Kassen leitete.

Und ich habe dafür gekämpft. Kuat streichelte weiter das seidige Fell des Felinx. *Ich habe darum gekämpft, diese Bürde zu behalten, statt sie mir von anderen abnehmen zu lassen.* In Zeiten wie diesen, wenn sich die Last seiner Verantwortung in knochentiefe Müdigkeit verwandelte, stellte er die Klugheit dieses Kampfes in Frage. Es hatte genug andere in den herrschenden Familien des Planeten Kuat gegeben, Adelige, deren Blutlinien von der Tradition daran gehindert wurden, die Führung der Kuat-Triebwerkswerften zu übernehmen, und die begierig darauf waren, gegen ihn zu konspirieren, die uralte Weisheit ihrer Welt über Bord zu werfen und selbst die Macht zu ergreifen. Obwohl Kuat von Kuat vielleicht bereit gewesen wäre, ihnen ihre Chance zu gönnen, hatte er die Kontrolle über den Konzern nicht aus der Hand geben können. *Weil ich weiß* – er schloss die Augen, während er den Felinx streichelte –, *dass sie niemals hätten siegen können. Nicht gegen mich, sondern gegen all unsere anderen Feinde.* Kuat sah eine grausame Ironie darin, dass der Tod zwar die Bedrohung beseitigt hatte, die Prinz Xizor dargestellt hatte, doch gleichzeitig ein weiterer potenzieller Gegner in Gestalt der Rebellen-Allianz aufgetaucht war.

»Es gibt keinen Konflikt«, erklärte Commander Rozhdenst, »zwischen Ihren Pflichten und meinen.« Die winterblauen Augen in dem kantigen Gesicht schienen direkt in Kuats Herz zu sehen. »Die Rebellen-Allianz hat keine Pläne mit den Kuat-Triebwerkswerften. Wir möchten, dass der Konzern in Ihren Händen bleibt.«

»Ich wünschte, ich könnte das glauben, Commander.« Kuats Hand, die den Hals des Felinx sanft gekrault hatte, erstarrte. Er konnte hören, wie seine Stimme kalt wurde. »Aber eine Staffel bewaffneter Rebellen-Raumschiffe zu stationieren, ist schwerlich die Tat von jemand, der Freundschaft mit uns sucht.«

»Die Rebellen-Allianz wäre schon mit einem neutralen Verhältnis zu Ihnen zufrieden. Wir wollen nicht mehr.«

»Ah.« Kuat von Kuat rang sich ein trockenes Lächeln ab, bevor er langsam den Kopf schüttelte. »Aber sehen Sie, Commander – das behaupten *alle*. Jeder, der jemals Geschäfte mit den Kuat-Triebwerkswerften gemacht hat, bis zurück zu den Zeiten meines Vaters und Großvaters, hat uns stets versichert, dass es ihm nur um das Wohlergehen – und die Unabhängigkeit – des Unternehmens ging. Und hätten wir ihnen in dieser Hinsicht vertraut, bezweifle ich, dass die Werften jetzt noch existieren würden. Sie werden mir meine Skepsis also nachsehen müssen; ich weiß, dass sie selbst für einen unwilligen Gastgeber wie mich unschicklich ist. Aber ich versichere Ihnen, dass Imperator Palpatine persönlich mich informiert hat, dass er keine ›Pläne‹, wie Sie es formulierten, mit uns hat. Seien Sie bitte nicht gekränkt, wenn ich Ihnen sage, dass der Glaube, den ich seinen Worten schenke, genauso groß ist wie der, den ich den Erklärungen eines Vertreters der Rebellen-Allianz entgegenbringe.«

Der Commander musterte ihn einen Moment und antwortete dann. »Sie drücken sich sehr direkt aus, Kuat.«

»Schreiben Sie es meiner Ingenieursausbildung zu. Ich ziehe es vor, es als Genauigkeit zu bezeichnen, nicht als Direktheit.«

»Dann werde ich mich ebenfalls ... *genau* ausdrücken.« Rozhdensts Stimme wurde noch eisiger, wie Durastahl, der dem Vakuum des Weltraums ausgesetzt war. »Meiner Staffel und mir wurde diese Mission hier übertragen und wir beabsichtigen, diese Mission durchzuführen. Aber Sie haben Recht mit der Annahme, dass es etwas gibt, das die Rebellen-Allianz von Ihnen will. Man hat mich gründlich über die politische und strategische Analyse informiert, die unsere Führung über den Wert der Kuat-Triebwerkswerften vorgenommen hat. Nicht nur für uns, sondern auch für Palpatine. Wenn ich sage, dass Ihre Neutralität etwas ist, das wir schätzen, dann meine ich nicht nur die

Neutralität gegenüber der Allianz, sondern auch die gegenüber dem Imperium.«

»Unser Unternehmen macht Geschäfte mit dem Imperium. Mehr nicht. Das Waffen- und Flottenbeschaffungsamt der imperialen Flotte schätzt, was wir hier tun – was völlig richtig ist; wir haben keine Konkurrenten auf dem Gebiet des militärischen Schiffsbaus – und die Imperialen sind in der Lage, unsere Preise zu zahlen.« Der Felinx regte sich träge in der Beuge von Kuats Arm, als sein Herr mit den Schultern zuckte. »Wir verkaufen auch an andere, wenn sie für die Waren, die sie sich wünschen, bezahlen können. Das ist in der Tat der einzige Unterschied, den wir zwischen unseren Kunden und *potenziellen* Kunden machen: ob sie nun genug Credits auf ihren Konten haben oder nicht, um uns Aufträge zu erteilen.« Kuat zeigte ein dünnes, humorloses Lächeln. »Glauben Sie mir, Commander, wenn die Rebellen-Allianz zahlen könnte, wäre unsere Werft froh, sie als Kunden begrüßen zu dürfen. Nach dem Zustand Ihrer bunt gescheckten Sammlung aus zusammengewürfelten Y-Flüglern zu urteilen, die Sie über unseren Konstruktionsdocks stationiert haben, könnten Sie zweifellos unsere Wartungs- und Aufrüstkapazitäten gebrauchen.«

Zorn leuchtete in Rozhdensts Augen auf und belustigte Kuat noch mehr. Er wusste, dass seine Bemerkung einen wunden Punkt getroffen hatte. Der einzige Grund für die Stationierung dieser speziellen Einheit der Rebellen-Allianz war, dass sie einfach zu ramponiert und veraltet war, um eine taktische Gefahr für einen schwer bewaffneten und vorbereiteten Feind wie die imperiale Flotte darzustellen. Es handelte sich hauptsächlich um alte Y-Flügler, das Vorläufermodell der hoch entwickelten TIE-Jäger und -Abfangjäger der imperialen Flotte, die diese Staffel in den ersten Sekunden einer Konfrontation in flammende Trümmer verwandeln würden.

»Ich frage mich«, fuhr Kuat boshaft fort, »ob das Oberkommando der Rebellen-Allianz Sie und Ihre Staffel hierher geschickt hat, um etwas zu erreichen, oder ob die Bewachung der Kuat-Triebwerkswerften nur ein willkommener Vorwand ist, Sie alle aus der Schusslinie zu halten, damit Sie in der Schlacht nicht auf richtige Jäger treffen.« Der Felinx spürte die Belustigung seines Herrn und schnurrte zufrieden. »Ich denke, dass Mon Mothma wichtigere Dinge zu tun hat, als eine so genannte Staffel in Marsch zu setzen, die kaum mehr als Laserkanonenfutter ist.«

Gennad Rozhdensts Gesicht mit der entstellenden Narbe wurde finster. »Meine Männer und ihre Jäger können gut auf sich selbst aufpassen.«

»Daran habe ich wenig Zweifel, Commander. Es ist nur die Frage, ob sie sonst noch etwas erreichen können. Ihre Loyalität zu ihnen ist beeindruckend, kommt aber nicht unerwartet. Und natürlich sind die Gründe, warum die Führung der Rebellen-Allianz *Ihnen* das Kommando über sie gegeben hat, völlig verständlich. Es verrät einiges über den hohen moralischen Anspruch der Rebellenführer, dass sie sich die Mühe machen, einen Auftrag für jemanden zu finden, dessen militärische Karriere sozusagen noch nicht von einem verdächtigen Glorienschein gekrönt wurde.«

Der Zorn in Rozhdensts Augen wurde stärker. Er antwortete nicht.

»Pech kann jeder haben, Commander. Ich kann Ihnen versichern, dass das, was einen zu einem Helden macht, lediglich eine Frage der Chancen und des Glückes ist – auch wenn manche sagen würden, dass ein wahrer Held sich seine Chancen selbst macht. Aber das ist von den meisten zu viel verlangt. Deshalb ist

Ihre Geschichte – Ihr Scheitern, die Abstürze und die Kämpfe, die andere Kreaturen gewannen – sicherlich verzeihlich.«

Kuat sah, dass er Erfolg hatte; es war klar, dass es ihm gelungen war, den Allianz-Commander in einen Zustand nur mühsam kontrollierter Wut zu versetzen. *Genau das, was ich wollte*, dachte er zufrieden. Ihn hatte das uralte Jedi-Geschwätz noch nie sonderlich beeindruckt, aber er glaubte an die Verhandlungsmaxime, dass man sein Gegenüber nur erzürnen musste, um es in die Hand zu bekommen.

Dieser Zorn, der sich in Gestalt von Commander Gennad Rozhdenst manifestierte, trat vor Kuat und bohrte ihm einen Zeigefinger in die Brust. »Lassen Sie uns eins klarstellen, Kuat. Ich habe meine Befehle direkt von Mon Mothma bekommen, nachdem ich diese Staffel zusammengestellt hatte, von der Sie so wenig halten – und *das* geschah ebenfalls auf ihren direkten Befehl hin. Ich habe jedes System in dieser Galaxis nach funktionierenden Einheiten durchsucht, nach jedem abgeschossenen Jäger und jedem Allianz-Piloten, der greifbar war. Wir haben unsere Scavenger-Staffel zusammengestellt und ohne Hilfe von Technikern wie Ihnen geflogen, da Sie zu sehr damit beschäftigt waren, hinter Ihren Profiten herzulaufen.« Der Zeigefinger bohrte sich härter in Kuats regulären KTW-Overall. »Meine Staffel und ich waren bereits auf dem Weg nach Sullust – auf Admiral Ackbars Befehl hin –, als Mothma und der Rest des Allianz-Oberkommandos die Order widerriefen und uns hierher schickten.«

»Das habe ich bereits gehört.« Kuat schob die Hand des anderen Mannes beiseite. »Es scheint andere in Ihrer Allianz zu geben, die eine kritischere Analyse des, sagen wir, strategischen Wertes Ihrer Staffel vorgenommen haben.«

»Was sie haben, Kuat, ist eine ziemlich klare Vorstellung von dem, was sie von uns erwarten können. Sie wissen genau, welche Geschäfte Ihr Unternehmen mit dem Imperium gemacht hat.« Rozhdenst machte eine abfällige Geste zu den Konstruktionsdocks, die durch die gewölbten Transparistahlscheiben zu sehen waren. »Dieses ganze Unternehmen wäre wahrscheinlich längst Pleite gegangen und ausgeschlachtet worden, wenn Palpatine und Vader Ihnen nicht so viele Beschaffungsaufträge erteilt hätten. Sie haben ihnen eine Menge zu verdanken, nicht wahr? Diese ganze Flotte, die sich in Ihren Docks der Fertigstellung nähert, ist für die Imperialen bestimmt – und die Bezahlung dafür wird einen Haufen Credits auf die Konten Ihrer Welt spülen. Und das ist alles, was Sie interessiert, richtig? Sie haben es gerade selbst gesagt.«

»Ich bin froh zu sehen, dass Sie mir zuhören, Commander. Eine derartig ausgeprägte Beobachtungsgabe hätte ich Ihnen nach dem Studium Ihrer Akte gar nicht zugetraut.«

»Werden Sie ja nicht unverschämt.« Rozhdenst hatte seine Selbstbeherrschung zum Teil zurückgewonnen. »Es wäre viel besser für Sie gewesen – und für die Kuat-Triebwerkswerften –, wenn es uns gelungen wäre, zumindest so zu tun, als wären wir Freunde. Aber Ihre Feindseligkeit – und auch Ihre Vorliebe für das Imperium, das Ihnen und Ihrem Konzern derart große Summen zahlt – wird meine Staffel und mich nicht davon abhalten, das zu tun, was man uns aufgetragen hat.«

»Und das ist genau?« Kuat streichelte weiter das seidige Fell des Felinx. »Mir sind die Einzelheiten bisher noch nicht mitgeteilt worden.«

»Nun gut.« Rozhdenst nickte knapp. »Mon Mothma und der Rest des Oberkommandos der Rebellen-Allianz erkennen die langfristige strategische

Bedeutung der Kuat-Triebwerkswerften. Es geht dabei nicht nur um das, was Ihr Unternehmen in Zukunft zu leisten im Stande ist, sondern auch um die Waffen und Schiffe, die sich derzeit in Ihren Konstruktionsdocks befinden. Keiner von uns in der Rebellen-Allianz hat irgendeinen Zweifel daran, dass Sie sich mit dem Sieger der bevorstehenden Schlacht und allen, die noch folgen, arrangieren werden. Wie Sie schon bemerkt haben, geht es Ihnen nur um das Wohl Ihres Unternehmens. Aber wenn die Entwicklung bei Endor so verläuft, wie ich es glaube – und wie sehr wünsche ich mir, dort zu sein, um es mit eigenen Augen zu sehen! –, dann wird das Imperium so schnell wie möglich Ersatz für seine Operationsflotten brauchen und die Einheiten übernehmen, die Sie hier bauen. Das Imperium weiß es, Sie wissen es – und *wir* wissen es. Was auch der Grund für unsere Anwesenheit ist. Die Scavenger-Staffel wird die Kuat-Triebwerkswerften rund um das Chronometer bewachen; es wird nicht viel geben, das uns entgeht. Und ich verspreche Ihnen« – der stechende Finger des Commanders verharrte zwei Zentimeter vor Kuats Brust –, »wenn von Endor die Nachricht über das Ergebnis der Schlacht eintrifft und die imperiale Flotte versucht, die fertigen Schiffe in Ihren Docks in Besitz zu nehmen ...« Rozhdenst schüttelte den Kopf. »Es wird nicht passieren. Das Oberkommando der Rebellen-Allianz mag entschieden haben, dass es genug Kräfte über Sullust zusammengezogen hat, um auf meine Piloten verzichten und dennoch Palpatines Schiffe besiegen zu können. Schön; das ist eine strategische Entscheidung und ich gebe mich mit ihr zufrieden. Aber es bedeutet auch, dass Mon Mothma davon überzeugt ist, dass meine zusammengewürfelte Staffel ihren Auftrag hier ausführen kann.«

»Tatsächlich.« Kuat zog eine Braue hoch. »Nun, ich bin sicher, dass Sie es tapfer versuchen werden.«

»Oh, wir werden mehr als nur das tun. Da wir die Schlacht bei Endor verpassen, wird meine Staffel darauf erpicht sein, hier zu kämpfen. Falls irgendwelche imperialen Streitkräfte auftauchen und versuchen, diese Schiffe in Besitz zu nehmen, oder falls irgendeine Ihrer KTW-Transportcrews denkt, dass sie es schafft, sie zu irgendeinem Rendezvouspunkt zu fliegen und abzuliefern, dann werden sie einen hohen Preis dafür bezahlen. Darauf können Sie wetten.«

»Und was passiert, wenn die Rebellen-Allianz hierher kommt und diese Schiffe verlangt? Wer wird dann dafür bezahlen?« Der Ärger in der Stimme des anderen Mannes hatte den Felinx in Kuats Armen aufgeschreckt; er tat sein Bestes, um ihn zu beruhigen. »Kann ich davon ausgehen, dass Mon Mothma und der Rest des Allianz-Oberkommandos bereit sein werden, einen fairen – und profitablen – Vertrag abzuschließen?«

»Ich bin nicht ermächtigt«, erklärte Rozhdenst, »derartige Vereinbarungen zu treffen.«

»Was mit anderen Worten bedeutet, dass Sie nicht die Mittel haben. Die Credits. Und die Allianz auch nicht. Ansonsten hätte Mon Mothma das Angebot bereits gemacht.«

Ein spöttisches Lächeln umspielte Rozhdensts Mundwinkel. »Und hätten Sie es akzeptiert? Nicht solange Sie solche Angst vor der Reaktion Ihres besten Kunden, Imperator Palpatine, haben.«

»Die Abkommen, die ich treffe«, erwiderte Kuat steif, »sind im besten Interesse meines Unternehmens.«

»Bedauerlich für alle anderen in der Galaxis.« Das spöttische Lächeln blieb, als Rozhdenst nickte. »Die für ihre Freiheit und ihr Leben kämpfen. Und Sie interessiert nur die Zahl der Credits, die in Ihre Kasse gespült werden. Schön; arrangieren Sie sich, wenn Sie wollen. Sie wollen sich nicht mit der Rebellen-Allianz einlassen, das ist Ihre Entscheidung. Aber ich denke, ich drücke mich deutlich genug aus, wenn ich Sie warne, dass sich das ›Angebot‹ der Allianz wahrscheinlich auf diese Schiffe in Ihren Konstruktionsdocks beziehen wird.« Rozhdenst deutete auf das Panorama hinter den Transparistahlscheiben. »Wenn die Allianz entscheidet, dass sie die Schiffe braucht, die Sie bauen – und die Wahrscheinlichkeit ist hoch –, dann werde ich sie mir nehmen, ob Sie sich nun einverstanden erklären, sie an uns statt an das Imperium zu verkaufen, oder nicht. Und wir werden uns *nach* dem Krieg den Kopf über Kompensationen für die Kuat-Triebwerkswerften zerbrechen.«

»Ihre Sprache überrascht mich nicht, Commander. Ich wäre mehr überrascht gewesen, wenn Sie weiter so getan hätten, als hätten Sie das Wohlergehen der Kuat-Triebwerkswerften im Auge. Aber jetzt wissen wir genau, wo jeder steht, nicht wahr?« Kuat wandte sich ab und setzte den Felinx auf die Werkbank. »Wir haben also Fortschritte gemacht.«

Rozhdenst musterte ihn mit zusammengekniffenen Augen. »Wie ich schon bei meiner Ankunft sagte, Kuat – es wäre besser, wenn wir uns auf einer freundschaftlichen Basis einigen würden. Ich würde Ihnen lieber vertrauen, als Sie zu überwachen. Aber jetzt *werden* wir Sie überwachen.«

»Wie Sie wünschen.« Kuat hatte dem Commander der Rebellen-Allianz den Rücken zugedreht, als er eine Mikrologiksonde von seiner Werkbank nahm. Mit dem Rücken seiner anderen Hand hielt er den Felinx davon ab, das empfindliche Werkzeug zu beschnuppern. »Wenn Sie mich jetzt entschuldigen würden, ich muss arbeiten ...«

Er hörte, wie sich die Schritte des Commanders entfernten und die Tür zu seinem Privatquartier geöffnet und wieder geschlossen wurde. In der Stille des Raumes musterte er die dünne, glänzende Metallsonde auf seinem Handteller, als wäre sie eine gefährliche Waffe. »Sie können mich so lange überwachen, wie sie wollen«, murmelte Kuat. Er sprach seine leisen Worte zu dem Felinx, überzeugt, dass niemand ihn abhörte. Seit Kuat von seinem ehemaligen Sicherheitschef verraten worden war, beaufsichtigte er persönlich die elektronische Sicherheitsanalyse seines Privatquartiers. »Sie haben keine Ahnung, was ich hier mache.« Ein Lächeln huschte über sein Gesicht. »Und sie werden viel Glück haben müssen, um diese Schiffe in ihre Hände zu bekommen ...«

»Also, wie sieht's aus?« Ott Klemp, einer der jüngeren und weniger erfahrenen Piloten der Scavenger-Staffel passte seine Schritte der Geschwindigkeit seines kommandierenden Offiziers an. »Werden sie mit uns kooperieren?«

»Es gibt keine ›sie‹ bei den Kuat-Triebwerkswerften«, erwiderte Commander Rozhdenst. Er hatte sich von Klemp vom mobilen Basisunterstützungsschiff hinunter zu den KTW-Konstruktionsdocks bringen lassen, damit der jüngere Mann in der Umgebung der riesigen, das System umkreisenden Werft mehr Flugerfahrung sammeln konnte, die er dringend benötigte. »Es gibt nur Kuat von Kuat. Er trifft alle Entscheidungen.« Rozhdenst ging weiter mit zielgerichteten Schritten durch den hohen Korridor und ließ die unerfreulich verlaufene Konferenz mit dem Chef der Kuat-Triebwerkswerften weiter hinter sich zurück. »Und im

Moment hat er sich entschieden, ›neutral‹ zu bleiben, wie er es ausdrückt. Das ist nicht gut.«

»Sie denken, er wird seine neuen Schiffe der imperialen Flotte überlassen?«

»Ich denke, er wird das tun, was seiner Meinung nach im besten Interesse seines Unternehmens ist. Ich glaube ihm, wenn er das sagt. Was bedeutet, dass er es sofort tun wird, sobald Palpatine die Credits für die Schiffe überweist.«

Das Landedock mit der wartenden Fähre der Scavenger-Staffel war nur ein paar Meter entfernt. »Vielleicht sollten wir einen Präventivschlag durchführen«, sagte Klemp. »Unsere Piloten sofort an Bord dieser Schiffe schaffen, damit die Imperialen sie nicht in die Hände bekommen, wenn ihre Streitkräfte auftauchen.«

Rozhdenst schüttelte im Gehen ungeduldig den Kopf. »Negativ. Wir würden dem Imperium direkt in die Hände spielen, wenn wir etwas Derartiges versuchen. Wir haben nicht genug Piloten und Crewmitglieder, um auch nur ein Schiff einer derartigen Flotte voll zu bemannen. Sie startbereit zu machen und die KTW-Konstruktionsdocks zu verlassen, wäre schon schwierig genug, aber zu versuchen, an Bord dieser Schiffe gegen eine imperiale Eingreiftruppe zu kämpfen, ohne genug Personal, um die Bordwaffen zu bemannen, wäre Selbstmord. Nein, wir haben eine bessere Chance, wenn wir jedes imperiale Schiff abfangen, das von außerhalb in diesen Sektor eindringt, und mit dem bekämpfen, das wir bereits haben.«

»Sir, das ist keine besonders große Chance.« Klemp war bei den Worten seines Commanders blass geworden. »Unsere Staffel mag vielleicht in der Lage sein, einen Haufen KTW-Arbeiter und -Techniker unter

Kontrolle zu halten, aber wenn das Imperium hier eine bedeutende Streitmacht zusammenzieht, sind wir verloren.«

»Sagen Sie mir etwas«, knurrte Rozhdenst, »das ich noch nicht weiß.« Die beiden Männer erreichten die Seite der Fähre. Neben den ausgefahrenen Landestützen drehte sich der Commander zu dem jüngeren Mann um. »Ich werde Ihnen etwas über unsere Mission verraten. Sie haben völlig Recht: Wenn die imperiale Flotte hier eindringt, gäbe es nicht viel, das wir tun können, um sie aufzuhalten. Es gibt nur einen Grund für unsere Anwesenheit hier ...« Er wies auf die versiegelten oberen Ebenen des Landedocks und den dahinter verborgenen Rest der Scavenger-Staffel. »Im Moment ist die Aufmerksamkeit des Imperiums auf einen anderen Planeten gerichtet. Auf Endor, um genau zu sein. Mit unseren zusammengewürfelten, veralteten Jägern können wir die imperiale Flotte nicht stoppen – aber wir können sie verlangsamen. Wenn wir hart und klug genug kämpfen, können wir sie vielleicht so verlangsamen, dass wir das Allianz-Kommunikationsschiff im Orbit um Sullust erreichen und Verstärkung anfordern können. Und *diese* Rebellen-Streitmacht könnte die imperiale Flotte daran hindern, diese neuen Schiffe in die Hand zu bekommen.« Rozhdenst stieg die Sprossen der Leiter zur Schiffsluke hinauf. »Wenn das geschieht«, sagte er über seine Schulter zu Klemp, »werden wir natürlich nicht mehr hier sein, um das zu sehen. Wir werden dann tot sein.«

»Vielleicht.« Ott Klemp folgte dem Commander. »Aber dann werden eine Menge von *ihnen* ebenfalls tot sein.«

Rozhdenst beugte sich nach vorn und schlug dem jüngeren Mann auf die Schulter. »Sparen Sie sich das für den Moment auf, wenn sie hier eintreffen.«

Die Tore des Landedocks schwangen langsam auf und enthüllten das dahinterliegende Sternenmeer, als Klemp das Schubtriebwerk der Fähre hochfuhr. Einen Augenblick später entfernte sich die Fähre, einen roten Streifen hinter sich her ziehend, von der Werft und kehrte zur wartenden Staffel zurück.

10

»Ich kann nicht glauben«, sagte Dengar, während er sich umsah, »dass dieser Ort heiterer war, als er noch voller *Leben* war.«

Er und Boba Fett waren von den verkanteten, faserigen Wänden der Überreste von Kud'ar Mub'ats Netz umgeben. Es gab noch genug strukturelle Integrität, dass die Hauptkammer und ein paar der schmalen Korridore, die von ihr wegführten, mit atembarer Atmosphäre gefüllt waren. Das machte das Arbeiten leichter, wenn auch nicht erfreulicher.

Boba Fett ignorierte seine Bemerkung, wie er auch Dengars vorherige mürrische Beschwerden ignoriert hatte. Er stand mehrere Meter von ihm entfernt in der Nähe der Stelle, an der sich einst Kud'ar Mub'ats thronähnliches Nest befunden hatte, und setzte weiter den elektrosynaptischen Niederspannungs-Impulsgeber ein, der das Netz langsam wieder belebte. Hinter dem Kopfgeldjäger schlängelten sich dicke Kabel zu der temporären Ausgangsluke, die zu den Außenbereichen des Netzes führte. Die schwarz glänzende Isolierung der Kabel, die an die Haut eines planetaren Kriechtiers erinnerte, schimmerte in der Streustrahlung der Energie, die sie durchströmte. Diese Energie und der parallele Datenfluss, der sie lenkte und justierte, um die verwobenen Nervenzellen des Netzes wieder zu beleben, kamen von der *Hound's Tooth*, die fast in Griffweite der dickeren strukturellen Fasern vertäut war, die die Masse der feineren Neuronen miteinander verbanden.

»Das sollte halten.« Dengar sprach die Bemerkung

laut aus, teils um eine menschliche Stimme in diesem bedrückenden Raum zu hören, teils um seinem Partner eine Reaktion zu entlocken. Die Wände der Netzhauptkammer hatten voneinander getrennt werden müssen, damit sie nicht auf ihn und Fett stürzten. Sie hatten aus dem Frachtraum der *Hound's Tooth* genug Durastahlpfeiler für diesen Zweck ausgebaut, sie von dem Schiff herübertransportiert und vorsichtig in den Sektionen des Netzes installiert, die sie zuvor vom Vakuum befreit und mühsam miteinander verbunden hatten. Selbst diese Rekonstruktion des Netzes des verstorbenen arachnoiden Sammlers wäre unmöglich gewesen, wenn die Säuberungscrew der Schwarzen Sonne, die Spießgesellen von Prinz Xizor, die es zerstört hatten, Blaster oder irgendwelche anderen Strahlenwaffen eingesetzt hätten. Aber alle Bruchstücke, die driftenden Stränge und Knoten aus blassgrauem Gewebe, trieben noch immer im Vakuum und warteten auf die Wiederbelebung. »Noch mehr?« Dengar atmete keuchend und legte eine Hand auf einen horizontal montierten Pfeiler neben seinem Kopf. »Vielleicht können wir noch ein paar mehr aus dem Schiff ausbauen ...«

Wie aufs Stichwort hin ächzten und knarrten die Durastahlpfeiler, die die Kammer wie die Elemente eines dreidimensionalen Irrgartens füllten. Die verkanteten Wände pulsierten und zogen sich zusammen, als wären die beiden Männer im Verdauungstrakt einer Riesenkreatur gefangen.

Es ist wie der Sarlacc, dachte Dengar. Voller Faszination und Abscheu beobachtete er die Bewegungen der Netzstruktur. Der Effekt erinnerte ihn an die wenigen Einzelheiten, die Boba Fett von seinem Sturz in den Schlund der blinden, Fleisch fressenden Bestie erzählt hatte, die einst das Zentrum der Großen Grube von

Carkoon im Dünenmeer auf Tatooine gebildet hatte. *So muss es sein, wenn man verschluckt wird und am Leben bleibt ...*

Die pulsierende Bewegung ließ nach, als Boba Fett die Spitze des Werkzeugs in seiner Hand aus der komplizierten Ballung von Nervenganglien zog. Das schwarze Kabel lag auf seinen Stiefeln und schimmerte in der Streustrahlung der Energie, die aus dem Schiff herübergeleitet wurde. Boba Fett wandte sein vom dunklen Helmvisier verhülltes Gesicht Dengar zu. »Das war nur ein Test«, erklärte er. »Der spinalen Verbindungen.«

»Danke für die Warnung.« Der Schauder, der Dengars Schultern verspannt hatte, ebbte langsam ab. *Ich werde froh sein*, dachte er, *wenn das vorbei ist*. Blasterfeuer und alle anderen Gefahren, die der Preis für die Partnerschaft mit Boba Fett zu sein schienen, waren der Aufgabe vorzuziehen, Kud'ar Mub'ats Netz zu neuem Leben zu erwecken.

Unglücklicherweise war dies ein notwendiger Bestandteil des Planes. Wenn sie das ausgedehnte Nervensystem des Netzes nicht wieder beleben konnten, war die Suche beendet, die Dengar, Boba Fett und Neelah in diesen abgelegenen Raumsektor und den noch abgelegeneren isolierten Sektor der Vergangenheit geführt hatte.

Fett hatte ihnen alles erklärt. Wie es funktionierte und dass es nur auf diese eine Weise funktionieren konnte: Wenn die Vergangenheit den Schlüssel zur Gegenwart enthielt, dann mussten sie in die Vergangenheit einbrechen und sie plündern, wie sie auch die hohen Mauern des Palastes irgendeiner reichen Kreatur auf einem befestigten Planeten überwinden würden. Man fand einen Riss in der Mauer und verbreiterte ihn, bis man sich hindurchzwängen und das holen konnte, was man wollte. Einfach im Konzept; schwierig – und gefährlich, wie es Dengar erschien – in der Ausführung.

Der Riss in der Mauer der Vergangenheit wurde von der Erinnerung des einst lebenden, jetzt toten arachnoiden Sammlers Kud'ar Mub'at repräsentiert. *Großartig*, hatte Dengar zu Boba Fett gesagt. *Damit endet es genau hier, nicht wahr?* Mit den Toten zu sprechen, ihre Geheimnisse zu lüften, war keine schwere Aufgabe; es war eine unmögliche. Kud'ar Mub'at war die Verbindung zu Neelahs verschütteter Vergangenheit und der Schlüssel zum Profit, den Dengar und Boba Fett aus dieser Vergangenheit schlagen wollten – wenn sie wichtig genug gewesen war, um sie ihr zu rauben und die Spuren des Diebstahls mit einer tief reichenden Gedächtnislöschung zu verwischen, dann standen die Chancen gut, dass man eine Menge Credits verdienen konnte, wenn man diese Vergangenheit ausgrub. Der Duft der Credits wurde sogar noch stärker, wenn er an die andere Möglichkeit dachte, die mit dem Diebstahl von Neelahs Vergangenheit einherging: Sie mussten herausfinden, was hinter dem gescheiterten Komplott steckte, den verstorbenen Prinz Xizor mit der Razzia der imperialen Sturmtruppen auf einer Feuchtfarm auf Tatooine in Verbindung zu bringen, einer Razzia, die – zumindest teilweise – der Auslöser für Luke Skywalkers Aufstieg zu einem Führer und einer Legende der Rebellen-Allianz gewesen war. Wie Boba Fett mit seinem hoch entwickelten Instinkt für Credits bemerkt hatte: Jede Spur, die zum Zentrum der großen Ereignisse in der Galaxis führte – nicht nur zu einer Kreatur, die der Führer der reichsten und mächtigsten Verbrecherorganisation aller Systeme gewesen war, sondern auch zu Imperator Palpatine und seinem gefürchtetsten Diener Lord Darth

Vader –, würde wahrscheinlich unter einem Berg aus Credits und Einfluss begraben sein.

Obwohl Dengar das Gefühl gehabt hatte, dass die Suche hoffnungslos war, musste er zugeben, dass der Bericht seines Partners all seine inneren Giersynapsen zum Feuern gebracht hatte. *Sicher*, hatte er gedacht, *man kann getötet werden, wenn man die Nase in Palpatines und Vaders Geheimnisse steckt. Aber man kann auch reich werden – oder wenigstens reich genug, um aus dem Kopfgeldjägergewerbe auszusteigen.* Um in den sicheren Hafen der Arme seiner geliebten Manaroo zurückzukehren, in ein Leben, das nicht um die Entführung und Ermordung anderer Kreaturen kreiste, während man gleichzeitig versuchte, nicht selbst getötet zu werden. *Das* war ein wenig Risiko wert.

Sie mussten nur einen bestimmten Sammler von den Toten zurückholen, damit sie seine Erinnerung an jene Ereignisse und Komplotte und Pläne durchforsten konnten. Dengar hatte sich an die Überraschungen gewöhnt, die sein Kopfgeldjägerpartner auf Lager hatte, aber die nächste Enthüllung Boba Fetts hatte alle vorherigen übertroffen.

Kud'ar Mub'at von den Toten zurückzuholen, hatte Boba Fett erklärt, *ist nicht unmöglich.* Die Teile des Puzzles zusammenzufügen – all die verstreuten Stränge und Brocken des Nervengewebes, das die Säuberungscrew der Schwarzen Sonne im Weltraum treibend zurückgelassen hatte –, würde die schwierigste Aufgabe sein. Aber die Teile waren alle da und umschwirrten die *Hound's Tooth*. Der Rest würde relativ einfach sein – zumindest behauptete Boba Fett dies. *Ich weiß mehr über Kud'ar Mub'at als über mich selbst.* Im Cockpitbereich der *Hound* hatte Fett Dengar und Neelah in die Ergebnisse seiner früheren Untersuchungen der Natur derartiger Sammlerkreaturen eingeweiht.

Dinge über einen Geschäftspartner zu wissen, war immer von Vorteil, vor allem wenn es dabei um Angelegenheiten ging, die der anderen Kreatur unbekannt waren. Und Kud'ar Mub'at hatte nie viel Interesse an seiner genetischen Herkunft, seiner Physiologie oder der Frage gezeigt, ob es noch andere Sammler in der Galaxis gab. Kud'ar Mub'at hatte sich damit zufrieden gegeben, sich für einzigartig zu halten, ohne einen Gegenpart in einem der bekannten Systeme; es machte die Verhandlungen mit Klienten leichter, wenn man davon überzeugt war, dass es keine anderen arachnoiden Sammler gab, deren Dienste genutzt werden konnten. Wenn Kud'ar Mub'at jemals anderen Sammlern begegnet wäre, hätte er vermutlich ihre Ermordung veranlasst, so wie er auch seinen Vorgänger eliminiert hatte, den Sammler, der ihn ursprünglich als Unterknoten erschaffen hatte, um dann die Konsequenzen einer unvorhergesehenen Rebellion zu erleiden. Die Konsequenzen, die auch Kud'ar Mub'at erlitten hatte; der Abrechner, sein ehemaliger Unterknoten, war jetzt irgendwo dort draußen im leeren Weltraum der Galaxis und führte die Geschäfte fort, die er von seinem getöteten Schöpfer übernommen hatte. *Aber es gibt andere Sammler,* hatte Boba Fett Dengar und Neelah anvertraut. *Ich habe sie gefunden.* Und wichtiger noch: *Ich habe von ihnen gelernt.*

Die Position der Heimatwelt der arachnoiden Sammler hatte Boba Fett nicht enthüllen wollen. *Sie müssen das nicht wissen.* Was Dengar nur Recht war; die Vorstellung, dass es irgendwo eine Welt gab, die von einer ganzen Spezies aus spinnenhaften, Ränke schmiedenden Sammlern bevölkert war, machte ihm Angst. Aber Boba Fetts Kenntnis eines Aspekts ihrer Physiologie war etwas, das er teilte. Ein einzelner Sammler wie Kud'ar Mub'at oder der Abrechner konnte zusätzliches zerebrales Neuralgewebe in Form eines ausgedehnten Nervensystems erschaffen, das ein Netz bildete, groß genug, um darin zu leben. Und dieses Gewebe konnte von außerhalb *re*generiert werden. Ein konstant überwachter und justierter stimulierender Impuls würde die Stränge aus totem Gewebe zu neuem Leben erwecken und die Synapsen wieder miteinander verbinden.

Diese grundlegende Zusammenfassung der Sammlerphysiologie hatte ihnen Boba Fett im Cockpit der *Hound's Tooth* gegeben. Dengar stand jetzt im Innern des rekonstruierten Netzes und starrte die schwarzen, schimmernden Kabel an, die sich an seinen Stiefeln vorbeischlängelten. Neelah befand sich noch immer an Bord des angedockten Schiffes und sorgte dafür, dass die notwendige Energie und der kontrollierende Datenstrom aus den Bordcomputern nicht unterbrochen wurden.

Es bestand keine Gefahr, dass sie mit der *Hound's Tooth* ablegte und sie im Netz gestrandet zurückließ; sie war noch mehr darauf erpicht, die Vergangenheit und ihre Geheimnisse zu enthüllen, als die beiden Kopfgeldjäger.

Dengar blickte auf, als eine weitere schimmernde Bewegung durch die Fasern des Netzes lief. Der Effekt war weniger spasmisch und bedrohlich als der vorherige und reduzierte sich zu einem kaum wahrnehmbaren, aber konstanten Zittern in der gewölbten Struktur. Gleichzeitig erstarb die Vibration in den schwarzen Kabeln, die hinaus zum Schiff führten; sie wurden so bewegungslos, wie es das Netz gewesen war, als er und Boba Fett begonnen hatten, es von den Toten zurückzuholen.

»Das war's«, erklärte Boba Fett. Er hatte neben dem leeren Nest in der Mitte der Kammer gekniet, stand jetzt auf und legte den Pulsator zur Seite. »Jetzt sind wir bereit für den letzten Schritt.«

Was genau das war, was Dengar befürchtet hatte. Es war ihm gelungen, sich an den Gedanken zu gewöhnen, in diesem lebenden Netz zu sein; es war zumindest ohne Persönlichkeit oder lenkende Intelligenz. Die wieder belebten neuralen Schaltkreise waren so frei von Gedanken wie eine riesige, hohle Pflanze. Aber um die Vergangenheit zu enthüllen, sodass alle Geheimnisse intakt blieben und erkennbar wurden, musste dieses idiotische Nervensystem mit dem Gehirn verbunden werden, das die gesuchten Informationen enthielt. *Und wir werden in ihm sein*, dachte Dengar. Es kam ihm in gewisser Hinsicht noch schlimmer vor, als es der Sarlacc je gewesen sein konnte.

»Kommen Sie herüber und helfen Sie mir.« Boba Fett gestikulierte, während er sprach. »Wir müssen ihn anschließen.«

Widerwillig zog Dengar unter dem horizontalen Pfeiler, der die Wände des Netzes auseinander hielt, den Kopf ein. Er bahnte sich seinen Weg durch das Gewirr der anderen Stützen, die sie so mühsam installiert hatten, wobei er die Hauptarbeit geleistet hatte.

Im Zentrum der Kammer war die neurale Aktivität, die Boba Fett in dem vormals toten Gewebe erzeugt hatte, sichtbarer geworden; das Pulsieren der strukturellen Fasern wurde von einem schimmernden Netzwerk aus Funken überlagert, die durch die synaptischen Verbindungen rasten. Dengar versuchte auf dem unebenen Boden des Raumes sein Gleichgewicht zu bewahren, ohne sich an einer der umgebenden strukturellen Fasern festzuhalten. Es bestand keine Gefahr, sich an den hellen Schaltkreisen aus Licht einen elektrischen Schlag einzufangen, aber der Gedanke, die jetzt lebende Masse zu berühren, ließ ihn schaudern.

»Gehen Sie auf diese Seite«, wies Boba Fett ihn an. Er deutete auf das eine Objekt in der Kammer, das noch immer Teil der toten Welt war, die sie vorgefunden hatten, als sie an diesem Punkt im Weltraum eingetroffen waren. »Wir müssen ihn hochheben. Ich will nicht, dass die Beine über die Nervenfasern schaben.«

Er tat, was Fett ihm befohlen hatte, und mied so lange wie möglich jeden Kontakt mit dem toten Objekt. Doch als er zögernd näher trat, verfing sich die Spitze eines seiner Stiefel in der Schlaufe eines schwarzen Kabels, sodass er nach vorn stürzte.

Seine Hände griffen automatisch nach dem harten Chitin-Exoskelett des Objekts. Die steifen Haare an den Spinnengliedern bohrten sich wie Nadeln in sein Fleisch. Dengar stieß sich ab, gerade weit genug, um direkt in das größte der vielen leeren Augen zu blicken.

Es war nicht nötig gewesen, einen der toten Unterknoten in das Netz zu schaffen; sie hatten die kleinen Kadaver draußen gelassen, wo sie weiter durch das kalte Vakuum trieben und über die Hülle und die Cockpitkanzel der *Hound's Tooth* schabten. Aber dieser hier, der Schöpfer aller anderen, war das wichtigste Element der Prozedur.

Kud'ar Mub'ats schmales Gesicht, das nur ein paar Zentimeter von Dengars Kopf entfernt war, schien angesichts seines Unbehagens fast zu lächeln. In dieser kleinen, albtraumhaft klaustrophobischen Welt fanden es die Toten vergnüglich, jene zu verspotten, die noch immer am Leben waren.

»Hören Sie auf mit dem Unsinn«, knurrte Boba Fett leicht ungeduldig. »Greifen Sie zu und heben sie ihn hoch.«

Dengar gehorchte dem Befehl und half dem anderen Kopfgeldjäger, Kud'ar Mub'ats Leiche in den wartenden Behälter des Nestes zu legen, das er in seinem früheren Leben bewohnt hatte. Er trat zurück, wischte seine Hände an der Brustseite seiner Montur ab und verfolgte, wie Fett den Pulsator aufhob und sich wieder an die Arbeit machte.

Er wusste, dass es nicht mehr lange dauern würde, bis in diesen leeren Augen, die in seine geblickt hatten, ein Funken von Leben und Intelligenz aufleuchtete. Die Aussicht, die Geheimnisse der Vergangenheit aufzudecken und den Weg zu einem Haufen Credits zu finden, ließ ihn den bevorstehenden Moment nicht weniger fürchten.

Sie war jetzt an der Reihe, im Pilotensessel zu sitzen.

Neelah hatte oft genug in der Luke des Cockpitbereichs der *Hound's Tooth* gestanden und Boba Fett beobachtet, wie er das Schiff zu diesem entfernten Sektor navigiert hatte. Selbst wenn sich der Kopfgeldjäger mit seinem Sitz gedreht hatte, um mit ihr zu reden, war der Unterschied zwischen ihren Positionen irritierend symbolisch gewesen.

Eine der Metallverkleidungen unter den Hebeln und Kontrollen des Cockpits war von Boba Fett geöffnet worden, damit er die schwarzen Kabel anschließen konnte, die sich jetzt durch die Luftschleuse und über die wenigen Meter zum rekonstruierten Netz schlängelten. Alle Ausrüstung an Bord der *Hound* war dem unterlegen, was Boba Fett an Bord seiner *Sklave I* installiert hatte; er hatte die notwendigen Geräte und Verbindungen improvisieren müssen, damit die erforderlichen elektroneuralen Impulse ihren Weg in die toten Fasern fanden. Selbst jetzt war der Bordcomputer, der die Kontrolldaten generierte, derart instabil, dass Neelah die Aufgabe zugewiesen worden war, ihn zu überwachen und dafür zu sorgen, dass der Output innerhalb der Operationsgrenzen blieb.

Das beanspruchte nur einen Bruchteil ihrer Aufmerksamkeit, ganz gleich, wie wichtig der Job sein mochte. Zum Glück; während sie am Kontrollpult des Cockpits saß, mit Zugang zum Rest der computerisierten Datenbanken des Schiffes, konnte sie sich um ihre eigenen Angelegenheiten kümmern. Und ohne dass Boba Fett oder Dengar etwas davon erfuhren – das passte ihr perfekt. *Sie werden es herausfinden,* hatte sie sich gesagt, *wenn – und falls – ich es für notwendig halte.*

Es gab bereits Geheimnisse, die sie den beiden Kopfgeldjägern vorenthielt. Sie hütete sie jetzt schon eine Weile, seit dem Moment, als Boba Fett ihr erzählt hatte, wie er sie an Bord des Schiffes namens *Venesectrix* gefunden hatte, das dem toten Ree Duptom gehörte. Kleine Türen in die Vergangenheit hatten sich in ihrem Kopf geöffnet, zu Kammern der Erinnerung; dunkle Kammern, deren Inhalt sie kaum ausmachen konnte, während die Türen zu den dahinter liegenden Kammern noch immer frustrierenderweise verschlossen waren. Boba Fett und Dengar waren drüben im Netz des Sammlers, das sie so mühsam wieder miteinander verbunden hatten, als wären sie primitive Wissenschaftler, die einen zerfetzten Körper wieder zusammennähten in der Hoffnung, ihn mit den Blitzen vom Himmel eines sturmgepeitschten Planeten wieder zu beleben. Ihre Schöpfung, mit dem einstmals toten Kud'ar Mub'at als dem Gehirn am Ende des Rückgrats, mochte durchaus den Schlüssel zu den Geheimnissen besitzen, die sie aufdecken wollten. Aber in der Zwischenzeit hatte Neelah einen eigenen kleinen Schlüssel, den sie benutzen konnte. Da waren ein paar andere Türen außerhalb der schattenhaften

Erinnerung in ihrem Kopf und direkt im Computer der *Hound's Tooth*, die sie öffnen würde.

Er wollte es mir nicht verraten, dachte Neelah. *All die Dinge, die er über meine Vergangenheit weiß.* Sie nickte in erregter Vorfreude. Boba Fett war nicht so klug, wie er glaubte. Der Kopfgeldjäger hatte sie an dem richtigen Ort allein gelassen, wo sie all diese Geheimnisse aus eigener Kraft herausfinden konnte.

Neelah beugte sich über das Kontrollpult und richtete ihre Aufmerksamkeit auf das Hauptdisplay des Computers. Der Energie- und Datenstrom durch die schwarzen Kabel zu dem Netz, an dem das Schiff angedockt war, floss im Moment ungestört; sie konnte ihn ignorieren, während sie an ihrem eigenen Plan arbeitete.

Die Eingabetasten des Computers waren am anderen Ende der trogähnlichen Vertiefungen im Pult angebracht, konstruiert für die schweren Klauen eines Trandoshaners. Ihre eigenen Unterarme verschwanden in ihnen fast bis zum Ellbogen, als sie mehrere Befehlssequenzen eingab, zuerst mühsam, dann mit zunehmender Geschwindigkeit. Binnen Sekunden erschienen Informationen vor ihr auf dem Schirm, die zuvor durch Boba Fetts persönliche Sicherheitskodes gesperrt gewesen waren.

Sie lehnte sich im Pilotensitz zurück und stieß einen tiefen Seufzer der Erleichterung aus. Die kleinen Türen in ihrem Kopf, die sich geöffnet hatten, als sie hörte, wie Boba Fett den Namen des toten Kopfgeldjägers aussprach, hatten ihr Zugang zu einem Schlüssel verschafft, der wertvoller war, als es sich Fett vorstellen konnte. Nicht in Form einer Information hinsichtlich ihres richtigen Namens oder der Geschichte, wie sie an Bord von Ree Duptoms Schiff gelangt war – *das wäre zu einfach gewesen*, dachte Neelah ironisch –, sondern als Fähigkeit, die notwendig war, um sich durch die kodierten Sperren zu hacken, die Boba Fett in seinen Bordcomputern installiert hatte, als er seine Dateien von der *Sklave I* überspielt hatte.

Wie die einzelnen Teile eines archaischen Puzzles, die nur Ausschnitte des Gesamtbilds zeigten, hatte sich der Name Ree Duptom mit anderen Fragmenten verbunden, die im Vakuum ihrer gelöschten Erinnerung trieben.

Ich weiß, wie man das macht, dachte sie, während sie ein paar weitere Befehle in den Computer eingab. Wer auch immer sie in der Vergangenheit gewesen war, wie auch immer ihr richtiger Name in der Welt, die ihr gestohlen worden war, gelautet hatte, diese Person war nicht nur jemand gewesen, der in eine aristokratische Familie hineingeboren worden war, auf einem Planeten und unter Leuten, die daran gewöhnt waren, Befehle von jemand mit einem erblichen Titel entgegenzunehmen – ihre eigene zunehmende Ungeduld mit den beiden Kopfgeldjägern, ihre Frustration, dass ihr nicht sofort gehorcht wurde, hatte ihr dies bereits verraten. Sondern diese Person verfügte auch über beträchtliches technisches Fachwissen. *Boba Fett,* dachte Neelah mit einem Lächeln, *hätte wissen müssen, dass es nicht ratsam ist, mich mit diesen Computerdateien allein zu lassen.* Aber schließlich hatte der Kopfgeldjäger nicht ahnen können, wie leicht es für sie war, seine Sicherheitskodes zu knacken und in seine Privatdateien einzudringen.

Die schwerste Aufgabe war gewesen, die Maskerade aufrechtzuerhalten und gerade genug Überraschung über das zu zeigen, was Boba Fett ihr und Dengar erzählt hatte, ohne zu verraten, wie viel von den verschütteten Erinnerungen in ihrem Kopf ans Licht gelangt war. Sie würde nichts davon enthüllen, bis sie weitere Teile des Puzzles gefunden hatte, die zu den anderen passten.

Wenigstens, dachte Neelah, *kenne ich den Namen des Teiles, nach dem ich suche.* Sie hatte bereits vermutet, dass Boba Fett einiges zurückhielt, ihr nicht alles erzählte, was er über den einen Namen, das eine Erinnerungsfragment wusste, das sie dort in der Dunkelheit gefunden hatte. Sie hatte ihm den Namen *Nil Posondum* genannt, lange bevor sie an diesem Punkt im Weltraum eingetroffen waren, und sein kurzes Schweigen hatte ihr verraten, dass dieser Name auch Boba Fett etwas sagte. In welcher Beziehung genau der Kopfgeldjäger zu ihm stand, würde sie gleich erfahren. Sie tauchte ihre Hände tief in die für Trandoshaner konstruierten Mulden des Cockpitkontrollpults, gab den Namen ein und aktivierte die Suchfunktion.

Es dauerte nur ein paar Sekunden, bis die Ergebnisse über den Displayschirm flimmerten. Während dieser Sekunden warf sie einen Blick auf das kleinere Display, das den Daten- und Energiestrom zu Dengar und Boba Fett im Netz überwachte, stellte fest, dass sich alles innerhalb der Operationsparameter bewegte, und hob wieder den Kopf. Diesmal war der Name mit einem Gesicht verbunden.

Menschlich, kahl werdend und alternd, mit einem nervösen, zappeligen Ausdruck in den Augen, der sogar auf einem Standfoto erkennbar war – sowohl von vorn als auch im Profil war Nil Posondum nicht sonderlich beeindruckend. Schlimmer noch, der Anblick seines Gesichts löste keine weiteren Erinnerungsblitze in Neelah aus. Es gab fast den gegenteiligen Effekt: Sie war überzeugt, dass sie ihn noch nie zuvor gesehen hatte, weder in diesem Leben noch in der gestohlenen Vergangenheit.

Unter dem wenig einnehmendem Bild stand eine Zusammenfassung persönlicher Daten – keine der Einzelheiten erregte Neelahs Aufmerksamkeit. Bis auf den letzten Satz, in dem es hieß, dass der Mann in einem der Gefangenenkäfige der *Sklave I* gestorben war, bevor Boba Fett ihn bei der Kreatur abliefern konnte, die ein Kopfgeld auf ihn ausgesetzt hatte. Neelah sank im Pilotensitz in sich zusammen und funkelte frustriert das Display an. Der Gedanke, dass dieses Erinnerungsbruchstück nur in eine Sackgasse geführt hatte, erfüllte sie mit Zorn. Boba Fett mochte einen Weg gefunden haben, einem verstorbenen arachnoiden Sammler seine Geheimnisse abzupressen, aber der Versuch, dem verstorbenen Nil Posondum etwas zu entlocken, würde sich wahrscheinlich als vergeblich erweisen.

Neelah blickte zum Chronometer des Kontrollpults auf und schätzte ab, wie lange Dengar und Boba Fett schon an der Rekonstruktion des Netzes arbeiteten. Sie wusste, dass sie ihre Untersuchung von Fetts Datenbanken beenden musste, bevor die beiden Kopfgeldjäger aufs Schiff zurückkehrten – und es ließ sich unmöglich sagen, wann sie eine weitere Chance bekommen würde, die Dateien nach den Hinweisen zu durchforsten, die sie brauchte.

Fieberhaft gab sie eine weitere Befehlssequenz ein und rief die letzten Dateien auf, die mit dem Namen Nil Posondum in Verbindung standen. Eine flüchtige Autopsie, die als Todesursache Selbsterstickung ergeben hatte, ein Überweisungsbeleg an Boba Fett mit den Credits für die Ablieferung der Ware in beschädigtem Zustand, eine Liste der persönlichen Besitztümer der verstorbenen Ware, hauptsächlich die zerrissene und schmutzige Kleidung, die er getragen hatte, als er von Fett gefangen genommen worden war, ein visueller Scan der Zeichen, die Posondum in den Metallboden des Käfigs geritzt hatte ...

Einen Moment. Neelah erstarrte plötzlich. Kalter Schweiß befeuchtete ihre Handflächen in den Eingabemulden. Sie beugte sich näher zum Display, sodass ihre Nase fast die Tansparistahlscheibe berührte. Ihr Herz klopfte schneller, das Rauschen des Blutes machte sie fast benommen, als sie das Bild anstarrte.

Nur ein paar in nacktes Metall gekratzte Linien ... ein Kreis, vielleicht etwas schief; verständlich, wenn man die Umstände bedachte, unter denen der Mann sie eingeritzt hatte ... und im Kreis ein Dreieck, dessen drei Spitzen den Kreis berührten ...

Und drei stilisierte Buchstaben einer archaischen Prä-Basic-Sprache. Drei Buchstaben, die nur eine Person, die sie in ihrer Kindheit gesehen und die man ihre Bedeutung gelehrt hatte, erkennen konnte. Jemand wie Neelah oder ihre adeligen Verwandten. Ein Geschlecht, das von einem der mächtigsten Industrieplaneten der Galaxis stammte und viele Generationen zurückreichte. Trotz all seiner Gerissenheit und sorgfältig gepflegten Informationsquellen hätte Boba Fett niemals herausfinden können, was das Bild bedeutete – nicht weil es ein gehütetes Geheimnis, sondern einfach weil es ein Symbol war, das nicht mehr verwendet wurde, ersetzt von einem neueren, das von jedem in der Galaxis verstanden werden konnte. Nur die alten Traditionalisten, die ihre Geschichte pflegenden Familien und ihr Gefolge von dem Planeten, auf dem Neelah geboren worden war, konnten erkennen, dass es aus ihrer glorreichen Vergangenheit stammte.

Einen Moment lang legte sich eine große, besänftigende Ruhe auf Neelah, wie die Hand einer Amme, die eine Decke über die kleine, schlafende Gestalt eines Säuglings zog; eine Decke, die mit genau den gleichen Zeichen gemustert war, nur dass diese mit reinen Goldfäden gestickt und nicht in den Boden eines elenden Käfigs an Bord eines Kopfgeldjägerschiffs geritzt waren. Eine nach der anderen öffneten sich die verschlossenen Türen in ihrem Kopf, sodass ihr aufgestautes Licht in die Tiefen ihrer Seele fiel und die dunklen Schatten vertrieb, in die sie so lange gehüllt gewesen war.

Sie betrachtete das Bild noch eine Weile länger und ihr war gleichgültig, ob sie dabei ertappt wurde oder nicht. Nichts davon spielte jetzt noch eine Rolle. Der Schlüssel, den sie gefunden hatte, hatte nicht nur die Schlösser geöffnet, sondern sie zerbersten lassen.

Dies hat das Unternehmen als sein Emblem benutzt, dachte Neelah, *vor langer Zeit. Bevor ich geboren wurde ...*

Die alten, archaischen Buchstaben bildeten die Initialen KTW für Kuat-Triebwerkswerften. Umgeben von einem Dreieck, das die Ingenieurkunst symbolisierte, und einem größeren Kreis, der das Universum und alles in ihm darstellte.

Ein weiterer Schlüssel drehte sich in einem der entferntesten Schlösser, während sie das Bild betrachtete.

Er drehte sich und sie erinnerte sich an ihren Namen.

Ihren richtigen Namen ...

Die leeren Augen öffneten sich, aber sie waren noch immer blind.

Dennoch schien Kud'ar Mub'at – das ausgehöhlte Ding, das Kud'ar Mub'at gewesen war – die Gegenwart der anderen Kreaturen zu spüren.

Die Gelenke der Spinnenbeine knackten, als würden sie zersplittern. Der aufgeplatzte Unterleib, gefroren in der Kälte des Vakuums, das das Netz umgab, schabte über die Überreste seines Nestes und Thrones, der Platz, von dem aus er die Fäden gesponnen hatte, in denen sich so viele andere Kreaturen der Galaxis verfangen hatten. Langsam hob sich der kleine, dreieckige Kopf aus dem Chitin-Brustkorb, in den er eingesunken war.

»Gibt es ... Geschäfte ... auszuhandeln?« Die Stimme des Sammlers, die einst so unangenehm schrill gewesen war, war jetzt ein rasselndes Flüstern, wie von trockenen Saiten, die aneinander rieben. »*Geschäfte* ... sind alles, was ich will ... alles, was ich will ...«

Dengar hatte das entnervende Gefühl, dass sich der Blick des Sammlers auf ihn gerichtet hatte. Das schmale Gesicht mit seinen blinden Fassettenaugen drehte sich in seine Richtung und verharrte einen Moment, bevor es wie ein rostiger mechanischer Apparat zu dem anderen Kopfgeldjäger in der Zentralkammer des Netzes herumschwenkte.

»Ich würde nicht sagen, dass es schön ist, Sie wieder zu sehen, Kud'ar Mub'at.« Boba Fett war der verschrumpelten Gestalt des arachnoiden Sammlers näher und hielt das schwarze Kabel in einer Hand. Die Isolierung des Kabels schimmerte und schien mehr von Leben erfüllt zu sein als das graue Ding in dem Nest, während die Energie und die Kontrolldaten weiter aus dem Schiff strömten, das am Netz angedockt hatte.

»Ah! Sie sind so unfreundlich.« Der dreieckige Kopf nickte knapp in der Imitation einer menschlichen Geste, wie er es schon zu Lebzeiten getan hatte. »Sie waren schon immer fast so grausam wie gierig, Boba Fett – Sie *sind* doch Fett, oder? Ich kann Ihre Stimme erkennen, aber es ist jetzt so dunkel hier ... Ich kann Sie nicht sehen.«

»Es ist nicht dunkel, Sie Narr.« Von Boba Fetts

Hand führte das schwarze Kabel in die kleine Öffnung am Hinterkopf des Sammlers; eine Metallnadel war in den Ganglienknoten im Innern des dünn gepanzerten Schädels gebohrt worden, der der Kreatur als neurozerebrales Zentrum gedient hatte. »Sie sind tot. Gewöhnen Sie sich daran.«

»Glauben Sie mir, Fett ... das habe ich bereits getan.« Ein schiefes Lächeln huschte über das schmale Gesicht. »Mein derzeitiger Zustand ... hat seine Vorteile.« Ein dünnes Vorderglied löste sich aus dem Gewirr der Beine unter Kud'ar Mub'ats Unterleib und fuchtelte matt in der Luft. »Zum einen ... ist der Tod weniger schmerzhaft als das Sterben ... an dessen fürchterliche Einzelheiten ich mich gut erinnere ... es war nicht angenehm. Und zum anderen ... jetzt kann ich sagen, was mir gefällt ... ohne mir über die Konsequenzen Sorgen machen zu müssen. Was kann ich jetzt noch erleiden, das schlimmer ist als das, was ich bereits hinter mir habe?« Lachen wie brechende Zweige drang aus dem eckigen Mund. »Also lassen Sie mich Ihnen offen sagen, Boba Fett ... Sie waren mir auch immer gleichgültig.«

»Dann machen wir Fortschritte«, erwiderte Fett. »Denn so können wir auf unsere üblichen Höflichkeitsfloskeln verzichten.«

Dengar hielt sich weiter im Hintergrund und beobachtete die Konfrontation der beiden ehemaligen Geschäftspartner. *Einer ist tot,* dachte er, *und der andere ist am Leben – aber sie haben trotzdem etwas gemeinsam.* Keiner von ihnen gab leicht nach.

»Sehr gerissen von Ihnen ... dass Sie das vollbracht haben.« Die trockene Hülle des Sammlers regte sich in den schlaffen Überresten des Nestes, als wären die vom Vakuum abgestumpften Nervenenden in der Lage, Unbehagen zu empfinden. »Ich wusste nicht, dass so etwas möglich ist ...« Eins seiner hinteren Gliedmaßen kratzte am eingeführten Kabel, konnte es aber nicht herausreißen. »Ich bin nicht sicher, ob es mir etwas bedeutet ...«

»Keine Sorge. Es ist nur ein vorübergehender Zustand.« Boba Fett machte sich nicht die Mühe, den blinden Augen der Kreatur das Kabel zu zeigen, das er in der Hand hielt. »Sobald wir hier fertig sind, werde ich den Stecker ziehen. Und Sie können wieder das sein, was Sie noch vor ein paar Minuten waren. Ein Leichnam, im Weltraum treibend.«

Der dreieckige Kopf nickte bedächtig. »Dann haben Sie am Ende das bekommen, Boba Fett, was ich immer wollte ... mehr als alles andere.«

»Ich will Informationen, Kud'ar Mub'at. Informationen, die Sie haben.« Boba Fetts Handschuh schloss sich fester um das Kabel. »Die Sie kannten, als Sie am Leben waren, mir aber nicht verraten wollten.«

Dengar spürte an seinem Rücken das langsame Pulsieren des Netzes. Er drehte sich um und sah hellere Funken durch die Nervenfasern rasen. Erneut überfiel ihn das Gefühl, sich im Innern eines lebenden Gehirns zu befinden. Die Gedanken und Ideen des Sammlers waren wie Sturmwolken, elektrisch geladen, bedrohlich wie ein sich langsam verdüsternder Horizont.

»Was möchten Sie wissen, Boba Fett?«

Boba Fett trat näher zum wieder belebten Leichnam des Sammlers und brachte seine vom Visier verhüllten Augen näher an die blinden des Sammlers heran. »Ich will etwas über einen Ihrer Klienten wissen. Einen *ehemaligen* Klienten, meine ich.«

»Richtig.« Das trockene, rasselnde Lachen erklang erneut. »Ich weiß, dass ein gewisser Nachkomme von mir ... das Familienunternehmen übernommen hat.« Das erhobene Vorderglied klopfte leicht gegen Fetts

Helm. »Vielleicht sollten Sie mit dem jungen Abrechner reden. Aber er hütet seine Geheimnisse gut, wie ich auf so schmerzhafte Weise erfahren musste. Sie müssten ihm einiges bieten, um das zu bekommen, was Sie wollen.« Das Glied sank matt zurück und kratzte über Kud'ar Mub'ats Brust, in der einst sein Herz geschlagen hatte. »Mir geht es nicht besonders gut ... mir ist so *kalt* ...«

Boba Fett schüttelte den Kopf. »Ich weiß sehr gut, wie Sie Ihre Angelegenheiten gehandhabt haben. Einige Dinge haben Sie Ihren Unterknoten anvertraut und andere für sich behalten. Es gab bestimmte Dinge – die dunkleren Geschäfte, die Sie getätigt haben –, die Sie in ihrem persönlichen Gedächtnis behalten haben, statt sie in die Nervenfasern des Netzes einzuspeisen. Der Klient, nach dem ich frage, gehörte zu dieser Sorte. Sein Name war Nil Posondum ...«

Das verzerrte Lachen aus Kud'ar Mub'ats Mund klang diesmal noch rauer und lauter. »Posondum!« Der Laut, der aus der ausgehöhlten Gestalt drang, war wie das Trippeln von Rattenfüßen auf zerknittertem Flimsiplast. »Einer meiner Klienten!« Unter dem toten Sammler zuckten vergnügt einige seiner Gliedmaßen. »Sie irren sich nur selten, Boba Fett ... aber diesmal ist es der Fall!«

Die Erwähnung des Namens des Menschen verwirrte Dengar. Er hatte ihn früher schon gehört, von Neelah, als sie in Boba Fetts Abwesenheit laut über die wenigen Erinnerungsfetzen lamentiert hatte, die ihr geblieben waren. Aber Dengar war noch früher über diesen Namen gestolpert; er erinnerte sich, dass es sich dabei um eine Ware gehandelt hatte, auf die vor einiger Zeit ein Standardkopfgeld ausgesetzt worden war. Es würde ihn nicht im Geringsten überraschen zu erfahren, dass Boba Fett derjenige gewesen war, der sich das auf diese Kreatur ausgesetzte Kopfgeld verdient hatte.

»Lügen Sie mich nicht an.« Boba Fett schien versucht zu sein, das schwarze Kabel wie eine Schlinge um den Hals des toten Sammlers zu legen. »Ich weiß alles über das Geld, das Sie von Nil Posondum erhalten haben. Ich habe den Beleg an Bord von Ree Duptoms Schiff *Venesectrix* gefunden.«

»Das kann ... durchaus sein«, pfiff Kud'ar Mub'ats Leichnam. »Und es entspricht in der Tat der Wahrheit; ich habe eine beträchtliche Summe Credits von unserem verstorbenen Freund Nil Posondum erhalten. Aber eine derartige Transaktion ... bedeutet nicht, dass er ein Klient von mir war. Wie ich zu meinen Lebzeiten ein Vermittler, ein Arrangeur von Geschäften, war ... so haben andere Kreaturen ebenfalls diese überaus nützliche Funktion ausgeübt. Vielleicht nicht in einem derart großen Rahmen wie ich ...« Die Gestalt schwieg, als müsste sie Atem holen oder darauf warten, dass die pulsierende Energie aus dem schwarzen Kabel ihr neurozerebrales Gewebe wieder auflud. Sie duckte sich im Nest, sodass die Gelenke ihrer dünnen Beine ihren Kopf überragten. »Posondum war lediglich – wie lautet noch einmal der richtige Begriff? – ein Kurier. Ja, das ist richtig ... das ist das Wort.« Zwei von Kud'ar Mub'ats Vordergliedern machten eine wegwerfende Geste. »Er hat die Credits ins Netz gebracht ... zu mir ... und mir gewisse wichtige Details übermittelt ... was die Wünsche *seines* Klienten anging. Ich habe dann für diese dritte Partei gewisse andere Arrangements getroffen ... zum Beispiel habe ich Ree Duptom engagiert, um zwei sehr delikate Aufträge zu übernehmen. Die er allerdings nie ausgeführt hat – und aus diesem Versagen ist so viel Ärger und Verwirrung entstanden!«

»Das würde ich auch sagen«, murmelte Dengar

hinter Boba Fett seinen Kommentar. Der Versuch, dem toten Sammler Informationen zu entlocken, hatte die Dinge nur noch verwirrender gemacht.

»Die übliche Geschäftspraxis«, fuhr Kud'ar Mub'ats verschrumpelter Leichnam fort. »Ich habe den Großteil der Credits behalten ... die der ursprüngliche Klient durch Nil Posondum hierher bringen ließ. Für einen winzigen Prozentsatz von dem, was übrig blieb ... übergab Posondum anschließend das Honorar, das ich mit Ree Duptom ausgemacht hatte. Posondum kümmerte sich dann weiter um seine anderen kleinen Geschäfte, von denen eins dazu führte, dass er als Ware in Ihrem Käfig endete, Boba Fett. Natürlich ... ich wusste immer, dass eine kleine, gehetzte Person wie Nil Posondum auf diese Weise enden würde ... aber Duptoms Schicksal macht mich misstrauisch. Er operierte in einem Rahmen, der groß genug war, um sich richtige Feinde zu machen ... wer hätte ihn wohl gerne tot gesehen ...«

»Ich bin an Ree Duptom nicht interessiert.« Boba Fetts Worte klangen ungeduldig. »Ich will wissen, für wen er gearbeitet hat. Wer ihn engagiert hat – über Sie –, um fingierte Beweise für Prinz Xizors Verwicklung in eine imperiale Sturmtruppenrazzia auf dem Planeten Tatooine zu transportieren. War es dieselbe Person, die dafür bezahlte, dass er die junge Menschenfrau, die ich an Bord seines Schiffes fand, entführte und ihr Gedächtnis löschte?«

»Natürlich war sie das, Boba Fett.« Der tote Sammler schlang seine Vorderglieder um seinen Unterleib. »Sie wissen das – es muss so sein, da ein Gesamthonorar für beide Aufträge festgelegt wurde. Ich habe dem Klienten auf diese Weise einen Rabatt besorgt. Ich mag es, wenn meine Kunden glücklich sind ... es ermöglicht gute Geschäfte.«

Boba Fett ließ das schwarze Kabel fallen und trat vor. Mit einer Hand packte er den schmalen, dreieckigen Kopf des toten Sammlers und riss ihn fast von dem stielähnlichen Hals, als er die blinden Augen auf sich richtete. »Sagen Sie mir«, forderte Fett, »wer war der Klient? Wer hat Ree Duptom für diese Aufträge bezahlt?«

»Eine gute Frage, mein lieber Fett.« Der tote Sammler grinste ihn höhnisch an. »Eine sehr gute Frage, tatsächlich ... und wie sehr wünschte ich, ich könnte Ihnen ... und auch mir ... diese Frage beantworten.«

»Wovon reden Sie?« Boba Fett löste seine Hand von der anderen Kreatur. »Sie wissen, wer es war. Sie müssen es wissen ...«

»Berichtigung: Ich *wusste* es. Als ich noch am Leben war.« Ein makabres, kicherndes Lachen drang aus dem ausgehöhlten Körper des Sammlers. »Aber das war damals. Sie und Ihr Partner hier haben sehr gute Arbeit geleistet, mein armes zerstörtes Netz wiederherzustellen – aber keine perfekte Arbeit. Einige Teile meines ausgedehnten Nervensystems waren zu stark beschädigt, um repariert werden zu können; ich kann ihr Fehlen spüren, als wäre eins meiner Glieder amputiert worden. Und wenn in einem Netz Teile fehlen, befinden sich an ihrer Stelle Löcher.« Die Klauenspitze am Ende des erhobenen Vordergliedes klopfte gegen das Chitin seines Schädels. »Es gibt, wie ich Sie bedauerlicherweise informieren muss, große Lücken in meinem Gedächtnis ... Dinge, an die ich mich nicht erinnern kann. Doch natürlich wäre es für mich unmöglich gewesen, den einzigartigen Boba Fett zu vergessen ... Ich fürchte, dass Nil Posondum keine derart denkwürdige Gestalt war. Es kann sein, dass es nur ein paar Neuronen meines Gedächtnisses gab, in denen die Einzelheiten über ihn gespeichert waren ...

deshalb werden Sie verstehen, wie leicht sie verloren gehen können.« Die blinden Augen schienen Boba Fett belustigt zu betrachten. »Sie haben den ganzen Weg für nichts zurückgelegt ... wie unglücklich.«

»Ich werde Ihnen sagen, was Unglück ist«, knurrte Boba Fett. »Unglück ist, wie Sie sich fühlen werden, wenn ich mit Ihnen fertig bin. Sie werden mich diesmal nicht abwimmeln.«

»Was wollen Sie dagegen tun?« Das Lachen des Sammlers verwandelte sich in ein rasselndes Gackern. »Ihnen stehen hundert verschiedene Arten, jemanden zu töten, zur Verfügung – ich kann Sie sehen, wie Sie dort stehen, waffenstarrend wie ein wandelndes Arsenal –, doch alle Ihre Waffen sind jetzt nutzlos. Sie können mich so lange am Leben erhalten, wie Sie wollen ... es schiebt lediglich den Moment hinaus, in dem ich wieder in der Süße des Todes versinke. Sie waren wie einige andere Kreaturen verantwortlich dafür, Boba Fett, dass ich die Freuden des Todes entdecken konnte – mir ist jetzt klar, dass es das beste Geschäft war, das ich jemals gemacht habe! Aber ich habe diese berauschende Dunkelheit gekostet und getrunken ... genug, dass ich auf ihre Rückkehr warten kann. Und in der Zwischenzeit ... werden Ihnen Ihre Drohungen nichts nützen ...«

Die Worte des Sammlers verstörten Dengar mehr als alles andere, was bis jetzt in diesem grob gewobenen Mausoleum passiert war, das im Weltraum trieb. »Kommen Sie ...« Er trat vor und ergriff Boba Fetts Ellbogen. »Er hat Recht. Es gibt nichts, das Sie tun können ...«

»Sehen Sie einfach zu.« Fett zog seinen Arm aus Dengars Griff. »Vielleicht ist das Problem nicht die Frage, ob Sie tot oder am Leben sind, Kud'ar Mub'at.« Er trat um die Seite des Nestes und die graue Kreatur duckte sich. »Vielleicht sind Sie einfach noch nicht lebendig *genug*.« Boba Fett langte hinter den vielgelenkigen Hals des Sammlers und ergriff die Kontrollen des Pulsators, ohne die funkelnde Nadel aus dem zerebralen Kortex zu ziehen. »Das lässt sich ändern.«

Dengar starrte das schwarze Kabel an und sah, dass seine Oberfläche viel stärker schimmerte als zuvor. Instinktiv zog er seinen Stiefel zurück, als wäre er einer nackten Starkstromleitung zu nahe gekommen. Das Kabel schien fast lebendig zu sein, wie eine glitzernde Schlange aus den Mooren eines sumpfbedeckten Planeten.

Gleichzeitig hörte er ein knackendes und reißendes Geräusch vom Zentrum der Kammer. Dengar blickte auf und sah, wie sich der Leichnam des Sammlers verkrampfte und die vielgelenkigen, stockähnlichen Glieder durch die Luft peitschten, als hätte ein Sturm die schwarzen, blattlosen Äste eines Winterwalds zum Leben erweckt. Kud'ar Mub'ats dreieckiges Gesicht war verzerrt, während die Energie hinter seinen blinden Augen anstieg, der eckige Mund zu einem stummen Schrei geöffnet.

Boba Fett hatte seine Hand noch immer auf den Kontrollen des Pulsators liegen. Sein durastahlähnlicher Griff zwang den überladenen Leichnam des Sammlers in der Kuhle des schlaffen Nestes zu bleiben. »Erinnern Sie sich *jetzt*?«

Der Sammler antwortete nicht. Ein paar seiner kürzeren, schwächeren Glieder lösten sich von dem Leichnam, flogen durch die Kammer und prallten gegen die gewölbten Wände.

»He ...« Dengar sah sich alarmiert um. Der Sturm, der in seiner Einbildung durch das Netz getost war, schien jetzt noch stärker und sichtbarer zu werden. Grelle Funken rasten wie Blitze durch die Nervenfasern und hinterließen den Geruch von Ozon und verbranntem Gewebe. »Sie sollten besser damit aufhören – es zerreißt diesen Ort!«

Wie um Dengars Worte zu bestätigen, erbebte das Netz heftig genug, um ihn von den Beinen zu schleudern. Er hielt sich an einem der horizontalen Durastahlpfeiler fest, die installiert worden waren, um das Gebilde vor dem Zusammenbruch zu bewahren, und zog sich hoch. Doch gleich darauf durchlief eine weitere krampfartige Welle das Netz und der Boden bäumte sich hoch genug auf, um ihn erneut stürzen zu lassen. Als Dengar nach hinten kippte, sah er, wie sich der Pfeiler an einer Seite des tunnelähnlichen Raumes aus seiner Verankerung löste und dadurch wie in einer Kettenreaktion auch die anderen Pfeiler losriss.

Er ist verrückt geworden, dachte Dengar. Im Sturz, durch die kollidierenden Durastahlpfeiler und das Beben des Bodens und der Wände des Netzes, konnte er Boba Fett nicht einmal mehr erkennen, der in der Hauptkammer neben der Leiche von Kud'ar Mub'at stand. Die Frustration über die Tatsache, dass er keine Antworten bekommen hatte, musste dafür gesorgt haben, dass der andere Kopfgeldjäger die Beherrschung verlor. Boba Fett war normalerweise so ruhig und berechnend – er musste vorübergehend den Verstand verloren haben und nahm offenbar nicht wahr, dass der drastisch erhöhte Pulsatorstrom eine katastrophale Agonie in dem Sammler ausgelöst hatte. Die zusammengesunkene Gestalt der Kreatur und die angeschlossenen Nervenfasern, die durch das Netz liefen, wurden von den Krämpfen in Stücke gerissen. Dengar konnte das fürchterliche Klappern der Spinnenglieder und das Bersten des Exoskeletts in ihrem Zentrum hören. Das war schon schlimm genug, aber das Netz schüttelte sich und bockte gleichzeitig; schon jetzt rissen große Teile der faserigen Struktur auseinander, die Dengar und Boba Fett so mühsam versiegelt hatten, wie grobes Tuch, das von riesigen, unsichtbaren Händen zerfetzt wurde.

Mit einer Geschwindigkeit, die aus Verzweiflung geboren war, kroch Dengar unter dem eingeknickten Pfeiler hindurch und stürzte sich auf das schwarze Kabel. Es wirkte jetzt noch lebendiger, wie es von dem wogenden Netzboden hin und her geschleudert wurde. Er packte das Kabel mit einer Hand, während er gleichzeitig in seine Gürteltasche griff und die Vibroklinge zog. Mit einem nach oben gerichteten Streich kappte die Klinge das Kabel, sodass Funken von den nackten Enden sprühten.

Er hatte gedacht, dass die Unterbrechung des Impulses von den Computern an Bord der *Hound's Tooth* auch den heftigen Todeskampf des Netzes beenden würde. Die Überreste des Kabels, das zu dem an Kud'ar Mub'ats Hinterkopf befestigten Pulsator führte, war schwarz und leblos geworden, das Schimmern verblasst. Aber aus irgendeinem Grund, den Dengar nicht verstehen konnte, setzte das Netz um ihn herum seine selbstzerstörerischen Zuckungen fort. Einer der mächtigsten strukturellen Stränge, größer im Durchmesser als seine Hüfte, zerriss plötzlich zu einem Gewirr aus dünneren Fasern. Die blassgrauen Fäden umflatterten seine Schultern und sein hastig abgewandtes Gesicht.

Dengar kam auf die Hände und Knie und spähte durch das Labyrinth aus gelösten Durastahlpfeilern. Er konnte Boba Fett und den in seinem Nest zusammengebrochenen Sammler kaum noch erkennen. Aus irgendeinem Grund sah Kud'ar Mub'ats Leiche jetzt so leblos wie zu dem Zeitpunkt aus, als er und Boba Fett sie in das wieder hergestellte Netz geschleift hatten. Er hatte keine Zeit, über das Mysterium nachzudenken; bevor Dengar auf die Beine kommen konnte, schien eine Lichtkugel in der vor ihm liegenden Hauptkammer zu explodieren. Boba Fett wurde von der Druckwelle zu Boden geworfen, während sich der Sammler auflöste. Seine stockähnlichen Beine flogen im hohen Bogen sich überschlagend durch die Luft.

Der Donner der Explosion hatte Dengar für einen Moment taub gemacht. Er schüttelte den Kopf, um die Taubheit zu vertreiben, und war sich plötzlich eines anderen, noch bedrohlicheren Lautes bewusst: Die zerfetzten Enden der strukturellen Fasern um ihn herum flatterten wie Wimpel in dem sich langsam verstärkenden brüllenden Sturm, mit dem die Netzatmosphäre durch einen Riss in der Hülle entwich.

Vom Sauerstoffmangel benommen, stolperte Dengar los, packte Boba Fetts Unterarm und zog den anderen Kopfgeldjäger auf die Beine. »Was ... was ist passiert? ...« Mit seiner freien Hand wies Dengar auf die verunstalteten Überreste Kud'ar Mub'ats. »Er ist wieder tot! Es muss so sein – von ihm ist nichts übrig geblieben!« Er starrte voller Panik die wogenden Wände des Netzes an. »Warum ist es noch immer ...«

»Sie Idiot.« Boba Fett stieß ihn weg vom Nest des Sammlers und in Richtung Hauptkorridor des Netzes. »Sehen Sie es denn nicht? Wir werden angegriffen!«

Dengar dämmerte, dass der andere Mann Recht hatte; wie zur Bestätigung raste ein weiterer weiß glühender Blitz durch die Kammer und verfehlte sie nur um Zentimeter. Er spürte die Hitze eines Laserkanonenstrahls an seinem Rücken, als er durch das einstürzende, sich auflösende Netz rannte. Die Transferluke zur *Hound's Tooth* war nur wenige Meter vor ihm ...

Es hätten auch Kilometer sein können.

Ein weiterer Blitz schlug ein und zertrümmerte die

Wölbung der strukturellen Fasern direkt über ihm. Funken und geschwärzte Gewebefetzen umwirbelten Dengar, als er spürte, wie er hochgehoben wurde und dann in die Dunkelheit stürzte.

Sie hatte die Worte immer wieder im Geiste wiederholt. Die Worte, den Namen, ihren richtigen Namen. Neelah hatte die kodierten Dateien, in die sie eingedrungen war, wieder geschlossen – all die Dinge, die Boba Fett ihr nicht erzählt hatte, deren Wert er selbst nicht kannte – und diesen Teil des Bordcomputers abgeschaltet. Jetzt saß sie vor einem schwarzen Display, während sie ihre Hände und Unterarme aus den für einen Trandoshaner konstruierten Vertiefungen des Cockpitpults zog.

Vor ihrem geistigen Auge sah sie noch immer das Symbol, das sie in Boba Fetts Datenbanken gefunden hatte, jenes, das von Nil Posondum stammte. Als sie sich mit geschlossenen Augen im Pilotensitz zurücklehnte, verwandelte sich der schiefe Kreis mit dem umschlossenen Dreieck, den Posondum vor so langer Zeit in den Boden des Gefangenenkäfigs geritzt hatte, in das uralte, golddurchwirkte Emblem der Adelsfamilien des Planeten Kuat.

Und eine davon, sinnierte sie, *ist meine Familie.* Neelah war sich nicht ganz sicher, was die Details anging – Teile ihrer Erinnerung waren noch immer von Nebel verhüllt –, aber sie wusste mit Sicherheit, dass es mehrere derartige Adelsfamilien gab, die alle wirtschaftlich mit der Quelle des Reichtums namens Kuat-Triebwerkswerften verbunden waren. Sie alle hatten früher das KTW-Emblem an ihren prächtigsten Roben und anderen Dingen wie der seit Generationen vererbten Decke getragen, in die sie als Säugling gewickelt worden war. Erst später hatten interne Machtkämpfe und böses Blut unter den herrschenden Familien dafür gesorgt, dass sich die Clans unterschiedliche Insignien zulegten.

Auch wenn sie nicht alles wusste – wie die Frage, aus welchen Gründen sie in diesen Schlamassel geraten war –, kannte sie den Namen dieses Säuglings, der in das uralte Emblem gehüllt war. *Meinen Namen*, dachte Neelah. *Meinen richtigen Namen.*

»Kateel.« Sie flüsterte den Namen laut, als würde sie leise diese Person rufen, die verloren gewesen und jetzt wieder gefunden worden war. »Kateel von Kuhlvult.«

Dann lächelte sie. *Nun*, dachte Neelah, *es ist ein Anfang* ...

Ein anderer Laut – beziehungsweise die Stille, die Abwesenheit aller Laute – störte ihre Überlegungen. Sie runzelte die Stirn, als sie die Augen öffnete, und brauchte einen Moment, um zu begreifen, was passiert war. Als sie den Blick senkte, sah sie, dass das schwarze Kabel, das Boba Fett an den Bordcomputer angeschlossen und durch die Luftschleuse zu Kud'ar Mub'ats rekonstruiertem Netz gelegt hatte, plötzlich nicht mehr in diesen pulsierenden Schimmer getaucht war. Es lag wie ein totes Wesen auf dem Boden des Cockpits.

Vielleicht hatten die beiden, Dengar und Boba Fett, ihre Arbeit dort drüben beendet. Neelah fand es schwer vorstellbar, dass die beiden Kopfgeldjäger dem arachnoiden Sammler – oder welchen Teil von ihm auch immer sie von den Toten zurückgeholt hatten – irgendwelche Informationen entlockt hatten, die mehr wert waren als das, was sie entdeckt hatte, während sie in dem bequemen Sitz gesessen hatte.

Doch diese Vermutung ergab keinen Sinn; Boba Fett hatte ihr ausdrücklich gesagt, dass die Energie und der

Datenstrom kontinuierlich fließen mussten, bis er zur *Hound's Tooth* zurückkehrte und beides selbst abschaltete. Ihre Aufgabe bei diesem ganzen Prozess war es gewesen, alles zu überwachen und dafür zu sorgen, dass das improvisierte Gerät innerhalb der von Fett programmierten Operationsparameter blieb. *Wenn es von allein aufgehört hat* – die Erkenntnis verdrängte langsam die Gedanken an ihren wieder entdeckten Namen –, *dann muss ihnen etwas zugestoßen sein ...*

Neelah blickte zum vorderen Sichtfenster auf und sah, wie sich das Netz in Chaos und Feuer auflöste.

Kaum eine Sekunde verging, bis sie die Ursache der Zerstörung entdeckte. In der Ferne war ein weiteres Schiff aufgetaucht und feuerte seine Laserkanonen ab. Ein weiterer gleißender Strahl brannte sich durch das Netz, während sie zuschaute.

Instinktiv griff sie nach den Navigationskontrollen des Pultes. Sie konnte ein Schiff steuern, selbst ein so schwerfälliges wie die *Hound's Tooth*; aber es war ihr unmöglich, die Waffen zu bedienen und das Feuer des angreifenden Schiffes zu erwidern.

Sie betätigte die Kontrolle des Hauptschubtriebwerks; der daraus resultierende Andruck presste sie zurück in den Pilotensitz. Einige schnelle Justierungen entfernten die *Hound* von dem Netz und dem unbekannten Schiff, das noch immer seine Laserkanonen abfeuerte, während es heranraste. Neelah hatte das gedämpfte reißende Geräusch gehört, mit dem sich die Transferluke von dem Netz gelöst hatte.

Ein weiterer Tastendruck würde die *Hound's Tooth* mit Höchstgeschwindigkeit aus diesem Sektor des Weltraums katapultieren. Ein Fluchtvektor für den Notfall war bereits in den Navcomputer programmiert; sie musste nur ein paar Knöpfe betätigen, um sich in Sicherheit zu bringen.

Und was dann? Neelah saß erstarrt an den Schiffskontrollen und überlegte fieberhaft. *Vielleicht habe ich genug herausgefunden,* sagte sie sich. Ihren Namen, ihren richtigen Namen; schon damals im Palast von Jabba dem Hutt hatte sie daran gezweifelt, jemals so viel herauszufinden. Sie sollte eigentlich zufrieden sein ...

Weitere Worte kamen von ihren Lippen, Worte, die aus der Vergangenheit und den Erinnerungen stammten, die sie in sich gefunden hatte. Es waren Flüche in einer der uralten Prä-Basic-Sprachen des Planeten Kuat.

Sie aktivierte die seitlichen Steuerdüsen der *Hound* und wurde sofort in dem Pilotensitz herumgewirbelt, als das Schiff dem Netz und seinem Angreifer entgegenraste.

Das ist genau wie in der Geschichte, die ich erzählt habe, dachte Dengar. *Über all die Dinge, die damals passiert sind ...*

Er kämpfte gegen die Bewusstlosigkeit an, denn er wusste, dass der Tod auf der anderen Seite der Schwärze lauerte, die ihn zu verschlucken drohte. Die tanzenden dunklen Flecken, die mit dem lebensgefährlichen Sauerstoffmangel einhergingen, hatten sich zu einer massiven Wand vereint. Eine weitere Verringerung des atmosphärischen Drucks würde ihn und Boba Fett töten. Dengar schnappte mühsam nach Luft und wartete, bis das Netz vor seinen Augen wieder schärfer wurde; erneut sah er das Bild aus der Geschichte, die er Neelah erzählt hatte, wie die Säuberungscrew der Schwarzen Sonne das lebende Netz von Kud'ar Mub'at zerfetzt hatte. Doch diesmal waren keine Spießgesellen von Prinz Xizor für das Zerstörungswerk verantwortlich; das Netz schien sich vor seinen rötlich umnebelten Augen selbst zu zerreißen.

Dann veränderte sich das Bild. *Aber das,* dachte er delierend, *war nicht Teil der Geschichte.* Der Bug eines anderen Kopfgeldjägerschiffes, jenes namens *Hound's Tooth*, pflügte durch die Außenhülle des Netzes. Ein Gewirr aus strukturellen Fasern schabte über die Wölbung des vorderen Cockpitsichtfensters; durch den verschmierten Transparistahl konnte Dengar verschwommen Neelah am Kontrollpult erkennen. Die Bremsraketen spuckten Feuer und verlangsamten das Schiff, bevor es ihn erreichen und zerschmettern konnte.

Es ist zu spät. Dies war sein letzter Gedanke, als die Schwärze in seinem Schädel explodierte. *Ich werde nie ...*

Etwas umschlang seine berstende Brust, hob ihn hoch und schleuderte ihn Richtung *Hound's Tooth*. Aber er prallte nicht gegen die Außenwand des Schiffes; stattdessen spürte er, wie er über den Boden der offenen Luftschleuse des Schiffes schlitterte.

Sauerstoff füllte seine schmerzende Lunge und er konnte undeutlich Boba Fett in der Luftschleusenluke stehen und mit der behandschuhten Faust gegen den kleinen Kontrollkasten an ihrer Seite schlagen sehen. Die Luke schloss sich und frische Luft strömte in die Kammer.

Dengar kam auf die Knie und sank gegen das gewölbte Metall hinter ihm. Er wischte sich mit einer zitternden Hand übers Gesicht, starrte dann seine Handfläche an und sah, dass sie rot von dem Blut war, das ihm aus der Nase und dem Mund lief.

Das Innenschott der Luftschleuse öffnete sich zischend. Boba Fett machte sich nicht die Mühe, sich zu bücken und Dengar auf die Beine zu helfen, sondern stolperte in den Frachtraum des Schiffes. Dengar kroch dem anderen Kopfgeldjäger hinterher und zog sich dann an den Gitterstäben eines der leeren Käfige nach oben. Er stand da und klammerte sich an die Stangen, während das Hämmern seines Herzens in seiner Brust allmählich langsamer wurde.

»In Ordnung ...«, stieß Dengar atemlos hervor. »Jetzt ... sind wir quitt ...«

Boba Fett schien ihn nicht zu hören. Dengar beobachtete, wie der andere Kopfgeldjäger die Leiter zum Cockpit des Schiffes hinaufstieg.

11

Neelah hatte die Hand auf die Triebwerkskontrollen gelegt, bereit, sie nach vorn zu schieben und die *Hound's Tooth* aus den Überresten des Netzes zu befreien. Bevor sie handeln konnte, hörte sie ein Geräusch von der Luke her; sie drehte sich um und sah Boba Fett dort stehen. Sie hatte ihn nur einmal in einem schlimmeren Zustand gesehen: auf Tatooine, als er im Wüstensand gelegen hatte, von den Verdauungssäften des Sarlacc halb zerfressen.

Stränge von Kud'ar Mub'ats zerfetzten Nervenfasern hingen an Boba Fetts Kampfmontur, als er aus der Luke trat und Neelah von den Kontrollen wegstieß. Sie drückte sich an die Rücklehne des Pilotensitzes und verfolgte, wie er die Waffensystemkontrollen nacheinander aktivierte; ihre hellen roten Lichter pulsierten wie grelle, feurige Juwelen.

Sobald die Laserkanonen der *Hound's Tooth* hochgefahren waren, schlug Boba Fett auf die Schubkontrollen, auf denen nur Sekunden zuvor noch Neelahs Hand gelegen hatte. Ein kurzer Schub aus dem Haupttriebwerk, und die verhedderten Fragmente des Netzes zerrissen und glitten von dem vorderen Sichtfenster des Schiffes. Er aktivierte hastig die Bremstriebwerke, sodass die *Hound* abrupt im leeren Weltraum zum Halt kam. Das angreifende Schiff befand sich im Fadenkreuz der Zielerfassungssysteme der Kanonen.

Fett schaltete das Kom ein. »Sie können feuern oder versuchen zu fliehen.« Die Leuchtdiode am Kontrollpult verriet, dass das Schiff, das er gerufen hatte, die Sendung empfing. »Es wird Ihnen beides nichts nützen.«

Neelah beugte sich an ihm vorbei und spähte durch das Sichtfenster. Aus der Nähe wirkte das andere Schiff nicht sonderlich bedrohlich. Es hatte nicht die schnittige Form einer Kampfeinheit, sondern sah mehr wie ein langsamer und schwerfälliger Frachter aus.

»Was für eine Überraschung«, drang eine Stimme aus dem Kom-Lautsprecher. Sie klang eher amüsiert als zornig oder furchtsam. »Ich wusste nicht, dass Sie es sind, Boba Fett. Glauben Sie mir, hätte ich es gewusst, hätte ich nicht auf Sie gefeuert.«

»Einen Moment.« Neelah starrte erstaunt die Kom-Einheit und dann Boba Fett an. »Diese Kreatur ... *kennt* Sie?«

Boba Fett nickte bestätigend. »Wir hatten schon mal miteinander zu tun. Und das wissen Sie bereits.«

Diese letzte Bemerkung verwirrte sie noch mehr. »Wer ist es? Und eröffnet denn *jeder*, der Sie kennt, sofort das Feuer, wenn er Sie sieht?«

»Es passiert oft genug.« Er zuckte die Schultern. »Es ist bloß das übliche Risiko, vor allem in diesem speziellen Geschäft.« Boba Fett wandte sich von ihr ab und drückte wieder den Knopf der Kom-Einheit. »Abrechner – ich könnte Sie jetzt aus dem Raum blasen und hätte jedes Recht dazu.«

»Welches Glück für mich, dass Sie Ihren Zorn so gut beherrschen können.«

Ein weiteres Geräusch kam von der Cockpitluke. Neelah drehte sich um und erblickte Dengar; er sah nach seinen Erlebnissen in den Resten des Netzes noch schlimmer aus als Fett.

»*Der Abrechner?*« Dengar starrte den Lautsprecher der Kom-Einheit an und blickte dann zu Neelah. »Sie meinen, der kleine Sammler, der Kud'ar Mub'ats Buchhalterknoten war? Der hat auf uns gefeuert?«

»Ich schätze schon«, erwiderte Neelah. »Ich meine – woher soll ich es mit Sicherheit wissen? Sie sind derjenige, der mir von ihm erzählt hat.«

»Das bedeutet nicht, dass ich ihn persönlich kenne.« Dengar trat näher und spähte aus dem Sichtfenster. »Ich habe nur das wiederholt, was Fett mir erzählt hat. Aber das muss der Frachter sein, den Prinz Xizor ihm gegeben hat, als das Netz zerstört wurde. Also ...«

»Ist es der Abrechner.« Boba Fett wandte sich von der Kom-Einheit ab. »Ich habe seine schrille kleine Stimme oft genug gehört, um sie wieder zu erkennen.« Er betätigte erneut den Sendeknopf. »Sie haben einiges zu erklären, Sammler. Ich hoffe, Sie haben eine Rechtfertigung dafür, dass Sie sich in diesem Sektor aufhalten – denn im Moment haben Sie nicht viele Geschäfte hier zu erledigen; und warum Sie so erpicht darauf sind, auf andere Kreaturen zu feuern, bevor Sie sich über ihre Identität Klarheit verschafft haben.«

»Ja ...« Dengar runzelte verärgert die Stirn, während er sich etwas getrocknetes Blut vom Gesicht wischte. »Selbst Kopfgeldjäger tun so was nicht.«

»Nun gut«, drang die hohe Stimme aus dem Kom-Lautsprecher. »Ich stimme Ihnen zu, dass ich Ihnen eine Erklärung für diese ansonsten unerklärliche Handlungsweise schulde. Und es ist in meinem besten Interesse, sie Ihnen zu geben; ich möchte weiter gute Beziehungen zu Ihnen unterhalten, Boba Fett – sofern das einer Kreatur überhaupt möglich ist –, und ich bedaure, dass ich nun den Ruf genieße, besonders schießwütig zu sein, wie Sie es formulieren würden. Aber ich möchte dieses Gespräch nicht über eine Kom-Einheit führen; es ist so ... *unpersönlich*.«

»Richtig«, murmelte Dengar Neelah zu. »Da ist es schon viel persönlicher, ein paar Laserkanonen auf uns abzufeuern.«

»Eigentlich«, drang wieder die Stimme des Abrechners aus dem Lautsprecher, »wäre es mir ein großes Vergnügen, Sie in aller Gastfreundschaft auf meinem Schiffes zu empfangen. Ich bin die einzige lebende Kreatur an Bord, sodass ich, wie ich gestehen muss, zwischen meinen Geschäftskonferenzen unter Einsamkeit leide.«

»Sie müssen mit Ihrem Schiff längsseits gehen«, erklärte Boba Fett. »Unsere Transferluke hat durch diesen kleinen Aufruhr beträchtliche Schäden erlitten.«

»Warten Sie einen Moment. Und dann werden wir uns unterhalten.«

Fett streckte die Hand aus und beendete die Kom-Verbindung. »Machen wir uns für unseren Besuch fertig.«

»Was?« Neelah starrte ihn verblüfft an. »Sie *trauen* dieser Kreatur?«

»So viel, wie ich jedem anderen traue. Sie eingeschlossen.«

Die letzte Bemerkung überraschte sie. Es war nicht das erste Mal, dass Neelah seinen durchdringenden Blick auf sich ruhen fühlte, verdeckt durch das dunkle Visier seines Helmes. Sie fragte sich, ob er irgendwie ihre Gedanken lesen, ihre Geheimnisse erkennen konnte. War er sich bewusst, dass sie so viel über ihre Vergangenheit herausgefunden hatte, während er und Dengar in dem rekonstruierten Netz gewesen waren? *Vor ihm kann man nichts verbergen*, dachte Neelah. *Es ist unmöglich ...*

»Aber wir haben die Antworten nicht gefunden, die wir gesucht haben«, fuhr Boba Fett fort. »Wir konnten die Toten – oder wenigstens einen von ihnen – zurück ins Leben holen, doch Kud'ar Mub'at wusste nichts. Oder wenn doch, dann ist jetzt jeder Versuch sinnlos, es herauszufinden; dieser Sammler ist endgültig tot. Er starb schon vor den Einschlägen der Laserkanonen.«

»Sie denken also, dass Kud'ar Mub'ats ehemaliger Unterknoten etwas weiß?« Dengar wies mit dem Daumen auf den langsam näher kommenden Frachter, der im Sichtfenster zu sehen war. »Etwas, das der alte Sammler nicht wusste?«

»Der Abrechner würde sich nicht in diesem Sektor herumtreiben, wenn es nicht wichtig für ihn wäre. Und das einzige Interessante hier ist die Vergangenheit in Gestalt von Kud'ar Mub'ats Netz oder was davon noch übrig ist.

»Das ist nicht mehr viel«, murmelte Neelah.

»Der Abrechner ist unsere einzige Spur.« Boba Fett wandte sich zur Cockpitluke. »Deshalb reden wir mit ihm.«

Als Neelah die Leiter zum Frachtraum der *Hound* hinunterstieg und den beiden Kopfgeldjägern folgte, hatte sich die Transferluke bereits mit der Außenhülle des anderen Schiffes luftdicht verbunden. Sie bemerkte, als sie die *Hound* verließ, dass Boba Fett keine zusätzlichen Waffen eingesteckt hatte. Aber, dachte sie, sein übliches Waffenarsenal ist beeindruckend genug.

Die Luft im Frachter roch steril und gefiltert, im Gegensatz zu den üblen trandoshanischen Gerüchen, die in der *Hound's Tooth* hingen. Er war auch geräumiger; als Neelah aus der Transferluke trat, konnte sie den Kopf zurücklegen und hoch über sich die gewölbte Decke des Hauptcontainerbereichs sehen. Wie viel innere Schotten der Frachter einst auch besessen hatte, sie waren offenbar ausgebaut worden, sodass ein großer, abgeschlossener Raum entstanden war, durch den

Kabelstränge liefen. In dieser großen Leere wirkten sogar die Laserkanonen klein, die der Abrechner aus den Beständen des Imperiums bezogen haben musste.

Und der Abrechner selbst sah winzig aus. Der kleine arachnoide Sammler krabbelte über die inneren Verstrebungen und straff gespannten Kabelnetze des Frachters. Seine multiplen Augen glitzerten und er hob grüßend das größte Vorderglied. »Ich bin entzückt, Sie hier begrüßen zu können!« Der Abrechner blieb stehen und hockte sich unweit von Boba Fett auf einen in Augenhöhe liegenden Metallsims. »Wirklich – es ist viel zu lange her.«

»Nicht lange genug«, knurrte Boba Fett. »Kreaturen, die mir Credits gestohlen haben, vergesse ich nie.«

»Oh, das.« Der Sammler tat die Bemerkung mit einem Wink seiner winzigen Klauenspitze ab. »Es war eine andere Zeit – und eine andere Situation, mein lieber Fett. Wenn man die Umstände Ihrer derzeitigen Lage bedenkt, halte ich es nicht für klug von Ihnen, über derartige Dinge zu grübeln.«

Neelah sah zu Boba Fett hinüber. Selbst durch das dunkle Visier des Kopfgeldjägerhelms war die grimmige Wildheit des Blickes, mit dem er den Abrechner bedachte, deutlich erkennbar.

»Vor allem, da Sie mir weitere Gesellschaft mitgebracht haben!« Der Abrechner legte seine Klauen aneinander. »Wir sollten *Ihnen* das Erlebnis nicht verderben.«

Es war das erste Mal, dass Neelah eine der Kreaturen sah, die Dengar ihr beschrieben hatte. Die abstoßende Erscheinung ihrer spinnenähnlichen Gestalt würde durch ihre relativ geringe Größe gemildert; sie hätte den Abrechner aufheben und in ihrer Handfläche halten können. *Nun*, dachte Neelah, *vielleicht in beiden Händen*. Jedenfalls hatte es im Palast von Jabba dem Hutt hässlichere – und gefährlichere – Kreaturen gegeben.

»Lassen Sie mich einen Moment nachdenken ...« Der Abrechner zeigte mit einer seiner Klauenspitzen auf Dengar. »Ich erinnere mich an Sie; ich glaube, Sie waren ein Kunde meines Vorgängers.«

Dengar nickte. »Ja, ich habe ein paar Jobs erledigt, die Kud'ar Mub'at eingefädelt hat.«

»Und Sie haben überlebt – das ist ein Beweis für Ihre Fähigkeiten. Nicht allen in Ihrer Position ist dies gelungen.«

»Nun ja ...« Dengar zuckte die Schultern. »Ich bin dabei auch nicht reich geworden.«

»Das hat niemand geschafft«, erklärte der Abrechner. »Kud'ar Mub'at war in vielerlei Hinsicht ein Narr. Man kann keine Geschäfte mit Kreaturen machen, die so gefährlich wie Kopfgeldjäger und Konsorten sind, und sie dann wie er übers Ohr hauen. Früher oder später holt dieser Fehler einen ein.«

Dengar blickte wieder durch das kleine Sichtfenster neben der Transferluke. Einige Fragmente von Kud'ar Mub'ats Netz trieben im Weltraum. »So könnte man das ausdrücken.«

»Sie allerdings ...« Der Abrechner richtete seinen durchdringenden Vielaugenblick auf Neelah. »Ich bin Ihnen noch nie begegnet. Aber Sie wären überrascht zu erfahren, wie viel ich über Sie weiß.«

»Vielleicht auch nicht«, erwiderte Neelah kalt. »Das hängt davon ab, wie viel Sie über Nil Posondum wissen. Und Ree Duptom. Und wer Ihrem Vorgänger den Auftrag gegeben hat, Duptom zu engagieren, um mich zu entführen und mein Gedächtnis zu löschen.«

»Ich verstehe.« Der Abrechner wackelte mit dem kleinen dreieckigen Kopf. »Sie sind eine sehr gerissene Menschenfrau, Neelah – so hat man Sie genannt, nicht wahr?«

Sie zögerte und nickte dann zustimmend. Sie hatte sich entschlossen, einige ihrer Geheimnisse noch eine Weile länger für sich zu behalten, bis sie herausgefunden hatte, wie viel der kleine Sammler wusste.

»Sie sind zu einigen interessanten Schlussfolgerungen gelangt.« Der Abrechner musterte sie weiter. »Vielleicht war es der verstorbene Ree Duptom, der Ihnen all diese unerfreulichen Dinge angetan hat, vielleicht aber auch nicht.« Ein angedeutetes Lächeln huschte über das Gesicht des Sammlers. »Aber spielt das wirklich eine Rolle? Der Effekt ist größtenteils derselbe, meine verehrte Besucherin.«

Sie antwortete nicht.

»Es muss genetisch bedingt sein«, warf Boba Fett ein. »Sie sind genauso schlimm wie Kud'ar Mub'at, mit all den billigen Höflichkeitsfloskeln.«

»Ich konnte nicht so reden, wie ich wollte, als ich noch ein Teil von Kud'ar Mub'at war. Meine rhetorischen Fähigkeiten haben sich seitdem stark verbessert.«

»Warum verzichten wir nicht auf sie und kommen direkt zur Sache?«

»Aber natürlich,« Der Abrechner richtete sein schiefes Lächeln auf den behelmten Kopfgeldjäger. »Sicherlich sind Sie hier, weil Sie Antworten suchen. Aber ich glaube nicht, dass Sie bis jetzt welche gefunden haben, nicht wahr?«

»Nicht die, die ich wollte.«

»Oder sonst welche, schätze ich.« Er schüttelte den dreieckigen Kopf. »Ich hätte Ihnen sagen können, dass Ihre Suche sinnlos ist. Denn, glauben Sie mir, ich habe bereits das Gleiche versucht. Deshalb bin ich hier in diesem Sektor, mit diesem Schiff, das zu meinem Zuhause geworden ist. Ich hatte von Ihrer früheren Untersuchung der Möglichkeiten der arachnoiden Sammlerphysiologie gehört, Boba Fett; ich dachte mir, dass Sie an diesem Thema nicht interessiert wären, wenn Sie nicht eine Verwendung für dieses Wissen hätten. Und so fand ich selbst ein paar Dinge heraus. Genug, um in den Überresten von Kud'ar Mub'ats altem Netz – meinem früheren Zuhause – und den Erinnerungen meines Vorgängers herumzustöbern. Natürlich musste ich keine derart komplizierte Prozedur durchführen wie Sie und Ihr Partner; schließlich gehöre ich derselben Spezies an wie der verstorbene Kud'ar Mub'at. Es gelang mir, verschiedene Bruchstücke des Netzes und sogar diese verschrumpelte Hülle zu integrieren, in der einst Mub´ats Seele und sein Geist wohnten, und zu einer Verlängerung meines zerebralen Nervensystems zu machen. So konnte ich auf all seine Erinnerungen zugreifen, ohne dass Kud'ar Mub'at vorübergehend das Bewusstsein wiedererlangen musste.«

»Ich wünschte, wir wären auch dazu in der Lage gewesen.« Dengar schüttelte ebenfalls den Kopf. »Ich wäre gut ohne diese letzte Begegnung ausgekommen.«

»Wie auch immer«, fuhr der Abrechner fort, »während meine Reise durch die Erinnerungen des verstorbenen Sammlers angenehmer gewesen sein mag als Ihre, so hat sie doch nur wenig Erfolg gehabt. Es gab viele Geheimnisse, diverse unerledigte Geschäfte, die aufzuklären für mich von großem Vorteil gewesen wären – darunter die Vereinbarungen, die Kud'ar Mub'at mit Nil Posondum und Ree Duptom getroffen hat. Wer auch immer den Beweis gegen Prinz Xizor gefälscht *und* diese mysteriöse Entführung einer unidentifizierten, aber offenbar wichtigen Menschenfrau eingefädelt hat – diese unbekannte Partei verfolgte offensichtlich einen großen Plan. Und wie wir beide wissen, Boba Fett, ist mit derartigen Plänen oft eine große Menge Credits verbunden. Manchmal, um sie auszuführen ... und manchmal, um Stillschweigen über sie zu bewahren.«

Boba Fetts von dem Visier verhüllter Blick ruhte unbeirrt auf dem kleinen Sammler. »Und an welche dieser beiden Möglichkeiten sind Sie interessiert, Abrechner?«

»Ich habe wirklich keine Wahl – da ich, wie ich schon sagte, in Kud'ar Mub'ats persönlichen Erinnerungen nicht die Antworten auf diese Fragen gefunden habe. Wenn ich irgendeinen Profit aus dieser Situation schlagen will, *muss* ich mich mit Ihnen verbünden und Ihnen bei der Suche nach diesen Antworten helfen.«

»Uns mit Ihren Laserkanonen zu beschießen, kommt mir nicht sehr hilfreich vor.«

»Oh, das.« Der Abrechner machte mit einer erhobenen Klauenspitze eine wegwerfende Bewegung. »Ich habe es Ihnen bereits erklärt: Ich wusste nicht, dass Sie es waren, der Teile des Netzes wieder hergestellt und – wie ich annehmen musste – den toten Kud'ar Mub'at wieder belebt hatte. Sie müssen schließlich meine Lage bedenken. Ich habe das Geschäft meines Vorgängers übernommen; ich habe mich mit einer ausgewählten Liste von Klienten selbstständig gemacht, die früher von Kud'ar Mub'at betreut wurden. Gleichzeitig war mir bewusst, dass Kud'ar Mub'at zumindest teilweise wieder belebt werden konnte. Und auf diese Konkurrenz würde ich lieber verzichten, vor allem wenn ich die Feindseligkeit bedenke, die er mir entgegenbringen würde. Natürlich wäre es für viele meiner Klienten vorteilhaft, wenn wir beide parallel operieren würden, sodass wir gezwungen wären, uns gegenseitig zu unterbieten. Nein ...« Der Abrechner schüttelte heftig den Kopf. »Ich kann wirklich nicht zulassen, dass jemand den alten Kud'ar Mub'at von den Toten zurückholt. Ich habe lediglich aus sentimentalen Gründen und vielleicht aus der Hoffnung heraus, in Zukunft einen Profit daraus zu schlagen, darauf verzichtet, seine Leiche und die Überreste seines Netzes zu vernichten. Ich habe mir bereits im Geist eine Notiz gemacht, diesen Prozess zu vollenden, sobald wir mit unserer kleinen Konferenz fertig sind.«

»In Ordnung«, sagte Boba Fett. »Ich werde es Ihnen diesmal noch nachsehen. Hauptsächlich, weil ich einige Geschäfte mit Ihnen machen muss. Aber wenn Sie noch einmal versuchen, mit einer Laserkanone auf mich zu schießen, werden Sie selbst in eine Kanonenmündung sehen. Und hinterher werden keine Reste mehr übrig sein, die man zusammenflicken könnte.«

»Ich werde daran denken.« Der kleine Sammler spreizte seine beiden erhobenen Vorderglieder. »Kommen wir jetzt zu dem Geschäft, über das Sie gesprochen haben. Sie wollen herausfinden, wer *am Anfang* der Kette stand, die über Nil Posondum und Kud'ar Mub'at zu Ree Duptom führte; Sie wollen wissen, wer es war, der es für so wichtig hielt, Beweise gegen Prinz Xizor zu fälschen, Neelah zu entführen und ihr Gedächtnis zu löschen. Das scheint mir vernünftig zu sein. Für einen Anteil bin ich bereit, Ihnen bei dieser Suche zu helfen.«

»Wie?«, mischte sich Neelah in den Wortwechsel zwischen dem Sammler und dem Kopfgeldjäger ein. *Schließlich,* hatte sie sich gesagt, *reden sie über mich.* »Sie haben bereits erklärt, dass Sie nicht mehr als wir herausgefunden haben!«

»Beruhigen Sie sich«, mahnte der Abrechner. »Es stimmt; Sie haben hier nichts herausgefunden und ich auch nicht. Aber Sie alle haben aus dieser Tatsache falsche Schlussfolgerungen gezogen. Sie glauben einfach, dass es keinen anderen Ort gibt, wo man suchen kann, und das ist nicht der Fall.«

»Und welchen anderen Ort gibt es?« Boba Fetts Stimme klang weder beeindruckt noch belustigt. »Alle in der Kette, die zu Neelah führt, sind inzwischen tot.«

»Ja, aber es existiert noch immer ein bestimmter Beweis, der zurückgelassen wurde.« Eine der winzigen Klauenspitzen des Abrechners zeigte direkt auf Boba Fett. »Sie haben gesagt, dass Sie den fingierten Beweis gegen Prinz Xizor in einem Frachtdroiden gefunden haben, der zu einem Spionagegerät umfunktioniert wurde. Wo ist dieser Droide jetzt?«

»Das ist Ihre Vorstellung von einer Spur?« Boba Fett schüttelte enttäuscht den Kopf. »Dieser Droide – sofern er überhaupt noch existiert – ist für uns nicht erreichbar. Sobald ich die Daten aus der Gedächtniseinheit des Droiden auf meinen Bordcomputer überspielt hatte, habe ich mich nicht weiter um den Droiden gekümmert. Als ich Bossks *Hound's Tooth* übernahm, das Schiff, das uns hierher brachte, transferierte ich diese Informationen zu diesem Computer. Aber der Frachtdroide blieb an Bord der *Sklave I* zurück – und dieses Schiff befindet sich jetzt in der Hand der Rebellen-Allianz. Eine Rebellen-Patrouille hat es im Orbit um Tatooine, wo ich es zurückgelassen hatte, gefunden und beschlagnahmt.« Fett schilderte die Ereignisse in seinem normalen emotionslosen Tonfall, doch Neelah wusste, wie sehr er an seinem Schiff hing. »Meine Kontaktpersonen in der Allianz sind jetzt mit anderen Dingen – zum Beispiel der Lage über Endor – beschäftigt. Es ist unwahrscheinlich, dass sie eine groß angelegte Suche nach einem antiquierten Frachtdroiden starten, der an Bord eines leeren Schiffes gefunden wurde. Warum sollten sie auch? Sie wissen nicht, dass er irgendeinen Wert hat, von seinem Schrottwert abgesehen.«

»Sie haben also eine *Aufzeichnung* des gefälschten Beweises gegen Prinz Xizor, aber nicht den fingierten Beweis selbst. Das *ist* bedauerlich.« Der Abrechner lächelte. »Denn wenn Sie das Original hätten, das sich in dem modifizierten Frachtdroiden befand, hätten Sie es untersuchen und weiter analysieren können und vielleicht Hinweise entdeckt, die Ihnen zuvor entgangen sind.«

»Wie ich schon sagte«, knurrte Boba Fett, »der Frachtdroide ist nicht mehr greifbar. Bei dem Glück, das wir haben, kann es sein, dass er nicht einmal mehr existiert.«

»Vielleicht. Aber das bedeutet nicht, dass das Original des gefälschten Beweises, dem Sie die Informationen entnommen haben, die Sie besitzen, verloren ist.« Das schiefe Lächeln auf dem dreieckigen Gesicht des Sammlers wurde breiter. »Um genau zu sein, ich weiß, wo es ist. Und es befindet sich *nicht* in der Hand der Rebellen-Allianz.«

Zum ersten Mal sah Neelah Boba Fett überrascht. Der Kopfgeldjäger schien wie unter einem Schlag zurückzutaumeln und starrte dann durchdringend den Abrechner an.

»Wovon reden Sie? Es muss sich noch immer in dem Droiden befinden. Dort habe ich es zurückgelassen.«

»Lassen Sie mich Ihnen noch etwas anderes sagen«, erwiderte der kleine Sammler. »Sie und Ihre Partner hier sind nicht die Einzigen, die daran interessiert sind. Einige sehr mächtige Kräfte suchen nach demselben fingierten Beweis.«

»Wer?« Boba Fetts Hand schoss auf die kleine Kreatur zu, als wollte er den Abrechner in seiner Faust zerquetschen. »Wer sucht sonst noch danach?«

»Während Sie hierher unterwegs waren, habe ich mit meinen Informationsquellen Kontakt aufgenommen; das gehört zu meinem Geschäft. Ich höre alle möglichen interessanten und potenziell profitablen Dinge. Nur dieses Mal wurde ich direkt von der anderen Partei angesprochen; der Vertreter eines der mächtigsten Männer der Galaxis suchte mich auf, um in Erfahrung zu bringen, ob ich etwas über den Verbleib dieses gefälschten Beweises gegen den verstorbenen Prinz Xizor wusste, derselbe Beweis, den Sie an Bord von Ree Duptoms Schiff *Venesectrix* gefunden haben.«

»Dann muss es jemand von der Schwarzen Sonne gewesen sein. Derjenige, der nach Xizors Tod die Organisation übernommen hat …«

»Ganz und gar nicht.« Der Abrechner schüttelte bedächtig den Kopf. »Nach allem, was ich herausgefunden habe, wussten weder Xizor noch die Schwarze Sonne irgendetwas über das Komplott, das mit diesem fingierten Beweis einherging. Außerdem, selbst wenn es jemand in der Schwarzen Sonne inzwischen herausgefunden hat, warum sollte es ihn kümmern? Prinz Xizor ist tot. Ihn mit einer imperialen Sturmtruppenrazzia auf dem Planeten Tatooine in Verbindung zu bringen, hat jetzt keine Bedeutung mehr.«

»Aber wer …«

»Oh, jetzt wird es noch interessanter.« Der Abrechner schien auf dem Metallsims vor Vergnügen zu vibrieren, ihnen so viele Geheimnisse anzuvertrauen. »Die Person, die ihren Vertreter hierher geschickt hat, um nach dem Verbleib des gefälschten Beweises zu forschen, scheint Ihnen eine beträchtliche Feindseligkeit entgegenzubringen, Boba Fett. Oder sie wollte einfach nicht riskieren, dass Sie den gefälschten Beweis vor ihr finden. Denn diese Person hat den Bombenangriff im Dünenmeer auf Tatooine angeordnet. Den Bombenangriff, bei dem Sie fast in Atome zerrissen worden wären. Sie sind diesem Schicksal – offensichtlich – entronnen, aber ich würde nicht sagen, dass dieses sehr mächtige Individuum aufgehört hat, sich Ihren Tod zu wünschen. Und wenn sich ihm die Gelegenheit bietet, wird es auf jeden Fall versuchen, Sie umzubringen.« Der Abrechner beugte sich mit glitzernden Augen auf dem Sims nach vorn. »Sie sollten also die Tatsache zu schätzen wissen, dass ich viel von unserem gemeinsamen Geschäft halte, Fett. Denn ich könnte die Information über *Ihren* Aufenthaltsort an die andere Partei für einen stattlichen Haufen Credits verkaufen.«

»Das wäre wenigstens effizienter«, warf Dengar ein. »Hätte der Abrechner uns wirklich eliminieren wollen, wäre dies ein einfacherer Weg gewesen, als mit Laserkanonen auf uns zu feuern.« Er zuckte die Schultern. »Vielleicht sollten wir auf den kleinen Kerl hören.«

»Vielleicht.« Boba Fett schien eine Sekunde nachzudenken. »Es hängt alles davon ab, wer diese andere Person ist, die nicht nur versucht hat, uns alle zu töten, sondern auch nach derselben Sache sucht wie wir.«

»Schön«, nickte der Abrechner. »Ich werde es Ihnen sagen und Sie können dann entscheiden, was zu tun ist. Die fragliche Person ist Kuat von Kuat, der Chef der Kuat-Triebwerkswerften.«

Neelah konnte ein überraschtes Keuchen nicht unterdrücken. *Ich kenne ihn* – der Gedanke blitzte in ihrem Kopf auf, zusammen mit einem Bild des mächtigen Kuat. Es verblasste so schnell, wie es gekommen war; sie blinzelte und sah Fett in ihre Richtung schauen. Er sagte nichts, sondern wandte sich wieder an den Sammler auf dem Metallsims. »Warum sollte der Chef eines der größten Konzerne der Galaxis an fingierten Beweisen gegen den verstorbenen Prinz Xizor interessiert sein? Und warum sollte er mich tot sehen wollen?«

»Fragen, Fragen, Fragen.« Der Abrechner schüttelte in gespielter Verzweiflung den Kopf. »Sie wären nicht nötig, wenn Sie mir mehr vertrauen würden.«

»Ich habe in diesem Geschäft nicht so lange überlebt, weil ich anderen Kreaturen vertraue. Also beantworten Sie sie.«

»Nun gut; ich weiß, dass es Kuat von Kuat war, der den Bombenangriff im Dünenmeer befohlen hat, weil sein Vertreter es mir auf seine Anweisung hin sagte. Kuat wollte mir klar machen, wie sehr er an Ihrem Tod interessiert ist, damit ich überzeugt war, gut bezahlt zu werden, wenn ich auf irgendwelche Hinweise über Ihren Aufenthaltsort stoßen würde. Und was die Frage betrifft, *warum* er Sie tot sehen will und *warum* er an diesem gefälschten Beweis gegen Prinz Xizor interessiert ist ...« Der Abrechner spreizte seine erhobenen Klauenspitzen. »In dieser Hinsicht habe ich nicht die leiseste Ahnung. Aber wenn wir hätten, wonach er sucht, könnten wir ihn angesichts des gewaltigen Reichtums der Kuat-Triebwerkswerften zwingen, eine beträchtliche Summe dafür zu zahlen. Und seien wir ehrlich: Sie und ich haben große Erfahrung, was derartige Verhandlungen angeht.«

»Dann ist das einzige Problem«, sagte Dengar, »das in die Hände zu bekommen, was er will.«

Und was ich will, dachte Neelah.

»Was für ein Glück, dass der fingierte Beweis *nicht* in der Hand der Rebellen-Allianz ist, sondern an einem anderen Ort, wo wir ihn uns holen können.« Das breite Lächeln des Abrechners schien sein dreieckiges Gesicht fast zu sprengen. »Und dass Ihr neuer Geschäftspartner – also ich – weiß, wo er ist.« Der Sammler sah wieder Boba Fett an. »Wir *sind* doch Geschäftspartner, nicht wahr?«

»In Ordnung«, antwortete Boba Fett. »Wir können uns später hinsichtlich unserer Anteile einigen. *Nachdem* wir den gefälschten Beweis in unseren Händen und einen Weg gefunden haben, ihn zu Geld zu machen.«

Der Abrechner lachte, ein Laut, der wie kleine, verstimmte Glocken klang.

»Was ist so amüsant?«

»Es ist so paradox.« Eine der Klauenspitzen tupfte das größte der multiplen Augen ab, in einer weiteren Parodie humanoider emotionaler Gesten. »Sie sind den ganzen weiten Weg gekommen, um nach den Antworten zu suchen, die Sie haben wollen, und die einzige Möglichkeit, jetzt an diese Antworten heranzukommen, ist dieser gefälschte Beweis gegen den toten Xizor – *und er befindet sich auf Tatooine.*«

Neelah und die beiden Kopfgeldjäger waren einen Moment lang sprachlos. Sie fand ihre Sprache als Erste wieder. »Tatooine? Wie ... wie ist er dorthin gelangt?«

»Ganz einfach.« Der Abrechner rieb vergnügt seine Vorderglieder aneinander. »Er befindet sich dort schon eine ganze Weile. Sehen Sie, als es unserem Partner Boba Fett hier« – der Abrechner wies auf den behelmten Kopfgeldjäger – »dank seiner beeindruckenden persönlichen Fähigkeiten gelang, Bossk von der *Sklave I* zu vertreiben, verschwand der fingierte Beweis zusammen mit ihm, als er mit der Fluchtkapsel entkam.«

»Und woher wissen Sie *das*?« Boba Fett musterte den Sammler voller Skepsis.

»Mein Freund, Sie sind wegen der langen Zeit, die Ihre Reise zu diesem abgelegenen Sektor gedauert hat, nicht mehr auf dem Laufenden. Wären Sie mit Ihren Informationsquellen in Verbindung geblieben, so wie ich mit meinen, hätten Sie vielleicht eine interessante Neuigkeit gehört, die in einigen der verrufeneren Kneipen und Treffpunkte der Galaxis kursiert. Es scheint, dass sich Ihr Kopfgeldjägerfreund auf dem Raumhafen Mos Eisley auf Tatooine versteckt und ein gewisses ... *Objekt* zum Verkauf anbietet. Und er sucht nach dem geeigneten Käufer. Das Objekt ist ziemlich einzigartig, wie Sie mir sicherlich zustimmen werden; es ist der gefälschte Beweis gegen den verstorbenen Prinz Xizor, der ihn angeblich mit der imperialen Sturmtruppenrazzia auf einer bestimmten Feuchtfarm auf diesem Planeten in Verbindung bringt. Natürlich, Bossks Versuch, diese Ware an den Mann zu bringen, wird durch die Tatsache kompliziert, dass er die Bedeutung des gefälschten Beweises oder seinen wahren Wert nicht kennt, ebenso wenig wie den Umstand, dass Kuat tatsächlich versucht, ihn zu lokalisieren. Wenn Bossk *das* wüsste, könnte er ihn im Nu für einen guten Preis verkaufen. Aber ... er weiß es nicht.« In der Stimme des Sammlers schwang gespieltes Mitgefühl für den abwesenden Kopfgeldjäger mit. »Das passiert, wenn man versucht, auf eigene Faust zu handeln, statt einen Experten wie mich zu kontaktieren.«

»Hören Sie auf zu prahlen«, knurrte Boba Fett gereizt. »Also hat Bossk den Beweis ...« Er nickte langsam und dachte über die Information nach. »Er muss den Frachtdroiden gefunden haben, als er an Bord der *Sklave I* war, bevor ich sie zum Dünenmeer rief, um uns abzuholen. Er entdeckte den gefälschten Beweis gegen Prinz Xizor in dem Droiden und nahm ihn an sich, ohne seine Bedeutung zu kennen, aber in der

Hoffnung, irgendeinen Weg zu finden, ihn zu Geld zu machen. Ich hatte keine Zeit, den Frachtbereich der *Sklave I* zu untersuchen, bevor ich sie aufgab. Wie es scheint, habe ich Bossk am Ende unterschätzt; ich hätte ihm nicht die Intelligenz zugetraut, in diesem Frachtdroiden etwas von Wert zu entdecken.«

»Und dann muss er ihn in der Fluchtkapsel verstaut haben.« Dengar war es gelungen, mit den Erklärungen der anderen Schritt zu halten. »Als Sie hinter ihm her waren. Entweder hat er eine glückliche Hand gehabt oder er ist viel gerissener, als einer von uns geahnt hat.«

»Was spielt das für eine Rolle?« Mit zunehmender Gereiztheit sah Neelah von einem Kopfgeldjäger zum anderen. »Wichtig ist nur, dass dieser fingierte Beweis noch immer existiert. Und wenn wir ihn in die Hände bekommen können …« Die Möglichkeiten waren ihr bereits durch den Kopf gegangen. Sie konnten so vielleicht die Antworten auf die verbliebenen Fragen über ihre Vergangenheit finden. »Dann werden wir vielleicht erfahren, wer ihn überhaupt fabriziert hat und aus welchem Grund und …«

»Und natürlich, in welcher Beziehung diese Person zu Ihnen steht.« Boba Fett sah sie an. »Keine Sorge; dieses Mysterium hat für mich vielleicht nicht dieselbe Bedeutung wie für Sie, aber es stellt trotzdem eine potenzielle Profitquelle dar. Das macht sie für mich wichtig genug.«

»Also müssen wir nach Tatooine zurückkehren«, stellte Dengar fest. Der Gedanke schien ihn aufzuheitern; Neelah vermutete, dass er sich freute, seine Verlobte Manaroo wiederzusehen.

»Wenn alles nur so einfach wäre.« Das schiefe Lächeln war vom Gesicht des Abrechners verschwunden. »Aber ich fürchte, dem ist nicht so. Mein armseliger schwerfälliger Frachter, so bequem er als Heim und Geschäftsbüro auch sein mag, wird Tatooine nie erreichen, bevor Bossk einen Käufer für das Objekt findet.«

»Was ist das Problem? Die *Hound's Tooth* ist schnell genug ...«

»Ja«, unterbrach der Abrechner, »und sie ist ein auffälliges Schiff. Sie ist das einzige Schiff, mit dem Sie Tatooine garantiert nicht erreichen werden. Oder wenigstens nicht lebend. Bossk hat offenbar Stillschweigen darüber bewahrt, dass er sein Schiff an seinen Feind Boba Fett verloren hat, aber Kuat von Kuat hat es nicht getan. Nachdem der von ihm befohlene Bombenangriff Sie nicht getötet hatte und seine Informationsquellen ihm verraten hatten, dass die Rebellen-Allianz die verlassene *Sklave I* konfisziert hat, konnte Kuat sich zusammenreimen, dass Sie an Bord der *Hound* sein müssen. Und so hat Kuat eine Menge Credits dafür ausgesetzt, dass die *Hound's Tooth* gefunden und abgefangen wird – und möglichst alle an Bord getötet werden. Was bedeutet, dass eine *Menge* Kopfgeldjäger auf der Suche nach ihr sind. Wenn man bedenkt, dass sehr viele von ihnen noch immer einen Groll gegen Sie hegen, weil Sie die alte Kopfgeldjägergilde zerstört haben, ist dies ihre perfekte Gelegenheit, eine beträchtliche Summe zu verdienen *und* gleichzeitig Rache zu nehmen.« Der Sammler legte den rechteckigen Kopf zur Seite und musterte Fett. »Eine Ironie, nicht wahr? Sie sind so lange der Jäger gewesen ... und jetzt sind Sie der Gejagte.«

»Wenn ich die *Sklave I* noch hätte«, sagte Boba Fett, »hätte keiner von ihnen eine Chance, mich aufzuhalten.«

»Aber Sie haben sie nicht. Und Bossks Schiff ist mit Ihrem in keiner Weise vergleichbar, selbst wenn Sie sich perfekt mit seinen Waffensystemen auskennen würden. Die anderen Kopfgeldjäger werden Sie erwischen, bevor Sie auch nur in die Nähe von Tatooine gelangen. Es bleibt wahrscheinlich nicht mehr viel Zeit, bis einer von ihnen Sie in diesem abgelegenen Sektor aufspürt. Es ist also nicht mehr nur eine Frage der Realisierung von Profit oder der Suche nach den Geheimnissen einer gestohlenen Vergangenheit.« Die glitzernden Augen des Abrechners sahen einen nach dem anderen an. »Für uns alle ist es jetzt eine Frage des Überlebens.«

»Großartig«, murmelte Dengar. Seine Stimmung war wieder auf den Nullpunkt gesunken. »Wir sind tot. Ich wusste, dass dies irgendwann passieren würde ...«

»Kommen Sie, kommen Sie.« Der Abrechner klang fast mitleidig. »Hätte ich mein Schicksal mit Ihrem verbunden, wenn ich dieses Unternehmen für aussichtslos gehalten hätte? Ich bin ein besserer Geschäftsmann als Sie.«

»Dann haben Sie einen Plan«, stellte Boba Fett fest. »Wie sieht er aus?«

»Ganz einfach. Sie müssen einen anderen Weg finden, um nach Tatooine zu gelangen. Das ist alles.«

»Leichter gesagt als getan. Es ist ein langer Fußmarsch von hier.«

»Das ist nicht nötig, selbst wenn es möglich wäre.« Das schiefe Lächeln tauchte wieder auf dem schmalen Gesicht des Abrechners auf. »Ich habe mir die Freiheit genommen und bereits ein paar Arrangements getroffen. Ich habe mich mit einem bestimmten Individuum in Verbindung gesetzt, mit dem ich früher schon Geschäfte gemacht habe, und sein Schiff ist diesem Sektor nahe genug, dass er in kurzer Zeit hier sein kann.«

Boba Fett musterte den Sammler mit einem Argwohn, der selbst durch das dunkle Visier des Helmes erkennbar war. »Wer ist es?«

»Oh ...« Das Lächeln des Sammlers wurde noch um eine Spur breiter. »Das werden Sie früh genug erfahren ...«

»Nun, nun.« Eine dünne Gestalt war aus der Transferluke getreten; ihr kleineres Schiff hatte am Frachter des Abrechners angelegt. Sie hatte ein jugendliches Gesicht, das von wildem Zynismus gezeichnet war, und ihr Blick fiel auf den behelmten Kopfgeldjäger. »Der Abrechner sagte schon, dass er eine Überraschung in petto hat. Das ist eine gute.«

»Ich wusste, dass Sie es amüsant finden werden«, erwiderte der Abrechner. »Aus vielerlei Gründen.«

Der Neuankömmling trat mit selbstsicheren Schritten auf Boba Fett zu. »Bei unserer letzten Begegnung hätten Sie mich fast getötet. Ich frage mich noch immer, warum Sie es nicht getan haben.«

Fett sah ihn kalt an. »Bringen Sie mich nicht dazu, mich das auch zu fragen, Suhlak.«

»Suhlak?« Dengar musterte den Jungen einen Moment und sah dann zu dem Abrechner hinüber. »Etwa N'dru Suhlak? Sie haben einen Jagdsaboteur hinzugezogen?«

»Wer wäre besser geeignet?« Die Antwort des Sammlers klang milde und gelassen. »Er ist für die Aufgabe, die wir durchführen müssen, auf einzigartige Weise qualifiziert.«

»Ja, aber ...« Dengars Gesichtsausdruck wurde säuerlich, als er angewidert den Kopf schüttelte. »Ich mag es nicht, mit derartigem Abschaum zusammenzuarbeiten. Es ... es verstößt gegen alles, woran ich glaube.«

»Was?« Neelah drehte sich um und starrte den neben ihr stehenden Kopfgeldjäger an. »Das ist schwer zu glauben. Seit wann haben Leute in Ihrem Gewerbe moralische Bedenken?«

Suhlak lächelte sie an. »Sie müssen ihm verzeihen, Lady. Aber einmal ein Kopfgeldjäger, immer ein Kopfgeldjäger. Das ist sein Job. Und mein Job ist es, ihm und allen anderen Kopfgeldjägern ins Handwerk zu pfuschen.« Er machte eine kleine, spöttische Verbeugung. »Das ist einfach das, was ich tue.«

»Wissen Sie, Neelah ...« Der Abrechner auf dem Metallsims deutete auf Suhlak. »Die Existenz spezialisierter Wesen wie der Kopfgeldjäger hat unausweichlich zum Aufstieg anderer, konkurrierender Spezialisten geführt. Wie dieses jungen – und sehr begabten – Jagdsaboteurs. Seine Aufgabe besteht darin, Individuen so schnell wie möglich von Punkt A nach Punkt B zu bringen; das an sich ist nichts Besonderes. Aber Suhlak hier stellt seine Dienste Individuen zur Verfügung, auf deren Köpfe ein Kopfgeld ausgesetzt ist und die von Kopfgeldjägern wie Dengar und Boba Fett verfolgt werden. Im Endeffekt verdirbt er ihnen die Jagd. Sie können von Kopfgeldjägern schwerlich erwarten, dass sie eine derartige Person schätzen.«

»Als würde mich das kümmern.« Suhlak lehnte seine Schulter an ein Schott und verschränkte die Arme vor der Brust. »Sie arbeiten für Credits und ich auch. Was uns zum aktuellen Thema bringt. Ich nehme an, Sie haben mich aus einem bestimmten Grund hierher gebeten, Abrechner. Dieser Grund sollte besser ein schöner, hoch bezahlter Job sein.«

»Ich denke, wir können Ihnen ein zufrieden stellendes Angebot machen.« Der Abrechner deutete mit einer winzigen Klauenspitze auf Boba Fett. »Unser gemeinsamer Freund muss Tatooine so schnell – und so unauffällig – wie möglich erreichen.«

»Das dürfte für ihn etwas schwierig werden.« Suhlak schenkte Boba Fett ein spöttisches Lächeln und wandte sich dann wieder an den Sammler. »Dort draußen haben es eine Menge Kreaturen auf ihn abgesehen. Ich meine, er war vorher schon nicht besonders beliebt; jetzt, da ein Haufen Credits auf seinen Kopf ausgesetzt sind, haben sich seine Chancen noch weiter verringert.«

»Wir sind uns der Schwierigkeiten bewusst«, erklärte der Abrechner. »Und obwohl es natürlich nicht einer gewissen Ironie entbehrt, dass wir einen Jagdsaboteur bitten, einem Kopfgeldjäger zu helfen, anderen Kopfgeldjägern zu entkommen, sind wir trotzdem überzeugt, dass Ihre Dienste in dieser Hinsicht nützlich sein werden.«

»Nützlich?« Suhlak nickte bedächtig. »Ja – und teuer.«

»Das ist mal eine Überraschung«, murmelte Dengar säuerlich.

»Seien Sie still«, zischte Neelah ihm zu. »Das ist die einzige Chance, die wir haben.«

Suhlak wies auf den Abrechner. »Sie haben eine bestimmte Summe Credits erwähnt, als Sie mich kontaktierten.«

»Ja …« Der Sammler nickte. »Damit wollte ich Ihr Interesse gewinnen.«

»Oh, Sie haben es gewonnen, in Ordnung. Aber jetzt, da ich weiß, worum es geht …« Suhlak schüttelte theatralisch den Kopf. »Ich bin mir nicht sicher, ob es genug ist. Wenn man die Risiken bedenkt. Und … gewisse persönliche Angelegenheiten, die noch zu regeln sind.«

»Welche Summe«, fragte der Abrechner, »würde diese Probleme für Sie lösen?«

»Die Zahl, die Sie erwähnten – als Vorschuss. Und

dann« – Suhlaks Augen verengten sich zu schmalen Schlitzen – »dieselbe Summe nach Erfüllung des Auftrags.«

Nun war der Abrechner an der Reihe, skeptisch dreinzuschauen. »Das ist eine beträchtliche Summe an Credits.«

»Ja, und es gibt auch ein beträchtliches Risiko. Außerdem – Sie haben im Moment keine andere Wahl. Also nehmen Sie das Angebot an oder lassen Sie es bleiben.«

»Angenommen«, sagte Boba Fett. »Bezahlen Sie diese Kreatur, Abrechner. Ich habe keine Lust zu feilschen.«

»Sie haben ein gutes Geschäft gemacht.« Suhlak gab ein raues Lachen von sich. »Denken Sie darüber nach. Ich habe schon eine Menge Jobs erledigt – und Sie sind der Einzige, der mir je in die Quere gekommen ist. Da Sie diesmal mit an Bord sind, werde ich mir in dieser Hinsicht keine Sorgen machen müssen.«

»Sie werden uns also alle nach Tatooine zurückbringen?« Neelah wies auf sich und die beiden Kopfgeldjäger. »Das ist die Abmachung?«

Suhlak schüttelte den Kopf. »Schätzchen, ich habe nur einen modifizierten Z-95-Kopfjäger. Schnell, wendig – aber etwas eng, selbst mit der zusätzlichen Passagierkabine, die ich einbauen ließ. Es gibt nur Platz für mich und eine weitere Kreatur. Boba Fett begleitet mich auf dieser Reise, sonst keiner.«

»Aber ...« Eine Spur von Panik erfasste Neelah, als würde sie ins Unbekannte blicken. Alles – all die Antworten auf die Fragen, die sie hatte – hing von Boba Fett ab. »Woher soll ich wissen ... woher sollen *wir* wissen ... dass Sie zurückkommen werden?«

»Keine Sorge«, beruhigte Boba Fett sie. »Es ist ein Flug mit Rückfahrkarte. Wie soll ich sonst aus dieser Abmachung Credits schlagen?«

»He, einen Moment.« Suhlak stieß sich von dem Schott ab, an dem er gelehnt hatte. »Niemand sagte etwas von einem Rückflug. Mein Preis galt nur dafür, Sie nach Tatooine zu bringen!«

Boba Fett richtete seinen vom Visier verhüllten Blick auf den jüngeren Mann. »Nehmen Sie an oder lassen Sie's bleiben, Suhlak. Oder wir versuchen es mit einer anderen Möglichkeit – nämlich Sie zu töten und Ihr Schiff dann selbst zu fliegen. Die Chancen, es bis nach Tatooine zu schaffen, wären nicht besonders gut, aber wenigstens müsste ich mich dann nicht länger mit Ihnen herumärgern.«

Ein paar Sekunden lang funkelte der Jagdsaboteur Fett an. Dann nickte er. »In Ordnung. Gehen wir.«

12

»Wir haben sie gefunden.«

Diese Worte drangen aus dem Kom-Lautsprecher in Kuat von Kuats Privatquartier. Der Felinx verfolgte aus seinem mit Seide ausgelegten Korb unter Kuats Werkbank, wie er sich zu der Stimme der Sicherheitschefin der Kuat-Triebwerkswerften, Kodir von Kuhlvult, umdrehte.

»Ich mache mir über ›sie‹ nicht allzu viele Gedanken. Die Person, die wir lokalisieren müssen, ist Boba Fett.« Kuat betrachtete das Panorama der Sterne und Konstruktionsdocks jenseits der gewölbten Reihe aus Transparistahlscheiben neben der Bank. »Wenn Sie ihn noch nicht gefunden haben, will ich Ihren Bericht nicht einmal hören.«

»Keine Sorge«, sagte Kodir. »Ich hätte mich nicht bei Ihnen gemeldet, wenn ich Ihren Auftrag nicht erfolgreich ausgeführt hätte.«

Kuat antwortete nicht. Obwohl Kodir nicht körperlich im Konzernhauptquartier der Kuat-Triebwerkswerften anwesend war, sah er sie so deutlich vor seinem geistigen Auge, als würde sie vor ihm stehen. Sie hatte das hochmütige Auftreten, das typisch für ein Mitglied der herrschenden Familien Kuats war, kombiniert mit der einschüchternd athletischen Anmut, die sie zu einer derart geeigneten Kandidatin für die Position gemacht hatte, die sie jetzt bekleidete. Das und ein scharfer Verstand, der seinem eigenen gleichkam, was Kuat leicht beunruhigte. Um ehrlich zu sein, er hatte ein besseres persönliches Verhältnis zu Fenald gehabt, seinem früheren Sicherheitschef; das einzige

Problem war, dass Fenald ein Verräter an Kuat und den Kuat-Triebwerkswerften geworden und Teil eines Planes gewesen war, ihm die Kontrolle über den Konzern zu entreißen und diesen den gierigsten und ehrgeizigsten Fraktionen unter den herrschenden Familien in die Hände zu spielen. Ohne Kodir von Kuhlvult hätten Fenald und die Verschwörer, mit denen er sich eingelassen hatte, höchstwahrscheinlich Erfolg gehabt – und der Konzern, den Kuat von Kuat und seine Vorgänger so viele Generationen geführt und beschützt hatten, wäre jetzt auf dem Weg in den völligen Ruin. Niemand aus den anderen Familien hatte die Erfahrung und den Verstand, Imperator Palpatines Pläne zu durchkreuzen, den Kuat-Triebwerkswerften die Unabhängigkeit zu nehmen und sie zu einem bloßen Bestandteil des Imperiums zu machen. So hatte sich Kodir Kuats Respekt und Vertrauen verdient, wie sehr ihre harte, sogar brutale Vorgehensweise auch gegen seine Grundsätze verstieß.

Es ist ein brutales Universum, hatte sich Kuat mehr als einmal gesagt. Und er hatte zweifellos sein eigenes hartes Spiel gespielt, um in diesem Universum zu überleben. Vielleicht störte ihn an Kodir, dass sie ihn an seine eigene Rücksichtslosigkeit im Dienste des Konzerns erinnerte.

»Wir wissen also jetzt, wo Boba Fett ist.« Kuat sprach in das Kom-Mikro auf der Werkbank. »Ist er noch immer an Bord des Schiffes namens *Hound's Tooth*?«

»Dort habe ich ihn gefunden.« Ein selbstzufriedener Ton schwang in Kodirs Stimme mit. »Die *Hound's Tooth* wurde von einem unserer bezahlten Spione am Rand eines fernen Grenzsystems entdeckt. Dann verschwand sie wieder; offenbar nahm Boba Fett einen Kurs, der etwaige Verfolger abschütteln sollte. Aber die Sichtung der *Hound's Tooth* erfolgte in der Nähe eines bestimmten Navigationssektors, in dem Boba Fett eine Zeit lang äußerst aktiv gewesen war. Deshalb habe ich diesen Sektor unter genaue Beobachtung gestellt. Und die *Hound's Tooth* ist dort tatsächlich aufgetaucht.«

»Tatsächlich.« Kuat nickte. Das war die methodische und umsichtige Arbeit, die er von Kodir erwartet hatte. »Und wo ist er jetzt?«

»Er befindet sich in der Nähe des Netzes des arachnoiden Sammlers Kud'ar Mub'at, das von Prinz Xizor zerstört wurde. Die Bruchstücke dieses Netzes sind seitdem ein Stück abgetrieben, sodass Boba Fett offenbar eine Weile suchen musste, um sie zu finden. Aber er hat sie gefunden; als mein Schiff nahe genug war, um seine Aktivitäten gründlich zu überwachen, hatten er und seine Begleiter einen Teil des Netzes wieder hergestellt.«

»Interessant.« Kuat rieb sich das Kinn und fragte sich, was diese Information bedeutete. Der Tod des Sammlers Kud'ar Mub'at durch die Hände von Prinz Xizors Säuberungscrew war für ihn eine Erleichterung gewesen. Kud'ar Mub'at hatte zu viel über Kuats Geschäfte gewusst; diese Art von Geheimnissen wurde von den Toten besser gehütet als von irgendeiner lebenden Kreatur, ganz gleich, wie gut sie für ihr Schweigen bezahlt wurde. Wenn sich Xizor nicht um Kud'ar Mub'at gekümmert hätte, dann wäre früher oder später Kuat von Kuat dazu gezwungen gewesen.

»Konnten Sie herausfinden, was genau sie vorhaben?«

»Negativ«, erwiderte Kodir. »Ich habe unserer Einheit befohlen, sich aus dem Sektor zurückzuziehen, als ein weiteres Schiff entdeckt wurde, das sich aus einer anderen Richtung näherte. Wir konnten dieses Schiff identifizieren; es ist der Frachter, den Kud'ar

Mub'ats Nachfolger, der Abrechner, jetzt als seine Operationsbasis benutzt.«

»Glauben Sie, dass das Treffen zwischen dem Abrechner und Boba Fett geplant war?«

»Ich bin mir ziemlich sicher, dass dies nicht der Fall ist.« Kodirs Stimme klang grimmig belustigt. »Der Abrechner hat diesen schwerfälligen alten Frachter modifizieren lassen; er eröffnete das Feuer auf das rekonstruierte Netz und die angedockte *Hound's Tooth*. Danach entstand einige Verwirrung, aber im Moment scheint es, als hätten sich der Abrechner und Boba Fett geeinigt; Fett und seine Partner befinden sich derzeit an Bord des Frachters des Abrechners.«

»Gibt es irgendeine Möglichkeit herauszufinden, was sie besprechen?«

»Ebenfalls negativ«, entgegnete Kodir. »Der Abrechner schätzt seine Privatsphäre genauso sehr wie Kud'ar Mub'at. Dieser Frachter ist gegen all unsere Fernaufklärungssysteme geschützt. Wenn wir die Hülle nicht mit unseren Laserkanonen knacken, ist dieses Treffen absolut sicher.«

»Bedauerlich.« *Für mich – und für Boba Fett*, dachte Kuat. Hätte es eine Möglichkeit gegeben, genau in Erfahrung zu bringen, worüber der Kopfgeldjäger mit dem arachnoiden Sammler sprach, hätte Kuat exakter einschätzen können, welche Bedrohung Fetts fortgesetzte Existenz für ihn und die Kuat-Triebwerkswerften darstellte. Aber so, wie die Lage war, musste er sich auf seine Vorsicht verlassen ...

Und Fett eliminieren.

»Das ist die derzeitige Situation«, drang Kodirs Stimme in seine Gedanken. »Ich erwarte Ihre Entscheidung über unsere nächsten Schritte.«

»Befindet sich der Frachter des Abrechners in Ihrer Waffenreichweite?«

»Noch nicht«, entgegnete Kodir. »Dafür sind wir zu weit entfernt. Aber dieses Problem kann in kürzester Zeit behoben werden.«

»Dann tun Sie es.« Kuat hatte bereits über das Schicksal des Kopfgeldjägers entschieden. »Und wenn Sie das Ziel erfasst haben, zerstören Sie es. Ich will, dass der Frachter und alle lebenden Kreaturen an Bord vollständig vernichtet werden.«

»Wir könnten auch etwas chirurgischer vorgehen. Es wird kein Problem sein, den Frachter funktionsunfähig zu schießen, dann an Bord zu gehen und Boba Fett zu ergreifen, ohne die anderen zu verletzen. Wir könnten ihn allein liquidieren – das setzt natürlich voraus, dass das Leben seiner Begleiter für uns von irgendeinem Wert ist.« Kodir fügte erklärend hinzu: »Zum Beispiel der Abrechner; der Sammler ist für uns von einigem Nutzen.«

»Nicht genug, um ihn zu verschonen.« Kuat schüttelte den Kopf, obwohl Kodir es nicht sehen konnte. »Nicht genug, um die Nachteile auszugleichen, dass er ein Augenzeuge unserer Maßnahmen gegen Boba Fett ist. Ich will nicht, dass diese Sache zu den Kuat-Triebwerkswerften zurückverfolgt werden kann. Also tun Sie, was ich Ihnen gesagt habe.«

»Sehr gut. Ich werde Ihnen nach Abschluss der Operation Bericht erstatten.« Auf dem fernen Schiff beendete Kodir die Kom-Verbindung.

In der folgenden Stille konnte Kuat von Kuat hören, wie der Felinx schnurrend um Aufmerksamkeit bettelte. Er bückte sich und kraulte ihn hinter den Ohren.

»Glaube mir«, sagte Kuat. »Es ist das Beste …«

»Nicht so schnell«, mahnte Suhlak. »Es sind noch ein paar andere Dinge zu erledigen, bevor wir aufbrechen.«

Der Jagdsaboteur hatte sich nicht zu der Transferluke begeben, durch die er und Boba Fett zum wartenden Kopfjäger gelangen konnten.

Fett und die anderen an Bord des Frachters starrten ihn ungeduldig an.

»Was ist das Problem?« Neelah stemmte die Hände in die schmalen Hüften. »Ich dachte, wir hätten uns bereits darauf geeinigt, keine Zeit zu verlieren.«

»Sehen Sie, ich versuche nur, Ihnen zu helfen. Damit Sie zufriedene Kunden und so weiter sind. Ich habe schließlich einen Ruf zu wahren«, erklärte Suhlak gereizt. »Wenn Sie nur von mir verlangt hätten, diesen Kopfgeldjäger schnell und unbemerkt nach Tatooine zu bringen, wäre es kein Problem. Aber Sie wollen, dass ich Fett auch wieder hierher zurückbringe. Das wird mir ziemlich schwer fallen, wenn dieser ganze Frachter und alle an Bord verschwunden sind, wenn Fett und ich zurückkehren.«

»Warum sollten wir verschwunden sein?« Verwirrt sah Dengar den Jagdsaboteur an. »Wohin sollten wir gehen?«

»Sie würden nirgendwohin gehen, Kumpel, nur in Flammen aufgehen.« Suhlak schüttelte angewidert den Kopf. »Sie wissen nicht einmal, was dort draußen lauert und jeden Ihrer Schritte überwacht. In diesem Moment wird diese Kiste von einem hochmodernen leichten Kreuzer der Kuat-Triebwerkswerften beobachtet; ich habe es identifiziert, als ich mich vorbeigeschlichen habe. Es ist das Flaggschiff des Sicherheitsdienstes der Kuat-Triebwerkswerften und es ist bewaffnet und *sehr* gefährlich.«

»Es hat Sie nicht entdeckt?« Boba Fett wies auf die Hülle des Frachters und den dahinter liegenden leeren Weltraum. »Sie wissen nicht, dass Sie hier sind?«

»Nein; ich habe so meine Methoden, unentdeckt zu

bleiben – vor allem, wenn die Aufmerksamkeit auf etwas anderes wie diesen Frachter hier gerichtet ist.«

Neelah sah zu Fett hinüber. »Was wollen sie Ihrer Meinung nach?«

»In Anbetracht der Tatsache, dass das letzte KTW-Schiff, das mir so nahe kam, genug Bomben abgeworfen hat, um ein paar Quadratkilometer des Dünenmeeres zu atomisieren, gehe ich davon aus, dass dieses hier nicht viel freundlicher sein wird.«

Der arachnoide Sammler war zu den Ortungs- und Überwachungsmonitoren seines Frachters gekrabbelt. »Wie es aussieht«, erklärte er, »hat unser Freund Recht, was die Gegenwart dieses anderen Schiffes betrifft; und uns dürfte nur noch wenig Zeit bleiben, um eine Entscheidung zu treffen, wie wir vorgehen sollen. Es befindet sich bereits in Reichweite meiner Scanner und kommt immer näher.«

»In Ordnung«, sagte Boba Fett gebieterisch, »hier ist der Plan. Ich kann mit Suhlak entkommen, aber dieser Frachter wird nicht in der Lage sein, sich gegen dieses KTW-Schiff zu wehren oder vor ihm zu fliehen. Doch die KTW-Sicherheitsleute sind zweifellos auf dem Weg hierher, weil sie vermuten, dass ich an Bord bin.« Er wies auf Dengar und Neelah. »Sie beide – Sie kehren zur *Hound's Tooth* zurück, nehmen mit Höchstbeschleunigung Kurs auf den offenen Weltraum und bereiten einen Hyperraumsprung zum Oranessan-System vor. Das KTW-Schiff wird davon ausgehen, dass ich an Bord der *Hound* bin, und Ihnen folgen.«

»Aber was dann?« Dengar zeigte mit seinem Daumen auf das Abbild des Kreuzers auf dem Schirm. »Wenn ich in den Hyperraum springe, wird uns dieses KTW-Schiff nicht folgen können.«

»Sie werden es, wenn sie Ihr Ziel kennen. Bevor Sie den Sprung machen, strahlen Sie eine minimal verschlüsselte Kom-Nachricht mit den Einzelheiten des Rendezvouspunkts aus. Suhlak und ich werden bereits außer Reichweite sein, aber das KTW-Schiff wird ihn auffangen können. Wenn Sie aus dem Hyperraum kommen, wird es direkt hinter Ihnen sein. Dann müssen Sie nur außerhalb seiner Reichweite bleiben, bis ich meine Angelegenheit auf Tatooine geregelt habe und wieder zu Ihnen stoßen kann. Dann können wir es endgültig abhängen.«

Dengar schüttelte den Kopf. »Ich werde diesem KTW-Schiff im Oranessan-System nicht sehr lange ausweichen können. Wäre es nicht einfacher, dorthin zu springen und dann, sobald das KTW-Schiff auftaucht, einen weiteren schnellen Sprung zu einem Punkt zu machen, wo wir uns treffen können? Auf diese Weise hätten wir sie bereits abgehängt.«

»Nur so lange, wie die KTW-Sicherheitsleute brauchen, um ihre Informationsquellen anzuzapfen und herauszufinden, wo Sie auf mich warten. Und wenn sich meine Rückkehr von Tatooine verzögert, haben Sie noch immer dasselbe Problem, dem KTW-Schiff auszuweichen. Im Oranessan-System besteht wenigstens die Chance, es abzuschütteln.« Boba Fett machte eine kurze, abrupte Geste mit seiner Hand. »Vielleicht nicht für immer – aber schließlich müssen Sie ihm nur lange genug ausweichen. Auf diese Weise werden Suhlak und ich eine noch bessere Chance haben, nach Tatooine zu gelangen, ohne abgefangen zu werden.«

»Sehr gerissen.« Suhlak nickte beifällig. »Ich mag es immer, meine Chancen zu verbessern.«

»Oh, ich bin ebenfalls einverstanden.« Der Abrechner war zurück auf den Metallsims gekrabbelt. »Sie können das Schiff der Kuat-Triebwerkswerften von hier weglocken, sodass niemand mit Laserkanonen auf mich schießen wird. *Viel* besser.«

»Richtig – und Sie werden nicht in Versuchung geraten, mich an diese Leute auszuliefern.« Boba Fett wies zur Transferluke. »Jetzt wird es wirklich Zeit zu gehen.«

Kurz darauf waren Neelah und Dengar wieder an Bord der *Hound's Tooth*. Im vorderen Sichtfenster des Cockpits hatte sich Suhlaks modifizierter Z-95-Kopfjäger bereits entfernt, von der beeindruckenden Masse des Frachters vor der Entdeckung durch das anfliegende KTW-Schiff geschützt. Der Feuerschweif der Triebwerke des Kopfjägers verblasste zu einem hellen Strich, um dann zu erlöschen.

»Halten Sie sich fest.« Im Pilotensitz griff Dengar nach den Schubkontrollen der *Hound*. »Ich werde auch nicht länger warten.«

Neelah drückte sich in die Ecke, die von den zwei hinteren Schotten des Cockpits gebildet wurde. Als Dengar die Kontrollen aktivierte, presste die Beschleunigung ihr Rückgrat und ihren Hinterkopf gegen das Metall. Ein weiterer Schub aus den seitlichen Navigationsdüsen des Schiffes warf sie gegen die Luke.

»Was machen Sie da?« Sie musste sich an der Rücklehne des Pilotensitzes festhalten, um nicht von den Beinen geholt zu werden. An Dengar vorbei konnte sie durch das vordere Sichtfenster spähen; ein paar letzte Überreste von Kud'ar Mub'at einst lebendem Netz huschten an den Seiten der Hound vorbei, als sie beschleunigten und sich der größeren Einheit vor ihnen näherten. »Sie fliegen direkt auf das KTW-Schiff zu!«

»Wenn ich schon von jemandem mit Kanonen an Bord verfolgt werden soll«, sagte Dengar mit zusammengebissenen Zähnen, »will ich auch sichergehen, dass ich dessen Aufmerksamkeit habe!«

Die kombinierte Beschleunigung beider Schiffe ließ die Entfernung zwischen ihnen schrumpfen; im allerletzten Moment, als der Kreuzer einen Strahl aus seiner Bugkanone abfeuerte, riss Dengar die *Hound's Tooth* zur Seite und raste in, wie Neelah glaubte, einem Abstand von wenigen Metern über die Hülle des anderen Schiffes hinweg.

Unter der *Hound* huschten die Heckdüsen des Kreuzers vorbei. Dengar beschleunigte weiter mit voller Kraft und brachte sie in den offenen Weltraum, wo nichts als Sterne vor ihnen lagen. Er griff in eine der für Trandoshaner konstruierten Vertiefungen des Kontrollpults und zauberte auf einen der Displayschirme das Bild des Hecksichtfensters. In der Ferne war der unbeschädigte Frachter des Abrechners zu erkennen; der KTW-Kreuzer war näher und drehte bei, um die Verfolgung aufzunehmen.

»Gut.« Dengar zog die Schubkontrollen den Bruchteil eines Zentimeters zurück. »Jetzt müssen wir nur noch unsere Kom-Nachricht senden ...«

Neelah verfolgte, wie er nach dem Kom-Mikro griff, und hörte zu, wie er dem bereits verschwundenen Kopfjäger mit Fett und Suhlak an Bord die Rendezvouskoordinaten nannte.

Einen Moment später befand sich auch die *Hound's Tooth* im Hyperraum.

»Jetzt sind wir fertig.« Dengar lehnte sich zurück und verschränkte die Hände hinter dem Kopf.

»Meinen Sie?« Neelah hatte es geschafft, während der wilden Manöver der *Hound* auf den Beinen zu bleiben. Sie hielt sich an der Rücklehne des Pilotensitzes fest und beugte sich zu Dengar hinunter. »Fragen Sie sich nicht auch, was passiert, wenn wir das Oranessan-System erreichen und Boba Fett *nicht* auftaucht? Ich schätze, dann werden wir einfach dort bleiben und warten müssen. Das scheint mir die perfekte Gelegenheit für diesen KTW-Kreuzer zu sein, uns schließlich einzuholen und in *eine Menge* kleiner Stücke zu zerlegen.«

Dengar wurde blass. »Sie haben Recht ... Daran habe ich nicht gedacht.«

»Großartig.« Neelah richtete sich auf und schüttelte den Kopf. »Boba Fett ist jetzt aus dem Schneider und hinter uns ist die schwere Artillerie her. Es hat funktioniert, richtig – für ihn. Schlimm für uns, wenn ihm etwas zustößt – oder er sich erneut entschließt, seine Pläne zu ändern.«

»Ich schätze ...« Neelahs Worte hatten Dengar sehr nachdenklich gemacht; er sprach langsam und war mit den Gedanken offenbar bei dem KTW-Schiff, das in dieselbe Richtung flog wie sie. »Ich schätze, wir werden uns damit befassen müssen, sobald wir dort ankommen ...«

13

»Natürlich«, sagte der Alpha-Vorarbeiter der Konstruktionsdocks der Kuat-Triebwerkswerften, »bleiben wir Ihnen persönlich treu ergeben. Selbst über unsere Treue zur Firma hinaus.«

»Das bedeutet mir sehr viel.« Kuat von Kuat war jedoch nicht überrascht, diese Erklärung zu hören. Er hatte das Büro in seinem Privatquartier verlassen, in das er die Aufseher normalerweise nacheinander bestellt hätte, den einen Alpha- und die verschiedenen Betateamaufseher unter ihm. Diesmal – vielleicht das letzte Mal, wie Kuat wusste – zog er es vor, sich mit den Crewführern in den Docks zu treffen, dem wahren Herzen des Konzerns, den er leitete. Eine Hingabe zu finden, die der seinen gleichkam, war an einem solchen Ort nur passend. »Aber Sie müssen bedenken«, fuhr Kuat fort, »dass die Treue zu mir identisch mit der Treue zu den Kuat-Triebwerkswerften ist. Ich würde Sie nicht um etwas bitten, das nicht in Ihrem besten Interesse ist. Wir haben so hart gearbeitet, um all das zu erreichen.«

Im Blick der Männer und Frauen in der Konferenzhalle – es waren wahrscheinlich fast hundert, die alle Abteilungen des Konzerns repräsentierten – konnte er absolutes Einverständnis erkennen.

Ihnen war so bewusst wie ihm, dass es viele Feinde der Kuat-Triebwerkswerften gab, die Gierigen und Ehrgeizigen, die den Konzern als Ganzes übernehmen, ihn unter ihre vollständige Kontrolle bringen wollten, und den größeren Gegner, von denen Erstere nur ein Teil waren, bekannt als ... das Imperium.

Palpatine und die Lakaien, die er mit seinem unbeugsamen Willen beherrschte, angefangen von Lord Vader bis hinunter zu den Admiralen in der imperialen Flotte – keiner von ihnen konnte den Gedanken ertragen, dass irgendeine Entität, ob nun der letzte einsame Rebell oder einer der mächtigsten Konzerne der Galaxis, unabhängig blieb. Die treu ergebenen KTW-Angestellten, die vor Kuat warteten, wussten, dass ihre einzige Möglichkeit darin bestand, mit aller Kraft und allem Willen der Umarmung des Imperiums zu widerstehen – oder in Palpatines Faust zerquetscht zu werden, wie er schon reichere Welten als Kuat zerquetscht hatte.

Einer der ältesten Beta-Aufseher trat vor. Kuat erkannte in dem Mann den Führer des Schiffsbauteams, das die riesigen Zentralgerippe der Schiffe montierte, die in den KTW-Konstruktionsdocks entstanden. Der Beta-Aufseher hatte zur Zeit von Kuats Vater einen der gewaltigen Kräne bedient, die die Docks überragten und fast so lang waren wie ein imperialer Zerstörer. Durch die Oberlichter der Konferenzhalle waren die Umrisse eines Krans sichtbar und verdeckten einen Teil der Sterne.

»Sie haben dieses Firma gut geführt, Kuat.« Obwohl weißhaarig und vom Alter gezeichnet, war der Beta-Aufseher noch immer eine beeindruckend muskulöse Gestalt mit einem rasiermesserscharfen Blick. »Und das in Zeiten, die vielleicht schwieriger waren als alles, was unsere Vorgänger zu erdulden hatten; Sie haben sich als wahrer Erbe des Steuers der Kuat-Triebwerkswerften erwiesen.«

Zustimmendes Gemurmel erklang hinter dem Mann.

»Ist es demnach Ihre Absicht, der letzte Führer zu sein, den diese Firma je haben wird?« Der Beta-Aufseher sah Kuat durchdringend an. »Vielleicht wollen Sie dafür sorgen, dass die Kuat-Triebwerkswerften niemals einen Führer haben werden, der größer ist als Sie.«

»Das ist nicht meine Absicht«, wehrte Kuat von Kuat ab. Die Männer und Frauen in der Konferenzhalle verstummten, um seine leise gesprochenen Worte hören zu können. »Aber wenn es sich herausstellt, dass dies meine Pflicht ist, werde ich sie akzeptieren.«

Die skeptische Gestalt vor ihm nickte bedächtig. »Eine gute Antwort, Kuat. Und eine ehrenwerte Entscheidung. Ich habe gehört, dass es auf dem Planeten Kuat, den wir umkreisen ...« Wie die meisten KTW-Arbeiter hatte der Mann sein ganzes Leben in den Konstruktionsdocks und dem angrenzenden Wohnkomplex verbracht. »... und auf weit entfernten Welten viele Wesen gibt, die glauben, dass uns unsere Arbeit, unser Leben zwischen den Schiffen, die wir bauen, in kalte und herzlose Kreaturen verwandelt, die präzise wie Maschinen funktionieren. Es mag so sein; vielleicht sagen diese anderen Wesen die Wahrheit. Aber wenn dies der Fall ist, dann können Sie sich der lebenden Maschinen, die Sie vor sich sehen, sicher sein.« Der Beta-Aufseher drehte sich um und deutete mit einem ausgestreckten Arm auf die anderen KTW-Arbeiter. »So wie Sie Ihre Pflicht erfüllen, obwohl es schmerzlich ist, so erfüllen auch wir unsere.«

Die Stimmen hinter dem Mann waren diesmal lauter, aber alle waren sich einig.

Kuat wandte für einen Moment die Augen von seinen Gefolgsleuten ab und richtete sie auf die Reihe aus Transparistahlscheiben an der Seite der Konferenzhalle. Von hier aus, hoch über den Konstruktionsdocks, hatte er einen besseren Blick als von seinem Privatquartier auf den Fortgang der Arbeiten. So weit das Auge reichte, reihten sich vor dem glitzernden Hintergrund der Sterne die mächtigen Umrisse der fertig gestellten Kampfflotte aneinander. Die Kräne und die anderen schweren Maschinen, die die Schiffsbauer bei ihrem komplizierten Handwerk benutzten, überragten die Schiffe, als wollten sie sie vor den Händen beschützen, die ihre Schönheit und Macht beschmutzen wollten. Kuats Herz, so hart und einer Maschine ähnlich es auch geworden sein mochte, schwoll in seiner Brust. Ganz gleich, was passierte, wie düster das Schicksal auch sein mochte, das die Kuat-Triebwerkswerften erwartete, ihre Errungenschaften würden bestehen bleiben. *Wir haben sie gebaut*, dachte Kuat, während er die Schiffe betrachtete. *Sie gehörten uns, bevor sie in andere Hände gelangten.* Er nickte langsam vor sich hin. Was jetzt aus ihnen werden würde, hing von seiner Entscheidung ab.

Der Beta-Aufseher war zurück in die Reihen der anderen getreten, die die Halle füllten. Vor ihnen stand wie zuvor der Alpha-Vorarbeiter der KTW-Konstruktionsdocks. »Möchten Sie uns noch weitere Anweisungen geben?«, fragte der Alpha-Vorarbeiter.

»Nein ...« Kuat von Kuat riss sich aus seinen Gedanken. »Machen Sie mit den Plänen weiter, die wir entwickelt haben. Informieren Sie mich, wenn wir das Operationsstadium erreichen, und warten Sie die Entscheidung meines Büros ab, bevor Sie weitermachen.«

»Wie Sie wünschen.« Der Alpha-Vorarbeiter wandte sich an die anderen und hob den Arm. »Zurück an die Arbeit.«

Nachdem die Arbeiter nach draußen gegangen waren, blieb Kuat noch eine Weile länger in der Konferenzhalle. Er stand an den Transparistahlfenstern und betrachtete die Schiffe unter den riesigen Kränen, ohne sie wirklich zu sehen. In der Ferne hingen einige der hellen Lichtpunkte über den Konstruktionsdocks; es waren keine Sterne, sondern die kleinen, bewaffneten Einheiten der Rebellen-Allianz, die den Auftrag hatten, die neue und wertvolle Flotte, die hier wartete, im Auge zu behalten. Diese Rebellen-Piloten erfüllten nur ihre Pflicht; Kuat hegte keinen Groll gegen sie. Aber er konnte nicht zulassen, dass sie ihn an der Erfüllung seiner eigenen Pflicht hinderten.

Er hatte keine Lust, in sein Privatquartier und zu der anhaltenden Konfrontation mit den verschiedenen Verschwörungen gegen die Kuat-Triebwerkswerften zurückzukehren. Diese Konferenz mit den Aufsehern der Konstruktionsdocks hatte ihm eine kurze Atempause von all diesen Belastungen verschafft, obwohl sie im Grunde gar nicht notwendig gewesen war. Er hätte sich der Loyalität seiner Gefolgsleute versichern können, ohne persönlich hierher zu kommen; einige von ihnen hatten seinem Büro bereits Memos geschickt, in denen sie ihre Treue bekräftigt hatten.

Man nimmt sich sein Vergnügen, sinnierte Kuat von Kuat, *wo man es finden kann.* Wenn er bedachte, was er über die dunklen Kräfte zwischen den Sternen wusste und was er tun musste, um zu verhindern, dass die Kuat-Triebwerkswerften in ihre Hände fielen, waren ihm nicht viele Vergnügungen geblieben.

Oder Zeit, um sie zu genießen ...

»Wir werden in Kürze außer Reichweite sein«, sagte einer der Sicherheitsleute der Kuat-Triebwerkswerften. »Wenn wir das Hauptquartier kontaktieren und fragen wollen, ob unsere Befehle geändert wurden, müssen wir es jetzt tun.«

Kodir von Kuhlvult, die Sicherheitschefin des Konzerns, stand auf der Kommandobrücke des Kreuzers und hatte die Hände auf dem Rücken verschränkt. Ihr Blick ging an den Crewmitgliedern vorbei, die die Flug- und Waffenkontrollen des Kreuzers bedienten, zum vorderen Sichtfenster des Schiffes. In der Mitte des von Sternen erfüllten Bildes war ein helleres Leuchten zu sehen, das von den Triebwerken des Schiffes namens *Hound's Tooth* stammte. Die Entfernung zu diesem Ziel war in den letzten Minuten stabil geblieben. Stabil – und auf quälende Weise knapp außerhalb der Reichweite der Laserkanonen des KTW-Kreuzers.

»Es gibt keinen Grund, Kuat zu kontaktieren, wenn es das ist, was Sie meinen.« Kodir war sich bewusst, dass einige Mitglieder der Sicherheitsabteilung der Kuat-Triebwerkswerften ihre Führerschaft noch als Tatsache und ihre Entscheidungen als endgültig akzeptieren mussten. »Er hat mich autorisiert, in dieser Angelegenheit nach Gutdünken zu verfahren.«

Ihre schroff gesprochenen Worte hatten eine interessante Wirkung auf den Untergebenen; er versteifte sich. »Kuat hat mehr getan, als Ihre Maßnahmen nur zu ›autorisieren‹«, erwiderte er mit ruhiger Stimme. »Er hat uns allen denselben Befehl erteilt: Wir sollen das Schiff mit Boba Fett an Bord baldmöglichst abschießen und zerstören.«

»Das hat er in der Tat.« Kodir drehte sich nicht zu dem Mann um, sondern blickte weiter zum Sichtfenster hinüber. »Ihr Einwand ist?«

»Mein Einwand ist, dass wir dieses Schiff, das wir derzeit verfolgen, bereits in der Zielerfassung unserer Waffen hatten, als es den Sektor verließ, in dem wir es aufgespürt haben. Wir hätten es zu diesem Zeitpunkt eliminieren können, wenn Sie unserer Crew nicht den ausdrücklichen Befehl gegeben hätten, das Feuer nicht zu eröffnen.«

Kodir warf dem Mann an ihrer Seite einen Blick zu. »Stellen Sie meine Entscheidung in Frage?«

»Ich kann nicht erkennen, wie diese Entscheidung mit den Befehlen und der Mission übereinstimmt, die uns Kuat von Kuat erteilt hat. Seine Autorität steht über der Ihren, ob er nun körperlich anwesend ist oder nicht; schließlich ist er der Direktor der Kuat-Triebwerkswerften und wir alle unterstehen seinem Kommando.«

»Sehr gut formuliert«, antwortete Kodir. »Wenn ich eine Lektion über die Theorie und Praxis der Firmenstruktur brauche, werde ich mich gewiss daran erinnern, dass Sie über dieses Thema ungewöhnlich gut Bescheid wissen. In der Zwischenzeit bleiben meine Befehle als Chefin der Sicherheitsabteilung gültig. Wir werden dieses Schiff mit Boba Fett an Bord weiter verfolgen und wir werden darauf verzichten, Kuat von Kuat im Konzernhauptquartier zu kontaktieren. Ist das klar?«

»Absolut klar.« Die Augen des Mannes verengten sich zu Schlitzen, als er sie musterte. »Wenn wir zu den Kuat-Triebwerkswerften zurückkehren, ist es meine Pflicht, Kuat über Ihr Verhalten in dieser Angelegenheit zu informieren.«

»Das ist *Ihre* Entscheidung.« Sie lächelte den Mann dünn an. »Aber ich versichere Ihnen, dass der Direktor der Firma großes Vertrauen in mich setzt. Deshalb bin ich zu Ihrer Vorgesetzten ernannt worden. Wenn es irgendetwas gibt, das Sie vorbringen können, um Kuats Vertrauen zu erschüttern, so dürfen Sie gern darüber sprechen. Aber bereiten Sie sich auf die Konsequenzen vor, falls Kuat Ihnen nicht zustimmt.«

Der Untergebene schwieg und funkelte sie weiter an.

»Da wir uns jetzt verstehen«, fuhr Kodir fort, »können Sie sich wieder Ihren Pflichten widmen. Wie ich mich meinen widmen werde.«

Mit einem knappen Nicken wandte sich der Untergebene ab und ging davon.

Mehrere andere Gesichter auf der Brücke hatten sich ihnen zugewandt und den kurzen Wortwechsel mitgehört. Kodir gab ihnen einen Wink. »Machen Sie weiter«, sagte sie. »Oder möchte noch einer von Ihnen mein Kommando in Frage stellen?«

Ein Moment verging, dann konzentrierte sich die Sicherheitscrew wieder auf ihre verschiedenen Aufgaben.

Kodir sah an den Köpfen vorbei, die sich über die Kontrollen und Displayschirme beugten. *Bald*, sagte sie sich. Es war nur eine Frage der Zeit ...

»Wissen Sie, ich denke allmählich, dass Sie einfach kein Glück bringen.« N'dru Suhlak warf einen Blick über seine Schulter und sah die Gestalt hinter ihm im Cockpit des Kopfjägers an. »Ob ich nun gegen Sie antrete oder wir angeblich auf derselben Seite stehen – mir passieren immer üble Dinge, wenn Sie in der Nähe sind.«

»Was ist das Problem?« Boba Fett hielt sich an der Rückenlehne von Suhlaks Pilotensitz fest und beugte sich nach vorn, um besser erkennen zu können, was sich vor dem kleinen Schiff befand. »Ich dachte, wir würden Tatooine in Kürze erreichen.«

»Sicher – es liegt direkt vor uns.« Suhlak wies auf das vordere Sichtfenster. In der Ferne hing die gelbbraune Kugel im All; nur wenige Wolken schirmten ihre Oberfläche vor den Strahlen der Zwillingssonne ab. »Außerdem dachte ich, wir hätten das Schlimmste bereits überstanden. Ich möchte nicht in Raumkämpfe verwickelt werden – ich würde mich lieber an jedem vorbeischleichen, der mich aufzuhalten versucht, statt mir den Weg freizuschießen.« Er schüttelte den Kopf. »Ich denke nicht, dass uns das bei diesem Gegner gelingen wird.«

»Sie haben jemand entdeckt?«

»Berichtigung: Jemand hat *uns* entdeckt.« Ein roter Lichtpunkt pulsierte am Kontrollpult; Suhlak zeigte auf ihn. »Ich kann ihn noch nicht sehen, aber wer immer es auch ist, er führt eindeutig einen Multifrequenzscan durch. Seine Sensoren reichen auch ziemlich weit. Keines meiner Detektorsysteme kann seine Position ermitteln; das Signal, das von uns reflektiert wurde, war kürzer als eine Nanosekunde, und das ist viel zu kurz, um eine Berechnung vorzunehmen.«

Am Kontrollpult pulsierte das rote Licht schneller und schneller. »Ich nehme an«, sagte Boba Fett, »dass wir noch mehr Scansignale dieses unbekannten Individuums empfangen?«

»Sie haben's erfasst, Kumpel. Er versucht offensichtlich, genug Vektordaten zu sammeln, um unseren Kurs und unsere Geschwindigkeit zu berechnen. Was bedeutet« – Suhlak riss die Navigationskontrollen hart zur Seite; die Sterne im Sichtfenster verschwammen, als der Z-95-Kopfjäger um neunzig Grad von seiner ursprünglichen Bahn abwich – »wir nehmen einen anderen Weg.«

Das scharfe Manöver hatte Boba Fett gegen den Pilotensitz geschleudert. Er stellte sich breitbeinig hin und klammerte sich an die Rückenlehne des Sitzes.

Suhlak warf seinem Passagier einen Blick über die Schulter zu. »Sie sollten sich besser hinsetzen und anschnallen. Es könnte ein wenig rau werden.«

»Damit Sie diese Show allein genießen können?« Die Lichter vom Kontrollpult spiegelten sich im dunklen Visier von Boba Fetts Helm wider, als er den Kopf schüttelte. »Keine Sorge – ich komme schon klar.«

»Wie Sie meinen. Denn wie es scheint, ist unser Freund in Schussreichweite gekommen.« Suhlak zeigte auf die obere linke Ecke des Sichtfensters. »Dort ist er jetzt. Und es sieht nicht so aus, als wollte er nur Hallo sagen.« Suhlak fuhr die Haupttriebwerke des Kopfjägers hoch und ließ das kleine Schiff in einer Spirale abschmieren, sodass der Andruck um mehrere G zunahm. »Festhalten ...«

Der erste Schuss, den der Verfolger abfeuerte, traf die Außenhülle des Kopfjägers an der Rückseite des erweiterten Passagierbereichs. Ein Schauer aus heißen Funken regnete auf Boba Fetts Rücken nieder, als sich isolierte Schaltkreise überluden und Feuer fingen. Er und Suhlak ignorierten den schwarzen Rauch, der das Cockpit erfüllte, als der Jagdsaboteur die Schubkontrollen noch weiter nach vorn schob.

»So. Das sollte genügen.« Suhlak deutete auf das Display des Heckscanners. »Sehen Sie? Wir haben ihn abgeschüttelt.« Mit einer Hand reduzierte Suhlak den Triebwerksschub. »Eigentlich ist es irgendwie enttäuschend. Ich hatte mir mehr Spaß davon versproch ...« Er verstummte abrupt, beugte sich nach vorn und spähte durch das vordere Sichtfenster. »Was zum ...«

»Stimmt etwas nicht?«

»Ja ... das könnte man sagen ...« Suhlak nickte langsam, hob dann seine Hand und wies auf den gewölbten Transparistahl vor dem Kontrollpult. »Dort ist er ...«

In der Mitte des Sichtfensters lauerte das Verfolgerschiff in der Ferne und hatte die Triebwerke deaktiviert, als wäre sein Pilot überzeugt, dass es für seine Beute keinen Fluchtweg gab.

»Oh, *großartig*.« Suhlak starrte auf eine kleine Anzeige am Kontrollpult. »Wir haben endlich einen ID-Kode von diesem Kerl bekommen. Glauben Sie mir, er ist der *Letzte*, auf den ich stoßen wollte.«

Boba Fett betrachtete das kleine, helle Abbild des Schiffes vor ihnen. »Wer ist es?«

»Osss-10«, erklärte Suhlak. Seine Schultern sackten nach unten. »Jetzt bin ich *sicher*, dass Sie kein Glück bringen.«

»Nie von ihm gehört.«

»Das wundert mich nicht.« Abscheu schwang in Suhlaks Stimme mit. »Denn *Sie* gehören der Vergangenheit an und *er* ist die Zukunft. Kapieren Sie's nicht? Das alles passiert nur, weil Sie die alte Kopfgeldjägergilde zerschlagen haben. Das alte Regelbuch wurde weggeworfen und in der Kopfgeldjägergemeinschaft herrscht genug Chaos, dass Neulinge ihren Weg machen können. Neulinge, die *besser* sind.« Suhlak wies mit dem Daumen zum Sichtfenster. »Ich habe diesen Osss-10 noch nie von Angesicht zu Angesicht gesehen und weiß nicht, woher er kommt, aber ich habe bereits ein paar richtig unerfreuliche Begegnungen mit ihm gehabt. Jemand mit einer Menge Credits muss ihn bezahlen; er hat die modernste Ausrüstung und ist ein richtiges Genie, wenn es um die Programmierung seiner Bordcomputer geht. Er hat seine Rechner mit Vorhersagealgorithmen gefüttert, wie ich sie noch nie zuvor gesehen habe. Je häufiger man mit ihm konfrontiert wird, desto umfangreicher werden die Operationsdaten, mit denen er die nächsten Schritte seines Gegners extrapolieren kann – was er in diesem Moment auch macht. Wenn er noch klüger wird, wird er beim nächsten Mal wissen, was ich tun werde, noch bevor *ich* es weiß!«

»Wie sieht also Ihr Plan aus?«

»Plan?« Suhlak sank resignierend in sich zusammen. »Ich habe bereits meine besten Tricks gegen ihn eingesetzt. Jetzt bleibt mir nur noch … die Kapitulation.«

»Richtig …« Boba Fett beugte sich an Suhlak vorbei und schob die Kontrollen des Haupttriebwerks nach vorn. Der Z-95-Kopfjäger schoss los und näherte sich immer schneller dem anderen Schiff in der Ferne.

»Was machen Sie da?« Suhlak stemmte sich gegen den Unterarm, der ihn in den Sitz zurückdrückte. »Sie werden uns umbringen!«

Fett sagte nichts, sondern fuhr die Schubtriebwerke bis an die Belastungsgrenze hoch.

Das Verfolgerschiff wurde in der Mitte des Sichtfensters immer größer, während der Kopfjäger direkt darauf zuraste. Plötzlich feuerten die Buglaserkanonen. Ein Strahlenblitz nach dem anderen traf den Kopfjäger und schüttelte das Schiff durch, während noch mehr Funken und Rauch das Innere erfüllten, als befänden sie sich inmitten eines planetaren Gewitters. Boba Fett hielt weiter die Schubkontrollen fest. Der Schock und die Andruckkräfte genügten, um Suhlak an seinem Platz festzunageln. Hilflos verfolgte er, wie Boba Fett mit seiner anderen Hand hastig ein paar Navigationskorrekturen vornahm und weiter direkten Kurs auf ihren Gegner hielt.

Eine letzte Salve aus Blasterkanonenfeuer explodierte vor dem Sichtfenster und blendete sie mit weiß glühender Helligkeit. Der Kopfjäger raste hindurch und das andere Schiff war jetzt direkt vor ihm. Sie waren einander nahe genug, dass Suhlak, als er seine zusammengekniffenen Augen öffnete, einen flüchtigen Blick auf ein grimmiges Gesicht hinter der gewölbten Transparistahlscheibe des anderen Cockpits erhaschte …

Das war alles, was er von Osss-10 sah. Suhlak bereitete sich auf den vernichtenden Zusammenprall der beiden Schiffe vor. Dann wanderte das Cockpit, durch das er das Gesicht des Verfolgers gesehen hatte, nach oben und aus seinem Blickfeld; die Bauchseite des anderen Schiffes füllte das Sichtfenster, nahe genug, dass Suhlak die Schweißnähte an den Durastahlplatten hätte zählen können, wären sie nicht so schnell gewesen.

Ein schabendes Geräusch – Metall an Metall – durchdrang den Rauch, der im Cockpitbereich wallte, als die Unterseite des gegnerischen Schiffes eine der Sensorphalangen des Z-95-Kopfjägers abriss. Dann breitete sich Stille in dem Raum aus, nur vom Zischen der automatischen Feuerkontrollsysteme durchbrochen, die die brennenden Schaltkreise löschten.

Zitternd beugte sich Suhlak nach vorn und überprüfte den Heckscanner seines Schiffes. Das andere Schiff war nirgendwo zu sehen. Er aktivierte den Rest seiner Detektormonitore. Sie alle erzählten dieselbe Geschichte: Osss-10 war aus diesem Sektor so schnell verschwunden, wie er aufgetaucht war.

Boba Fett hatte sich vom Kontrollpult abgewandt, während der Kopfjäger mit unverminderter Geschwindigkeit weiterraste. Im vorderen Sichtfenster war der Planet Tatooine zu erkennen, näher jetzt.

»Das ... das war einfach verrückt ...« Suhlak schüttelte den Kopf und sah vor seinem geistigen Auge noch immer, wie das andere Schiff in einem Abstand von wenigen Zentimetern vorbeischrammte. »Wir waren nahe genug, um getötet zu werden ...«

»Aber wir wurden nicht getötet«, erwiderte Boba Fett. »So viel zu Ihrer neuen Generation der Kopfgeldjäger. Er ist vielleicht in der Lage, Ihre Schritte vorherzusagen – aber er kann nicht vorhersagen, was ich tun werde. Niemand kann das.«

Suhlak griff nach den Schiffskontrollen und nahm Kurs auf das wolkenlose Terrain des Dünenmeeres. *Vorhersagen*, dachte er. *Sie werden sich in dieser Hinsicht noch wundern.* Er hatte bereits tief im Innern entschieden, dass, ganz gleich, wie viel Credits er für diesen Job bekam ...

Es würden nicht genug sein.

14

»Ich habe mich schon gefragt, wann Sie auftauchen werden.« Bossks unangenehmes Lächeln leuchtete in den Schatten der hinteren Nische auf und die trüben Lichter der Bar ließen seine Reißzähne funkeln. »Ich wäre zutiefst enttäuscht gewesen, wenn Sie es nicht getan hätten. Ich meine – von *Ihnen* enttäuscht.«

Boba Fett ließ sich ihm gegenüber in der Nische nieder. Ein paar neugierige Gesichter hatten sich in seine Richtung gedreht, als er den matt beleuchteten Raum durchquert hatte, aber ein vom Visier verhüllter Blick über die Schulter hatte sie davon überzeugt, dass sie sich um ihre eigenen Angelegenheiten kümmern sollten. »Ich hoffe, Sie haben nicht warten müssen.« Er legte seine behandschuhten Hände flach auf die von feuchten Ringen übersäte Tischplatte.

»Oh, ich habe gewartet, das ist richtig.« Grimmiger Zorn schwang in Bossks Worten mit. »Ich habe *lange* Zeit auf diesen Moment gewartet.«

»Machen Sie nicht so ein Theater«, knurrte Fett. »Ich bin nur hierher gekommen, um ein Geschäft mit Ihnen zu machen. Das ist alles.«

»Ja, und das ist der Moment, von dem ich gesprochen habe. Der Moment, in dem *ich* etwas habe, das *Sie* wollen.«

Bossk lehnte sich auf dem dünn gepolsterten Stuhl in der Nische zurück und musterte – mit zunehmender Befriedigung – den anderen Kopfgeldjäger, der ihm gegenüber saß. Es war die Art Befriedigung, die noch stärkeren, noch angenehmeren Gefühlen entsprang: dem Genuss des Triumphes und dem Stillen des eigenen Appetits. Er konnte sie fast schmecken, wie die süße Salzigkeit von Blut, das durch seine Fänge quoll. *Eine Kehrtwendung*, dachte Bossk, *ist nicht nur ausgleichende Gerechtigkeit.* Es war der Höhepunkt der Existenz, zumindest für eine Kreatur wie ihn. Trandoshaner waren in der ganzen Galaxis berüchtigt für die Hartnäckigkeit, mit der sie ihren Groll hegten.

»Nicht nur etwas, das Sie *wollen*«, fuhr Bossk fort. »Sondern etwas, das Sie *brauchen*.«

»Vorsicht.« Boba Fetts Stimme blieb flach und ausdruckslos, als hätten Bossks Sticheleien keine Wirkung auf ihn. »Vielleicht überschätzen Sie den Wert Ihrer Ware.«

»Das denke ich nicht.« Bossk legte seine mächtigen Klauen auf den Tisch. »Sie hätten nicht diesen ganzen weiten Weg nach Tatooine zurückgelegt – eine Welt, an die Sie schwerlich angenehme Erinnerungen haben können, nicht wahr? –, wenn Sie nicht einen verdammt guten Grund dafür hätten. Sie hätten nicht riskiert, hierher zu kommen, wo das Risiko für Sie so groß ist – schließlich sind alle Kopfgeldjäger aus der alten Gilde und eine Menge neuer hinter Ihnen her.«

»Für jemand, der so weit ab vom Schuss ist wie Sie, Bossk, scheinen Sie eine Menge über das zu wissen, was vor sich geht.«

Diese Bemerkung ging Bossk unter die Schuppen. »Hören Sie«, sagte er mit barscher werdender Stimme, »ich mag derzeit nicht als Kopfgeldjäger arbeiten ...« Dass er seine Niederlage einräumen musste, erfüllte ihn mit neuem Zorn. »Aber das liegt nur daran, dass Sie mir mein Schiff gestohlen haben. Hätte ich die *Hound's Tooth* noch, würde ich an vorderster Front mitmischen, glauben Sie mir.«

»Ich habe Ihnen die *Hound* nicht gestohlen«, sagte Boba Fett sanft. »Sie haben sie aufgegeben und ich habe sie übernommen. Ein derartiger Schrotthaufen ist es wirklich nicht wert, gestohlen zu werden.«

»Schrott!« Seine Klauen bohrten sich in die Tischplatte, als er sich vom Nischenstuhl erhob. »Es ist das beste Schiff in der Galaxis ...«

Aus den Winkeln seiner geschlitzten Pupillen bemerkte Bossk, dass die anderen in der Bar erneut in seine und Boba Fetts Richtung blickten; einige beobachteten sie verstohlen, andere starrten sie unverfroren an. Bossks laute Stimme hatte sie auf die Möglichkeit einer gewalttätigen Auseinandersetzung hingewiesen, was für diese Leute stets eine der Hauptquellen des Vergnügens war. Er hatte immer gewusst, dass sie nicht nur hierher kamen, um sich das Trommeln und Heulen der Jizzband anzuhören, die drüben in der Ecke ihre Instrumente aufbaute und den Soundcheck durchführte.

»Schrott«, murmelte Bossk mürrisch. Er zwang sich zur Ruhe und setzte sich wieder. Boba Fett trieb die üblichen Psychospielchen mit ihm, wie es der andere Kopfgeldjäger schon so oft getan hatte. Es gehörte alles zu Fetts üblicher Verhandlungsstrategie, eine Möglichkeit, einen psychologischen Vorteil über seinen Gegner zu gewinnen. *Wer seinen Feind erzürnt, hat ihn in der Hand* – das war eins von Boba Fetts Operationsmottos. Bossk hatte es früher schon gehört und war oft genug darauf hereingefallen, um zu wissen, dass es stimmte.

»Es hat meinen Zwecken gedient«, sagte Fett. »Sehr gut sogar.«

Bossk zog eine seiner schuppigen Augenbrauen hoch. »Es ist nicht hier, oder?« Seine Stimme hob sich hoffnungsvoll. »Ich meine, hier im Raumhafen.«

»Natürlich nicht. Ich musste ziemlich schnell hierher gelangen. Ich hatte keine Zeit, in diesem

Schrott ...« Fett schwieg einen Moment. »In diesem *wertvollen* Relikt hierher zu schleichen.«

»Hören Sie bloß auf.« Bossk ließ die Schultern hängen. »Ich dachte nur ... dass ich meine Informationsquellen vielleicht falsch verstanden habe, als sie mir sagten, dass Sie an Bord von N'dru Suhlaks Kopfjäger entdeckt wurden.« Bossk versuchte die verbale Taktik seines Widersachers gegen ihn zu wenden. »Wissen Sie, das ist ein neuer Tiefpunkt für Sie, Fett. Sich von einem Jagdsaboteur herumfliegen zu lassen! Ich kenne niemand in der alten Kopfgeldjägergilde, der einen dieser Burschen mit einem Gaffistock anrühren würde, und wenn doch, dann nur, um ihn totzuschlagen.«

Boba Fett schluckte den Köder nicht. »Die Umstände und nicht meine Wünsche haben meine Handlungsweise diktiert. Deshalb bin ich noch immer ein Kopfgeldjäger und Sie sind es nicht.«

»Machen Sie sich deswegen keine Sorgen«, erwiderte Bossk gereizt. »Ich werde wieder mitmischen – und zwar bald. Nicht wahr?« Um sicherzugehen hob er den Kopf und musterte die Gäste in der Bar. Er fragte sich, ob eine der Kreaturen für Fett arbeitete. Die Chancen waren gering – die meisten anderen Kopfgeldjäger waren hinter Boba Fett her; schließlich hatte Kuat von Kuat ein beeindruckendes Kopfgeld auf ihn ausgesetzt. Und wie Bossk aus eigener Erfahrung wusste, nahm sich Boba Fett nur selten Partner; Bossk war noch immer erstaunt, dass Fett sich mit einem zweitklassigen Wesen wie Dengar zusammengetan hatte. »Deshalb sind Sie hier. Sie wollen mir all das ermöglichen, hm? Obwohl Sie die *Hound* nicht mitgebracht haben, um sie mir zurückzugeben.«

»Sie können Ihr Schiff zurückhaben – wenn ich damit fertig bin.« Boba Fett zuckte die Schultern. »Und wenn dann noch irgendetwas davon übrig ist.«

Bossk ignorierte die Bemerkung, als wäre sie nur ein weiteres von Fetts ärgerlichen verbalen Spielchen. »Okay. Sie sind also hierher gekommen, um mit mir Geschäfte zu machen, richtig? Mal sehen, ob es sich für uns beide lohnen wird. Denn sonst wird es nicht funktionieren.« Bossk beugte sich über den Tisch und verengte seine Augen zu Schlitzen. »Wie viel werden Sie bezahlen?«

»Sie haben mich missverstanden.« Der andere Kopfgeldjäger zuckte nicht zurück. »Ich hatte nicht geplant, etwas zu ›bezahlen.‹«

»Dann planen Sie noch mal, Kumpel«, knirschte Bossk. »Ich habe, was Sie wollen – was ich in diesem Frachtdroiden an Bord Ihres Schiffes gefunden habe –, und ich habe eine recht gute Vorstellung davon, was es wert ist. Denn außer Ihnen gibt es noch andere Kreaturen, die danach suchen, und sie bieten einen sehr hohen Preis dafür.«

»Warum haben Sie es ihnen dann nicht verkauft? So wie Sie aussehen, könnten Sie die Credits gebrauchen.«

»Weil …« Seine Reißzähne knirschten, als hätten sie Boba Fetts Kehle gepackt. »Ich dachte mir, ich könnte aus Ihnen noch mehr herausholen. Und selbst wenn ich nicht mehr bekomme – selbst wenn ich nicht mal dieselbe Summe bekomme –, so will ich es doch aus *Ihrer* Tasche haben. Ich will, dass Sie bezahlen, Fett. Denn ich weiß, dass das für Sie schlimmer ist, als wenn ich Sie *töten* würde.«

»Sie haben Recht. Ich finde diese Aussicht überhaupt nicht angenehm.« Boba Fett griff unter den Tisch. Seine Hand kam mit einer Blasterpistole wieder hoch, die er auf den Punkt zwischen Bossks Augen richtete. »Warum übergeben Sie mir nicht einfach die Ware, damit ich *Sie* nicht töten muss?«

»Sind Sie *verrückt*?« Der Anblick der Waffe, die bewegungslos vor seinem Gesicht hing, hatte ihn erstarren lassen. Aus den Augenwinkeln sah Bossk, dass die Gespräche in der Bar abrupt verstummt waren und sich alle Kreaturen umdrehten und zu der hinteren Nische blickten, in der er und Boba Fett saßen. »Ich dachte, Sie wollten *Geschäfte* machen.«

»Genau das mache ich.« Boba Fett hob die Waffenmündung um den Bruchteil eines Zentimeters. »Betrachten Sie es als mein letztes Angebot.«

Die Show war zu gut, als dass man sie hätte ignorieren können; die anderen Gäste tuschelten und flüsterten aufgeregt und machten sich gegenseitig auf das Geschehen in der Nische aufmerksam.

»Sie *sind* verrückt.« Das Blut in Bossks Adern, das nie wärmer als die Umgebungstemperatur gewesen war, schien plötzlich zu gefrieren. »Hören Sie ... lassen Sie uns das Ganze noch mal überdenken.«

»Dafür gibt es keinen Grund«, erklärte Fett gleichmütig. »Es ist ein klarer Vorschlag. Übergeben Sie mir das Material, das Sie in dem Frachtdroiden fanden, als Sie die *Sklave I* durchsucht haben, und ich werde Sie nicht töten. Was könnte fairer sein? Es lohnt sich auch für uns beide; ich würde haben, weshalb ich hierher gekommen bin, und Sie würden weiterleben.«

»Aber ... aber sehen Sie sich das Risiko an, das Sie eingehen.« Bossk fing langsam wieder an zu denken. »Ich habe das, was Sie wollen, nicht mitgebracht. Sie glauben doch nicht, dass ich derartige Dinge mit mir herumschleppe? Auf keinen Fall.« Bossk schüttelte heftig den Kopf. »Ich habe es gut versteckt, an einem Ort, wo niemand außer mir es finden kann.«

»Was versteckt wurde, kann gefunden werden.«

»Vielleicht«, räumte Bossk ein, »aber nicht ohne langes Suchen. Und das würde Zeit kosten. Zeit, die Sie im Moment nicht haben.« Seine Worte kamen jetzt schneller heraus. »Vor ein paar Minuten haben Sie selbst gesagt, dass Sie überstürzt hierher nach Tatooine gekommen sind. Das muss bedeuten, dass Sie die Ware sehr schnell in die Hand bekommen müssen. Wenn Sie mich jetzt töten, wird das nicht passieren. Sie würden hier in Mos Eisley festsitzen und jeden möglichen Ort durchsuchen, an dem ich die Ware hätte verstecken können. Und vielleicht werden Sie sie nie finden.« Boss nickte kurz. Seine vor Zähnen starrende Schnauze berührte dabei fast den Blaster, der auf ihn gerichtet war. »Was werden Sie dann tun? Von mir werden Sie keine Hilfe bekommen, denn ich bin bereits tot.«

»Guter Einwand.« Boba Fett hielt die Blasterpistole weiter auf ihn gerichtet. »Aber nicht gut genug. Denken Sie nach, Bossk. Wenn ich Sie jetzt töte, habe ich vielleicht wirklich nur eine geringe Chance, das zu finden, weshalb ich hierher gekommen bin. Aber Ihre Chancen sind damit alle vorbei. Was für mich unangenehm ist, wird für Sie tödlich sein.« Boba Fetts Finger lag am Abzug, bereit abzudrücken. »Es gibt nichts mehr zu besprechen. Was also werden Sie tun?«

Das dunkle, glänzende Metall in der Hand des anderen Kopfgeldjägers hypnotisierte Bossk. Er hatte früher schon dem Tod ins Auge gesehen – in der Kopfgeldjägerbranche kam so etwas dauernd vor –, aber nie mit einer derartigen Endgültigkeit wie jetzt. Der Puls in seinen Adern schien fast still zu stehen, zusammen mit der Zeit selbst; der Rest der Bar mit ihren flüsternden Stimmen und neugierigen Augen trat in den Hintergrund. Das Universum schien sich zusammengezogen zu haben und nur noch aus dem Tisch in der Nische zu bestehen, an dem er und die behelmte Gestalt saßen, mit dem Blaster zwischen ihnen als Gravitationszentrum.

»In Ordnung ...« Bossks Hals war so trocken wie das Dünenmeer geworden, das irgendwo dort draußen in dieser verschwundenen Welt jenseits der Nische lag. »Ich werde …« Die nächsten Worte blieben ihm im Halse stecken, als wären sie zu groß. »Ich werde weitermachen und …« Seine Hände ballten sich zu Fäusten und die Klauen ritzten parallele Furchen in die Tischplatte. Bossk blieb noch einen weiteren Moment wie gelähmt, um dann bedächtig den Kopf zu schütteln. »Nein, das werde ich nicht«, erklärte er ausdruckslos. »Ich werde es nicht tun.«

»Was haben Sie gesagt?« Der Blaster bewegte sich nicht, aber in Boba Fetts Stimme schwang ein Hauch von Überraschung mit.

»Sie haben mich verstanden.« Bossks Herz hämmerte jetzt; sein Blickfeld verschwamm unter der psychischen Belastung, bis er sich einen Moment später auf Boba Fett konzentrierte und ihn wieder deutlich sehen konnte. »Ich werde es nicht tun. Ich werde Ihnen das Zeug, das ich in diesem Droiden gefunden habe, nicht geben.« Er hob seine Hände von den Rillen, die seine Klauen in den Tisch geritzt hatten, und breitete sie aus, als wollte er seine Brust als zusätzliches Ziel anbieten. »Machen Sie schon und schießen Sie. Mir ist es egal.« Eine gewisse Hochstimmung ging mit den Worten einher; Bossk fühlte sich zum ersten Mal in seinem Leben völlig frei. »Wissen Sie … mir ist gerade etwas klar geworden. Auf diese Weise haben Sie bisher immer gewonnen«, sinnierte er laut. »Weil es Ihnen egal war. Ob Sie nun lebten oder starben oder ob sie gewannen oder verloren. Deshalb haben Sie am Ende immer überlebt und gewonnen.« Bossk schüttelte langsam den Kopf und bewunderte seine plötzliche Erkenntnis. »Das ist erstaunlich.«

»Verschonen Sie mich damit.« Der vom Visier verhüllte Blick blieb so starr auf Bossk gerichtet wie der Blaster in Boba Fetts Hand. »Ich habe gewonnen, weil ich mehr Feuerkraft – und Intelligenz – als Sie oder sonst jemand hatte. Das ist es, was zählt. Sonst nichts.«

»Nun ja, diesmal nicht.« Bossk ertappte sich dabei, wie er vergnügt lächelte, obwohl er wusste, dass er möglicherweise die letzten Sekunden seines Lebens genoss. »Wissen Sie, ich hätte es mir wirklich denken können. Ich bin an vielen gefährlichen Orten gewesen, wo ich dem Tod direkt ins Auge gesehen habe – zum Beispiel, als Gouverneur Desnand plante, mir die Haut abzuziehen –, und mir ist es immer gelungen zu fliehen, oder durch Bestechung zu entkommen. Ich habe es sogar geschafft, damals die *Hound's Tooth* von Tinian und Chenlambec zu stehlen, und das hat einiges gekostet, glauben Sie mir. Und dass Sie mir dann die *Hound* gestohlen haben ...« Bossk schüttelte bedächtig den Kopf. »Ein verrücktes Geschäft, hm? Nicht überraschend, dass ich nie herausfand, was das alles *bedeutete*. Wenigstens bis jetzt nicht.« Bossk deutete auf den Blaster in Boba Fetts Hand. »Sie haben also die Feuerkraft, in Ordnung. Mal sehen, was sie Ihnen nutzt. Machen Sie schon. Schießen Sie.«

Ein Schatten fiel auf den Tisch. Der Barkeeper hatte sich durch die Menge gedrängt und war zu der hinteren Nische getreten. »Hören Sie beide auf ...« Das feiste Gesicht des Mannes glänzte vor Schweiß. »Wir wollen hier keinen Ärger haben ...«

»Dafür ist es etwas zu spät.« Boba Fett richtete die Mündung des Blasters auf den Barkeeper. »Nicht wahr?«

»He ... warten Sie ...« Der Barkeeper hob die Hände mit den Handflächen nach außen, als könnten sie einen Blasterstrahl abwehren. »Ich habe nur ... versucht Ihnen zu helfen, Ihre Meinungsverschiedenheiten zu klären. Das ist alles ...«

»Sie können uns auch helfen.« Mit seiner freien

Hand griff Boba Fett in eine der Taschen seiner Kampfmontur und zog einen Datentransferchip heraus. »Hat dieses Etablissement eine Verbindung zur nächsten Bank?«

»Sicher ...« Der Barkeeper nickte und wies zur anderen Seite der Bar. »Hinten im Büro. Wir nehmen eine Menge Credits aus vielen verschiedenen Systemen ein.«

»Schön.« Mit dem Daumen tippte Fett an dem miniaturisierten Eingabemodul ein paar Befehle ein. »Nehmen Sie das und lassen Sie das Guthaben meines hiesigen Nummernkontos auf das Konto dieses Individuums hier überweisen.« Er nickte Bossk mit seinem Helm zu. »Behalten Sie fünf Prozent der Summe als Provision ein. Haben Sie das verstanden?«

Der Barkeeper nickte erneut.

»Dann tun Sie's.«

Der Barkeeper barg den Transferchip wie ein kostbares Relikt in seiner Hand, wandte sich ab und eilte zum Büro der Bar. Die Menge teilte sich vor ihm, um ihn passieren zu lassen. Dann richteten sich alle verwunderten Gesichter wieder auf die Szene in der Nische.

»In Ordnung«, sagte Boba Fett. Er steckte den Blaster zurück ins Holster. »Sehen Sie? Sie haben gewonnen.«

Bossk starrte ihn einen Moment verständnislos an, bevor er sprechen konnte. »Was haben Sie gesagt?«

»Sie haben gewonnen.« Eine Spur von Ungeduld schwang in Fetts Worten mit. »Ist es nicht das, was Sie wollten?«

Ein leiser Glockenton drang aus der Tasche an einem der Gurte, die Bossks von Schuppen bedeckte Brust kreuzten. Er nahm die kleine Karte heraus, auf der er seinen Kontostand überprüfen konnte. Vor ein paar Minuten war das Guthaben erbärmlich niedrig gewesen. Aber jetzt war die Überweisung verbucht worden, mit der Fett den Barkeeper beauftragt hatte. Die daraus resultierende Veränderung des Kontostands weitete Bossks Augen zu fast perfekten Kreisen.

Die Menge in der Bar hatte gehört, was Boba Fett gesagt hatte. Ihr aufgeregtes Getuschel wurde um mehrere Dezibel lauter.

»Ich habe gewonnen?« Bossk hob den Blick von der Kontokarte zu seinem Spiegelbild im dunklen Visier von Fetts Helm.

»Hören Sie«, sagte Boba Fett. »Ich habe weder die Zeit, Sie zu töten, noch mit Ihnen weiter zu streiten. Ich habe Sie bezahlt ...« Er wies nun auf die Karte in Bossks Klauen. »Und zwar weitaus besser, als Kuat dies getan hätte. Ich habe also meinen Teil des Geschäfts erledigt. Jetzt sind Sie an der Reihe. Wo ist die Ware, die Sie aus meinem Schiff gestohlen haben?«

Bossk war wie betäubt. »Sie ist ... nicht hier ...«

»Das haben Sie mir bereits gesagt. Also wo ist sie?«

»In dieser Bruchbude von einem Hotel ... wo ich wohne ...« Bossk beschrieb ihm den Weg durch das verwinkelte Gewirr der Gassen von Mos Eisley. »Schieben Sie die Pritsche zur Seite ... darunter ist ein Loch, mit einem Brett abgedeckt ..«

»Das ist Ihr Versteck?« Boba schüttelte angewidert den Kopf. »Ich hätte mir meine Credits sparen können.« Er schlüpfte aus der Nische. »Geben Sie nicht gleich alles aus«, sagte er und wies auf die Kontokarte in Bossks Hand. »Das ist vielleicht alles, was Sie in der nächsten Zeit sehen werden.« Fett wandte sich ab und ging davon. Die Menge machte ihm hastig Platz.

Bossk saß noch einen Moment da, starrte die Kontokarte an und steckte sie dann ein. Er stand aus der Nische auf und erstarrte abrupt.

Die Gäste der Bar bildeten vor ihm eine undurchdringliche Mauer. Augen der verschiedensten Formen und Farben starrten ihn an, doch keine der Kreaturen sagte ein Wort. Dann – langsam – wurde die Stille durchbrochen, als zuerst einige wenige, dann alle klatschten und johlten.

Ein betrunkener Harf mit leuchtend roten, brillenähnlichen Augen und einer länglichen Schnauze legte einen mächtigen Arm um Bossks Schultern. »Wir mögen Sie nicht mehr als vorher«, erklärte die Kreatur. »Wir haben nur noch nie etwas Derartiges gesehen. Das heißt, nicht im Zusammenhang mit Boba Fett ...«

»Sicher ...« Bossk nickte zustimmend. »Mir bedeutet es auch sehr viel.« *Wieder im Spiel*, dachte er benommen. Er brauchte die *Hound's Tooth* nicht mehr; mit den Credits, die er jetzt hatte, konnte er sich ein funkelnagelneues Schiff kaufen. Und ein besseres ...

Ideen und Wünsche wirbelten durch Bossks Kopf. Er drängte sich durch die lärmende Menge und trat hinaus ins Licht.

»Das muss einer dieser Tage gewesen sein.« Auf einer Ebene vor den Toren von Mos Eisley blickte N'dru Suhlak von der Wartungsluke in der Außenhülle seines Kopfjägers auf. Er hatte die notwendigen Reparaturen an dem Schiff durchgeführt; nach der Konfrontation mit Osss-10 war der Kopfjäger nicht mehr im optimalen Zustand gewesen. Als er in seinen Werkzeugkasten gegriffen hatte, um einen größeren Hydroschraubenschlüssel herauszunehmen, hatte er Boba Fett entdeckt, der von seinem »Geschäftstreffen« in der Raumhafenbar zurückkehrte. »Vor einer Weile sind ein paar Leute vorbeigekommen; sie haben mir erzählt, was passiert ist.«

Fett hatte ein kleines, in Flimsiplast eingewickeltes Päckchen unter seinen Arm geklemmt. »Kreaturen reden viel. Sie sollten sie ignorieren.«

»Meinen Sie?« Suhlak wischte sich die Hände an einem schmierigen Lumpen ab und schloss dann die Wartungsluke. »Es klang irgendwie interessant. Ich meine, ein derart wilder Blasterkampf und all diese anderen Kreaturen, die getötet wurden. Die halbe Bevölkerung des Hafens muss dabei ums Leben gekommen sein.«

»Ganz und gar nicht«, antwortete Fett trocken. »Diese Geschichten werden übertrieben, wenn sie wieder und wieder erzählt werden.« Er streckte sich und verstaute das Päckchen im Passagierbereich des Kopfjägers. »Ist die Kiste startbereit? Nur weil ich habe, was ich wollte, heißt dies noch lange nicht, dass ich nicht mehr in Eile bin.«

»Wir verschwinden sofort von hier.« Suhlak hob seinen Werkzeugkasten auf. »Je früher ich Sie abliefere und bezahlt werde, desto glücklicher werde ich sein.«

Ein paar Minuten später hatte der Z-95-Kopfjäger Tatooines Atmosphäre wieder verlassen und nahm Kurs auf den Tiefraum und den Rendezvouspunkt mit Dengar und Neelah an Bord der *Hound's Tooth*. Vom Pilotensitz aus warf Suhlak einen Blick über die Schulter und beobachtete, wie Boba Fett das Päckchen auswickelte und den Inhalt begutachtete.

Ich will es nicht einmal wissen, dachte Suhlak. Er wandte sich wieder den Kontrollen und dem vorderen Sichtfenster zu. Was auch immer sich in dem Päckchen befinden mochte, es war Fetts Angelegenheit und ging ihn nichts an. *Soll er deswegen ruhig getötet werden.*

Suhlak gab Zahlen in den Navcomputer ein und bereitete den Sprung in den Hyperraum vor.

15

»Wie lange müssen wir Ihrer Meinung nach hier noch warten?« Dengar wandte sich von den Kontrollen der *Hound's Tooth* ab und warf einen Blick über seine Schulter.

»Ich weiß es nicht«, gestand Neelah.

Sie waren aus dem Hyperraum in das Oranessan-System gefallen, verfolgt vom KTW-Kreuzer, genau wie Boba Fett es geplant hatte. Seitdem hatte Dengar die Geschwindigkeit der *Hound's Tooth* ihrer Strategie angepasst; gerade schnell genug, um außer Reichweite des verfolgenden Kreuzers zu bleiben. Die gefleckte Kugel von Oran-µ, dem größten Planeten des Systems, füllte die vordere Sichtluke, während die Jagd weiterging.

Neelah und Dengar konnten nur darauf hoffen, dass Boba Fett seine Mission auf Tatooine erfolgreich abgeschlossen hatte und sich dann hier mit ihnen traf, wie sie es auf dem Frachter des Abrechners vereinbart hatten. Neelah hatte halb damit gerechnet, dass Fett sie bereits hier erwartete; das wäre genau sein Stil gewesen. Aber als die *Hound's Tooth* ihr Ziel erreicht hatte, waren sie von der enttäuschenden Realität des leeren Weltraums empfangen worden, ohne eine Spur von dem kleineren Kopfjäger-Schiff mit seinem Jagdsaboteurpiloten und Kopfgeldjägerpassagier.

»So wie ich das sehe«, knurrte Dengar, »gibt es ein paar Dinge, die schief gehen könnten. Entweder ist Boba Fett und Suhlak auf dem Weg nach Tatooine oder auf dem Rückflug etwas zugestoßen – vielleicht sind sie von einem der anderen Kopfgeldjäger, die hinter ihm her sind, abgefangen und abgeschossen worden; in diesem Fall werden sie gar nicht mehr hier auftauchen. Oder Boba Fett hat eigene Pläne und betrügt uns, was bedeutet, dass er nie vorhatte, uns hier zu treffen.« Der Gedanke ließ Dengar mit den Zähnen knirschen, während er langsam den Kopf schüttelte. »Dann hätten wir die ganze Zeit umsonst gewartet.«

»Ich halte Ihre letzte Vermutung für nicht sehr wahrscheinlich«, wandte Neelah ein. Sie lehnte sich an die Cockpitluke und verschränkte die Arme vor der Brust, als wäre dies die einzige Möglichkeit, ihre angegriffenen Nerven unter Kontrolle zu halten. »Er hat gute Gründe, wieder zu uns zu stoßen. Nicht, weil er eine große Zuneigung zu einem von uns hegt, sondern weil er noch immer denkt, dass es eine Möglichkeit gibt, aus mir Profit zu schlagen.«

»Vielleicht.« Dengar wirkte nicht überzeugt. »Es ist nur so, dass er ein verdammt verlogener Kerl ist. Aber das wusste ich bereits, *bevor* ich sein Partner wurde.«

»Es gibt noch eine andere Möglichkeit.« Es war eine, die schon eine Weile an ihr nagte, noch bevor sie in der Ferne das Oranessan-System gesehen hatten. »Die schlimmste.«

»Und zwar?«

»Dass Boba Fett auf dem Weg nach Tatooine nichts passiert ist«, erklärte Neelah grimmig. »Und dass ihm auf dem Rückflug nichts passiert ist. Und dass auch auf Tatooine nichts passiert ist.«

Dengar zog verwirrt die Brauen hoch. »Wie meinen Sie das?«

»Verstehen Sie nicht? Was ist, wenn Boba Fett nach Tatooine gelangt ist, dort diese Kreatur namens Bossk gefunden hat – und Bossk den fingierten Beweis, den er auf Fetts Schiff aus diesem Frachtdroiden genommen hat, nicht mehr besitzt?« Neelahs Stimme klang gepresst. »Vielleicht existiert er nicht mehr. Vielleicht hat Bossk ihn weggeworfen; vielleicht ist er zu der Überzeugung gelangt, dass er nichts wert ist, und hat ihn irgendwo unterwegs vernichtet.«

»Sie vergessen etwas«, sagte Dengar. »Bossk hat bereits verbreitet, dass er auf diesem Beweis sitzt und einen Käufer dafür sucht.«

»Das bedeutet nicht, dass er ihn hat.« Neelah schüttelte angewidert den Kopf. »Boba Fett ist nicht der einzige betrügerische Kopfgeldjäger. Bossk hätte den Beweis wegwerfen oder ihn auf hundert verschiedene Arten verlieren können, bevor er eine Vorstellung von seinem Wert hatte. Als er dann hörte, dass Kuat von Kuat danach sucht und bereit ist, einen hohen Preis dafür zu zahlen, hat er sich vielleicht entschlossen, Kuat das Geld abzunehmen, ohne ihm dafür die Ware zu geben. Oder Bossk hat vielleicht gedacht, dass der Beweis das perfekte Mittel ist, um Boba Fett zu sich zu locken – Sie wissen, welchen Groll Bossk gegen Fett hegt. Vielleicht ist dies Bossks Methode, ein paar alte Rechnungen zu begleichen – oder es wenigstens zu versuchen.«

»Ja ... vielleicht.« Dengar sank im Pilotensitz in sich zusammen und blickte deprimiert drein. »Daran hatte ich nicht gedacht. Aber ich schätze, Sie haben Recht. Es ist möglich.«

Neelah hatte gründlich darüber nachgedacht. Auf dem ganzen Weg vom Frachter des Abrechners hierher hatte sie eine Möglichkeit nach der anderen in Gedanken durchgespielt. Alle zerstörten ihre Hoffnungen, eine Antwort auf die Fragen über ihre Vergangenheit zu finden. Diese Hoffnungen waren vom Nachfolger des Sammlers und seiner überraschenden Mitteilung, dass sich der gefälschte Beweis auf Tatooine befand, gründlicher geweckt worden, als

Dengar und Boba Fett Kud'ar Mub'at wieder belebt hatten. Ob dies nun stimmte oder nicht, es hatte zumindest Neelahs Glauben daran erneuert, dass es noch immer einen dünnen Faden gab, der ihr aus der Sackgasse helfen würde, in die ihre Suche sie bis jetzt geführt hatte.

Aber wenn, wie sie befürchtete, der letzte mögliche Hinweis nicht mehr existierte – wenn sich Boba Fetts Besuch auf Tatooine als sinnlos erwies –, dann wusste sie nicht mehr, was sie als Nächstes tun sollte. In einer Galaxis, in der der Kampf zwischen dem Imperium und der Rebellen-Allianz tobte, waren die Chancen auf Erfolg für sie gering, da sie nur einen Namen als Schlüssel zu ihrer Vergangenheit hatte, einen Namen und seine Verbindung zu den herrschenden Familien des Planeten Kuat. Es konnte durchaus sein, dass der mächtige Kuat von Kuat persönlich die Löschung ihres Gedächtnisses und die Entführung von ihrer Heimatwelt angeordnet hatte. Und der Bombenangriff im Dünenmeer war genug Beweis dafür gewesen, dass Kuat nicht jemand war, der bei der Verfolgung seiner Ziele auf tödliche Gewalt verzichtete. Wenn sie unbekümmert auf dem Planeten Kuat auftauchte, um nachzuforschen, welchen Rang sie unter den Adeligen einst bekleidet hatte, begab sie sich vielleicht in die Gewalt jener, die schon einmal versucht hatten, sie zu eliminieren. Kuat konnte durchaus der einzige Ort sein, an dem sie die Antworten auf die Rätsel finden würde, die sie umgaben – aber es konnte ebenso sein, dass dort der sichere Tod auf sie wartete. Wenn Boba Fett nicht mit dem fingierten Beweis, der an Bord seines Schiffes in dem Frachtdroiden versteckt gewesen war, von Tatooine zurückkehrte, würde sie die Wahrheit niemals erfahren.

Entweder trifft er sich hier mit uns, dachte sie, während sie über Dengars Kopf hinweg zum Sichtfenster blickte, *und hat den Beweis dabei* ...

Neelah beendete den Gedanken nicht. Sie wollte sich nicht näher damit beschäftigen.

Und ihr dämmerte, dass sie es auch nicht tun musste.

»Sehen Sie.« Neelah zeigte auf das Sichtfenster. »Dort ...«

Dengar hatte die relative Position des KTW-Kreuzers hinter ihnen auf dem Displayschirm des Heckscanners der *Hound* überwacht. Er blickte auf und entdeckte den hellen Lichtfleck inmitten des Sternenmeers. Hell und immer heller werdend, direkt vor ihnen.

»Es ist ziemlich klein. Und schnell. Vielleicht ...« Hastig rief Dengar das ID-Profil des sich nähernden Schiffes ab. »Er ist es«, sagte Dengar und ließ erleichtert die verspannten Schultern sinken. »Es ist dieses Kopfjäger-Schiff von N'dru Suhlak. Also muss Boba Fett an Bord sein, stimmt's?« Lächelnd sah Dengar über seine Schulter zu Neelah. »Ich meine, die Annahme ist vernünftig – Suhlak würde ohne Fett nicht zu uns zurückkehren, oder?«

»Nein.« Neelah schüttelte den Kopf. »Dazu hätte er keinen Grund.« Also hatte Boba Fett sie nicht im Stich gelassen; sie und Dengar waren noch immer ein Teil seiner Pläne. »Jetzt müssen wir nur noch feststellen, ob er das gesuchte Objekt auf Tatooine gefunden hat.«

»Wenn wir ihn an Bord holen, dürfen wir nicht langsamer werden.« Dengar wies auf das Display des Heckscanners. Der Kreuzer der Sicherheitsabteilung der Kuat-Triebwerkswerften befand sich noch immer in derselben Entfernung hinter der *Hound's Tooth*. »Wenn wir stoppen, selbst wenn es nur für ein paar Minuten ist, holen sie uns ein.«

»Können wir es denn anders machen?«

»Es ist schwierig, aber möglich.« Das Kom-Mikro

war bereits in Dengars Hand. »Suhlaks Kopfjäger kommt in Reichweite. Ich werde die Einzelheiten mit Boba Fett besprechen. Sie müssen die Kontrollen im Cockpit bedienen, während ich die Transferluke bemanne.«

Sie hörte, wie zuerst Suhlaks, dann Boba Fetts Stimme aus dem Cockpitlautsprecher drang. Während Dengar und Fett eilig die Annäherungsgeschwindigkeit für beide Schiffe berechneten, kämpfte Neelah gegen den Drang an, Fett zu fragen, was er auf Tatooine gefunden hatte. *Du hast schon so lange gewartet*, schalt sie sich. *Du kannst noch ein paar Momente länger warten.*

Dengar ließ sie allein im Cockpit der *Hound* zurück und Neelah hielt die Hände an den Kontrollen der Schubtriebwerke. Suhlak hatte den Z-95-Kopfjäger längsseits zur *Hound's Tooth* gebracht, vorsichtig die Geschwindigkeit angepasst und die Distanz zwischen den beiden Schiffen verringert. Ein gedämpftes Poltern hallte durch das Schiff, gefolgt von stärkeren Vibrationen, als die Transferluke ankoppelte.

Schließlich betraten die drei Männer den Cockpitbereich, wobei Suhlak das Schlusslicht bildete. »Allmählich interessiert mich diese Geschichte«, sagte Suhlak grinsend zu Neelah. »Ich will nichts von der Show verpassen.«

»Sie haben es gefunden«, stellte Neelah fest. Sie hatte das Objekt, einen schwarzen, wenige Zentimeter dicken Würfel, in einer von Boba Fetts Händen entdeckt. An dem Datenrekorder hingen ein paar Drähte, als hätte Fett unterwegs an dem Gerät gearbeitet. »Sie haben es von Bossk bekommen.«

»Dieser arme Kerl.« Dengar schüttelte mitleidig den Kopf. »Ich hoffe, Bossk war klug genug, sich nicht allzu sehr zu wehren. In welcher Verfassung haben Sie ihn zurückgelassen? Ist er überhaupt noch am Leben?«

»Als ich ihn verließ«, erwiderte Boba Fett, »hat er noch gelebt. Und er war in keiner schlechten Verfassung.«

»Wen kümmert's?« Neelah konnte ihre Ungeduld nicht länger unterdrücken. »Sie haben es – nur das zählt.«

»Berichtigung.« Suhlak deutete auf das Display des Heckscanners. »Sie haben noch immer einen KTW-Kreuzer im Nacken. Und« – er beugte sich über das Kontrollpult und betrachtete den Schirm – »er kommt näher.«

»Ich werde mich schon darum kümmern.« Boba Fett übernahm von Neelah den Pilotensitz. Sie trat zurück und verfolgte, wie der Kopfgeldjäger die Hände um die Triebwerkskontrollen legte. Mit den Händen in den für Trandoshaner konstruierten Vertiefungen des Pultes stellte Fett die Kontrollen auf Maximalleistung ...

Und nichts geschah.

»Die Triebwerke sind ausgefallen«, sagte Dengar. Er beugte sich an Boba Fett vorbei und legte den Zeigefinger auf die Energieverbrauchsanzeige. »Sehen Sie sich das an.« Die rot leuchtenden Zahlen waren auf null gefallen. Er wies auf die Kontrolldioden der Navigationsdüsen. »Nichts funktioniert mehr. Dieses Schiff fliegt nirgendwohin.«

»Was ist los?« Neelah sah von dem Heckscannerdisplay, auf dem sich der KTW-Kreuzer rasch näherte, zu den Gesichtern der Kopfgeldjäger. »Was ist passiert?«

»Gute Frage«, sagte Boba Fett. »Wenn nur die Hauptschubtriebwerke oder die Navigationsdüsen ausgefallen wären, könnte es eine simple Systemfehlfunktion sein. Aber wenn alles auf einmal versagt – muss irgendetwas dafür gesorgt haben. Und zwar absichtlich.«

»Zum Beispiel?«

»Im Moment weiß ich es nicht – aber werfen wir einen Blick in das Kom-Logbuch.« Boba Fett gab ein paar weitere Befehle in den Kontrollmulden ein und andere Daten flimmerten über den kleineren Displayschirm. »Da ist ein Teil der Erklärung.« Er wies auf die letzte Zahlen- und Buchstabensequenz. »Wir haben einen kodierten Impuls empfangen – offensichtlich von dem KTW-Kreuzer. Wir haben nichts aus den Kom-Lautsprechern gehört, weil der Impuls keine Bitte um eine Sende-Empfangsbestätigung enthielt. Der Impuls wurde empfangen und hat in irgendeinem anderen Teil der Operationsschaltkreise der *Hound* seine Wirkung entfaltet.«

»He – keine Sorge«, mischte sich die Stimme des Jagdsaboteurs in die Diskussion ein. »Ich kann es reparieren.«

»Das können Sie?« Dengar, der neben Suhlak stand, starrte ihn überrascht an.

»Sicher.« Bevor Dengar reagieren konnte, streckte Suhlak die Hand aus und zog die Blasterpistole aus Dengars Gürtel. Suhlak trat hastig einen Schritt zurück und richtete die Waffe auf die anderen. »Wenigstens was mich angeht.«

Neelah wandte den Blick von dem Blaster ab und sah Suhlak ins Gesicht. »Was machen Sie da?«

»Denken Sie nach.« Suhlak wich zur Luke des Cockpitbereichs zurück. »Dieser KTW-Kreuzer hat offenbar einen Weg gefunden, dieses Schiff zu blockieren – aber es kann meinem Kopfjäger nichts anhaben. Also bin ich aus dem Spiel. Und Sie können sich mit den Leuten an Bord des Kreuzers herumschlagen.« Suhlak hielt den Blaster weiter auf sie gerichtet und stellte seinen Fuß auf die oberste Sprosse der Leiter, die zum Frachtbereich der *Hound* hinunterführte. »Ich werde nicht fragen, ob einer von Ihnen mich begleiten möchte. Ich will nicht riskieren, dass dieser Kreuzer mich verfolgt.«

Boba Fett sah zu, wie der Jagdsaboteur die Leiter hinunterkletterte. »Wenn Sie glauben, dass Sie das Honorar bekommen, das wir vereinbart haben, täuschen Sie sich.«

»Die Chancen stehen gut, dass dieser KTW-Kreuzer Sie erwischen wird.« Suhlaks Kopf und der erhobene Blaster waren gerade noch über dem unteren Rand der Luke zu sehen. »Ich schreibe meinen Verlust lieber ab und bleibe unversehrt, wenn Sie wissen, was ich meine.«

Ein paar Momente, nachdem Suhlak fort war, hörten sie durch die Hülle die Geräusche, mit denen sich der Kopfjäger von der Transferluke löste. Im vorderen Sichtfenster war das kleinere Schiff zu sehen, wie es sich von der *Hound's Tooth* entfernte und zwischen den Sternen verschwand.

»Einer hat es also geschafft, sich zu retten.« Dengar schüttelte langsam den Kopf. »Was geschieht jetzt mit uns?«

»Das werden wir bald erfahren«, sagte Boba Fett. »Der KTW-Kreuzer ist bereits in Waffenreichweite und hat noch nicht auf uns gefeuert. Sie müssen also etwas anderes vorhaben, sonst hätten sie uns längst abgeschossen.«

»Offenbar will jemand mit uns reden.« Dengar wies auf das Sichtfenster. »Wir bewegen uns; sie haben uns mit einem Traktorstrahl erfasst.«

Eine Stimme drang aus dem Kom-Lautsprecher: »Hier ist Kodir von Kuhlvult, Sicherheitschefin der Kuat-Triebwerkswerften.« Eine barsche Frauenstimme. »Kann ich davon ausgehen, dass sich der Kopfgeldjäger Boba Fett an Bord dieses Schiffes befindet?«

Er drückte den Sendeknopf am Pult. »Sie sprechen jetzt mit ihm.«

»Dann werde ich mit einigen meiner Leute auf Ihr Schiff kommen. Ich muss mit Ihnen reden. Und ich will *nicht*, dass Sie irgendwelche Tricks versuchen.«

»Was soll ich schon machen, solange mich dieser Kreuzer bedroht?«, fragte Fett.

»Vergessen Sie das bloß nicht.« Die Kom-Verbindung wurde unterbrochen.

»Was will sie Ihrer Meinung nach?« Neelah sah von dem Deckenlautsprecher zu Fett hinüber.

»Könnte alles Mögliche sein. Aber wenn ich bedenke, dass ich genau mit dem, was ihr Boss Kuat von Kuat sucht, von Tatooine zurückgekehrt bin, sind die Chancen gering, dass es um irgendetwas anderes geht.«

Neelah hatte keine Zeit, Boba Fett nach dem zu fragen, was er zurückgebracht hatte. Die Hülle der *Hound's Tooth* war bereits von den Greifklammern des größeren Schiffes gepackt worden. »Gehen wir hinunter in den Frachtbereich.« Boba Fett stand vom Pilotensitz auf. »Wir sollten uns anhören, was diese Person zu sagen hat.«

Kodir von Kuhlvult, flankiert von zwei KTW-Sicherheitsagenten, entpuppte sich als arrogante, beeindruckende Gestalt, die mit flatterndem Umhang und polternden Stiefeln hereinstürmte. Neelah blickte der anderen Frau eindringlich ins Gesicht und suchte nach irgendeinem Hinweis darauf, dass sie sie wieder erkannte.

»Sie sind also der Kopfgeldjäger, von dem ich so viel gehört habe.« Kodirs Blick war von einem zum anderen gewandert und verharrte auf Bobas Fetts dunklem Helmvisier. »Sie sind dafür bekannt, dass Sie Situationen überleben, die andere umgebracht hätten. Ist das Glück oder Intelligenz, Fett?«

»Kreaturen, die sich auf ihr Glück verlassen«, erwiderte Boba Fett, »überleben nicht.«

»Gut gesprochen.« Kodir nickte beifällig. »Glauben Sie mir, ich habe keine bösen Absichten; ich würde Sie lieber am Leben lassen als Sie zu töten. Ob es nun Glück oder Verstand ist, ihre Strähne muss jetzt nicht unterbrochen werden – wenn Sie es nicht wollen.«

»In Ordnung.« Boba Fett verschränkte die Arme vor der Brust. »Also was wollen Sie?«

»Bitte.« Ein Lächeln umspielte Kodirs Mund. »Lassen Sie uns diese Sache nicht schwerer machen, als sie es ohnehin schon ist. Ich nehme an, Ihnen ist klar, dass Kuat von Kuat an gewissen Dingen interessiert ist ...«

»Meinen Tod eingeschlossen.«

»Nur wenn es sich nicht vermeiden lässt. Und dann auch nur, um zu verhindern, dass ein bestimmtes Objekt in die falschen Hände fällt.« Kodirs Augen verengten sich, das Lächeln wurde grausamer und wissender. »Nun, wenn dieses bestimmte Objekt in Kuats Hände gelangt, kann ich Ihnen versichern, dass er nicht das geringste Interesse an Ihrem Tod haben wird.«

»Und was bringt Sie zu der Annahme, dass ich dieses .... ›bestimmte Objekt‹ habe, wie Sie es formulieren?« Das dunkle Helmvisier blieb unverwandt auf sie gerichtet. »Wenn Sie sich auf den fingierten Beweis beziehen, der den verstorbenen Prinz Xizor mit der imperialen Sturmtruppenrazzia auf Tatooine in Verbindung bringt, dann kann ich Ihnen versichern, dass er sich nicht in meinem Besitz befand, als Kuat von Kuat versucht hat, mich zu töten.«

»Ah ... aber das war damals und jetzt ist heute. Es spielt keine Rolle, wie die Situation früher war; wichtig ist nur, dass Sie diesen gefälschten Beweis jetzt bei sich haben.« Das Lächeln verschwand von Kodirs Gesicht. »Und versuchen Sie erst gar nicht zu behaupten, dass Sie ihn nicht haben. Sie wurden von einem Schiff, das kürzlich auf dem Planeten Tatooine gesehen wurde, zu diesem Rendezvouspunkt gebracht; wir haben außerdem gehört, dass Ihr Kopfgeldjägerkollege Bossk einen Käufer für genau dieses Objekt gesucht hat, das wir haben wollen. Es wäre ein zu großer Zufall, wenn Ihr Flug nach Tatooine nichts mit dem zu tun hätte, was Bossk verkaufen wollte. Und um offen zu sein« – ihr Lächeln erschien wieder, unangenehmer diesmal –, »bin ich Ihnen dankbar dafür, dass Sie nach Tatooine geflogen sind und für uns das Objekt geholt haben; Sie haben mir die Reise *und* die potenziellen Unannehmlichkeiten erspart, mit einer Kreatur wie Bossk zu verhandeln. Er genießt nicht wie Sie den Ruf, ein ehrlicher Geschäftsmann zu sein, Boba Fett.«

»Ich bin Geschäftsmann genug«, erklärte Fett, »um mir ein gutes Angebot anzuhören.«

»Dann werde ich Ihnen ein hervorragendes machen.« Kodir von Kuhlvult gab ihren KTW-Sicherheitsagenten einen Wink; sie zogen sofort Blasterpistolen aus den Holstern an ihren Gürteln und richteten sie auf die beiden Kopfgeldjäger und Neelah. »Und das Angebot gilt für jeden: Liefern Sie mir diesen fingierten Beweis aus und Sie werden nicht sterben.« Sie breitete die Hände aus. »Könnte es ein besseres Angebot geben?«

Dengar brach die sich anschließende Stille. »Er ist oben im Cockpit. Steckt im Pilotensitz.«

»Sie Idiot.« Neelah funkelte ihn an. »Jetzt werden wir nie …«

»Seien Sie nicht zu hart mit ihm«, unterbrach Kodir. »Dass Ihr Partner mein Angebot annimmt, weiß ich zu schätzen, obwohl es mir lediglich Zeit und Mühe erspart. Selbst wenn Sie das gesuchte Objekt versteckt hätten, hätten wir es früh genug gefunden, nachdem wir Sie alle ... aus dem Weg geschafft hätten, um es so zu formulieren. Selbst wenn wir dieses Schiff Schraube für Schraube hätten auseinander nehmen müssen; ich bin nicht so weit gekommen, um unverrichteter Dinge wieder abzuziehen.«

Einer der KTW-Sicherheitsagenten war bereits die Leiter zum Cockpit hinaufgestiegen. Er kehrte mit dem Objekt in der Hand zurück, das Boba Fett von Tatooine mitgebracht hatte. Der Agent zog wieder seinen Blaster aus dem Holster und stellte sich an Kodirs Seite.

»Perfekt.« Kodir betrachtete das Objekt, das der Agent ihr gerade gegeben hatte. Sie drehte es und studierte den Kode an der Unterseite. »Genau das habe ich gesucht.« Kodir sah Boba Fett an. »Es war mir ein Vergnügen, mit Ihnen Geschäfte zu machen. Es hat mir solche Freude bereitet, dass ich tatsächlich meinen Teil der Abmachung halten werde. Schließlich ... sind Sie den Kuat-Triebwerkswerften in der Vergangenheit nützlich gewesen; wer weiß, wann wir Ihre Dienste wieder brauchen werden? Außerdem werden Sie mit diesem Schiff in der nächsten Zeit nicht weit kommen – nicht wahr? Das sollte Sie daran hindern, sich in meine weiteren Pläne einzumischen.«

Kodir gab den KTW-Agenten einen Wink. Sie wichen zur Transferluke zurück, während sie ihre Blasterpistolen weiter auf die Crew der *Hound* gerichtet hielten.

»Tut mir Leid, dass es für Sie nicht so gut gelaufen ist, wie Sie gehofft hatten.« Kodir klemmte sich den Datenrekorder unter den Arm und lächelte noch humorloser als zuvor. »Aber ich habe einen sehr guten Tag gehabt – überraschenderweise. Ich habe nicht nur das, was ich ursprünglich wollte, sondern auch noch einen unerwarteten Bonus bekommen.« Sie wies auf Neelah. »Sie – Sie kommen mit uns.«

Neelah versteifte sich und musterte die andere Frau argwöhnisch. »Warum sollte ich?«

»Oh, ich könnte Ihnen alle möglichen Gründe nennen. Aber es gibt eigentlich nur einen wichtigen, soweit es Sie angeht.« Kodir von Kuhlvult legte den Kopf zur Seite und studierte Neelahs Reaktionen. »Sie haben Fragen, nicht wahr? Fragen, auf die Sie Antworten haben wollen – ich weiß, dass es so ist. Nun, ich habe die Antworten. Das sollte Ihnen die Entscheidung erleichtern.«

Ein Moment verging, dann nickte Neelah bedächtig. Sie löste sich von Dengar und Boba Fett und folgte dem ersten der beiden KTW-Sicherheitsagenten durch die Transferluke. Sie hörte hinter sich, wie sich Kodir von den beiden Kopfgeldjägern verabschiedete.

»Viel Glück«, sagte Kodir zu Dengar und Fett. »In Ihrer Lage ist dies das Beste, was Sie erhoffen können.«

Neelah warf einen Blick über die Schulter und sah, wie sich die Transferluke schloss.

Kodir stieß sie weiter. »Gehen wir. Wir haben eine Verabredung einzuhalten.«

16

»Ich verstehe noch immer nicht, wie sie uns stoppen konnten.« Im Cockpit der *Hound's Tooth* leuchtete Dengar mit einer Taschenlampe durch die Wartungsluke. »Wie haben sie die Maschinen nur abschalten können?«

»Das ist offensichtlich.« Boba Fetts Stimme drang gedämpft unter dem Kontrollpult hervor. Er lag auf dem Rücken, die Schultern und der Kopf steckten tief im Labyrinth der Schaltkreiskabel. »Dieses Schiff wurde nicht in den Kuat-Triebwerkswerften gebaut, aber Bossk muss es irgendwann für Umbauten dorthin gebracht haben. Wahrscheinlich, um ein modernes Zielerfassungssystem installieren zu lassen – das ist eine der ersten Modifikationen, die ein Kopfgeldjäger an seinem Schiff vornehmen lässt, wenn er ein paar Credits übrig hat.«

Das stimmte, wie Dengar wusste – es hatte eine Zeit gegeben, in der er geplant hatte, die gleichen Umbauten an seinem Schiff durchführen zu lassen, bevor er seine Verlobte Manaroo kennen gelernt und sich andere, wünschenswertere Ziele gesetzt hatte. Und er hatte sich an die Kuat-Triebwerkswerften wenden wollen, dem Branchenführer in Sachen Schiffsbau und Ingenieurkunst.

Er kniete sich neben Boba Fetts ausgestreckte Beine und richtete die Lampe auf die Hände des Kopfgeldjägers. »Sie denken also, dass Bossk sein Schiff dorthin gebracht hat und sie ein verstecktes Blockadegerät eingebaut haben, von dem er nichts wusste?«

»Genau«, erwiderte Fett. »Nichts zu Kompliziertes,

nur eine simple Überbrückungsschaltung, die per Fernsteuerung durch einen kodierten Impuls ausgelöst werden kann. Die Fernsteuerung befand sich natürlich an Bord ihres Sicherheitsschiffs.«

»Ja, aber warum sollten sie ein derartiges Gerät in Bossks Schiff einbauen lassen? Ich meine, KTW müsste es schon vor einiger Zeit installiert haben; sie konnten nicht wissen, dass es sich eines Tages als nützlich erweisen würde.«

»Es war keine Maßnahme, die sich speziell gegen Bossk richtete.« Mit einer nadelfeinen Logiksonde überprüfte Boba Fett die komplizierte Verdrahtung unter dem Kontrollpult. »KTW installiert es wahrscheinlich in fast jedem Schiff, das zum Umbau in ihre Docks kommt – nur damit sie eine Hintertür zur Verfügung haben, falls sie eins der Schiffe ihrer Kunden irgendwann lahm legen müssen. Für KTW ist es wie eine Versicherungspolice – und sie hat sich bezahlt gemacht, als sie die *Hound's Tooth* blockierten.«

»Ja, aber ...« Dengar schüttelte den Kopf. »Ich kann nicht glauben, dass sie etwas Derartiges in den Schiffen installieren, die sie für die imperiale Flotte bauen – oder in Ihrem Schiff. Ich meine, die Kuat-Triebwerkswerften haben die *Sklave I* gebaut, nicht wahr?«

»Natürlich würden die Kuat-Triebwerkswerften nicht versuchen, ein Blockadegerät in meinem Schiff oder den Einheiten einzubauen, die sie für das Imperium konstruieren.« Boba Fett studierte die Schaltkreise und konzentrierte sich auf seine Arbeit. »Das Risiko wäre zu groß, dass es entdeckt wird. Und KTW weiß, dass es zur Standardpraxis der imperialen Flotte gehört, jedes neue Schiff und alle Umbauten genau aus diesem Grund penibel zu überprüfen: um sicherzugehen, dass kein Sabotagegerät eingeschmuggelt wird. Ich gehe genauso vor; als ich die *Sklave I* in Empfang nahm, habe ich das Schiff sorgfältig untersucht, wie ich es zuvor bereits angekündigt hatte. Deshalb habe ich nichts Ungewöhnliches gefunden. Ein Kunde wie Bossk allerdings ist nicht so gründlich – womit KTW gerechnet hat.« Boba Fett legte den Kopf zur Seite. »Halten Sie die Lampe etwas näher; ich denke, ich habe es gefunden.«

»Können Sie es reparieren?« Dengar beugte sich auf den Knien nach vorn und spähte in die Wartungsluke.

»Es wird einige Arbeit kosten. Typische KTW-Arbeit; sehr gut konstruiert. Es ist keine einfache Unterbrechung des Schaltkreises mit einem Impulsempfängeraktivator. Sie haben einen parallelen Mikrodraht aus Hochtemperaturpyrogen eingebaut; als er ausgelöst wurde, verdampfte er das gesamte Signalrelais-Subsystem zu den Haupttriebwerken und den Steuerdüsen.« Boba Fett rutschte unter dem Kontrollpult hervor und setzte sich auf. »Wir müssen die Schaltkreise der meisten Servomechanismen des Frachtbereichs ausschlachten, um genug Material für die Reparatur zu bekommen.«

»Okay ...« Dengar trat zurück, als sich der andere Kopfgeldjäger aufrichtete. »Ich werde Ihnen dabei helfen.« Er bückte sich und nahm eine Zange aus dem offenen Werkzeugkasten auf dem Cockpitboden. »Aber ich habe noch eine andere Frage.«

Boba Fett sah ihn nicht an, sondern überprüfte weiter die verkohlten Kabel unter den Kontrollen. »Und zwar?«

»Wenn wir dieses Schiff repariert haben – was passiert dann?«

»Dann fliegen wir zum Planeten Kuat«, erklärte Boba Fett. »Ich lasse mir von niemandem – nicht einmal von Kuat von Kuat – etwas abnehmen. Ohne dass er dafür bezahlt.«

»Wir haben eine Menge zu besprechen«, sagte Kodir von Kuhlvult. »Nicht wahr?«

Neelah stand der Sicherheitschefin in ihrem Privatquartier gegenüber. Die andere Frau hatte die übrigen Crewmitglieder entlassen, um mit Neelah allein zu sein. Sie hatte gehört, wie sich zischend die Tür hinter ihnen geschlossen hatte, als würde sie sie beide in einem Raum einsperren, der abhörsicher genug war, um Geheimnisse zu enthüllen.

Aber ich weiß nicht, ob das hier passieren wird, dachte Neelah. Sie rechnete mit nichts anderem als Lügen und Rätseln, Dunkelheit und Worten, deren einziger Sinn die Täuschung war.

Und am schlimmsten – einige dieser Worte würden ihre eigenen sein.

»Das nehme ich an.« Neelah blieb stehen, obwohl Kodir ihr einen Stuhl angeboten hatte. »Ich habe eine Menge Fragen. Auf die Sie vermutlich die Antworten haben.«

»So funktioniert das nicht.« Kodir schüttelte knapp den Kopf. »Kuat von Kuat hat mich nicht zur Sicherheitschefin der Kuat-Triebwerkswerften gemacht, weil ich freigiebig Informationen weitergebe, sondern weil ich weiß, wie man sie unter Verschluss hält. Die Leute – und auch Sie – finden Dinge nur heraus, wenn ich es will, und nicht umgekehrt.«

»Vielleicht hätte ich dann nicht mit Ihnen kommen sollen.«

»Sie hatten keine Wahl.« Kodir stand auf und trat zu ihr. Der Saum von Kodirs Umhang streifte Neelahs Füße, als Kodir die Hand ausstreckte und sanft die Seite ihres Kopfes streichelte. »Sie haben generell wenig Wahlmöglichkeiten, ich weiß. So vieles haben Sie vergessen ...«

»Das sind die Dinge«, sagte Neelah, »nach denen

ich suche.« Sie zuckte vor der Hand der anderen Frau nicht zurück, obwohl sie sich kalt und fremd anfühlte, als die Fingerspitzen die Wölbung ihres Kinns nachzeichneten. »Die Dinge, die ich vergessen habe: meine Vergangenheit und meinen Namen.«

»Und Sie hatten bisher kein Glück. Wie bedauerlich.« Kodir lächelte sie mitfühlend an. »Vielleicht hätten Sie sich Ihre Partner sorgfältiger aussuchen müssen. Der Umgang mit Kopfgeldjägern bringt einem selten etwas ein.«

Neelah korrigierte sie nicht, obwohl sie es hätte tun können. *Mein Name,* dachte sie, *ist Kateel.* Wenigstens das hatten ihr die Erinnerungsfetzen verraten. Und dieser Name gehörte zu einer der auf Kuat herrschenden Familien. Neelah hatte sich auch daran erinnert, als sie in Boba Fetts Dateien das Emblem gesehen hatte, das seine Ware Nil Posondum in den Boden des Gefangenenkäfigs geritzt hatte. Sie hatte sich beim Anblick von Kodir von Kuhlvults Gesicht auch noch an andere Dinge erinnert ...

Sie hatte die Frau früher schon gesehen, bevor Kodir durch die Transferluke die *Hound's Tooth* betreten hatte. Dessen war sich Neelah sicher.

Diese Sicherheit hatte sie vorsichtig gemacht. In dieser Vergangenheit, deren Umrisse frustrierend vage waren, war irgendetwas zwischen dieser Kodir von Kuhlvult und ihr vorgefallen – Dinge, die ganz und gar nicht angenehm gewesen waren. *Sie wollte, dass ich irgendetwas mache* – Neelah konnte sich nicht erinnern, was es war, nur dass es wichtig gewesen war und dass das Schicksal vieler anderer Kreaturen von ihrer Antwort abgehangen hatte. Die negativ gewesen war; sie hatte damals Kodirs Pläne nicht unterstützt, wie auch immer sie ausgesehen hatten.

Als Kodir an Bord der *Hound* gekommen war, hatte

Neelah gesehen, wie sich ihre Augen geweitet hatten, eine Reaktion, die sie sofort wieder unterdrückt und kontrolliert hatte. *Sie hat nicht damit gerechnet, dass ich an Bord war,* sinnierte Neelah. *Es war ein Schock für sie.* Aber einer, den zu verbergen sich Kodir von Kuhlvult größte Mühe gegeben hatte. *Warum?*

Eine weitere Frage, auf die die Antwort fehlte; sie vermehrten sich, statt sich zu verringern, je mehr sie über sich selbst erfuhr, als wäre sie in einer Galaxis aus endloser und expandierender Dunkelheit gefangen.

Aber es gab noch etwas anderes, dessen sich Neelah sicher war: Wenn diese Kodir von Kuhlvult mit all ihren Verbindungen zum Planeten Kuat und zur mysteriösen Figur Kuat von Kuat das, was sie wusste, für sich behalten wollte ... dann würde sie es auch tun. Neelah hatte zu viel Zeit mit gerissenen und betrügerischen Kreaturen wie dem Kopfgeldjäger Boba Fett verbracht, um sich nicht von ihrem Überlebenswillen anstecken zu lassen. Boba Fett hatte ihr nicht alles verraten, was er wusste; und er hatte so oft gesiegt, wie Dengar ihr erzählt hatte, während sie beide im Frachtraum der *Hound's Tooth* eingesperrt gewesen waren. *Er hat diese Kriege gewonnen,* dachte Neelah, *weil er gerissen war.* Sie würde das Gleiche tun müssen, um ihren zu gewinnen.

Was bedeutete – zumindest im Moment –, dass sie verbergen musste, was sie über ihre Vergangenheit wusste. Bis sie sicher sein konnte, was Kodir damit zu tun hatte.

»Hier bei mir sind Sie besser dran.« Kodir hatte ihre Hand zurückgezogen; sie wandte sich ab und kehrte zu ihrem Stuhl zurück. »So ist es ... *sicherer.*«

Sicherer für wen?, fragte sich Neelah. »Wohin fliegen wir?«

»Wohin?« Kodir warf einen Blick über ihre Schulter. »Haben Sie das inzwischen nicht erraten? Wir fliegen zu dem Ort, den Sie unbedingt erreichen wollten, den Ort, an dem all Ihre Antworten auf Sie warten.«

»Sie meinen, wir fliegen nach Kuat?« Die Worte entschlüpften Neelahs Mund, bevor sie sie unterdrücken konnte.

Kodir zog die Brauen hoch, während sie Neelah einen Moment studierte. Dann lächelte sie. »Das war sehr nahe dran«, sagte Kodir. »So nahe, dass Sie fast die Hand hätten ausstrecken und die Welt Kuat berühren können – falls es das ist, was *Sie* meinten. Aber es gibt noch einen anderen Kuat – einen Mann, Kuat von Kuat – und wir werden ihn jetzt noch nicht sehen. Bevor das geschehen kann, sind noch ein paar andere Dinge zu regeln. Und dann werden Sie beide ziemlich überrascht sein.«

Neelah hörte zu, antwortete aber nicht. Doch in ihrem Innern wurden die Stränge aus Vorsicht und Argwohn dicker und verknoteten sich miteinander.

»Ihr Verdacht war berechtigt, Sir.« Der Kom-Spezialist erstattete Kuat von Kuat Bericht. »Eine weitere Person ist zu der Flotte der Rebellen-Allianz gestoßen, die sich derzeit über unserer Werft befindet. Kein Militär, aber jemand von beträchtlich hohem Rang, soweit wir dies feststellen konnten; wahrscheinlich ein Attaché mit Verhandlungsvollmacht.«

Kuat saß vor der Reihe der Transparistahlfenster mit Blick auf die KTW-Konstruktionsdocks. Er hatte das seidige Fell des Felinx gestreichelt, der sich auf seinem Schoß zusammengerollt hatte, und sich den Bericht angehört, ohne sich umzudrehen und den Kom-Spezialisten anzusehen. »Wann ist dieser Attaché eingetroffen?«

»Vor etwa sechs Minuten, Sir. Commander Rozhdenst persönlich hat den Attaché eingeschmuggelt – oder es versucht, aber unsere Spionageeinheiten haben ihre Operation überwachen können, ohne dass sie es merkten. Rozhdenst und dieser Attaché – nach allem, was wir feststellen konnten, lautet sein Name Wonn Uzalg – befinden sich derzeit an Bord der Basisstation.«

»Wirklich«, sagte Kuat. Der Felinx schnurrte unter seinen sanft streichelnden Händen. »Und ist das Geschehen dort unter Beobachtung?«

Der Kom-Spezialist lächelte. »Unter genauer Beobachtung, Sir. Aus dieser geringen Entfernung hatten wir kein Problem, eine getarnte Mikrosondeneinheit loszuschicken. Sie hat die Hülle der Basiseinheit bereits durchdrungen und die internen Monitorverbindungen angezapft. Wir können alles hören, was dort besprochen wird.«

»Sehr gut; ich gratuliere Ihnen und Ihrem Stab zu der Qualität Ihrer Arbeit.« Kuat verzichtete auf weitere Komplimente, aber er spürte eine unleugbare Dankbarkeit für die Leistung des Kom-Spezialisten und der anderen Mitarbeiter der Kuat-Triebwerkswerften. Ihre Loyalität war noch immer über alle Zweifel erhaben. »Und was wird in diesem Moment besprochen?«

»Nicht viel«, räumte der Kom-Spezialist ein. »Zumindest nichts, das nach Meinung unserer Sicherheitsanalysten von Bedeutung ist. Sowohl Rozhdenst als auch dieser Attaché Uzalg scheinen auf die Ankunft einer anderen Person zu warten, um mit ihr eine Art Konferenz abzuhalten.«

»Und wissen wir«, fragte Kuat von Kuat geduldig, »wer diese ›andere Person‹ ist?« Sein Instinkt und seine Logik sagten ihm, dass es sich um eine wichtige

Persönlichkeit handeln musste; der Commander der Scavenger-Staffel hätte sich nicht die Mühe gemacht, einen Attaché der Rebellen-Allianz einzuschmuggeln, wenn das fragliche Individuum ein Niemand war.

»Das ist der kritische Punkt, Sir.« Der Kom-Spezialist hatte die Hände auf dem Rücken seines abzeichenlosen Standardoveralls gefaltet. »Und deshalb wollte ich Ihnen auch persönlich Bericht erstatten und die Informationen nicht durch die üblichen Kanäle der Sicherheitsabteilung leiten.« Nervös zögerte er einen Moment. »Es ist möglich – aber unwahrscheinlich –, dass Rozhdenst die Wanze entdeckt hat, die wir in ihrer Basisstation installiert haben, und dass er und Uzalg sie benutzen, um uns mit falschen Informationen zu füttern. Wie ich schon angedeutet habe, sind unsere Analysten der Ansicht, die Chance sei gering, dass unsere Mikrosonde bereits gefunden wurde; sie hat keinen der Perimeteralarme der Basiseinheit ausgelöst. Es besteht also definitiv die Möglichkeit, dass Rozhdenst und der Allianz-Attaché in der Tat auf die Person warten, deren Name in ihrem Gespräch bereits gefallen ist.«

Kuat drehte sich mit dem Stuhl und musterte den Kom-Spezialisten. »Und welcher Name ist das?«

Ein weiterer Sekundenbruchteil verging, bevor der Kom-Spezialist antwortete. »Es ist Kodir von Kuhlvult, Sir. Auf sie scheinen sie zu warten. Und sie ist auf dem Weg; wir haben die Anflugsignale des Kreuzers aufgefangen, auf dem sie sich befindet.«

»Kodir?« Die Hand, die den Felinx hinter den Ohren gekrault hatte, erstarrte. »Das ist unmöglich. Unsere Analysten müssen missverstanden haben, was Commander Rozhdenst und der Allianz-Attaché sagten ... oder irgendetwas stimmt nicht mit der Wanze, die Sie installiert haben.« Kuat schüttelte heftig den Kopf. »Es ist einfach nicht möglich, dass sich Kodir mit ihnen trifft. Nicht ohne mich vorher zu informieren.«

»Es tut mir Leid, Sir.« Der Kom-Spezialist ließ sich nicht beirren. »Die Tatsachen bleiben bestehen. Unsere Analysten haben eine gründliche Spektralanalyse der Signale vorgenommen, die wir von der Sonde in der Basisstation empfangen haben. Und es gibt keine andere Interpretation für die Daten: die Person, auf die Rozhdenst und der Attaché warten, ist Kodir von Kuhlvult.«

»Und ihr Kreuzer ist im Moment auf dem Weg hierher?«

»Entweder hierher – oder zur Basisstation der Scavenger-Staffel.«

»Stellen Sie eine Kom-Verbindung zu ihr her. Sofort«, befahl Kuat von Kuat. »Ich muss *jetzt* mit ihr sprechen.«

»Ich fürchte, das ist nicht möglich, Sir.«

»Und warum nicht?«

»Wir haben bereits versucht, Kodirs Kreuzer auf den gesicherten und ungesicherten Frequenzen zu erreichen.« Der Kom-Spezialist zuckte entschuldigend die Schultern. »Die Kommunikationsausrüstung scheint zu funktionieren – wir wissen, dass der Kreuzer unsere Signale empfangen hat –, aber Kodir hat ihrer Crew offenbar den Befehl gegeben, nicht zu antworten. Sie bewahren effektiv Funkstille – oder zumindest haben sie das seit ihrer letzten Nachricht getan, die wir vor der Aktivierung der Mikrosonde registriert haben. Diese Nachricht war an die Basisstation der Scavenger-Staffel gerichtet.«

Der Felinx regte sich unter Kuats Händen; er konnte die Anspannung seines Herrn spüren.

»Sir?« Ein paar Momente des Schweigens waren vergangen. »Haben Sie Befehle für uns?«

Tief in Kuats Innerem hatten sich seine Gedanken verdüstert. »Ja«, sagte er langsam. »Ich muss mit dem Alpha-Vorarbeiter und den Beta-Aufsehern der Konstruktionsdocks sprechen. Es ist Zeit …«

Der Kom-Spezialist runzelte verwirrt die Stirn. »Sir? Zeit wofür?«

»Keine Sorge.« Kuat schloss die Augen, als er das weiche Fell des Felinx streichelte. »Alles wird gut. Sie werden sehen …«

17

»Dies ist eine sehr ernste Angelegenheit«, sagte der Allianz-Attaché. »Wir sind Ihnen sehr dankbar dafür, dass Sie uns informiert haben.«

»Manchmal«, erwiderte Kodir von Kuhlvult, »muss man tun, was richtig ist. Ganz gleich, was es einen kosten mag.«

Die drei Personen – Kodir, der Attaché Wonn Uzalg und Commander Rozhdenst – saßen an einem improvisierten Konferenztisch an Bord der mobilen Basiseinheit der Scavenger-Staffel. Den Tisch bildete eine Wartungsluke aus Durastahl, die aus ihren Angeln gehoben und flach auf zwei Plastoidfrachtkisten gelegt worden war, die einst schaumumwickelte Bombenzünder enthalten hatten. In der Mitte dieses Tisches lag ein glänzend schwarzes, rechteckiges Objekt; sein Inhalt war extrahiert und in den tragbaren Datenscannern gespeichert worden, die Uzalg aus dem Allianz-Hauptquartier mitgebracht hatte. Ein Ausdruck auf mehreren Blättern Flimsiplast enthielt eine detaillierte Aufstellung der atmosphärischen Proben und olfaktorischen Bioanalysen des Spionagegerätes, das den Beweis ursprünglich enthalten hatte.

»Natürlich ist er offensichtlich gefälscht.« Uzalgs haarloser Schädel spiegelte sich in der Hülle des Behälters. »Das steht außer Frage.«

»Der Attaché will damit sagen« – Commander Rozhdenst machte eine abfällige Geste zu den Gegenständen auf dem Konferenztisch –, »niemand in der Rebellen-Allianz wird glauben, dass der verstorbene Prinz Xizor irgendetwas mit der imperialen Sturmtruppenrazzia zu tun hatte, die von diesem Ding aufgezeichnet wurde.« Er zog einen seiner Mundwinkel nach unten, als er den Kopf schüttelte. »Der Verantwortliche für diese spezielle Razzia wurde eindeutig identifiziert. Der Befehl kam direkt aus Darth Vaders Kommandozentrale. Unsere Informationsquellen im Imperium und in der Schwarzen Sonne haben dies bestätigt. Xizor hatte nichts damit zu tun.«

»Das scheint der Fall zu sein.« Uzalg sprach viel ruhiger und souveräner als der Commander der Scavenger-Staffel; Kodir konnte verstehen, warum er diesen hohen diplomatischen Posten in der Allianz bekleidete. »Nichtsdestotrotz ist dieser Beweis – ganz gleich, wie falsch er im Grunde auch sein mag – für uns von Wichtigkeit.«

»Ich verstehe nicht, warum wir uns überhaupt damit beschäftigen.« Rozhdensts Ungeduld wurde noch stärker. »Wir haben andere, wichtigere Dinge zu tun – zum Beispiel sollten wir die Entwicklung unten in den KTW-Konstruktionsdocks im Auge behalten. Dieses Zeug ist irrelevant; Xizor ist jetzt schon lange tot. Aus dieser Richtung drohen uns keine Schwierigkeiten. Konzentrieren wir uns auf unsere *lebenden* Feinde, einverstanden?«

»Sie verstehen nicht, worum es geht«, fauchte Kodir. Ihre Augen verengten sich zu Schlitzen, als sie den Commander musterte. Sie hatte nicht den ganzen weiten Weg zu dieser Station dicht über den Kuat-Triebwerkswerften zurückgelegt, um sich jetzt mit einem einfältigen Militär herumzustreiten. »Es spielt keine Rolle, ob Prinz Xizor lebt oder tot ist. Wichtig ist nur zu wissen, wer ein Interesse hatte, diesen falschen Beweis gegen ihn zu fabrizieren, und warum er es getan hat.«

Uzalg streckte die Hand aus und berührte den Ärmel des Commanders. »Sie hat Recht«, sagte Uzalg sanft. »Schließlich bin ich deshalb hierher gekommen. Und das trotz der kritischen Lage – wenn ich bedenke, wie sich die Dinge über Endor entwickeln, gibt es viele andere Probleme, mit denen ich mich jetzt befassen könnte.«

»Sie und ich und alle anderen in meiner Staffel.« Das Temperament des Commanders ging mit ihm durch. »Hören Sie, die Allianz hat uns hierher beordert, wo nichts passiert; das ist die Entscheidung des Oberkommandos und es gibt nichts, das ich dagegen tun kann. Aber Sie können wetten, dass meine Männer und ich unsere eigenen Eingeweide auf dem Schwarzmarkt verkaufen würden, wenn es eine Möglichkeit gäbe, uns einen Platz in der Schlacht um Endor zu verschaffen. Wir würden lieber im Kampf sterben, als beim Hüten eines Raumdocks wie dem hier einzuschlafen.«

»Ich kann Ihnen versichern, Commander, dass der Wert Ihres Dienstes hier in nicht allzu langer Zeit offenkundig werden wird.« Uzalg nahm die Hand vom Ärmel des Commanders und tippte mit einem Zeigefinger auf die vor ihnen ausgebreiteten Daten. »Sie sind ein Mann der Tat – Ihr Beruf verlangt das von Ihnen –, aber es macht Sie verständlicherweise ungeduldig. Wie unsere Freundin Kodir hier gesagt hat, ist nicht dieser gefälschte Beweis selbst von Bedeutung. Sondern das, was sich darunter verbirgt.«

»In Ordnung«, knurrte Rozhdenst. »Und was ist das?«

Kodir verfolgte, wie sich der Attaché zu dem anderen Mann beugte. »Jemand«, sagte Uzalg düster, »wollte die Rebellen-Allianz glauben machen, dass Prinz Xizor und die Organisation Schwarze Sonne auf irgendeine Weise in die Razzia der imperialen Sturmtruppen auf einer Feuchtfarm auf dem Planeten Tatooine verwickelt waren. Es ist logisch anzunehmen, dass das Ziel dieser Desinformation die Rebellen-Allianz und insbesondere Luke Skywalker persönlich waren. So grausig die Sturmtruppenrazzia auch war – sie ist für uns von unschätzbarer Bedeutung. Skywalker ist für unsere Streitkräfte eine Inspiration und ein charismatischer Führer geworden; in diesem Stadium kann man ohne weiteres sagen, dass es für die Allianz ein Wendepunkt in einer ihrer dunkelsten Stunden war, als er zu den Rebellen stieß. Wie Skywalker uns gezeigt hat, kann ein tapferes Individuum das Schlachtenglück wenden. Und Tapferkeit kann ansteckend sein; im Moment sind viele, deren Herzen durch Skywalkers Beispiel gestärkt wurden, bereit, über Endor zu kämpfen. Wie Sie sagten, Commander, würden Sie eine Menge dafür geben, bei ihnen zu sein. Aber die moralische Kraft, die in die Allianz strömte, war größtenteils auch von einer klaren Sichtweise geprägt. Wie hätten die Konsequenzen ausgesehen, sowohl für Skywalker als auch für die Rebellen-Allianz, wenn diese Sichtweise von dem Beweis verwirrt und verdunkelt worden wäre, dass Prinz Xizor und die Schwarze Sonne auf irgendeine Weise mit dieser Sturmtruppenrazzia zu tun hatten? Es ist gut möglich, dass Skywalkers Aufmerksamkeit an einem kritischen Punkt abgelenkt worden wäre, weil er versucht hätte, dieses Rätsel zu lösen, das einer Lüge entspringt. Wahrscheinlich hätte er das Komplott durchschaut und die Lügen aufgedeckt, aber auch wertvolle Zeit verloren – und die Allianz hätte zusammen mit ihm diesen Preis bezahlt.«

Der spöttische Ausdruck war von Rozhdensts Gesicht verschwunden.

»Genau aus diesem Grund wollte ich der Allianz

diese Information übergeben«, erklärte Kodir. »Als Sicherheitschefin der Kuat-Triebwerkswerften habe ich einige Dinge entdeckt, die ich lieber nicht herausgefunden hätte. Meine Sympathien gehören der Rebellen-Allianz, meine Herren – aber offenbar werden meine Gefühle nicht von allen hier geteilt. Am wichtigsten aber ist, dass sie nicht von Kuat von Kuat geteilt werden, dem Direktor der Kuat-Triebwerkswerften. Er hat mir klar gemacht, dass er die Allianz fürchtet und ihr misstraut. Natürlich ist es schon schlimm genug, dass er Sie nicht bei ihrem Kampf gegen das Imperium unterstützt hat – aber es stellt sich jetzt heraus, dass er aktiv auf Ihre Niederlage hinarbeitet.« Sie schwieg einen Moment und beobachtete die Reaktion der beiden Männer auf ihre Worte. »Denn es war Kuat von Kuat, der diesen falschen Beweis fabriziert und dort deponiert hat, wo Luke Skywalker früher oder später auf ihn hätte stoßen müssen.«

»Ich bin mir nicht ganz sicher, ob Ihre Interpretation von Kuats Handlungsweise richtig ist.« Uzalg runzelte die Stirn und strich sich mit den Fingerspitzen über das Kinn. »Ich habe in der Vergangenheit mit Kuat von Kuat zu tun gehabt, bevor Sie zur Sicherheitschefin der Kuat-Triebwerkswerften ernannt wurden. Zu jener Zeit bekniete ich ihn, die Ressourcen seines Unternehmens der Allianz zur Verfügung zu stellen, und er weigerte sich – aber ich war überzeugt, dass er keinen Groll gegen die Allianz hegte, sondern dass er nur um die Zukunft des Unternehmens besorgt war, falls Imperator Palpatine uns besiegen und vernichten sollte. Seine Entscheidung war umsichtig, aber bedauerlich. Natürlich kann es sein, dass er mich zu jener Zeit getäuscht hat; Kuat von Kuat ist fraglos ein gerissener Mann, dessen Verstand durch den ständigen Umgang mit Palpatine und seinen Admiralen geschärft wurde.

Es kann auch sein, dass Kuat seine Einstellung gegenüber der Rebellen-Allianz geändert hat; wir können davon ausgehen, dass Palpatine massiven Druck auf ihn ausgeübt hat. Oder ...« Der Allianz-Attaché nickte nachdenklich. »Der Plan, bei dem dieser fingierte Beweis eine Rolle spielen sollte, war vielleicht gar nicht gegen die Rebellen gerichtet. Vielleicht verbirgt sich ein noch viel größeres Täuschungsmanöver dahinter; das Ziel war vielleicht Prinz Xizor persönlich, als er noch am Leben war. Es kursieren seit einiger Zeit Gerüchte, dass Xizor und die Schwarze Sonne eigene Pläne mit den Kuat-Triebwerkswerften verfolgten; Gier und Ehrgeiz sind Eigenschaften, die nicht auf Imperator Palpatine beschränkt sind. Indem Kuat Xizor mit Luke Skywalker und der Rebellen-Allianz in Verbindung brachte, hätte er durchaus einen Feind loswerden können, um seine ganze Aufmerksamkeit auf den Kampf gegen Imperator Palpatine zu richten.«

Kodir, die dem Attaché gegenüber saß, sagte nichts, aber sie versuchte, ihre Reaktion auf Uzalgs Worte zu verbergen. *Er ist sogar noch klüger, als ich erwartet habe*, dachte Kodir. *Vielleicht zu klug ...*

»Wir haben keine Zeit, alle Möglichkeiten auszudiskutieren.« Commander Rozhdenst legte eine Hand flach auf den improvisierten Konferenztisch. »Die Frage ist, was sollen wir in dieser Angelegenheit unternehmen?«

»Richtig«, sagte Uzalg. »Ob Kuat von Kuat nun direkt gegen die Allianz oder gegen einen anderen Feind wie Prinz Xizor konspiriert hat, ist irrelevant. Die Schlacht zwischen der Allianz und dem Imperium, auf die wir so lange gewartet haben, hat vielleicht schon begonnen; die Kommunikationsverbindungen zu diesem Sektor sind unterbrochen. Wir haben keine Möglichkeit, den Ausgang der Ereignisse über Endor vorherzusehen – die Allianz hat eine hervorragende strategische Gelegenheit vor sich, eine Chance, den neuen Todesstern der imperialen Flotte zu zerstören, während er noch im Bau ist und seine Waffensysteme noch nicht aktiviert sind. Unsere Analyse ist, dass der Todesstern relativ ungeschützt ist, da die meisten imperialen Streitkräfte über die Galaxis verstreut sind und versuchen, wann immer es möglich ist, die Rebellen-Schiffe in Kämpfe zu verwickeln. Aber es gibt dennoch keine Möglichkeit, präzise vorherzusagen, wie viele Verluste unsere Streitkräfte bei ihrem Angriff auf den Todesstern erleiden werden oder wie die Reaktion des Imperiums auf eine derartige Tat aussehen wird. Hinterher könnte das relative Gleichgewicht der Kräfte zwischen der Allianz und dem Imperium massiv gestört sein – und an diesem Punkt kommen die Kuat-Triebwerkswerften ins Spiel.« Der Allianz-Attaché sprach schneller und mit größerem Nachdruck. »Wenn die imperiale Flotte die Schiffe in Besitz nehmen kann, die hier in den KTW-Konstruktionsdocks gebaut werden, wird sie vielleicht in der Lage sein, einen vernichtenden Schlag gegen die Rebellen zu führen.«

»Oder anders gesagt«, warf Rozhdenst mit erregt funkelnden Augen ein, »wenn wir unsere Jungs an Bord dieser Schiffe bringen könnten ... dafür wäre mehr als meine Scavenger-Staffel erforderlich, aber trotzdem ...« Er atmete mit zusammengebissenen Zähnen ein. »Wir könnten dann die imperiale Flotte ausschalten!«

»Das würde von sehr vielen Faktoren abhängen«, antwortete Uzalg ruhiger. »Aber die Tatsache bleibt bestehen, dass die Schiffe hier in den Kuat-Triebwerkswerften sowohl für das Imperium als auch die Allianz wichtig sind – vielleicht sogar von entscheidender Bedeutung. Wir müssen dafür sorgen, dass sie nicht in die Hände der imperialen Flotte fallen. Und« – er sah zu Kodir hinüber – »wir müssen außerdem dafür sorgen, dass die Kuat-Triebwerkswerften auf unserer Seite sind, nicht nur jetzt, sondern auch in Zukunft. Das Imperium ist noch immer mächtig; der Kampf wird vielleicht noch eine ganze Weile dauern. Es wäre das Beste für die Allianz und die Kuat-Triebwerkswerften, wenn wir in diesem Kampf vereint wären. Aber angesichts des Beweises, den wir gesehen haben ...« Eine Hand wies auf die Gegenstände auf dem Konferenztisch. »Unglücklicherweise können wir uns nicht darauf verlassen, dass Kuat es genauso sieht.«

»Sie reden davon, ihn zu eliminieren«, sagte Rozhdenst.

»Oder ihn zumindest von der Leitung des Unternehmens zu entbinden. In diesem Fall brauchen die Kuat-Triebwerkswerften einen neuen Direktor.«

Beide Männer sahen Kodir von Kuhlvult an.

»Wollen Sie mir diesen Posten anbieten?« Ihr Gesicht war eine sorgfältig kontrollierte, emotionslose Maske, die den Triumph verbarg, den sie im Moment fühlte. *Endlich*, dachte Kodir. *Alles, was ich wollte ... alles, wofür ich so lange konspiriert und geplant habe ...*

»Genau«, nickte Uzalg. »Wir haben bereits mit den Oberhäuptern der herrschenden Familien unten auf dem Planeten Kuat Verbindung aufgenommen. In Anbetracht der Umstände hat eine Mehrheit von ihnen der Empfehlung der Allianz zugestimmt, Sie zur neuen Direktorin der Kuat-Triebwerkswerften zu machen, falls, sagen wir, Kuat von Kuat etwas *zustößt*. Sie werden vielleicht ein wenig überrascht sein, dass es so schnell dazu kommt – aber das spielt keine Rolle.«

Alles gehörte jetzt ihr. Überreicht von der Rebellen-Allianz.

»Das ist eine große Verantwortung«, sagte Kodir ruhig. »Ich bin nicht sicher, ob ich der Aufgabe gewachsen bin.«

Uzalg studierte sie einen Moment schweigend. »Sie haben keine Wahl«, sagte er schließlich. »Ebenso wenig wie wir. Sie müssen es tun.«

»Nun gut.« Kodir spürte, wie sich ihre Hände zu Fäusten ballten, als würden sie bereits nach der absoluten Macht greifen. »Ich akzeptiere die Bürde, die Sie mir auferlegt haben.« Sie konnte nicht verhindern, dass ein Lächeln ihre Lippen umspielte. »Sie sehen jetzt die neue Direktorin der Kuat-Triebwerkswerften vor sich.«

Der Alpha-Vorarbeiter und die Beta-Aufseher erstatteten Bericht.

»Alle von Ihnen angeforderten Systeme sind an ihrem Platz«, sagte der Alpha-Vorarbeiter. Er stand zusammen mit den anderen in der hohen Tür von Kuats Privatquartier. »Sie müssen nur den Befehl geben und wir ...« Der Mann zögerte einen Moment. »Wir werden sie aktivieren.«

»Das wird nicht nötig sein«, erwiderte Kuat. Er hatte hinaus zu den Konstruktionsdocks geblickt, während er den Männern zugehört hatte, mit dem Felinx zu seinen Füßen; jetzt drehte er sich um und sah die loyalen Mitarbeiter des Unternehmens an. »Ich danke Ihnen für die geleistete Arbeit; ich bin sicher, dass sie von der üblichen hohen Qualität ist. Aber Ihr Job ist jetzt erledigt. Ich werde mich um den Rest kümmern.«

»Aber ...« Der Alpha-Vorarbeiter runzelte die Stirn, als könnte er nicht glauben, was er gehört hat. »Wir haben Ihnen in so vielen Dingen gedient. Glauben Sie nicht, dass wir auch diesen Kampf gemeinsam mit Ihnen durchstehen wollen?«

»Ich habe daran keinen Zweifel. Es steht völlig außer Frage. Aber die meisten von Ihnen haben Familie und Freunde; ich habe nichts davon, nur die Kuat-Triebwerkswerften. Wenn all das vorbei ist, werden sich Ihnen viele Möglichkeiten bieten – der Bedarf an Arbeitern mit Ihren Fähigkeiten wird immer groß sein, ganz gleich, wer die fernen Schlachten gewinnt, die in der Galaxis toben. Aber für mich gibt es keine solchen Möglichkeiten.« Kuat betrachtete einen Moment seine leeren Hände und sah dann wieder die versammelten Männer an. »Deshalb ist für mich der Preis, den es kostet, diesen Job zu Ende zu führen, kleiner als für Sie ... und was ich dadurch gewinne, ist viel wert für mich.« *Frieden*, dachte Kuat. *Das ist es, was ich gewinne. Etwas, das ich nie gekannt habe.* »Meine Entscheidungen, so gut gemeint sie auch gewesen sein mögen – und meine Fehler –, haben uns an diesen Punkt gebracht. Es ist nicht nur mein Wunsch, diesen Job persönlich zu Ende zu führen. Es ist meine Pflicht.«

»Aber es ist auch unsere Pflicht, Direktor.« Einer der Beta-Aufseher erhob seine Stimme. »Das Unternehmen gehört uns ebenso wie Ihnen.«

Bald, sinnierte Kuat, *wird es niemand mehr gehören.*

»Er hat Recht«, sagte der Alpha-Vorarbeiter und sah den Beta-Aufseher hinter ihm an. »Wir haben Ihnen Treue geschworen, aber wir haben es freiwillig getan. Die Verantwortung für Ihre Entscheidungen liegt bei uns allen.«

»Ah.« Kuat von Kuat nickte bedächtig. »Aber sehen Sie – ich bin noch immer der Direktor der Kuat-Triebwerkswerften. Ganz gleich, was andere außerhalb dieses Raumes denken mögen, es ist noch immer der Fall. Also muss ich die Entscheidungen treffen und Sie müssen gehorchen. Tun Sie es nicht, wäre dies ein Zeichen dafür, dass Sie mir Ihre Loyalität entziehen. Wollen Sie das?«

Die Männer schwiegen. Kuat wusste, dass er sie in der Falle gefangen hatte, die seine Logik und ihre Loyalität geschaffen hatten. Sie war vielleicht das letzte Konstrukt, das er je entwerfen würde, aber sie hatte so gut funktioniert wie alle anderen vor ihnen.

»Wie Sie wünschen, Direktor.« Der Alpha-Vorarbeiter neigte resignierend den Kopf. »Und wie Sie befehlen. Wir verlassen Sie jetzt, aber unsere Herzen bleiben bei Ihnen.«

Es gab keinen Grund, den Männern, die für ihn und die Kuat-Triebwerkswerften gearbeitet hatten, erneut zu danken. Kuat verfolgte, wie sie sich abwandten und langsam durch den hohen Torbogen verschwanden. Solange sie noch Angestellte des Unternehmens waren – und in gewisser Weise würden sie dies auch noch sein, wenn die Kuat-Triebwerkswerften aufhörten zu existieren –, funktionierten sie so präzise und vorhersagbar wie die Werkzeuge, die sie in die Hände nahmen.

Als die Schritte der Männer auf dem Korridor vor seinem Quartier verklungen waren, wandte sich Kuat von Kuat wieder seiner Werkbank zu. Ein simpler Audiorekorder war mit dem Funkempfänger des Mikrosondenspionagegeräts verbunden, das diese anderen Stimmen hoch über den Konstruktionsdocks abhörte. Diese Stimmen – Kodirs, die des Commanders der Scavenger-Staffel und die des Verhandlungsattachés der Rebellen-Allianz – hatten ebenfalls über das Schicksal der Kuat-Triebwerkswerften gesprochen.

18

»Wissen Sie«, sagte Kodir, »wir hätten dieses kleine Gespräch schon vor langer Zeit führen sollen.«

Neelah stand mit vor der Brust verschränkten Armen da und verfolgte, wie sich die andere Frau von der Tür löste und in die Mitte des winzigen Raumes trat. Die Tür war, nachdem Neelah von zwei KTW-Sicherheitsagenten hindurchgestoßen worden war, verschlossen gewesen.

»Ich habe auf Sie gewartet.« Neelah sorgte dafür, dass ihre Stimme emotionslos klang. Das war etwas, das sie von Boba Fett gelernt hatte. »Wir haben eine Menge zu besprechen, nicht wahr?«

»Es gibt genug Gesprächsstoff.« Mit einem angedeuteten Lächeln blieb Kodir ein paar Schritte vor Neelah stehen. »Aber stets so wenig Zeit.«

»Das kann ich mir vorstellen.« Neelah musterte sie wachsam. »Sie müssen im Moment sehr beschäftigt sein. Mit diesem Gegenstand, den Sie Boba Fett abgenommen haben, und allem, das Sie damit tun können.«

Das Lächeln verwandelte sich in ein verwirrtes Stirnrunzeln. »Was wissen Sie darüber?«

»Eine Menge«, sagte Neelah. »Mehr als Sie denken. Ich habe eine gute Vorstellung davon, was Sie mit einem gefälschten Beweis gegen einen toten Falleen tun werden und mit wem Sie darüber gesprochen haben.« Neelah musste unwillkürlich lächeln. »Und ich weiß Dinge über Sie, Kodir. Ich weiß, dass Sie es mögen, Geheimnisse zu haben. Nun, dieses ist enthüllt.«

Überraschung flackerte in Kodirs Augen auf. »Wie meinen Sie das?«

»Kommen Sie. Es hat keinen Sinn, sich weitere Lügen, weitere Rätsel auszudenken. Sie haben mit jemandem von der Rebellen-Allianz gesprochen. Nicht wahr? Mit einer wichtigen Persönlichkeit, die Ihnen das geben kann, was Sie wollen und hinter dem Sie schon seit langer Zeit her sind.«

»Woher wissen Sie das?«

Neelah trat zur Seite, in einem langsamen, kreisförmigen Tanz mit Kodir, und ihre Blicke trafen sich.

»Dieser Teil war einfach«, sagte sie. »Ich konnte bei unserem Anflug die Rebellen-Schiffe über den Konstruktionsdocks sehen. Und ich weiß, dass wir nicht auf dem Planeten Kuat gelandet sind.« Neelah wies auf die sie umgebenden Schotten. »Und Sie können das hier nicht als das KTW-Hauptquartier ausgeben. Sehen Sie, ich kenne das Hauptquartier. Ich war früher schon einmal dort. *Ich erinnere mich.*«

Kodirs Augen weiteten sich. »Sie erinnern sich an ...«

»Alles.«

Beide Frauen stellten ihr misstrauisches Umkreisen ein und verharrten.

»Das ändert ... eine Menge ...« Kodir musterte die vor ihr stehende Gestalt. »Abhängig von dem, was Sie jetzt *denken*.«

»Es ist keine Frage des Denkens«, erwiderte Neelah grimmig. »Beim nächsten Mal, wenn Sie etwas Derartiges versuchen, sollten Sie bessere Leute engagieren, um die Schmutzarbeit für Sie zu erledigen. Nicht solche Versager wie Ree Duptom ...« Der Name löste eine kurze, überraschte Reaktion bei Kodir aus, die Neelah befriedigt registrierte. »Denn wenn eine Gedächtnislöschung nicht korrekt – und gründlich – durchgeführt wird, bleiben eine Menge Bruchstücke übrig. Erinnerungsfetzen, die an den Rändern der

Dunkelheit treiben. Nach und nach können sich diese Erinnerungen zusammenfügen und weitere Erinnerungen aus den Schatten zurückholen. Und dann, wie ich schon sagte« – sie nickte langsam –, »kehrt alles zurück.«

»Dieser Idiot.« Kodirs Stimme klang bitter. »Ich habe ihm genug gezahlt, um Mittelsmänner einzusetzen und am Ende einen Spezialisten zu engagieren, einen, der früher für das Imperium gearbeitet hat – sie sind verfügbar, aber teuer. Ich war nicht erfreut, als ich später herausfand, dass irgendein billiger Stümper die Credits eingesteckt und die Gedächtnislöschung selbst vorgenommen hat.«

»Ein Glück für mich, dass er nicht sehr gut darin war.« Neelah tippte mit einem Finger gegen die Seite ihres Kopfes. »Denn ich hatte mich bereits an meinen richtigen Namen erinnert – Kateel von Kuhlvult –, bevor Sie auf der *Hound's Tooth* auftauchten; ich hatte bereits die Hinweise gefunden, die diesen Teil meiner Erinnerungen zurückbrachten. Aber als ich Ihr Gesicht sah – es wieder sah –, kam der ganze Rest zurück.« Neelah senkte die Hände und ballte sie zu zitternden Fäusten mit weißen Knöcheln. »Alles – die Tatsache eingeschlossen, dass meine eigene Schwester versucht hat, mich zu beseitigen.«

»Ich habe versucht, dich zu beseitigen« – ein höhnisches Lächeln umspielte Kodirs Mundwinkel –, »weil du eine Närrin warst.«

»Weil ich nicht bei den Plänen mitmachen wollte, die du entwickelt hast, um Kuat von Kuat zu stürzen und die Kontrolle über den Konzern zu übernehmen.«

»Wie ich sehe, bist du noch immer eine Närrin.« Kodir schüttelte verächtlich den Kopf. »Es geht nicht darum, irgendjemanden zu ›stürzen.‹ Wie ich dir schon vor langer Zeit sagte, ist es simple Gerechtigkeit. Kuat und seine Vorgänger führen die Kuat-Triebwerkswerften schon seit Generationen – und sie haben alle anderen herrschenden Familien matt gesetzt. Kuat und seine Blutlinie hatten nie das Recht dazu. Aber wenn du dich mir angeschlossen hättest, hätte all das geendet. Die anderen aus den herrschenden Familien, die versucht haben, Kuat die Führung zu entreißen – sie waren nichts als eine Ablenkung, sogar zu dumm, ihre Absichten vor ihm zu verbergen, wie ich es getan habe.«

»Du verwechselst Gerechtigkeit mit Ehrgeiz, Kodir. Das war dein erster Fehler. Und dann hast du mich fälschlicherweise für genauso gierig gehalten wie dich.«

»Oh, ich gebe zu, dass ich mich geirrt habe – deshalb habe ich mich auch mit dir beschäftigt, bevor du Kuat von Kuat informieren konntest, dass ich gegen ihn konspiriere. Ich musste dich vom Planeten Kuat entführen und dein Gedächtnis löschen lassen, damit du keine Bedrohung mehr für mich darstellst.« Kodirs Miene verdunkelte sich boshaft. »Aber als ich herausfand, dass jene, denen ich vertraut hatte – um für mich die ›Schmutzarbeit‹ zu erledigen, wie du es nennst –, versagt hatten, da wurde mir klar, dass ich mich selbst darum hätte kümmern müssen.« Kodirs Lächeln war kaum weniger hässlich als die Bosheit, die sich soeben noch auf ihrem Gesicht abgezeichnet hatte. »Und das ist genau das, was ich getan habe, nicht wahr? Schließlich habe ich dich aufgespürt, bevor du meinen Plänen schaden konntest. Und glaube mir, es war nicht leicht.«

»Du hattest Glück«, sagte Neelah. »Ich hatte gerade genug Anhaltspunkte – genug übrig gebliebene Fetzen meiner Erinnerung –, um herauszufinden, was passiert war, und zu versuchen, einen Ort zu erreichen, wo ich diese Antworten finden konnte. Mir war nicht klar, dass ich es dir dadurch ermöglichen würde, über mich zu stolpern.«

»Welche Ironie.« Kodirs Worte troffen vor Sarkasmus. »Die Dinge, die wir tun, um uns zu retten – sie bringen uns oft in direkte Gefahr. Wie als ich dir anbot, bei meinen Plänen mitzumachen, Kuat zu beseitigen; hätte ich gewusst, wie dumm und loyal du bist, hätte ich es nie getan.« Sie breitete in einer spöttischen, blasierten Geste die Hände aus. »Aber deshalb ist es so wichtig, dass man aus seinen Fehlern lernt. Nicht wahr? Du hast deine Fehler gemacht – und ich meine. Und wir haben beide bekommen, was wir wollten. Du wolltest die Wahrheit über deine Vergangenheit – und du kennst sie jetzt. Und ich wollte die Kontrolle über die Kuat-Triebwerkswerften. Weißt du was? Man hat sie mir gerade übergeben.«

»Also hast du die Rebellen-Allianz dazu gebracht, Kuat aus dem Weg zu räumen, damit du den Konzern übernehmen kannst. Gratuliere. Wie lange es auch dauern mag.«

»Das wird eine ganze Weile sein«, erklärte Kodir. »Es spielt nicht einmal eine Rolle, welche Seite die Schlacht um Endor gewinnt. Da ich jetzt die Kontrolle über den Konzern habe, kann ich mit der Allianz oder dem Imperium Geschäfte machen – es bedeutet für mich keinen Unterschied.«

»Das sehe ich.« Neelah nickte bedächtig. »Wenn das Imperium gewinnt, wird Palpatine vielleicht feststellen, dass du genau die Art Diener bist, die er braucht. Gierig und selbstsüchtig, aber klug genug, um zu erkennen, wer die Oberhand hat.«

»Versuche nicht, mich zu beleidigen.« Kodirs Lachen war kurz und schroff. »Solange ich habe, was ich wollte, sind mir deine moralischen Ansichten egal.«

»Davon bin ich überzeugt. Aber das bringt mich zu einer Frage.« Neelah sah die vor ihr stehende Person genauer an, die Frau, deren Blutlinie sie teilte. »Wenn es dir nur darum geht, das zu bekommen, was du willst ... warum warst du so halbherzig, was mein Schicksal angeht? Wenn du nur verhindern wolltest, dass ich deine Pläne durchkreuze, wäre es viel effizienter – und endgültiger – gewesen, mich einfach zu töten, statt mich entführen und mein Gedächtnis löschen zu lassen, oder?«

»Wie ich schon sagte: Wir müssen aus unseren Fehlern lernen. Und das ist einer, den ich nicht wiederholen werde.« Kodir griff an ihren Gürtel, der unter ihrem wallenden Umhang verborgen war, und zog eine kleine, aber tödlich aussehende Blasterpistole hervor. »Es tut mir Leid, dass ich dir nicht mehr wie früher schwesterliche Gefühle entgegenbringe. Es gab eine Zeit, als meine törichte Sentimentalität mich auf den Gedanken brachte, dein Leben zu verschonen. Aber ich bin darüber hinweg. Die Rebellen-Allianz andererseits hat eine deprimierende Tendenz, sich bei ihren Entscheidungen von ethischen Grundsätzen leiten zu lassen; das bedeutet sehr wahrscheinlich, dass ich es nach dieser bevorstehenden Schlacht um Endor mit dem Imperium und nicht mit den Rebellen zu tun haben werde. Doch Palpatine hat einen Hang zur Rachsucht, der genauso Besorgnis erregend ist. Und er mag keine Verschwörungen und Pläne, die nicht seine eigenen sind: Der Imperator hätte Kuat von Kuat selbst gern beseitigt. Wie du siehst« – Kodir hob den Blaster ein wenig höher –, »kann ich es mir unmöglich erlauben, dich am Leben zu lassen und zu riskieren, dass du erzählst, woran du dich erinnerst.«

»Du hast Recht«, sagte Neelah. Sie zuckte beim Anblick der Waffe, die auf sie gerichtet war, nicht zurück.

»Und du scheinst wirklich aus deinen Fehlern gelernt zu haben. Es gibt nur ein Problem dabei.«

Und dünnes Lächeln erschien auf Kodirs Gesicht. »Und das wäre?«

Neelah machte sich nicht die Mühe zu antworten. Stattdessen trat sie auf ihre Schwester zu; gleichzeitig riss sie einen Unterarm hoch und hämmerte ihn so schnell gegen Kodirs Handgelenk, dass die andere Frau nicht reagieren konnte. Die Blasterpistole flog im hohen Bogen durch die Luft und prallte gegen das nächste Schott. Mit der anderen Hand packte Neelah den Kragen von Kodirs wallendem Umhang, riss sie nach vorn und brachte sie so aus dem Gleichgewicht. Als Kodir nach vorn kippte, rammte sie ihr Knie in den Solarplexus der anderen Frau, sodass Kodir schmerzerfüllt aufkeuchte. Neelah wich zurück und ließ Kodir fallen, die instinktiv ihren Unterleib mit den Armen umschlang; ein weiterer Schlag gegen ihren Hinterkopf ließ sie auf dem Boden des Raumes zusammenbrechen.

Ein paar Sekunden später drehte sich Kodir mühsam auf den Rücken. Sie blinzelte, als sie die Mündung der Blasterpistole auf den Punkt zwischen ihren Augen gerichtet sah.

»Das Problem beim Lernen aus Fehlern ist« – Neelah beugte sich nach unten und hielt die Waffe weiter auf ihre Schwester gerichtet –, »dass wir manchmal etwas zu spät lernen.«

Vor Schock und Schmerz ganz bleich im Gesicht, sah Kodir ungläubig zu ihr auf. »Du hast ... früher so etwas nicht ... gekonnt.«

»Ich bin mit rauen Gesellen zusammen gewesen.« Neelah zielte weiter mit dem Blaster auf Kodirs Schädel, griff nach ihrem Umhang und zog sie daran hoch. »Wenn man lange genug am Leben bleibt, kann man eine Menge von Leuten wie Boba Fett lernen. Vor allem, wenn man nichts zu verlieren hat.«

Bevor Kodir antworten konnte, durchdrang ein anderes Geräusch den Raum, so tief und dumpf, dass Neelah es durch die Sohlen ihrer Stiefel spüren konnte. Sie und Kodir blickten auf, als könnten sie durch die Schotten, die sie umschlossen, Sturmwolken wahrnehmen.

Der Lärm klang wie fernes Donnern. Aber sie wusste, dass es etwas anderes war.

Die Nachrichten von einer fernen Welt trafen fast zeitgleich mit den Schockwellen der Explosionen ein.

Commander Rozhdenst hatte persönlich die Verbindung zum Kommunikationsschiff der Rebellen-Allianz bei Sullust hergestellt. Als er schließlich erfuhr, dass sich der Angriff auf den erst halb fertigen Todesstern zu einer erbitterten Schlacht zwischen den Streitkräften der Rebellen und denen des Imperiums entwickelt hatte, schloss er einen Moment die Augen und ließ sein Kinn auf seine Brust sinken. Der Wunsch, dort zu sein, an Bord irgendeines Kampfschiffs, so veraltet oder schwerfällig es auch sein mochte, solange es sich nur mitten im Getümmel befand, stieg wie eine Flutwelle in ihm hoch.

Er hörte, wie sich die Tür zum Offiziersquartier öffnete. Rozhdenst schlug die Augen auf und sah von seinem Platz an den Kom-Kontrollen zu Ott Klemp hinüber. »Es hat angefangen«, sagte Rozhdenst schlicht. »Und wir sitzen hier fest, mitten im ...«

Seine Worte wurden von der ersten Explosion abgeschnitten, die die mobile Basis erschütterte. Ein dumpfes, niederfrequentes Grollen erfüllte den Raum. Klemp spannte sichtlich die Muskeln an und sah zur Decke. »Was war das?«

Bevor er eine Antwort bekommen konnte, leuchteten am Kom-Pult rote Warnlichter auf. Die Stimme eines vorgeschobenen Scouts der Scavenger-Staffel drang aus dem Lautsprecher. »Commander! Irgendetwas geht unten in den KTW-Konstruktionsdocks vor – etwas Großes!«

Rozhdenst hatte bereits die Scanner der Sichtfensterphalanx der Basis aktiviert. Auf einer Reihe von Displayschirmen konnte er sehen, wie Flammen und Rauch von der kantigen Masse der Docks aufstiegen. Als er und Klemp sich zu den Schirmen beugten, war plötzlich eine weitere Explosion zu sehen, die einen der riesigen Kräne zum Einsturz brachte, sodass er quer über den zentralen Zugangskorridor des Docks kippte. Die Durastahlverstrebungen des Krangitterwerks brachen und verbogen sich unter der Wucht des Aufschlags; mehrere Meter dicke Kabel zerrissen wie Bindfäden. Ihre zerfetzten Enden peitschten über die Reihen aus Lastentransportern und Schienentrucks und warfen sie wie Spielzeug durcheinander.

Der Lärm der Explosionen konnte das umgebende Vakuum nicht bis zur mobilen Basis der Scavenger-Staffel durchdringen, aber die Schockwelle und die herumfliegenden Trümmerteile brachten die Hülle zum Schwingen, sodass den Bildern von den Explosionen auf den Displayschirmen Sekunden später Donnern und Krachen folgten.

Als Klemp alle Piloten der Staffel anwies, sich von dem unter ihnen eruptierenden Inferno zu entfernen, schaltete der Commander die Scanner auf höchste Vergrößerung.

»Es sind nicht die Schiffe ...« Rozhdenst legte eine breite Fingerkuppe auf den nächsten Displayschirm. »Die Flotte fliegt nicht in die Luft.« Die länglichen Kreuzer und Zerstörer waren durch den Rauch erkennbar, grell von den Flammen und dem harten Licht einer weiteren Explosionsserie erhellt. »Es sind die Docks und alle wichtigen Schiffsbaueinrichtungen.« Er und Klemp verfolgten, wie ein Magnetkran aus Durastahl wie ein sterbender Saurier nach vorn schoss. Sein blinder Kopf durchbrach eine Wand aus Feuer und bohrte sich in ein Geflecht aus strukturellen Trägern. »Wie's aussieht, wurde die gesamte Anlage mit Hochthermalsprengsätzen präpariert.«

»Ja, aber ...« Klemp schüttelte den Kopf. »Diese ganze Flotte wird nur noch Schrott sein, wenn all das vorbei ist.« Eine weitere Druckwelle erschütterte die mobile Basis. »Glauben Sie, Kuat von Kuat hat das getan? Worauf ist er aus – Sabotage oder Selbstmord?«

»Wen kümmert's ...« Rozhdenst griff nach dem Kom-Mikro. »Wir müssen diese Schiffe da rausholen.«

»Sir, das ist unmöglich. Es ist niemand an Bord dieser Schiffe. Wer soll sie aus den Docks bringen?«

Rozhdenst warf einen Blick über die Schulter. »Was meinen Sie? Unsere Jungs schaffen das schon.«

»Das ist verrückt. Ich meine ... « Klemp deutete auf die Flammen, die auf dem Displayschirm loderten. »Sie wollen, dass unsere Staffel *da* reinfliegt? Bei dem Zustand, in dem sich die meisten unserer Y-Flügler befinden, können sie es kaum vermeiden, getroffen zu werden – und Sie wollen, dass sie sich in diese Hölle wagen? Sie werden in Stücke gerissen!«

»Wenn sie in einem derart heruntergekommenen Zustand sind, wird es kein großer Verlust sein, nicht wahr?« Rozhdenst sah dem jüngeren Mann in die Augen. »Hören Sie, wenn Sie oder irgendein anderes Mitglied der Staffel diesen Job nicht übernehmen wollen, in Ordnung – Sie können hier in der Basis bleiben und zuschauen. Aber ich gehe rein.«

Klemp schwieg nur den Bruchteil einer Sekunde.

»Und ich werde direkt hinter Ihnen sein, Sir. Zusammen mit allen anderen.«

»Gut.« Rozhdenst nickte knapp und übergab das Mikro dann Klemp. »Wir haben keine Zeit für einen Formationsangriff; diese Show wird in wenigen Minuten vorbei sein. Geben Sie der Staffel freie Hand – jeder sucht sich selbst seinen Vektor und sein Ziel. Totale Verschlüsselung der Kommunikation; Augen- und Kom-Kontakt, um Zusammenstöße zu vermeiden.« Der Commander der Scavenger-Staffel stand von den Kontrollen auf. »Gehen wir.«

»Sie müssen uns kommen gesehen haben«, sagte Dengar. »Deshalb haben sie sich entschlossen, die ganze Anlage in die Luft zu jagen.«

Die Explosionen waren durch die vorderen Sichtluken zu sehen, sobald die *Hound's Tooth* aus dem Hyperraum gefallen war. Dengar und Fett konnten im Schiffscockpit die feurige Katastrophe beobachten, die sich in den Konstruktionsdocks der Kuat-Triebwerkswerften ereignete.

»Seien Sie nicht dumm«, fauchte Fett. Er wies auf den Displayschirm. Die kleinen Y-Flügel-Jäger zeichneten sich als Silhouetten vor dem brodelnden Feuermeer ab. »Diese Allianz-Jäger versuchen offenbar, die dort vertäuten Schiffe zu retten; es gibt nur eine Person, die so etwas tun konnte, und das ist Kuat von Kuat.«

»Er sprengt seine eigene Werft in die Luft?« Dengar runzelte verwirrt die Stirn. »Warum sollte er so etwas tun?«

»Weil er sie lieber zerstören will«, sagte Fett, »als sie in andere Hände fallen zu lassen. Ich habe früher schon mit ihm zu tun gehabt; die Kuat-Triebwerkswerften sind alles, was für ihn zählt. Etwas muss passiert sein – wahrscheinlich hängt es mit der Rebellen-Allianz und diesem fingierten Beweis zusammen, den uns seine Sicherheitschefin abgenommen hat –, das seine Kontrolle über den Konzern beendet. Deshalb nimmt er die ganze Anlage mit.«

»Sie meinen ... er hält sich dort auf? Sie glauben nicht, dass er entkommen ist?«

Boba Fett schüttelte den Kopf. »Für Kuat von Kuat gibt es keinen Ort, an den er fliehen kann. Und vor allem keinen Ort, an dem es die Kuat-Triebwerkswerften gibt. Überleben bedeutet für ihn nicht dasselbe wie für Sie und mich; für Kuat ist es nur der Tod ohne Frieden.«

»Dann haben wir also das Ende der Straße erreicht.« Dengar trat vom Pilotensitz zurück und verschränkte die Arme vor der Brust. »Sie werden jetzt von ihm keine Antworten mehr bekommen.«

»Darauf sollten Sie nicht wetten.« Boba Fett griff nach den Navigationskontrollen.

Dengar zuckte alarmiert zusammen. »Was haben Sie vor?«

»Ich gehe rein. Um Kuat zu suchen.«

»Sie sind verrückt ...« Die Steuerdüsen hatten bereits gezündet. Dengar verfolgte mit zunehmendem Entsetzen, wie die Explosionen, die von den Konstruktionsdocks der Kuat-Triebwerkswerften aufstiegen, vor dem Bugsichtfenster anschwollen. Die schwarzen Umrisse der umstürzenden Kräne und von Flammen umloderten Träger wurden sichtbar. »Sie werden uns beide umbringen!«

»Vielleicht«, sagte Fett. »Aber ich bin bereit, das Risiko einzugehen.«

»Nun ja, *Sie* mögen vielleicht bereit sein, aber *ich* bin es nicht.« Dengar hielt sich an der Rückenlehne des Pilotensitzes fest, um von der zunehmenden Beschleunigung der *Hound* nicht umgeworfen zu werden. »Ich kann damit leben, dass nicht alle Fragen in der Galaxis beantwortet werden.«

»Mir geht es nicht um alle Fragen. Nur um die, die mit mir zu tun haben.«

Die Schockwelle einer weiteren Explosion, stärker als die vorherigen, erschütterte die *Hound's Tooth*. Durch das Bugsichtfenster war ein klaffendes Loch im Zentrum der KTW-Konstruktionsdocks zu sehen, groß genug, um mit einem Schiff hindurchzufliegen, und von verbogenem, glühendem Metall umgeben.

In plötzlicher Verzweiflung beugte sich Dengar nach vorn und versuchte an Boba Fett vorbei nach den Kontrollen zu greifen. »Wir sind schließlich Partner ...« Seine Faust schlug auf eine der Triebwerkkontrollen. »Und ich sage, wir bringen uns *nicht* um ...«

Mit einer schnellen Bewegung seines Unterarms schmetterte Boba Fett Dengar gegen das hintere Schott des Cockpits. »Sie sind überstimmt worden.«

Dengar sank auf den Boden und kniff die Augen zusammen, aber er konnte noch immer das grelle Licht der Explosionen sehen, als würden sie im nächsten Moment das Sichtfenster zertrümmern und alles im Cockpit verbrennen. Das Kontrollpult gab schrille Alarmsignale von sich, während die *Hound's Tooth* bockte und spiralförmig durch eine alles verschlingende Flammenwolke flog, in der die Trümmer umherwirbelten.

Keine gute Idee, dachte Dengar, als er die Zähne zusammenbiss und nach einem Halt suchte. *Es war sogar die bisher schlechteste ...*

Der Commander der Scavenger-Staffel war nur ein paar Meter von Ott Klemps Flügelspitze entfernt gewesen und mit gleicher Geschwindigkeit dem Inferno entgegengeflogen, das die KTW-Konstruktionsdocks verschlang. Aber Klemp hatte hart zur Seite ausscheren müssen, um einem weiteren Feuerball und einem wirbelnden Gewirr aus Trägern und Kabeln auszuweichen; als Klemp wieder auf seinen alten Kurs zurückkehrte, war jeder Sichtkontakt mit dem Rest der Staffel durch die brodelnden Massen aus Rauch und Flammen unterbrochen worden.

Eine Lücke erschien vor dem Y-Flügler, durch die Klemp undeutlich eine vertäute Fregatte der *Lanzen*-Klasse erkennen konnte. Wie bei den anderen neu gebauten Schiffen in den Docks war ein Schleppermodul magnetisch an der Brücke befestigt. Die Schlepper waren nicht größer als die Jäger, die durch die Explosionen und weiß glühenden Trümmer rasten. Sie hatten keine eigenen Triebwerke, sondern waren so konstruiert, dass sie über die Datenkabelanschlüsse der Kreuzer und Zerstörer die Triebwerke der größeren Schiffe benutzen konnten, um sie aus den Docks in den offenen Weltraum zu manövrieren. Im Moment befanden sich die Schlepper noch immer in den ballonähnlichen atmosphärischen Wartungsblasen, in denen die Ingenieure der Kuat-Triebwerkswerften gearbeitet hatten, während sie die Kontrollkabel verlegt hatten. Die mit Durastahl verstärkten Blasen hatten eine programmierte viskose Schicht zwischen der inneren und äußeren Membrane, die sofort jedes entstehende Loch versiegelte, um bei den häufig auftretenden Industrieunfällen den tödlichen Luftverlust zu vermeiden. Ohne diese Blasen, wusste Klemp, hätte es keine Chance für die Piloten der Scavenger-Staffel gegeben, die Flotte vor der Katastrophe zu bewahren, die die Konstruktionsdocks verschlang.

Er konnte die Brücke der Fregatte mit der direkt dahinter liegenden Blase jetzt sehen. Die Explosionen hatten das Schiff noch nicht erreicht, obwohl bereits die ersten Flammen nach seinen Seiten leckten. Klemp steuerte den Y-Flügler in den Sturzflug und raste direkt auf die Blase zu.

Die Nase des Y-Flüglers durchbrach das Gewebe der Blase; Klemp konnte das scharfe Geräusch hören, als die Durastahlstränge von den Flügelkanten zerrissen wurden. Gleichzeitig wurde er von der dicken Semiflüssigkeit geblendet, die die Kanzel des Cockpits verschmierte. Es genügte nicht, um den Y-Flügler zu verlangsamen; im Bruchteil einer Sekunde hatte er die Blase durchstoßen und Klemp fuhr die Bremsraketen des Jägers hoch. Aufgrund der Verzögerung schnitten die Sicherheitsgurte des Pilotensitzes in seine Brust, während sein Kopf so ruckartig nach vorn kippte, dass er vorübergehend benommen war.

Ein Gewirr aus zerfetzten Durastahlsträngen, eingehüllt in die viskose Versiegelungsschicht der Blase, löste sich von der Hülle des Y-Flüglers, als Klemp die Kanzel hochklappte. Er hatte keine Zeit, um nachzusehen, ob die Konstruktionsblase noch unter atmosphärischem Druck stand; er atmete keuchend die dünne Luft ein und blickte an der inneren Wölbung der Blase hinter dem Y-Flügler entlang. Die Hecksektion des Jägers war von der sich rapide verfestigenden Substanz verschmiert, während flatternde Fetzen des weißen Gewebes die rasch kleiner werdenden Löcher schlossen. Klemp wartete nicht, um sich zu überzeugen, ob die Versiegelung hielt, sondern rannte über den Rumpf der Fregatte zu dem Schleppermodul.

Sekunden später hatte er den Schlepper bestiegen und schlug hinter sich die Außenluke zu. Die Kontrollen an dem Pult vor ihm genügten, um die Fregatte aus dem Dock zu manövrieren, in dem sie erbaut worden war; noch bevor sich Klemp in den Pilotensitz des

Schleppers fallen ließ, hatte er die Kontrollen aktiviert, die mit den Steuerdüsen des Kreuzers gekoppelt waren. Es gab eine Verzögerung von fast einer Sekunde, bevor das Schiff reagierte; seine gewaltige Masse löste sich langsam von dem Dock. Die Energiekabel und Andockklammern, die noch immer mit den verschiedenen Anschlüssen an der Hülle verbunden waren, spannten sich und zerrissen, als sie ihre Belastungsgrenze erreichten.

Er hatte das Schiff keinen Moment zu früh gerettet. Ein Feuerausbruch füllte die Sichtfenster des Schleppermoduls, als ein donnernder Schlag von unten die Fregatte traf. Die Schockwelle einer Explosion zerfetzte das leere Dock hinter dem Heck der Fregatte. Klemp kämpfte mit den Navigationskontrollen, um zu verhindern, dass sich das Schiff überschlug, und steuerte es aus den glühenden, umherfliegenden Trümmern.

Die nächsten Dockkräne überragten die Fregatte noch immer, wie riesige Galgen aus Durastahlstreben. Obwohl die Navigationsdüsen mit Maximalleistung arbeiteten, schien sich das Schiff nur zentimeterweise in den offenen Weltraum zu bewegen, wo Klemp in der Lage sein würde, die Haupttriebwerke hochzufahren und das Schiff aus der Gefahrenzone zu steuern. Die verzehrende Hitze der Explosionen drang durch die dünne Hülle des Schleppermoduls und ließ den Schweiß auf seiner Stirn verdunsten.

Eine heftige Detonation erschütterte die Basis des nächsten Krans. Klemp spähte durch das Seitenfenster und sah, wie das Metallgerüst auf die Fregatte zu stürzte. Es gab keine Möglichkeit für ihn, das Schiff außer Reichweite des Krans zu bringen, als dieser wie eine Sense auf die Hülle zuschwang. Wenn der Kran mittschiffs traf, würde er die Fregatte zerbrechen, sodass ihre Trümmer auf die explodierenden Konstruktionsdocks stürzten. Klemp wusste, dass er tot sein würde, bevor die Überreste des Schiffes die verbogenen Metalltrümmer unter ihm trafen.

Hastig berechnete er, wie seine Chancen standen, das Schleppermodul zu verlassen, zurück zum Y-Flügler zu rennen und ihn durch die halb zerstörte Konstruktionsblase in den leeren Weltraum zu steuern. *Möglich*, sagte er sich. *Aber dann beendest du nicht den Job, für den du hierher gekommen bist ...*

Fluchend griff Klemp nach den Navigationskontrollen. Die Fregatte stoppte ihren langsamen Flug, als er alle verfügbare Energie von den Düsen in die seitlichen Hecktriebwerke leitete. Mit zunehmender Geschwindigkeit drehte sich das Schiff um seine vertikale Achse.

Der umstürzende Kran traf die Fregatte, schabte über ihre Flanke und riss alle hervorstehenden strukturellen Elemente ab; im Schleppermodul klang das Kreischen des Metalls noch lauter als die Explosionen unter ihm. Klemp zuckte bei dem ohrenbetäubenden Lärm zusammen, hielt weiter die Kontrollen umklammert und sah, wie ein gezacktes Bruchstück des Krans das Gewebe der Konstruktionsblase zerfetzte, in der der Y-Jäger gefangen war.

Kein großer Verlust, sagte sich Klemp, als er über seine Schulter blickte und sah, wie der Y-Flügler auseinander brach und wie ein Spielzeug über die Oberseite der Schiffshülle rutschte. Mit einem letzten Krachen traf der Kran das Heck und kippte dann zur Seite.

Das Schiff war frei – endlich. Kemp stieß die angehaltene Luft aus und fuhr dann die Haupttriebwerke hoch. Die *Lanzen*-Fregatte schien einen Sekundenbruchteil zu zögern und trieb dann schwerfällig den Sternen entgegen.

»In Ordnung. Das reicht.« Dengar rappelte sich vom Boden des Cockpits der *Hound's Tooth* auf. Auf wackeligen, unsicheren Beinen trat er zu Boba Fett. »Die Partnerschaft ist *beendet*.«

Er griff nach dem nächsten Schott und hielt sich mit einer Hand fest, während er beobachtete, wie Fett methodisch die Waffen überprüfte, die an seiner mandalorianischen Kampfmontur befestigt waren. *Wir können von Glück reden, dass wir noch am Leben sind,* dachte Dengar. Doch wie lange sie es bleiben würden, wusste er nicht. Ihr Schiff hatte nur knapp den Hochgeschwindigkeitssturzflug vom offenen Weltraum in die brodelnden Explosionen der Konstruktionsdocks überstanden. Weitere Detonationen, die nach und nach näher kamen, erschütterten die *Hound*. Das Metall der Hülle knirschte auf dem von Schutt übersäten Boden, auf den das Schiff gestürzt war.

»Wie Sie wollen«, sagte Fett. »Ich habe Ihnen etwas geschuldet, weil Sie mir auf Tatooine das Leben gerettet haben. Sie entscheiden, ob diese Schuld inzwischen beglichen ist.«

»Oh, sie ist bezahlt, in Ordnung.« Vor Zorn und Schock zitternd wich Dengar zurück, als Boba Fett zur Luke trat. »Mehr als tausendfach. Sie haben es noch nicht geschafft, mich zu töten – aber ich werde Ihnen keine weiteren Gelegenheiten mehr geben.«

»Das ist nur fair.« Boba Fett stieg die Leiter zum Frachtraum der *Hound* hinunter. »Ich muss mich um meine Geschäfte kümmern.«

Von der Cockpitluke starrte ihn Dengar erstaunt an. *Er will nach Kuat suchen.* Die Erkenntnis brachte Dengar dazu, langsam den Kopf zu schütteln. *Niemand kann ihn davon abhalten.*

»Gehen Sie ruhig«, schrie Dengar in den von Rauch erfüllten Frachtraum hinunter. »Und ...«

Die Explosionen draußen in den Konstruktionsdocks wurden lauter, steigerten sich immer mehr und übertönten seine Worte.

Und ich werde mich um meine Angelegenheiten kümmern, sagte er sich. Dengar wandte sich von der Luke ab und stürzte zu den Kontrollen.

Er machte sich nicht die Mühe, den Kurs zu berechnen, sondern fuhr die Haupttriebwerke auf Maximalleistung hoch. Dengar hielt sich an den Kontrollen in den für Trandoshaner konstruierten Unterarmvertiefungen fest, sah und hörte, wie ein Gewirr aus Kabeln mit verkohlter und rauchender Isolierung über das vordere Sichtfenster schabte. Die Bauchseite des Rumpfs rutschte über die verbogenen Frachtschienen, als das Schiff beschleunigte; die Explosionen, die durch die Docks fegten, holten die *Hound's Tooth* schließlich ein und hoben den Bug an, als wäre er von einer Riesenhand gepackt worden. Dengar hielt sich verzweifelt fest, während sich das Schiff drehte und einem hoch aufragenden Kran entgegenrutschte.

Die Explosionsserie war schneller als das bockende Schiff. Bevor die *Hound's Tooth* gegen den Kran prallte, wurde das verschwommene Bild vor dem Sichtfenster von grellweißem Licht überlagert, als hätte Dengar einen Blick in das sengende Herz einer Nova gewagt.

Metall zerriss, als sich der Kran in der Explosion auflöste. Seine mächtigen Streben flogen umher und verschwanden spiralförmig im Vakuum. Obwohl das Explosionszentrum von Flammen und Rauch erfüllt war, entkam die *Hound's Tooth* der Todeszone.

Dengar gaffte die kalten, hellen Sterne an. *Geschafft ... ich habe es geschafft ...*

Ein paar schnelle Justierungen der Navigationsdüsen stabilisierten das Schiff und brachten es auf Kurs. Keuchend, mit langsamer werdendem Puls, erlaubte sich Dengar ein mattes Lächeln. Er hatte nicht erwartet zu überleben; seine eigentliche Absicht, dämmerte ihm jetzt, war gewesen, seine Leiche davor zu bewahren, in dem Inferno der Kuat-Triebwerkswerften zerquetscht und eingeäschert zu werden.

Er zog seine Hände aus den Vertiefungen des Kontrollpults und lachte verblüfft. »Nach all dem«, sagte er laut, »bin ich der Einzige, der noch lebt ...«

Die Worte in seinem Kopf wurden von einem weiteren blendenden Lichtausbruch erstickt. Dengar riss den Unterarm hoch und schirmte seine Augen ab. Als die Helligkeit nachließ, senkte er den Arm und spähte mit zusammengekniffenen Augen durch das vordere Sichtfenster. In der Ferne entdeckte er ein anderes, größeres Schiff – eins aus der Flotte, die die Piloten der Rebellen-Allianz zu retten versucht hatten. Es hatte nicht so viel Glück wie er gehabt. Flammen hatten den Bug des anderen Schiffes umhüllt, als es startete; ein Haupttriebwerk war durch die Explosion destabilisiert, der Kern überladen worden. Die daraus resultierende Detonation hatte ein klaffendes Loch in die Hülle gerissen.

Dengar beobachtete alles und duckte sich dann instinktiv, als ein weiteres Triebwerk des größeren Schiffes detonierte. Von der Explosion des ersten Triebwerks bereits geschwächt, löste sich das Schiff in seine Bestandteile auf. Ein Feuerball nach dem anderen riss das strukturelle Gerippe in Stücke.

Er verfolgte das Drama und erstarrte dann, gebannt von dem Bild, das er durch das Sichtfenster sah. Ein riesiger Teil der Hülle des anderen Schiffes, größer als die gesamte *Hound,* entfernte sich von dem zerfetzten Wrack. Seine gezackten Kanten zogen weiß glühende Streifen und Trümmerstücke hinter sich her. Das gigantische Wrackteil drehte sich und schwoll vor dem

Sichtfenster an, raste direkt auf die *Hound's Tooth* zu.

Ich schätze, ich habe mich zu früh gefreut...

Er hatte keine Zeit, auszuweichen oder das Schiff beizudrehen und so der herannahenden Vernichtung zu entkommen. Dengar machte sich nicht einmal die Mühe sich zu wappnen, als das Wrackteil des größeren Schiffes auf ihn zuraste.

Als es auftraf, stürzte er durch Funken, die wie ein Schwarm wütender Insekten sein Gesicht und seine Arme zerstachen, in eine Dunkelheit, die vom Heulen der Alarmsysteme und dem noch lauteren Krachen zerreißenden Metalls erfüllt war. Einen Moment war Dengar schwerelos; dann, während er mit den Armen fuchtelte, dämmerte ihm, dass er durch die Cockpitluke geschleudert worden war und in den darunter liegenden Frachtraum stürzte. Der Aufprall seines Rückens und Hinterkopfes auf dem Gitterboden ließ ihn fast bewusstlos werden. Benommen und wie gelähmt blieb er liegen und hörte, wie die Deflektorschirme der *Hound's Tooth* zusammenbrachen und das Schiff um ihn herum in seine Bestandteile zerfiel.

Er hatte den kalten, aber ehrlichen Trost, dass er zumindest den explodierenden Konstruktionsdocks entkommen war. *Das ist alles, was ich wollte,* dachte Dengar erneut. *Damit meine Leiche gefunden werden kann ... irgendwo, von irgendjemand ...*

Eine weitere Erkenntnis traf ihn. *Ich muss bereits tot sein.* Es war unmöglich, dass dies passierte, während er noch am Leben war: Eine Hand griff nach ihm, nahm seinen Arm und zog ihn wie aus seinem eigenen Grab hoch. Und dort war Licht und ein Gesicht blickte auf ihn herunter; das eine Gesicht, das er mehr als jedes andere sehen wollte.

»Dengar!« Die Vision sprach seinen Namen. »Ich bin's – Manaroo ...«

»Ich weiß.« Der Bewusstlosigkeit nahe, lächelte er sie an. »Aber es tut mir Leid ... es tut mir Leid, dass ich tot bin ...«

»Du Idiot.« Eine echte Hand, keine Halluzination, schlug ihm ins Gesicht und machte ihn hellwach. »Ich werde dich wissen lassen, ob du tot bist oder nicht.«

Und dann wusste er, dass er es nicht war.

»Woher wussten Sie, dass ich hier bin?« Kuat von Kuat drehte sich um und musterte die Gestalt, die die Brücke des angedockten Sternzerstörers betreten hatte.

»Wo hätten Sie sonst sein sollen?« Boba Fetts Kampfmontur war von der Asche der Feuer geschwärzt, die die Trümmer der Konstruktionsdocks verzehrten. »Es passt zu Ihnen; dies ist das größte Schiff der Flotte. Das macht es zu einem geeigneten grandiosen Sarg. Außerdem – die Konstruktionsblase wurde offenbar vor den Explosionen entfernt. Um das Risiko zu vermeiden, dass ein Pilot der Rebellen-Allianz vorbeischaut.«

»Sehr treffend beobachtet.« Kuat nickte beifällig. »Aber ich habe wirklich geglaubt, dass ich bis zum Ende allein sein würde. Ich habe nicht im Traum damit gerechnet, dass Sie versuchen würden, mich hier aufzuspüren.«

Die Schotten des Schiffes erbebten, als eine weitere Druckwelle dagegendonnerte. Jenseits der Sichtfenster der Brücke stiegen dunkle Wolkenmassen, von rötlichen Flammen durchsetzt, zu den Sternen auf.

»Es war einen Versuch wert«, erwiderte Boba Fett. »Ich habe Fragen, auf die ich Antworten haben will.«

»Dann fragen Sie.« Kuat von Kuat lächelte freundlich. »Es ist zu spät für mich, jetzt noch etwas vor Ihnen zu verbergen.«

Boba Fett trat näher, über den Boden, der sich in der Hitze verzogen hatte, und durch den Rauch, der durch die Brücke wallte. »Warum wollten Sie mich tot sehen?«

»Es war nichts Persönliches«, versicherte Kuat. »Sie haben mir nichts bedeutet. Aber ich wusste, dass Sie bestimmte Gegenstände in Ihrem Besitz hatten, die sich für mich als recht peinlich erweisen konnten. Und fatal für die Kuat-Triebwerkswerften. Es gibt eine alte Weisheit, die jedem, der auf eine mächtige Kreatur schießt, rät, sie auch zu treffen. Das ist ein sehr guter Rat; ich kannte die Risiken, die ich einging, als ich diesen falschen Beweis gegen Prinz Xizor fabrizierte. Aber hätte mein Plan funktioniert, hätte ich einen gefährlichen Feind eliminiert – oder ihn zumindest beschäftigt, sodass er nicht mehr versuchen konnte, meinen Konzern zu übernehmen, Aber dann geschah etwas, das ich nicht vorhersehen konnte: Xizor und ein lebenswichtiges Element meines Planes wurden getötet, bevor ich zuschlagen konnte. Was ein beträchtliches Durcheinander anrichtete, das beseitigt werden musste. Sie loszuwerden, wäre nur ein Teil des Säuberungsprozesses gewesen. Bedauerlich – aber notwendig in dem Geschäft.«

»Das habe ich mir bereits gedacht. Vor langer Zeit.« Boba Fett war jetzt nur noch eine Armeslänge von dem anderen Mann entfernt. Er zog seine Blasterpistole aus dem Holster und zielte auf Kuats Brust. »Ich muss jetzt wissen, ob diese Sache damit beendet ist.«

Kuat betrachtete amüsiert die Waffe, die auf ihn gerichtet war. »Es ist ziemlich spät für eine derartige Drohung, nicht wahr? Ich betrachte mich bereits als so gut wie tot.«

»Sie können hier auf die Weise sterben, die Ihnen vorschwebt – oder ich kann Sie hier rausschaffen und

Palpatine oder der Allianz oder sonst jemand übergeben, der daran interessiert ist, ein paar alte Rechnungen mit Ihnen zu begleichen. Sie haben die Wahl.«

»Sehr verlockend, Fett. Aber unnötig. Ich sage Ihnen gern die Wahrheit – denn ich habe jetzt nichts mehr zu verlieren.« Kuat streckte die Hand aus und schob die Blastermündung zur Seite. »Alle Verschwörungen enden hier. Es ist niemand sonst darin verwickelt, keine anderen Kräfte sind daran beteiligt. Sobald ich tot bin – und die Kuat-Triebwerkswerften mit mir genommen habe –, wird es niemanden mehr geben, der hinter Ihnen her ist. Zumindest nicht wegen des Beweises, den ich fabriziert habe, um ihn gegen Prinz Xizor einzusetzen. Sie werden sich nur mit Ihren üblichen Feinden herumschlagen müssen und all den verschiedenen Kreaturen, die einen Groll gegen Sie hegen.« Kuat sah den Kopfgeldjäger genauer an. »Aber das wussten Sie bereits, nicht wahr? Sie sagten schon, dass Sie all das selbst herausgefunden haben. Sie wären nicht den ganzen Weg hierher gekommen und hätten nicht so viel riskiert – sogar ihr Leben, das Sie so zu schätzen scheinen –, nur um sich bestätigen zu lassen, was Sie ohnehin schon wissen. Sie müssen also etwas anderes vorhaben – richtig? Ein paar andere Fragen, die Sie mir stellen wollen. Welche sind das?«

Boba Fett zögerte einen Moment, bevor er sprach. »Es gibt eine Frau namens Neelah, die mit mir gereist ist.« Er senkte leicht die Stimme. »Aber das ist nicht ihr richtiger Name. Sie weiß es nicht, aber ich habe herausgefunden, dass sie in Wirklichkeit Kateel von Kuhlvult heißt. Sie ist ein Mitglied einer der herrschenden Familien des Planeten Kuat.«

»Sehr interessant.« Kuat zog überrascht eine Braue hoch. »Sie müsste dann die Schwester von Kodir von

Kuhlvult sein, der Sicherheitschefin der Kuat-Triebwerkswerften. Und jemand, den Kodir unbedingt finden wollte.«

»Hat Kodir Ihnen gesagt, warum?«

Kuat zuckte die Schultern. »Die Liebe zwischen Schwestern, schätze ich – das liegt im Bereich der normalen menschlichen Gefühle. Aber was auch immer der Grund ist, er genügte, um in Kodir den Ehrgeiz zu wecken, Sicherheitschefin zu werden, damit sie so die Mittel hatte, nach ihrer verschwundenen Schwester zu suchen.«

»Dann wären hier noch folgende Fragen zu klären.« Boba Fetts vom dunklen Visier verhüllter Blick bohrte sich in Kuats Augen. »Sie haben von einem Mann namens Fenald gehört?«

»Natürlich. Er war Sicherheitschef der Kuat-Triebwerkswerften, bevor Kodir von Kuhlvult den Posten bekam.«

»So natürlich«, fuhr Fett fort, »dass Sie ihm einen sensiblen, wichtigen Job gaben – zu dem auch die Fälschung des Beweises gegen Prinz Xizor gehörte.«

»Richtig.« Kuat nickte. »Genau das hatte ich ihm befohlen. Aber woher kennen Sie Fenald?«

»Zu dem fingierten Beweis, den ich in dem zum Spionagegerät umgebauten Frachtdroiden gefunden habe, gehörte auch kodiertes Material. Ich hatte damals keine Zeit, die Verschlüsselung zu knacken, aber als ich von Tatooine zurückkehrte, wo ich den Beweis von einem anderen Kopfgeldjäger namens Bossk bekommen hatte, gelang es mir, den Kode zu dechiffrieren. Das verschlüsselte Material war Fenalds eigener Identitätskode samt seiner Verbindung zu den Kuat-Triebwerkswerften. Er hat ihn wahrscheinlich hinzugefügt, um Sie mit der Drohung erpressen zu können, Xizor – oder Palpatine oder der Rebellen-Allianz – zu verraten, woher der gefälschte Beweis gekommen und wer dafür verantwortlich war.«

»Ich würde es ihm zutrauen.«

»Hier ist die nächste Frage«, sagte Boba Fett. »Haben Sie Fenald befohlen, für Kateel von Kuhlvults Entführung und Gedächtnislöschung zu sorgen?«

»Natürlich nicht«, erwiderte Kuat steif. »Das ist absurd. Warum hätte ich so etwas tun sollen?«

»Dann könnte dieser Fenald die Befehle einer anderen Person ausgeführt haben, als er einen Mittelsmann namens Nil Posondum kontaktierte und diese Arrangements traf?«

»Sehr wahrscheinlich.« Kuat lächelte reumütig. »Ich weiß aus persönlicher Erfahrung, dass Fenald in der Lage war, noch für jemand anders zu arbeiten, während er mein Sicherheitschef war. Loyalität, habe ich herausgefunden, war für ihn nicht besonders wichtig; er hat mich hintergangen, als Mitglieder einiger anderer Familien konspirierten, um die Kuat-Triebwerkswerften zu übernehmen.«

»Fenalds Verrat war vielleicht noch komplizierter. Offenbar hat er gleichzeitig auch Kodir von Kuhlvult hintergangen.«

Kuat runzelte die Stirn. »Wie meinen Sie das?«

»Welchen besseren Weg hätte es für Kodir gegeben, Ihr Vertrauen zu gewinnen – und den Posten der Sicherheitschefin –, als Fenald als Verräter zu enttarnen? Und die beste Möglichkeit war, Fenald sich selbst entlarven zu lassen. Vor allem, da Fenald bereits für Kodir gearbeitet hat, während er noch Sicherheitschef war. Um genau zu sein« – Boba Fetts Stimme klang hart wie Durastahl –, »Fenald arbeitete für Kodir und befolgte ihre Befehle, als er dafür sorgte, dass Kodirs Schwester Kateel entführt und ihr Gedächtnis gelöscht wurde.«

»Interessant«, sagte Kuat, »wenn es stimmt.«

»Es stimmt tatsächlich. Ich musste nur noch herausfinden, ob Sie den Befehl für die Verbrechen gegen Kateel von Kuhlvult gegeben haben – und wie Sie erklärten, haben Sie absolut kein Interesse daran, in dieser Angelegenheit zu lügen. Damit konnte nur noch Kodir Fenald diesen Auftrag erteilt haben.«

»Woher wissen Sie das?«

»Ganz einfach«, erwiderte Boba Fett. »Als Kodir mich mit dem KTW-Kreuzer abfing, fand sie auch ihre Schwester Neelah – oder Kateel, wie sie in Wirklichkeit heißt – an Bord meines Schiffes. Trotzdem verbarg Kodir jede Reaktion auf die Begegnung mit Neelah; Kodir zeigte nicht einmal Überraschung darüber, dass Neelah sie nicht erkannte. Also *wusste* Kodir, dass Neelahs Gedächtnis gelöscht wurde. Wenn Kodir dies nicht von Ihnen erfahren hat – weil Sie den Befehl dazu gegeben haben –, dann muss es logischerweise auf Kodirs Anweisung geschehen sein. Was Fenald tat, lässt sich leicht nachvollziehen: Er hatte von Ihnen einen Auftrag bekommen, den er heimlich ausführen sollte, und von Kodir einen anderen, über den er Stillschweigen bewahren sollte. Deshalb benutzte er den Mittelsmann Nil Posondum, um einen anderen Verbrecher anzuheuern, Ree Duptom, der beide Aufträge erledigen sollte. Fenald muss auf diese Weise eine erkleckliche Summe verdient haben. Das einzige Problem trat auf, als Duptom versehentlich getötet wurde, was sowohl Sie als auch Kodir von Kuhlvult in Schwierigkeiten brachte, ohne dass einer von Ihnen wusste, dass der andere ebenfalls in die Sache verwickelt war. Aber ich musste von Ihnen und Kodir Informationen bekommen, um herauszufinden, was damals passiert ist.«

»Ich bin beeindruckt.« Kuat musterte nachdenklich den Kopfgeldjäger. »Sie sind eine Kreatur von beträchtlicher Intelligenz; eine Schande, dass Sie keine bessere Verwendung dafür hatten, als Kopfgeldjäger zu werden.«

»Mir persönlich gefällt's.«

»Vielleicht. Aber das bringt mich auf eine andere Frage.« Kuats Blick wurde durchdringender. »Sie haben eine Menge Ärger auf sich genommen, um herauszufinden, was Sie bereits wussten. Sie haben Ihr Leben riskiert, um hierher zu kommen und zu erfahren, was jemand anders, diese Frau namens Neelah, unbedingt wissen will. Diese Art von Empfindsamkeit ist nicht gerade Ihr Stil, Fett. Sofern …« Kuat rang sich ein dünnes Lächeln ab. »Sofern Sie kein anderes Interesse an ihr entwickelt haben.«

»Raten Sie noch mal«, sagte Boba Fett. »Ich schulde ihr etwas. Und ich begleiche meine Schulden immer. Aber ich habe noch bessere Gründe für das, was ich tue.«

»Nun, Sie werden es schwer haben, diese Person über das zu informieren, was Sie herausgefunden haben. Hören Sie.« Kuat hob eine Hand. Draußen kam der grollende, donnernde Lärm der Explosionen näher. »Ich habe gesehen, wie das Schiff gestartet ist, jenes, das Sie zu den Konstruktionsdocks gebracht hat; an Bord muss jemand sein, dessen Selbsterhaltungstrieb noch stärker ausgeprägt ist als Ihrer. Sie können also nicht mehr weg von hier.«

»Im Gegenteil.« Fett fuchtelte mit der Blasterpistole. »Gehen Sie weg von den Kontrollen.«

»Seien Sie nicht albern. Ein Mann allein kann ein Schiff dieser Größe nicht fliegen; es erfordert eine ausgebildete Crew. Die einzige Fluchtmöglichkeit bieten die Schleppermodule und die können Sie nicht erreichen, da es die atmosphärische Druckblase nicht mehr gibt.«

»Ich sagte – weg von den Kontrollen. Wenn Sie hier in den Docks bleiben wollen, von mir aus. Aber dieses Schiff wird starten.«

»Wie Sie wünschen«, sagte Kuat. »Jeder Mann sollte selbst entscheiden, wie er stirbt. Und ich habe meine Entscheidung bereits getroffen.« Er wandte sich ab, trat durch die Brückenluke und folgte dem Korridor, der zu einer der Hauptschleusen des Schiffes führte.

Die Explosionen hatten den schmalen Verbindungstunnel zu dem unter Druck stehenden Maschinenschuppen neben dem Sternzerstörer noch nicht zerrissen. Kuat schloss hinter sich die Luke und setzte sich dann auf eine Kiste mit dem Emblem der Kuat-Triebwerkswerften. Er war erschöpft und gleichzeitig froh; erschöpft von seiner vielen Arbeit und froh, dass bald alles vorbei sein würde.

Er schloss einen Moment die Augen und riss sie dann wieder auf, als etwas Weiches und Warmes auf seinen Schoß sprang. Er schaute nach unten und sah die goldenen Augen des Felinx, die seinen Blick erwiderten.

»Also bist auch du mir treu ergeben.« Kuat streichelte das seidige Fell des Tieres. »Auf deine Weise.« Irgendwie hatte es sein Privatquartier verlassen und war ihm durch all das Chaos und den Lärm des feurigen Untergangs des Unternehmens bis zu diesem Ort gefolgt. »Es ist gut so«, murmelte er. »Es ist gut so ...«

Er hob den Felinx auf, drückte ihn an seine Brust und senkte den Kopf, sodass der Puls des Tieres alles übertönte, was kommen würde.

»Wie viele konnten wir rausbringen?« Commander Rozhdenst stand am größten Sichtfenster der mobilen Basis und betrachtete den Feuersturm, der durch die fernen Konstruktionsdocks brauste.

»Vier Fregatten der *Lanzen*-Klasse, Sir.« Ott Klemp stand in der Mitte des Raumes und erstattete Bericht. »Sie waren unsere oberste Priorität. Bei dem Rest, den wir geborgen haben, handelt es sich um Nebel-B-Fregatten.«

»Und wie viele Männer haben wir verloren?« Der Commander warf einen Blick über die Schulter.

»Nur zwei. Einer befand sich an Bord der Fregatte, die von den Explosionen erfasst wurde, und ein anderer starb bei der Zerstörung seines Y-Flüglers.« Klemp hatte seinen Helm in die Armbeuge geklemmt. Er und Rozhdenst trugen noch immer ihre Flugoveralls. »Ich denke, Sir, es ist eine erfolgreiche Operation gewesen.«

»Vielleicht«, sagte Rozhdenst. »Aber gute Piloten sollte man nur verlieren, wenn man etwas Wertvolles dadurch gewinnt. Bis wir erfahren, was über Endor geschehen ist, wissen wir nicht, ob es noch eine Allianz gibt, die Verwendung für diese Schiffe hat.«

Klemp sah zu den Kontrollpulten hinüber. »Es besteht noch immer Kom-Stille?«

»So ist es.« Der Commander nickte. »Im Moment treffen keine Signale aus diesem Sektor ein ...«

Seine Worte wurden von einem plötzlichen grellen Lichtausbruch in den Kuat-Triebwerkswerften unterbrochen. Beide Männer fuhren zum Sichtfenster herum.

»Was ist passiert?« Rozhdenst runzelte die Stirn. »Das waren keine Sprengladungen.«

»Es ist einer der Sternzerstörer«, erklärte Klemp und deutete auf die von Flammen umhüllten Umrisse des Schiffes. »Der große am Ende der Docks, den keiner unserer Männer erreichen konnte. Jemand hat die Triebwerke auf volle Leistung hochgefahren. Er bewegt sich!«

Klemp und der Commander verfolgten, wie der Sternzerstörer, größer als jedes der geretteten Schiffe in der Nähe der Basis, sich langsam von dem Dock entfernte, an dem er verankert gewesen war. Das Schiff scherte plötzlich zur Seite aus und krachte gegen die verbogenen und zerbrochenen Türme der Kräne, die es überragten.

»Wer auch immer an Bord dieses Dings ist – er hat die Kontrolle verloren.« Rozhdenst schüttelte den Kopf. »Er wird es nicht schaffen.«

Die Einschätzung des Commanders schien sich als richtig zu erweisen. Der Bug des Sternzerstörers war horizontal herumgeschwenkt und hing nur wenige Meter über dem Dock. Metall kollidierte mit Metall, als die Heckdüsen aufflammten und ihr Feuerschweif die Basis des Kranes traf. Der Aufprall war stark genug, um den ohnehin schiefen Turm auf die Oberseite des Schiffes stürzen zu lassen.

»Wenn er versucht, es hochzuziehen«, sagte Rozhdenst, »wird er das Schiff in Stücke reißen.«

Klemp spähte konzentriert durch das Sichtfenster. »Es sieht aus .. als hätte er eine andere Idee ...«

Die Triebwerke des Sternzerstörers waren heruntergefahren worden. Einen Moment herrschte Ruhe am Ende der Konstruktionsdocks, die von den näher kommenden Flammen erhellt waren, und dann wurde das Schiff in grelleres Licht getaucht, als seine Hochleistungslaserkanonen feuerten. Die Strahlen waren nicht gezielt, richteten aber trotzdem ein beträchtliches Maß an Schaden an, fraßen sich durch die geschwächte Struktur der Docks und das verdrehte Metall des umgestürzten Kranes. Eine weitere Salve aus weiß glühenden Blitzen folgte der ersten.

Jetzt konnten die beiden Männer am Sichtfenster sehen, wie sich der Kran und die umgebenden Docks langsam auflösten, die tragenden Pfeiler und die großen, zerfetzten Massen aus Durastahl in sich zusammenbrachen und als lockeres Gewirr auf den Sternzerstörer stürzten. Erneut flammten die Triebwerke auf; diesmal ließ das sich langsam nach vorn bewegende Schiff die Metallfragmente wie Streu durch den Raum fliegen.

Rozhdenst nickte bewundernd, während er verfolgte, wie sich der Sternzerstörer von dem brennenden Trümmermeer der Kuat-Triebwerkswerften entfernte und den offenen Weltraum erreichte. »Schade ...«

»Sir?«

»Schade, dass er nicht einer unserer Jungs ist.«

19

Eine Frau sprach mit einem Kopfgeldjäger.

»Wissen Sie«, sagte Neelah, »Sie könnten ein Held sein. Wenn es das ist, was Sie wollten.«

»Schwerlich.« Boba Fetts Stimme war so flach und ausdruckslos wie immer. »Helden werden nicht gut genug bezahlt.«

»Denken Sie trotzdem darüber nach.« Ein dünnes Lächeln zog einen Winkel von Neelahs Mund nach oben. Mit einer Hand rückte sie den Schultergurt der Tasche zurecht, die sie trug. »Oder genießen Sie wenigstens die Ironie. Dass Sie sich den Weg aus den KTW-Konstruktionsdocks freigeschossen haben, hat der Rebellen-Allianz mehr genutzt als das, was Ihre Scavenger-Staffel erreicht hat.«

Sie und der Kopfgeldjäger standen auf der Brücke des Sternzerstörers, den Fett vor dem Inferno der Docks gerettet hatte. Das riesige Schiff war still und bis auf sie leer.

»Wie kommen Sie darauf?«

»Ganz einfach«, erwiderte Neelah. »Kuat von Kuat hatte genug miteinander gekoppelte Sprengladungen installiert, um die gesamten Kuat-Triebwerkswerften in den Raum zu jagen. Er wollte nichts weiter als rauchende Trümmer hinterlassen. Aber dieser Sternzerstörer war eins der kritischen Glieder in der Kette; die Detonatorkabel liefen direkt durch seinen Hauptmaschinenraum. Und als Sie das Schiff aus den Docks brachten, wurde die Kette unterbrochen. Kuat selbst hat nicht lange genug gelebt, um zu sehen, was passierte, aber das

Ergebnis ist, dass über achtzig Prozent der KTW-Konstruktionsdocks intakt geblieben sind.«

Fett zuckte die Schultern. »Das interessiert mich nicht.«

»Vielleicht nicht.« Neelah musterte den Kopfgeldjäger. Sie hatte keine Erwartungen gehabt, was dieses Geheimtreffen mit ihm anging. Die Kom-Nachricht hatte sie im mobilen Kommandoposten der Scavenger-Staffel erreicht und die Koordinaten enthalten, an denen sie sich mit einem ungenannten Wesen treffen sollte; sie hatte instinktiv gewusst, dass die Nachricht von Boba Fett stammte. Sie hatte Commander Rozhdenst nichts davon gesagt, sondern ihn überzeugt, sie allein und ohne Eskorte gehen zu lassen, wie es die Kom-Nachricht verlangt hatte. Es war ihre eigene Entscheidung, mit der ramponierten *Hound's Tooth* zu dem Treffen zu fliegen. »Aber«, fuhr sie fort, »vielleicht interessiert es mich. Wenn ich es will.«

»Natürlich.« Wie stets war ihr Boba Fett einen Schritt voraus. »Kuat von Kuat ist tot. Das bedeutet, dass die Kuat-Triebwerkswerften einen neuen Direktor brauchen. Die anderen herrschenden Familien wissen, wie die Dinge jetzt laufen – wenn die Rebellen-Allianz zu verstehen gibt, dass Sie die KTW führen sollen, dann werden Sie zweifellos zustimmen.«

»Ich bin mir dessen nicht so sicher.« Neelah schüttelte angewidert den Kopf. »Ich kenne die auf Kuat herrschenden Familien besser als Sie und viel besser als jeder in der Rebellen-Allianz. Ich wurde in diese Familien hineingeboren, schon vergessen? Meine Schwester Kodir ist nicht die Einzige von ihnen, die zu Verrat und Verschwörung neigt. Es gibt eine Menge Mitglieder der herrschenden Familien, die sofort das Imperium unterstützen würden, wenn sie glauben, dass es ihren Zwecken dient.«

»Und Sie wollen nichts gegen sie unternehmen?«

»Ich bin mir nicht sicher, ob ich das will.« Neelah konnte ihr Spiegelbild im dunklen Visier von Boba Fetts Helm sehen. »Oder ob es mich überhaupt interessiert, was mit den Kuat-Triebwerkswerften geschieht. Kodir ist die einzige direkte Blutsverwandte, die ich habe, und sie ist bereits verhaftet worden, um sich vor einem Tribunal der Ältesten der herrschenden Familien zu verantworten. Es gibt eine Menge Anklagepunkte gegen sie: Verschwörung, Mord, Entführung ...« Neelah schüttelte bedächtig den Kopf. »Loyalität scheint in der Kuhlvult-Blutlinie nicht stark ausgeprägt zu sein. Ich empfinde wenigstens keine. Und vielleicht hatte Kuat von Kuat Recht; vielleicht verdienen die Kuat-Triebwerkswerften mehr als das.«

»Ganz wie Sie meinen«, sagte Fett. »Aber ich muss mich um andere Angelegenheiten kümmern. Deshalb habe ich Sie gebeten, hierher zu kommen.

»In Ordnung. Schießen Sie los.«

»Ich möchte Ihnen einen Handel anbieten.« Fett wies auf das ihn umgebende Schiff. »Hier ist ein neuer, voll einsatzfähiger Sternzerstörer, frisch aus den KTW-Konstruktionsdocks. Er gehört Ihnen. Sie können den Commander der Scavenger-Staffel informieren, dass er ihn sich abholen kann. Das dürfte Sie bei der Rebellen-Allianz noch beliebter machen.«

Neelah sah sich auf der Brücke des Schiffes um. »Oder vielleicht könnte ich ihn an sie verkaufen. Es ist ein gutes Schiff.« Sie sah wieder Boba Fett an. »Und was verlangen Sie im Gegenzug?«

»Zwei Dinge. Erstens die *Hound's Tooth* ...«

»Die *Hound* ist in einem ziemlich üblen Zustand.« Neelah schüttelte den Kopf. »Zweifellos ist sie weit weniger wert als dieser Sternzerstörer.«

»Sie wird mich dorthin bringen, wohin ich gehen muss«, erklärte Fett. »Und zweitens – Ihr Schweigen.«

»Worüber?« Neelah musterte den Kopfgeldjäger.

»Über mich. Ich nehme an, Sie haben der Rebellen-Allianz nicht erzählt, dass Sie mit mir gereist sind.«

»Ich hielt es nicht für ratsam. Die meisten Leute neigen dazu, einen nach der Gesellschaft zu beurteilen, in der man sich befindet.«

»Gut«, nickte Fett. »Machen Sie so weiter. Und erzählen Sie ihnen nichts von mir.«

»Warum nicht?«

»Ich habe meine Gründe. Im Moment ist es günstiger für mich, wenn alle mich für tot halten. Wenn eine der Kreaturen, die mich in der Bar in Mos Eisley beobachtet haben, über das reden möchte, was sie gesehen hat ...« Fett zuckte die Schultern. »Es gibt nicht viele, die derartigem Abschaum Glauben schenken. Und wenn der Rebellen-Commander in den KTW-Konstruktionsdocks ahnt, wer diesen Sternzerstörer gerettet hat, wird er es vermutlich für sich behalten. Warum sollte er den Rest der Galaxis wissen lassen, dass einem Kopfgeldjäger etwas gelang, wozu er und seine Staffel nicht imstande waren? Tot zu sein – oder für tot gehalten zu werden –, ist für mich eine günstige Gelegenheit.«

»Wie Sie zu mir sagten – ganz wie Sie meinen.« Neelahs Blick wurde durchdringender und härter. »Aber dieses Schiff genügt nicht, um sich mein Schweigen zu erkaufen. Ich will noch etwas anderes.«

Fett versteifte sich sichtlich. »Und was?«

»Ein paar Antworten. Ich will wissen, warum Sie wirklich hinunter zu Ihrer kleinen Konfrontation mit Kuat von Kuat gegangen sind, während die Konstruktionsdocks um Sie herum explodierten. Ich kann nicht glauben, dass Sie es für mich getan haben – um die

Wahrheit darüber zu erfahren, ob es eine große Verschwörung gegeben hat, deren Ziel ich war.«

Eine Sekunde verstrich, dann nickte Boba Fett. »Sie haben Recht«, sagte er. »Nichts davon hat irgendeine Bedeutung für mich. Ihr Leben, Ihr Tod – beides ist unwichtig. Wichtig sind nur mein Leben und meine Geschäfte – und darum ging es, als ich Kuat von Kuat suchte.«

»Sie wollten von ihm die Wahrheit erfahren«, sagte Neelah. »Haben Sie sie bekommen?«

Fett nickte. »Ja. Jetzt bin ich sicher, dass die Verschwörung mit Kuats Tod endete, und ich kann weitermachen und den fingierten Beweis abliefern – bei jenen, die ihn wollen.«

Seine Worte verwirrten Neelah. »Wer sollte jetzt noch daran interessiert sein? Prinz Xizor ist tot. Kuat hat den Beweis gegen ihn gefälscht – welchen Nutzen soll er jetzt noch haben?«

»Wie Sie sagen, Xizor ist tot. Aber die Schwarze Sonne ist es nicht. Und die Schwarze Sonne ist noch immer eine sehr mächtige – und gefährliche – Organisation. Seit Xizors Tod wird um die Führung der Schwarzen Sonne gestritten. Es gibt einen Machtkampf zwischen jenen, die Xizor treu ergeben waren, und jenen, die zu seinen Lebzeiten gegen ihn konspirierten.«

»Wer gewinnt?«

»Im Moment haben die Xizor-Loyalisten die Oberhand. Aber all das könnte sich sehr schnell ändern. Vor allem, wenn ich den Beweis der Usurpatoren-Fraktion übergebe. Sie können die Macht der Xizor-Loyalisten brechen, indem sie den Mitgliedern der Schwarzen Sonne zeigen, dass der verstorbene Prinz Xizor törichterweise – und verräterischerweise – die Organisation in die Angelegenheiten des Imperiums und der Rebellen-Allianz verwickelt hat. Auch wenn es nicht stimmt, könnte es genügen, der Usurpatoren-Fraktion den Sieg zu sichern.«

»Ich verstehe das nicht«, sagte Neelah. »Warum ist es für Sie so wichtig, wer die Kontrolle über die Schwarze Sonne erringt?«

»Das ist mir völlig egal. Mich interessiert nur«, erklärte Boba Fett, »am Leben zu bleiben. Und die Usurpatoren-Fraktion hat mir klar gemacht, dass ich sterben werde – auf möglichst schmerzhafte Art –, wenn ich ihnen den fingierten Beweis nicht aushändige. Durch ihre eigenen Informationsquellen haben die Usurpatoren von dem Beweis und meiner Suche nach ihm erfahren. Sie vermuteten zu Recht, dass ich ihn vor ihnen finden würde. Während Sie sich Dengars Geschichten über meine Vergangenheit angehört haben, war ich im Cockpit der *Hound's Tooth* und empfing eine Nachricht von der Usurpatoren-Fraktion in der Schwarzen Sonne mit den Einzelheiten des Angebots, das sie mir machten. Ein Angebot, das ich nicht ablehnen konnte.«

»Wäre es nicht einfacher gewesen, Ihnen für den fingierten Beweis eine Menge Credits zu bieten? Schließlich« – Neelah ließ ein dünnes Lächeln aufblitzen – »sind Sie nicht bereit, irgendetwas zu tun, wenn Sie nicht dafür bezahlt werden.«

»Mir wäre es Recht gewesen«, erwiderte Fett, »aber nicht diesen speziellen Kreaturen. Das Problem bei der Bezahlung wäre gewesen, dass sie eine deutliche Spur hinterlassen hätte. Jedes Mal, wenn Credits den Besitzer wechseln, gibt es eine Verbindung, die verfolgt werden kann. Und die Usurpatoren-Fraktion wollte nicht, dass diese Angelegenheit bis zu ihnen zurückverfolgt werden kann. Mich zu töten – oder mir den Tod anzudrohen –, ist viel einfacher. Wenn ich ihnen den gefälschten Beweis ausliefere, wird es keine

Creditüberweisung geben, die uns miteinander in Verbindung bringt. Und wenn ich es nicht tue, bin ich tot und könnte den Xizor-Loyalisten nichts von den Plänen der Usurpatoren verraten. Ein praktisches Arrangement. Vor allem, da die Schwarze Sonne – selbst wenn es nur eine kleine Fraktion der Organisation ist – die einzige Gruppe ist, die mich bedrohen ... und damit durchkommen kann. Gegen jeden anderen hätte ich eine Chance. Aber nicht gegen die Schwarze Sonne. Töten ist ihre Spezialität.«

»Ich bin beeindruckt«, sagte Neelah. »Ich hätte nicht gedacht, dass Sie sich vor irgendetwas fürchten.«

»Dies ist keine Furcht. Es ist die Realität.«

Sie nickte; alles ergab inzwischen Sinn, die letzten Teile des Puzzles fügten sich zusammen. »Als Sie uns an Bord des Frachters des Abrechners sagten, dass Sie den fingierten Beweis nur in die Hände bekommen wollten, um Profit daraus zu schlagen – haben Sie uns belogen.« Neelah sah den Kopfgeldjäger genauer an. »Es ging Ihnen nicht um Credits. Sondern um Ihr Überleben.«

»Credits sind nutzlos, wenn man tot ist.«

»Dann nehme ich an, dass dies auch ein Teil der Abmachung ist.« Neelah nahm ihre Tasche von der Schulter und zog das flache schwarze Päckchen heraus. Sie hielt den gefälschten Beweis, das andere Objekt, das mitzubringen Boba Fett sie gebeten hatte, in beiden Händen. »Der Abmachung zwischen Ihnen und mir.«

»Dieser Teil ist nicht verhandelbar«, erklärte Fett. »Ich nehme den fingierten Beweis mit mir, ob Sie nun damit einverstanden sind oder nicht.«

»Da ich keine Verwendung für ihn habe ...« Neelah zuckte die Schultern und reichte ihm das Päckchen. »Nun machen Sie schon.«

Boba Fett nahm das Päckchen ohne ein Wort des Dankes. Sie hatte auch keines erwartet.

»Einen Moment«, sagte Neelah, als Fett sich abwenden wollte. Das dunkle Visier seines Helmes richtete sich wieder auf sie. »Ihnen ist doch klar«, fügte sie hinzu, »dass Sie sich in dieser Sache wie eine Narr verhalten, oder?«

Ein Moment verging, bevor Fett antwortete. »Wieso?«

»Kommen Sie. Benutzen Sie Ihren Verstand.« Neelah deutete auf das Päckchen in Fetts Händen. »Sie wollen dieses Ding zu einem ziemlich gefährlichen Ort bringen. Sicher, diese Usurpatoren-Fraktion der Schwarzen Sonne wird glücklich sein, es zu bekommen, aber das bedeutet nicht, dass sie ihren Teil der Abmachung einhalten wird. Sie will nicht, dass irgendjemand von ihren Plänen erfährt. Dann ist es wahrscheinlicher, dass man den fingierten Beweis nimmt, sich bedankt und Ihnen dann einen Blasterstrahl in den Kopf jagen wird. Dann gäbe es auch keine Verbindung zwischen den Usurpatoren und Ihnen.«

»Natürlich nicht«, entgegnete Fett. »Aber ich habe bereits daran gedacht. Und ich habe ein paar Tricks im Ärmel für den Fall, dass sie es versuchen werden.«

»Tricks, die vielleicht nicht funktionieren werden. Nicht bei einer Fraktion der Schwarzen Sonne. Wie Sie schon sagten: Töten ist ihre Spezialität.«

»Richtig.« Boba Fett nickte knapp. »Aber wenn ich den gefälschten Beweis nicht den Usurpatoren aushändige, habe ich kaum eine Überlebenschance. Wenn ich ihn ihnen gebe – dann erhöhen sich meine Chancen beträchtlich.«

»Dann tun Sie's.« Neelah trat zurück und wies zur Ausgangsluke der Brücke. »Viel Glück.«

»Es ist keine Frage des Glücks. Nicht für mich.« Fett wandte sich ab und ging zur Luke. Er blieb stehen und sah zu ihr zurück. »Sie können auf Ihr Glück vertrauen, wenn Sie wollen. Als Sie hierher kamen, haben Sie daran gedacht, wie Ihre Chancen aussehen würden, wenn ich mich entschlossen hätte, meine Spuren zu verwischen und Sie zu eliminieren?«

»Sicher.« Neelah griff in die Schultertasche und brachte eine Blasterpistole zum Vorschein. Sie hielt sie mit beiden Händen fest und zielte direkt auf Fett. »Deshalb bin ich vorbereitet gekommen.«

Fett betrachtete sie und die Waffe einen Moment und nickte dann bedächtig. »Gut«, sagte er. »Ich bin froh, dass Sie ein paar Dinge von mir gelernt haben.«

»Oh, ich habe eine Menge gelernt.« Neelah hielt die Waffe weiter auf ihn gerichtet. »Mehr als ich wollte.«

Sie senkte die Waffe erst, als sie hörte, wie das Echo seiner Schritte im Korridor hinter der Luke verklang.

Ein paar Momente später blickte Neelah zum Hauptsichtfenster der Brücke hinüber. Dort war der Feuerschweif der *Hound's Tooth* sichtbar, die ramponiert war, aber noch immer in der Lage, zu ihrem geheimen Ziel zu fliegen. Aber als Neelah die Augen schloss, sah sie die in der Hitze flimmernde Weite des Dünenmeers auf Tatooine und eine fast tote Gestalt mit dem Gesicht im Sand liegen.

Sie wusste noch immer nicht, ob es besser gewesen wäre, wenn sie Fett einfach liegen gelassen hätte.

Eine Frau sprach mit einem Kopfgeldjäger.

Doch vielleicht, dachte Dengar, *bin ich keiner mehr*. Es spielte für ihn jetzt keine Rolle mehr; er war einfach froh, am Leben zu sein.

»Du bist diesen weiten Weg gekommen und hast mich gefunden.« Er und Manaroo saßen im Cockpit seines Schiffes, der *Punishing One*. »Und gerade rechtzeitig.«

»Es hat mich einiges gekostet«, sagte seine Verlobte. »Du warst nicht leicht aufzuspüren.«

Sie hätte es nicht besser ausdrücken können. Die *Punishing One* war über den KTW-Konstruktionsdocks aufgetaucht, als Bossks ehemaliges Schiff *Hound's Tooth* von dem kantigen Metalltrümmerstück getroffen worden war. Manaroo hatte beobachtet, wie die *Hound* unter dem Aufprall erbebte; ohne zu überlegen hatte sie die Schubkontrollen der *Punishing One* auf Maximalleistung hochgefahren, war in die Trümmerwolke eingedrungen und hatte an der Frachtschleuse des anderen Schiffes angedockt, bevor es seine restliche Atmosphäre verloren hatte. Sie waren beide an Bord der *Punishing One* gewesen, als sie ihn mit ein paar Ohrfeigen aus der Bewusstlosigkeit geholt hatte.

Dengars Erleichterung, am Leben und in den Armen der Frau zu sein, die er liebte, ließ allmählich nach. »Es tut mir Leid«, sagte er. »Ich habe dich enttäuscht. Ich habe uns beide enttäuscht.«

»Wovon redest du?«

»Wir stehen wieder da, wo wir angefangen haben.« Er schüttelte reuevoll den Kopf. »Wir brauchten Credits, eine Menge – und ich habe sie nicht bekommen. Nach allem, was ich getan habe, nachdem ich als Partner von Boba Fett die ganze Zeit mein Leben riskiert habe, können wir noch immer nicht die Schulden bezahlen, die auf mir lasten.« Er legte seinen Kopf an Manaroos Schulter. »Wir sind dem Leben, das wir führen wollen, nicht näher als zuvor.«

»Du *bist* ein Idiot.« Sie lachte und stieß ihn von sich, um ihm direkt ins Gesicht sehen zu können. »Nichts davon spielt eine Rolle, solange du am Leben bist. Du hast gewonnen; *wir* haben gewonnen.«

Er sah sie verwirrt an. »Wie meinst du das?«

»Bevor ich mich auf die Suche nach dir gemacht habe«, erklärte Manaroo, »habe ich auf dich gewettet. Ich habe jeden Credit zusammengekratzt, mir noch weitere geliehen, habe uns noch tiefer in die Schuldenfalle gestürzt, um den Einsatz zusammenzubekommen. Dann bin ich zu dem Spieler Drawmas Sma'Da gegangen; er nahm meine Wette an. Eine Wette auf das Überleben eines Kopfgeldjägers. *Dein* Überleben.« Ihr Lächeln brachte ihr Gesicht zum Leuchten. »Glaube mir, ich bekam für dich gute Quoten. Niemand hat erwartet, dass es dir gelingen würde, als Partner von Boba Fett am Leben zu bleiben. Aber du hast es geschafft!«

»Aber das bedeutet ... dass du und ich ...«

»Ja!« Manaroo packte ihn an beiden Schultern. »Ich habe mich bereits mit Drawmas Sma'Da in Verbindung gesetzt und meinen Gewinn beansprucht – *unseren* Gewinn. Ich habe nur die Wette abgegeben; du hast sie für uns gewonnen. Es ist mehr als genug, um deine Schulden zu bezahlen. Bezahl sie und mach dann das, was dir gefällt.« Sie beugte sich vor und küsste ihn lange und glücklich, um ihm dann wieder in die Augen zu sehen. »Das ist unser neues gemeinsames Leben. Endlich ist es so weit.«

»Ja ...« Dengar nickte langsam. »Du hast Recht ...« Ein unerbetenes Frösteln durchlief ihn, als ein Schatten auf das Glück fiel, das er eigentlich fühlen sollte. »Wenn nur ... alles andere gut endet ... Da ist noch immer das Imperium, das mir Sorgen macht. Wie kann irgendjemand in der Galaxis glücklich sein, solange diese Bedrohung für uns besteht?«

Manaroo küsste ihn diesmal auf die Stirn, lehnte sich dann zurück und schüttelte noch immer lächelnd den Kopf. »Du weißt nicht«, sagte sie, »was ich gehört habe. Erst vor ein paar Minuten. Ich habe eine Kom-

Nachricht vom Rebellen-Hauptquartier über Sullust an den Commander der Scavenger-Staffel abgefangen. Die Schlacht ist vorbei.« Ihre Stimme sank fast zu einem Flüstern herab. »Und die Rebellen haben gewonnen. Das Imperium wurde zerschmettert ... in Milliarden Stücke ...« Sie schlang ihre Arme um ihn und lehnte ihren Kopf an seine Brust. »Von jetzt an wird sich alles ändern.«

Er konnte es kaum glauben, doch er wusste, dass es stimmte. *Alles*, dachte Dengar. All ihre Pläne und Hoffnungen – sie wurden jetzt Wirklichkeit. Und er würde kein Kopfgeldjäger mehr sein ...

Inmitten seines Glücks war eine Spur Bedauern. Es kam ihm wie eine Schande vor, dass er, nachdem er überlebt und sogar von der Partnerschaft mit Boba Fett profitiert hatte – wie viele andere konnten das von sich behaupten? –, nun all dem den Rücken kehren musste. Schließlich war es von dem Moment an, als er über den fast leblosen Boba Fett gestolpert war, der im heißen Sand von Tatooines Dünenmeer gelegen hatte, ein wirkliches Abenteuer gewesen.

Vielleicht, dachte Dengar, *könnte ich weitermachen. Nur ein wenig.* Seine geschäftlichen Pläne mit Manaroo würde vielleicht nicht sofort erfolgreich sein; möglicherweise würde er hin und wieder eine Geldspritze brauchen.

Er würde darüber nachdenken müssen. Aber im Moment legte Dengar seine Arme um seine Verlobte. Er wandte sein Gesicht von ihr ab und blickte durch das Cockpitsichtfenster zu all den Sternen hinaus, die am Rand der Galaxis funkelten.

Alles ...

Die Sterne waren so hell, selbst als er seine Augen schloss und seine Verlobte an sich drückte.

Danksagungen

Der Autor möchte einmal mehr Sue Rostoni und
Michael Stackpole für ihre wertvolle Unterstützung
danken – und Pat LoBrutto für ihre Engelsgeduld.
Ein spezieller Dank geht an Irwyn Applebaum.
Honi soit qui mal y pense.

Star Wars bei Heyne

Best.-Nr:	Autor:	Titel (ET)/Originaltitel:	Zeit:
01/9372	Kathy Tyers	*Der Pakt von Bakura*	4 n. S. Y.
01/9373	Kevin J. Anderson	*Flucht ins Ungewisse* Die Jedi Academy-Trilogie Band 1	11 n. S. Y.
01/9374	Dave Wolverton	*Entführung nach Datomir*	8 n. S. Y.
01/9375	Kevin J. Anderson	*Der Geist des dunklen Lords* Die Jedi Academy-Trilogie Band 2	11 n. S. Y.
01/9376	Kevin J. Anderson	*Der Meister der Macht* Die Jedi Academy-Trilogie Band 3	11 n. S. Y.
01/9970	Vonda McIntyre	*Der Kristallstern*	14 n. S. Y.
01/10201	Roger McBride Allen	*Der Hinterhalt* Corellia-Trilogie Band 1	18 n. S. Y.
01/10202	Roger McBride Allen	*Angriff auf Selonia* Corellia-Trilogie Band 2	18 n. S. Y.
01/10203	Roger McBride Allen	*Showdown auf Centerpoint* Corellia-Trilogie Band 3	18 n. S. Y.
01/10204	Barbara Hambly	*Palpatins Auge*	12 n. S. Y.
01/10205	Steve Perry	*Schatten des Imperiums*	3,5 n. S. Y.
01/10206	Kevin J. Anderson	*Darksaber- Der Todesstern*	12 n. S. Y.
01/10207	M. P. Kube-McDowell	*Vor dem Sturm* Die Schwarze Flotte – Band 1	16-17 n. S. Y.
01/10208	M.P.Kube-McDowell	*Aufmarsch der Yevethaner* Die Schwarze Flotte – Band 2	16-17 n. S. Y.
01/10209	M. P. Kube-McDowell	*Entscheidung bei Koornacht* Die Schwarze Flotte – Band 3	16-17 n. S. Y.
01/10210	N.N.	*Star Wars Timer*	
01/10211	David West-Reynolds	*Was ist was im Star Wars Universum*	

01/10212	David West-Reynolds	*Risszeichnungen*	
01/10213	Kristine Kathryn Rusch	*Rebellion der Verlorenen*	17 n. S. Y.
01/10214	A. C. Crispin	*Der Pilot* Han Solo-Trilogie Band 1	10 v. S. Y.
01/10215	A. C. Crispin	*Der Gejagte* Han Solo-Trilogie Band 2	5-2 v. S. Y.
01/10216	A. C. Crispin	*Der König der Schmuggler* Han Solo-Trilogie Band 3	0 v. S. Y.
01/10217	Barbara Hambly	*Planet des Zwielichts*	13 n. S. Y.
01/10218	Michael A. Stackpole	*Der Kampf des Jedi*	11 n. S. Y.
01/10219	Timothy Zahn	*Schatten der Vergangenheit* Hand von Thrawn-Trilogie Band 1	19 n. S. Y.
01/10220	Timothy Zahn	*Blick in die Zukunft* Hand von Thrawn-Trilogie Band 2	19 n. S. Y.
01/10221	Timothy Zahn	*Der Zorn des Admirals* Hand von Thrawn-Trilogie Band 3	19 n. S. Y.
01/10222	Kevin J. Anderson	*Die ultimative Star Wars Chronik*	
01/10223	K.W. Jeter	*Die Mandalorianische Rüstung* Die Kopfgeldjägerkrieg-Trilogie Band 1	4 n. S. Y
01/10224	K.W. Jeter	*Das Sklavenschiff* Die Kopfgeldjägerkrieg-Trilogie Band 2	4 n. S. Y
01/10225	K.W. Jeter	*Die große Verschwörung* Die Kopfgeldjägerkrieg-Trilogie Band 3	4 n. S. Y
01/13354	Bill Slavicsek	*Das große Star Wars Universum von A-Z*	

Legende:

v. S. Y. = Roman spielt vor der Schlacht von Yavin
n. S. Y. = Roman spielt nach der Schlacht von Yavin